W9-CSN-002

DOÑA PERFECTA

*

MISERICORDIA

BENITO PEREZ GALDOS

DOÑA PERFECTA

*

MISERICORDIA

Decimotercera edición

EDITORIAL PORRÚA, S. A.
AV. REPÚBLICA ARGENTINA, 15
MÉXICO, 1991

Primera edición de *Doña Perfecta:* 1876; y de *Misericordia:* 1897.
Primera edición en la Colección "Sepan Cuantos...", 1968

Derechos reservados

Copyright © 1991

La Nota Preliminar y demás características de esta edición son propiedad de la
EDITORIAL PORRUA, S. A.
Av. República Argentina, 15, 06020 México, D. F.

Queda hecho el depósito que marca la ley

ISBN 968-432-094-9

IMPRESO EN MÉXICO
PRINTED IN MEXICO

NOTA PRELIMINAR

DOÑA PERFECTA

En 1876, a los treinta y tres años de su edad, Benito Pérez Galdós escribe la primera de sus novelas sobre la intransigencia religiosa en España: *Doña Perfecta*. Los cuatro años anteriores se había dedicado principalmente a la Primera Serie y parte de la Segunda de sus *Episodios Nacionales,* y ya en éstos déjase notar, al lado del objeto primordial (exaltar las glorias de la guerra contra Napoleón), la impaciencia del joven escritor por el estado de cosas de su país en la séptima década del siglo (rebelión carlista, desorden, facciones). Sin embargo, en los *Episodios* Galdós procura adoptar la actitud de historiador imparcial, y por eso en ellos sólo esboza el conflicto de lo que, en su opinión, la cruenta y heroica Guerra de Independencia había significado para los años posteriores. En *Doña Perfecta* esa impaciencia se muestra franca y define al escritor como ardiente liberal, decidido a señalar con su pluma al culpable de los males de su patria: la facción tradicionalista, cerrada al futuro, apegada a la letra, muerta para el verdadero espíritu cristiano; la que adopta por suyo el lema de dividir para reinar (apoyar el cantonalismo); que propicia la ignorancia popular, el caciquismo y la violencia en nombre de la pureza de la fe.

La "salvaje" Orbajosa, pequeña ciudad de 7,000 habitantes y pico, "pueblo enano y por eso soberbio" (cap. XI), el reino de doña Perfecta, está ubicada idealmente por el autor "no muy lejos ni tampoco muy cerca de Madrid [. . .], ni al Norte ni al Sur, ni al Este ni al Oeste, sino que es posible que esté en todas partes, y por doquiera que los españoles revuelvan sus ojos y sientan el picor de sus ajos." (XVII) Allí, en el Casino se proclama la superioridad de la pequeña Orbajosa sobre los demás pueblos de la tierra; se envidia, critica y hostiliza, pues se le teme, al hombre de mundo y en general al extraño, porque su sola presencia humilla a los orbajosenses y los irrita ante la idea de que tal vez sería conveniente hacer un esfuerzo para cambiar el estado (deplorable) de cosas que allí existe. Con frecuencia el extraño, al aparecer en un pueblo aislado, encerrado en sí mismo, hace a sus habitantes el efecto de un viaje: se dan cuenta de que la realidad no es el pequeño mundo imaginario que han construido para soslayar la fatiga que costaría convertir las palabras en hechos y la imaginación en realidades. "¡Cómo abundan los nombres poéticos en estos sitios tan feos! —dice Pepe Rey en los aledaños de Orbajosa—. A un lugar que se distingue por su aridez y desolada tristeza", se llama Valleameno; tal otro "que de diversos modos pregona su pobreza, tiene la insolencia de llamarse Villarrica"; y "un barranco pedregoso y polvoriento, donde ni los cardos encuentran jugo" se llama Valdeflores. "¡Qué demonio! La gente de este país vive con la imaginación" —exclama. (II)

Imaginación contra realidad. Orbajosa contra Madrid. Retrogradismo contra progreso. Individualismo bullicioso contra otro ordenado, organizado en función de todo el país, son los polos con que nos encontramos a menudo en la novela. Pero el núcleo, el origen verdadero del conflicto es éste: la intolerancia religiosa, la estrechez de horizonte en las ideas.

Doña Perfecta, el personaje de primer plano de la novela, representa a esa España orbajosense, "no muy lejos ni tampoco muy cerca de Madrid . . ." Madre autoritaria en la vida privada, y cacique espiritual de sus feligreses en la social; alma fanática cuya adhesión a la religión católica no le despierta la comprensión caritativa para los que no piensan como ella, sino la idea de exterminio que la hace pronunciar la terrible palabra ("¡mátale, mátale!") cuando ha agotado todos los recursos subterráneos (pues según ella el fin justifica los medios) para librarse de su enemigo: el ingeniero Pepe Rey, que personifica a *la otra España*: afán de progreso; espíritu tolerante, ilustrado, realista.

Nada más parecido a una araña que doña Perfecta, y a una tela de araña que Orbajosa. Aquélla trabaja en la sombra, silenciosamente, y es carnívora. Orbajosa es su reino y constituye los filamentos sutiles donde puede tropezar la presa para ser devorada.

La actitud realista proclamada por Galdós en esta temprana época de su producción literaria equivale a Positivismo: ciencia y técnica; mente abierta a lo que brinda a los sentidos la experiencia (individual y colectiva) y contra las nebulosas fantasías que, si alguna vez tuvieron significado, carecen de él ahora. Por ejemplo, doña Perfecta lucha contra Pepe Rey porque, para ella, él representa la nación oficial, atea, a la que hay que exterminar como sus antepasados —dice— atacaron a los moros. (XXV.)

Galdós escribió, después de *Doña Perfecta*: *Gloria*, *Marianela* y *La Familia de León Roch*; y en *Gloria* y en la última de las novelas mencionadas volverá al tema de *Doña Perfecta*: la intolerancia religiosa. En *Marianela*, cambiando de tema, mas no de convicción filosófica, el conflicto se verá en su pureza abstracta de realidad e imaginación, ciencia y fantasía como antagonistas y nudo del drama novelesco.[1]

---

[1] En dos novelas posteriores, *La Incógnita* (1888-1889) y *Realidad* (1889), Galdós presenta al lector el anverso y reverso de la medalla. En la primera tenemos el mundo subjetivo —siempre espectador parcial— proyectado en los hechos o *datos;* el desenlace permanece incógnito, angustioso, lleno de dudas. En la segunda obra, un personaje alejado, distante del lugar del drama, a base de los datos que le proporciona epistolarmente su amigo, protagonista principal que narra *La Incógnita*, despeja ésta. La realidad, pues, sólo puede aprehenderse por medio de *la distancia*, ateniéndose desapasionadamente a los "hechos".

Los personajes de *Doña Perfecta* no son demasiadu complejos. Sirven a una novela de tesis, y por lo tanto no requieren ser tan ricos como los que plantean problemas psicológicos, como algunos de otras "novelas contemporáneas" de Galdós. Son tipos rígidos, "caracteres", tal como suelen ser los de una ciudad de provincia como Orbajosa, estancada, rígida también. Casi todos están vistos desde fuera —desde los acontecimientos— y ellos mismos ven del mundo moral sólo lo exterior. Con excepción de Pepe Rey, María Remedios (sobrina del canónigo) y Rosario (la hija de doña Perfecta) que tienen cierta hondura psicológica (como muestra puede verse la descripción de los conflictos de esta última al descubrir el odio que profesa a su madre; cap. XXIV), los demás están allí para expresar ardientemente ideas o pasiones en bruto con sus palabras o su actitud.

Doña Perfecta misma está magistralmente pintada. El tipo de persona que ella *es*, es tal como se presenta en la novela: pura pasión, puro fanatismo, sin tener apenas más matices que los que le presta su hipocresía (es, pues, un personaje de dos caras). Doña Perfecta no es convencional, no es irreal ni un pretexto para enunciar la tesis que, pese a todo, el autor sostiene contra ella (un ser hecho de materia de sueño, idealizado, pero muy común en la realidad española e hispanoamericana). Podríamos decir que ella es ese personaje no demasiado complicado, más bien elemental, siempre temible, que vive en lo íntimo en un mundo violento (pasión de dominio, fanatismo) y aparentemente en la dulzura y la perfección (para poder realizar aquél): el simulador; el escindido perverso.

Por otra parte, ya en Doña Perfecta vemos aparecer a un personaje galdosiano que tiene lugar frecuente en su obra: la madre autoritaria, que domina a sus hijos con el terror y aniquila su voluntad,[2] y también los temas de los sueños y la neurosis como manifestaciones inquietantes, distintivas y significativas de la vida humana.[3]

El tema de las dos Españas aparecerá muy a menudo en la producción de Galdós, y en esta primera época de sus novelas es una constante. El apoyo filosófico del autor para la España progresista es principalmente, como ya hemos apuntado, el Positivismo comtiano. Tanto en *Doña Perfecta* como en *Marianela*,[4] el *español nuevo* está representado por personajes dedicados a una actividad científica práctica: Pepe Rey, ingeniero, en la una, Teodoro Golfín, médico, en la otra.

El estilo de *Doña Perfecta* es fluido, fácil y apasionado, adecuado a la historia y a la convicción que el autor expone. Una de las cualidades

---

[2] Antes de doña Perfecta aparecen la condesa de Rumblar en la Primera Serie de *Episodios* y después doña Sales en *Angel Guerra*.

[3] Véase en la novela que nos ocupa la "teoría" del origen de la neurosis que expresa Pepe Rey en el Cap. XVII.

[4] Sobre la influencia del Positivismo en *Marianela*, véase Joaquín Casalduero, "Auguste Comte y 'Marianela'" en la obra de este autor *Vida y obra de Galdós (1843-1920)*. Madrid, Gredos, 1961.

formales mayores de la novela es el ritmo rápido con que se desarrollan los acontecimientos con la llegada a Orbajosa del Intruso (no se olvide que Orbajosa es un lugar donde "nunca" ocurre nada) y los grandes contrastes de luz y sombra en que se ve a los personajes: doña Perfecta (imagen de la "perfección") transformada por su pasión de odio hacia el que amenaza su máscara; su hija Rosario, sumida en un abismo de aborrecimiento-amor; algunos de los "inofensivos" y "bonísimos" orbajosenses mostrando su imagen verdadera (en su naturaleza rapaz, su violencia salvaje, su odio secreto desatado por la voz del "superior").

Por otro lado, uno de los capítulos más interesantes, desde el punto de vista de la forma, es el XXIV, por ser una variación de las escenas presentadas en el XXI y el XXII. Éstos son una transcripción detallada de la plática que tuvo lugar entre doña Perfecta y el canónigo don Inocencio con su rebaño (tío *Licurgo*, tres labriegos arrendatarios de tierras de *la señora* y el cacique *Caballuco*), conversación que decide el giro que tomarán los acontecimientos: "¡Viva Orbajosa. Muera Madrid!" El XXIV, titulado "Confesión", ocurre en otros planos de la realidad: en el íntimo de la conciencia de Rosario, que descubre el odio que profesa a su madre, y en el profundo de la duermevela, donde ella recuerda algunas escenas de los acontecimientos narrados en el XXII. Rosario ve en su letargo, a través de la puerta vidriera del comedor, a los personajes del drama: a su madre, de espaldas a ella; al penitenciario, cuyo perfil "se descomponía de un modo extraño: crecíale la nariz, asemejábase al pico de un ave inverosímil, y toda su figura se tornaba en una recortada sombra, negra y espesa [...] irrisoria, escueta y delgada. Enfrente estaba *Caballuco*, más semejante a un dragón que a un hombre. Rosario veía sus ojos verdes, como dos grandes linternas de convexos cristales. Aquel fulgor y la imponente figura del animal le infundían miedo. El tío *Licurgo* y los otros tres se le presentaban como figuritas grotescas [...] Rosario sentía un pavor inexplicable en presencia de aquel amistoso concurso." Ya en brazos de su amado ("un hombre azul", tranquilizador, en cuyo cuerpo brillaban los botones como sartas de lucecillas), su temor desaparece. Pero "de súbito sonó un estampido, un golpe seco, que estremeció la casa. Ni uno ni otro supieron la causa de tal estampido. Temblaban y callaban. Era el momento en que el dragón había roto la mesa del comedor".

De esa manera, en el capítulo XXIV Galdós traslada a técnica impresionista el realismo del XXII. En su letargo-recuerdo, Rosario ve a los personajes deformados, caricaturas espantosas que revelan lo que son, su verdadero significado en la novela: todos ellos feroces a su modo: el canónigo en su insignificancia, *Caballuco* en su barbarie imponente, los campesinos grotescos, como figurillas de barro, de "reír estúpido", de "mirar lelo", empeñados en ser personas sin serlo, y todos presididos por la materna figura siniestra, vista de espaldas.

Ese estilo de *Doña Perfecta*, ese encadenamiento rítmico cuyos acordes hallan tanto eco en el lector de hoy, no es más que la perfecta proporción, la imagen artificial mejor afocada posible del lenguaje y el problema (el drama, la trama) en que son presentados los personajes. Como *Doña Perfecta* es la historia de una lucha, hay en ella luz y sombra, siempre luz y sombra, contrastes cuyo significado no se advierte en todos sus matices sino hasta el final de la novela (una imagen grisácea, desvaída de los personajes; de Orbajosa toda después del desenlace: un muerto; un caso de locura; doña Perfecta melancólica y rara; el pueblo recupera su tranquilidad habitual, refugiado de nuevo en sus mitos para, por enésima vez, conjurar el peligro de que le quiten su verdadera desolación). Y el otro eco que hace *Doña Perfecta* en el ánimo del lector actual es que Galdós estaba en lo justo respecto a su país hace un siglo, y que el conflicto soslayado entonces vino a manifestarse en nuestro tiempo en una de las guerras más cruentas que registra la historia española.

En la época en que Galdós escribió *Doña Perfecta*, su mundo era una lucha, una agonía. Anhela el triunfo de la luz. El dualismo inconciliable de las dos Españas, el doble mundo en que viven algunos de sus personajes le resulta insoportable. Y todavía en el periodo tan tardío en que escribe *Angel Guerra* (1890-1891), no se reconcilia completamente con la realidad, aunque en esta novela se nota ya un cambio, un paso importante como resultado de un examen de conciencia profundo.

MISERICORDIA

No será sino hasta *Misericordia* (1897), veintiún años después de escrita *Doña Perfecta*, cuando ese dualismo agónico desaparezca de su horizonte interior, concilie los extremos y acepte el dolor y la injusticia como lote inevitable que ha tocado en suerte a la vida humana, y cuyo alivio sólo puede venir de algo también exclusivo del hombre: el amor al prójimo, la caridad, que es la acción producida por la verdadera misericordia. Ésta es la piedad que siente el ser humano por el necesitado, el desdichado, y el fundamento del sentimiento social; pues el amor que cada uno siente por sí mismo, al identificar el dolor del otro con el propio, sale de sí y se da al reconocido ahora como "semejante", al prójimo, superando así lo individual-animal.

Galdós distingue en la novela entre caridad y "caridad"; entre misericordia y "misericordia". La primera es la verdadera, representada por el personaje central, Benigna, quien no tiene más medios de auxiliar a los necesitados que la acción, la práctica del amor dondequiera que éste es requerido. La Nina (nombre cariñoso dado a Benigna) es una criada venida a menos, pues su vejez y la miseria de la casa en que sirve la obligan a convertirse en mendiga. Todo esto le ocurre en una atmósfera que puede parecer sombría —la mención de la palabra mendiga induce a ello—, pero que en realidad es despejada y serena, porque del corazón de Benigna brota la alegría: la aceptación de lo que Dios, o la vida, brinda al hombre cada día, bajo el cielo de Madrid.

La "caridad" está representada en *Misericordia* por don Carlos Prieto Trujillo, rico viudo que socorre a los mendigos metódicamente, un día de cada mes, para ir haciendo alcancía para su salvación eterna. O en rasgos de Juliana, nuera de doña Francisca viuda de Zapata. Mujer práctica, a Juliana lo único que le interesa es su hogar, concebido como la madriguera donde se resguarda autoritariamente a los cachorros y al macho, por los que hay que trabajar incesantemente para que se deshaga el maleficio de la pobreza. Así pues, Juliana es ordenada, laboriosa, ahorrativa y mujer de carácter; a consecuencia de lo cual su "caridad" consiste en dar lo que le sobra (y casi nunca le sobra) a los que no tienen nada. Juliana es el personaje representativo de la clase obrera que quiere salvarse con el trabajo para poder tener acceso al anhelado mundo de la burguesía, pero sin los refinamientos de ésta, pensando sólo en el *confort* material que proporciona el dinero bien administrado.

Al final de *Misericordia*, Juliana, antes sana y segura de sí misma y de su camino, empieza a sufrir trastornos nerviosos —insomnios, temores— por no haberse comportado con justicia con Nina. Este pasaje es uno de los más interesantes y sugestivos de la obra de Galdós, como problema psicológico. Pues si en *Doña Perfecta* la hija de ésta, Rosario, sufre de neurosis a causa de la autoridad aniquiladora de su madre; y en *Angel Guerra* éste padece del mismo mal por el mismo motivo, en *Misericordia* Juliana está enferma como consecuencia del pecado, de la culpa; dicho en términos cristianos: del remordimiento por infracciones realmente cometidas... Y la infracción, el pecado capital es la falta de caridad, de amor. La "neurosis de remordimiento" sólo puede ser curada por la verdadera contrición, el reconocimiento del error y la absolución dada por un ser superior, bueno, amoroso, misericordioso: como ocurre en el caso de Juliana. En ese mismo tenor —se sugiere en *Misericordia*— la locura puede tener causas *morales*: Frasquito Ponte —señorito venido a menos, objeto especial de la caridad de Benigna— se vuelve loco a causa de una caída de caballo; pero el tema maniaco en que da es que le achaquen el estar enamorado de la Nina y en reclamar a los que le deben beneficios su ingratitud para con ella. Quizás Frasquito se culpa de su propia ingratitud —y no se perdona— por haber permitido que Benigna fuera desamparada por los que más obligación tenían de protegerla.

Pues ése fue el pago que la Nina recibió de su débil ama —Doña Paca, personaje que sirve de fondo en que se destacan las virtudes de aquélla:

Benigna alegría, Doña Francisca pura quejumbre; a Benigna la crecen las dificultades y las penas, y a su señora la debilitan, amargan y hasta vuelven malévola.[5]

Benigna concibe la vida como una cosa asombrosa y feliz, siempre que se respeten las reglas del juego que ésta plantea. Es algo así como la imagen de la vida de los pájaros de la parábola propuesta en el Evangelio. Imitar la existencia de los pájaros —seres frágiles como el hombre— es someterse a la voluntad de Dios. Pero esto no quiere decir que los pájaros dependen sólo del acaso (o de lo que la Providencia les depara), sino que son vidas quebradizas que luchan: huyen del invierno, emigran a tierras donde les es posible la existencia. Más que su debilidad vulnerable, los pájaros son maravillosos por una cosa:

Lo que los pájaros tienen es pico,

hambre, anhelo de vida. Así lo declara Benigna (VI). A los seres humanos los sostiene, como a aquéllos, "el hambre y la esperanza":

Venga todo antes que la muerte, y padezcamos con tal que no falte un pedazo de pan y pueda uno comérselo con dos salsas muy buenas: el hambre y la esperanza.

. . . .

¡Bendito sea el Señor, que nos da el bien más grande de nuestros cuerpos: el hambre santísima! (VI)

Sentir hambre es la manera más directa de darnos cuenta de que estamos vivos. Y llamar al hambre "santísima" es expresar un afán de inmortalidad.

Sin embargo, un estudioso de Galdós de la nueva generación, ve en *Misericordia* un recurso del autor para soslayar la situación atroz de las clases menesterosas españolas acogiéndose a la idea cristiana de la caridad, para aplacar así su ineludible compromiso de acción social y política.[6] Cuando Galdós escribe *Misericordia* (un año antes del desastre del 98, en que España perdió sus últimas posesiones de Ultramar) no cree ya en

---

[5] El origen natural de la malevolencia es el infortunio, en varias novelas de Galdós. Por ejemplo, piénsese en Isidora Rufete y su hermano "Pecado" de *La desheredada*; en don Ramón de Villaamil y la hija de éste, Abelarda, de *Miau*. Sobre esta idea de Galdós, véanse mis apuntes al respecto en el Prólogo a *Miau* (Porrúa, "Sepan Cuantos...". México, 1967; págs. XVII y XIX).

[6] Antonio Regalado García. *Benito Pérez Galdós y la novela histórica española, 1868-1912.* Madrid, 1966; pág. 261.

la prédica a los obreros para que se liberen de su opresión con la violencia (había habido tanta en el curso del siglo y tan pocas conquistas verdaderas), ni tampoco en que el amor al prójimo pueda ser sustituido por la conciencia de clase (amor abstracto por los semejantes para alimentar una bomba); sino que cree en la solidaridad social que, como hemos apuntado arriba, es engendrada por el verdadero amor.

A fin de cuentas, Galdós proclama en *Misericordia* un cristianismo en toda la pureza que él imaginaba que debía tener, haciendo caso omiso de los *principios eclesiásticos,* abominados desde *Doña Perfecta.* Pues Benigna es en efecto un personaje como los recomendados por los Evangelios: santo sin saberlo. No predica, sino que practica su amor. La gracia que hay en ella procede de su propio corazón y no de principios imbuidos. No frecuenta las iglesias; se mantiene en el umbral, sólo para pedir limosna. Pero Dios está siempre presente en su corazón de modo misterioso. Pues aunque Nina no reza nunca —no se dirige al cielo para pedir remedio a las necesidades materiales ajenas o propias, sino que obra para remediarlas— su oración —una de las pocas de la novela— es una dolorosa protesta contra el propio infortunio:

Ante la ingratitud del ser que más amaba, Benigna "bajó de prisa los gastados escalones, ansiosa de verse pronto en la calle. Cuando llegó junto al ciego [. . .], la pena inmensa que oprimía el corazón de la pobre anciana reventó en un llorar ardiente, angustioso, y golpeándose la frente con el puño cerrado, exclamó: —¡Ingrata, ingrata, ingrata! [. . .] ¡Qué ingratitud, Señor! ¡Oh mundo. . . Oh miseria! afrenta de Dios es hacer bien. . ." Y luego:

> Dios ve los corazones de todos; el mío también lo ve . . . Véalo, Señor de los cielos y la tierra. Véalo pronto. (XXXVIII.)

Y finalmente, Nina "se limpió las lágrimas con mano temblorosa, y pensó tomar las resoluciones de orden práctico que las circunstancias exigían" (XXXIX), magnífico efecto de la mirada de Dios sobre su corazón, atraída por su desesperada plegaria.

Así pues, *Misericordia*, a través de su personaje central, Benigna, no pide ni exige justicia, sino que, como ha dicho Casalduero [7] inventa, crea la justicia en la tierra con su misericordia. La miseria en que vivía su ama es reparada, equilibrada por un ser inventado al principio de la novela por Benigna; toma cuerpo y alma después en la realidad de modo misterioso, por el deseo constante (especie de constante oración) de ésta para que así sea.

En contraste con *Doña Perfecta* (y otras novelas de su primera época en que el autor concibe el mundo escindido en dos contrarios en lucha)

---

[7] *Op. cit.* Apéndice "Significado y forma de 'Misericordia' "; pág. 253.

Misericordia concilia esos contrarios por medio del amor, es decir, por medio del conocimiento profundo de los contrarios. ¿Pues acaso la actitud de Nina no es eso: el conocimiento a fondo de los demás —de sus necesidades y defectos, sin despreciarlos— aunque a veces la llenaran de cólera? ("El demontre del viejo —se decía la *señá Benina*, metiéndose a buen andar por la calle de las Urosas—, no puede hacer más que lo que le manda su natural. Válgate Dios: si cosas muy raras cría Nuestro Señor en el aquel de plantas y animales, más raras las hace en el aquel de las personas. No acaba una de ver verdades que parecen mentiras..." [XII]).

Parece pues que el origen del amor es para Galdós la comprensión y aceptación de las dos (o innumerables) caras del mundo. La actitud positivista debe incorporar a la experiencia de los sentidos el cosmos aparentemente irracional, misterioso que fluye del corazón humano: sueños, fantasías, "mitos", visión espiritual,[8] Dios... La verdad no es un dogma, algo fijo para siempre (o como decía Hegel, "una moneda acuñada que puede ser entregada una vez terminada, y embolsada".[9]) Lo imposible hoy —dice Benigna en su modo ingenuo— puede ser una verdad oculta que no necesita, para ser, sino manifestarse en el tiempo:

> Lo que contaba Almudena era de lo que *no se sabe.* ¿Y no puede suceder que alguno sepa lo que no sabemos los demás?... ¿Pues cuántas cosas se tuvieron por mentira y luego salieron verdades? [...] Hay misterios, secretos que no se entienden, hasta que viene uno y dice tal por cual, y lo descubre... [...] Allá estaban las Américas desde que Dios hizo el mundo y nadie lo sabía. (XII)

---

[8] El mendigo ciego moro Almudena *ve* a Benigna con los ojos del espíritu. Para él es ella (vieja, desaliñada, pobre en el mundo físico) la belleza misma (XXIV). El ciego Almudena es el mismo en que el poeta Emilio Prados se convierte al iluminarse:

> Cerré mi puerta al mundo;
> se me perdió la carne por el sueño...
> Me quedé, interno, mágico, invisible,
> desnudo como un ciego.
> Lleno hasta el mismo borde de los ojos,
> me iluminé por dentro.

> *(Memoria del olvido.)*

La belleza de Benigna es interior. Compárese el cambio radical de Galdós desde *Marianela.* En esta novela hay también un ciego: Pablo Penáguilas, y éste, al recuperar la vista, no ve ya el mundo personal de su amada Marianela, sino sólo su fealdad corporal. El mundo espiritual (comunicado sólo por la palabra, el tono de voz, la luz de lámpara que es el acento individual) desaparece de sus posibilidades de percepción ante la deliciosa sensación de palpar y ver en carne las cosas tangibles.

[9] *Fenomenología del Espíritu.* Prólogo e Introducción. El saber absoluto. Revista de Occidente, Madrid, 1935.

La conciliación de los contrarios (manifiestos u ocultos) equivale a la aceptación de su existencia. *Misericordia* proclama la necesidad de esta balanza. Y el fiel en el centro es el amor activo (Benigna), en un instante dado, que repara fugazmente el mal del mundo.

México, junio de 1968.

TERESA SILVA TENA

BIBLIOGRAFÍA *

---

* Las obras escritas por Galdós pueden verse en la columna "Vida y obra de Galdós" en la TABLA CRONOLÓGICA que sigue a la Bibliografía.

1. OBRAS GENERALES BASICAS SOBRE GALDOS

BERKOWITZ, Chonon H., *Pérez Galdós, Spanish Liberal Crusader*. Madison, 1948.

CASALDUERO, Joaquín, *Vida y obra de Galdós (1843-1920)*. Gredos, Madrid, 1961.

EOFF, Sherman H., *The novels of Pérez Galdós. The concept of life as dynamic process*. Saint Louis, 1954.

GULLÓN, Ricardo, *Galdós, novelista moderno*. Taurus, Madrid, 1960.

GUTIÉRREZ GAMERO, Emilio, *Galdós y su obra*. Madrid, 1933-35. 3 vols.

HINTERHÄUSER, Hans, *Los "Episodios Nacionales" de Benito Pérez Galdós*. Gredos, Madrid, 1963.

PATTISON, Walter T., *Benito Pérez Galdós and the creative process*. Minneapolis, 1954.

REGALADO GARCÍA, Antonio, *Benito Pérez Galdós y la novela histórica española. 1868-1912*. Insula, Madrid, 1966.

RÍO, Angel del, *Estudios galdosianos*. Zaragoza, 1953.

SAINZ DE ROBLES, Federico C., *Don Benito Pérez Galdós. Su vida. Su obra. Su época*. [Introducción a Benito Pérez Galdós, *Obras completas*. Aguilar S. A., 1950. Vol. I.]

TORRES BODET, Jaime, "Pérez Galdós". En *Tres inventores de realidad. Stendhal. Dostoyevski. Pérez Galdós*. Imprenta Universitaria, México, 1955.

2. SOBRE "DOÑA PERFECTA"

CASALDUERO, Joaquín, "La tragedia de España. 'Doña Perfecta'". En *Vida y obra de Galdós (1843-1920)*. Gredos, Madrid, 1961.

CORREA, Gustavo, "El arquetipo de Orbajosa en 'Doña Perfecta'". En *La Torre*. San Juan de Puerto Rico. Abril-junio de 1959.

FITZ-GERALD, J.P., "Doña Perfecta". En *Modern Language Notes*. t. XXI, 1906.

GILMAN, Stephen, "Las referencias clásicas de 'Doña Perfecta': temas y estructura de la novela". En *Nueva Revista de Filología Hispánica*. III. 1949; págs. 353-362.

JONES, C.A., "Galdós Second Thought on 'Doña Perfecta'". En *Modern Language Review*. LIV, 1959; págs. 570-573.

MAZZARA, Richard A., "Some fresh 'perspectivas' on Galdós *Doña Perfecta*". En *Hispania*. XL, 1957; págs. 45-56.

SAINZ DE ROBLES, Federico C., [Nota introductoria a] *Doña Perfecta*. En Benito Pérez Galdós, *Obras completas*. t. IV. Aguilar, Madrid, 1966.

3. SOBRE "MISERICORDIA"

CASALDUERO, Joaquín, Apéndice "Significado y forma de 'Misericordia' ". En *Vida y obra de Galdós (1843-1920)*. Gredos, Madrid, 1961; págs. 214-221.

GÓMEZ DE BAQUERO, Eduardo, "Misericordia". En *La España Moderna*. CII. Junio de 1897; págs. 90-99.

RICARD, Robert, "Sur le personnage d'Almudena dans 'Misericordia' ". En *Bulletin Hispanique*. LXI. Núm. 1. 1959; págs. 13-25.

RODÓ, José Enrique, "Una novela de Galdós" [*Misericordia*]. En *El mirador de Próspero* I. Madrid, s.f.; págs. 149-161.

ROVETTÁ, C., "El naturalismo de Galdós: 'Misericordia' ". En *Nosotros*. XVIII. 1942; págs. 203-209.

SAINZ DE ROBLES, Federico, C., [Nota introductoria a] *Misericordia*. En B. Pérez Galdós, *Obras completas*. t. VI. Aguilar. Madrid, 1966.

ZAMBRANO, María, *La España de Galdós*. Cuadernos Taurus. Madrid, 1960.

TABLA CRONOLÓGICA

Año	Vida y obra de Galdós	Acontecimientos culturales	Sucesos políticos y sociales
1843	10 de mayo. Nace Benito Pérez Galdós en Las Palmas de Gran Canaria.	Julián Sáinz del Río marcha a estudiar a Alemania: el krausismo.	Mayoría de edad de Isabel II.
1844		Estreno de *Don Juan Tenorio*, de Zorrilla. Morse instala el primer telégrafo entre Baltimore y Washington.	
1847		Aparece completa *La Comedia humana*, de Balzac. Marx y Engels: *Manifiesto comunista*.	Principio de la 2ª Guerra carlista.
1848		Se inaugura la 1ª línea férrea en España (Barcelona-Mataró).	Revolución europea de 1848.
1849		Aparece el género de la zarzuela española.	Fin de la 2ª Guerra carlista.
1850		Ch. Dickens: *David Copperfield*.	
1857	Inicia sus estudios secundarios.	G. Flaubert: *Madame Bovary*. Ch. Baudelaire: *Las flores del mal*.	
1859		Ch. Darwin: *Origen de las especies*.	Se inicia la Guerra de Africa (España contra el imperio de Marruecos), que termina al año siguiente.
1861	Escribe "Quien mal hace, bien no espere" y "Un viaje redondo por el bachiller Sansón Carrasco", drama.		El Gral. Prim, nombrado jefe de la expedición a México ante el gobierno de Benito Juárez.

Año	Vida y obra de Galdós	Acontecimientos culturales	Sucesos políticos y sociales
1862	Sept. Obtiene su título de Bachiller en Artes en la Univ. de la Laguna (Tenerife). Se traslada a Madrid y se matricula en la Univ. en Derecho.	V. Hugo: *Los Miserables*.	
1865	Ingresa como periodista en *La Nación*.		10 de abril: Noche de San Daniel (motín estudiantil reprimido).
1866		Dostoyevski: *Crimen y castigo*.	22 jun.: Conspiración de Prim: sublevación de los sargentos del cuartel de San Gil y su fusilamiento al día siguiente.
1867	Mayo. Viaje a París. Lee *Eugénie Grandet*, de Balzac. Inicia la redacción de *La fontana de oro*.	C. Marx: *El capital* (t.I). L. Tolstoi: *Guerra y paz*, que termina de publicarse en 1869.	
1868	Viaje a Francia. Regreso por Barcelona. Se embarca para Canarias, pero vuelve a Madrid.		Revolución de Septiembre. Isabel II sale para Francia. Se inicia en Cuba la Guerra de los Diez años.
1869	Termina la carrera de Derecho.		Constitución española democrática.
1870	Sale a luz *La fontana de oro*.	Muerte de G. A. Bécquer.	Amadeo de Saboya, rey de España. Dogma de la infalibilidad del Papa.
1871	*La sombra. El audaz.* Inicia su amistad con J. Ma. Pereda.	Pereda: *Tipos y paisajes*. E. Zola: *Los Rougon-Macquart*. Ch. Darwin: *El origen del hombre*.	
1872	13 feb. Director de la *Revista de España* (hasta 13 de nov. de 1873).		Carlos VII encabeza la 3ª Guerra carlista en el Norte de España.

Año	Vida y obra de Galdós	Acontecimientos culturales	Sucesos políticos y sociales
1873	Aparecen los primeros vols. de los *Episodios Nacionales.*		Abdicación de Amadeo de Saboya y proclamación de la 1ª República.
1874			Pronunciamiento alfonsino (Levantamiento de Sagunto). Gobierno de Porfirio Díaz en México.
1875	Inicio de la publicación de la 2ª serie de los *Episodios.*		Alfonso XII inicia su reinado.
1876	*Doña Perfecta. Gloria* (t. I), que se acaba de publicar al año siguiente.	Fundación en Madrid de la Institución Libre de Enseñanza.	Fin de la 3ª Guerra carlista.
1878	*Marianela. La Familia de León Roch.*	Pereda: *El buey suelto.* Edison y Swan inventan la lámpara eléctrica.	Boda de Alfonso XII con María de las Mercedes (23 de enero). Muerte de la reina (26 junio).
1879	Termina la publicación de la 2ª serie de los *Episodios.*	Pereda: *De tal palo tal astilla,* novela-réplica a la *Gloria,* de Galdós.	Matrimonio de Alfonso XII con María Cristina de Habsburgo-Lorena.
1880		F. Dostoyevski: *Los Karamazov.* Zola: *Nana.* E. Olavarría y Ferrari: *Episodios Históricos mexicanos* (1880-83).	
1881	*La desheredada.*		
1882	*El amigo Manso.*		
1883	*El doctor Centeno.* "Clarín" organiza un banquete en honor de Galdós.		
1884	*Tormento. La de Bringas. Lo prohibido* (t. I).		

Año	Vida y obra de Galdós	Acontecimientos culturales	Sucesos políticos y sociales
1885	*Lo prohibido* (t. II).	Pereda: *Sotileza*.	Discusión hispano-alemana sobre las Carolinas, zanjada por el Papa León XIII. Muerte de Alfonso XII. Regencia de María Cristina.
1886	Diputado liberal por Guayama (Puerto Rico). Se inicia la publicación de *Fortunata y Jacinta*, que termina al año siguiente.	Zola: *Germinal*.	Nace Alfonso XIII.
1887		E. Rabasa: *La bola* y *La gran ciencia*.	
1888	*Miau. La incógnita*, que termina al año siguiente. Galdós visita la Exposición Universal de Barcelona.	E. Rabasa: *El cuarto poder* y *Moneda falsa*.	Fundación de la Unión Gral. de Trabajadores en España.
1889	*Torquemada en la hoguerra. Realidad*. Solicita el sillón de la Academia de la Lengua, pero es elegido Francisco Commerelán.	Exposición internacional de París.	
1890	Se inicia la publicación de *Angel Guerra*, que termina al año siguiente.		Se propaga en España el socialismo.
1891			Encíclica *Rerum Novarum* de León XIII.
1892	Representación teatral de *Realidad*.	Rubén Darío en España: el modernismo.	
1893	Ocupa por primera vez su casa "San Quintín" en Santander. Estreno de *Gerona. Torquemada en la cruz*.		

Año	Vida y obra de Galdós	Acontecimientos culturales	Sucesos políticos y sociales
1894	Torquemada en el purgatorio.		
1895	Torquemada y San Pedro. Nazarín. Halma.	Pereda: Peñas arriba.	Comienza la guerra separatista de Cuba con el Grito de Baire.
1896	Estreno de la adaptación teatral de Doña Perfecta. Representación de La fiera.	Marcel Proust: Los placeres y los días.	Agitación separatista en Filipinas. Roces con los E. U. A.
1897	Misericordia. El abuelo. Estreno de Voluntad. Ingresa a la Academia de la Lengua; contesta su discurso Menéndez Pelayo.	A. Ganivet: Idearium español.	Asesinato de Cánovas del Castillo, por Angiolillo.
1898	Empiezan a aparecer los vols. de la 3ª serie de los Episodios.	A. Ganivet: Los trabajos del infatigable creador Pío Cid.	McKinley reconoce la indepedencia de Cuba: Guerra con los E. U. A. (13 de abril), que termina con la Paz de París (10 dic.). Fin del imperio español en Ultramar.
1900	Termina la publicación de la 3ª serie de Episodios.	Muerte de Oscar Wilde.	
1901	30 enero. Estreno de Electra en el Teatro Español de Madrid, que se convirtió en manifestación política.	Freud: Psicopatología de la vida cotidiana.	Muere la reina Victoria. Sube al trono de Inglaterra Eduardo VII.
1902	Empieza la publicación de la 4ª serie de Episodios Nacionales. Estreno de Alma y vida.	Valle Inclán: Inicia la publicación de las Sonatas. V. Salado Alvarez: De Santa Anna a la Reforma.	Mayoría de edad de Alfonso XIII. Primera huelga general en Barcelona.
1903	Estreno de Mariucha.	V. Salado Alvarez: La Intervención y el Imperio. Primer vuelo de los hermanos Wright.	

Año	Vida y obra de Galdós	Acontecimientos culturales	Sucesos políticos y sociales
1904	Estreno de *El abuelo*.		Viaje de Alfonso XIII a Barcelona. Se decreta el descanso dominical para los obreros. Guerra ruso-japonesa.
1905	*Casandra*. Estreno de *Bárbara* y *Amor y ciencia*.	L. Orrego Luco: *Episodios nacionales de la independencia de la vida de Chile*. Lorentz, Einstein y Minkowski: teoría de la relatividad. Einstein descubre los fotones.	
1906		Muerte de José María Pereda.	
1907	Termina de publicarse la 4ª serie de *Episodios*.	James Joyce: *Música de cámara*.	Se inicia "el gobierno largo" de Maura.
1908	Se inicia la publicación de la 5ª serie de *Episodios*. Estreno de *Pedro Minio*.	Principia el arte cubista (Gris, Picasso, Matisse, Braque).	
1909	*El caballero encantado*.	Blériot vuela sobre el canal de La Mancha.	Guerra de Melilla. Huelga general en Barcelona. Conjunción republicano-socialista.
1910	Diputado republicano a Cortes por Madrid. Estreno de *Casandra*.	Se crea en Madrid la Primera Residencia de Estudiantes.	Se inicia la Revolución Mexicana.
1912	La Academia de la Lengua niega su voto a Galdós para el Premio Nóbel. Se publica el último *Episodio* de la 5ª serie (inacabada): *Cánovas*.		Asesinato de Canalejas. Convenio hispano-francés sobre el protectorado de Marruecos.
1913	Galdós pierde por completo la vista. Estreno de *Celia en los infiernos*, y en el teatro es presentado al	Unamuno: *Del sentimiento trágico de la vida*. Marcel Proust: *Du coté de chez Swann*.	

Año	Vida y obra de Galdós	Acontecimientos culturales	Sucesos políticos y sociales
	Rey por el conde de Romanones.		
1914	Estreno de *Alceste*.	James Joyce: *Dubliners*.	Principio de la primera Guerra Mundial. España se mantiene neutral.
1915	*La razón de la sinrazón*. Estreno de *Sor Simona*.		
1916	Estreno de *El tacaño Salomón*.	James Joyce. *Retrato del artista adolescente*.	
1917	Asiste Galdós al estreno de *Marianela* en Barcelona.		La Revolución rusa.
1918	Estreno de *Santa Juana de Castilla*.		Fin de la primera Guerra Mundial.
1919	22 de agosto: sale Galdós por última vez a pasear en coche por la Moncloa. 29 de dic., sufre ataque de uremia.		Se implanta la jornada de ocho horas. Paz de Versalles. Tercera Internacional.
1920	4 de enero: Muere don Benito Pérez Galdós en Madrid.	Valle Inclán: *Divinas palabras*.	

DOÑA PERFECTA

I

¡VILLAHORRENDA!... ¡CINCO MINUTOS!...

Cuando el tren mixto descendente número 65 (no es preciso nombrar la línea) se detuvo en la pequeña estación situada entre los kilómetros 171 y 172, casi todos los viajeros de segunda y tercera clase se quedaron durmiendo o bostezando dentro de los coches, porque el frío penetrante de la madrugada no convidaba a pasear por el desamparado andén. El único viajero de primera que en el tren venía, bajó apresuradamente, y dirigiéndose a los empleados, preguntóles si aquél era el apeadero de Villahorrenda. (Este nombre, como otros muchos que después se verán, es propiedad del autor).

—En Villahorrenda estamos —repuso el conductor, cuya voz se confundió con el cacarear de las gallinas que en aquel momento eran subidas al furgón—. Se me había olvidado llamarle a usted, señor de Rey. Creo que ahí le esperan con las caballerías.

—¡Pero hace aquí un frío de tres mil demonios! —dijo el viajero envolviéndose en su manta—. ¿No hay en el apeadero algún sitio donde descansar y reponerse antes de emprender un viaje a caballo por este país de hielo?

No había concluido de hablar, cuando el conductor, llamado por las apremiantes obligaciones de su oficio, marchóse, dejando a nuestro desconocido caballero con la palabra en la boca. Vio éste que se acercaba otro empleado con un farol pendiente de la derecha mano, el cual movíase al compás de la marcha, proyectando geométricas series de ondulaciones luminosas. La luz caía sobre el piso del andén, formando un zig-zag semejante al que describe la lluvia de una regadera.

—¿Hay fonda o dormitorio en la estación de Villahorrenda? —preguntó el viajero al del farol.

—Aquí no hay nada —respondió éste secamente, corriendo hacia los que cargaban y echándoles tal rociada de votos, juramentos, blasfemias y atroces invocaciones, que hasta las gallinas, escandalizadas de tan grosera brutalidad, murmuraron dentro de sus cestas.

—Lo mejor será salir de aquí a toda prisa —dijo el caballero para su capote—. El conductor me anunció que ahí estaban las caballerías.

Esto pensaba, cuando sintió que una sutil y respetuosa mano le tiraba suavemente del abrigo. Volvióse y vio una oscura masa de paño pardo sobre sí misma revuelta, y por cuyo principal pliegue asoma el avellanado rostro astuto de un labriego castellano. Fijóse en la desgarbada estatura, que recordaba al chopo entre los vegetales; vio los sagaces ojos, que bajo el ala de ancho sombrero de terciopelo raído resplandecían; vio la mano morena y acerada, que empuñaba una vara verde, y el ancho pie que, al moverse, hacía sonajear el hierro de la espuela.

—¿Es usted el señor José de Rey? —preguntó, echando mano al sombrero.

—Sí; y usted —repuso el caballero con alegría—, será el criado de doña Perfecta, que viene a buscarme a este apeadero para conducirme a Orbajosa.

1

—El mismo. Cuando usted guste marchar... la jaca corre como el viento. Me parece que el señor don José ha de ser buen jinete. Verdad es que a quien de casta le viene...

—¿Por dónde se sale? —dijo el viajero con impaciencia—. Vamos, vámonos de aquí, señor... ¿Cómo se llama usted?

—Me llamo Pedro Lucas —respondió el del paño pardo, repitiendo la intención de quitarse el sombrero—; pero me llaman el tío Licurgo. ¿En dónde está el equipaje del señorito?

—Allí bajo el reloj lo veo. Son tres bultos. Dos maletas y un mundo de libros para el señor don Cayetano. Tome usted el talón.

Un momento después, señor y escudero hallábanse a espaldas de la barraca llamada estación, frente a un caminejo que, partiendo de allí, se perdía en las vecinas lomas desnudas, donde confusamente se distinguía el miserable caserío de Villahorrenda. Tres caballerías debían transportar todo: hombres y mundos. Una jaca de no mala estampa era destinada al caballero. El tío Licurgo oprimía los lomos de una cuartago venerable, algo desvencijado, aunque seguro, y el macho, cuyo freno debía regir un joven zagal, de piernas listas y fogosa sangre, cargaría el equipaje.

Antes de que la caravana se pusiese en movimiento, partió el tren, que se iba escurriendo por la vía con la parsimoniosa cachaza de un tren mixto. Sus pasos, retumbando cada vez más lejanos, producían ecos profundos bajo la tierra. Al entrar en el túnel del kilómetro 172, lanzó el vapor por el silbato, y un aullido estrepitoso resonó en los aires. El túnel, echando por su negra boca un hálito blanquecino, clamoreaba como una trompeta: al oír su enorme voz, despertaban aldeas, villas, ciudades, provincias. Aquí cantaba un gallo, más allá otro. Principiaba a amanecer.

II

UN VIAJE POR EL CORAZÓN DE ESPAÑA

Cuando empezaba la caminata, dejaron a un lado las casuchas de Villahorrenda, el caballero, que era joven y de muy buen ver, habló de este modo:

—Dígame usted, señor Solón...

—Licurgo, para servir a usted...

—Eso es, señor Licurgo. Bien decía yo que era usted un sabio legislador de la antigüedad. Perdone la equivocación. Pero vamos al caso. Dígame usted, ¿cómo está mi señora tía?

—Siempre tan guapa —repuso el labriego, adelantando algunos pasos su caballería—. Parece que no pasan años por la señora doña Perfecta. Bien dicen que al bueno, Dios le da larga vida. Así viviera mil años ese ángel del Señor. Si las bendiciones que le echan en la tierra fueran plumas, la señora no necesitaría más alas para subir al cielo.

—¿Y mi prima la señorita Rosario?

—¡Bien haya quien a los suyos parece! ¿Qué he de decirle de doña Rosarito? ¿Qué es el vivo retrato de su madre? Buena prenda se lleva usted, caballero don José, si es verdad, como dicen, que ha venido para casarse con ella. Tal para cual, y la niña no tiene tampoco por qué quejarse. Poco va de Pedro a Pedro.

—¿Y el señor don Cayetano?

—Siempre metidillo en la faena de sus libros. Tiene una biblioteca más grande que la catedral, y también escarba la tierra para buscar piedras llenas de unos demonches de garabatos que dicen escribieron los moros.

—¿En cuánto tiempo llegaremos a Orbajosa?

—A las nueve, si Dios quiere. Poco contenta se va a poner la señora cuando vea a su sobrino... Y la señorita Rosarito, que estaba ayer disponiendo el cuarto en que usted ha de vivir... Como no le han visto nunca, la madre y la hija están que no viven, pensando en cómo será o cómo no será este señor don José. Ya llegó el tiempo de que callen cartas y hablen barbas. La prima verá al primo, y todo será fiesta y gloria. Amanecerá Dios y medraremos.

—Como mi tía y mi prima no me conocen todavía —dijo sonriendo el caballero—, no es prudente hacer proyectos.

—Verdad es; por eso se dijo que uno piensa el bayo y otro el que lo ensilla —repuso el labriego—. Pero la cara no engaña... ¡qué alhaja se lleva usted! ¡Y qué buen mozo ella!

El caballero no oyó las últimas palabras del tío Licurgo, porque iba distraído y algo meditabundo. Llegaban a un recodo del camino, cuando el labriego, torciendo la dirección a las caballerías, dijo:

—Ahora tenemos que echar por esta vereda. El puente está roto, y no se puede vadear el río sino por el cerrillo de los Lirios.

—¡El cerrillo de los Lirios! —observó el caballero, saliendo de su meditación—. ¡Cómo abundan los nombres poéticos en estos sitios tan feos! Desde que viajo por estas tierras, me sorprende la horrible ironía de los nombres. Tal sitio que se distingue por su árido aspecto y la desolada tristeza del negro paisaje, se llama *Valleameno*. Tal villorio de adobes que miserablemente se extiende sobre un llano estéril y que de diversos modos pregona su pobreza, tiene la insolencia de nombrarse *Villarrica*; y hay un barranco pedregoso y polvoriento, donde ni los cardos encuentran jugo, y que, sin embargo, se llama *Valdeflores*. ¿Eso que tenemos delante es el *Cerrillo de los Lirios*? ¿Pero dónde están esos lirios, hombre de Dios? Yo no veo más que piedras y hierba descolorida. Llamen a eso el *Cerrillo de la Desolación*, y hablarán a derechas. Exceptuando *Villahorrenda*, que parece ha recibido al mismo tiempo el nombre y la hechura, todo aquí es ironía. Palabras hermosas, realidad prosaica y miserable. Los ciegos serían felices en este país, que para la lengua es paraíso y para los ojos infierno.

El señor Licurgo, o no entendió las palabras del caballero Rey o no hizo caso de ellas. Cuando vadearon el río, que turbio y revuelto corría con impaciente precipitación, como si huyera de sus propias orillas, el labriego extendió el brazo hacia unas tierras que a la siniestra mano en grande y desnuda extensión se veían, y dijo:

—Estos son los *Alamillos de Bustamante*.

—¡Mis tierras! —exclamó con júbilo el caballero, tendiendo la vista por el triste campo que alumbraban las primeras luces de la mañana—. Es la primera vez que veo el patrimonio que heredé de mi madre. La pobre hacía tales ponderaciones de este país, y me contaba tantas maravillas de él, que yo, siendo niño, creía que estar aquí era estar en la gloria. Frutas, flores, caza mayor y menor, montes, lagos, ríos, poéticos arroyos, oteros pastoriles, todo lo había en los *Alamillos de Bustamante*, en esta tierra bendita, la mejor y más hermosa de todas las tierras... ¡Qué demonio! La gente de este país vive con la imaginación. Si en mi niñez, y cuando vivía con las ideas y con el entusiasmo de mi buena madre, me hubieran traído aquí, también me habrían parecido encantadores estos desnudos cerros, estos llanos polvorientos o encharcados, estas vetustas casas de labor, estas norias desvencijadas, cuyos canjilones lagrimean lo bastante para regar media docena de coles, esta desolación miserable y perezosa que estoy mirando.

—Es la mejor tierra del país —dijo el señor Licurgo—, y para el garbanzo es de lo que no hay.

—Pues lo celebro, porque desde que las heredé no me han producido un cuarto estas célebres tierras.

El sabio legislador espartano se rascó la oreja y dio un suspiro.

—Pero me han dicho —continuó el caballero—, que algunos propietarios colindantes han metido su arado en estos grandes estados míos, y poco a poco me los van cercenando. Aquí no hay mojones, ni linderos, ni verdadera propiedad, señor Licurgo.

El labriego, después de una pausa, durante la cual parecía ocupar su sutil espíritu en profundas disquisiciones, se expresó de este modo:

—El tío Pasolargo, a quien llamamos el *Filósofo* por su mucha trastienda, metió el arado en los *Alamillos* por encima de ila ermita, y roe que roe, se ha zampado seis fanegadas.

—¡Qué incomparable escuela! —exclamó riendo el caballero—. Apostaré que no ha sido ése el único... filósofo.

—Bien dijo el otro, que quien las sabe las tañe, y si al palomar no le falta cebo, no le faltarán palomas... Pero usted, señor don José, puede decir aquello de que el ojo del amo engorda la vaca, y ahora que está aquí, vea de recobrar su finca.

—Quizá no sea tan fácil, señor Licurgo —repuso el caballero a punto que entraban por una senda, a cuyos lados se veían hermosos trigos, que con su lozanía y temprana madurez recreaban la vista—. Este campo parece mejor cultivado. Veo que no todo es tristeza y miseria en los *Alamillos*.

El labriego puso cara de lástima, y afectando cierto desdén hacia los campos elogiados por el viajero, dijo en tono humildísimo:

—Señor, esto es mío.

—Perdone usted —replicó vivamente el caballero—, ya quería yo meter mi hoz en los estados de usted. Por lo visto, la filosofía aquí es contagiosa.

Bajaron inmediatamente a una cañada, que era lecho de pobre y estancado arroyo, y pasado éste, entraron en un campo lleno de piedras,

sin la más ligera muestra de vegetación.

—Esta tierra es muy mala —dijo el caballero volviendo el rostro para mirar a su guía y compañero, que se había quedado un poco atrás.— Difícilmente podrá usted sacar partido de ella, porque todo es fango y arena.

Licurgo, lleno de mansedumbre, contestó:

—Esto... es de usted.

—Veo que aquí todo lo malo es mío —afirmó el caballero, riendo jovialmente.

Cuando esto hablaban tomaron de nuevo el camino real. Ya la luz del día, entrando, en alegre irrupción por todas las ventanas y claraboyas del hispano horizonte, inundaba de esplendorosa claridad los campos. El inmenso cielo sin nubes parecía agrandarse más y alejarse de la tierra, para verla y en su contemplación recrearse desde más alto. La desolada tierra sin árboles, pajiza a trechos, a trechos de color gredoso, dividida toda en triángulos y cuadriláteros amarillos o negruzcos, pardos o ligeramente verdegueados, semejaba en cierto modo a la capa del harapiento que se pone al sol. Sobre aquella capa miserable, el cristianismo y el islamismo habían trabado épicas batallas. Gloriosos campos, sí; pero los combates de antaño les habían dejado horribles.

—Me parece que hoy picará el sol, señor Licurgo —dijo el caballero, desembarazándose un poco del abrigo en que se envolvía—. ¡Qué triste camino! no se ve ni un solo árbol en todo lo que alcanza la vista. Aquí todo es al revés. La ironía no cesa. ¿Por qué, si no hay aquí álamos grandes ni chicos, se ha de llamar esto los *Alamillos?*

El tío Licurgo no contestó a la pregunta, porque con toda su alma atendía a lejanos ruidos que de improviso se oyeron, y con ademán intranquilo detuvo su cabalgadura, mientras exploraba el camino y los cerros lejanos con sombría mirada.

—¿Qué hay? —preguntó el viajero, deteniéndose también.

—¿Trae usted armas, don José?

—Un revólver... ¡Ah!, ya comprendo. ¿Hay ladrones?

—Puede... —repuso Licurgo con recelo—. Me parece que sonó un tiro.

—Allá lo veremos... ¡adelante! —dijo el caballero picando su jaca—. No serán tan temibles.

—¡Calma, señor don José! —exclamó el campesino deteniéndole—. Esa gente es más mala que Satanás. El otro día asesinaron a dos caballeros que iban a tomar el tren... Dejémonos de fiestas. Gasparón el Fuerte, Pepillo Chispillas, Merengue y Ahorca-Suegras, no me verán la cara en mis días. Echemos por la vereda.

—Adelante, señor Licurgo.

—Atrás, señor don José —replicó el labriego con afligido acento—. Usted no sabe bien qué gente es esa. Ellos fueron los que el mes pasado robaron de la iglesia del Carmen el copón, la corona de la Virgen y dos candeleros; ellos fueron los que hace dos años saquearon el tren que iba para Madrid.

Don José, al oír tan lamentables antecedentes, sintió que aflojaba un poco su intrepidez.

—¿Ve usted aquel cerro grande y empinado que hay allá lejos? Pues allí se esconden esos pícaros, en unas cuevas que llaman la *Estancia de los Caballeros*.

—¡De los Caballeros!

—Sí, señor. Bajan al camino real cuando la Guardia Civil se descuida, y roban lo que pueden. ¿No ve usted más allá de la vuelta del camino una cruz, que se puso en memoria de la muerte que dieron al alcalde de Villahorrenda cuando las elecciones?

—Sí, veo la cruz.

—Allí hay una casa vieja, en la cual se esconden para guardar a los trajineros. Aquel sitio se llama *Las Delicias*.

—¡Las Delicias!...

—Si todos los que han sido muertos y robados al pasar por ahí resucitaran, podría formarse con ellos un ejército.

Cuando esto decían, oyéronse más de cerca los tiros, lo que turbó un poco el esforzado corazón de los viajantes, pero no el del zagalillo, que retozando de alegría pidió al señor Licurgo licencia para adelantarse y ver la batalla que tan cerca se había trabado. Observando la decisión del muchacho, avergonzóse don José de haber sentido miedo, o cuando menos un poco de respeto a los ladrones, y gritó espoleando la jaca.

—Pues allá iremos todos. Quizá podamos prestar auxilio a los infelices viajeros que en tan gran aprieto se ven, y poner las peras a cuarto a los *caballeros*.

Esforzábase Licurgo en convencer al joven de la temeridad de sus propósitos, así como de lo inútil de su generosa idea, porque los robados, robados estaban y quizá muertos, y en situación de no necesitar auxilio de nadie. Insistía el señor, sordo a estas sesudas advertencias; contestaba el aldeano, oponiendo resistencia muy viva, cuando el paso de unos carromateros que por el camino abajo tranquilamente venían conduciendo una galera, puso fin a la cuestión. No debía de ser grande el peligro cuando tan sin cuidado venían aquéllos, cantando alegres coplas; y así fue, en efecto, porque los tiros, según dijeron, no eran disparados por los ladrones, sino por la Guardia Civil, que de ese modo quería cortar el vuelo a media docena de cacos que ensartados conducía a la cárcel de la villa.

—Ya, ya sé lo que ha sido —dijo Licurgo, señalando leve humareda que a mano derecha del camino y a regular distancia se descubría—. Allí les han escabechado. Esto pasa un día sí y otro no.

El caballero no comprendía.

—Yo le aseguro al señor don José —añadió con energía el legislador lacedemonio—, que está muy retebién hecho, porque de nada sirve formar causa a esos pillos. El juez les marea un poco, y después les suelta. Si al cabo de seis años de causa, alguno va a presidio, a lo mejor se escapa, o le indultan, y vuelve a la Estancia de los Caballeros. Lo mejor es esto: ¡fuego!, y adivina quién te dio. Se les lleva a la cárcel, y cuando se pasa por un lugar a propósito... "¡ah! perro, que te quieres escapar... pum, pum..." Ya está hecha la sumaria, requeridos los testigos, celebrada la vista, dada la sentencia... Todo en un minuto. Bien dicen, que si mucho sabe la zorra, más sabe el que la toma.

—Pues adelante, y apretemos el paso, que este camino, a más de largo, no tiene nada de ameno.

Al pasar junto a las Delicias, vieron, a poca distancia del camino, a los guardias que minutos antes habían ejecutado la extraña sentencia que el lector sabe. Mucha pena causó al zagalillo que no le permitieran ir a contemplar de cerca los palpitantes cadáveres de los ladrones, que en horroroso grupo se distinguían a lo lejos, y siguieron todos adelante. Pero no habían andado veinte pasos, cuando sintieron el galopar de un caballo que tras ellos venía con tanta rapidez, que por momentos les alcanzaba. Volvióse nuestro viajero y vio un hombre, mejor dicho, un Centauro, pues no podía concebirse más perfecta armonía entre caballo y jinete, el cual era de complexión recia y sanguínea, ojos grandes, ardientes, cabeza ruda, negros bigotes, mediana edad, y el aspecto en general brusco y provocativo, con indicios de fuerza en toda su persona. Montaba un soberbio caballo de pecho carnoso, semejante a los del Partenón, enjaezado según el modo pintoresco del país, y sobre la grupa llevaba una gran valija de cuero, en cuya tapa se veía en letras gordas la palabra Correo.

—Hola, buenos días, señor Caballuco —dijo Licurgo, saludando al jinete cuando estuvo cerca—. ¡Có-mo le hemos tomado la delantera! Pero usted llegará antes si a ello se pone.

—Descansemos un poco —repuso el señor Caballuco, poniendo su cabalgadura al paso de la de nuestros viajeros, y observando atentamente al principal de los tres—. Puesto que hay tan buena compaña...

—El señor —dijo Licurgo sonriendo—, es el sobrino de doña Perfecta.

—¡Ah...! por muchos años... muy señor mío y mi dueño.

Ambos personajes se saludaron, siendo de notar que Caballuco hizo sus urbanidades con una expresión de altanería y superioridad que revelaba cuando menos la conciencia de un gran valer o de una alta posición en la comarca. Cuando el orgulloso jinete se apartó y por breve momento se detuvo hablando con dos guardias civiles que llegaron al camino, el viajero preguntó a su guía:

—¿Quién es este pájaro?

—¿Quién ha de ser? Caballuco.

—Y ¿quién es Caballuco?

—¡Toma...! ¿pero no le ha oído usted nombrar? —dijo el labriego, asombrado de la ignorancia supina del sobrino de doña Perfecta—. Es un hombre muy bravo, gran jinete, y el primer caballista de todas estas tierras a la redonda. En Orbajosa le queremos mucho, pues él es... dicho sea en verdad... tan bueno como la bendición de Dios... Ahí donde le ve, es un cacique tremendo, y el Gobernador de la provincia se le quita el sombrero.

—Cuando hay elecciones...

—Y el Gobierno de Madrid le escribe oficios con mucha vuecencia en el rétulo... Tira a la barra como un San Cristóbal, y todas las armas las maneja como manejamos nosotros nuestros propios dedos. Cuando había fielato no podían con él, y todas las noches sonaban tiros en las puertas de la ciudad... Tiene una gente que vale cualquier dinero, porque lo mismo es para un fregado que para un barrido... Favorece a los pobres, y el que venga de fuera y se atreva a tentar el pelo de la ropa a un hijo de Orbajosa, ya puede verse con él... Aquí no vienen casi nunca soldados de los Madriles. Cuando han estado, todos los días corría la sangre, porque Caballuco les buscaba camorra por un no y por un sí. Ahora parece que vive en la pobreza, y se ha quedado con la conducción del correo; pero está metiendo fuego en el Ayuntamiento para que haya otra vez fielato y rematarlo él. No sé como no le ha oído usted nombrar en Madrid, porque es hijo de un famoso Caballuco que estuvo en la facción, el cual Caballuco padre era hijo de otro Caballuco abuelo, que también estuvo en la facción de más allá... Y como ahora andan diciendo que vuelve a haber facción, porque todo está torcido y revuelto, tememos que Caballuco se nos vaya también a ella, poniendo fin de esta manera a las hazañas de su padre y abuelo, que por gloria nuestra nacieron en esta ciudad.

Sorprendido quedó nuestro viajero al ver la especie de caballería andante que aún subsistía en los lugares que visitaba; pero no tuvo ocasión de hacer nuevas preguntas, porque el mismo que era objeto de ellas se les incorporó, diciendo de mal talante:

—La Guardia Civil ha despachado a tres. Ya le he dicho al cabo que se ande con cuidado. Mañana hablaremos el Gobernador de la provincia y yo...

—¿Va usted a X...?

—No, que el Gobernador viene acá, señor Licurgo; sepa usted que nos van a meter en Orbajosa un par de regimientos.

—Sí —dijo vivamente Pepe Rey, sonriendo—. En Madrid oí decir que había temor de que se levantaran en este país algunas partidillas... Bueno es prevenirse.

—En Madrid no dicen más que desatinos... —manifestó violentamente el centauro, acompañando su afirmación de un retahila de vocablos de esos que levantan ampolla—. En

Madrid no hay más que pillería... ¿A qué nos mandan soldados? ¿Para sacarnos más contribuciones y un par de quintas seguidas? ¡Por vida de!... que si no hay facción debería haberla. ¿Conque usted —añadió, mirando socarronamente al caballero—, conque usted es el sobrino de doña Perfecta?

Esta salida de tono y el insolente mirar del bravo enfadaron al joven.

—Sí, señor. ¿Se le ofrece a usted algo?

—Soy amigo de la señora, y la quiero como a las niñas de mis ojos —dijo Caballuco—. Puesto que usted va a Orbajosa, allá nos veremos.

Y sin decir más, picó espuelas a su corcel, el cual, partiendo a escape, desapareció entre una nube de polvo.

Después de media hora de camino, durante la cual el señor don José no se mostró muy comunicativo, ni el señor Licurgo tampoco, apareció a los ojos de entrambos apiñado y viejo caserío asentado en una loma, del cual se destacaban algunas negras torres y la ruinosa fábrica de un despedazado castillo en lo más alto. Un amasijo de paredes deformes, de casuchas de tierra pardas y polvorosas como el suelo, formaba la base, con algunos fragmentos de almenadas murallas, a cuyo amparo mil chozas humildes alzaban sus miserables frontispicios de adobes, semejantes a caras anémicas y hambrientas que pedían una limosna al pasajero. Pobrísimo río ceñía, como un cinturón de hojalata, el pueblo, refrescando al pasar algunas huertas, única frondosidad que alegraba la vista. Entraba y salía la gente en caballerías o a pie, y el movimiento humano, aunque escaso, daba cierta apariencia vital a aquella gran morada, cuyo aspecto arquitectónico era más bien de ruina y muerte que de prosperidad y vida. Los repugnantes mendigos que se arrastraban a un lado y otro del camino pidiendo el óbolo del pasajero, ofrecían lastimoso espectáculo. No podían verse existencias que mejor encajaran en las grietas

de aquel sepulcro donde una ciudad
estaba, no sólo enterrada, sino también podrida. Cuando nuestros viajeros se acercaban, algunas campanas,
tocando desacordemente, indicaron
con su expresivo son que aquella
momia tenía todavía un alma.

Llamábase Orbajosa, ciudad que
no en Geografía caldea o copta,
sino en la de España, figura con
7,324 habitantes, Ayuntamiento, sede
episcopal, Juzgado, seminario, depósito de caballos sementales, instituto
de segunda enseñanza y otras prerro-
gativas oficiales.

—Están tocando a misa mayor
en la catedral —dijo el tío Licurgo—. Llegamos antes de lo que
pensé.

—El aspecto de su patria de usted
—dijo el caballero examinando el
panorama que delante tenía—, no
puede ser más desagradable. La histórica ciudad de Orbajosa,* cuyo
nombre es, sin duda, corrupción de
Urbs augusta, parece un gran muladar.

—Es que de aquí no se ven más
que los arrabales —afirmó con disgusto el guía—. Cuando entre usted
en la calle Real y en la del Condestable, verá fábricas tan hermosas como la de la catedral.

—No quiero hablar mal de Orbajosa antes de conocerla —declaró el
caballero—. Lo que he dicho no es
tampoco señal de desprecio; que
humilde y miserable lo mismo que
hermosa y soberbia, esa ciudad será
siempre para mí muy querida, no
sólo por ser patria de mi madre,
sino porque en ella viven personas
a quienes amo ya sin conocerlas.
Entremos, pues, en la ciudad *augusta.*

Subían ya por una calzada próxima a las primeras calles, e iban tocando las tapias de las huertas.

—¿Ve usted aquella gran casa que
está al fin de esta gran huerta, por
cuyo bardal pasamos ahora? —dijo
el tío Licurgo, señalando el enorme
paredón revocado de la única vivien-

* Ya se ha dicho que todos los nombres
locales son imaginarios.

da que tenía aspecto de habitabili-
dad cómoda y alegre.

—Ya... ¿aquélla es la vivienda
de mi tía?

—Justo y cabal. Lo que vemos es
la parte trasera de la casa. El frontis
da a la calle del Condestable, y tiene
cinco balcones de hierro que parecen
cinco castillos. Esta hermosa huerta
que hay tras la tapia es la de la señora, y si usted se alza sobre los
estribos la verá toda desde aquí.

—Pues estamos ya en casa —dijo
el caballero—. ¿No se puede entrar
por aquí?

—Hay una puertecilla; pero la señora la mandó tapiar.

Alzóse el caballero sobre los estribos, y alargando cuanto pudo su
cabeza, miró por encima de las bar-
das.

—Veo la huerta toda —indicó—.
Allí, bajo aquellos árboles, está una
mujer, una chiquilla... una señorita...

—Es la señorita Rosario —repuso Licurgo.

Y al instante se alzó también sobre los estribos para mirar.

—¡Eh! señorita Rosario —gritó,
haciendo con la derecha mano gestos
muy significativos—. Ya estamos
aquí... Aquí le traigo a su primo.

—Nos ha visto —dijo el caballero,
estirando el pescuezo hasta el último grado—. Pero si no me engaño,
al lado de ella está un clérigo...
un señor sacerdote.

—Es el señor penitenciario —repuso con naturalidad el labriego.

—Mi prima nos ve... deja solo
al clérigo, y echa a correr hacia la
casa... Es bonita...

—Como un sol.

—Se ha puesto más encarnada que
una cereza. Vamos, vamos, señor Licurgo.

III

PEPE REY

Antes de pasar adelante, conviene
decir quién era Pepe Rey y qué asuntos le llevaban a Orbajosa.

Cuando el brigadier Rey murió en 1841, sus dos hijos, Juan y Perfecta, acababan de casarse, ésta con el más rico propietario de Orbajosa, aquél con una joven de la misma ciudad. Llamábase el esposo de Perfecta don Manuel María José de Polentinos, y la mujer de Juan, María Polentinos; pero a pesar de la igualdad de apellido, su parentesco era un poco lejano y de aquellos que no coge un galgo. Juan Rey era insigne jurisconsulto graduado en Sevilla, y ejerció la abogacía en esta misma ciudad durante treinta años, con tanta gloria como provecho. En 1845 era ya viudo, y tenía un hijo que empezaba a hacer diabluras: solía tener por entretenimiento el construir con tierra, en el patio de la casa, viaductos, malecones, estanques, presas, acequias, soltando después el agua para que entre aquellas frágiles obras corriese. El padre le dejaba hacer y decía: "Tú serás ingeniero".

Perfecta y Juan dejaron de verse desde que uno y otro se casaron, porque ella se fue a vivir a Madrid con el opulentísimo Polentinos, que tenía tanta hacienda como buena mano para gastarla. El juego y las mujeres cautivaban de tal modo el corazón de Manuel María José, que habría dado en tierra con toda su fortuna si más pronto que él para derrocharla no estuviera la muerte para llevársele a él. En una noche de orgía acabaron de súbito los días de aquel ricacho provinciano, tan vorazmente chupado por las sanguijuelas de la Corte y por el insaciable vampiro del juego. Su única heredera era una niña de pocos meses. Con la muerte del esposo de Perfecta se acabaron los sustos en la familia; pero empezó el gran conflicto. La casa de Polentinos estaba arruinada; las fincas en peligro de ser arrebatadas por los prestamistas; todo en desorden, enormes deudas, lamentable administración en Orbajosa, descrédito y ruina en Madrid.

Perfecta llamó a su hermano, el cual, acudiendo en auxilio de la pobre viuda, mostró tanta diligencia y tino, que al poco tiempo la mayor parte de los peligros habían sido conjurados. Principió por obligar a su hermana a residir en Orbajosa, administrando por sí misma sus vastas tierras, mientras él hacía frente en Madrid al formidable empuje de los acreedores. Poco a poco fue descargándose la casa del enorme fardo de sus deudas, porque el bueno de don Juan Rey, que tenía la mejor mano del mundo para tales asuntos, lidió con la curia, hizo contratos con los principales acreedores, estableció plazos para el pago, resultando de este hábil trabajo que el riquísimo patrimonio de Polentinos saliese a flote, y pudiera seguir dando por luengos años esplendor y gloria a la ilustre familia.

La gratitud de Perfecta era tan viva, que al escribir a su hermano desde Orbajosa, donde resolvió residir hasta que creciera su hija, le decía entre otras ternezas: "Has sido más que hermano para mí, y para mi hija más que su mismo padre. ¿Cómo te pagaremos ella y yo tan grandes beneficios? ¡Ay! querido hermano, desde que mi hija sepa discurrir y pronunciar un nombre, yo le enseñaré a bendecir el tuyo. Mi agradecimiento durará toda mi vida. Tu hermana indigna siente no encontrar ocasión de mostrarte lo mucho que te ama, y de recompensarte de un modo apropiado a la grandeza de tu alma y a la inmensa bondad de tu corazón".

Cuando esto se escribía, Rosarito tenía dos años. Pepe Rey, encerrado en un colegio de Sevilla, hacía rayas en un papel, ocupándose en probar que *la suma de los ángulos interiores de un polígono vale tantas veces dos rectos como lados tiene menos dos.* Estas enfadosas perogrulladas le traían muy atareado. Pasaron años y más años. El muchacho crecía y no cesaba de hacer rayas. Por último, hizo una que se llama *De Tarragona a Montblanch.* Su primer juguete formal fue el puente de 120 metros sobre el río Francolí.

Durante mucho tiempo, doña Perfecta siguió viviendo en Orbajosa. Como su hermano no salió de Sevilla, pasaron unos pocos años sin que uno y otro se vieran. Una carta trimestral, tan puntualmente escrita como puntualmente contestada, ponía en comunicación aquellos dos corazones, cuya ternura ni el tiempo ni la distancia podían enfriar. En 1870, cuando don Juan Rey, satisfecho de haber desempeñado bien su misión en la sociedad, se retiró a vivir en su hermosa casa de Puerto Real, Pepe, que ya había trabajado algunos años en las obras de varias poderosas Compañías constructoras, emprendió un viaje de estudios a Alemania e Inglaterra. La fortuna de su padre (tan grande como puede serlo en España la que sólo tiene por origen un honrado bufete) le permitía librarse en breves períodos del yugo del trabajo material. Hombre de elevadas ideas y de inmenso amor a la ciencia, hallaba su más puro goce en la observación y estudio de los prodigios con que el genio del siglo sabe cooperar a la cultura y bienestar físico y perfeccionamiento moral del hombre.

Al regresar del viaje, su padre le anunció la revelación de un importante proyecto; y como Pepe creyera que se trataba de un puente, una dársena, o cuando menos saneamiento de marismas, sacóle de tal error don Juan, manifestándole su pensamiento en estos términos:

—Estamos en marzo, y la carta trimestral de Perfecta no podía faltar. Querido hijo, leéla, y si estás conforme con lo que en ella manifiesta esa santa y ejemplar mujer, mi querida hermana, me darás la mayor felicidad que en mi vejez puedo desear. Si no te gustase el proyecto, deséchalo sin reparo, aunque tu negativa me entristezca; que en él no hay ni sombra de imposición por parte mía. Sería indigno de mí y de ti que esto se realizase por coacción de un padre terco. Eres libre de aceptar o no, y si hay en tu voluntad la más ligera resistencia, originada en ley de corazón o en otra causa, no quiero que te violentes por mí.

Pepe dejó la carta sobre la mesa, después de pasar la vista por ella, y tranquilamente dijo:

—Mi tía quiere que me case con Rosario.

—Ella contesta aceptando con gozo mi idea —dijo el padre muy conmovido—. Porque la idea fue mía... sí, hace tiempo, hace tiempo que la concebí... pero no había querido decirte nada antes de conocer el pensamiento de mi hermana. Como ves, Perfecta acoge con júbilo mi plan; dice que también había pensado en lo mismo; pero que no se atrevía a manifestármelo, por ser tú... ¿no ves lo que dice? "por ser tú un joven de singularísimo mérito, y su hija una joven aldeana, educada sin brillantez ni mundanales atractivos...". Así mismo lo dice... ¡Pobre hermana mía! ¡Qué buena es...! Veo que no te enfadas; veo que no te parece absurdo este proyecto mío, algo parecido a la previsión oficiosa de los padres de antaño, que casaban a sus hijos sin consultárselo, y las más veces haciendo uniones disparatadas y prematuras... Dios quiera que ésta sea o prometa ser de las más felices. Es verdad que no conoces a mi sobrina; pero tú y yo tenemos noticias de su virtud, de su discreción, de su modestia y noble sencillez. Para que nada le falte, hasta es bonita... Mi opinión —añadió festivamente—, es que te pongas en camino y pises el suelo de esa recóndita ciudad episcopal, de esa *Urbs augusta,* y allí, en presencia de mi hermana y de su graciosa Rosarito, resuelvas si ésta ha de ser algo más que mi sobrina.

Pepe volvió a tomar la carta y la leyó con cuidado. Su semblante no expresaba alegría ni pesadumbre. Parecía estar examinando un proyecto de empalme de dos vías férreas.

—Por cierto —decía don Juan—, que en esa remota Orbajosa, donde, entre paréntesis, tienes fincas que puedes examinar ahora, se pasa la vida con la tranquilidad y dulzura de un idilio. ¡Qué patriarcales costumbres! ¡Qué nobleza en aquella sencillez! ¡Qué rústica paz virgiliana! Si en vez de ser matemático fueras latinista, repetirías al entrar allí el *ergo tua rura manebunt*. ¡Que admirable lugar para dedicarse a la contemplación de nuestra propia alma y prepararse a las buenas obras! Allí todo es bondad, honradez; allí no se conocen la mentira y la farsa como en nuestras grandes ciudades; allí renacen las santas inclinaciones que el bullicio de la moderna vida ahoga; allí despierta la dormida fe, y se siente vivo impulso indefinible dentro del pecho, al modo de pueril impaciencia que en el fondo de nuestra alma grita: "Quiero vivir."

Pocos días después de esta conferencia, Pepe salió de Puerto Real. Había rehusado meses antes una comisión del Gobierno para examinar, bajo el punto de vista minero, la cuenca del río Nahara en el valle de Orbajosa; pero los proyectos a que dio lugar la conferencia referida, le hicieron decir: "Conviene aprovechar el tiempo. Sabe Dios lo que durará ese noviazgo y el aburrimiento que traerá consigo." Dirigióse a Madrid, solicitó la comisión de explorar la cuenca del Nahara, se la dieron sin dificultad, a pesar de no pertenecer oficialmente al cuerpo de minas: púsose luego en marcha, y después de trasbordar un par de veces, el tren mixto Núm. 65 le llevó, como se ha visto, a los amorosos brazos del tío *Licurgo*.

Frisaba la edad de este excelente joven en los treinta y cuatro años. Era de complexión fuerte y un tanto hercúlea, con rara perfección formado, y tan arrogante, que si llevara uniforme militar ofrecería el más guerrero aspecto y talle que puede imaginarse. Rubios el cabello y la barba, no tenía en su rostro la flemá-

tica imperturbabilidad de los sajones, sino, por el contrario, una vivez tal, que sus ojos parecían negros sin serlo. Su persona bien podía pasar por un hermoso y acabado símbolo, y si fuera estatua, el escultor habría grabado en el pedestal estas palabras: *inteligencia, fuerza*. Si no en caracteres visibles, llevábalas él expresadas vagamente en la luz de su mirar, en el poderoso atractivo que era don propio de su persona, y en las simpatías a que su trato cariñosamente convidaba.

No era de los más habladores; sólo los entendimientos de ideas inseguras y de movedizo criterio propenden a la verbosidad. El profundo sentido moral de aquel insigne joven, le hacía muy sobrio de palabras en las disputas que constantemente traban sobre diversos asuntos los hombres del día; pero en la conversación urbana sabía mostrar una elocuencia picante y discreta, emanada siempre del buen sentido y de la apreciación mesurada y justa de las cosas del mundo. No admitía falsedades ni mixtificaciones, ni retruécanos del pensamiento con que se divierten algunas inteligencias impregnadas del gongorismo; y para volver por los fueros de la realidad, Pepe Rey solía emplear a veces, no siempre con comedimiento, las armas de la burla. Esto casi era un defecto a los ojos de gran número de personas que le estimaban, porque aparecía un poco irrespetuoso en presencia de multitud de hechos comunes en el mundo y admitidos por todos. Fuerza es decirlo, aunque su prestigio se amengüe: Rey no conocía la dulce tolerancia del condescendiente siglo que ha inventado singulares velos de lenguaje y de hechos para cubrir lo que a los vulgares ojos pudiera ser desagradable.

Así, y no de otra manera, por más que digan calumniadoras lenguas, era el hombre a quien el tío *Licurgo* introdujo en Orbajosa en la hora y punto en que la campana de la catedral tocaba a misa mayor. Luego que uno y otro, atisbando por encima de los bardales, vieron a la niña y al penitenciario, y la veloz corrida de aquélla hacia la casa, picaron sus caballerías para entrar en la calle Real, donde gran número de vagos se detenían para mirar al viajero como extraño huésped intruso de la patriarcal ciudad. Torciendo luego a la derecha, en dirección a la catedral, cuya corpulenta fábrica dominaba todo el pueblo, tomaron la calle del Condestable, en la cual, por ser estrecha y empedrada, retumbaban con estridente sonete las herraduras, alarmando al vecindario, que por las ventanas y balcones se mostraba para satisfacer su curiosidad. Abríanse con singular chasquido las celosías, y caras diversas, casi todas de hembra, asomaban arriba y abajo. Cuando Pepe Rey llegó al arquitectónico umbral de la casa de Poletinos, ya se habían hecho multitud de comentarios diversos sobre su figura.

IV

LA LLEGADA DEL PRIMO

El señor penitenciario, cuando Rosarito se separó bruscamente de él, miró a los bardales, y viendo las cabezas del tío *Licurgo* y de su compañero de viaje, dijo para sí:

"Vamos, ya está ahí ese prodigio."

Quedóse un rato meditabundo, sosteniendo el manteo con ambas manos cruzadas sobre el abdomen, fija la vista en el suelo, los anteojos de oro deslizándose suavemente hacia la punta de la nariz, saliente y húmedo el labio inferior, y un poco fruncidas las blanquinegras cejas. Era un santo varón, piadoso y de no común saber, de intachables costumbres clericales, algo más de sexagenario, de afable trato, fino y comedido, gran repartidor de consejos y advertencias a hombres y mujeres. Desde luengos años era maestro de latinidad y retórica en el Instituto, cuya noble profesión diole gran caudal de citas horacianas y de floridos tropos, que empleaba con gracia y oportunidad. Nada más conviene añadir acerca de este personaje, sino que cuando sintió el trote largo de las cabalgaduras que corrían hacia la calle del Condestable, se arregló el manteo, enderezó el sombrero, que no estaba del todo bien ajustado en la venerable cabeza, y marchando hacia la casa, murmuró:

—Vamos a conocer a ese prodigio.

En tanto, Pepe bajaba de la jaca, y en el mismo portal le recibía en sus amantes brazos doña Perfecta, anegado en lágrimas el rostro, y sin poder pronunciar sino palabras breves y balbucientes, expresión sincera de su cariño.

—Pepe... ¡pero qué grande estás...! y con barbas... Me parece que fue ayer cuando te ponía sobre mis rodillas... Ya estás hecho un hombre, todo un hombre... ¡Cómo pasan los años...! ¡Jesús! Aquí tienes a mi hija Rosario.

Diciendo esto, habían llegado a la sala baja, ordinariamente destinada a recibir, y doña Perfecta presentóle a su hija.

Era Rosario una muchacha de apariencia delicada y débil, que anunciaba inclinaciones a lo que los portugueses llaman *saudades*. En su rostro fino y puro se observaba la pastosidad nacarada que la mayor parte de los poetas atribuyen a sus heroínas, y sin cuyo barniz sentimental parece que ninguna Enriqueta y ninguna Julia puden ser interesantes. Tenía Rosario tal expresión de dulzura y modestia, que al verla no se echaban de menos las perfecciones de que carecía. No es esto decir que era fea; mas también es cierto que habría pasado por hiperbólico el que la llamaran hermosa, dando a esta palabra su riguroso sentido. La hermosura real de la niña de doña Perfecta consistía en una especie de transparencia, prescindiendo del nácar, del alabastro, del marfil y demás materias usadas en la composición descriptiva de los rostros humanos; una transparencia, digo, por la cual todas las honduras de su alma se veían claramente; honduras no cavernosas y horribles como las del mar, sino como las de un manso y claro río. Pero allí faltaba materia para que la persona fuese completa: faltaba cauce, faltaban orillas. El vasto caudal de su espíritu se desbordaba, amenazando devorar las estrechas riberas. Al ser saludada por su primo se puso como la grana, y sólo pronunció algunas palabras torpes.

—Estarás desmayado —dijo doña Perfecta a su sobrino—. Ahora mismo te daremos de almorzar.

—Con permiso de usted —repuso el viajero—, voy a quitarme el polvo del camino.

—Muy bien pensado. Rosario, lleva a tu primo al cuarto que le hemos dispuesto. Despáchate pronto, sobrino. Voy a dar mis órdenes.

Rosario llevó a su primo a una hermosa habitación situada en el piso bajo. Desde que puso el pie dentro de ella, Pepe reconoció en todos los detalles de la vivienda la mano diligente y cariñosa de una mujer. Todo estaba puesto con arte singular, y el aseo y frescura de cuanto allí había convidaban a reposar en tan hermoso nido. El huésped reparó en minuciosidades que le hicieron reír.

—Aquí tienes la campanilla —dijo Rosarito tomando el cordón de ella, cuya borla caía sobre la cabecera del lecho—. No tienes más que alargar la mano. La mesa de escribir está puesta de modo que recibas la luz por la izquierda... Mira: en esta cesta echarás los papeles rotos... ¿Fumas?

—Tengo esa desgracia —repuso Pepe Rey.

—Pues aquí puedes echar las puntas de cigarro —dijo ella, tocando con la punta del pie un mueble de latón dorado lleno de arena—. No hay cosa más fea que ver el suelo lleno de colillas de cigarro... Mira el lavabo... Para la ropa tienes un ropero y una cómoda... Creo que

la relojera está mal aquí y se te debe poner junto a la cama... Si te molesta la luz, no tienes más que correr el transparente tirando de la cuerda..., ¿ves...?, risch...

El ingeniero estaba encantado.

Rosarito abrió una ventana.

—Mira —dijo—, esta ventana da a la huerta. Por aquí entra el sol de tarde. Aquí tenemos colgada la jaula de un canario, que canta como un loco. Si te molesta, la quitaremos.

Abrió otra ventana del testero opuesto.

—Esta otra ventana —añadió—, da a la calle. Mira, desde aquí se ve la catedral, que es muy hermosa y está llena de preciosidades. Vienen muchos ingleses a verla. No abras las dos ventanas a un tiempo, porque las corrientes de aire son muy malas.

—Querida prima —dijo Pepe, con el alma inundada de inexplicable gozo—. En todo lo que está delante de mis ojos veo una mano de ángel que no puede ser sino tuya. ¡Qué hermoso cuarto es éste! Me parece que he vivido en él toda mi vida. Está convidando a la paz.

Rosarito no contestó nada a estas cariñosas expresiones, y sonriendo salió.

—No tardes —dijo desde la puerta—; el comedor está también abajo... en el centro de esta galería.

Entró el tío Licurgo con el equipaje. Pepe le recompensó con una largueza a que el labriego no estaba acostumbrado, y éste, después de dar las gracias con humildad, llevóse la mano a la cabeza como quien ni se pone ni se quita el sombrero, y en tono embarazoso, mascando las palabras, como quien no dice ni deja de decir las cosas, se expresó de este modo:

—¿Cuándo será la mejor hora para hablar al señor don José de un... de un asuntillo?

—¿De un asuntillo? —Ahora mismo —repuso Pepe abriendo su baúl.

—No es oportunidad —dijo el labriego—. Descanse el señor don José, que tiempo tenemos. Más días hay

que longanizas, como dijo el otro,
y un día viene tras otro día... Que
usted descanse, señor don José...
Cuando quiera dar un paseo... la
jaca no es mala... Con que buenos
días, señor don José. Que viva usted
mil años... ¡Ah! se me olvidaba
—añadió, volviendo a entrar, después de algunos segundos de ausencia—. Si quiere usted algo para el
señor juez municipal... Ahora voy
allá a hablarle de nuestro asuntillo...

—Dele usted expresiones —dijo
festivamente, no encontrando mejor
fórmula para sacudirse de encima al
legislador espartano.

—Pues quede con Dios el señor
don José.

—Abur.

El ingeniero no había sacado su
ropa, cuando aparecieron por tercera vez en la puerta los sagaces ojuelos y la marrullera fisonomía del tío
Licurgo.

—Perdone el señor don José —dijo mostrando en afectada risa sus
blanquísimos dientes—. Pero... quería decirle que si usted desea que esto se arregle por amigables compo-
nedores... Aunque, como dijo el
otro, pon lo tuyo en consejo, y unos
dirán que es blanco y otros que es
negro...

—Hombre, ¿quiere usted irse de
aquí?

—Dígolo porque a mí me carga
la justicia. No quiero nada con la
justicia. Del lobo un pelo, y éste de
la frente. Con que... con Dios, señor don José. Dios le conserve sus
días para favorecer a los pobres...

—Adiós, hombre, adiós.

Pepe echó la llave a la puerta,
y dijo para sí:

—La gente de este pueblo parece
muy pleitista.

V

¿HABRÁ DESAVENENCIA?

Poco después Pepe se presentaba
en el comedor.

—Si almuerzas fuerte —le dijo doña Perfecta con cariñoso acento—,
se te quitará la gana de comer. Aquí
comemos a la una. Las modas del
campo no te gustarán.

—Me encantan, señora tía.

—Pues di lo que prefieres: ¿almorzar fuerte ahora, o tomar una
cosita ligera para que resistas hasta
la hora de comer?

—Escojo la cosa ligera para tener
el gusto de comer con ustedes; y si
en Villahorrenda hubiera encontrado
algún alimento, nada tomaría a esta
hora.

—Por supuesto, no necesito decirte que nos trates con toda franqueza.
Aquí puedes mandar como si estuvieras en tu casa.

—Gracias, tía.

—¡Pero cómo te pareces a tu padre! —añadió la señora contemplando con verdadero arrobamiento al joven mientras éste comía—. Me parece que estoy mirando a mi querido
hermano Juan. Se sentaba como te
sientas tú, y comía lo mismo que tú.
En el modo de mirar, sobre todo,
sois como dos gotas de agua.

Pepe la emprendió con el frugal
desayuno. Las expresiones, así como
la actitud y las miradas de su tía y
prima, le infundían tal confianza,
que se creía ya en su propia casa.

—¿Sabes lo que me decía Rosarito esta mañana? —indicó doña Perfecta, fija la vista en su sobrino—.
Pues me decía que tú, como hombre
hecho a las pompas y etiquetas de
la Corte y a las modas del extranjero, no podrás soportar esta sencillez un poco rústica en que vivimos,
y esta falta de buen tono, pues aquí
todo es a la pata la llana.

—¡Qué error! —repuso Pepe, mirando a su prima—. Nadie aborrece
más que yo las falsedades y comedias de lo que llaman alta sociedad.
Crean ustedes que hace tiempo deseo darme, como decía no sé quién,
un baño de cuerpo entero en la Naturaleza; vivir lejos del bullicio, en
la soledad y sosiego del campo. Anhelo la tranquilidad de una vida sin

luchas, sin afanes, ni envidioso ni envidiado, como dijo el poeta. Durante mucho tiempo, mis estudios primero y mis trabajos después, me han impedido el descanso que necesito y que reclama mi espíritu y mi cuerpo: pero desde que entré en esta casa, querida tía, querida prima, me he sentido rodeado de la atmósfera de paz que deseo. No hay que hablarme, pues, de sociedades altas ni bajas, ni de mundos grandes ni chicos, porque de buen grado los cambio todos por este rincón.

Esto decía cuando los cristales de la puerta que comunicaba el comedor con la huerta se oscurecieron por la superposición de una larga opacidad negra. Los vidrios de unas gafas despidieron, heridos por la luz del sol, fugitivo rayo; rechinó el picaporte, abrióse la puerta, y el señor penitenciario penetró con gravedad en la estancia. Saludó y se inclinó, quitándose la teja hasta tocar con el ala de ella el suelo.

—Es el señor penitenciario de esta Santa Catedral —dijo doña Perfecta—, persona a quien estimamos mucho y de quien espero serás amigo. Siéntese usted, señor don Inocencio.

Pepe estrechó la mano del venerable canónigo, y ambos se sentaron.

—Pepe, si acostumbras fumar después de comer, no dejes de hacerlo —manifestó benévolamente doña Perfecta—. Ni el señor penitenciario tampoco.

A la sazón el buen don Inocencio sacaba de debajo de la sotana una gran petaca de cuero, marcada con irrecusables señales de antiquísimo uso, y la abrió, desenvainando de ella dos largos pitillos, uno de los cuales ofreció a nuestro amigo. De un cartonejo que irónicamente llaman los españoles *wagón*, sacó Rosario un fósforo, y bien pronto ingeniero y presbítero echaban su humo el uno sobre el otro.

—¿Y qué le parece al señor don José nuestra querida ciudad de Orbajosa? —preguntó el canónigo, cerrando fuertemente el ojo izquierdo,

según su costumbre mientras fumaba.

—Todavía no he podido formar idea de este pueblo —dijo Pepe—. Por lo poco que he visto me parece que no le vendrían mal a Orbajosa media docena de grandes capitales dispuestos a emplearse aquí, un par de cabezas inteligentes que dirigieran la renovación de este país, y algunos miles de manos activas. Desde la entrada del pueblo hasta la puerta de esta casa he visto más de cien mendigos. La mayor parte son hombres sanos y aun robustos. Es un ejército lastimoso, cuya vista oprime el corazón.

—Para eso está la caridad —afirmó don Inocencio—. Por lo demás, Orbajosa no es un pueblo miserable. Ya sabe usted que aquí se producen los primeros ajos de toda España. Pasan de veinte las familias ricas que viven entre nosotros.

—Verdad es —indicó doña Perfecta—, que los últimos años han sido detestables a causa de la seca; pero aun así las paneras no están vacías, y se han llevado últimamente al mercado muchos miles de ristras de ajos.

—En tantos años que llevo de residencia en Orbajosa —dijo el clérigo frunciendo el ceño—, he visto llegar aquí innumerables personajes de la Corte, traídos unos por la gresca electoral, otros por visitar algún abandonado terruño, o ver las antigüedades de la Catedral, y todos entran hablándonos de arados ingleses, de trilladoras mecánicas, de saltos de agua, de bancos y qué sé yo cuántas majaderías. El estribillo es que esto es muy malo y que podía ser mejor. Váyanse con mil demolios, que aquí estamos muy bien sin que los señores de la Corte nos visiten, mucho mejor sin oír ese continuo clamoreo de nuestra pobreza y de las grandezas y maravillas de otras partes. Más sabe el loco en su casa que el cuerdo en la ajena, ¿no es verdad, señor don José? Por supuesto, no se crea ni remotamente que lo digo por usted.

De ninguna manera. Pues no faltaba
más. Ya sé que tenemos delante a
uno de los jóvenes más eminentes de
la España moderna, a un hombre que
sería capaz de transformar en riquísimas comarcas nuestras áridas este-
pas... Ni me incomodo porque usted me cante la vieja canción de los
arados ingleses y la arboricultura y
la selvicultura... Nada de eso: a
hombres de tanto, de tantísimo talento, se les puede dispensar el desprecio que muestran hacia nuestra humildad. Nada, amigo mío; nada, señor don José: está usted autorizado
para todo, incluso para decirnos que
somos poco menos que cafres.

Esta filípica, terminada con marcado tono de ironía y harto impertinente toda ella, no agradó al joven;
pero se abstuvo de manifestar el más
ligero disgusto, y siguió la conversación, procurando en lo posible huir
de los puntos en que el susceptible
patriotismo del señor canónigo halla-
se fácil motivo de discordia. Este
se levantó en el momento en que la
señora hablaba con su sobrino de
asuntos de familia, y dio algunos
pasos por la estancia.

Era ésta vasta y clara, cubierta de
antiguo papel, cuyas flores y ramos,
aunque descoloridos, conservaban su
primitivo dibujo, gracias al aseo que
reinaba en todas y cada una de las
partes de la vivienda. El reloj, de
cuya caja colgaban al descubierto,
al parecer, las inmóviles pesas y el
voluble péndulo, diciendo perpetuamente que no, ocupaba con su abi-
garrada muestra el lugar preeminen-
te entre los sólidos muebles del comedor, completando el ornato de las
paredes una serie de láminas fran-
cesas que representaban las hazañas
del conquistador de Méjico, con prolijas explicaciones al pie, en las cuales se hablaba de un *Ferdinand Cor-
tez* y de una *Donna Marine* tan inverosímiles como las figuras dibuja-
das por el ignorante artista. Entre
las dos puertas vidrieras que comu-
nicaban con la huerta había un apa-
rato de latón, que no es preciso des-

cribir desde que se diga que servía
de sustentáculo a un loro, el cual se
mantenía allí con la seriedad y circunspección propias de estos anima-
lejos observándolo todo. La fisonomía
irónica y dura de los loros, su ca-
saca verde, su gorrete encarnado, sus
botas amarillas, y, por último, las
roncas palabras burlescas que pronuncian, les dan un aspecto extraño
entre serio y ridículo. Tienen no sé
qué rígido empaque de diplomáticos.
A veces parecen bufones, y siempre
se asemejan a ciertos finchados sujetos, que por querer parecer muy superiores, tiran a la caricatura.

Era el penitenciario muy amigo
del loro. Cuando dejó a la señora y
a Rosario en coloquio con el viajero,
llegóse a él, y dejándose morder con
la mayor complacencia el dedo índice, le dijo:

—Tunante, bribón, ¿por qué no
hablas? Poco valdrías si no fueras
charlatán. De charlatanes está lleno el
mundo de los hombres y el de los
pájaros.

Luego cogió con su propia venerable mano algunos garbanzos del
cercano cazuelillo y se los dio a comer. El animal empezó a llamar a la
criada pidiéndole chocolate; sus palabras distrajeron a las dos damas y
al caballero de una conversación que
no debía de ser muy importante.

VI

DONDE SE VE QUE PUEDE SURGIR LA DESAVENENCIA CUANDO MENOS SE ESPERA

De súbito se presentó el señor don
Cayetano Polentinos, hermano político de doña Perfecta, el cual entró
con los brazos abiertos, gritando:

—Venga acá, señor don José de
mi alma.

Y se abrazaron cordialmente. Don
Cayetano y Pepe se conocían, porque
el distinguido erudito y bibliófilo solía hacer excursiones a Madrid cuando se anunciaba almoneda de libros,

procedentes de la testamentaría de algún *buquinista*. Era don Cayetano alto y flaco, de edad mediana, si bien el continuo estudio o los padecimientos le habían desmejorado mucho; expresábase con una corrección alambicada que le sentaba a las mil maravillas, y era cariñoso y amable, a veces con exageración. Respecto de su vasto saber, ¿qué puede decirse sino que era un verdadero prodigio? En Madrid su nombre no se pronunciaba sin respeto, y si don Cayetano residiera en la capital, no se escapara sin pertenecer, a pesar de su modestia, a todas las academias existentes y por existir. Pero él gustaba del tranquilo aislamiento, y el lugar que en el alma de otros tiene la vanidad, teníalo en el suyo la pasión bibliómana, el amor al estudio solitario, sin otra ulterior mira y aliciente que los propios libros y el estudio mismo.

Había formado en Orbajosa una de las más ricas bibliotecas que en toda la redondez de España se encuentran, y dentro de ella pasaba largas horas del día y de la noche, compilando, clasificando, tomando apuntes y entresacando diversas suertes de noticias preciosísimas, o realizando quizás algún inaudito y jamás soñado trabajo, digno de tan gran cabeza. Sus costumbres eran patriarcales: comía poco, bebía menos, y sus únicas calaveradas consistían en alguna merienda en los Alamillos en días muy sonados, y paseos diarios a un lugar llamado Mundogrande, donde a menudo eran desenterradas del fango de veinte siglos medallas romanas y pedazos de arquitrabe, extraños plintos de desconocida arquitectura, y tal cual ánfora o cubicularia de inestimable precio.

Vivían don Cayetano y doña Perfecta en una armonía tal, que la paz del Paraíso no se le igualara. Jamás riñeron. Es verdad que él no se mezclaba para nada en los asuntos de la casa, ni ella en los de la biblioteca más que para hacerla barrer y limpiar todos los sábados, respetando con religiosa admiración los libros y papeles que sobre la mesa y en diversos parajes estaban de servicio.

Después de las preguntas y respuestas propias del caso, don Cayetano dijo:

—Ya he visto la caja. Siento mucho que no me trajeras la edición de 1527. Tendré que hacer yo mismo un viaje a Madrid... ¿Vas a estar aquí mucho tiempo? Mientras más, mejor, querido Pepe. ¡Cuánto me alegro de tenerte aquí! Entre los dos vamos a arreglar parte de mi biblioteca y a hacer un índice de escritores de la Gineta. No siempre se encuentra a mano un hombre de tanto talento como tú... Verás mi biblioteca... Podrás darte en ella buenos atracones de lectura... Todo lo que quieras... Verás maravillas, verdaderas maravillas, tesoros inapreciables, rarezas que sólo yo poseo, sólo yo... Pero, en fin, me parece que ya es hora de comer, ¿no es verdad, José? ¿No es verdad, Perfecta? ¿No es verdad, Rosarito? ¿No es verdad, señor don Inocencio?... Hoy es usted dos veces penitenciario: dígolo porque nos acompañará usted a hacer penitencia.

El canónigo se inclinó, y sonriendo mostraba simpáticamente su aquiescencia. La comida fue cordial, y en todos los manjares se advertía la abundancia desproporcionada de los banquetes de pueblo, realizada a costa de la variedad. Había para atracarse doble número de personas que las allí reunidas. La conversación recayó en asuntos diversos.

—Es preciso que visite usted cuanto antes nuestra catedral —dijo el canónigo—. ¡Como ésta hay pocas, señor don José...! Verdad que usted, que tantas maravillas ha visto en el extranjero, no encontrará nada notable en nuestra vieja iglesia... Nosotros, los pobres patanes de Orbajosa, la encontramos divina. El maestro López de Berganza, racionero de ella, la llamaba en el siglo XVI *pulchra augustana*... Sin embargo, para hombres de tanto saber como usted, quizá no tenga ningún mérito, y cualquier mercado de hierro será más bello.

Cada vez disgustaba más a Pepe Rey el lenguaje irónico del sagaz canónigo; pero resuelto a contener y disimular su enfado, no contestó sino con expresiones vagas. Doña Perfecta tomó en seguida la palabra, y jovialmente se expresó así:

—Cuidado, Pepito; te advierto que si hablas mal de nuestra santa iglesia, perderemos las amistades. Tú sabes mucho y eres un hombre eminente que de todo entiendes; pero si has de descubrir que esa gran fábrica no es la octava maravilla, guárdate en buena hora tu sabiduría y no nos saques de bobos...

—Lejos de creer que este edificio no es bello —repuso Pepe—, lo poco que de su exterior he visto me ha parecido de imponente hermosura. De modo, señora tía, que no hay para qué asustarse; ni yo soy sabio ni mucho menos.

—Poco a poco —dijo el canónigo, extendiendo la mano y dando paz a la boca por breve rato para que, hablando, descansase del mascar—. Alto allá: no venga usted aquí haciéndose el modesto, señor don José, que hartos estamos de saber lo muchísimo que usted vale, la gran fama de que goza y el papel importantísimo que desempeñará donde quiera que se presente. No se ven hombres así todos los días. Pero ya que de este modo ensalzo los méritos de usted...

Detúvose para seguir comiendo, y luego que la sin hueso quedó libre, continuó así:

—Ya que de este modo ensalzo los méritos de usted, permítaseme expresar otra opinión con la franqueza que es propia de mi carácter. Sí, señor don José; sí, señor don Cayetano; sí, señora y niña mías: la ciencia, tal como la estudian y la propagan los modernos, es la muerte del sentimiento y de las dulces ilusiones. Con ella la vida del espíritu se amengua; todo se reduce a reglas fijas, y los mismos encantos subli-

mes de la naturaleza desaparecen. Con la ciencia destrúyese lo maravilloso en las artes, así como la fe en el alma. La ciencia dice que todo es mentira, y todo quiere ponerlo en guarismos y rayas, no sólo *maria ac terras,* donde estamos nosotros, sino también *coelumque profundum,* donde está Dios... Los admirables sueños del alma, su arrobamiento místico, la inspiración misma de los poetas, mentira. El corazón es una esponja, el cerebro una gusanera.

Todos rompieron a reír, mientras él daba paso a un trago de vino.

—Vamos, ¿me negará el señor don José —añadió el sacerdote—, que la ciencia, tal como se enseña y se propaga hoy, va derecha a hacer del mundo y del género humano una gran máquina?

—Eso según y conforme —dijo don Cayetano—. Todas las cosas tienen su pro y su contra.

—Tome usted más ensalada, señor penitenciario —dijo doña Perfecta—. Está cargadita de mostaza, como a usted le gusta.

Pepe Rey no gustaba de entablar vanas disputas, ni era pedante, ni alardeaba de erudito, mucho menos ante mujeres y en reuniones de confianza; pero la importuna verbosidad agresiva del canónigo necesitaba, según él, un correctivo. Para dárselo le pareció mal sistema exponer ideas que, concordando con las del canónigo, halagasen a éste, y decidió manifestar las opiniones que más contrariaran y más acerbamente mortificasen al mordaz penitenciario.

"—Quieres divertirte conmigo —dijo para sí—. Verás que mal rato te voy a dar."

Y luego añadió en voz alta:

—Cierto es todo lo que el señor penitenciario ha dicho en tono de broma. Pero no es culpa nuestra que la ciencia esté derribando a martillazos, un día y otro, tanto ídolo vano, la superstición, el sofisma, las mil mentiras de lo pasado, bellas las unas, ridículas las otras, pues de todo hay en la viña del Señor. El mundo de las ilusiones, que es, como si dijéramos, un segundo mundo, se viene abajo con estrépito. El misticismo en religión, la rutina en la ciencia, el amaneramiento de las artes, caen como cayeron los dioses paganos entre burlas. Adiós, sueños torpes; el género humano despierta, y sus ojos ven la claridad, el sentimentalismo vano, el misticismo, la fiebre, la alucinación, el delirio, desaparecen, y el que antes era enfermo, hoy está sano, y se goza con placer indecible en la justa apreciación de las cosas. La fantasía, la terrible loca, que era el alma de la casa, pasa a ser criada... Dirija usted la vista a todos lados, señor penitenciario, y verá el admirable conjunto de realidad que ha sustituido a la fábula. El cielo no es una bóveda, las estrellas no son farolillos, la luna no es una cazadora traviesa, sino un pedrusco opaco; el sol no es un cochero emperejilado y vagabundo, sino un incendio fijo. Las sirtes no son ninfas, sino dos escollos; las sirenas son focas, y en el orden de las personas, Mercurio es Manzanedo; Marte es un viejo barbilampiño, el conde de Moltke; Néstor puede ser un señor de gabán que se llama monsieur Thiers; Orfeo es Verdi; Vulcano es Krupp; Apolo es cualquier poeta. ¿Quiere usted más? Pues Júpiter, un dios digno de ir a presidio si viviera aún, no descarga el rayo, sino que el rayo cae cuando a la electricidad le da la gana. No hay Parnaso, no hay Olimpo, no hay laguna Estigia, ni otros Campos Elíseos que los de París. No hay ya más bajada al Infierno que las de la geología, y este viajero, siempre que vuelve, dice que no hay condenados en el centro de la tierra. No hay más subidas al cielo que las de la astronomía, y ésta, a su regreso, asegura no haber visto los seis o siete pisos de que hablan el Dante y los místicos y soñadores de la Edad Media. No encuentra sino astros y distancias, líneas, enormidades de espacio, y nada más. Ya no hay falsos cómputos de la edad del mundo, porque la paleontología y la prehistoria han contado los dientes de esta calavera en que vivimos y averiguado su verdadera edad. La fábula, llámese paganismo o idealismo cristiano, ya no existe, y la imaginación está de cuerpo presente. Todos los milagros posibles se reducen a los que yo hago en mi gabinete, cuando se me antoja, con una pila de Bunsen, un hilo inductor y una aguja imantada. Ya no hay más multiplicaciones de panes y peces que las que hace la industria con sus moldes y máquinas, y las de la imprenta, que imita a la Naturaleza sacando de un solo tipo millones de ejemplares. En suma, señor canónigo del alma, se han corrido los órdenes para dejar cesantes a todos los absurdos, falsedades, ilusiones, ensueños, sensiblerías y preocupaciones que ofuscan el entendimiento del hombre. Celebremos el suceso.

Cuando concluyó de hablar, en los labios del canónigo retozaba una sonrisilla, y sus ojos habían tomado animación extraordinaria. Don Cayetano se ocupaba en dar diversas formas, ora romboidales, ora prismáticas, a una bolita de pan. Pero doña Perfecta estaba pálida y fijaba sus ojos en el canónigo con insistencia observadora. Rosarito contemplaba con estupor a su primo. Este se inclinó hacia ella, y al oído le dijo disimuladamente en voz muy baja:

—No me hagas caso, primita. Digo estos disparates para sulfurar al señor canónigo.

VII

LA DESAVENENCIA CRECE

—Puede que creas —indicó doña Perfecta con ligero acento de vanidad—, que el señor don Inocencio se va a quedar callado sin contestarte a todos y cada uno de esos puntos.

—¡Oh, no! —exclamó el canónigo arqueando las cejas—. No mediré yo mis escasas fuerzas con adalid tan valiente y al mismo tiempo tan bien armado. El señor don José lo sabe todo, es decir, tiene a su disposición todo el arsenal de las ciencias exactas. Bien sé que la doctrina que sustenta es falsa; pero yo no tengo talento ni elocuencia para combatirla. Emplearía yo las armas del sentimiento; emplearía argumentos teológicos, sacados de la revelación, de la fe, de la palabra divina; pero ¡ay! el señor don José, que es un sabio eminente, se reiría de la teología, de la fe, de la revelación, de los santos profetas, del Evangelio... Un pobre clérigo ignorante, un desdichado que no sabe matemáticas, ni filosofía alemana en que ha yaquello del *yo* y *no yo;* un pobre dómine que no sabe más que la ciencia de Dios y algo de poetas latinos, no puede entrar en combate con estos bravos corifeos.

Pepe Rey prorrumpió en francas risas.

—Veo que el señor don Inocencio —indicó—, ha tomado por lo serio estas majaderías que he dicho... Vaya, señor canónigo, vuélvanse cañas las lanzas, y todo se acabó. Seguro estoy de que mis verdaderas ideas y las de usted no están en desacuerdo. Usted es una varón piadoso e instruido. Aquí el ignorante soy yo. Si he querido bromear, dispénsenme todos: yo soy así.

—Gracias —repuso el presbítero visiblemente contrariado—. ¿Ahora salimos con ésas? Bien sé yo, bien sabemos todos que las ideas que usted ha sustentado son las suyas. No podía ser de otra manera. Usted es el hombre del siglo. No puede negarse que su entendimiento es prodigioso, a todas luces prodigioso. Mientras usted hablaba, yo, lo confieso ingenuamente, al mismo tiempo que en mi interior deploraba error tan grande, no podía menos de admirar lo sublime de la expresión, la prodigiosa facundia, el método sorprendente de su raciocinio, la fuerza de los argumentos... ¡Qué cabeza, señora doña Perfecta, qué cabeza la de este joven sobrino de usted! Cuando estuve en Madrid y me llevaron al Ateneo, confieso que me quedé absorto al ver el asombroso ingenio que Dios ha dado a los ateos y protestantes.

—Señor don Inocencio —dijo doña Perfecta, mirando alternativamente a su sobrino y a su amigo—, creo que usted, al juzgar a este chico, traspasa los límites de la benevolencia... No te enfades, Pepe, ni hagas caso de lo que digo, porque yo ni soy sabia, ni filósofa, ni teóloga; pero me parece que el señor don Inocencio acaba de dar una prueba de su gran modestia y caridad cristiana, negándose a apabullarte, como podía hacerlo si hubiese querido...

—¡Señora, por Dios! —murmuró el eclesiástico.

—El es así —añadió la señora—. Siempre haciéndose la mosquita muerta... Y sabe más que los cuatro doctores. ¡Ay, señor don Inocencio, qué bien le sienta a usted el nombre que lleva! Pero no se nos venga acá con humildades importunas. Mi sobrino no tiene pretensiones... ¡Si él sabe lo que le han enseñado y nada más!... Si ha aprendido el error, ¿qué más puede desear sino que usted le ilustre y le saque del infierno de sus falsas doctrinas?

—Justamente, no deseo otra cosa sino que el señor penitenciario me saque... —murmuró Pepe, comprendiendo que sin quererlo se había metido en un laberinto.

—Yo soy un pobre clérigo que no sabe más que la ciencia antigua —repuso don Inocencio—. Reconozco el inmenso valor científico mundano del señor don José, y ante tan brillante oráculo callo y me postro.

Diciendo esto, el canónigo cruzaba ambas manos sobre el pecho, inclinando la cabeza. Pepe Rey estaba un sí es no es turbado a causa del giro que su tía quiso dar a una vana disputa festiva, en la que tomó parte tan sólo por acalorar un poco la conversación. Creyó prudente poner punto en tan peligroso tratado, y con este fin dirigió una pregunta al señor don Cayetano cuando éste, despertando del pavoroso letargo que tras los postres le sobrevino, ofrecía a los comensales los indispensables palillos clavados en un pavo de porcelana que hacía la rueda.

—Ayer he descubierto una mano empuñando el asa de un ánfora, en la cual hay varios signos hieráticos. Te la enseñaré —dijo don Cayetano, gozoso de planetar un tema de su predilección.

—Supongo que el señor de Rey será también muy experto en cosas de arqueología —dijo el canónigo, que, siempre implacable, corría tras la víctima, siguiéndola hasta su más escondido refugio.

—Por supuesto —dijo doña Perfecta—. ¿De qué no entenderán estos despabilados niños del día? Todas las ciencias las llevan en las puntas de los dedos. Las universidades y las academias les instruyen de todo en un periquete, dándoles patente de sabiduría.

—¡Oh! eso es injusto —repuso el canónigo observando la penosa impresión que manifestaba el semblante del ingeniero.

—Mi tía tiene razón —afirmó Pepe—. Hoy aprendemos un poco de todo, y salimos de las escuelas con rudimentos de diferentes estudios.

—Decía —añadió el canónigo—, que será usted un gran arqueólogo.

—No sé una palabra de esa ciencia —repuso el joven—. Las ruinas son ruinas, y nunca me ha gustado empolvarme en ellas.

Don Cayetano hizo una mueca muy expresiva.

—No es esto condenar la arqueología —dijo vivamente el sobrino de doña Perfecta, advirtiendo con dolor que no pronunciaba una palabra sin herir a alguien—. Bien sé que del polvo sale la historia. Esos estudios son preciosos y utilísimos.

—Usted —observó el penitenciario metiéndose el palillo en la última muela—, se inclinará más a los estudios de controversia. Ahora se me ocurre una excelente idea. Señor don José, usted debiera ser abogado.

—La abogacía es una profesión que aborrezco —replicó Pepe Rey—. Conozco abogados muy respetables, entre ellos a mi padre, que es el mejor de los hombres. A pesar de tan buen ejemplo, en mi vida me hubiera sometido a ejercer una profesión que consiste en defender lo mismo el pro que el contra de las cuestiones. No conozco error, ni preocupación, ni ceguera más grande que el empeño de las familias en inclinar a la mejor parte de la juventud a la abogacía. La primera y más terrible plaga de España es la turbamulta de jóvenes letrados, para cuya existencia es necesaria una fabulosa cantidad de pleitos. Las cuestiones se multiplican en proporción de la demanda. Aun así, muchísimos se quedan sin trabajo, y como un señor jurisconsulto no puede tomar el arado ni sentarse al telar, de aquí proviene ese brillante escuadrón de holgazanes, llenos de pretensiones, que fomentan la empleomanía, perturban la política, agitan la opinión y engendran las revoluciones. De alguna parte han de comer. Mayor desgracia sería que hubiera pleitos para todos.

—Pepe, por Dios, mira lo que hablas —dijo doña Perfecta con marcado tono de severidad—. Pero dispénsele usted, señor don Inocencio... porque él ignora que usted tiene un sobrinito, el cual, aunque recién salido de la Universidad, es un portento en la abogacía.

—Yo hablo en términos generales —manifestó Pepe con firmeza—. Siendo, como soy, hijo de un abogado ilustre, no puedo desconocer que algunas personas ejercen esta noble profesión con verdadera gloria.

—No... si mi sobrino es un chiquillo todavía —dijo el canónigo afectando humildad—. Muy lejos de mi ánimo afirmar que es un prodigio de saber, como el señor de Rey. Con el tiempo quién sabe... Su talento no es brillante ni seductor. Por supuesto, las ideas de Jacintito son sólidas, su criterio sano; lo que sabe lo sabe a macha martillo. No conoce sofisterías ni palabras huecas...

Pepe Rey hallábase cada vez más inquieto. La idea de que, sin quererlo, estaba en contradicción con las ideas de los amigos de su tía, le mortificaba, y resolvió callar por temor a que él y don Inocencio concluyeran tirándose los platos a la cabeza. Felizmente, el esquilón de la catedral, llamando a los canónigos a la importante tarea del coro, le sacó de situación tan penosa. Levantóse el venerable varón y se despidió de todos, mostrándose con Pepe tan lisonjero, tan amable, cual si la amistad más íntima desde largo tiempo los uniera. El canónigo, después de ofrecerse para servirle en todo, le prometió presentarle a su sobrino, a fin de que éste le acompañase a ver la población, y le dijo expresiones muy cariñosas, dignándose agraciarle al salir con una palmadita en el hombro. Pepe Rey, aceptando con gozo aquellas fórmulas de concordia, vio, sin embargo, el cielo abierto cuando el sacerdote salió del comedor y de la casa.

VIII

A TODA PRISA

Poco después había cambiado la escena. Don Cayetano, encontrando descanso a sus sublimes tareas en un dulce sueño que de él se amparó, dormía blandamente en un sillón del comedor. Doña Perfecta andaba por la casa tras sus quehaceres. Rosarito, sentándose junto a una de las vidrieras que a la huerta se abrían, miró a su primo, diciéndole con la muda oratoria de los ojos:

—Primo, siéntate aquí junto a mí, y dime todo eso que tienes que decirme.

Pepe, aunque matemático, lo comprendió.

—Querida prima —dijo—, ¡cuánto te habrás aburrido hoy con nuestras disputas! Bien sabe Dios que por mi gusto no habría pedanteado como viste; pero el señor canónigo tiene la culpa... ¿Sabes que me parece singular ese señor sacerdote?...

—¡Es una persona excelente! —repuso Rosarito, demostrando el gozo que sentía por verse en disposición de dar a su primo todos los datos y noticias que necesitase.

—¡Oh! sí, una excelente persona. ¡Bien se conoce!

—Cuando le sigas tratando, conocerás...

—Que no tiene precio. En fin, basta que sea amigo de tu mamá y tuyo para que también lo sea mío —afirmó el joven—, ¿Y viene mucho acá?

—Toditos los días. ¡Qué bueno y qué amable es! ¡Y cómo me quiere!

—Vamos, ya me va gustando ese señor.

—Viene también por las noches a jugar al tresillo —añadió la joven—, porque a prima noche se reúnen aquí algunas personas, el juez de primera instancia, el promotor fiscal, el deán, el secretario del obispo, el alcalde, el recaudador de contribuciones, el sobrino de don Inocencio...

—¡Ah! Jacintito, el abogado.

—Ese. Es un pobre chico, más bueno que el pan. Su tío le adora. Desde que vino de la Universidad con su borla de doctor... porque es doctor de un par de facultades, y sacó nota de sobresaliente... ¿qué crees tú? ¡vaya!... pues desde que vino, su tío le trae aquí muy a menudo. Mamá también le quiere mucho... Es estudioso y formalito. Se retira temprano con su tío; no va nunca al Casino por las noches, no juega ni derrocha, y trabaja en el bufete de don Lorenzo Ruiz, que es el primer abogado de Orbajosa. Dicen que Jacinto será un gran defensor de pleitos.

—Su tío no exageraba al elogiarle —dijo Pepe—. Siento mucho haber dicho aquellas tonterías sobre los abogados... Querida prima, ¿no es verdad que estuve inconveniente?

—Calla, si a mí me parece que tienes mucha razón.

—¿Pero de veras, no estuve un poco...?

—Nada, nada.

—¡Qué peso me quitas de encima! La verdad es que me encontré, sin saber cómo, en una contradicción constante y penosa con ese venerable sacerdote. Lo siento de veras.

—Lo que yo creo —dijo Rosarito clavando en él sus ojos con expresión cariñosa—, es que tú no eres para nosotros.

—¿Qué significa eso?

—No sé si me explico bien, primo. Quiero decir que no es fácil te acostumbres a la conversación ni a las ideas de la gente de Orbajosa. Se me figura... es una suposición.

—¡Oh! no: yo creo que te equivocas.

—Tú vienes de otra parte, de otro mundo donde las personas son muy listas, muy sabias, y tienen unas maneras finas y un modo de hablar ingenioso, y una figura... puede ser que no me explique bien. Quiero decir que estás habituado a vivir entre una sociedad escogida; sabes mucho... Aquí no hay lo que tú necesitas; aquí no hay gente sabia, ni grandes figuras. Todo es sencillez, Pepe. Se me figura que te aburrirás, que te aburrirás mucho, y al fin tendrás que marcharte.

La tristeza que era normal en el semblante de Rosarito, se mostró con tintas y rasgos tan notorios, que Pepe Rey sintió una emoción profunda.

—Estás en un error, querida prima. Ni yo traigo aquí la idea que supones, ni mi carácter ni mi entendimiento están en disonancia con los caracteres y las ideas de aquí. Pero supongamos por un momento que lo estuvieran.

—Vamos a suponerlo...

—En ese caso, tengo la firme convicción de que entre tú y yo, entre nosotros dos, querida Rosario, se es-

tablecerá una armonía perfecta. Sobre esto no puedo engañarme. El corazón me dice que no me engaño.

Rosarito se ruborizó; pero esforzándose en hacer huir su sonrojo con sonrisas y miradas dirigidas aquí y allí dijo:

—No vengas ahora con artificios. Si lo dices porque yo he de encontrar siempre bien todo lo que piensas, tienes razón.

—Rosario —exclamó el joven—, desde que te vi, mi alma se sintió llena de una alegría muy viva... he sentido al mismo tiempo un pesar: el de no haber venido antes a Orbajosa.

—Eso sí que no he de creerlo —dijo ella, afectando jovialidad para encubrir medianamente su emoción—. ¿Tan pronto?... No vengas ahora con palabrotas... Mira, Pepe, yo soy una lugareña; yo no sé hablar más que cosas vulgares; yo no sé francés, yo no me visto con elegancia; yo apenas sé tocar el piano; yo...

—¡Oh, Rosario! —exclamó con ardor el caballero—. Dudaba que fueses perfecta; ahora ya sé que lo eres.

Entró de súbito la madre. Rosarito, que nada tenía que contestar a las últimas palabras de su primo, conoció, sin embargo, la necesidad de decir algo, y mirando a su madre, habló así:

—¡Ah! se me había olvidado poner la comida al loro.

—No te ocupes de eso ahora. ¿Para qué os estáis ahí? Lleva a tu primo a dar un paseo por la huerta.

La señora se sonreía con bondad maternal, señalando a su sobrino la frondosa arboleda que tras los cristales aparecía.

—Vamos allá —dijo Pepe levantándose.

Rosarito se lanzó como un pájaro puesto en libertad hacia la vidriera.

—Pepe, que sabe tanto y ha de entender de árboles —afirmó doña Perfecta—, te enseñará cómo se hacen los injertos. A ver qué opina de esos peralitos que se van a trasplantar.

—Ven, ven —dijo Rosarito desde fuera.

Llamaba a su primo con impaciencia. Ambos desaparecieron entre el follaje. Doña Perfecta les vio alejarse, y después se ocupó del loro. Mientras le renovaba la comida, dijo en voz muy baja con ademán pensativo:

—¡Qué despegado es! Ni siquiera le ha hecho una caricia al pobre animalito.

Luego en voz alta añadió, creyendo en la posibilidad de ser oída por su cuñado:

—Cayetano, ¿qué te parece el sobrino?... ¡Cayetano!

Sordo gruñido indicó que el anticuario volvía al conocimiento de este miserable mundo.

—Cayetano...

—Eso es... eso es... —murmuró con torpe voz el sabio—, ese caballerito sostendrá como todos la opinión errónea de que las estatuas de Mundogrande proceden de la primera inmigración fenicia. Yo le convenceré...

—Pero Cayetano...

—Pero Perfecta... ¡Bah! ¿También ahora sostendrás que he dormido?

—No, hombre, ¡qué he de sostener yo tal disparate!... ¿Pero no me dices qué te parece ese chico?

Don Cayetano se puso la palma de la mano ante la boca para bostezar más a gusto, y después entabló una larga conversación con la señora. Los que nos han transmitido las noticias necesarias a la composición de esta historia pasan por alto aquel diálogo, sin duda porque fue demasiado secreto. En cuanto a lo que hablaron el ingeniero y Rosarito en la huerta aquella tarde, parece evidente que no es digno de mención.

En la tarde del siguiente día ocurrieron, sí, cosas que no deben pasarse en silencio, por ser de la mayor gravedad. Hallábanse solos ambos primos a hora bastante avanzada de la tarde, después de haber discurrido por distintos parajes de la huerta, atentos el uno al otro, y sin tener alma ni sentidos más que para verse y oírse.

—Pepe —decía Rosarito—, todo lo que me has dicho es una fantasía, una cantinela de esas que tan bien sabéis hacer los hombres de chispa. Tú piensas que, como soy lugareña, creo cuanto me dicen.

—Si me conocieras, como yo creo conocerte a ti, sabrías que jamás digo sino lo que siento. Pero dejémonos de sutilezas tontas y de argucias de amantes, que no conducen sino a falsear los sentimientos. Yo no hablaré contigo más lenguaje que el de la verdad. ¿Eres acaso una señorita a quien he conocido en el paseo o en la tertulia, y con la cual pienso pasar un rato divertido? No. Eres mi prima. Eres algo más... Rosario, pongamos de una vez las cosas en su verdadero lugar. Fuera rodeos. Yo he venido aquí a casarme contigo.

Rosario sintió que su rostro se abrasaba y que el corazón no le cabía en el pecho.

—Mira, querida prima —añadió el joven—, te juro que si no me hubieras gustado, ya estaría lejos de aquí. Aunque la cortesía y la delicadeza me habrían obligado a hacer esfuerzos, no me hubiera sido fácil disimular mi desengaño. Yo soy así.

—Primo, casi acabas de llegar —dijo lacónicamente Rosarito, esforzándose en reír.

—Acabo de llegar, ya sé todo lo que tenía que saber: sé que te quiero; que eres la mujer que desde hace tiempo me está anunciando el corazón, diciéndome noche y día... "Ya viene; ya está cerca; que te quemas."

Esta frase sirvió de pretexto a Rosario para soltar la risa que en sus labios retozaba. Su espíritu se desvanecía alborozado en una atmósfera de júbilo.

—Tú te empeñas en que no vales nada —continuó Pepe—, y eres una maravilla. Tienes la cualidad admirable de estar a todas horas proyectando sobre cuanto te rodea la divina luz de tu alma. Desde que se te ve, desde que se te mira, los nobles sentimientos y la pureza de tu corazón se manifiestan. Viéndote, se ve una vida celeste que por descuido de Dios está en la tierra; eres un ángel, y yo te quiero como un tonto.

Al decir esto, parecía haber desempeñado una grave misión. Rosarito vióse de súbito dominada por tan viva sensibilidad, que la escasa energía de su cuerpo no pudo corresponder a la excitación de su espíritu, y desfalleciendo, dejóse caer sobre un sillar que hacía las veces de banco en aquellos amenos lugares. Pepe se inclinó hacia ella. Notó que cerraba los ojos, apoyando la frente en la palma de la mano. Poco después, la hija de doña Perfecta Polentinos dirigía a su primo entre dulces lágrimas, una mirada tierna, seguida de estas palabras:

—Te quiero desde antes de conocerte.

Apoyadas sus manos en las del joven se levantó, y sus cuerpos desaparecieron entre las frondosas ramas de un paseo de adelfas. Caía la tarde, y una dulce sombra se extendía por la parte baja de la huerta, mientras el último rayo del sol poniente coronaba de resplandores las cimas de los árboles. La ruidosa república de pajarillos armaba espantosa algarabía en las ramas superiores. Era la hora en que después de corretear por la alegre inmensidad de los cielos, iban todos a acostarse, y se disputaban unos a otros la rama que escogían por alcoba. Su charla parecía a veces recriminación y disputa, a veces burla y gracejo. Con su parlero trinar se decían aquellos tunantes las mayores insolencias, dándose de picotazos y agitando las alas, así como los oradores agitan los grazos cuando quieren hacer creer las mentiras que pronuncian. Pero también sonaban por allí palabras de amor, que a ello convidaban la apacible hora y el hermoso lugar. Un oído experto hubiera podido distinguir las siguientes:

—Desde antes de conocerte te quería, y si no hubieras venido me habría muerto de pena. Mamá me daba a leer las cartas de tu padre y como en ellas hacía tantas alabanzas de ti, yo decía: "éste debiera ser mi marido." Durante mucho tiempo, tu padre no habló de que tú y yo nos casáramos, lo cual me parecía un descuido muy grande. Yo no sabía qué pensar de semejante negligencia... Mi tío Cayetano, siempre que te nombraba, decía: "Como ése hay pocos en el mundo. La mujer que le pesque ya se puede tener por dichosa..." Por fin tu papá dijo lo que no podía menos de decir... Sí, no podía menos de decirlo: yo lo esperaba todos los días...

Poco después de estas palabras, la misma voz añadió con zozobra:

—Alguien viene tras nosotros.

Saliendo de entre las adelfas, Pepe vio a dos personas que se acercaban, y tocando las hojas de un tierno arbolito que allí cerca había, dijo en alta voz a su compañera:

—No es conveniente aplicar la primera poda a los árboles jóvenes como éste hasta su completo arraigo. Los árboles recién plantados no tienen vigor para soportar dicha operación. Tú bien sabes que las raíces no pueden formarse sino por el influjo de las hojas: así es que si le quitas las hojas...

—¡Ah! señor don José —exclamó el penitenciario con franca risa, acercándose a los dos jóvenes y haciéndoles una reverencia—. ¿Está usted dando lecciones de horticultura? *Insere nunc Meliboe pyros, pone ordene vites,* que dijo el gran cantor de los trabajos del campo. Injerta los perales, caro Melibeo; arregla las parras... ¿Con qué cómo estamos de salud, señor don José?

El ingeniero y el canónigo se dieron las manos. Luego éste volvióse, y señalando a un jovenzuelo que tras él venía, dijo sonriendo:

—Tengo el gusto de presentar a usted a mi querido Jacintillo..., una buena pieza... un tarambana, señor don José.

IX

LA DESAVENENCIA SIGUE CRECIENDO Y AMENAZA CONVERTIRSE EN DISCORDIA

Junto a la negra sotana se destacó un sonrosado y fresco rostro. Jacintillo saludó a nuestro joven, no sin cierto embarazo.

Era uno de esos chiquillos precoces, a quienes la indulgente Universidad lanza antes de tiempo a las arduas luchas del mundo, haciéndoles creer que son hombres porque son doctores. Tenía Jacintito semblante agraciado y carilleno, con mejillas de rosa como una muchacha, y era rechoncho de cuerpo, de estatura pequeña, tirando un poco a pequeñísima, y sin más pelo de barba que el suave bozo que lo anunciaba. Su edad excedía poco de los veinte años. Habíase educado desde la niñez bajo la dirección de su excelente y discreto tío, con lo cual dicho se está que el tierno arbolito no se torció al crecer. Una moral severa le mantenía constantemente derecho, y en el cumplimiento de sus deberes escolásticos apenas flaqueaba. Concluidos los estudios universitarios con aprovechamiento asombroso, pues no hubo clase en que no ganase las más eminentes notas, empezó a trabajar, prometiendo con su aplicación y buen tino para la abogacía, perpetuar en el foro el lozano verdor de los laureles del aula.

A veces era travieso niño, a veces hombre formal. En verdad, en verdad, que si a Jacinto no le gustaran un poco y aun un mucho las lindas muchachas, su buen tío le creería perfecto. No dejaba de sermonearle a todas horas, apresurándose a cortarle los vuelos audaces; pero ni aun esta inclinación mundana del jovenzuelo

lograba enfriar el amor que nuestro buen canónigo tenía al encantador retoño de su cara sobrina María Remedios. En tratándose del abogadillo, todo cedía. Hasta las graves y rutinarias prácticas del buen sacerdote se alteraban siempre que se tratase de algún asunto referente a su precoz pupilo. Aquel método riguroso y fijo como un sistema planetario, solía perder su equilibrio cuando Jacintito estaba enfermo o tenía que hacer un viaje. ¡Inútil celibato el de los clérigos! Si el Concilio de Trento les prohibe tener hijos, Dios, no el demonio, les da sobrinos para que conozcan los dulces afanes de la paternidad.

Examinadas imparcialmente las cualidades de aquel aprovechado niño, era imposible desconocer su mérito. Su carácter era por lo común inclinado a la honradez, y las acciones nobles despertaban franca admiración en su alma. Respecto a sus dotes intelectuales y a su saber social, tenía todo lo necesario para ser con el tiempo una notabilidad de estas que tanto abundan en España; podía ser lo que a todas horas nos complacemos en llamar hiperbólicamente un *distinguido patricio*, o un *eminente hombre público*, especies que por su mucha abundancia apenas son apreciadas en su justo valor. En aquella tierna edad en que el grado universitario sirve de soldadura entre la puericia y la virilidad, pocos jóvenes, mayormente si han sido mimados por sus maestros, están libres de una pedantería fastidiosa, que si les da gran prestigio al lado de sus mamás, es muy risible entre hombres hechos y formales. Jacintito tenía este defecto, disculpable no sólo por sus pocos años, sino porque su buen tío fomentaba aquella vanidad pueril con imprudentes aplausos.

Luego que los cuatro se reunieron, continuaron paseando. Jacinto callaba. El canónigo, volviendo al interrumpido tema de los *pyros* que se debían injertar y de las *vites* que se debían poner en orden, dijo:

—Ya sé que don José es un insigne agrónomo.

—Nada de eso; no sé una palabra —repuso el joven, viendo con mucho disgusto aquella manía de suponerle instruido en todas las ciencias.

—¡Oh! sí; un gran agrónomo —añadió el penitenciario—; pero en asuntos de agronomía no me citen tratados novísimos. Para mí toda esa ciencia, señor de Rey, está condensada en lo que yo llamo la *Biblia del campo,* en las *Geórgicas* del inmortal latino. Todo es admirable, desde aquella gran sentencia *Nec vero terrae ferre omnes omnia possunt,* es decir, que no todas las tierras sirven para todos los árboles, señor don José, hasta el minucioso tratado de las abejas, en que el poeta explana lo concerniente a estos doctos animalitos, y define al zángano diciendo:

Ille horridus alter
desidia, lactamque trahens inglorius
[album,

(de figura horrible y perezosa, arrastrando el innoble vientre pesado), señor don José...

—Hace usted bien en traducírmelo —dijo Pepe—, porque entiendo muy poco de latín.

—¡Oh! los hombres del día, ¿para qué habían de entretenerse en estudiar antiguallas? —añadió el canónigo con ironía—. Además, en latín sólo han escrito los calzonazos como Virgilio, Cicerón y Tito Livio. Yo, sin embargo, estoy por lo contrario, y sea testigo mi sobrino, a quien he enseñado la sublime lengua. El tunante sabe más que yo. Lo malo es que con las lecturas modernas lo va olvidando, y el mejor día se encontrará que es un ignorante, sin sospecharlo. Porque, señor don José, a mi sobrino le ha dado por entretenerse con libros novísimos y teorías extravagantes, y todo es Flammarion arriba y abajo, y nada más sino que las estrellas están llenas de gente. Vamos, se me figura que ustedes dos van a hacer buenas migas. Jacinto,

ruégale a este caballero que te enseñe las matemática sublimes, que te instruya en lo concerniente a los filósofos alemanes, y ya eres un hombre.

El buen clérigo se reía de sus propias ocurrencias, mientras Jacinto, gozoso de ver la conversación en terreno tan de su gusto, se excusó con Pepe Rey, y de buenas a primeras le descargó esta pregunta:

—Dígame el señor don José, ¿qué piensa del darwinismo?

Sonrió el ingeniero al oír pedantería tan fuera de sazón, y de buena gana excitara al joven a seguir por aquella senda de infantil vanidad; pero creyendo más prudente no intimar mucho con el sobrino ni con el tío, contestó sencillamente:

—No puedo pensar nada de las doctrinas de Darwin, porque apenas las conozco. Los trabajos de mi profesión no me han permitido dedicarme a esos estudios.

—Ya —dijo el canónigo riendo—. Todo se reduce a que descendemos de los monos... Si lo dijera sólo por ciertas personas que yo conozco, tendría razón.

—La teoría de la selección natural —añadió enfáticamente Jacinto—, parece que tiene muchos partidarios en Alemania.

—No lo dudo —dijo el clérigo—. En Alemania no debe sentirse que esa teoría sea verdadera, por lo que toca a Bismarck.

Doña Perfecta y el señor don Cayetano aparecieron frente a los cuatro.

—¡Qué hermosa está la tarde! —dijo la señora—. ¿Qué tal, sobrino, te aburres mucho?...

—Nada de eso —repuso el joven.

—No me lo niegues. De eso veníamos hablando Cayetano y yo. Tú estás aburrido, y te empeñas en disimularlo. No todos los jóvenes de estos tiempos tienen la abnegación de pasar su juventud, como Jacinto, en un pueblo donde no hay teatro Real, ni bufos, ni bailarinas, ni filósofos, ni Ateneos, ni papeluchos, ni

Congresos, ni otras diversiones y pasatiempos.

—Yo estoy aquí muy bien —replicó Pepe—. Ahora le estaba diciendo a Rosario que esta ciudad y esta casa me son tan agradables, que me gustaría vivir y morir aquí.

Rosario se puso muy encendida, y los demás callaron. Sentáronse todos en una glorieta, apresurándose Jacinto a ocupar el lugar a la izquierda de la señorita.

—Mira, sobrino, tengo que advertirte una cosa —dijo doña Perfecta, con aquella risueña expresión de bondad que emanaba de su alma, como de la flor el aroma—. Pero no vayas a creer que te reprendo, ni que te doy lecciones: tú no eres niño, y fácilmente comprenderás mis ideas.

—Ríñame usted, querida tía, que sin duda lo mereceré —replicó Pepe, que ya empezaba a acostumbrarse a las bondades de la hermana de su padre.

—No, no es más que una advertencia. Estos señores verán cómo tengo razón.

Rosarito oía con toda su alma.

—Pues no es más —añadió la señora—, sino que cuando vuelvas a visitar nuestra hermosa catedral, procures estar en ella con un poco más de recogimiento.

—Pero ¿qué he hecho yo?

—No extraño que tú mismo no conozcas tu falta —indicó la señora con aparente jovialidad—. Es natural: acostumbrado a entrar con la mayor desenvoltura en los ateneos, clubes, academias y congresos, crees que de la misma manera se puede entrar en un templo donde está la Divina Majestad.

—Pero, señora, dispénseme usted —dijo Pepe con gravedad—. Yo he entrado en la catedral con la mayor compostura.

—Si no te riño, hombre, si no te riño. No lo tomes así, porque tendré que callarme. Señores, disculpen ustedes a mi sobrino. No es de extrañar un descuidillo, una distracción...

¿Cuántos años hace que no pones los pies en lugar sagrado?

—Señora, yo juro a usted... Pero en fin, mis ideas religiosas podrán ser lo que se quiera; pero acostumbro guardar compostura dentro de la iglesia.

—Lo que yo aseguro... vamos, si te has de ofender no sigo... lo que aseguro es que muchas personas lo advirtieron esta mañana. Notáronlo los señores de González, doña Robustiana, Serafinita, en fin... con decirte que llamaste la atención del señor Obispo... Su Ilustrísima me dio las quejas esta tarde en casa de mis primas. Díjome que no te mandó plantar en la calle porque le dijeron que eras sobrino mío.

Rosario contemplaba con angustia el rostro de su primo, procurando adivinar sus contestaciones antes que las diera.

—Sin duda me han tomado por otro.

—No... no... Fuiste tú... Pero no vayas a ofenderte, que aquí estamos entre amigos y personas de confianza. Fuiste tú, yo misma te vi.

—¡Usted!

—Justamente. ¿Negarás que te pusiste a examinar las pinturas, pasando por un grupo de fieles que estaban oyendo misa...? Te juro que me distraje de tal modo con tus idas y venidas, que... Vamos... es preciso que no vuelvas a hacerlo. Luego entraste en la capilla de San Gregorio; alzaron en el altar mayor, y ni siquiera te volviste para hacer una demostración de religiosidad. Después atravesaste de largo a largo la iglesia, te acercaste al sepulcro del Adelantado, pusiste las manos sobre el altar, pasaste en seguida otra vez por entre el grupo de fieles, llamando la atención. Todas las muchachas te miraban, y tú parecías satisfecho de perturbar tan lindamente la devoción y ejemplaridad de aquella buena gente.

—¡Dios mío! ¡Cuántas abominaciones!... —exclamó Pepe, entre

enojado y risueño—. Soy un monstruo, y ni siquiera lo sospechaba.

—No, bien sé que eres un buen muchacho —dijo doña Perfecta, observando el semblante afectadamente serio e inmutable del canónigo, que parecía tener por cara una máscara de cartón—. Pero, hijo, de pensar las cosas a decirlas así con cierto desparpajo, hay una distancia que el hombre prudente y comedido no debe salvar nunca. Bien sé que tus ideas son... no te enfades; si te enfadas me callo... digo que una cosa es tener ideas religiosas y otra manifestarlas... Me guardaré muy bien de vituperarte porque creas que no nos crió Dios a su imagen y semejanza, sino que descendemos de los micos; ni porque niegues la existencia del alma, asegurando que ésta es una droga como los papelillos de magnesia o de ruibarbo que se venden en la botica...

—¡Señora, por Dios!... —exclamó Pepe con disgusto—. Veo que tengo muy mala reputación en Orbajosa.

Los demás seguían guardando silencio.

—Pues decía que no te vituperaré por esas ideas... Además de que no tengo derecho a ello; si me pusiera a disputar contigo, tú, con tu talentazo descomunal, me confundirías mil veces... no, nada de eso. Lo que digo es que estos pobres y menguados habitantes de Orbajosa son piadosos y buenos cristianos, si bien ninguno de ellos sabe filosofía alemana; por lo tanto, no debes despreciar públicamente sus creencias.

—Querida tía —dijo el ingeniero con gravedad—. Ni yo he despreciado las creencias de nadie, ni tengo las ideas que usted me atribuye. Quizás haya estado un poco irrespetuoso en la iglesia: soy algo distraído. Mi entendimiento y mi atención estaban fijos en la obra arquitectónica, y francamente, no advertí... Pero no era esto motivo para que el señor Obispo intentase echarme a la calle, ni para que usted me supusiera capaz

de atribuir a un papelillo de botica las funciones del alma. Puedo tolerar eso como broma, nada más que como broma.

Pepe Rey sentía en su espíritu excitación tan viva, que a pesar de su mucha prudencia y mesura no pudo disimularla.

—Vamos, veo que te has enfadado —dijo doña Perfecta, bajando los ojos y cruzando las manos—. ¡Todo sea por Dios! Si hubiera sabido que lo tomabas así, no te habría dicho nada. Pepe, te ruego que me perdones.

Al oír esto y ver la actitud sumisa de su bondadosa tía, Pepe se sintió avergonzado de la dureza de sus anteriores palabras, y procuró serenarse. Sacóle de su embarazosa situación el venerable penitenciario, que, sonriendo con su habitual benevolencia, habló de este modo:

—Señora doña Perfecta, es preciso tener tolerancia con los artistas... ¡oh! yo he conocido muchos. Estos señores, como vean delante de sí una estatua, una armadura mohosa, un cuadro podrido, o una pared vieja, se olvidan de todo. El señor don José es artista, y ha visitado nuestra catedral como la visitan los ingleses, los cuales de buena gana se llevarían a sus museos hasta la última baldosa de ella... Que estaban los fieles rezando; que el sacerdote alzó la Sagrada Hostia; que llegó el instante de la mayor piedad y recogimiento: pues bien... ¿qué le importa nada de esto a un artista? Es verdad que yo no sé lo que vale el arte, cuando se le disgrega de los sentimientos que expresa... pero, en fin, hoy es costumbre adorar la forma, no la idea... Líbreme Dios de meterme a discutir este tema con el señor don José, que sabe tanto, y argumentando con la primorosa sutileza de los modernos, confundiría al punto mi espíritu, en el cual no hay más que fe.

—El empeño de ustedes de considerarme como el hombre más sabio de la tierra me mortifica bastante —dijo Pepe, recobrando la dureza de su acento—. Ténganme por tonto, que prefiero la fama de necio a poseer esa ciencia de Satanás que aquí me atribuyen.

Rosarito se echó a reír, y Jacinto creyó llegado el momento más oportuno para hacer ostentación de su erudita personalidad.

—El panteísmo o panenteísmo están condenados por la Iglesia, así como las doctrinas de Schopenhauer y del moderno Hartmann.

—Señores y señoras —manifestó gravemente el canónigo—: los hombres que consagran culto tan fervoroso al arte, aunque sólo sea atendiendo a la forma, merecen el mayor respeto. Más vale ser artista y deleitarse ante la belleza, aunque sólo esté representada en las ninfas desnudas, que ser indiferente y descreído en todo. En espíritu que se consagra a la contemplación de la belleza no entrará completamente el mal. *Est Deus in nobis... Deus*, entiéndase bien. Siga, pues, el señor don José admirando los prodigios de nuestra iglesia, que por mi parte le perdonaré de buen grado las irreverencias, salva la opinión del señor prelado.

—Gracias, señor don Inocencio —dijo Pepe, sintiendo en sí punzante y revoltoso el sentimiento de hostilidad hacia el astuto canónigo, y no pudiendo dominar el deseo de mortificarle—. Por lo demás, no crean ustedes que absorbían mi atención las bellezas artísticas de que suponen lleno el templo. Esas bellezas, fuera de la imponente arquitectura de una parte del edificio y de los tres sepulcros que hay en las capillas del ábside y de algunas tallas del coro, yo no las veo en ninguna parte. Lo que ocupaba mi entendimiento era el considerar la deplorable decadencia de las artes religiosas, y no me causaban asombro, sino cólera, las innumerables monstruosidades artísticas de que está llena la catedral.

El estupor de los circunstantes fue extraordinario.

—No puedo resistir —añadió Pepe—, aquellas imágenes charoladas y bermellonadas, tan semejantes, perdóneme Dios la comparación, a las muñecas con que juegan las niñas grandecitas. ¿Qué puedo decir de los vestidos de teatro con que las cubren? Vi un San José con manto, cuya facha no quiero calificar por respeto al Santo Patriarca y a la Iglesia que le adora. En los altares se acumulan las imágenes del más deplorable gusto artístico, y la multitud de coronas, ramos, estrellas, lunas y demás adornos de metal o papel dorado forman un aspecto de quincallería que ofende el sentimiento religioso y hace desmayar nuestro espíritu. Lejos de elevarse a la contemplación religiosa, se abate, y la idea de lo cómico le perturba. Las grandes obras del arte, dando formas sensibles a las ideas, a los dogmas, a la fe, a la exaltación mística, realizan misión muy noble. Los mamarrachos y las aberraciones del gusto, las obras grotescas con que una piedad mal entendida llena las iglesias, también cumplen su objeto; pero éste es bastante triste: fomentan la superstición, enfrían el entusiasmo, obligan a los ojos del creyente a apartarse de los altares, y con los ojos se apartan las almas que no tienen fe muy profunda ni muy segura.

—La doctrina de los iconoclastas —dijo Jacintito—, también parece que está muy extendida en Alemania.

—Yo no soy iconoclasta, aunque prefiero la destrucción de todas las imágenes a estas chocarrerías de que me ocupo —continuó el joven—. Al ver esto, es lícito defender que el culto debe recobrar la sencillez augusta de los antiguos tiempos; pero no: no se renuncie al auxilio admirable que las artes todas, empezando por la poesía y acabando por la música, prestan a las relaciones entre el hombre y Dios. Vivan las artes, despliéguese la mayor pompa en los ritos religiosos. Yo soy partidario de la pompa...

—¡Artista, artista y nada más que artista! —exclamó el canónigo, moviendo la cabeza con expresión de lástima—. Buenas pinturas, buenas estatuas, bonita música... Gala de los sentidos; y el alma que se la lleve el demonio.

—Y a propósito de música —dijo Pepe Rey sin advertir el deplorable efecto que sus palabras producían en la madre y la hija—: figúrense ustedes qué dispuesto estaría mi espíritu a la contemplación religiosa al visitar la catedral, cuando de buenas a primeras, y al llegar al ofertorio en la misa mayor, el señor organista tocó un pasaje de *La Traviata*.

—En eso tiene razón el señor Rey —dijo el abogadillo enfáticamente—. El señor organista tocó el otro día el brindis y el vals de la misma ópera, y después un rondó de *La gran duquesa*.

—Pero cuando se me cayeron las alas del corazón —continuó el ingeniero implacablemente—, fue cuando vi una imagen de la Virgen, que parece estar en gran veneración, según la mucha gente que ante ella había y la multitud de velas que la alumbraban. La han vestido con ahuecado ropón de terciopelo bordado de oro, de tan extraña forma, que supera a las modas más extravagantes del día. Desaparece su cara entre un follaje espeso, compuesto de mil suertes de encajes, rizados con tenacillas; y la corona de media vara de alto, rodeada de rayos de oro, es un disforme catafalco que le han armado sobre la cabeza. De la misma tela y con los mismos bordados son los pantalones del Niño Jesús... No quiero seguir, porque la descripción de cómo están la Madre y el Hijo me llevaría quizás a cometer alguna irreverencia. No diré más, sino que me fue imposible tener la risa, y que por breve rato contemplé la profanada imagen, exclamando: "¡Madre y Señora mía, cómo te han puesto!"

Concluidas estas palabras, Pepe observó a sus oyentes, y aunque la sombra crepuscular no permitía distinguir bien los semblantes, creyó ver en alguno de ellos señales de amarga consternación.

—Pues, señor don José —exclamó vivamente el canónigo, riendo y con expresión de triunfo—, esa imagen que a la filosofía y panteísmo de usted parece tan ridícula, es Nuestra Señora del Socorro, patrona y abogada de Orbajosa, cuyos habitantes la veneran de tal modo, que serían capaces de arrastrar por las calles al que hablase mal de ella. Las crónicas y la historia, señor mío, están llenas de los milagros que ha hecho, y aun hoy día vemos constantemente pruebas irrecusables de su protección. Ha de saber usted también que su señora tía doña Perfecta es camarera de la Santísima Virgen del Socorro, y que ese vestido que a usted le parece tan grotesco... pues... digo que ese vestido tan grotesco a los impíos ojos de usted, salió de esta casa, y que los pantalones del Niño, obra son juntamente de la maravillosa aguja y de la acendrada piedad de su prima de usted, Rosarito, que nos está oyendo.

Pepe Rey se quedó bastante desconcertado. En el mismo instante levantóse bruscamente doña Perfecta, y sin decir una palabra se dirigió hacia la casa, seguida por el señor penitenciario. Levantáronse también los restantes. Disponíase el aturdido joven a pedir perdón a su prima por la irreverencia, cuando observó que Rosarito lloraba. Clavando en su primo una mirada de amistosa y dulce represión, exclamó:

—¡Pero qué cosas tienes!...

Oyóse la voz de doña Perfecta, que con alterado acento gritaba:

—¡Rosario, Rosario!

Esta corrió hacia la casa.

X

LA EXISTENCIA DE LA DISCORDIA ES EVIDENTE

Pepe Rey se encontraba turbado y confuso, furioso contra los demás y contra sí mismo, procurando indagar la causa de aquella pugna, entablada a pesar suyo entre su pensamiento y el pensamiento de los amigos de su tía. Caviloso y triste, augurando discordias, permaneció breve rato sentado en el banco de la glorieta, con la barba apoyada en el pecho, el ceño fruncido, cruzadas las manos. Se creía solo.

De repente sintió una alegre voz que modulaba entre dientes el estribillo de una canción de zarzuela. Miró y vio a don Jacinto en el rincón opuesto de la glorieta.

—¡Ah! señor de Rey —dijo de improviso el rapaz—, no se lastiman impunemente los sentimientos religiosos de la inmensa mayoría de una nación... Si no, considere usted lo que pasó en la primera Revolución francesa...

Cuando Pepe oyó el zumbidillo de aquel insecto, su irritación creció. Sin embargo, no había odio en su alma contra el mozalbete doctor. Este le mortificaba como mortifican las moscas; pero nada más. Rey sintió la molestia que inspiran todos los seres inoportunos, y como quien ahuyenta un zángano, contestó de este modo.

—¿Qué tiene que ver la Revolución francesa con el manto de la Virgen María?

Levantóse para marchar hacia la casa; pero no había dado cuatro pasos, cuando oyó de nuevo el zumbar del mosquito, que decía:

—Señor don José, tengo que hablar a usted de un asunto que le interesa mucho, y que puede traerle algún conflicto...

—¿Un asunto? —preguntó el joven retrocediendo—. Veamos qué es eso.

—Usted lo sospechará tal vez —dijo el mozuelo acercándose a Pepe y sonriendo con expresión parecida a la de los hombres de negocios cuando se ocupan de alguno muy grave—. Quiero hablar a usted del pleito...

—¿Qué pleito...? Amigo mío, usted, como buen abogado, sueña con litigios y ve papel sellado por todas partes.

—¿Pero cómo...? ¿No tiene usted noticia de su pleito? —preguntó con asombro el niño.

—¡De mi pleito...! Cabalmente yo no he pleiteado nunca.

—Pues si no tiene usted noticia, más me alegro de habérselo advertido para que se ponga en guardia... Sí, señor, usted pleiteará.

—Y ¿con quién?

—Con el tío Licurgo y otros colindantes del predio llamado los Alamillos.

Pepe Rey se quedó estupefacto.

—Sí, señor —añadió el abogadillo—. Hoy hemos celebrado el señor Licurgo y yo una larga conferencia. Como soy tan amigo de esta casa, no he querido dejar de advertírselo a usted, para que, si lo cree conveniente, se apresure a arreglarlo todo.

—Pero yo ¿qué tengo que arreglar? ¿Qué pretende de mí esa canalla?

—Parece que unas aguas que nacen en el predio de usted han variado de curso y caen sobre unos tejares del susodicho Licurgo y un molino de otro, ocasionando daños de consideración. Mi cliente... porque se ha empeñado en que le he de sacar de este mal paso... mi cliente, digo, pretende que usted restablezca el antiguo cauce de las aguas, para evitar nuevos desperfectos, y que le indemnice de los perjuicios que por indolencia del propietario ha sufrido.

—¡Y el propietario superior soy yo...! Si entro en el litigio, ése será el primer fruto que en toda mi vida me han dado los célebres Alamillos, que fueron míos y que ahora, según entiendo, son de todo el mundo, porque lo mismo *Licurgo* que otros labradores de la comarca me han ido cercenando poco a poco, año tras año, pedazos de terreno, y costará mucho restablecer los linderos de mi propiedad.

—Esa es cuestión aparte.

—Esa no es cuestión aparte. Lo que hay —dijo el ingeniero, sin poder contener su cólera—, es que el verdadero pleito será el que yo entable contra tal gentuza, que se propone sin duda aburrirme y desesperarme para que abandone todo y les deje continuar en posesión de sus latrocinios. Veremos si hay abogados y jueces que apadrinen los torpes manejos de esos aldeanos legistas, que viven pleiteando y son la polilla de la propiedad ajena. Caballerito, doy a usted las gracias por haberme advertido los ruines propósitos de esos palurdos, más malos que Caco. Con decirle a usted que ese mismo tejar y ese mismo molino en que *Licurgo* apoya sus derechos, son míos...

—Debe hacerse una revisión de los títulos de propiedad y ver si ha podido haber prescripción en esto, —dijo Jacintito.

—¡Qué prescripción ni qué...! Esos infames no se reirán de mí. Supongo que la Administración de Justicia sea honrada y leal en la ciudad de Orbajosa...

—¡Oh, lo que es eso! —exclamó el letradillo con expresión de alabanza—. El juez es persona excelente. Viene aquí todas las noches... Pero es extraño que usted no tuviera noticia de las pretensiones del señor *Licurgo*. ¿No le han citado aún para el juicio de conciliación?

—No.

—Será mañana... En fin, yo siento mucho que el apresuramiento del señor *Licurgo* me haya privado del gusto y la honra de defenderle a usted, pero cómo ha de ser... *Licurgo* se ha empeñado en que yo he de sacarle de penas. Estudiaré la materia con mayor detenimiento. Estas

pícaras servidumbres son lo más engorroso que hay en la Jurisprudencia.

Pepe entró en el comedor en un estado moral muy lamentable. Vio a doña Perfecta hablando con el penitenciario, y a Rosarito sola con los ojos fijos en la puerta. Esperaba, sin duda, a su primo.

—Ven acá, buena pieza —dijo la señora, sonriendo con muy poca espontaneidad—. Nos has insultado, gran ateo; pero te perdonamos. Ya sé que mi hija y yo somos dos palurdas incapaces de remontarnos a las regiones de las matemáticas, donde tú vives; pero, en fin... todavía es posible que algún día te pongas de rodillas ante nosotros, rogándonos que te enseñemos la doctrina.

Pepe contestó con frases vagas y fórmulas de cortesía y arrepentimiento.

—Por mi parte —dijo don Inocencio, poniendo en sus ojos expresión de modestia y dulzura—, si en el curso de estas vanas disputas he dicho algo que pueda ofender al señor don José, le ruego que me perdone. Aquí todos somos amigos.

—Gracias. No vale la pena.

—A pesar de todo —indicó doña Perfecta, sonriendo ya con más naturalidad—, yo soy siempre la misma para mi querido sobrino, a pesar de sus ideas extravagantes y anti-religiosas... ¿De qué creerás que pienso ocuparme esta noche? Pues de quitarle de la cabeza al tío *Licurgo* esas terquedades con que te molesta. Le he mandado venir, y en la galería me está esperando. Descuida, que yo lo arreglaré; pues aunque conozca que no le falta razón...

—Gracias, querida tía— repuso el joven, sintiéndose invadido por la honda generosidad que tan fácilmente nacía en su alma.

Pepe Rey dirigió la vista hacia su prima, con intención de unirse a ella; pero algunas preguntas sagaces del canónigo le retuvieron al lado de doña Perfecta. Rosario estaba triste, oyendo con indiferencia melancólica las palabras del abogadillo, que, instalándose junto a ella, había comenzado una retahila de conceptos empalagosos, con inoportunos chistes sazonada, y fatuidades del peor gusto.

—Lo peor para ti —dijo doña Perfecta a su sobrino cuando le sorprendió, observando la desacorde pareja que formaban Rosario y Jacinto—, es que has ofendido a la pobre Rosario. Debes hacer todo lo posible por desenojarla. ¡La pobrecita es tan buena...!

—¡Oh!, sí, tan buena —añadió el canónigo—, que no dudo perdonará a su primo.

—Creo que Rosario me ha perdonado ya, afirmó Rey.

—Claro, en corazones angelicales no dura mucho el resentimiento —dijo don Inocencio melifluamente—. Yo tengo algún ascendiente sobre esa niña, y procuraré disipar en su alma generosa toda prevención contra usted. En cuanto yo le diga dos palabras...

Pepe Rey, sintiendo que por su pensamiento pasaba una nube, dijo con intención:

—Tal vez no sea preciso.

—No le hablo ahora —añadió el capitular—, porque está embelesada oyendo las tonterías de Jacintillo... ¡Demonches de chicos! Cuando pegan la hebra, hay que dejarlos.

De pronto se presentaron en la tertulia el juez de primera instancia, la señora del alcalde y el deán de la catedral. Saludaron todos al ingeniero, demostrando en sus palabras y actitudes que satisfacían, al verle, la más viva curiosidad. El juez era un mozalbete despabilado, de estos que todos los días aparecen en los criaderos de eminencias, aspirando recién empollados a los primeros puestos de la administración y de la política. Dábase no poca importancia, y hablando de sí mismo y de su juvenil toga, parecía manifestar enojo porque no le hubieran hecho de golpe y porrazo presidente del Tribunal Supremo. En aquellas manos inexpertas, en aquel cerebro henchido de

viento, en aquella presunción ridícula, había puesto el Estado las funciones más delicadas y más difíciles de la humana justicia. Sus maneras eran de perfecto cortesano, y revelaban escrupuloso esmero en todo lo concerniente a su persona. Más que costumbre era en él fea manía el estarse quitando y poniendo a cada instante los lentes de oro, y en su conversación frecuentemente indicaba el empeño de ser trasladado pronto a *Madriz*, para prestar sus imprescindibles servicios en la Secretaría de Gracia y Justicia.

La señora del alcalde era una dama bonachona, sin otra flaqueza que suponerse muy relacionada en la corte. Dirigió a Pepe Rey diversas preguntas sobre modas, citando establecimientos industriales donde le habían hecho una manteleta o una falda en su último viaje, coetáneo de la guerra de Africa, y también nombró a una docena de duquesas y marquesas, tratándolas con tanta familiaridad como a sus amiguitas de la escuela. Dijo también que la Condesa de M. —por sus tertulias famosas— era amiga suya, y que el 60 estuvo a visitarla, y la Condesa la convidó a su palco en el Real, donde vio a Muley-Abbas en traje de moro, acompañado de toda su morería. La alcaldesa hablaba por los codos, como suele decirse, y no carecía de chiste.

El señor deán era un viejo de edad avanzada, corpulento y encendido, pletórico, apoplético; un hombre que se salía fuera de sí mismo por no caber en su propio pellejo, según estaba de gordo y morcilludo. Procedía de la exclaustración; no hablaba más que de asuntos religiosos, y desde el principio mostró hacia Pepe Rey el desdén más vivo. Este se mostraba cada vez más inepto para acomodarse a sociedad tan poco de su gusto. Era su carácter nada maleable, duro y de muy escasa flexibilidad; y rechazaba las perfidias y acomodamientos de lenguaje para simular la concordia cuando no existía. Mantúvose, pues, bastante grave durante el curso de la fastidiosa tertulia, obligado a resistir el ímpetu oratorio de la alcaldesa, que sin ser la Fama, tenía el privilegio de fatigar con cien lenguas el oído humano. Si en el breve respiro que esta señora daba a sus oyentes, Pepe Rey quería acercase- a su prima, pegábasele el penitenciario como el molusco a la roca, y llevándole aparte con ademán misterioso, le proponía un paseo a Mundogrande con el señor don Cayetano, o una patrida de pesca en las claras aguas del Nahara.

Por fin esto concluyó, porque todo concluye de tejas abajo. Retiróse el señor deán, dejando la casa vacía, y bien pronto no quedó de la señora alcaldesa más que un eco, semejante al zumbido que recuerda en la humana oreja el reciente paso de una tempestad. El juez privó también a la tertulia de su presencia, y por fin don Inocencio dio a su sobrino la señal de partida.

—Vamos, niño, vámonos, que es tarde —le dijo sonriendo—. ¡Cuánto has mareado a la pobre Rosarito!... ¿Verdad, niña? Anda, buena pieza; a casa pronto.

—Es hora de acostarse —dijo doña Perfecta.

—Hora de trabajar —repuso el abogadillo.

—Por más que le digo que despache de día los negocios —añadió el canónigo—, no hace caso.

—¡Son tantos los negocios... pero tantos...!

—No: di más bien que esa endiablada obra en que te has metido... El no lo quiere decir, señor don José, pero sepa usted que se ha puesto a escribir una obra sobre *La influencia de la mujer en la sociedad cristiana*, y además una *Ojeada sobre el movimiento católico en...* no sé dónde. ¿Qué entiendes tú de *ojeadas* ni de *influencias*...? Estos rapaces del día se atreven a todo. ¡Uf... qué chicos...! Con que vámonos a casa. Buenas noches, seño-

ra doña Perfecta... buenas noches, señor don José... Rosarito...

—Yo esperaré al señor don Cayetano —dijo Jacinto—, para que me dé el *Augusto Nicolás*.

—¡Siempre cargando libros... hombre...! A veces entras en casa que pareces un burro. Pues bien, esperemos.

—El señor don Jacinto —dijo Pepe Rey— no escribe a la ligera, y se prepara bien para que sus obras sean un tesoro de erudición.

—Pero ese niño va a enfermar de la cabeza, señor don Inocencio —objetó doña Perfecta—. Por Dios, mucho cuidado. Yo le pondría tasa en sus lecturas.

—Ya que esperamos —indicó el doctorcillo con notorio acento de presunción—, me llevaré también el tercer tomo de *Concilios*. ¿No le parece a usted, tío?...

—Hombre, sí; no dejes eso de la mano. Pues no faltaba más.

Felizmente, llegó pronto el señor don Cayetano —que tertuliaba de ordinario en casa de don Lorenzo Ruiz—, y entregados los libros, marcháronse tío y sobrino.

Rey leyó en el triste semblante de su prima deseo muy vivo de hablarle. Acercóse a ella mientras doña Perfecta y don Cayetano trataban a solas de un negocio doméstico.

—Has ofendido a mamá —le dijo Rosario.

Sus facciones indicaban terror.

—Es verdad —repuso el joven—. He ofendido a tu mamá: te he ofendido a ti...

—No; a mí no. Ya se me figuraba a mí que el Niño Jesús no debe gastar calzones.

—Pero espero que una y otra me perdonarán. Tu mamá me ha manifestado hace poco tanta bondad...

La voz de doña Perfecta vibró de súbito en el ámbito del comedor con tan discorde acento, que el sobrino se estremeció cual si oyese un grito de alarma. La voz dijo imperiosamente:

—¡Rosario, vete a acostar!

Turbada y llena de congoja, la muchacha dio vueltas por la habitación, haciendo como que buscaba alguna cosa. Con todo disimulo pronunció al pasar por junto a su primo estas vagas palabras:

—Mamá está enojada...

—Pero...

—Está enojada... no te fíes, no te fíes.

Y se marchó. Siguióle después doña Perfecta, a quien aguardaba el tío *Licurgo,* y durante un rato, las voces de la señora y del aldeano oyéronse confundidas en familiar conferencia. Quedóse solo Pepe con don Cayetano, el cual, tomando una luz, habló así:

—Buenas noches, Pepe. No crea usted que voy a dormir: voy a trabajar... ¿Pero por qué está usted tan meditabundo? ¿Qué tiene usted...? Pues sí, a trabajar. Estoy sacando apuntes para un *Discurso-Memoria* sobre los *Linajes de Orbajosa*... He encontrado datos y noticias de grandísimo precio. No hay que darle vueltas. En todas las épocas de nuestra historia, los orbajosenses se han distinguido por su hidalguía, por su nobleza, por su valor, por su entendimiento. Díganlo si no la conquista de Méjico, las guerras del Emperador, las de Felipe contra herejes... ¿Pero está usted malo? ¿Qué le pasa a usted...? Pues, sí, teólogos eminentes, bravos guerreros, conquistadores, santos, obispos, poetas, políticos, toda suerte de hombres esclarecidos florecieron en esta humilde tierra del ajo... No, no hay en la cristiandad pueblo más ilustre que el nuestro. Sus virtudes y sus glorias llenan toda la historia patria y aún sobra algo... Vamos, veo que lo que usted tiene es sueño: buenas noches... Pues, sí, no cambiaría la gloria de ser hijo de esta noble tierra por todo el oro del mundo. *Augusta* llamáronla los antiguos, *augustísima* la llamo yo ahora, porque ahora, como entonces, la hidalguía, la generosidad, el valor, la nobleza, son patrimonio de ella... Conque buenas no-

ches, querido Pepe... se me figura que usted no está bueno. ¿Le ha hecho daño la cena...? Razón tiene Alonso González Bustamante en su *Floresta amena* al decir que los habitantes de Orbajosa bastan por sí solos para dar grandeza y honor a un reino. ¿No lo cree usted así?

—¡Oh! sí, señor, sin duda ninguna —repuso Pepe Rey dirigiéndose bruscamente a su cuarto.

XI

LA DISCORDIA CRECE

En los días sucesivos hizo Rey conocimiento con varias personas de la población y visitó el Casino, trabando amistades con algunos individuos de los que pasaban la vida en las salas de aquella corporación.

Pero la juventud de Orbajosa no vivía constantemente allí, como podrá suponer la malevolencia. Veíanse por las tardes en la esquina de la catedral y en la plazoleta formada por el cruce de las calles del Condestable y la Tripería, algunos caballeros que, gallardamente envueltos en sus capas, estaban como de centinela viendo pasar la gente. Si el tiempo era bueno, aquellas eminentes lumbreras de la cultura *urbsaugustana* se dirigían, siempre con la indispensable capita, al titulado paseo de las Descalzas, el cual se componía de dos hileras de tísicos olmos y algunas retamas descoloridas. Allí la brillante pléyade atisbaba a las niñas de don Fulano o de don Perencejo, que también habían ido a paseo, y la tarde se pasaba regularmente. Entrada la noche, el Casino se llenaba de nuevo, y mientras una parte de los socios entregaba su alto entendimiento a las delicias del monte, los otros leían periódicos, y los más discutían en la sala del café sobre asuntos de diversa índole, como política, caballos, toros, o bien sobre chismes locales. El resumen de todos los debates era siempre la supremacía de Orbajosa y de sus habitantes sobre los demás pueblos y gentes de la tierra.

Eran aquellos varones insignes lo más granado de la ilustre ciudad, propietarios ricos los unos, pobrísimos los otros, pero libres de altas aspiraciones todos. Tenían la imperturbable serenidad del mendigo, que nada apetece mientras no le falta un mendrugo para engañar el hambre, y buen sol para calentarse. Lo que principalmente distinguía a los orbajosenses del Casino era un sentimiento de viva hostilidad hacia todo lo que de fuera viniese. Y siempre que algún forastero de viso se presentaba en las augustas salas, creíanle venido a poner en duda la superioridad de la patria del ajo, o a disputarle por envidia las preeminencias incontrovertibles que Natura le concediera.

Cuando Pepe Rey se presentó, recibiéronle con cierto recelo; y como en el Casino abundaba la gente graciosa, al cuarto de hora de estar allí el nuevo socio ya se habían dicho acerca de él toda suerte de cuchufletas. Cuando a las reiteradas preguntas de los socios contestó que había venido a Orbajosa con encargo de explorar la cuenca hullera del Nahara y estudiar un camino, todos convinieron en que el señor don José era un fatuo, que quería darse tono inventando criaderos de carbón y vías férreas. Alguno añadió:

—Pero en buena parte se ha metido. Estos señores sabios creen que aquí somos tontos y que se nos engaña con palabrotas... ha venido a casarse con la niña de doña Perfecta, y cuanto diga de cuencas hulleras es para echar facha.

—Pues esta mañana —indicó otro, que era un comerciante quebrado—, me dijeron en casa de las de Domínguez que ese señor no tiene una peseta, y viene a que su tía le mantenga y a ver si puede pescar a Rosarito.

—Parece que ni es tal ingeniero ni cosa que lo valga —añadió un propietario de olivos, que tenía empeñadas sus fincas por el doble de lo que valían—. Pero ya se ve... Estos hambrientos de Madrid se gozan en engañar a los pobres provincianos, y como creen que aquí andamos con taparrabo, amigo...

—Bien se le conoce que tiene hambre.

—Pues entre bromas y veras nos dijo anoche que somos unos bárbaros holgazanes.

—Que vivimos como los beduinos, tomando el sol.

—Que vivimos con la imaginación.

—Eso es: que vivimos con la imaginación.

—Y que esta ciudad es lo mismito que las de Marruecos.

—Hombre, no hay paciencia para oír eso. ¿Dónde habrá visto él, como no sea en París, una calle semejante a la del Adelantado, que presenta un frente de siete casas alineadas, todas magníficas, desde la de doña Perfecta a la de Nicolasito Hernández?... Se figuran estos canallas que uno no ha visto nada, ni ha estado en París...

—También dijo con mucha delicadeza que Orbajosa es un pueblo de mendigos, y dio a entender que aquí vivimos en la mayor miseria sin darnos cuenta de ello.

—¡Válgame Dios! Si me lo llega a decir a mí, hay un escándalo en el Casino —exclamó el recaudador de contribuciones—. ¿Por qué no le dijeron la cantidad de arrobas de aceite que produjo Orbajosa el año pasado? ¿No sabe ese estúpido que en años buenos Orbajosa da pan para toda España y aun para toda Europa? Verdad que ya llevamos no sé cuántos años de mala cosecha; pero eso no es ley. Pues ¿y la cosecha del ajo? ¿A que no sabe ese señor que los ajos de Orbajosa dejaron bizcos a los señores del Jurado en la Exposición de Londres?

Estos y otros diálogos se oían en las salas del Casino por aquellos días. A pesar de estas hablillas, tan comunes en los pueblos pequeños, que por lo mismo que son enanos suelen ser soberbios, Rey no dejó de encontrar amigos sinceros en la docta corporación, pues ni todos eran maldicientes, ni faltaban allí personas de buen sentimiento. Pero tenía el ingeniero la desgracia, si desgracia puede llamarse, de manifestar sus impresiones con inusitada franqueza, y esto le atrajo algunas antipatías.

Iban pasando días. Además del natural disgusto que las costumbres de la sociedad episcopal le producían, diversas causas, todas desagradables, empezaban a desarrollar en su ánimo honda tristeza, siendo de notar principalmente, entre aquellas causas, la turba de pleiteantes que, cual enjambre voraz, se arrojó sobre él. No era sólo el tío *Licurgo* sino otros muchos colindantes los que le reclamaban daños y perjuicios, o bien le pedían cuentas de tierras administradas por su abuelo. También le presentaron una demanda por no sé qué contrato de aparcería que celebró su madre y no fue al parecer cumplido, y asimismo le exigieron el reconocimiento de una hipoteca sobre las tierras de Alamillos, hecha en extraño documento por su tío. Era una inmunda gusanera de pleitos. Había hecho propósito de renunciar a la propiedad de sus fincas; pero entre tanto su dignidad le obligaba a no ceder ante las marrullerías de los sagaces palurdos; y como el Ayuntamiento le reclamó también por supuesta confusión de su finca con un inmediato monte de Propios, viose el desgraciado joven en el caso de tener que disipar las dudas que acerca de su derecho surgían a cada paso. Su honra estaba comprometida, y no había otro remedio que pleitear o morir.

Habíale prometido doña Perfecta, en su magnanimidad, ayudarle a salir de tan torpes líos por medio de un arreglo amistoso; pero pasaban días, y los buenos oficios de la ejemplar señora no daban resultado alguno. Crecían los pleitos con la amenazadora presteza de una enfermedad fulminante. Pasaba el joven largas horas del día en el Juzgado dando declaraciones, contestando a preguntas y repreguntas, y cuando a su casa se retiraba, fatigado y colérico, veía aparecer la afilada y grotesca carátula del escribano, que le traía regular porción de papel sellado lleno de horribles fórmulas... para que fuese estudiando la cuestión.

Se comprende que aquél no era hombre a propósito para sufrir tales reveses, pudiendo evitarlos con la ausencia. Representábase en su imaginación a la noble ciudad de su madre como una horrible bestia que en él clavaba sus feroces uñas y le bebía la sangre. Para librarse de ella bastábale, según su creencia, la fuga; pero un interés profundo, como interés del corazón, le detenía, atándole a la peña de su martirio con lazos muy fuertes. No obstante, llegó a sentirse tan fuera de su centro, llegó a verse tan extranjero, digámoslo así, en aquella tenebrosa ciudad de pleitos, de antiguallas, de envidia y de maledicencia, que hizo propósito de abandonarla sin dilación, insistiendo al mismo tiempo en el proyecto que a ella le condujera. Una mañana, encontrando ocasión a propósito, formuló su plan ante doña Perfecta.

—Sobrino mío —repuso la señora con su acostumbrada dulzura—: no seas arrebatado. Vaya, que pareces de fuego. Lo mismo era tu padre, ¡qué hombre! Eres una centella... Ya te he dicho que con muchísimo gusto te llamaré hijo mío. Aunque no tuvieras las buenas cualidades y el talento que te distinguen, salvo los defectillos, que también los hay; aunque no fueras un excelente joven, basta que esta unión haya sido propuesta por tu padre, a quien tanto debemos mi hija y yo, para que la acepte. Rosario no se opondrá tampoco, queriéndolo yo. ¿Qué falta, pues? Nada; no falta nada más que un poco de tiempo. Nadie se casa con la precipitación que tú deseas, y que daría lugar a interpretaciones quizá desfavorables a la honra de mi querida hija... Vaya, que tú, como no piensas más que en máquinas, todo lo quieres hacer al vapor. Espera, hombre, espera... ¿qué prisa tienes? Ese aborrecimiento que le has cogido a nuestra pobre Orbajosa es un capricho. Ya se ve: no puedes vivir sino entre condes y marqueses, entre oradores y diplomáticos... ¡Quieres casarte y separarme de mi hija para siempre! —añadió enjugándose una lágrima—. Ya que así es, inconsiderado joven, ten al menos la caridad de retardar algún tiempo esa boda que tanto deseas... ¡Qué impaciencia! ¡Qué amor tan fuerte! No creí que una pobre lugareña como mi hija inspirase pasión tan volcánica.

No convencieron a Pepe Rey los razonamientos de su tía; pero no quiso contrariarla. Resolvió, pues, esperar cuanto le fuese posible. Una nueva causa de disgustos unióse bien pronto a las que ya amargaban su existencia. Hacía dos semanas que estaba en Orbajosa, y durante este tiempo no había recibido ninguna carta de su padre. No podía achacar esto a descuidos de la Administración de Correos de Orbajosa, porque siendo el funcionario encargado de aquel servicio amigo y protegido de doña Perfecta, ésta le recomendaba diariamente el mayor cuidado para que las cartas dirigidas a su sobrino no se extraviasen. También iba a la casa el conductor de la correspondencia, llamado Cristóbal Ramos, por apodo *Caballuco*, personaje a quien ya conocemos, y a éste solía dirigir doña Perfecta amonestaciones y reprimendas tan enérgicas como la siguiente:

—¡Bonito servicio de correos tenéis!... ¿Cómo es que mi sobrino no ha recibido una sola carta desde que está en Orbajosa?... Cuando la conducción de la correspondencia corre a cargo de semejante tarambana, ¡cómo han de andar las cosas! Yo le hablaré al señor Gobernador de la provincia para que mire bien qué clase de gente pone en la Administración.

Caballuco, alzando los hombros, miraba a Rey con expresión de completa indiferencia. Un día entró con un pliego en la mano.

—¡Gracias a Dios! —dijo doña Perfecta a su sobrino—. Ahi tienes carta de tu padre. Regocíjate, hombre. Buen susto nos hemos llevado por la pereza de mi señor hermano en escribir... ¿Qué dice? Está bueno sin duda —añadió al ver que Pepe Rey abría el pliego con febril impaciencia.

El ingeniero se puso pálido al recorrer las primeras líneas.

—¡Jesús, Pepe... qué tienes! —exclamó la señora, levantándose con zozobra—. ¿Está malo tu papá?

—Esta carta no es de mi padre —repuso Pepe, revelando en su semblante la mayor consternación.

—¿Pues qué es eso?

—Una orden del Ministerio de Fomento, en que se me releva del cargo que me confiaron...

—¡Cómo... es posible!

—Una destitución pura y simple, redactada en términos muy poco lisonjeros para mí.

—¡Hase visto mayor picardía! —exclamó la señora volviendo de su estupor.

—¡Qué humillación! —murmuró el joven—. Es la primera vez en mi vida que recibo un desaire semejante.

—¡Pero ese Gobierno no tiene perdón de Dios! ¡Desairarte a ti! ¿Quieres que yo escriba a Madrid? Tengo allí buenas relaciones, y podré conseguir que el Gobierno repare esa falta brutal y te dé una satisfacción.

—Gracias, señora, no quiero recomendaciones— replicó el joven con displicencia.

—¡Es que se ven unas injusticias, unos atropellos!... ¡Destituir así a un joven de tanto mérito, a una eminencia científica...! Vamos, si no puedo contener la cólera.

—Yo averiguaré —dijo Pepe con la mayor energía—, quién se ocupa de hacerme daño...

—Ese señor Ministro... Pero de

estos politiquejos infames ¿qué puede esperarse?

—Aquí hay alguien que se ha propuesto hacerme morir de desesperación —afirmó el joven visiblemente alterado—. Esto no es obra del Ministro; ésta y otras contrariedades que experimento son resultado de un plan de venganza, de un cálculo desconocido, de una enemistad irreconciliable, y este plan, este cálculo, esta enemistad, no lo dude usted, querida tía, están aquí, en Orbajosa.

—Tú te has vuelto loco —replicó doña Perfecta, demostrando un sentimiento semejante a la compasión—. ¿Que tienes enemigos en Orbajosa? ¿Que alguien quiere vengarse de ti? Vamos, Pepe, tú has perdido el juicio. Las lecturas de esos libracos en que se dice que tenemos por abuelos a los monos o a las cotorras, te han trastornado la cabeza.

Sonrió con dulzura al decir la última frase, y después, tomando un tono de familiar y cariñosa amonestación, añadió:

—Hijo mío, los habitantes de Orbajosa seremos palurdos y toscos labriegos sin instrucción, sin finura ni buen tono; pero a lealtad y buena fe no nos gana nadie, nadie, pero nadie.

—No crea usted —dijo Rey—, que acuso a las personas de esta casa. Pero sostengo que en la ciudad está mi implacable y fiero enemigo.

—Deseo que me enseñes ese traidor de melodrama —repuso la señora, sonriendo de nuevo—. Supongo que no acusarás a Licurgo ni a los demás que litigan, porque los pobrecitos creen defender su derecho. Y entre paréntesis, no les falta razón en el caso presente. Además, el tío Lucas te quiere mucho. Asimismo me lo ha dicho. Desde que te conoció, le entraste por el ojo derecho, y el pobre viejo te ha tomado un cariño...

—¡Sí... profundo cariño! —murmuró Pepe.

—No seas tonto —añadió la señora poniéndole la mano en el hombro y mirándole de cerca—. No piensses disparates, y convéncete de que tu enemigo, si existe, está en Madrid, en aquel centro de corrupción, de envidia y rivalidades, no en este pacífico y sosegado rincón, donde todo es buena voluntad y concordia... Sin duda algún envidioso de tu mérito... Te advierto una cosa, y es, que si quieres ir allá para averiguar la causa de este desaire y pedir explicaciones al Gobierno, no dejes de hacerlo por nosotras.

Pepe Rey fijó los ojos en el semblante de su tía, cual si escudriñarla quisiera hasta lo más escondido de su alma.

—Digo que si quieres ir, no dejes de hacerlo —repitió la señora con calma admirable, confundiéndose en la expresión de su semblante la naturalidad con la honradez más pura.

—No, señora. No pienso ir allá.

—Mejor, ésa es también mi opinión. Aquí estás más tranquilo, a pesar de las cavilaciones con que te atormentas. ¡Pobre Pepe! Tu entendimiento, tu descomunal entendimiento, es la causa de tu desgracia. Nosotros, los de Orbajosa, pobres rústicos, vivimos felices en nuestra ignorancia. Me disgusta que no estés contento. ¿Pero es culpa mía que te aburras y desesperes sin motivo? ¿No te trato como a un hijo? ¿No te he recibido como la esperanza de mi casa? ¿Puedo hacer más por ti? Si a pesar de eso no nos quieres, si nos muestras tanto despego, si te burlas de nuestra religiosidad, si haces desprecios a nuestros amigos, ¿es acaso porque no te tratemos bien?

Los ojos de doña Perfecta se humedecieron.

—Querida tía —dijo Rey, sintiendo que se disipaba su encono—. También yo he cometido algunas faltas desde que soy huésped de esta casa.

—No seas tonto... ¡Qué faltas ni faltas! Entre personas de la misma familia, todo se perdona.

—Pero Rosario ¿dónde está? —preguntó el joven levantándose—. ¿Tampoco la veré hoy?

—Está mejor. ¿Sabes que no ha querido bajar?

—Subiré yo.

—Hombre, no. ¡Esa niña tiene unas terquedades...! Hoy se ha empeñado en no salir de su cuarto. Se ha encerrado por dentro.

—¡Qué rareza!

—Se le pasará. Seguramente se le pasará. Veremos si esta noche le quitamos de la cabeza sus ideas melancólicas. Organizaremos una tertulia que la divierta. ¿Por qué no te vas a casa del señor don Inocencio, y le dices que venga por acá esta noche y que traiga a Jacintillo?

—¡A Jacintillo!

—Sí; cuando a Rosario le dan estos accesos de melancolía, ese jovencito es el único que la distrae...

—Pero yo subiré...

—Hombre, no.

—Veo que no faltan etiquetas en esta casa.

—Te burlas de nosotros. Haz lo que te digo.

—Pues quiero verla.

—Pues no. ¡Qué mal conoces a la niña!

—Yo creí conocerla bien... Bueno, me quedaré... Pero esta soledad es horrible.

—Ahí tienes al señor escribano.

—Maldito sea mil veces.

—Y me parece que ha entrado también el señor procurador... es un excelente sujeto.

—Así le ahorcaran.

—Hombre, los asuntos de intereses, cuando son propios, sirven de distracción. Alguien llega... Me parece que es el perito agrónomo. Ya tienes para un rato.

—¡Para un rato de infierno!

—Hola, hola; si no me engaño, el tío *Licurgo* y el tío Pasolargo acaban de entrar. Puede que vengan a proponerte un arreglo.

—Me arrojaré al estanque.

—¡Qué descastado eres! ¡Pues todos ellos te quieren tanto!... Vamos, para que nada falte, ahí está también el alguacil. Viene a citarte.

—A crucificarme.

Todos los personajes nombrados fueron entrando en la sala.

—Adiós, Pepe, que te diviertas —dijo doña Perfecta.

—¡Trágame, tierra! —exclamó el joven con desesperación.

—Señor don José...

—Mi querido señor don José...

—Estimado señor don José...

—Señor don José de mi alma...

—Mi respetable amigo señor don José...

Al oír estas almibaradas insinuaciones, Pepe Rey exhaló un hondo suspiro y se entregó. Entregó su cuerpo y su alma a las sayones, que esgrimieron horribles hojas de papel sellado, mientras la víctima, elevando los ojos al cielo, decía para sí con cristiana mansedumbre:

—Padre mío, ¿por qué me has abandonado?

XII

AQUÍ FUE TROYA

Amor, amistad, aire sano para la respiración, moral, luz para el alma. simpatía, fácil comercio de ideas y de sensaciones era lo que Pepe Rey necesitaba de una manera imperiosa. No teniéndolo, aumentaban las sombras que envolvían su espíritu, y la lobreguez interior daba a su trato displicencia de amargura. Al día siguiente de las escenas referidas en el capítulo anterior, mortificóle más que nada el ya demasiado largo y misterioso encierro de su prima, motivado, al parecer, primero por una enfermedad sin importancia, después por caprichos y nerviosidades de difícil explicación.

Extrañaba Rey conducta tan contraria a la idea que había formado de Rosarito. Habían transcurrido cuatro días sin verla, no ciertamente por que a él le faltasen deseos de estar a su lado; y tal situación comenzaba a ser desairada y ridícula, si con un acto de firme iniciativa no ponía remedio en ello.

—¿Tampoco hoy veré a mi prima?
—preguntó de mal talante a su tía,
cuando concluyeron de comer.

—Tampoco. ¡Sabe Dios cuánto lo
siento!... Bastante le he predicado
hoy. A la tarde veremos.

La sospecha de que en tan injusti-
ficado encierro su adorable prima
era más bien víctima sin defensa
que autora resuelta con actividad
propia e iniciativa, le indujo a con-
tenerse y esperar. Sin esta sospecha,
hubiera partido aquel mismo día.
No tenía duda alguna de ser amado
por Rosario; mas era evidente que
una presión desconocida actuaba entre los dos para separarlos, y parecía
propio de varón honrado averiguar
de quién procedía aquella fuerza ma-
ligna, y contrarrestarla hasta donde
alcanzara la voluntad humana.

—Espero que la obstinación de
Rosario no durará mucho —dijo a
doña Perfecta disimulando sus verdaderos sentimientos.

Aquel día tuvo carta de su padre,
en la cual éste se quejaba de no haber recibido ninguna de Orbajosa,
circunstancia que aumentó las inquietudes del ingeniero, confundién-
dole más. Por último, después de
vagar largo rato solo por la huerta
de la casa, salió y fue al Casino.
Entró en él como un desesperado
que se arroja al mar.

Encontró en las principales salas
a varias personas que charlaban y
discutían. En un grupo desentraña-
ban con lógica sutil difíciles problemas de toros, en otro disertaban sobre cuáles eran los mejores burros
entre las castas de Orbajosa y Villahorrenda. Hastiado hasta lo sumo,
Pepe Rey abandonó estos debates y
se dirigió a la sala de periódicos,
donde hojeó varias revistas sin encontrar deleite en la lectura; y poco
después, pasando de sala en sala, fue
a parar sin saber cómo a la del juego. Cerca de dos horas estuvo en las
garras del horrible demonio amarillo cuyos resplandecientes ojos de
oro producen tormento y fascinación.
Ni aun las emociones del juego al-

teraron el sombrío estado de su alma, y el tedio que antes le empuja-
ra hacia el verde tapete, apartóle
también de él. Huyendo del bullicio,
dio con su cuerpo en una estancia
destinada a tertulia, en la cual a
la sazón no había alma viviente, y
con indolencia se sentó junto a la
ventana de ella, mirando a la calle.

Era ésta angostísima y con más
ángulos y recodos que casas, som-
breada toda por la pavorosa catedral, que al extremo alzaba su negro
muro carcomido. Pepe Rey miró a
todos lados, arriba y abajo, y observó un plácido silencio de sepulcro:
ni un paso, ni una voz, ni una mirada. De pronto hirieron su oído rumores extraños, como cuchicheos de
femeniles labios, y después el chirrido de cortinajes que se corrían, algunas palabras, y, por fin, el tararear
suave de una canción, el ladrido de
un falderillo, y otras señales de existencia social que parecían muy singulares en tal sitio. Observando bien,
Pepe Rey vio que tales rumores pro-
cedían de un enorme balcón con
celosías, que frente por frente a la
ventana mostraba su corpulenta fábrica. No había concluido sus observaciones, cuando un socio del Casino
apareció de súbito a su lado, y riendo le interpeló de este modo:

—¡Ah!, señor don Pepe, ¡picarón!
¿se ha encerrado usted aquí para hacer cocos a las niñas?

El que esto decía era don Juan
Tafetán, un sujeto amabilísimo, de
los pocos que habían manifestado
a Rey en el Casino cordial amistad
y verdadera admiración. Con su cari-
lla bermellonada, su bigote teñido
de negro, sus ojuelos vivarachos, su
estatura mezquina, su pelo con gran
estudio peinado para ocultar la calvicie, don Juan Tafetán presentaba
una figura bastante diferente de la
de Antinoo; pero era muy simpático, tenía mucho gracejo y felicísimo
ingenio para contar aventuras graciosas. Reía mucho, y al hacerlo, su
cara se cubría toda desde la frente
a la barba, de grotescas arrugas. A

pesar de estas cualidades y del aplauso que debía estimular su disposición a las picantes burlas, no era maldiciente. Queríanle todos, y Pepe Rey pasaba con él ratos agradables. El pobre Tafetán, empleado antaño en la Administración civil de la capital de la provincia, vivía modestamente de su sueldo en la Secretaría de Beneficencia, y completaba su pasar tocando gallardamente el clarinete en las procesiones, en las solemnidades de la catedral y en el teatro, cuando alguna traílla de desesperados cómicos aparecía por aquellos países con el alevoso propósito de dar funciones en Orbajosa.

Pero lo más singular de don Juan Tafetán era su afición a las muchachas guapas. El mismo, cuando no ocultaba su calvicie con seis pelos llenos de pomada, cuando no se teñía el bigote, cuando andaba derechito y espigado por la poca pesadumbre de los años, había sido un Tenorio formidable. Oírle contar sus conquistas era cosa de morirse de risa, porque hay Tenorios de Tenorios, y aquél fue de los más originales.

—¿Qué niñas? Yo no veo niñas en ninguna parte —repuso Pepe Rey.

—Hágase usted el anacoreta.

Una de las celosías del balcón se abrió, dejando ver un rostro juvenil, encantador y risueño, que desapareció al instante como luz apagada por el viento.

—Ya, ya veo.

—¿No las conoce usted?

—Por mi vida que no.

—Son las Troyas, las niñas de Troya. Pues no conoce usted nada bueno... Tres chicas preciosísimas, hijas de un coronel de Estado Mayor de plaza, que murió en las calles de Madrid el 54.

La celosía se abrió de nuevo y comparecieron dos caras.

—Se están burlando de nosotros —dijo Tafetán, haciendo una seña amistosa a las niñas.

—¿Las conoce usted?

—¿Pues no las he de conocer? Las

pobres están en la miseria. Yo no sé cómo viven. Cuando murió don Francisco Troya, se hizo una suscripción para mantenerlas; pero esto duró poco.

—¡Pobres muchachas! Me figuro que no serán un modelo de honradez...

—¿Por qué no?... Yo no creo lo que en el pueblo se dice de ellas.

Funcionó de nuevo la celosía.

—Buenas tardes, niñas —gritó don Juan Tafetán dirigiéndose a las tres, que artísticamente agrupadas aparecieron—. Este caballero dice que lo bueno no debe esconderse, y que abran ustedes toda la celosía.

Pero la celosía se cerró, y alegre concierto de risas difundió una extraña alegría por la triste calle. Creeríase que pasaba una bandada de pájaros.

—¿Quiere usted que vayamos allá? —dijo de súbito Tafetán.

Sus ojos brillaban, y una sonrisa picaresca retozaba en sus amoratados labios.

—¿Pero qué clase de gente es ésa?

—Ande usted, señor de Rey... Las pobrecitas son honradas. ¡Bah! Si se alimentan del aire como los camaleones. Diga usted: el que no come, ¿puede pecar? Bastante virtuosas son las infelices. Y si pecaran, limpiarían su conciencia con el gran ayuno que hacen.

—Pues vamos.

Un momento después, don Juan Tafetán y Pepe Rey entraron en la sala. El aspecto de la miseria, que con horribles esfuerzos pugnaba por no serlo, afligió al joven. Las tres muchachas eran muy lindas, principalmente las dos más pequeñas, morenas, pálidas, de negros ojos y sutil talle. Bien vestidas y bien calzadas, habrían parecido retoños de duquesa en candidatura para entroncar con príncipes.

Cuando la visita entró, las tres se quedaron muy cortadas; pero bien pronto mostraron la índole de su genial frívolo y alegre. Vivían en la miseria, como los pájaros en la prisión, sin dejar de cantar tras los hierros lo mismo que en la opulencia del bosque. Pasaban el día cosiendo, lo cual indicaba por lo menos un principio de honradez; pero en Orbajosa, ninguna persona de su posición se trataba con ellas. Estaban hasta cierto punto proscritas, degradadas, acordonadas, lo cual indicaba también algún motivo de escándalo. Pero en honor de la verdad, debe decirse que la mala reputación de las Troyas consistía, más que nada, en su fama de chismosas, enredadoras, traviesas y despreocupadas. Dirigían anónimos a graves personas; ponían motes a todo viviente de Orbajosa, desde el Obispo al último zascandil; tiraban piedrecitas a los transeúntes; chicheaban escondidas tras las rejas para reírse con la confusión y azoramiento del que pasaba; sabían todos los sucesos de la vecindad, para lo cual tenían en constante uso los tragaluces y agujeros de la parte alta de la casa; cantaban de noche en el balcón; se vestían de máscara en Carnaval para meterse en las casas más alcurniadas, con otras majaderías y libertades propias de los pueblos pequeños. Pero cualquiera que fuese la razón, ello es que el agraciado triunvirato troyano tenía sobre sí un estigma de ésos que, una vez puestos por susceptible vecindario, acompañan implacablemente hasta más allá de la tumba.

—¿Este es el caballero que dicen ha venido a sacar minas de oro? —preguntó una.

—¿Y a derribar la catedral para hacer con las piedras de ella una fábrica de zapatos? —añadió otra.

—Y a quitar de Orbajosa la siembra de ajo para poner algodón o el árbol de la canela.

Pepe no pudo reprimir la risa ante tales despropósitos.

—No viene sino a hacer una recolección de niñas bonitas para llevárselas a Madrid —dijo Tafetán.

—¡Ay! ¡De buena gana me iría! —exclamó una.

—A las tres, a las tres me las llevo —afirmó Pepe—. Pero sepamos una cosa; ¿por qué se reían ustedes de mí cuando estaba en la ventana del Casino?

Tales palabras fueron la señal de nuevas risas.

—Esas son unas tontas —dijo la mayor.

—Fue porque dijimos que usted se merece algo más que la niña de doña Perfecta.

—Fue porque ésta dijo que usted está perdiendo el tiempo, y que Rosarito no quiere sino gente de Iglesia.

—¡Qué cosas tienes! Yo no he dicho tal cosa. Tú dijiste que este caballero es ateo luterano, y entra en la catedral fumando y con el sombrero puesto.

—Pues yo no lo inventé —manifestó la menor—, que eso me lo dijo ayer Suspiritos.

—¿Y quién es esa Suspiritos que dice de mí tales tonterías?

—Suspiritos es... Suspiritos.

—Niñas mías —dijo Tafetán con semblante almibarado—. Por ahí va el naranjero. Llamadle, que os quiero convidar a naranjas.

Una de las tres llamó al vendedor.

La conversación entablada por las niñas desagradó bastante a Pepe Rey, disipando su impresión de contento entre aquella chusma alegre y comunicativa. No pudo, sin embargo, contener la risa cuando vio a don Juan Tafetán descolgar un guitarrillo y rasguearlo con la gracia y destreza de los años juveniles.

—Me han dicho que cantan ustedes a las mil maravillas —manifestó Rey.

—Que cante don Juan Tafetán.

—Yo no canto.

—Ni yo —dijo la segunda, ofreciendo al ingeniero algunos cascos de la naranja que acababa de mondar.

—María Juana, no abandones la costura —dijo la Troya mayor—. Es tarde y hay que acabar la sotana esta noche.

—Hoy no se trabaja. Al demonio las agujas— gritó Tafetán; y en seguida entonó una canción.

—La gente se para en la calle —dijo la Troya segunda, asomándose al balcón—. Los gritos de don Juan Tafetán se oyen desde la plaza... ¡Juana, Juana!

—¿Qué?

—Por la calle va *Suspiritos.*

La más pequeña voló al balcón.

—Tírale una cáscara de naranja.

Pepe Rey se asomó también; vio que por la calle pasaba una señora, y que con diestra puntería la menor de las Troyas le asestó un cascarazo en el moño. Después cerraron con precipitación, y las tres se esforzaron en sofocar convulsivamente su risa para que no se oyera desde la vía pública.

—Hoy no se trabaja —gritó una, volcando de un puntapié la cesta de la costura.

—Es lo mismo que decir: "Mañana no se come" —añadió la mayor, recogiendo los enseres.

Pepe Rey se echó instintivamente la mano al bolsillo. De buena gana les hubiera dado una limosna. El espectáculo de aquellas infelices huérfanas, condenadas por el mundo a causa de su frivolidad, le entristecía sobremanera. Si el único pecado de las Troyas, si el único desahogo con que compensaban su soledad, su pobreza y abandono, era tirar cortezas de naranja al transeúnte, bien se las podía disculpar. Quizás las austeras costumbres del poblachón en que vivían las había preservado del vicio: pero las desgraciadas carecían de compostura y comedimiento, fórmula común y más visible del pudor, y bien podía suponerse que habían echado por la ventana algo más que cáscaras. Pepe Rey sentía hacia ellas una lástima profunda. Observó sus miserables vestidos, compuestos, arreglados y remendados de mil modos para que pareciesen nuevos; observó sus zapatos rotos... y otra vez se llevó la mano al bolsillo.

"Podrá el vicio reinar aquí —dijo para sí—; pero las fisonomías, los muebles, todo me indica que éstos son los infelices restos de una familia honrada. Si estas pobres muchachas fueran tan malas como dicen, no vivirían tan pobremente ni trabajarían. ¡En Orbajosa hay hombres ricos!".

Las tres niñas se le acercaban sucesivamente. Iban de él al balcón, del balcón a él, sosteniendo conversación picante y ligera, que indicaba, fuerza es decirlo, una especie de inocencia en medio de tanta frivolidad y despreocupación.

—Señor don José, ¡qué excelente señora es doña Perfecta!

—Es la única persona de Orbajosa que no tiene apodo, la única de que no se habla mal en Orbajosa.

—Todos la respetan.

—Todos la adoran.

A estas frases el joven respondió con alabanzas de su tía; pero se le pasaban ganas de sacar dinero del bolsillo y decir: "María Juana, tome usted para unas botas. Pepa, tome para que se compre un vestido. Florentina, tome para que coman una semana...". Estuvo a punto de hacerlo como lo pensaba. En un momento en que las tres corrieron al balcón para ver quién pasaba, don Juan Tafetán se acercó a él y en voz baja le dijo:

—¡Qué monas son! ¿No es verdad?... ¡Pobres criaturas! Parece mentira que sean tan alegres, cuando... bien puedo asegurar que hoy no han comido.

—Don Juan, don Juan —gritó Pepilla—. Por ahí viene su amigo de usted Nicolasito Hernández, o sea *Cirio Pascual,* con su sombrero de tres pisos. Viene rezando en voz baja, sin duda por las almas de los que ha mandado al hoyo con sus usuras.

—¿A que no le dicen ustedes el remoquete?

—¿A que sí?

—Juana, cierra las celosías. Dejémosle que pase, y cuando vaya por la esquina yo gritaré: "¡Cirio, Cirio Pascual!...".

Don Juan Tafetán corrió al balcón.

—Venga usted, don José, para que conozca este tipo.

Pepe Rey aprovechó el momento en que las tres muchachas y don Juan se regocijaban en el balcón, llamando a Nicolasito Hernández con el apodo que tanto le hacía rabiar, y acercándose con toda cautela a uno de los costureros que en la sala había, colocó dentro de él media onza que le quedaba del juego.

Después corrió al balcón, a punto que las dos más pequeñas gritaban entre locas risas:

—¡Cirio Pascual, Cirio Pascual!

XIII

UN "CASUS BELLI"

Después de esta travesura, las tres entablaron con los caballeros una conversación tirada sobre asuntos y personas de la ciudad. El ingeniero, recelando que su fechoría se descubriese estando él presente, quiso marcharse, lo cual disgustó mucho a las Troyas. Una de éstas, que había salido fuera de la sala, regresó diciendo:

—Ya está Suspiritos en campaña colgando la ropa.

—Don José querrá verla —indicó otra.

—Es una señora muy guapa. Y ahora se peina a estilo de Madrid. Vengan ustedes.

Lleváronles al comedor de la casa (pieza de rarísimo uso), del cual se salía a un terrado, donde había algunos tiestos de flores y no pocos trastos abandonados y hechos añicos. Desde allí veíase el hondo patio de una casa colindante, con una galería llena de verdes enredaderas y hermosas macetas esmeradamente cuidadas. Todo indicaba allí una vivienda de gente modesta, pulcra y hacendosa.

Acercándose al borde de la azotea, las de Troya miraron atentamente a la casa vecina, e imponiendo silencio a los galanes, se retiraron luego a la parte del terrado desde donde nada se veía ni había peligro de ser visto.

—Ahora sale de la despensa con un cazuelo de garbanzos —dijo María Juana, estirando el cuello para ver un poco.

—¡Zas! —exclamó otra, arrojando una piedrecilla.

Oyóse el ruido del proyectil al chocar contra los cristales de la galería, y luego una colérica voz que gritaba:

—Ya nos han roto otro cristal esas...

Ocultas las tres en el rincón del terrado, junto a los dos caballeros, sofocaban la risa.

—La señora Suspiritos está muy incomodada —dijo Rey—. ¿Por qué la llaman así?

—Porque siempre que habla suspira entre palabra y palabra, y aunque de nada carece siempre se está lamentando.

Hubo un momento de silencio en la casa de abajo. Pepita Troya atisbó con cautela.

—Allá viene otra vez —murmuró en voz baja, imponiendo silencio—. María, dame una china. A ver..., ¡zas!..., allá va.

—No le has acertado. Dio en el suelo.

—A ver... si puedo yo... Esperaremos a que salga otra vez de la despensa.

—Ya, ya sale. En guardia, Florentina.

—¡A la una, a los dos, a las tres!... ¡Paf!...

Oyóse abajo un grito de dolor, un voto, una exclamación varonil, pues era un hombre el que la daba. Pepe Rey pudo distinguir claramente estas palabras:

—¡Demonche! Me han agujereado la cabeza esas... ¡Jacinto, Jacinto! ¿Pero qué canalla de vecindad es ésta?...

—¡Jesús, María y José, lo que he hecho! —exclamó llena de consternación Florentina—: le di en la cabeza al señor don Inocencio.

—¿Al penitenciario? —dijo Pepe Rey.

—Sí.

—¿Vive en esa casa?

—¿Pues dónde ha de vivir?

—Esa señora de los suspiros...

—Es su sobrina, su ama o no sé qué. Nos divertimos con ella porque es muy cargante; pero con el señor penitenciario no solemos gastar bromas.

Mientras rápidamente se pronunciaban las palabras de este diálogo, Pepe Rey vio que frente al terrado, y muy cerca de él, se abrían los cristales de una ventana perteneciente a la misma casa bombardeada; vio que aparecía una cara risueña, una cara conocida, una cara cuya vista le aturdió y le consternó y le puso pálido y trémulo. Era Jacintito, que, interrumpido en sus graves estudios, abrió la ventana de su despacho, presentándose en ella con la pluma en la oreja. Su rostro púdico, fresco y sonrosado, daba a tal aparición aspecto semejante al de una aurora.

—Buenas tardes, señor don José —dijo festivamente.

La voz de abajo gritaba de nuevo:

—¡Jacinto; pero Jacinto!

—Allá voy. Estaba saludando a un amigo...

—Vámonos, vámonos —gritó Florentina con zozobra—. El señor penitenciario va a subir al cuarto de Don Nominavito y nos echará un responso.

—Vámonos, sí; cerremos la puerta del comedor.

Abandonaron en tropel el terrado.

—Debieron ustedes prever que Jacinto las vería desde su templo del saber —dijo Tafetán.

—Don Nominavito es amigo nuestro —repuso una de ellas—. Desde su templo de la ciencia nos dice a la calladita mil ternezas, y también nos echa besos volados.

—¿Jacinto? —preguntó el ingeniero—. ¿Pero qué endiablado nombre le han puesto ustedes?

—Don Nominavito...

Las tres rompieron a reír.

—Lo llamamos así porque es muy sabio.

—No: porque cuando nosotras éramos chicas, él era chico también; pues... sí. Salíamos al terrado a jugar, y le sentíamos estudiando en voz alta sus lecciones.

—Sí, y todo el santo día estaba cantando.

—Declinando, mujer. Eso es: se ponía de este modo: "Nominavito rosa, genivito, davito, acusavito."

—Supongo que yo también tendré mi nombre postizo —dijo Pepe Rey.

—Que se lo diga a usted María Juana —replicó Florentina ocultándose.

—¿Yo?... díselo tú, Pepa.

—Usted no tiene nombre todavía, don José.

—Pero lo tendré. Prometo que vendré a saberlo, a recibir la confirmación —indicó el joven con intención de retirarse.

—¿Pero se va usted?

—Sí. Ya han perdido ustedes bastante tiempo. Niñas, a trabajar. Esto de arrojar piedras a los vecinos y a los transeúntes, no es la ocupación más a propósito para unas jóvenes tan lindas y de tanto mérito... Conque abur...

Y sin esperar más razones ni hacer caso de los cumplidos de las muchachas, salió a toda prisa de la casa, dejando en ella a don Juan Tafetán.

La escena que había presenciado; la vejación sufrida por el canónigo; la inopinada presencia del doctorcillo, aumentaron las confusiones, recelos y presentimientos desagradables que turbaban el alma del pobre ingeniero. Deploró con toda su alma haber entrado en casa de las Troyas, y resuelto a emplear mejor el tiempo mientras su hipocondría le durase, recorrió las calles de la población.

Visitó el mercado, la calle de la Tripería, donde estaban las principales tiendas; observó los diversos aspectos que ofrecían la industria y comercio de la gran Orbajosa, y como no hallara sino nuevos motivos de aburrimiento, encaminóse al paseo de las Descalzas; pero no vio en él más que algunos perros vagabundos, porque con motivo del viento molestísimo que reinaba, caballeros y señoras se habían quedado en sus casas. Fue a la botica, donde hacían tertulia diversas especies de progresistas rumiantes, que estaban perpetuamente masticando un tema sin fin; pero allí se aburrió más. Pasaba al fin junto a la catedral, cuando sintió el órgano y los hermosos cantos de coro. Entró; arrodillóse delante del altar mayor, recordando las advertencias que acerca de la compostura dentro de la iglesia le hiciera su tía; visitó luego una capilla, y disponíase a entrar en otra, cuando un acólito, celador o perrero se le acercó, y con modales muy descorteses y descompuesto lenguaje, le habló así:

—Su Ilustrísima dice que se plante usted en la calle.

El ingeniero sintió que la sangre se agolpaba en su cerebro. Sin decir una palabra, obedeció. Arrojado de todas partes, por fuerza superior o por su propio hastío, no tenía más recurso que ir a casa de su tía, donde le esperaban:

1º El tío *Licurgo,* para anunciarle un segundo pleito. 2º el señor don Cayetano, para leerle un nuevo trozo de su discurso sobre los linajes de Orbajosa. 3º *Caballuco,* para un asunto que no había manifestado. 4º Doña Perfecta y su sonrisa bondadosa, para lo que se verá en el capítulo siguiente.

XIV

LA DISCORDIA SIGUE CRECIENDO

Una nueva tentativa de ver a su prima Rosario fracasó al caer de la tarde. Pepe Rey se encerró en su cuarto para escribir varias cartas, y no podía apartar de su mente una idea fija.

—Esta noche o mañana —decía—, se acabará esto de una manera o de otra.

Cuando le llamaron para la cena, doña Perfecta se dirigió a él, en el comedor, diciéndole de buenas a primeras:

—Querido Pepe, no te apures; yo aplacaré al señor don Inocencio... Ya estoy enterada. María Remedios, que acaba de salir de aquí, me lo ha contado todo.

El semblante de la señora irradiaba satisfacción semejante a la de un artista orgulloso de su obra.

—¿Qué?

—Yo te disculparé, hombre. Tomarías algunas copas en el Casino, ¿no es esto? He aquí el resultado de las malas compañías. ¡Don Juan Tafetán, las Troyas!... Esto es horrible, espantoso. ¿Has meditado bien?

—Todo lo he meditado, señora —repuso Pepe decidido a no entrar en discusiones con su tía.

—Me guardaré muy bien de escribirle a tu padre lo que has hecho.

—Puede usted escribirle lo que guste.

—Vamos: te defenderás desmintiéndome.

—Yo no desmiento.

—Luego confiesas que estuviste en casa de esas...

—Estuve.

—Y que les diste media onza, porque, según me ha dicho María Remedios, esta tarde bajó Florentina a la tienda del extremeño a que le cambiaran media onza. Ellas no podían haberla ganado con su costura. Tú estuviste hoy en casa de ellas; luego...

—Luego yo se la di. Perfectamente.

—¿No lo niegas?

—¡Qué he de negarlo! Creo que puedo hacer de mi dinero lo que mejor me convenga.

—Pero de seguro sostendrás que no apedreaste al señor penitenciario.

—Yo no apedreo.

—Quiere decir que ellas en presencia tuya...

—Eso es otra cosa.

—E insultaron a la pobre María Remedios.

—Tampoco lo niego.

—¿Y cómo justificas tu conducta? Pepe... por Dios. No dices nada; no te arrepientes, no protestas... no...

—Nada, absolutamente nada, señora.

—Ni siquiera procuras desagraviarme.

—Yo no he agraviado a usted...

—Vamos, ya no te falta más que... Hombre, coge ese palo y pégame.

—Yo no pego.

—¡Qué falta de respeto! ¡qué...! ¿No cenas?

—Cenaré.

Hubo una pausa de más de un cuarto de hora. Don Cayetano, doña Perfecta y Pepe Rey comían en silencio. Este se interrumpió cuando don Inocencio entró en el comedor.

—¡Cuánto lo he sentido, señor don José de mi alma!... Créame usted que lo he sentido de veras —dijo estrechando la mano al joven y mirándole con expresión de lástima.

El ingeniero no supo qué contestar: tanta era su confusión.

—Me refiero al suceso de esta tarde.

—¡Ah!... ya.

—A la expulsión de usted del sagrado recinto de la iglesia catedral.

—El señor Obispo —dijo Pepe Rey— debía pensarlo mucho antes de arrojar a un cristiano de la iglesia.

—Y es verdad; yo no sé quién le ha metido en la cabeza a Su Ilustrísima que usted es hombre de malísimas costumbres; yo no sé quién le ha dicho que usted hace alardes de ateísmo en todas partes; que se burla de cosas y personas sagradas, y aún que proyecta derribar la catedral para edificar con sus piedras una gran fábrica de alquitrán; y he procurado disuadirle; pero Su Ilustrísima es un poco terco.

—Gracias por tanta bondad.

—Y eso que el señor penitenciario no tiene motivos para guardarte tales consideraciones. Por poco más le dejan en el sitio esta tarde.

—¡Bah!... ¿pues qué? —dijo el sacerdote riendo—. ¿Ya se tiene aquí noticia de la travesurilla?... Apuesto a que María Remedios vino con el cuento. Pues se lo prohibí, se lo prohibí de un modo terminante. La cosa en sí no vale la pena: ¿no es verdad, señor de Rey?

—Puesto que usted así lo juzga...

—Ese es mi parecer. Cosas de muchachos... La juventud, digan lo que quieran los modernos, se inclina al vicio y a las acciones viciosas. El señor don José, persona de grandes prendas, no podía ser perfecto... ¿qué tiene de particular que esas graciosas niñas le sedujeran, y después de sacarle el dinero le hicieran cómplice de sus desvergonzados y criminales insultos a la vecindad? Querido amigo mío, por la dolorosa parte que me cupo en los juegos de esta tarde —añadió, llevándose la mano a la región lastimada—, no me doy por ofendido, ni siquiera mortificaré a usted con recuerdos de tan desagradable incidente. He sentido verdadera pena al saber que María Remedios había venido a contarlo todo... ¡Es tan chismosa mi sobrina...! ¿Apostamos a que también contó lo de la media onza, y los retozos de usted con las niñas en el tejado, y las carreras y pellizcos, y el baileteo de don Juan Tafetán?... ¡Bah! estas cosas debieran quedar en secreto.

Pepe Rey no sabía lo que le mortificaba más, si la severidad de su tía o las hipócritas condescendencias del canónigo.

—¿Por qué no se han de decir? —indicó la señora—. El mismo no parece avergonzado de su conducta. Sépanlo todos. Unicamente se guardará secreto de esto a mi querida hija, porque en su estado nervioso son temibles los accesos de cólera.

—Vamos, que no es para tanto, señora —añadió el penitenciario—.

Mi opinión es que no se vuelva a hablar del asunto, y cuando esto lo dice el que recibió la pedrada, los demás pueden darse por satisfechos... Y no fue broma lo del trastazo, señor don José, pues creí que me abrían un boquete en el casco y que se me salían por él los sesos...

—¡Cuánto siento este incidente! —balbució Pepe Rey—. Me causa verdadera pena, a pesar de no haber tomado parte...

—La visita de usted a esas señoras Troyas llamará la atención en el pueblo —dijo el canónigo—. Aquí no estamos en Madrid, señores; aquí no estamos en ese centro de corrupción, de escándalo...

—Allá puedes visitar los lugares más inmundos —manifestó doña Perfecta—, sin que nadie lo sepa.

—Aquí nos miramos mucho —prosiguió don Inocencio—. Reparamos todo lo que hacen los vecinos, y con tal sistema de vigilancia, la moral pública se sostiene a conveniente altura... Créame usted, amigo mío, créame usted, y no digo esto por mortificarle: usted ha sido el primer caballero de su posición que a la luz del día... el primero, sí señor... *Trojæ qui primus ab oris.*

Después se echó a reír, dando algunas palmadas en la espalda al ingeniero en señal de amistad y benevolencia.

—¡Cuán grato es para mí —dijo el joven, encubriendo su cólera con las palabras que creyó más oportunas para contestar a la solapada ironía de sus interlocutores—, ver tanta generosidad y tolerancia, cuando yo merecía, por mi criminal proceder...!

—¿Pues qué? A un individuo que es de nuestra propia sangre y que lleva nuestro nombre —dijo doña Perfecta—, ¿se le puede tratar como a un cualquiera? Eres mi sobrino, eres hijo del mejor y más santo de los hombres, mi querido hermano Juan, y esto basta. Ayer tarde estuvo aquí el secretario del señor Obispo a manifestarme que Su Ilustrísima

está muy disgustado porque te tengo en mi casa.

—¿También eso? —murmuró el canónigo.

—También eso. Yo respondí que, salvo el respeto que el señor Obispo me merece y lo mucho que le quiero y reverencio, mi sobrino es mi sobrino y no puedo echarle de mi casa.

—Es una nueva singularidad que encuentro en este país —dijo Pepe Rey, pálido de ira—. Por lo visto, aquí el Obispo gobierna las casas ajenas.

—Es un bendito. Me quiere tanto, que se le figura... se le figura que nos vas a comunicar su ateísmo, tu despreocupación, tus raras ideas. Repetidas veces le he dicho que tienes un fondo excelente.

—Al talento superior debe siempre concedérsele algo —manifestó don Inocencio.

—Y esta mañana, cuando estuve en casa de las de Cirujeda, ¡ay! tú no puedes figurarte cómo me pusieron la cabeza... Que si habías venido a derribar la catedral; que si eras comisionado por los protestantes ingleses para ir predicando la herejía por España; que pasabas la noche entera jugando en el Casino; que salías borracho... "Pero, señoras —les dije—, ¿quieren usted que yo envíe a mi sobrino a la posada?" Además, en lo de embriagueces no tienen razón, y en cuanto al juego no sé que jugaras hasta hoy.

Pepe Rey se hallaba en esa situación de ánimo en que el hombre más prudente siente dentro de sí violentos ardores y una fuerza ciega y brutal que tiende a estrangular, abofetear, romper cráneos y machacar huesos. Pero doña Perfecta era señora y además su tía, don Inocencio era anciano y sacerdote. Además de esto, las violencias de obra son de mal gusto, impropias de personas cristianas y bien educadas. Quedaba el recurso de dar libertad a su comprimido encono por medio de la palabra, manifestada decorosamente y sin faltarse a sí mismo; pero aún le pareció prematuro este postrer recurso, que no debía emplear, seegún su juicio, hasta el instante de salir definitivamente de aquella casa de Orbajosa. Resistiendo, pues, el furibundo ataque, aguardó.

Jacinto llegó cuando la cena concluía.

—Buenas noches, señor don José —dijo, estrechando la mano del caballero—. Usted y sus amigas no me han dejado trabajar esta tarde. No he podido escribir una línea. ¡Y tenía que hacer!...

—¡Cuánto lo siento, Jacinto! Pues según me dijeron, usted las acompaña algunas veces en sus juegos y retozos.

—¡Yo! —exclamó el rapaz, poniéndose como la grana—. ¡Bah! bien sabe usted que Tafetán no dice nunca palabra de verdad... ¿Pero es cierto, señor de Rey, que se marcha usted?

—¿Lo dicen por ahí?...

—Sí: lo he oído en el Casino, en casa de don Lorenzo Ruiz.

Rey contempló durante un rato las frescas facciones de *don Nominavito*. Después dijo:

—Pues no es cierto. Mi tía está muy contenta de mí, desprecia las calumnias con que me obsequian los orbajosenses... y no me arrojará de su casa aunque en ello se empeñe el señor Obispo.

—Lo que es arrojarte... jamás. ¡Qué diría tu padre!

—A pesar de sus bondades, queridísima tía, a pesar de la amistad cordial del señor canónigo, quizás decida yo marcharme...

—¡Marcharte!

—¡Marcharse usted!

En los ojos de doña Perfecta brilló una luz singular. El canónigo, a pesar de ser hombre muy experto en el disimulo, no pudo ocultar su alegría.

—Sí; y tal vez esta misma noche.

—¡Pero hombre, qué arrebatado eres!... ¿Por qué no esperas siquiera a mañana temprano?... A ver...

Juan, que vayan a llamar al tío *Licurgo* para que prepare la jaca... Supongo que llevarás algún fiambre... ¡Nicolasa!... ese pedazo de ternera que está en el aparador... Librada, la ropa del señorito...

—No, no puedo creer que usted tome determinación tan brusca —dijo don Cayetano, creyéndose obligado a tomar alguna parte en aquella cuestión.

—¿Pero volverá usted... no es eso? —preguntó el canónigo.

—¿A qué hora pasa el tren de la mañana? —preguntó doña Perfecta, por cuyos ojos asomaba la febril impaciencia de su alma.

—Sí, me marcho esta misma noche.

—Pero, hombre, si no hay luna.

En el alma de doña Perfecta, en el alma del penitenciario, en la juvenil alma del doctorcillo, retumbaron como una armonía celeste estas palabras: "Esta misma noche."

—Por supuesto, querido Pepe, tú volverás... Yo he escrito hoy a tu padre, a tu excelente padre... —indicó doña Perfecta con todos los síntomas fisonómicos que aparecen cuando se va a derramar una lágrima.

—Molestaré a usted con algunos encargos —manifestó el sabio.

—Buena ocasión para pedir el cuaderno que me falta de la obra del abate Gaume —indicó el abogadejo.

—¡Vamos, Pepe, que tienes unos arrebatos y unas salidas! —murmuró la señora sonriendo, con la vista fija en la puerta del comedor—. Pero se me olvidaba decirte que *Caballuco* está esperando: desea hablarte.

XV

SIGUE CRECIENDO, HASTA QUE SE DECLARA LA GUERRA

Todos miraron hacia la puerta, donde apareció la imponente figura del centauro, serio, cejijunto, confuso al querer saludar con amabilidad, hermosamente salvaje, pero desfigurado por la violencia que hacía para sonreír urbanamente, y pisar quedo y tener en correcta postura los hercúleos brazos.

—Adelante, señor Ramos —dijo Pepe Rey.

—No, no —objetó doña Perfecta—. Si es una tontería lo que tiene que decirte.

—Que lo diga.

—Yo no debo consentir que en mi casa se ventilen estas cuestiones ridículas...

—¿Qué quiere de mí el señor Ramos?

Caballuco pronunció algunas palabras.

—Basta, basta... —dijo doña Perfecta riendo—. No molestes más a mi sobrino. Pepe, no hagas caso de ese majadero... ¿Quieren ustedes que les diga en qué consiste el enojo del gran *Caballuco?*

—¿Enojo? Ya me lo figuro —indicó el penitenciario, recostándose en el sillón y riendo expansivamente y con estrépito.

—Yo quería decirle al señor don José... —gruñó el formidable jinete.

—Hombre, calla, por Dios, no nos aporrees los oídos.

—Señor *Caballuco* —apuntó el canónigo—, no es mucho que los señores de la corte desbanquen a los rudos caballistas de estas salvajes tierras...

—En dos palabras, Pepe, la cuestión es ésta: *Caballuco* es no sé qué...

La risa le impidió continuar.

—No sé qué —añadió don Inocencio—, de una de las niñas de Troya, de Mariquita Juana, si no estoy equivocado.

—¡Y está celoso! Después de su caballo, lo primero de la creación es Mariquilla Troya.

—¡Dios me valga! —exclamó la señora—. ¡Pobre Cristóbal! ¿Has creído que una persona como mi sobrino?... Vamos a ver, ¿qué ibas a decirle? Habla.

—Ya hablaremos el señor don José y yo —repuso bruscamente el bravo de la localidad.

Y sin decir más se retiró.

Poco después Pepe Rey salió del comedor para ir a su cuarto. En la galería hallóse frente a frente con su troyano antagonista, y no pudo reprimir la risa al ver la torva seriedad del ofendido cortejo.

—Una palabra —dijo éste, plantándose descaradamente ante el ingeniero—. ¿Usted sabe quién soy yo?

Diciendo esto puso la pesada mano en el hombro del joven con tan insolente franqueza, que éste no pudo menos de rechazarle enérgicamente.

—No es preciso aplastar para eso.

El valentón, ligeramente desconcertado, se repuso al instante, y mirando a Rey con audacia provocativa, repitió su estribillo:

—¿Sabe usted quién soy yo?

—Sí: ya sé que es usted un animal.

Apartóle a un lado bruscamente y entró en su cuarto. Según el estado del cerebro de nuestro desgraciado amigo en aquel instante, sus acciones debían sintetizarse en el siguiente brevísimo y definitivo plan: romperle la cabeza a *Caballuco* sin pérdida de tiempo; despedirse en seguida de su tía con razones severas, aunque corteses, que le llegaran al alma; dar un frío adiós al canónigo y un abrazo al inofensivo don Cayetano; administrar, por fin de fiesta, una paliza al tío *Licurgo;* partir de Orbajosa aquella misma noche, y sacudirse el polvo de los zapatos a la salida de la ciudad.

Pero los pensamientos del perseguido joven no podían apartarse, en medio de tantas amarguras, de otro desgraciado ser a quien suponía en situación más aflictiva y angustiosa que la suya propia. Tras el ingeniero entró en la estancia una criada.

—¿Le diste mi recado? —preguntó él.

—Sí, señor, y me dio esto.

Rey tomó de las manos de la muchacha un pedacito de periódico, en cuya margen leyó estas palabras: "Dicen que te vas. Yo me muero."

Cuando volvió al comedor, el tío *Licurgo* se asomaba a la puerta preguntando:

—¿A qué hora hace falta la jaca?

—A ninguna —contestó vivamente Rey.

—¿Luego no te vas esta noche? —dijo doña Perfecta—. Mejor es que lo dejes para mañana.

—Tampoco.

—¿Pues cuándo?

—Ya veremos —dijo fríamente el joven, mirando a tu tía con imperturbable calma—. Por ahora no pienso marcharme.

Sus ojos lanzaban enérgico reto. Doña Perfecta se puso primero encendida, pálida después. Miró al canónigo, que se había quitado las gafas de oro para limpiarlas, y luego clavó sucesivamente la vista en los demás que ocupaban la estancia, incluso en *Caballuco*, que, entrando poco antes, se sentara en el borde de una silla. Doña Perfecta los miró como mira un general a sus queridos cuerpos de ejército. Después examinó el semblante meditabundo y sereno de Pepe Rey, de aquel estratégico enemigo que se presentaba inopinadamente cuando se le creía en vergonzosa fuga.

¡Ay! ¡Sangre, ruina y desolación!... Una gran batalla se preparaba.

XVI

NOCHE

Orbajosa dormía. Los mustios farolillos del público alumbrado despedían en encrucijadas y callejones su postrer fulgor, como cansados ojos que no pueden vencer el sueño. A la débil luz se escurrían envueltos en sus capas los vagabundos, los rondadores, los jugadores. Sólo el graznar del borracho o el canto del enamorado turbaban la callada paz de la ciudad histórica. De pronto, el *Ave María Purísima* del vinoso sereno sonaba como un quejido entermizo del durmiente poblachón.

En la casa de doña Perfecta también había silencio. Turbábalo tan sólo un diálogo que en la biblioteca del señor don Cayetano sostenían éste y Pepe Rey. Sentábase el erudito reposadamente en el sillón de su mesa de estudio, la cual aparecía cubierta por innúmeros papeles, conteniendo notas, apuntes y referencias. Rey fijaba los ojos en el copioso montón; pero sus pensamientos volaban sin duda en regiones distantes de aquella sabiduría.

—Perfecta —dijo el anticuario—, es mujer excelente; pero tiene el defecto de escandalizarse por cualquier acción insignificante. Amigo, en estos pueblos de provincia el menor desliz se paga caro. Nada encuentro de particular en que usted fuese a casa de las Troyas. Se me figura que don Inocencio, bajo su capita de hombre de bien, es algo cizañoso. ¿A él qué le importa?

—Hemos llegado a un punto, señor don Cayetano, en que urge tomar una determinación enérgica. Yo necesito ver y hablar a Rosario.

—Pues véala usted.

—Es que no me dejan —respondió el ingeniero dando un puñetazo en la mesa—. Rosario está secuestrada...

—¡Secuestrada! —exclamó el sabio con incredulidad—. La verdad, no me gusta su cara, ni su aspecto, ni menos el estupor que se pinta en sus bellos ojos. Está triste, habla poco, llora... Amigo don José, me temo mucho que esa niña se vea atacada de la terrible enfermedad que ha hecho tantas víctimas en mi familia.

—¡Una terrible enfermedad!... ¿Cuál?

—La locura... mejor dicho, manías. En la familia no ha habido uno solo que se librara de ellas. Yo, yo soy el único que he logrado escapar.

—¡Usted!... Dejando a un lado

las manías —dijo Rey con impaciencia—, yo quiero ver a Rosario.

—Nada más natural. Pero el aislamiento en que su madre la tiene es
un sistema higiénico, querido Pepe,
el único empleado con éxito en todos
los individuos de mi familia. Considere usted que la persona cuya presencia y voz debe de hacer más impresión en el delicado sistema nervioso de Rosarillo, es el elegido de
su corazón.

—A pesar de todo —insistió Pepe—, yo quiero verla.

—Quizá Perfecta no se oponga
a ello —dijo el sabio, fijando la atención en sus notas y papeles—. No
quiero meterme en camisa de once
varas.

El ingeniero, viendo que no podía
sacar partido del bueno Polentinos,
se retiró para marcharse.

—Usted va a trabajar, y no quiero
estorbarle.

—No; aún tengo tiempo. Vea usted el cúmulo de preciosos datos que
he reunido hoy. Atienda usted...
"En 1537, un vecino de Orbajosa,
llamado Bartolomé del Hoyo, fue a
Civitta-Vecchia en las galeras del
Marqués de Castel-Rodrigo". Otra:
"En el mismo año dos hermanos, hijos también de Orbajosa, y llamados
Juan y Rodrigo González del Arco,
se embarcaron en los seis navíos que
salieron de Maestrique el 20 de febrero, y que a la altura de Calais to-
paron con un navío inglés y los fla-
mencos que mandaba Van-Owen..."
En fin, fue aquello una importante
hazaña de nuestra Marina. He descubierto que un orbajosense, un tal
Mateo Díaz Coronel, alférez de la
Guardia, fue el que escribió en 1709,
y dio a la estampa en Valencia, el
*Métrico encomio, fúnebre canto, lí-
rico elogio, descripción numérica,
gloriosas fatigas, angustiadas glorias
de la Reina de los Angeles.* Poseo un
preciosísimo ejemplar de esta obra,
que vale un Perú... Otro orbajosense es autor de aquel famoso *Tractado de las diversas suertes de la
Gineta,* que enseñé a usted ayer, y,

en resumen, no doy un paso por el
laberinto de la historia inédita sin
tropezar con algún paisano ilustre.
Yo pienso sacar todos esos nombres
de la injusta oscuridad y olvido en
que yacen. ¡Qué goce tan puro, querido Pepe, es devolver todo su lustre
a las glorias, ora épicas, ora litera-
rias, del país en que hemos nacido!
Ni qué mejor empleo puede dar un
hombre al escaso entendimiento que
del cielo recibiera, a la fortuna here-
dada y al tiempo breve con que puede contar en el mundo la existencia
más dilatada... Gracias a mí, se
verá que Orbajosa es ilustre cuna del
genio español. Pero ¿qué digo? ¿No
se conoce bien su prosapia ilustre en
la nobleza, en la hidalguía de la actual generación *urbsaugustana?* Pocas localidades conocemos en que
crezcan con más lozanía las plantas
y arbustos de todas las virtudes, libres de la hierba maléfica de los
vicios. Aquí todo es paz, mutuo respeto, humildad cristiana. La caridad
se practica aquí como en los tiempos evangélicos; aquí no se conoce
la envidia; aquí no se conocen las
pasiones criminales, y si oye usted
hablar de ladrones y asesinos, tenga
por seguro que no son hijos de esta
noble tierra, o que pertenecen al número de los infelices pervertidos por
las predicaciones demagógicas. Aquí
verá usted el carácter nacional en
toda su pureza, recto, hidalgo, inco-
rruptible, puro, sencillo, patriarcal,
hospitalario, generoso... por eso
gusto tanto de vivir en esta pacífica
soledad, lejos del laberinto de las ciudades, donde reinan ¡ay! la falsedad
y el vicio. Por eso no han podido
sacarme de aquí los muchos amigos
que tengo en Madrid; por eso vivo
en la dulce compañía de mis leales
paisanos y de mis libros, respirando
sin cesar esta salutífera atmósfera
de honradez, que se va poco a poco
reduciendo en nuestra España, y sólo
existe en las humildes, en las cristianas ciudades que con las emanacio-
nes de sus virtudes saben conservar-
la. Y no crea usted: este sosegado

aislamiento ha contribuido mucho, queridísimo Pepe, a librarme de la terrible enfermedad connaturalizada en mi familia. En mi juventud, yo, lo mismo que mis hermanos y padre, padecía lamentable propensión a las más absurdas manías; pero aquí me tiene tan pasmosamente curado, que no conozco tal enfermedad sino cuando la veo en los demás. Por eso mi sobrinilla me tiene tan inquieto.

—Celebro que los aires de Orbajosa le hayan preservado a usted —dijo Rey, no pudiendo reprimir un sentimiento de burla que por ley extraña nació en medio de su tristeza—. A mí me han probado tan mal, que creo he de ser maniático dentro de poco tiempo si sigo aquí. Con que buenas noches, y que trabaje usted mucho.

—Buenas noches.

Dirigióse a su habitación; mas no sintiendo sueño ni necesidad de reposo físico, sino, por el contrario, fuerte excitación que le impulsaba a agitarse y divagar, cavilando y moviéndose, se paseó de un ángulo a otro de la pieza. Después abrió la ventana que a la huerta daba, y poniendo los codos en el antepecho contempló la inmensa negrura de la noche. No se veía nada. Pero el hombre ensimismado lo ve todo, y Rey, fijos los ojos en la oscuridad, miraba cómo se iba desarrollando sobre ella el abigarrado paisaje de sus desgracias. La sombra no le permitía ver las flores de la tierra ni las del cielo, que son las estrellas. La misma falta casi absoluta de claridad producía el efecto de un ilusorio movimiento en las masas de árboles, que se extendían al parecer; iban perezosamente y regresaban enroscándose, como un oleaje de un mar de sombras. Formidable flujo y reflujo, una lucha entre fuerzas no bien manifiestas, agitaban la silenciosa esfera. Contemplando aquella extraña proyección de su alma sobre la noche, el matemático decía:

—La batalla será terrible. Veremos quién sale triunfante.

Los insectos de la noche hablaron a su oído diciéndole misteriosas palabras. Aquí un chirrido áspero; allí un chasquido semejante al que hacemos con la lengua; allá lastimeros murmullos; más lejos un son vibrante parecido al de la esquila suspendida al cuello de la res vagabunda. De súbito sintió Rey una consonante extraña, una rápida nota, propia tan sólo de la lengua y de los labios humanos, exhalación que cruzó por su cerebro como un relámpago. Sintió culebrear dentro de sí aquella S fugaz, que se repitió una y otra vez, aumentando de intensidad. Miró a todos lados, hacia la parte alta de la casa, y en una ventana creyó distinguir un objeto semejante a un ave blanca que movía las alas. Por la mente excitada de Pepe Rey cruzó en un instante la idea del fénix, de la paloma, de la garza real... y sin embargo, aquella ave no era más que un pañuelo.

Saltó el ingeniero por la ventana a la huerta. Observando bien, vio la mano y el rostro de su prima. Creyó distinguir el tan usual movimiento de imponer silencio llevando el dedo a los labios. Después, la simpática sombra alargó el brazo hacia abajo y desapareció. Pepe Rey entró de nuevo en su cuarto rápidamente, y procurando no hacer ruido, pasó a la galería, avanzando después lentamente por ella. Sentía el palpitar de su corazón, como si hachazos recibiera dentro del pecho. Esperó un rato... al fin oyó distintamente tenues golpes en los peldaños de la escalera. Uno, dos, tres... Producían aquel rumor unos zapatitos.

Dirigióse hacia allá en medio de una oscuridad casi profunda, y alargó los brazos para prestar apoyo a quien descendía. En su alma reinaba una ternura exaltada y profunda. Pero ¿a qué negarlo? tras aquel dulce sentimiento surgió de repente, como infernal inspiración, otro que era un terrible deseo de venganza. Los pasos se acercaban descendiendo. Pepe Rey avanzó, y unas manos que tanteaban en el vacío chocaron con las suyas. Las cuatro ¡ay! se unieron en estrecho apretón.

XVII

LUZ A OSCURAS

La galería era larga y ancha. A un extremo estaba la puerta del cuarto donde moraba el ingeniero; en el centro la del comedor; al otro extremo la escalera y la puerta grande y cerrada, con un peldaño en el umbral. Aquella puerta era la de una capilla, donde los Polentinos tenían los santos de su devoción doméstica. Alguna vez se celebraba en ella el santo sacrificio de la misa.

Rosario dirigió a su primo hacia la puerta de la capilla, y se dejó caer en el escalón.

—¿Aquí?... —murmuró Pepe Rey.

Por los movimientos de la mano derecha de Rosario, comprendió que ésta se santiguaba.

—Prima querida, Rosario... ¡gracias por haberte dejado ver! —exclamó estrechándola con ardor entre sus brazos.

Sintió los dedos fríos de la joven sobre sus labios imponiéndole silencio. Los besó con frenesí.

—Estás helada..., Rosario... ¿Por qué tiemblas así?

Daba diente con diente, y su cuerpo todo se estremecía con febril convulsión. Rey sintió en su cara el abrasador fuego del rostro de su prima, y, alarmado, exclamó:

—Tu frente es un volcán. Tienes fiebre.

—Mucha.

—¿Estás enferma realmente?

—Sí...

—Y has salido...

—Por verte.

El ingeniero la estrechó entre sus brazos para darle abrigo; pero no bastaba.

—Aguarda —dijo vivamente levantándose—. Voy a mi cuarto a traer mi manta de viaje.

—Apaga la luz, Pepe.

Rey había dejado encendida la luz dentro de su cuarto, y por la puerta de éste salía una tenue claridad, iluminando la galería. Volvió al instante. La oscuridad era ya profunda. Tentando las paredes pudo llegar hasta donde estaba su prima. Reuniéronse y la arropó cuidadosamente de los pies a la cabeza.

—¡Qué bien estás ahora, niña mía!

—Sí, ¡qué bien!... Contigo.

—Conmigo... y para siempre —exclamó con exaltación el joven.

Pero observó que se desasía de sus brazos y se levantaba.

—¿Qué haces?

Sintió el ruido de un hierrecillo. Rosario introducía una llave en la invisible cerradura, y abría cuidadosamente la puerta en cuyo umbral se habían sentado. Leve olor de humedad, inherente a toda pieza cerrada por mucho tiempo, salía de aquel recinto oscuro como una tumba. Pepe Rey se sintió llevado de la mano, y la voz de su prima dijo muy débilmente:

—Entra.

Dieron algunos pasos. Creíase él conducido a ignotos lugares elíseos por el ángel de la noche. Ella tanteaba. Por fin volvió a sonar su dulce voz, murmurando:

—Siéntate.

Estaban junto a un banco de madera. Los dos se sentaron. Pepe Rey la abrazó de nuevo. En el mismo instante su cabeza chocó con un cuerpo muy duro.

—¿Qué es esto?

—Los pies.

—Rosario... ¿qué dices?

—Los pies del divino Jesús, de la imagen de Cristo Crucificado, que adoramos en mi casa.

Pepe Rey sintió una fría lanzada que le traspasó el corazón.

—Bésalos —dijo, imperiosamente, la joven.

El matemático besó los helados pies de la santa imagen.

—Pepe —preguntó, después, la señorita, estrechando ardientemente la mano de su primo—, ¿tú crees en Dios?

—Rosario... ¿qué dices ahí? ¡Qué locuras piensas! —repuso, con perplejidad, el primo.

—Contéstame.

Pepe Rey sintió humedad en sus manos.

—¿Por qué lloras ?—dijo lleno de turbación—. Rosario, me estás matando con tus dudas absurdas. ¡Que si creo en Dios! ¿Lo dudas tú?

—Yo no; pero todos dicen que eres ateo.

—Desmerecerías a mis ojos, te despojarías de tu aureola de pureza, si dieras crédito a tal necedad.

—Oyéndote calificar de ateo, y sin poder convencerme de lo contrario por ninguna razón, he protestado desde el fondo de mi alma contra tal calumnia. Tú no puedes ser ateo. Dentro de mí tengo yo vivo y fuerte el sentimiento de tu religiosidad, como el de la mía propia.

—¡Qué bien has hablado! Entonces, ¿por qué me preguntas si creo en Dios?

—Porque quería escucharlo de tu misma boca y recrearme oyéndotelo decir. ¡Hace tanto tiempo que no oigo tu voz!... ¿Qué mayor gusto que oírla de nuevo, después de tan gran silencio, diciendo: "Creo en Dios"?

—Rosario, hasta los malvados creen en Él. Si existen ateos, que no lo dudo, son los calumniadores, los intrigantes de que está infestado el mundo... Por mi parte, me importan poco las intrigas y las calumnias; y si tú te sobrepones a ellas y cierras tu corazón a los sentimientos de discordia que una mano aleve quiere introducir en él, nada se opondrá a nuestra felicidad.

—¿Pero qué nos pasa? Pepe, querido Pepe... ¿tú crees en el diablo?

El ingeniero calló. La oscuridad de la capilla no permitía a Rosario ver la sonrisa con que su primo acogiera tan extraña pregunta.

—Será preciso creer en él —dijo al fin.

—¿Qué nos pasa? Mamá me prohibe verte; pero fuera de lo del ateísmo, no habla mal de ti. Díceme que espere; que tú decidirás; que te vas, que vuelves... Háblame con franqueza... ¿Has formado mala idea de mi madre?

—De ninguna manera —replicó Rey, apremiado por su delicadeza.

—¿No crees, como yo, que me quiere mucho, que nos quiere a los dos, que sólo desea nuestro bien, y que al fin hemos de alcanzar de ella el consentimiento que deseamos?

—Si tú lo crees así, yo también... Tu mamá nos adora a entrambos... Pero, querida Rosario, es preciso reconocer que el demonio ha entrado en esta casa.

—No te burles —repuso ella con cariño...—. ¡Ay! mamá es muy buena. Ni una sola vez me ha dicho que no fueras digno de ser mi marido. No insiste más que en lo del ateísmo... Dicen que tengo manías, y que ahora me ha entrado la de quererte con toda mi alma. En nuestra familia es ley no contrariar de frente las manías congénitas que tenemos, porque atacándolas se agravan más.

—Pues yo creo que a tu lado hay buenos médicos que se han propuesto curarte, y que al fin, adorada mía, lo conseguirán.

—No, no, no mil veces —exclamó Rosario, apoyando su frente en el pecho de su novio—. Quiero volverme loca contigo. Por ti estoy padeciendo; por ti estoy enferma; por ti desprecio la vida y me expongo a morir... Ya lo preveo; mañana estaré peor, me agravaré... Moriré. ¡Qué me importa!

—Tú no estás enferma —repuso él con energía—. Tú no tienes sino una perturbación moral que, naturalmente trae ligeras afecciones nerviosas; tú no tienes más que la pena ocasionada por esta horrible violencia que están ejerciendo sobre ti. Tu alma sencilla y generosa no lo comprende. Cedes; perdonas a los que te hacen daño; te afliges, atribuyendo tu desgracia a funestas influencias sobrenaturales; padeces en silencio; entregas tu inocente cuello al verdugo; te dejas matar, y el mismo cuchillo hundido en tu garganta, te parece la espina de una flor que se te clavó al pasar. Rosario, desecha esas ideas; considera nuestra verdadera situación, que es grave; mira la causa de ella donde verdaderamente está, y no te acobardes, no cedas a la mortificación que se te impone, enfermando tu alma y tu cuerpo. El valor de que careces te devolverá la salud, porque tú no estás realmente enferma, querida niña mía; tú estás... ¿quieres que lo diga? estás asustada, aterrada. Te pasa lo que los antiguos no sabían definir y llamaban maleficio. ¡Rosario, ánimo confía en mí! Levántate y sígueme. No te digo más.

—¡Ay, Pepe..., primo mío!... Se me figura que tienes razón —exclamó Rosarito anegada en llanto—. Tus palabras resuenan en mi corazón como golpes violentos que, estremeciéndome, me dan nueva vida. Aquí, en esta oscuridad donde no podemos vernos las caras, una luz inefable sale de ti y me inunda el alma. ¿Qué tienes tú, que así me transformas? Cuando te conocí, de repente fui otra. En los días en que he dejado de verte, me he visto volver a mi antiguo estado insignificante, a mi cobardía primera. Sin ti vivo en el Limbo, Pepe mío... Haré lo que me dices: me levanto y te sigo. Iremos juntos donde quieras. ¿Sabes que me siento bien? ¿Sabes que no tengo ya fiebre, que recobro las fuerzas, que quiero correr y gritar, que todo mi ser se renueva, y se aumenta y se centuplica para adorarte? Pepe, tienes razón. Yo no estoy enferma, yo no estoy sino acobardada; mejor dicho, fascinada.

—Eso es, fascinada.

—Fascinada. Terribles ojos me miran y me dejan muda y trémula. Tengo miedo; ¿pero a qué?... Tú sólo posees el extraño poder de devolverme la vida. Oyéndote, resucito.

Yo creo que si me muriera y fueras a pasear junto a mi sepultura, desde lo hondo de la tierra sentiría tus pasos. ¡Oh, si pudiera verte ahora!... Pero estás aquí, a mi lado, y no dudo que eres tú... ¡Tanto tiempo sin verte!... Yo estaba loca. Cada día de soledad me parecía un siglo... Me decían que mañana, que mañana, y vuelta con mañana. Yo me asomaba a la ventana por las noches, y la claridad de la luz de tu cuarto me servía de consuelo. A veces tu sombra en los cristales era para mí una aparición divina. Yo extendía los brazos hacia afuera, derramaba lágrimas y gritaba con el pensamiento, sin atreverme a hacerlo con la voz. Cuando recibí tu recado por conducto de la criada; cuando me dio tu carta diciéndome que te marchabas, me puse muy triste, creí que se me iba saliendo el alma del cuerpo y que me moría por grados. Yo caía, caía como pájaro herido cuando vuela, que va cayendo y muriéndose, todo al mismo tiempo... Esta noche, cuando te vi despierto tan tarde, no pude resistir el anhelo de hablar contigo, y bajé. Creo que todo el atrevimiento que puedo tener en mi vida lo he consumido y empleado en una sola acción, en ésta, y que ya no podré dejar de ser cobarde... Pero tú me darás aliento: tú me darás fuerzas: tú me ayudarás, ¿no es verdad?... Pepe, primo mío querido, dime que sí; dime que tengo fuerzas, y las tendré; dime que no estoy enferma, y no lo estaré. Ya no lo estoy. Me encuentro tan bien, que me río de mis males ridículos.

Al decir esto, Rosarito se sintió frenéticamente enlazada por los brazos de su primo. Oyóse un ¡ay!: pero no salió de los labios de ella, sino de los de él, porque habiendo inclinado la cabeza, tropezó violentamente con los pies del Cristo. En la oscuridad es donde se ven las estrellas.

En el estado de su ánimo y en la natural alucinación que producen los sitios oscuros, a Rey le parecía, no que su cabeza había topado con el santo pie, sino que éste se había movido, amonestándole de la manera más breve y elocuente. Entre serio y festivo alzó la cabeza, y dijo:

—Señor, no me pegues, que no haré nada malo.

En el mismo instante Rosario tomó la mano del ingeniero, oprimiéndola contra su corazón. Oyóse una voz pura, grave, angelical, conmovida, que habló de este modo:

—Señor que adoro; Señor Dios del mundo y tutelar de mi casa y de mi familia; Señor a quien Pepe también adora; Santo Cristo bendito que moriste en la Cruz por nuestros pecados: ante Ti, ante tu cuerpo herido, ante tu frente coronada de espinas, digo que éste es mi esposo, y que después de Ti, es el que más ama mi corazón; digo que le declaro mío, y que antes moriré que pertenecer a otro. Mi corazón y mi alma son suyos. Haz que el mundo no se oponga a nuestra felicidad, y concédeme el favor de esta unión, que ha de ser buena ante el mundo como lo es en mi conciencia.

—Rosario, eres mía —exclamó Pepe con exaltación—. Ni tu madre ni nadie lo impedirá.

La prima inclinó su hermoso busto inerte sobre el pecho del primo. Temblaba en los amantes brazos varoniles, como la paloma en las garras del águila.

Por la mente del ingeniero pasó como un rayo la idea de que existía el demonio; pero entonces el demonio era él. Rosario hizo ligero movimiento de miedo: tuvo como el temblor de sorpresa que anuncia el peligro.

—Júrame que no desistirás —dijo turbadamente Rey, atajando aquel movimiento.

—Te lo juro por las cenizas de mi padre, que están...

—¿Dónde?

—Bajo nuestros pies.

El matemático sintió que se levantaba bajo sus pies la losa...; pero no, no se levantaba: es que él

creyó notarlo así, a pesar de ser matemático.

—Te lo juro —repitió Rosario— por las cenizas de mi padre, y por Dios que nos está mirando... Que nuestros cuerpos, unidos como están, reposen bajo estas losas cuando Dios quiera llevarnos de este mundo.

—Sí —repitió Pepe Rey con emoción profunda, sintiendo en su alma una turbación inexplicable.

Ambos permanecieron en silencio durante breve rato. Rosario se había levantado.

—¿Ya?

Volvió a sentarse.

—Tiemblas otra vez —dijo Pepe—. Rosario, tú estás mala; tu frente abrasa.

—Parece que me muero —murmuró la joven con desaliento—. No sé qué tengo.

Cayó sin sentido en brazos de su primo. Agasajándola, notó que el rostro de la joven se cubría de helado sudor.

"Está realmente enferma —dijo para sí—. Esta salida es una verdadera calaverada."

Levantóla en sus brazos, tratando de reanimarla; pero ni el temblor de ella ni el desmayo cesaban, por lo cual resolvió sacarla de la capilla, a fin de que el aire fresco la reanimase. Así fue, en efecto. Recobrado el sentido, manifestó Rosario mucha inquietud por hallarse a tal hora fuera de su habitación. El reloj de la catedral dio las cuatro.

—¡Qué tarde! —exclamó la joven—. Suéltame, primo. Me parece que puedo andar. Verdaderamente estoy muy mala.

—Subiré contigo.

—Eso de ninguna manera. Antes iré arrastrándome hasta mi cuarto... ¿No te parece que se oye un ruido...?

Ambos callaron. La ansiedad de su atención determinó un silencio absoluto.

—¿No oyes nada, Pepe?

—Absolutamente nada.

—Pon atención... Ahora, ahora

vuelve a sonar. Es un rumor que no sé si suena lejos, muy lejos, o cerca, muy cerca. Lo mismo podría ser la respiración de mi madre, que el chirrido de la veleta que está en la torre de la catedral. ¡Ah! Tengo un oído muy fino.

—Demasiado fino... Con que, querida prima, te subiré en brazos.

—Bueno, súbeme hasta lo alto de la escalera. Después iré yo sola. En cuanto descanse un poco, me quedaré como si tal cosa... Pero ¿no oyes?

Detuviéronse en el primer peldaño.

—Es un sonido metálico.

—¿La respiración de tu mamá?

—No, no es eso. El rumor viene de muy lejos. ¿Será el canto de un gallo?

—Podrá ser.

Parece que suenan dos palabras, diciendo: "Allá voy, allá voy."

—Ya, ya oigo —murmuró Pepe Rey.

—Es un grito.

—Es una corneta.

—¡Una corneta!

—Sí. Sube pronto. Orbajosa va a despertar... Ya se oye con claridad. No es trompeta, sino clarín. La tropa se acerca.

—¡Tropa!

—No sé por qué me figuro que esta invasión militar ha de ser provechosa para mí... Estoy alegre, Rosario; arriba pronto.

—También yo estoy alegre. Arriba.

En un instante la subió, y los dos amantes se despidieron, hablándose al oído tan quedamente que apenas se oían.

—Me asomaré por la ventana que da a la huerta, para decirte que he llegado a mi cuarto sin novedad. Adiós.

—Adiós, Rosario. Ten cuidado de no tropezar con los muebles.

—Por aquí navego bien, primo. Ya nos veremos otra vez. Asómate a la ventura de tu aposento si quieres recibir mi parte telegráfico.

Pepe Rey hizo lo que se le mandaba; pero aguardó largo rato, y Rosario no apareció en la ventana. El ingeniero creía sentir agitadas voces en el piso alto.

XVIII

TROPA

Los habitantes de Orbajosa oían en la crepuscular vaguedad de su último sueño aquel clarín sonoro, y abrían los ojos diciendo:

—¡Tropa!

Unos, hablando consigo mismos, mitad dormidos, mitad despiertos, murmuraban:

—Por fin nos han mandado esa canalla.

Otros se levantaban a toda prisa, gruñendo así:

—Vamos a ver a esos condenados.

Algunos apostrofaban de este modo:

—Anticipo forzoso tenemos... Ellos dicen quintas, contribuciones; nosotros diremos palos y más palos.

En otra casa se oyeron estas palabras, pronunciadas con alegría:

—¡Si vendrá mi hijo...! ¡Si vendrá mi hermano...!

Todo era saltar del lecho, vestirse a prisa, abrir las ventanas para ver el alborotador regimiento que entraba con las primeras luces del día. La ciudad era tristeza, silencio, vejez; el ejército alegría, estrépito, juventud. Entrando el uno en la otra, parecía que la momia recibía por arte maravilloso el don de la vida, y bulliciosa saltaba fuera del húmedo sarcófago para bailar en torno de él. ¡Qué movimiento, qué algazara, qué risas, que jovialidad! No existe nada tan interesante como un ejército. Es la patria en su aspecto juvenil y vigoroso. Lo que en el concepto individual tiene o puede tener esa misma patria de inepta, de levantisca, de supersticiosa unas veces, de blasfema otras, desaparece bajo la presión férrea de la disciplina, que de tantas figurillas insignificantes hace un conjunto prodigioso. El soldado, o sea el corpúsculo, al desprenderse, después de un *rompan filas*, de la masa en que ha tenido vida regular y a veces sublime, suele conservar algunas de las cualidades peculiares del ejército. Pero esto no es lo más común. A la separación suele acompañar súbito encanallamiento, de lo cual resulta que si un ejército es gloria y honor, una reunión de soldados puede ser calamidad insoportable, y los pueblos que lloran de júbilo y entusiasmo al ver entrar en su recinto un batallón victorioso, gimen de espanto y tiemblan de recelo cuando ven libres y sueltos a los señores soldados.

Esto último sucedió en Orbajosa, porque en aquellos días no había glorias que cantar, ni motivo alguno para tejer coronas ni trazar letreros triunfales, ni mentar siquiera hazañas de nuestros bravos, por cuya razón todo fue miedo y desconfianza en la episcopal ciudad, que si bien pobre, no carecía de tesoros en gallinas, frutas, dinero y doncellez, los cuales corrían gran riesgo desde que entraron los consabidos alumnos de Marte. Además de esto, la patria de los Polentinos, como ciudad muy apartada del movimiento y bullicio que han traído el tráfico, los periódicos, los ferrocarriles y otros agentes que no hay para qué analizar ahora, no gustaba que la molestasen en su sosegada existencia.

Siempre que se ofrecía coyuntura propicia, mostraba viva repulsión a someterse a la autoridad central, que mal o bien nos gobierna; y recordando sus fueros de antaño y mascullándolos de nuevo, como rumia el camello la hierba que ha comido el día antes, alardeaba de cierta independencia levantisca, deplorables resabios de behetría que a veces daban no pocos quebraderos de cabeza al gobernador de la provincia.

Otrosí: debe tenerse en cuenta que Orbajosa tenía antecedentes, o mejor dicho, abolengo faccioso. Sin duda conservaba en su seno algunas fibras enérgicas de aquellas que en edad remota, según la entusiástica opinión de don Cayetano, la impulsaron a inauditas acciones épicas; y aunque en decadencia, sentía de cuando en cuando violento afán de hacer grandes cosas, aunque fueran barbaridades y desatinos. Como dio al mundo tantos egregios hijos, quería sin duda que sus actuales vástagos, los *Caballucos, Merengues* y *Pelosmalos*, renovasen las *Gestas* gloriosas de los de antaño.

Siempre que hubo facciones en España, aquel pueblo dio a entender que no existía en vano sobre la faz de la tierra, si bien nunca sirvió de teatro a una verdadera campaña. Su genio, su situación, su historia, la reducían al papel secundario de levantar partidas. Obsequió al país con esa fruta nacional en tiempo de los Apóstolicos (1827); durante la guerra de los siete años, en 1848, y en otras épocas de menos eco en la historia patria. Las partidas y los partidarios fueron siempre populares, circunstancia funesta que procedía de la guerra de la Independencia, una de esas cosas buenas que han sido origen de infinitas cosas detestables. *Corruptio optimi pessima.* Y con la popularidad de las partidas y de los partidarios coincidía, siempre creciente, la impopularidad de todo lo que entraba en Orbajosa con visos de Delegación o instrumento del Poder central. Los soldados fueron siempre tan mal vistos allí, que siempre que los ancianos narraban un crimen, robo, asesinato, violación, o cualquier otro espantable desafuero, añadían: "Esto sucedió cuando vino la tropa."

Y ya que se ha dicho esto tan importante, bueno será añadir que los batallones enviados allá en los días de la historia que referimos, no iban a pasearse por las calles, llevaban un objeto que clara y detalladamente se verá más adelante. Como dato de no escaso interés, apuntaremos que lo que aquí se va contando ocurrió

en un año que no está muy cerca
del presente, ni tampoco muy lejos,
así como también puede decirse que
Orbajosa (entre los romanos *urbs
augusta,* si bien algunos eruditos modernos, examinando el *ajosa,* opinan
que ese rabillo lo tiene por ser patria
de los mejores ajos del mundo) no
está muy lejos ni tampoco muy cerca
de Madrid, no debiendo tampoco ase-
gurarse que enclave sus gloriosos ci-
mientos al Norte ni al Sur, ni al
Este ni al Oeste, sino que es posible
esté en todas partes, y por doquiera
que los españoles revuelvan sus ojos
y sientan el picar de sus ajos.

Repartidas por el municipio las
cédulas de alojamiento, cada cual se
fue en busca de su hogar prestado.
Los recibían de muy mal talante,
dándoles acomodo en los lugares más
atrozmente inhabitables de cada casa. Las muchachas del pueblo no
eran, en verdad, las más desconten-
tas; pero se ejercía sobre ellas una
gran vigilancia, y no era decente
mostrar alegría por la visita de tal
canalla. Los pocos soldados hijos de
la comarca eran los únicos que estaban a cuerpo de rey. Los demás eran
considerados como extranjeros.

A las ocho de la mañana, un teniente coronel de caballería entró
con su cédula en casa de doña Perfecta Polentinos. Recibiéronle los
criados por encargo de la señora, que
hallándose en deplorable situación
de ánimo, no quiso bajar al encuentro del militarote, y señaláronle para
vivienda la única habitación, al parecer, disponible de la casa, el cuarto que ocupaba Pepe Rey.

—Que se acomoden como puedan
—dijo doña Perfecta con expresión
de hiel y vinagre—. Y si no caben,
que se vayan a la calle.

¿Era su intención molestar de este
modo al infame sobrino, o realmente
no había en el edificio otra pieza
disponible? No lo sabemos, ni las
crónicas de donde esta verídica historia ha salido dicen una palabra
acerca de tan importante cuestión.
Lo que sabemos de un modo incon-

trovertible es que, lejos de mortificar
a los dos huéspedes el verse enjau-
lados juntos, causóles sumo gusto
por ser amigos antiguos. Grande y
alegre sorpresa tuvieron uno y otro
cuando se encontraron, y no cesaban
de hacerse preguntas y lanzar exclamaciones, ponderando la extraña casualidad que los unía en tal sitio y
ocasión.

—Pinzón..., ¡tú por aquí...!
¿Pero qué es esto? No sospechaba
que estuvieras tan cerca...

—Oí decir que andabas por estas
tierras, Pepe Rey; pero nunca creí
encontrarte en la horrible, en la salvaje Orbajosa.

—¡Casualidad feliz...! porque esta casualidad es felicísima, providen-
cial... Pinzón, entre tú y yo vamos
a hacer algo grande en este poblacho.

—Y tendremos tiempo de medi-
tarlo —repuso el otro sentándose en
el lecho donde el ingeniero yacía—,
porque, según parece, viviremos los
dos en esta pieza. ¿Qué demonios de
casa es ésta?

—Hombre, la de mi tía. Habla
con más respeto. ¿No conoces a mi
tía...? Pero voy a levantarme.

—Me alegro porque con eso me
acostaré yo, que bastante lo necesito... ¡Qué camino, amigo Pepe, qué
camino y qué pueblo!

—Dime, ¿venís a pegar fuego a
Orbajosa?

—¡Fuego!

—Dígolo porque yo tal vez os
ayudaría.

—¡Qué pueblo! ¡Pero qué pueblo!
—exclamó el militar tirando el cha-
có, poniendo a un lado espada y
tahalí, cartera de viaje y capote—.
Es la segunda vez que nos mandan
aquí. Te juro que a la tercera pido
la licencia absoluta.

—No hables mal de esta buena
gente. ¡Pero qué a tiempo has venido! Parece que te manda Dios en mi
ayuda, Pinzón... Tengo un proyecto
terrible, una aventura, si quieres llamarla así; un plan, amigo mío..., y
me hubiera sido muy difícil salir
adelante sin ti. Hace un momento

me volvía loco cavilando, y dije lleno de ansiedad: "Si yo tuviera aquí un amigo, un buen amigo..."

—Proyecto, plan, aventura... Una de dos, señor matemático: o es dar la dirección a los globos, o algo de amores...

—Es formal, muy formal. Acuéstate, duerme un poco, y después hablaremos.

—Me acostaré, pero no dormiré. Puedes contarme todo lo que quieras. Sólo te pido que hables lo menos posible de Orbajosa.

—Precisamente de Orbajosa quiero hablarte. ¿Pero tú también tienes antipatía a esa cuna de tantos varones insignes?

—Estos ajeros... los llamamos los ajeros..., pues digo que serán todo lo insignes que tú quieras; pero a mí me pican como los frutos del país. He aquí un pueblo dominado por gentes que enseñan la desconfianza, la superstición y el aborrecimiento a todo el género humano. Cuando estemos despacio te contaré un sucedido..., un lance, mitad gracioso mitad terrible, que me ocurrió aquí el año pasado... Cuando te lo cuente, tú te reirás y yo echaré chispas de cólera... Pero, en fin, lo pasado, pasado.

—Lo que a mí me pasa no tiene nada de gracioso.

—Pero los motivos de mi aborrecimiento a este poblachón son diversos. Has de saber que aquí asesinaron a mi padre, el 48, unos desalmados partidarios. Era brigadier y estaba fuera de servicio. Llamóle el Gobierno, y pasaba por Villahorrenda para ir a Madrid, cuando fue cogido por media docena de tunantes... Aquí hay varias dinastías de guerrilleros. Los Aceros, los *Caballucos*, los *Pelosmalos...*, un presidio suelto, como dijo quien sabía muy bien lo que decía.

—¿Supongo que la venida de dos regimientos con alguna caballería, no será por gusto de visitar estos amenos vergeles?

—¡Qué ha de ser! Venimos a recorrer el país. Hay muchos depósitos de armas. El Gobierno no se atreve a destituir a la mayor parte de los Ayuntamientos sin desparramar algunas compañías por estos pueblos. Como hay tanta agitación facciosa en esta tierra; como dos provincias cercanas están ya infestadas, y como además este distrito municipal de Orbajosa tiene una historia tan brillante en todas las guerras civiles, hay temores de que los bravos de por aquí se echen a los caminos a saquear lo que encuentren.

—¡Buena precaución! Pero creo que mientras esta gente no perezca y vuelva a nacer; mientras hasta las piedras no muden de forma, no habrá paz en Orbajosa.

—Esa es también mi opinión —dijo el militar encenciendo un cigarrillo—. ¿No ves que los partidarios son la gente mimada de este país? A todos los que asolaron la comarca en 1848 y en otras épocas, o a falta de ellos, a sus hijos, los encuentras colocados en los fielatos, en puertas, en el Ayuntamiento, en la conducción del correo; los hay que son alguaciles, sacristanes, comisionados de apremios. Algunos se han hecho temibles caciques, y son los que amasan las elecciones y tienen influjo en Madrid, reparten destinos... En fin, esto da grima.

—Dime, ¿y no se podrá esperar que los partidarios hagan una fechoría en estos días? Si así fuera, arrasarían ustedes el pueblo, y yo ayudaría.

—¡Si en mí consistiera...! Ellos harán de las suyas —dijo Pinzón—, porque las facciones de las dos provincias cercanas crecen como una maldición de Dios. Y acá para entre los dos, amigo Rey, yo creo que esto va largo. Algunos se ríen y aseguran que no puede haber otra guerra civil como la pasada. No conocen el país, no conocen a Orbajosa y sus habitantes. Yo sostengo que esto que ahora empieza lleva larga cola, y que tendremos una nueva lucha cruel y sangrienta que durará lo que Dios quiera. ¿Qué opinas tú?

—Amigo, en Madrid me reía yo de todos los que hablaban de la posibilidad de una guerra civil tan larga y terrible como la de los Siete Años; pero ahora, después que estoy aquí...

—Es preciso engolfarse en estos países encantadores, ver de cerca esta gente y oír dos palabras, para saber de qué pie cojea.

—Pues sí... sin poder explicarme en qué fundo mis ideas, ello es que desde aquí veo las cosas de otra manera, y pienso en la posibilidad de largas y feroces guerras.

—Exactamente.

—Pero ahora, más que la guerra pública, me preocupa una privada en que estoy metido y que he declarado hace poco.

—¿Dijiste que ésta es la casa de tu tía? ¿Cómo se llama?

—Doña Perfecta Rey de Polentinos.

—¡Ah! La conozco de nombre. Es una persona excelente, y la única de quien no he oído hablar mal a los *ajeros*. Cuando estuve aquí la otra vez, en todas partes se oía ponderar su bondad, su caridad, sus virtudes.

—Sí, mi tía es muy bondadosa, muy amable —murmuró Rey.

Después se quedó pensativo breve rato.

—Pero ahora recuerdo... —exclamó de súbito Pinzón—. ¡Cómo se van atando cabos...! Sí, en Madrid me dijeron que te casabas con una prima. Todo está descubierto. ¿Es aquella linda y celestial Rosarito?

—Pinzón, hablaremos detenidamente.

—Se me figura que hay contrariedades.

—Hay algo más. Hay luchas terribles. Se necesitan amigos poderosos, listos, de iniciativa, de gran experiencia en los lances difíciles, de gran astucia y valor.

—Hombre, eso es todavía más grave que un desafío.

—Mucho más grave. Se bate uno fácilmente con otro hombre. Con

mujeres, con invisibles enemigos que trabajan en la sombra, es imposible.

—Vamos, ya soy todo oídos.

El teniente coronel Pinzón descansaba cuan largo era sobre el lecho. Pepe Rey acercó una silla, y apoyado en el mismo lecho el codo y en la mano la cabeza, empezó su conferencia, consulta, exposición de plan o lo que fuera, y habló larguísimo rato. Oíale Pinzón con curiosidad profunda, y sin decir nada, salvo algunas preguntillas sueltas para pedir nuevos datos o la aclaración de alguna oscuridad. Cuando Rey concluyó, Pinzón estaba serio. Estiróse en la cama, desperezándose con la placentera convulsión de quien no ha dormido en tres noches, y después dijo así:

—Tu plan es arriesgado y difícil.

—Pero no imposible.

—¡Oh! no, que nada hay imposible en este mundo. Piénsalo bien.

—Ya lo he pensado.

—¿Y estás resuelto a llevarlo adelante? Mira que esas cosas ya no se estilan. Suelen salir mal, y no dejan bien parado a quien las hace.

—Estoy resuelto.

—Pues aunque el asunto es arriesgado y grave, muy grave, aquí me tienes dispuesto a ayudarte en todo y por todo.

—¿Cuento contigo?

—Hasta morir.

XIX

COMBATE TERRIBLE.—ESTRATEGIA

Los primeros fuegos no podían tardar. A la hora de la comida, después de ponerse de acuerdo con Pinzón respecto al plan convenido, cuya primera condición era que ambos amigos fingirían no conocerse, Pepe Rey fue al comedor. Allí encontró a su tía, que acababa de llegar de la catedral, donde pasaba, según su costumbre, toda la mañana. Estaba sola y parecía hondamente preocupada. El ingeniero observó que sobre aquel semblante pálido y marmóreo, no exento de cierta hermosura, se proyectaba la misteriosa sombra de un celaje. Al mirar recobraba la claridad siniestra; pero miraba poco, y después de una rápida observación del rostro de su sobrino, el de la bondadosa dama se ponía otra vez en su estudiada penumbra.

Aguardaban en silencio la comida. No esperaron a don Cayetano, porque éste había ido a Mundogrande. Cuando empezaron a comer, doña Perfecta dijo:

—Y ese militarote que nos ha regalado hoy el Gobierno, ¿no viene a comer?

—Parece tener más sueño que hambre —repuso el ingeniero sin mirar a su tía.

—¿Le conoces tú?

—No le he visto en mi vida.

—Pues estamos divertidos con los huéspedes que nos manda el Gobierno. Aquí tenemos nuestras camas y nuestra comida para cuando a esos perdidos de Madrid se les antoje disponer de ellas.

—Es que hay temores de que se levanten partidas —dijo Pepe Rey, sintiendo que una centella corría por todos sus miembros—, y el Gobierno está decidido a aplastar a los orbajosenses, a exterminarlos, a hacerlos polvo.

—Hombre, para, para, por Dios, no nos pulverices —exclamó la señora con sarcasmo—. ¡Pobrecitos de nosotros! Ten piedad, hombre, y deja vivir a estas infelices criaturas. Y qué, ¿serás tú de los que ayuden a la tropa en la grandiosa obra de nuestro aplastamiento?

—Yo no soy militar. No haré más que aplaudir cuando vea extirpados para siempre los gérmenes de guerra civil, de insubordinación, de discordia, de behetría, de bandolerismo y de barbarie que existen aquí para vergüenza de nuestra época y de nuestra patria.

—Todo sea por Dios.

—Orbajosa, querida tía, casi no tiene más que ajos y bandidos, por-

que bandidos son los que en nombre de una idea política o religiosa se lanzan a correr aventuras cada cuatro o cinco años.

—Gracias, gracias, querido sobrino —dijo doña Perfecta palideciendo—. ¿Con que Orbajosa no tiene más que eso? Algo más habrá aquí, algo más que tú no tienes y que has venido a buscar entre nosotros.

Rey sintió el bofetón. Su alma se quemaba. Erale muy difícil guardar a su tía las consideraciones que por sexo, estado y posición merecía. Hallábase en el disparadero de la violencia, y un ímpetu irresistible le empujaba, lanzándole contra su interlocutora.

—Yo he venido a Orbajosa —dijo—, porque usted me mandó llamar: usted concertó con mi padre...

—Sí, sí, es verdad —repuso la señora, interrumpiéndole vivamente y procurando recobrar su habitual dulzura—. No lo niego. Aquí el verdadero culpable he sido yo. Yo tengo la culpa de tu aburrimiento, de los desaires que nos haces, de todo lo desagradable que en mi casa ocurre con motivo de tu venida.

—Me alegro que usted lo reconozca.

—En cambio, tú eres un santo. ¿Será preciso también que me ponga de rodillas ante tu graciosidad, y te pida perdón...?

—Señora —dijo Pepe Rey gravemente, dejando de comer—, ruego a usted que no se burle de mí de una manera tan despiadada. Yo no puedo ponerme en ese terreno... No he dicho más que vine a Orbajosa llamado por usted.

—Y es cierto. Tu padre y yo concertamos que te casaras con Rosario. Viniste a conocerla. Yo te acepté desde luego como hijo... Tú aparentaste amar a Rosario.

—Perdóneme usted —objetó Pepe—. Yo amaba y amo a Rosario; usted aparentó aceptarme por hijo; usted, recibiéndome con engañosa cordialidad, empleó desde el primer momento todas las artes de la astu-

3

cia para contrariarme y estorbar el cumplimiento de las promesas hechas a mi padre; usted se propuso, desde el primer día, desesperarme, aburrirme, y con los labios llenos de sonrisas y palabras cariñosas, me ha estado matando, achicharrándome a fuego lento; usted ha lanzado contra mí, en la oscuridad y a mansalva, un enjambre de pleitos; usted me ha destituido del cargo oficial que traje a Orbajosa; usted me ha desprestigiado en la ciudad; usted me ha expulsado de la catedral; usted me ha tenido en constante ausencia de la escogida de mi corazón; usted me ha mortificado a su hija con un encierro inquisitorial que le hará perder la vida, si Dios no pone su mano en ello.

Doña Perfecta se puso como la grana. Pero aquella viva llamarada de su orgullo ofendido y de su pensamiento descubierto, pasó rápidamente, dejándola pálida y verdosa. Sus labios temblaban. Arrojando el cubierto con que comía, se levantó de súbito. El sobrino se levantó también.

—¡Dios mío, Santa Virgen del Socorro! —exclamó la señora, llevándose ambas manos a la cabeza y comprimiéndosela con el ademán propio de la desesperación—. ¿Es posible que yo merezca tan atroces insultos? Pepe, hijo mío, ¿eres tú el que habla?... Si he hecho lo que dices, en verdad que soy muy pecadora.

Dejóse caer en el sofá y se cubrió el rostro con las manos. Pepe, acercándose lentamente a ella, observó su angustioso sollozar y las lágrimas que abundantemente derramaba. A pesar de su convicción, no pudo vencer la ternura que se apoderó de él, y acobardándose, sintió cierta pena por lo mucho y fuerte que había dicho.

—Querida tía —indicó poniéndole la mano en el hombro—. Si me contesta usted con lágrimas y suspiros, me conmoverá, pero no me convencerá. Razones y no sentimientos me

hacen falta. Hábleme usted, dígame que me equivoco al pensar lo que pienso, pruébemelo después, y reconoceré mi error.

—Déjame. Tú no eres hijo de mi hermano. Si lo fueras, no me insultarías como me has insultado. ¿Conque soy una intrigante, una comedianta, una harpía hipócrita, una diplomática de enredos caseros?...

Al decir esto, la señora había descubierto su rostro y contemplaba a su sobrino con expresión beatífica. Pepe estaba perplejo. Las lágrimas, así como la dulce voz de la hermana de su padre, no podían ser fenómenos insignificantes para el alma del ingeniero. Las palabras le retozaban en la boca para pedir perdón. Hombre de gran energía por lo común, cualquier accidente de sensibilidad, cualquier agente que obrase sobre su corazón, le trocaba de súbito en niño. Achaques de matemático. Dicen que Newton era también así.

—Yo quiero darte las razones que pides —dijo doña Perfecta, indicándole que se sentase junto a ella—. Yo quiero desagraviarte. ¡Para que veas si soy buena, si soy indulgente, si soy humilde!... ¿Crees que te contradiré; que negaré en absoluto los hechos de que me has acusado...? Pues no, no los niego.

El ingeniero no volvía de su asombro.

—No los niego —prosiguió la señora—. Lo que niego es la dañada intención que les atribuyes. ¿Con qué derecho te metes a juzgar lo que no conoces sino por indicios y conjeturas? ¿Tienes tú la suprema inteligencia que se necesita para juzgar de plano las acciones de los demás y dar sentencia sobre ellas? ¿Eres Dios para conocer las intenciones?

Pepe se asombró más.

—¿No es lícito emplear alguna vez en la vida medios indirectos para conseguir un fin bueno y honrado? ¿Con qué derecho juzgas acciones mías que no comprendes bien? Yo, querido sobrino, ostentando una sinceridad que tú no mereces, te confieso que sí, que efectivamente me he valido de subterfugios para conseguir un fin bueno, para conseguir lo que al mismo tiempo era beneficioso para ti y para mi hija... ¿No comprendes? Parece que estás lelo... ¡Ah! Tu gran entendimiento de matemático y de filósofo alemán no es capaz de penetrar estas sutilezas de una madre prudente.

—Es que me asombro más y más cada vez —dijo Pepe Rey.

—Asómbrate todo lo que quieras, pero confiesa tu barbaridad —manifestó la dama, aumentando en bríos—; reconoce tu ligereza y brutal comportamiento conmigo, al acusarme como lo has hecho. Eres un mozalbete sin experiencia ni otro saber que el de los libros, que nada enseñan del mundo ni del corazón. Tú de nada entiendes más que de hacer caminos y muelles. ¡Ay, señorito mío! En el corazón humano no se entra por los túneles de los ferrocarriles, ni se baja a sus hondos abismos por los pozos de las minas. No se lee en la conciencia ajena con los microscopios de los naturalistas, ni se decide la culpabilidad del prójimo nivelando las ideas con teodolito.

—¡Por Dios, querida tía...!

—¿Para qué nombras a Dios si no crees en El? —dijo doña Perfecta con solemne acento—. Si creyeras en El, si fueras buen cristiano, no aventurarías pérfidos juicios sobre mi conducta. Yo soy una mujer piadosa, ¿entiendes? Yo tengo mi conciencia tranquila, ¿entiendes? Yo sé lo que hago y por qué lo hago, ¿entiendes?

—Entiendo, entiendo, entiendo.

—Dios, en quien tú no crees, ve lo que tú no ves ni puedes ver: el intento. Y no te digo más; no quiero entrar en explicaciones largas, porque no lo necesito. Tampoco me entenderías si te dijera que deseaba alcanzar mi objeto sin escándalo, sin ofender a tu padre, sin ofenderte a ti, sin dar que hablar a las gentes con una negativa explícita... Nada de esto te diré, porque tampoco lo

entenderás, Pepe. Eres matemático. Ves lo que tienes delante, y nada más; rayas, ángulos, pesos, y nada más: la Naturaleza brutal, y nada más. Ves el efecto y no la causa. El que no cree en Dios no ve causas. Dios es la suprema intención del mundo. El que le desconoce, necesariamente ha de juzgar de todo como juzgas tú, a lo tonto. Por ejemplo, en la tempestad no ve más que destrucción, en el incendio estragos, en la sequía miseria, en los terremotos desolación, y sin embargo, orgulloso señorito, en todas esas aparentes calamidades hay que buscar la bondad de la intención... sí, señor, la intención siempre buena de quien no puede hacer nada malo.

Esta embrollada, sutil y mística dialéctica no convenció a Rey pero quiso seguir a su tía por la áspera senda de tales argumentaciones, y sencillamente le dijo:

—Bueno, yo respeto las intenciones...

—Ahora que pareces reconocer tu error —prosiguió la piadosa señora, cada vez más valiente—, te haré otra confesión, y es que voy comprendiendo que hice mal en adoptar tal sistema, aunque mi objeto era inmejorable. Dado tu carácter arrebatado, dada tu incapacidad para comprenderme, debí abordar la cuestión de frente y decirte: "Sobrino mío, no quiero que seas esposo de mi hija."

—Ese es el lenguaje que debió emplear usted conmigo desde el primer día —repuso el ingeniero, respirando con desahogo, como quien se ve libre de enorme peso—. Agradezco mucho a usted esas palabras. Después de ser acuchillado en las tinieblas, ese bofetón a la luz del día me complace mucho.

—Pues te repito el bofetón, sobrino —afirmó la señora con tanta energía como displicencia—. Ya lo sabes. No quiero que te cases con Rosario.

Pepe calló. Hubo una larga pausa, durante la cual los dos estuvieron mirándose atentamente, cual si la cara de cada uno fuese para el contrario la más perfecta obra del arte.

—¿No entiendes lo que te he dicho? —repitió ella—. Que se acabó todo, que no hay boda.

—Permítame usted, querida tía —dijo el joven con entereza—, que no me aterre con la intimación. En el estado a que han llegado las cosas, la negativa de usted es de escaso valor para mí.

—¿Qué dices? —gritó fulminantemente doña Perfecta.

—Lo que usted oye. Me casaré con Rosario.

Doña Perfecta se levantó indignada, majestuosa, terrible. Su actitud era la del anatema hecho mujer. Rey permaneció sentado, sereno, valiente, con el valor pasivo de una creencia profunda y de una resolución inquebrantable. El desplome de toda la iracundia de su tía, que le amenazaba, no le hizo pestañear. El era así.

—Eres un loco. ¡Casarte tú con mi hija, casarte tú con ella, no queriendo yo...!

Los labios trémulos de la señora articularon estas palabras con verdadero acento trágico.

—¡No queriendo usted...! Ella opina de distinto modo.

—¡No queriendo yo...! —repitió la dama—. Sí, y lo digo y lo repito: no quiero, no quiero.

—Ella y yo lo deseamos.

—Menguado, ¿acaso no hay en el mundo más que ella y tú? ¿No hay padres, no hay sociedad, no hay conciencia, no hay Dios?

—Porque hay sociedad, porque hay conciencia, porque hay Dios —afirmó gravemente Rey, levantándose y alzando el brazo y señalando al cielo—, digo y repito que me casaré con ella.

—¡Miserable, orgulloso! Y si todo lo atropellaras, ¿crees que no hay leyes para impedir tu violencia?

—Porque hay leyes digo y repito que me casaré con ella.

—Nada respetas.

—Nada que sea indigno.

—Y mi autoridad, y mi voluntad, yo... ¿yo no soy nada?

—Para mí su hija de usted es todo: lo demás nada.

La entereza de Pepe Rey era como los alardes de una fuerza incontrastable, con perfecta conciencia de sí misma. Daba golpes secos, contundentes, sin atenuación de ningún género. Sus palabras parecían, si es permitida la comparación, una artillería despiadada. Doña Perfecta cayó de nuevo en el sofá; pero no lloraba y una convulsión nerviosa agitaba sus miembros.

—¡De modo que para este ateo infame —exclamó con franca rabia— no hay conveniencias sociales, no hay nada más que un capricho! Eso es una avaricia indigna. Mi hija es rica.

—Si piensa usted herirme con esa arma sutil, tergiversando la cuestión e interpretando torcidamente mis sentimientos, para lastimar mi dignidad, se equivoca, querida tía. Llámeme usted avaro. Dios sabe lo que soy.

—No tienes dignidad.

—Esa es una opinión como otra cualquiera. El mundo podrá tenerla a usted en olor de infalibilidad: yo no. Estoy muy lejos de creer que las sentencias de usted no tengan apelación ante Dios.

—¿Pero es cierto lo que dices...? ¿Pero insistes después de mi negativa...? Tú lo atropellas todo; eres un monstruo, un bandido.

—Soy un hombre.

—¡Un miserable! Acabemos: yo te niego la mano de mi hija, la niego.

—¡Pues yo la tomaré! No tomo más que lo que es mío.

—Quítate de mi presencia —gritó la señora, levantándose de súbito—. Fatuo, ¿crees que mi hija se acuerda de ti?

—Me ama, lo mismo que yo a ella.

—¡Mentira, mentira!

—Ella misma me lo ha dicho. Dispénseme usted si en esta ocasión doy más fe a la opinión de ella que a la de su mamá.

—¿Cuándo te lo ha dicho, si no la has visto en muchos días?

—La he visto anoche, y me ha jurado ante el Cristo de la capilla que sería mi mujer.

—¡Oh, escándalo y libertinaje...! ¿Pero qué es esto? ¡Dios mío, qué deshonra! —exclamó doña Perfecta, comprimiéndose otra vez con ambas manos la cabeza y dando algunos pasos por la habitación—. ¿Rosario salió anoche de su cuarto?

—Salió para verme. Ya era tiempo.

—¡Qué vil conducta la tuya! Has procedido como los ladrones, has procedido como los seductores adocenados.

—He procedido según la escuela de usted. Mi intención era buena.

—¡Y ella bajó...! ¡Ah! lo sospechaba. Esta mañana al amanecer la sorprendí vestida en su cuarto. Díjome que había salido no sé a qué... El verdadero criminal eres tú; tú... Esto es una deshonra. Pepe, esperaba todo de ti, menos tan grande ultraje... Todo acabó. Márchate. No existes para mí. Te perdono con tal de que te vayas... No diré una palabra de esto a tu padre... ¡Qué horrible egoísmo! No, no hay amor en ti. ¡Tú no amas a mi hija!

—Dios sabe que la adoro, y esto me basta.

—No pongas a Dios en tus labios, blasfemo, y calla —exclamó doña Perfecta—. En nombre de Dios, a quien puedo invocar porque creo en El, te digo que mi hija no será jamás tu mujer. Mi hija se salvará, Pepe; mi hija no puede ser condenada en vida al infierno, porque infierno es la unión contigo.

—Rosario será mi esposa —repitió el matemático con patética calma.

Irritábase más la piadosa señora con la energía serena de su sobrino. Con voz entrecortada habló así:

—No creas que me amedrentan tus amenazas. Sé lo que digo. Pues qué, ¿se puede atropellar un hogar, una familia; se puede atropellar la autoridad humana y divina?

—Yo atropellaré todo —dijo el ingeniero, empezando a perder su calma y expresándose con alguna agitación.

—¡Lo atropellarás todo! ¡Ah! bien se ve que eres un bárbaro, un salvaje, un hombre que vive de la violencia.

—No, querida tía. Soy manso, recto, honrado y enemigo de violencias; pero entre usted y yo; entre usted, que es la ley, y yo, que soy el destinado a acatarla, está una pobre criatura atormentada, un ángel de Dios sujeto a inicuos martirios. Este espectáculo, esta injusticia, esta violencia inaudita es la que convierte mi rectitud en barbarie, mi razón en fuerza, mi honradez en violencia parecida a la de los asesinos y ladrones; este espectáculo, señora mía, es lo que me impulsa a no respetar la ley de usted; lo que me impulsa a pasar sobre ella, atropellándolo todo. Esto que parece desatino, es una ley ineludible. Hago lo que hacen las sociedades cuando una brutalidad tan ilógica como irritante se opone a su marcha. Pasan por encima, y todo lo destrozan con feroz acometida. Tal soy yo en este momento: yo mismo no me conozco. Era razonable, y soy un bruto; era respetuoso, y soy insolente; era culto, y me encuentro salvaje. Usted me ha traído a este horrible extremo, irritándome y apartándome del camino del bien, por donde tranquilamente iba. ¿De quién es la culpa, mía o de usted?

—¡Tuya, tuya!

—Ni usted ni yo podemos resolverlo. Creo que ambos carecemos de razón. En usted violencia e injusticia; en mí injusticia y violencia. Hemos venido a ser tan bárbaros el uno como el otro, y luchamos y nos herimos sin compasión. Dios lo permite así. Mi sangre caerá sobre la conciencia de usted; la de usted caerá sobre la mía. Basta ya, señora. No quiero molestar a usted con palabras inútiles. Ahora entraremos en los hechos.

—¡En los hechos, bien! —dijo doña Perfecta más bien rugiendo que

hablando—. No creas que en Orbajosa falta Guardia civil.

—Adiós, señora. Me retiro de esta
casa. Creo que volveremos a vernos.

—Vete, vete, vete ya —gritó señalando la puerta con enérgico ademán.

Pepe Rey salió. Doña Perfecta,
después de pronunciar algunas palabras incoherentes que eran la más
clara expresión de su ira, cayó en un
sillón con muestras de cansancio o
de ataque nervioso. Acudieron las
criadas.

—¡Que vayan a llamar al señor
don Inocencio! —gritó—. ¡Al instante!... ¡Pronto!... ¡Que venga!...

Después mordió el pañuelo.

XX

RUMORES. — TEMORES

Al día siguiente de esta disputa
lamentable corrieron por toda Orbajosa de casa en casa, de círculo
en círculo, desde el casino a la botica, y desde el paseo de las Descalzas a la puerta de Baidejos, rumores
varios sobre Pepe Rey y su conducta. Todo el mundo los repetía, y los
comentarios iban siendo tantos, que
si don Cayetano los recogiese y com-
pilase, formaría con ellos un rico
Thesaurum de la benevolencia orbajosense. En medio de la diversidad
de especies que corrían, había conformidad en algunos puntos culminantes, uno de los cuales era el siguiente:

Que el ingeniero, enfurecido porque doña Perfecta se negaba a casar
a Rosarito con un ateo, había *alzado
la mano* a su tía.

Estaba viviendo el joven en la posada de la viuda de Cusco, establecimiento *montado*, como ahora se
dice, no a la altura, sino a la bajeza
de los más primorosos atrasos del
país. Visitábale con frecuencia el
teniente coronel Pinzón, a fin de
ponerse de acuerdo en la intriga que
tramaban, y para cuyo eficaz desem-
peño mostraba el soldado felices disposiciones. Ideaba a cada instante
nuevas travesuras y artimañas, apresurándose a llevarlas del pensamiento a la obra con excelente humor, si
bien solía decir a su amigo:

—El papel que estoy haciendo,
querido Pepe, no se debe contar entre los más airosos; pero por dar un
disgusto a Orbajosa y su gente, andaría yo a cuatro pies.

No sabemos qué sutiles trazas empleó el ladino militar, maestro en
ardides del mundo; pero lo cierto es
que a los tres días de alojamiento
había logrado hacerse muy simpático
en la casa. Agradaba su trato a doña Perfecta, que no podía oír sin
emoción sus zalameras alabanzas de
la grandeza, piedad y magnificencia
augusta de la señora. Con don Inocencio estaba a partir de un confite.
Ni la madre ni el penitenciario le
estorbaban que hablase a Rosario
(a quien se dio libertad después de
la ausencia del feroz primo); y con
sus cortesanías alambicadas, su hábil
lisonja y destreza suma, adquirió en
la casa de Polentinos auge y hasta
familiaridad. Pero el objeto de todas
sus artes era una doncella, que tenía
por nombre Librada, a quien sedujo
(castamente hablando) para que
transportase recados y cartitas a Rosario, fingiéndose enamorado de ésta.
No resistió la muchacha al soborno,
realizado con bonitas palabras y mucho dinero, porque ignoraba la procedencia de las esquelas y el verdadero sentido de tales líos, pues si
llegara a entender que todo era una
nueva diablura de don José, aunque
éste le gustaba mucho, no hiciera
traición a su señora por todo el dinero del mundo.

Estaban un día en la huerta doña
Perfecta, don Inocencio, Jacinto y
Pinzón. Hablóse de la tropa y de la
misión que a Orbajosa traía, hallando coyuntura el señor penitenciario
de condenar la tiránica conducta del
Gobierno, y sin saber cómo nom-
braron a Pepe Rey.

—Todavía está en la posada —dijo el abogadillo—. Le he visto ayer, y me ha dado memorias para usted, doña Perfecta.

—¿Hase visto mayor insolencia?... ¡Ah! Señor Pinzón, no extrañe a usted que emplee este lenguaje, tratándose de un sobrino carnal... ya sabe usted... aquel caballerito que se aposentaba en el cuarto que usted ocupa.

—¡Sí, ya lo sé! No le trato: pero le conozco de vista y de fama. Es amigo íntimo de nuestro brigadier.

—¿Amigo íntimo del brigadier?

—Sí, señora, del que manda la brigada que ha venido a este país, y que se ha repartido en diferentes pueblos.

—¿Y dónde está? —preguntó la dama.

—En Orbajosa.

—Creo que se aposenta en casa de Polavieja —indicó Jacinto.

—Su sobrino de usted —continuó Pinzón—, y el brigadier Batalla son íntimos amigos: se quieren entrañablemente, y a todas horas se les ve juntos por las calles del pueblo.

—Pues, amiguito, mala idea formo de ese señor jefe —repuso doña Perfecta.

—Es un... es un infeliz —dijo Pinzón, en el tono propio de quien por respeto no se atreve a aplicar una calificación dura.

—Mejorando lo presente, señor Pinzón, y haciendo una salvedad honrosísima en honor de usted —afirmó la señora—, no puede negarse que en el ejército español hay cada tipo...

—Nuestro brigadier era un excelente militar antes de darse al espiritismo...

—¡Al espiritismo!

—¡Esa secta que llama a los fantasmas y duendes por medio de las patas de las mesas!... —exclamó el canónigo riendo.

—Por curiosidad, sólo por curiosidad —dijo Jacintillo con énfasis—, he encargado a Madrid la obra de Allan Kardec. Bueno es enterarse de todo.

—¿Pero es posible que tales disparates...? ¡Jesús! Dígame usted, Pinzón: ¿mi sobrino también es de esa secta de pie de banco?

—Me parece que él fue quien catequizó a nuestro bravo brigadier Batalla.

—¡Pero, Jesús!

—Eso es; y cuando se le antoje —observó don Inocencio sin poder contener la risa—, hablará con Sócrates, San Pablo, Cervantes y Descartes, como hablo yo ahora con Librada para pedirle un fosforito. ¡Pobre señor de Rey! Bien dije yo que aquella cabeza no estaba buena.

—Por lo demás —continuó Pinzón—, nuestro brigadier es un buen militar. Si de algo peca, es de excesivamente duro. Toma tan al pie de la letra las órdenes del Gobierno, que si le contrarían mucho aquí, será capaz de no dejar piedra sobre piedra en Orbajosa. Sí, les prevengo a ustedes que estén con cuidado.

—Pero ese monstruo nos va a cortar la cabeza a todos. ¡Ay! Señor don Inocencio, estas visitas de la tropa me recuerdan lo que he leído en la vida de los mártires, cuando se presentaba un procónsul romano en un pueblo de cristianos...

—No deja de ser exacta la comparación —dijo el penitenciario, mirando al militar por encima de las gafas.

—Es un poco triste; pero siendo verdad, debe decirse —manifestó Pinzón con benevolencia—. Ahora, señores míos, están ustedes a merced de nosotros.

—Las autoridades del país —objetó Jacinto—, funcionan aún perfectamente.

—Creo que se equivoca usted —repuso el soldado, cuya fisonomía observaban con profundo interés la señora y el penitenciario—. Hace una hora ha sido destituido el alcalde de Orbajosa.

—¿Por el gobernador de la provincia?

—El gobernador ha sido sustituido por un delegado del Gobierno que debió llegar esta mañana. Los Ayuntamientos todos cesarán hoy. Así lo ha mandado el Ministro, porque temía, no sé con qué motivo, que no prestaran apoyo a la autoridad central

—Bien, bien estamos —murmuró el canónigo, frunciendo el ceño y echando adelante el labio inferior.

Doña Perfecta meditaba.

—También han sido quitados algunos jueces de primera instancia, entre ellos el de Orbajosa.

—¡El juez! ¡Periquito!... ¡Ya no es juez Periquito! —exclamó doña Perfecta con voz y gesto semejantes a los de las personas que tienen la desgracia de ser picadas por una víbora.

—Ya no es juez de Orbajosa el que lo era —dijo Pinzón—. Mañana vendrá el nuevo.

—¡Un desconocido!

—¡Un desconocido!

—Un tunante quizás... ¡El otro era tan honrado!... —dijo la señora con zozobra—. Jamás le pedí cosa alguna que al punto no me concediera. ¿Sabe usted quién será el alcalde nuevo?

—Dicen que viene un corregidor.

—Vamos, diga usted de una vez que viene el diluvio, y acabaremos —manifestó el canónigo levantándose.

—¿De modo que estamos a merced del señor brigadier?

—Por algunos días, ni más ni menos. No se enfaden ustedes conmigo. A pesar de mi uniforme, me desagrada el militarismo; pero nos mandan pegar... y pegamos. No puede haber oficio más canalla que el nuestro.

—Sí que lo es, sí que lo es —dijo la señora disimulando mal su furor—. Ya que usted lo ha confesado... Conque ni alcalde ni juez...

—Ni gobernador de la provincia.

—Que nos quiten también al señor Obispo y nos manden un monaguillo en su lugar.

—Es lo que falta... Si aquí les dejan —murmuró don Inocencio, bajando los ojos—, no se pararán en pelillos.

—Y todo es porque se teme el levantamiento de partidas en Orbajosa —indicó la señora, cruzando las manos y agitándolas de arriba abajo, desde la barba a las rodillas—. Francamente, Pinzón, no sé cómo no se levantan hasta las piedras. No les deseo mal ninguno a ustedes; pero lo justo sería que el agua que beben se les convirtiera en lodo... ¿Dijo usted que mi sobrino es íntimo amigo del brigadier?

—Tan íntimo que no se separan en todo el día; fueron compañeros de colegio. Batalla le quiere como un hermano y le complace en todo. En su lugar de usted, señora, yo no estaría tranquilo.

—¡Oh! ¡Dios mío! ¡Temo un atropello!... —exclamó ella muy desasosegada.

—Señora —afirmó el canónigo con energía—. Antes que consentir un atropello en esta honrada casa; antes que consentir que se hiciera el menor vejamen a esta nobilísima familia, yo..., mi sobrino..., los vecinos todos de Orbajosa...

Don Inocencio no concluyó. Su cólera era tan viva, que se le trababan las palabras en la boca. Dio algunos pasos marciales, y después se volvió a sentar.

—Me parece que no son vanos esos temores —dijo Pinzón—. En caso necesario, yo...

—Y yo... —repitió Jacinto.

Doña Perfecta había fijado los ojos en la puerta vidriera del comedor, tras la cual dejóse ver una graciosa figura. Mirándola, parecía que en su semblante se ennegrecían más las sombrías nubes del temor.

—Rosario, pasa aquí, Rosario —dijo, saliendo a su encuentro—. Se me figura que tienes hoy mejor cara y estás más alegre, sí... ¿No les parece a ustedes que Rosario tiene mejor cara? ¡Si parece otra!

Todos convinieron en que tenía retratada en su semblante la más viva felicidad.

XXI

¡DESPERTA, FERRO!

Por aquellos días publicaron los periódicos de Madrid las siguientes noticias:

"No es cierto que en los alrededores de Orbajosa se haya levantado partida alguna. Nos escriben de aquella localidad que el país está tan poco dispuesto a aventuras, que se considera inútil en aquel punto la presencia de la brigada Batalla".

"Dícese que la brigada Batalla saldrá de Orbajosa, porque no hacen falta allí fuerzas del ejército, e irá a Villajuán de Nahara, donde han aparecido algunas partidas."

"Ya es seguro que los Aceros recorren con algunos jinetes el término de Villajuán, próximo al distrito judicial de Orbajosa. El gobernador de la provincia X... ha telegrafiado al Gobierno diciendo que Francisco Acero entró en las Roquetas, donde cobró un semestre y pidió raciones. Domingo Acero (*Faltriquera*) vagaba por la sierra del Jubileo, activamente perseguido por la Guardia civil, que le mató un hombre y aprehendió a otro. Bartolomé Acero fue el que quemó el Registro civil de Lugarnoble, llevándose en rehenes al alcalde y a dos de los principales propietarios."

"En Orbajosa reina tranquilidad completa, según carta que tenemos a la vista, y allí no piensan más que en trabajar el campo para la próxima cosecha de ajos que promete ser magnífica. Los distritos inmediatos sí están infestados de partidas; pero la brigada Batalla dará buena cuenta de ellas".

En efecto, Orbajosa estaba tranquila. Los Aceros, aquella dinastía guerrera, merecedora, según algunas gentes, de figurar en el *Romancero*, había tomado por su cuenta la provincia cercana; pero la insurrección no cundía en el término de la ciudad

episcopal. Creeríase que la cultura moderna había al fin vencido en su lucha con las levantiscas costumbres de la gran behetría, y que ésta saboreaba las delicias de una paz duradera. Y esto es tan cierto, que el mismo *Caballuco*, una de las figuras más características de la rebeldía histórica de Orbajosa, decía claramente a todo el mundo que él no quería *reñir con el Gobierno* ni *meterse en danzas* que podían costarle caras.

Dígase lo que se quiera, el arrebatado carácter de Ramos había tomado asiento con los años, enfriándose un poco la fogosidad que con la existencia recibiera de los *Caballucos* padres y abuelos, la mejor casta de cabecillas que ha asolado la tierra. Cuéntase, además, que por aquellos días el nuevo gobernador de la provincia *celebró una conferencia* con este importante personaje, *oyendo de sus labios las mayores seguridades* de contribuir al reposo público y evitar toda ocasión de disturbios. Aseguran fieles testigos que se le veía en amor y compañía con los militares, partiendo un piñón con éste o el otro sargento en la taberna, y hasta se dijo que le iban a dar un buen destino en el Ayuntamiento de la capital de la provincia. ¡Oh! ¡cuán difícil es para el historiador que presume de imparcial depurar la verdad en esto de las opiniones y pensamientos de los insignes personajes que han llenado el mundo con su nombre! No sabe uno a qué atenerse, y la falta de datos ciertos da origen a lamentables equivocaciones. En presencia de hechos tan culminantes como la jornada de Brumario, como el saco de Roma por Borbón, como la ruina de Jerusalén, ¿qué psicólogo ni qué historiador podrá determinar los pensamientos que les precedieron o les siguieron en la cabeza de Bonaparte, Carlos V y Tito? ¡Responsabilidad inmensa la nuestra! Para librarnos en parte de ella, refiramos palabras, frases y aun discursos del mismo emperador orbajosense, y de este modo cada cual formará la opinión que juzgue más acertada.

No cabe duda alguna de que Cristóbal Ramos salió, ya anochecido, de su casa, y atravesando por la calle del Condestable, vio tres labriegos que en sendas mulas venían en dirección contraria a la suya; y preguntándoles que a do caminaban, repusieron que a la casa de la señora doña Perfecta a llevarle varias primicias de frutos de las huertas y algún dinero de las rentas vencidas. Eran el señor Pasolargo, un mozo a quien llamaban Frasquito González, y el tercero, de mediana edad y recia complexión, recibía el nombre de *Vejarruco*, aunque el suyo verdadero era José Esteban Romero. Volvió atrás *Caballuco* solicitado por la buena compañía de aquella gente, con quien tenía franca y antigua amistad, y entró con ellos en casa de la señora. Esto ocurría, según los más verosímiles datos, al anochecer, y dos días después de aquél en que doña Perfecta y Pinzón hablaron lo que en el anterior capítulo ha visto quien lo ha leído. Entretúvose el gran Ramos dando a Librada ciertos recados de poca importancia que una vecina confiara a su buena memoria; y cuando entró en el comedor, ya los tres labriegos antes mencionados y el señor *Licurgo*, que asimismo, por singular coincidencia, estaba presente, habían entablado conversación sobre asuntos de la cosecha y de la casa. La señora tenía un humor endiablado; a todo ponía faltas, y reprendíales ásperamente por la sequía del cielo y la infecundidad de la tierra, fenómenos de que ellos los pobrecitos no tenían culpa. Presenciaba la escena el señor penitenciario. Cuando entró *Caballuco*, saludóle afectuosamente el buen canónigo, señalándole un asiento a su lado.

—Aquí está el personaje —dijo la señora con desdén—. ¡Parece mentira que se hable tanto de un hombre de tan poco valer! Dime; *Caballuco:* ¿es verdad que te han dado de bofetadas unos soldados esta mañana?

—¡A mí! ¡A mí! —dijo el centauro levantándose indignado, cual si recibiera el más grosero insulto.

—Así lo han dicho —añadió la señora—. ¿No es verdad? Yo lo creí, porque quien en tan poco se tiene... Te escupirán, y tú te creerás honrado con la saliva de los militares.

—¡Señora! —vociferó Ramos con energía—. Salvo el respeto que debo a usted, que es mi madre, más que mi madre, mi señora, mi reina..., pues digo que salvo el respeto que debo a la persona que me ha dado todo lo que tengo..., salvo el respeto...

—¿Qué?... Parece que vas a decir mucho y no dices nada.

—Pues digo que salvo el respeto, eso de la bofetada es una calumnia —añadió, expresándose con extraordinaria dificultad—. Todos hablan de mí: que si entro o salgo, que si voy, que si vengo... Y todo ¿por qué? Porque quieren tomarme por figurón para que revuelva el país. Bien está Pedro en su casa, señoras y caballeros. ¿Que ha venido la tropa?... malo es; ¿pero qué le vamos a hacer?... ¿Que han quitado al alcalde y al secretario y al juez?... malo es: yo quisiera que se levantaran contra ellos las piedras de Orbajosa; pero di mi palabra al gobernador, y hasta ahora yo...

Rascóse la cabeza, frunció el adusto ceño, y con lengua cada vez más torpe, prosiguió así:

—Yo seré bruto, pesado, ignorante, querencioso, testarudo y todo lo que quieran; pero a caballero no me gana nadie.

—Lástima de Cid Campeador —dijo con el mayor desprecio doña Perfecta—. ¿No cree usted, como yo, señor penitenciario, que en Orbajosa no hay ya un solo hombre que tenga vergüenza?

—Grave opinión es ésa —repuso el capitular, sin mirar a su amiga ni apartar de su barba la mano en que apoyaba el meditabundo rostro—. Pero se me figura que este vecindario ha aceptado con excesiva sumisión el pesado yugo del militarismo.

Licurgo y los tres labradores reían con toda su alma.

—Cuando los soldados y las autoridades nuevas —dijo la señora—, nos hayan llevado el último real, después de deshonrado el pueblo, enviaremos a Madrid, en una urna cristalina, a todos los valientes de Orbajosa para que los pongan en el Museo, o los enseñen por las calles.

—¡Viva la señora! —exclamó con vivo ademán el que llamaban *Vejarruco*—. Lo que ha parlado es como el oro. No se dirá que por mí no hay valientes, pues no estoy con los Aceros por aquello de que tiene uno tres hijos y mujer, y puede suceder cualquier estropicio; que si no...

—¿Pero tú no has dado tu palabra al gobernador? —le preguntó la señora.

—¿Al gobernador? —exclamó el nombrado Frasquito González—. No hay en todo el país tunante que más merezca un tiro. Gobernador y Gobierno, todos son lo mismo. El cura nos predicó el domingo tantas cosas altisonantes sobre las herejías y ofensas a la religión que hacen en Madrid... ¡Oh! había que oírle... Al fin dio muchos gritos en el púlpito, diciendo que la religión ya no tenía defensores.

—Aquí está el gran Cristóbal Ramos —dijo la señora dando fuerte palmada en el hombro del centauro—. Monta a caballo; se pasea en la plaza y en el camino real, para llamar la atención de los soldados; venle éstos, se espantan de la fiera catadura del héroe, y echan todos a correr muertos de miedo.

La señora terminó su frase con una risa exagerada, que se hacía más chocante que el profundo silencio de los que la oían. *Caballuco* estaba pálido.

—Señor Pasolargo —continuó la dama, poniéndose seria—, esta noche mándeme acá a su hijo Bartolomé para que se quede aquí. Necesito tener buena gente en casa; y aun así,

bien podrá suceder que el mejor día amanezcamos mi hija y yo asesinadas.

—¡Señora! —exclamaron todos.

—¡Señora! —gritó *Caballuco* levantándose—. ¿Eso es broma, o qué es?

—Señor *Vejarruco*, señor Pasolargo —continuó la señora, sin mirar al bravo de la localidad—, no estoy segura en mi casa. Ningún vecino de Orbajosa lo está, y menos yo. Vivo con el alma en un hilo. No puedo pegar los ojos en toda la noche.

—Pero ¿quién, quién se atreverá...?

—Vamos —dijo *Licurgo* con ardor—, que yo, viejo y enfermo, seré capaz de batirme con todo el ejército español si tocan el pelo de la ropa a la señora...

—Con el señor *Caballuco* —observó Frasquito González—, basta y sobra.

—¡Oh! no —repuso doña Perfecta con cruel sarcasmo—. ¿No ven ustedes que Ramos ha dado su palabra al Gobernador...?

Caballuco volvió a sentarse, y poniendo una pierna sobre la otra, cruzó las manos sobre ellas.

—Me basta un cobarde —añadió implacablemente el ama—, con tal que no haya dado palabras. Quizás pase yo por el trance de ver asaltada mi casa, de ver que me arrancan de los brazos a mi querida hija, de verme atropellada e insultada del modo más infame...

No pudo continuar. La voz se ahogó en su garganta, y rompió a llorar desconsoladamente.

—¡Señora, por Dios, cálmese usted!... Vamos..., no hay motivo todavía... —dijo precipitadamente y con semblante y voz de aflicción suma don Inocencio—. También es preciso un poquito de resignación para soportar las calamidades que Dios nos envía.

—Pero ¿quién... señora? ¿Quién se atreverá a tales vituperios? —preguntó uno de los cuatro.

—Orbajosa entera se pondría sobre un pie para defender a la señora.

—Pero ¿quién, quién? —repitieron todos.

—Vaya, no la molesten ustedes con preguntas importunas —dijo con oficiosidad el penitenciario—. Pueden retirarse.

—No, no, que se queden —manifestó vivamente la señora, secando sus lágrimas—. La compañía de mis buenos servidores es para mí un gran consuelo.

—Maldita sea mi casta —dijo el tío Lucas, dándose un puñetazo en la rodilla—, si todos estos gatuperios no son, obra del mismísimo sobrino de la señora.

—¿Del hijo de don Juan Rey?

—Desde que le vi en la estación de Villahorrenda y me habló con su voz melosilla y sus mimos de hombre cortesano —manifestó *Licurgo*— le tuve por un grandísimo... No quiero acabar por respeto a la señora... Pero yo le conocí..., le señalé desde aquel día, y no me equivoco, no. Sé muy bien, como dijo el otro, que por el hilo se saca el ovillo, por la muestra se conoce el paño, y por la uña el león.

—No se hable mal en mi presencia de ese desdichado joven —dijo la de Polentinos severamente—. Por grandes que sean sus faltas, la caridad nos prohibe hablar de ellas y darles publicidad.

—Pero la caridad —manifestó don Inocencio con cierta energía—, no nos impide precavernos contra los malos, y de eso se trata. Ya que han decaído tanto los caracteres y el valor en la desdichada Orbajosa; ya que este pueblo parece dispuesto a poner la cara para que escupan en ella cuatro soldados y un cabo, busquemos alguna defensa uniéndonos.

—Yo me defenderé como pueda —dijo con resignación y cruzando las manos doña Perfecta—. ¡Hágase la voluntad del Señor!

—Tanto ruido para nada... ¡Por vida de...! ¡En esta casa son de la piel del miedo!... —exclamó *Caballuco* entre serio y festivo—. No

parece sino que el tal don Pepito es una *región* (léase legión) de demonios. No se asuste usted, señora mía. Mi sobrinillo Juan, que tiene trece años, guardará la casa, y veremos, sobrino por sobrino, quién puede más.

—Ya sabemos todos lo que significan tus guapezas y valentías —replicó la dama—. ¡Pobre Ramos, quieres echarla de bravucón, cuando ya se ha visto que no vales nada!

Ramos palideció ligeramente, fijando en la señora una mirada singular en que se confundían el espanto y el respeto.

—Sí, hombre, no me mires así. Ya sabes que no me asusto de fantasmones. ¿Quieres que te hable de una vez con claridad? Pues eres un cobarde.

Ramos, moviéndose como el que siente en diversas partes de su cuerpo molestas picazones, demostraba gran desasosiego. Su nariz expelía y recobraba el aire como la de un caballo. Dentro de aquel corpachón, combatía consigo mismo por echarse fuera, rugiendo y destrozando, una tormenta, una pasión, una barbaridad. Después de modular a medias algunas palabras, mascando otras, levantóse y bramó de esta manera:

—¡Le cortaré la cabeza al señor Rey!

—¡Qué desatino! Eres tan bruto como cobarde —dijo palideciendo—. ¿Qué hablas ahí de matar, si yo no quiero que maten a nadie, y mucho menos a mi sobrino, persona a quien amo a pesar de sus maldades?

—¡El homicidio! ¡Qué atrocidad! —exclamó el señor don Inocencio escandalizado—. Ese hombre está loco.

—¡Matar!... La idea tan sólo de un homicidio me horroriza, *Caballuco* —dijo la señora cerrando los dulces ojos—. ¡Pobre hombre! Desde que has querido mostrar valentía has aullado como un lobo carnicero. Vete de aquí, Ramos; me causas espanto.

—¿No dice la señora que tiene miedo? ¿No dice que atropellarán la casa, que robarán a la niña?

—Sí, lo temo.

—Y eso ha de hacerlo un solo hombre —indicó Ramos con desprecio, volviendo a sentarse—. Eso lo ha de hacer don *Pepe Poquita Cosa* con sus matemáticas. Hice mal en decir que le rebanaría el pescuezo. A un muñeco de ese estambre, se le coge de una oreja y se le echa de remojo en el río.

—Sí, ríete ahora, bestia. No es mi sobrino solo quien ha de cometer todos esos desafueros que has mencionado y que yo temo, pues si fuese él solo no le temería. Con mandar a Librada que se ponga en la puerta con una escoba... bastaría... No es él solo, no.

—¿Pues quién...?

—Hazte el borrico. ¿No sabes tú que mi sobrino y el brigadier que manda esa condenada tropa se han confabulado...?

—¡Confabulado! —exclamó *Caballuco* demostrando no entender.

—Que están de compinche —apuntó *Licurgo*—. Fabulearse quiere decir estar de compinche. Ya me barruntaba yo lo que dice la señora.

—Todo se reduce a que el brigadier y los oficiales son uña y carne de don José, y lo que él quiera lo quieren esos soldadotes, y esos soldadotes harán toda clase de atropellos y barbaridades, porque ése es su oficio.

—Y no tenemos alcalde que nos ampare.

—Ni juez.

—Ni gobernador. Es decir, que estamos a merced de esa infame gentuza.

—Ayer —dijo *Vejarruco*—, unos soldados se llevaron engañada a la hija más chica del tío Julián, y la pobre no se atrevió a volver a su casa; mas la encontraron llorando y descalza junto a la fuentecilla vieja, recogiendo los pedazos de la cántara rota.

—¡Pobre don Gregorio Palomeque, el escribano de Naharilla Alta! —dijo Frasquito—. Estos pillos le

robaron todo el dinero que tenía en su casa. Pero el brigadier, cuando se lo contaron, contestó que era mentira.

—Tiranos, más tiranos no nacieron de madre —manifestó el otro—. ¡Cuando digo que por punto no estoy con los Aceros...!

—¿Y qué se sabe de Francisco Acero? —preguntó mansamente doña Perfecta—. Sentiría que le ocurriera algún percance. Dígame usted, don Inocencio: ¿Francisco Acero nació en Orbajosa?

—No: él y su hermano son de Villajuán.

—Lo siento por Orbajosa —dijo doña Perfecta—. Esta pobre ciudad ha entrado en desgracia. ¿Sabe usted si Francisco Acero dio palabra al gobernador de no molestar a los pobres soldaditos en sus robos de doncellas, en sus sacrilegios, en sus infames felonías?

Caballuco dio un salto. Ya no se sentía punzado, sino herido por atroz sablazo. Encendido el rostro y con los ojos llenos de fuego, gritó de este modo:

—Yo di mi palabra al gobernador porque el gobernador me dijo que venían con buen fin.

—Bárbaro, no grites. Habla como la gente, y te escucharemos.

—Le prometí que yo ni ninguno de mis amigos levantaríamos partidas en tierra de Orbajosa... A todo el que ha querido salir porque le retozaba la guerra en el cuerpo, le he dicho: "Vete con los Aceros, que aquí no nos movemos..." Pero tengo mucha gente honrada, sí, señora; y buena, sí señora; y valiente, sí señora, que está desperdigada por los caseríos y las aldeas, por arrabales y montes, cada uno en su casa, ¿eh? Y en cuanto yo les diga la mitad de media palabra, ¿eh? ya están todos descolgando las escopetas, ¿eh? y echando a correr a caballo o a pie para ir donde yo les mande... Y no me anden con gramáticas, que si yo di mi palabra, fue porque la di, y si no salgo es porque no quiero salir, y si quiero que haya partidas, las habrá, y si no quiero, no; porque yo soy quien soy, el mismo hombre de siempre, bien lo saben todos... Y digo otra vez que no vengan con gramáticas, ¿estamos...? y que no me digan las cosas al revés, ¿estamos...? y si quieren que salga, me lo declaren con toda la boca abierta, ¿estamos? porque para eso nos ha dado Dios la lengua: para decir esto y aquello. Bien sabe la señora quién soy, así como bien sé yo que le debo la camisa que me pongo, y el pan que como hoy, y el primer garbanzo que chupé cuando me despecharon, y la caja en que me enterraron a mi padre cuando murió, y las medicinas y el médico que me sanaron cuando estuve enfermo, y bien sabe la señora que si ella me dice: *"Caballuco, rómpete la cabeza"*, voy a aquel rincón y contra la pared me la rompo; bien sabe la señora que si ahora me dice ella que es de día, yo, aunque vea la noche, creeré que me equivoco y que es claro día; bien sabe la señora que ella y su hacienda son antes que mi vida, y que si delante de mí la pica un mosquito, le perdono porque es mosquito; bien sabe la señora que la quiero más que a cuanto hay debajo del sol... A un hombre de tanto corazón se le dice: *"Caballuco, so animal: haz esto o lo otro"*; y basta de *ritólicas*, basta de mete y saca de palabrejas y sermoncillos al revés, y pincha por aquí y pellizca por allá.

—Vamos, hombre, sosiégate —dijo doña Perfecta con bondad—. Te has sofocado como aquellos oradores republicanos que venían a predicar aquí la religión libre, el amor libre y no sé cuántas cosas libres... Que te traigan un vaso de agua.

Caballuco hizo con el pañuelo una especie de rodilla, apretado envoltorio o más bien pelota, y se lo pasó por la ancha frente y cogote, para limpiarse ambas partes, cubiertas de sudor. Trajéronle un vaso de agua, y el señor canónigo, con una mansedumbre que cuadraba perfectamen-te a su carácter sacerdotal, lo tomó de manos de la criada para presentárselo y sostener el plato mientras bebía. El agua se escurría por el gaznate de *Caballuco* produciendo un claqueteo sonoro.

Ahora tráeme otro a mí, Libradita —dijo don Inocencio—. También tengo un poco de fuego dentro.

XXII

¡DESPERTA!

—Respecto a lo de las partidas —dijo doña Perfecta cuando concluyeron de beber—, sólo te digo que hagas lo que tu conciencia te dicte.

—Yo no entiendo de dictados —gritó Ramos—. Haré lo que sea del gusto de la señora.

—Pues yo no te aconsejaré nada en asunto tan grave —repuso ella con la circunspección y el comedimiento que tan bien le sentaban—. Eso es muy grave, gravísimo, y yo no puedo aconsejarte nada.

—Pero el parecer de usted...

—Mi parecer es que abras los ojos y veas, que abras los oídos y oigas. Consulta tu corazón... Yo te concedo que tienes un gran corazón... Consulta a ese juez, a ese consejero que tanto sabe, y haz lo que él te mande.

Caballuco, meditó, pensó todo lo que puede pensar una espada.

—Los de Naharilla Alta —dijo *Vejarruco*—, nos contamos ayer y éramos trece, propios para cualquier cosita mayor... Pero como temíamos que la señora se enfadara, no hicimos nada. Es tiempo ya de trasquilar.

—No te preocupes de la trasquila —dijo la señora—. Tiempo hay. No se dejará de hacer eso.

—Mis dos muchachos —manifestó *Licurgo*—, riñeron ayer el uno con el otro, porque uno quería irse con Francisco Acero y el otro no. Yo les dije: "Despacio, hijos míos, que todo se andará. Esperad, que tan buen pan hacen aquí como en Francia."

—Anoche me dijo Roque Pelosmalos —manifestó el tío Pasolargo—, que en cuanto el señor Ramos dijera tanto así, ya estaban todos con las armas en la mano. ¡Qué lástima que los dos hermanos Burguillos se hayan ido a labrar las tierras de Lugarnoble!

—Vaya usted a buscarlos —dijo el ama vivamente—. Lucas, proporciónale un caballo al tío Pasolargo.

—Yo, si la señora me lo manda y el señor Ramos también —dijo Frasquito González—, iré a Villahorrenda a ver si Robustiano, el guarda de montes y su hermano Pedro, quieren también...

—Me parece buena idea. Robustiano no se atreve a venir a Orbajosa, porque me debe un piquillo. Puedes decirle que le perdono los seis duros y medio... Esta pobre gente, que tan generosamente sabe sacrificarse por una buena idea, se contenta con tan poco... ¿No es verdad, señor don Inocencio?

—Aquí nuestro buen Ramos —repuso el canónigo—, me dice que sus amigos están descontentos con él por su tibieza; pero que en cuanto le vean determinado se pondrán todos la canana al cinto.

—Pero qué, ¿te determinas a echarte a la calle? —dijo a Ramos la señora—. No te he aconsejado yo tal cosa, y si lo haces es por tu voluntad. Tampoco el señor don Inocencio te habrá dicho una palabra en este sentido. Pero cuando tú lo decides así, razones muy poderosas tendrás... Dime, Cristóbal: ¿quieres cenar? ¿Quieres tomar algo?... Con franqueza...

—En cuanto a que yo aconseje al señor Ramos que se eche al campo —dijo don Inocencio, mirando por encima de los cristales de sus anteojos—, razón tiene la señora. Yo, como sacerdote, no puedo aconsejar tal cosa. Sé que algunos lo hacen, y aun toman las armas; pero eso me parece impropio, muy impropio, y no seré yo quien los imite. Llevo mis escrúpulos hasta el extremo de no decir una palabra al señor Ramos sobre la peliaguda cuestión de su levantamiento en armas. Yo sé que Orbajosa lo desea; sé que le bendecirán todos los habitantes de esta noble ciudad; sé que vamos a tener aquí hazañas dignas de pasar a la historia; pero, sin embargo, permítaseme un discreto silencio.

—Está muy bien dicho —añadió doña Perfecta—. No me gusta que los sacerdotes se mezclen en tales asuntos. Un clérigo ilustrado debe conducirse de ese modo. Bien sabemos que en circunstancias solemnes y graves, por ejemplo, cuando peligran la patria y la fe, están los sacerdotes en su terreno incitando a los hombres a la lucha y aun figurando en ella. Pues que Dios mismo ha tomado parte en célebres batallas, bajo la forma de ángeles o santos, bien pueden sus ministros hacerlo. Durante la guerra contra los infieles, ¿cuántos obispos acaudillaron las tropas castellanas?

—Muchos, y algunos fueron insignes guerreros. Pero estas edades no son aquéllas, señora. Verdad es que si vamos a mirar atentamente las cosas, la fe peligra ahora más que antes... ¿Pues qué representan esos ejércitos que ocupan nuestra ciudad y pueblos inmediatos? ¿qué representan? ¿Son otra cosa más que el infame instrumento de que se valen para sus pérfidas conquistas y el exterminio de las creencias, los ateos y protestantes de que está infestado Madrid?... Bien lo sabemos todos. En aquel centro de corrupción, de escándalo, de irreligiosidad y descreimiento, unos cuantos hombres malignos, comprados por el oro extranjero, se emplean en destruir en nuestra España la semilla de la fe... ¿Pues qué creen ustedes? Nos dejan a nosotros decir misa y a ustedes oírla por un resto de consideración, por vergüenza... pero el mejor día... Por mi parte, estoy tranquilo.

Soy un hombre que no se apura por ningún interés temporal y mundano. Bien lo sabe la señora doña Perfecta, bien lo saben todos los que me conocen. Estoy tranquilo y no me asusta el triunfo de los malvados. Sé muy bien que nos aguardan días terribles; que cuantos vestimos el hábito sacerdotal tenemos la vida pendiente de un cabello, porque España, no lo duden ustedes, presenciará escenas como aquellas de la Revolución Francesa, en que perecieron miles de sacerdotes piadosísimos en un solo día... Mas no me apuro. Cuando toquen a degollar, presentaré mi cuello; ya he vivido bastante. ¿Para qué sirvo yo? Para nada, para nada.

—Comido de perros me vea yo —gritó *Vejarruco* mostrando el puño, no menos duro y fuerte que un martillo—, si no acabamos pronto con toda esa canalla ladrona.

—Dicen que la semana que viene comienza el derribo de la catedral —indicó Frasquito.

—Supongo que la derribarán con picos y martillos —dijo el canónigo sonriendo—. Hay artífices que no tienen esas herramientas, y, sin embargo, adelantan más edificando. Bien sabes ustedes que, según tradición piadosa, nuestra hermosa capilla del Sagrario fue derribada por los moros en un mes y reedificada en seguida por los ángeles en una sola noche... Dejadles, dejadles que destruyan.

—En Madrid, según nos contó la otra noche el cura de Naharilla —dijo *Vejarruco*—, ya quedan tan pocas iglesias, que algunos curas dicen misa en medio de la calle; y como les aporrean y les dicen injurias y también les escupen, muchos no quieren decirla.

—Felizmente aquí, hijos míos —manifestó don Inocencio—, no hemos tenido aún escenas de esa naturaleza. ¿Por qué? Porque saben qué clase de gente sois; porque tienen noticia de vuestra piedad ardiente y de vuestro valor... No les arriendo la ganancia a los primeros que pongan la mano en nuestros sacerdotes y en nuestrc culto... Por supuesto, dicho se está que si no se los ataja a tiempo, harán diabluras. ¡Pobre España, tan santa y tan humilde y tan buena! ¡Quién había de decir que llegarían a estos apurados extremos! Pero yo sostengo que la impiedad no triunfará, no, señor. Todavía hay gente valerosa, todavía hay gente de aquella de antaño, ¿no es verdad, señor Ramos?

—Todavía la hay, sí, señor —repuso éste.

—Yo tengo una fe ciega en el triunfo de la ley de Dios. Alguno ha de salir en defensa de ella. Si no son unos, serán otros. La palma de la victoria, y con ella la gloria eterna, alguien se la ha de llevar. Los malvados perecerán, si no hoy, mañana. Aquel que va contra la ley de Dios, caerá, no hay remedio. Sea de esta manera, sea de la otra, ello es que ha de caer. No le salvan ni sus argucias, ni sus escondites, ni sus artimañas. La mano de Dios está alzada sobre él, y le herirá sin falta. Tengámosle compasión y deseemos su arrepentimiento... En cuanto a vosotros, hijos míos, no esperéis que os diga una palabra sobre el paso que seguramente vais a dar. Sé que sois buenos; sé que vuestra determinación generosa y el noble fin que os guía lavan toda mancha pecaminosa ocasionada por el derramamiento de sangre; sé que Dios os bendice; que vuestra victoria, lo mismo que vuestra muerte, os sublimarán a los ojos de los hombres y a los de Dios; sé que se os deben palmas y alabanzas y toda suerte de honores; pero a pesar de esto, hijos míos, mi labio no os incitará a la pelea. No lo ha hecho nunca ni ahora lo hará. Obrad con arreglo al ímpetu de vuestro noble corazón. Si él os manda que os estéis en vuestras casas, permaneced en ellas; si él os manda que salgáis, salid en buena hora. Me resigno a ser mártir y a inclinar mi cuello ante el verdugo, si esa miserable tropa continúa aquí. Pero si un impulso hidalgo y ardiente y pío de los hijos de Orbajosa contribuye a la grande obra de la extirpación de las desventuras patrias, me tendré por el más dichoso de los hombres sólo con ser compatricio vuestro, y toda mi vida de estudio, de penitencia, de resignación, no me parecerá tan- meritoria para aspirar al cielo como un día solo de vuestro heroísmo.

—¡No se puede decir más y mejor! —exclamó doña Perfecta arrebatada de entusiasmo.

Caballuco se había inclinado hacia adelante de su asiento, poniendo los codos sobre las rodillas. Cuando el canónigo acabó de hablar, tomóle la mano y se la besó con fervor.

—Hombre mejor no ha nacido de madre —dijo el tío *Licurgo*, enjugando o haciendo que enjugaba una lágrima.

—¡Que viva el señor penitenciario! —gritó Frasquito González, poniéndose en pie y arrojando hacia el techo su gorra.

—Silencio —dijo doña Perfecta—. Siéntate, Frasquito. Tú eres de los de mucho ruido y pocas nueces.

—¡Bendito sea Dios, que le dio a usted ese pico de oro! —exclamó Cristóbal inflamado de admiración. ¡Qué dos personas tengo delante! Mientras vivan las dos, ¿para qué se quiere más mundo?... Toda la gente de España debiera ser así... pero ¡cómo ha de ser así, si no hay más que pillería! En Madrid, la Corte de donde vienen leyes y mandarines, todo es latrocinio y farsa. ¡Pobre religión, cómo la han puesto!... No se ven más que pecados... Señora doña Perfecta, señor don Inocencio, por el alma de mi padre, por el alma de mi abuelo, por la salvación de la mía, juro que deseo morir.

—¡Morir!

—Que me maten esos perros tunantes; y digo que me maten, porque yo no puedo descuartizarlos a ellos. Soy muy chico.

—Ramos, eres grande —dijo la señora.

—¿Grande, grande?... Grandísimo por el corazón; pero ¿tengo yo plazas fuertes, tengo caballería, tengo artillería?

—Esa es una cosa, Ramos —dijo doña Perfecta sonriendo—, de que yo no me ocuparía. ¿No tiene el enemigo lo que a ti te hace falta?

—Sí.

—Pues quítaselo.

—Se lo quitaremos, sí, señora. Cuando digo que se lo quitaremos...

—Querido Ramos —declaró don Inocencio—. Envidiable posición es la de usted... ¡Destacarse, elevarse sobre la vil muchedumbre, ponerse al igual de los mayores héroes del mundo... poder decir que la mano de Dios guía su mano!... ¡Oh, qué grandeza y honor! Amigo mío, no es lisonja. ¡Qué apostura, qué gentileza, qué gallardía!... No: hombres de tal temple no pueden morir. El señor va con ellos, y la bala y hierro enemigos detiénense... no se atreven... ¿Qué se han de atrever, viniendo del cañón y de manos de herejes?... Querido *Caballuco*, al ver a usted, al ver su bizarría y caballerosidad, vienen a mi memoria, sin poderlo remediar, los versos de aquel romance de la conquista del imperio de Trapisonda:

> *Llegó el valiente Roldán*
> *de todas armas armado,*
> *en el fuerte Briador,*
> *su poderoso caballo,*
> *y la fuerte Durlindana*
> *muy bien ceñida a su lado,*
> *la lanza como una antena,*
> *el fuerte escudo embrazado...*
> *Por la visera del yelmo*
> *fuego venía lanzando;*
> *retemblando con la lanza*
> *como un junco muy delgado,*
> *y a toda la hueste junta*
> *fieramente amenazando.*

—Muy bien —chilló *Licurgo* batiendo palmas—. Y digo yo como don Reinaldos:

*¡Nadie en don Reinaldos toque
si quiere ser bien librado!
Quien otra cosa quisiere
él será tan bien pagado,
que todo el resto del mundo
no se escape de mi mano
sin quedar pedazos hecho
o muy bien escarmentado.*

—Ramos, tú querrás cenar, tú querrás tomar algo, ¿No es verdad? —dijo la señora.

—Nada, nada —repuso el centauro—; deme, si acaso, un plato de pólvora.

Diciendo esto, soltó estrepitosa carcajada, dio varios paseos por la habitación, observado atentamente por todos, y deteniéndose junto al grupo, fijó los ojos en doña Perfecta, y con atronadora voz profirió estas palabras:

—Digo que no hay nada más que decir. ¡Viva Orbajosa! ¡Muera Madrid!

Descargó la mano sobre la mesa con tal fuerza, que retembló el piso de la casa.

—¡Qué poderoso brío! —murmuró don Inocencio.

—Vaya, que tienes unos puños...

Todos contemplaban la mesa, que se había partido en dos pedazos.

Fijaban luego los ojos en el nunca bastante admirado Reinaldos o *Caballuco.* Indudablemente había en su semblante hermoso, en sus ojos verdes, animados por extraño resplandor felino, en su negra cabellera, en su cuerpo hercúleo, cierta expresión y aire de grandeza, un resabio o más bien recuerdo de las grandes razas que dominaron al mundo. Pero su aspecto general era el de una degeneración lastimosa, y costaba trabajo encontrar la filiación noble y heroica en la brutalidad presente. Se parecía a los grandes hombres de don Cayetano, como se parece el mulo al caballo.

XXIII

MISTERIO

Después de lo que hemos referido, duró mucho la conferencia; pero omitimos lo restante por no ser indispensable para la buena inteligencia de esta relación. Retiráronse al fin, quedando para lo último, como de costumbre, el señor don Inocencio. No habían tenido tiempo aún la señora y el canónigo de cambiar dos palabras, cuando entró en el comedor una criada de edad y mucha confianza, que era el brazo derecho de doña Perfecta, y como ésta la viera inquieta y turbada, llenóse también de turbación, sospechando que algo malo en la casa ocurría.

—No encuentro a la señorita por ninguna parte —dijo la criada respondiendo a las preguntas de la señora.

—¡Jesús! ¡Rosario!... ¿Dónde está mi hija?

—¡Válgame la Virgen del Socorro! —gritó el penitenciario, tomando el sombrero y disponiéndose a correr tras la señora.

—Buscadla bien... ¿Pero no estaba contigo en su cuarto?

—Sí, señora —repuso, temblando, la vieja—. Pero el demonio me tentó y me quedé dormida.

—¡Maldito sea tu sueño!... ¡Jesús mío!... ¿Qué es esto? ¡Rosario, Rosario... Librada!

Subieron, bajaron, tornaron a bajar y a subir, llevando luz y registrando todas las piezas. Por último oyóse en la escalera la voz del penitenciario, que decía con júbilo:

—¡Aquí está, aquí está!

Un instante después, madre e hija se encontraban la una frente a la otra en la galería.

—¿Dónde estabas? —preguntó con severo acento doña Perfecta, examinando el rostro de su hija.

—En la huerta —murmuró la niña, más muerta que viva.

—¿En la huerta a estas horas? ¡Rosario!...

—Tenía calor, me asomé a la ventana, se me cayó el pañuelo y bajé a buscarlo.

—¿Por qué no dijiste a Librada que te lo alcanzase...? ¡Librada!... ¿Dónde está esa muchacha? ¿Se ha dormido también?

Librada apareció al fin. Su semblante pálido indicaba la consternación y el recelo del delincuente.

—¿Qué es esto? ¿Dónde estabas? —preguntó con terrible enojo la dama.

—Pues..., señora, bajé a buscar la ropa que está en el cuarto de la calle..., y me quedé dormida.

—Todas duermen aquí esta noche. Me parece que alguno no dormirá en mi casa mañana. Rosario, puedes retirarte.

Comprendiendo que era indispensable proceder con prontitud y energía, la señora y el canónigo emprendieron sin tardanza sus investigaciones. Preguntas, amenazas, ruegos, promesas, fueron empleados con habilidad suma para inquirir la verdad de lo acontecido. No resultó ni sombra de culpabilidad en la criada anciana; pero Librada confesó de plano entre lloros y suspiros todas sus bellaquerías, que sintetizamos del modo siguiente:

Poco después de alojarse en la casa, el señor Pinzón empezó a hacer cocos a la señorita Rosario. Dio dinero a Librada, según ésta dijo, para tenerla por mensajera de recados y amorosas esquelas. La señorita no se mostró enojada, sino antes bien gozosa, y pasaron algunos días de esta manera. Por último, la sirvienta declaró que aquella noche Rosario y el señor Pinzón habían concertado verse y hablarse en la ventana de la habitación de este último, que da a la huerta. Confiaron su pensamiento a la doncella, quien ofreció protegerlo mediante una cantidad que se le entregara en el acto. Según lo convenido, el Pinzón debía salir de la casa a la hora de costumbre y volver ocultamente a las nueve y entrar en su cuarto, del cual y de la casa saldría

también clandestinamente más tarde, para volver sin tapujos a la hora avanzada de costumbre. De este modo no podría sospecharse de él. La Librada aguardó al Pinzón, el cual entró muy envuelto en su capote sin hablar palabra. Metióse en su cuarto a punto que la señorita bajaba a la huerta. La criada, mientras duró la entrevista, que no presenció, estuvo de centinela en la galería para avisar a Pinzón cualquier peligro que ocurriese; y al cabo de una hora salió éste como antes, muy bien cubierto con su capote y sin hablar una palabra. Concluida la confesión, don Inocencio preguntó a la desdichada:

—¿Estás segura de que el que entró y salió era el señor Pinzón?

La reo no contestó nada, y sus facciones indicaban gran perplejidad. La señora se puso verde de ira.

—¿Tú le viste la cara?

—¿Pero quién podría ser sino él? —repuso la doncella—. Yo tengo la seguridad de que él era. Fue derecho a su cuarto..., conocía muy bien el camino.

—Es raro —dijo el canónigo—. Viviendo en la casa no necesitaba emplear tales tapujos... Podía haber pretextado una enfermedad y quedarse... ¿No es verdad, señora?

—¡Librada! —exclamó ésta con exaltación de ira—, te juro por Dios que irás a presidio.

Después cruzó las manos, clavándose los dedos de la una en la otra con tanta fuerza, que casi se hizo sangre.

—Señor don Inocencio —agregó—. Muramos..., no hay más remedio que morir.

Después rompió a llorar desconsolada.

—Valor, señora mía —dijo el clérigo con voz patética—. Mucho valor... Ahora es preciso tenerlo grande. Esto requiere serenidad y gran corazón.

—El mío es inmenso —dijo, entre sollozos, la de Polentinos.

—El mío es pequeñito...; pero allá veremos.

XXIV

LA CONFESIÓN

Entre tanto, Rosario, el corazón hecho pedazos, sin poder llorar, sin poder tener calma ni sosiego, traspasada por el frío acero de un inmenso dolor, con la mente pasando en veloz carrera del mundo a Dios y de Dios al mundo, aturdida y medio loca, estaba a altas horas de la noche en su cuarto, de hinojos, cruzadas las manos, los pies desnudos sobre el suelo, la ardiente sien apoyada en el borde del lecho, a oscuras, a solas, en silencio. Cuidaba de no hacer el menor ruido, para no llamar la atención de su mamá, que dormía o aparentaba dormir en la habitación inmediata. Elevó al cielo su exaltado pensamiento en esta forma:

"—Señor, Dios mío, ¿por qué antes no sabía mentir y ahora sé? ¿por qué antes no sabía disimular y ahora disimulo? ¿Soy una mujer infame...? ¿Esto que siento y que a mí me pasa, es la caída de las que no vuelven a levantarse? ¿He dejado de ser buena y honrada...? ¿Yo no me conozco. ¿Soy yo misma, o es la otra que está en este sitio...? ¡Qué de terribles cosas en tan pocos días! ¡Cuántas sensaciones diversas! ¡Mi corazón está consumido de tanto sentir...! Señor, Dios mío, ¿oyes mi voz, o estoy condenada a rezar eternamente sin ser oída...? Yo soy buena, nadie me convencerá de que no soy buena. Amar, amar muchísimo, ¿es acaso maldad...? Pero no... esto es una ilusión, un engaño. Soy más mala que las peores mujeres de la tierra. Dentro de mí una gran culebra me muerde y me envenena el corazón... ¿Qué es esto que siento? ¿Por qué no me matas, Dios mío? ¿Por qué no me hundes para siempre en el Infierno...? Es espantoso; pero lo confieso, lo confieso a solas a Dios, que me oye, y lo confesaré ante el sacerdote. Aborrezco a mi madre. ¿En qué consiste esto? No puedo explicármelo. El no me ha dicho una palabra en contra de mi madre. Yo no sé cómo ha venido esto... ¡Qué mala soy! Los demonios se han apoderado de mí. Señor, ven en mi auxilio, porque no puedo con mis propias fuerzas vencerme... Un impulso terrible me arroja de esta casa. Quiero huir, quiero correr fuera de aquí. Si él no me lleva, me iré tras él arrastrándome por los caminos... ¿Qué divina alegría es esta que dentro de mi pecho se confunde con tan amarga pena...? Señor, Dios Padre mío, ilumíname. Quiero amar tan sólo. Yo no nací para este rencor que me está devorando. Yo no nací para disimular, ni para mentir, ni para engañar. Mañana saldré a la calle, gritaré en medio de ella, y a todo el que pase le diré: *amo, aborrezco*... Mi corazón se desahogará de esta manera... ¡Qué dicha sería poder conciliarlo todo, amar y respetar a todo el mundo! La Virgen Santísima me favorezca... Otra vez la idea terrible. No lo quiero pensar, y lo pienso. No lo quiero sentir, y lo siento. ¡Ah!, no puedo engañarme sobre este particular. No puedo ni destruirlo ni atenuarlo...; pero puedo confesarlo y lo confieso, diciéndote: ¡Señor, que aborrezco a mi madre!"

Al fin se aletargó. En su inseguro sueño, la imaginación le reproducía todo lo que había hecho aquella noche, desfigurándolo, sin alterarlo en su esencia. Oía el reloj de la catedral dando las nueve; veía con júbilo a la criada anciana, durmiendo con beatífico sueño, y salía del cuarto muy despacito para no hacer ruido; bajaba la escalera tan suavemente, que no movía un pie hasta no estar segura de poder evitar el más ligero ruido. Salía a la huerta, dando una vuelta por el cuarto de las criadas y la cocina; en la huerta deteníase un momento para mirar al cielo, que estaba tachonado de estrellas. El viento callaba. Ningún ruido interrumpía el hondo sosiego de la noche. Parecía existir en ella una atención fija y silenciosa, propia de ojos que miran sin pestañear y oídos que acechan en la espectativa de un gran suceso... La noche observaba.

Acercábase después a la puerta vidriera, del comedor, y miraba con cautela a cierta distancia, temiendo que la vieran los de dentro. A la luz de la lámpara del comedor veía de espaldas a su madre. El penitenciario estaba a la derecha, y su perfil se descomponía de un modo extraño: crecíale la nariz, asemejábase al pico de un ave inverosímil, y toda su figura se tornaba en una recortada sombra, negra y espesa, con ángulos aquí y allí, irrisoria, escueta y delgada. Enfrente estaba *Caballuco,* más semejante a un dragón que a un hombre. Rosario veía sus ojos verdes, como dos grandes linternas de convexos cristales. Aquel fulgor y la imponente figura del animal le infundían miedo. El tío *Licurgo* y los otros tres se le presentaban como figuritas grotescas. Ella había visto, en alguna parte, sin duda en los muñecos de barro de las ferias, aquel reír estúpido, aquellos semblantes toscos y aquel mirar lelo. El dragón agitaba sus brazos, que, en vez de accionar, daban vueltas como aspas de molino, y revolvía de un lado para otro los globos verdes, tan semejantes a los fanales de una farmacia. Su mirar cegaba... La conversación parecía interesante. El penitenciario agitaba las alas. Era una presumida avecilla que quería volar y no podía. Su pico se alargaba y se retorcía. Erizábansele las plumas con síntomas de furor, y después, recogiéndose y aplacándose, escondía la pelada cabeza bajo el ala. Luego las figurillas de barro se agitaban queriendo ser personas, y Frasquito González se empeñaba en pasar por hombre.

Rosario sentía un pavor inexplicable en presencia de aquel amistoso concurso. Alejábase de la vidriera y seguía adelante paso a paso, mirando a todos lados por si era observada. Sin ver a nadie, creía que un millón de ojos se fijaban en ella... Pero sus temores y su vergüenza disipábanse de improviso. En la ventana del cuarto donde habitaba el señor Pinzón aparecía un hombre azul; brillaban en su cuerpo los botones como sartas de lucecillas. Ella se acercaba. En el mismo instante sentía que unos brazos con galones la suspendían como una pluma, metiéndola con rápido movimiento dentro de la pieza. Todo cambiaba. De súbito sonó un estampido, un golpe seco que estremeció la casa. Ni uno ni otro supieron la causa de tal estrépito. Temblaban y callaban.

Era el momento en que el dragón había roto la mesa del comedor.

XXV

SUCESOS IMPREVISTOS. — PASAJERO DESCONCIERTO

La escena cambia. Ved una estancia hermosa, clara, humilde, alegre, cómoda y de un aseo sorprendente. Fina estera de junco cubre el piso, y las blancas paredes se adornan con hermosas estampas de santos y algunas esculturas de dudoso valor artístico. La antigua caoba de los muebles brilla lustrada por los frotamientos del sábado, y el altar, donde una pomposa Virgen, de azul y plata vestida, recibe doméstico culto, se cubre de mil graciosas chucherías, mitad sacras, mitad profanas. Hay además cuadritos de mostacilla, pilas de agua bendita, una relojera con *Agnus Dei,* una rizada palma de Domingo de Ramos y no pocos floreros de inodoras rosas de trapo. Enorme estante de roble contiene una rica y escogida biblioteca, y allí está Horacio el epicúreo y sibarita, junto con el tierno Virgilio, en cuyos versos se ve palpitar y derretirse el corazón de la inflamada Dido; Ovidio el narigudo, tan sublime como obsceno y adulador junto con Marcial, el tunante lenguaraz y conceptista; Tibulo el apasionado, con Cicerón el grande;

el severo Tito Livio, con el terrible Tácito, verdugo de los Césares; Lucrecio el panteísta; Juvenal, que con la pluma desollaba; Plauto, el que imaginó las mejores comedias de la antigüedad dando vueltas a la rueda de un molino; Séneca el filósofo, de quien se dijo que el mejor acto de su vida fue su muerte; Quintiliano el retórico; Salustio, el pícaro, que tan bien habla de la virtud; ambos Plinios, Suetonio y Varrón; en una palabra, todas las letras latinas, desde que balbucieron su primera palabra con Livio Andrónico, hasta que exhalaron su postrer suspiro con Rutilio.

Pero haciendo esta rápida enumeración, no hemos observado que dos mujeres han entrado en el cuarto. Es muy temprano; pero en Orbajosa se madruga mucho. Los pajaritos cantan que se las pelan en sus jaulas; tocan a misa las campanas de las iglesias, y hacen sonar sus alegres esquilas las cabras que van a dejarse ordeñar a las puertas de las casas.

Las dos señoras que vemos en la habitación descrita vienen de oír misa. Visten de negro, y cada cual trae en la mano derecha su librito de devoción y el rosario envuelto en los dedos.

—Tu tío no puede tardar ya —dijo una de ellas—. Le dejamos empezando la misa; pero él despacha pronto, y a estas horas estará en la sacristía quitándose la casulla. Yo me hubiera quedado a oírle la misa; pero hoy es día de mucha fatiga para mí.

—Yo no he oído hoy más que la del señor magistral —dijo la otra—; la del señor magistral, que las dice en un soplo, y creo que no me ha sido de provecho, porque estaba muy intranquila, sin poder apartar el entendimiento de estas cosas terribles que nos pasan.

—¡Cómo ha de ser!... Es preciso tener paciencia... Veremos lo que nos aconseja tu tío.

—¡Ay! —exclamó la segunda exhalando un hondo suspiro—. Yo tengo la sangre abrasada.

—Dios nos amparará.

—¡Pensar que una señora como usted se ve amenazada por un...! Y él sigue en sus trece... Anoche, señora doña Perfecta, conforme usted me lo mandó, volví a la posada de la viuda de Cuzco, y he pedido nuevos informes. El don Pepito y el brigadier Batalla están siempre juntos conferenciando... ¡ay, Jesús, Dios y Señor mío!... conferenciando sobre sus infernales planes, y despachando botellas de vino. Son dos perdidos, dos borrachos. Sin duda discurren alguna maldad muy grande. Como me intereso tanto por usted, anoche, estando yo en la plazuela, vi salir a don Pepito y le seguí...

—¿Y a dónde fue?

—Al Casino, sí señora; al Casino —repuso la otra turbándose ligeramente—. Después volvió a su casa. ¡Ay, cuánto me reprendió mi tío por haber estado hasta muy tarde ocupada en este espionaje...!: pero no lo puedo remediar... ¡Jesús divino, ampárame! No lo puedo remediar, y mirando a una persona como usted en trances tan peligrosos, me vuelvo loca... Nada, nada: señora, estoy viendo que a lo mejor esos tunantes asaltan la casa y nos llevan a Rosarito...

Doña Perfecta, fijando la vista en el suelo, meditó largo rato. Estaba pálida y ceñuda. Por fin dijo:

—Pues no veo el modo de impedirlo.

—Yo sí lo veo —dijo vivamente la otra, que era la sobrina del penitenciario y madre de Jacinto—. Veo un medio muy sencillo. El que he manifestado a usted y no le gusta. ¡Ah, señora mía! Usted es demasiado buena. En ocasiones como ésta conviene ser un poco menos perfecta..., dejar a un ladito los escrúpulos. Pues qué, ¿se va a ofender Dios por eso?

—María Remedios —replicó la señora con altanería—, no digas desatinos.

—¡Desatinos!... Usted, con sus sabidurías, no podrá ponerle las peras a cuarto al sobrinejo. ¿Qué cosa más sencilla que la que yo propongo? Puesto que ahora no hay justicia que nos ampare, hagamos nosotros la gran justicia. ¿No hay en casa de usted hombres que sirvan para cualquier cosa? Pues llamarles y decirles: "Mira, *Caballuco*, Pasolargo, o quien sea, esta misma noche te tapujas bien, de modo que no seas conocido; llevas contigo a un amiguito de confianza, y te pones en la esquina de la calle de la Santa Faz. Aguardáis un rato, y cuando don José Rey pase por la calle de la Tripería para ir al Casino, porque de seguro irá al Casino, ¿entendéis bien? cuando pase le salís al encuentro y le daís un susto...

—María Remedios, no seas tonta —indicó con magistral dignidad la señora.

—Nada más que un susto, señora; atienda usted bien a lo que digo, un susto. Pues qué, ¿había yo de aconsejar un crimen...? ¡Jesús, Padre y Redentor mío! Sólo la idea me llena de horror, y parece que veo señales de sangre y fuego delante de mis ojos. Nada de eso, señora mía... Un susto, y nada más que un susto, por lo cual comprenda ese bergante que estamos bien defendidas. El va solo al Casino, señora, enteramente solo, y allí se junta con sus amigotes los del sable y morrioncete. Figúrese usted que recibe el susto y que además le quedan algunos huesos quebrantados, sin nada de heridas graves, se entiende... Pues en tal caso, o se acobarda y huye de Orbajosa, o se tiene que meter en la cama por quince días. Eso sí, hay que recomendarles que el susto sea bueno. Nada de matar... cuidadito con eso, pero sentar bien la mano.

—María —dijo doña Perfecta con orgullo—, tú eres incapaz de una idea elevada, de una resolución grande y salvadora. Eso que me aconsejas es una indignidad cobarde.

—Bueno, pues me callo... ¡Ay de mí, qué tonta soy! —refunfuñó con

humildad la sobrina del penitenciario—. Me guardaré mis tonterías para consolarla a usted después que haya perdido a su hija.

—¡Mi hija!... ¡Perder a mi hija! —exclamó la señora, con súbito arrebato de ira—. Sólo oírlo me vuelve loca. No, no me la quitarán. Si Rosario no aborrece a ese perdido, como yo deseo, le aborrecerá. De algo sirve la autoridad de una madre... Le arrancaremos su pasión; mejor dicho, su capricho, como se arranca una hierba tierna que aún no ha tenido tiempo de echar raíces... No, esto no puede ser, Remedios. ¡Pase lo que pase, no será! No le valen a ese loco ni los medios más infames. Antes que verla esposa de mi sobrino, acepto cuanto de malo pueda pasarle, incluso la muerte.

—Antes muerta, antes enterrada y hecha alimento de gusanos —afirmó Remedios cruzando las manos como quien recita una plegaria—, que verla en poder de... ¡Ay, señora!, no se ofenda usted si le digo una cosa, y es que sería gran debilidad ceder porque Rosarito haya tenido algunas entrevistas secretas con ese atrevido. El caso de anteanoche, según lo contó mi tío, me parece una treta infame de don José para conseguir su objeto por el escándalo. Muchos hacen esto... ¡Ay, Jesús Divino, no sé cómo hay quien le mire la cara a un hombre no siendo sacerdote!

—Calla, calla —dijo doña Perfecta con vehemencia—, no me nombres lo de anteanoche. ¡Qué horrible suceso! María Remedios... comprendo que la ira puede perder un alma para siempre. Yo me abraso... ¡Desdichada de mí, ver estas cosas y no ser hombre!... Pero si he de decir la verdad sobre lo de anteanoche, aún tengo mis dudas. Librada jura y perjura que fue Pinzón el que entró. ¡Mi hija niega todo, mi hija nunca ha mentido!... Yo insisto en mi sospecha. Creo que Pinzón es un bribón encubridor; pero nada más...

—Volvemos a lo de siempre, a que el autor de todos los males es el dichoso matemático... ¡Ay! no me engañó el corazón cuando le vi por primera vez... Pues, señora mía, resígnese usted a presenciar algo más terrible todavía, si no se decide a llamar a *Caballuco* y decirle: *"Caballuco,* espero que..."

—Vuelta a lo mismo; pero tú eres simple...

—¡Oh! Si yo soy muy simplota, lo conozco; pero si no alcanzo más, ¿qué puedo hacer? Digo lo que se me ocurre, sin sabidurías.

—Lo que tú imaginas, esa vulgaridad tonta, de la paliza y del susto, se le ocurre a cualquiera. Tú no tienes dos dedos de frente, Remedios; cuando quieres resolver un problema grave, sales con tales patochadas. Yo imagino un recurso más digno de personas nobles y bien nacidas. ¡Apalear! ¡Qué estupidez! Además, no quiero que mi sobrino reciba un rasguño por orden mía: eso de ninguna manera. Dios le enviará su castigo por cualquiera de los admirables caminos que El sabe elegir. Sólo nos corresponde trabajar por que los designios de Dios no hallen obstáculo. María Remedios: es preciso en estos asuntos ir directamente a las causas de las cosas. Pero tú no entiendes de causas..., tú no ves más que pequeñeces.

—Será así —dijo humildemente la sobrina del cura—. ¡Para qué me hará Dios tan necia, que nada de esas sublimidades entiendo!

—Es preciso ir al fondo, al fondo, Remedios. ¿Tampoco entiendes ahora?

—Tampoco.

—Mi sobrino no es mi sobrino, mujer: es la blasfemia, el sacrilegio, el ateísmo, la demagogia. ¿Sabes lo que es la demagogia?...

—Algo de esa gente que quemó a París con petróleo, y los que derriban las iglesias y fusilan imágenes... Hasta ahí vamos bien.

—Pues mi sobrino es todo eso... ¡Ah! ¡si él estuviera solo en Orba-josa!... Pero no, hija mía. Mi sobrino, por una serie de fatalidades, que son otras tantas pruebas de los males pasajeros que a veces permite Dios para nuestro castigo, equivale a un ejército, equivale a la autoridad del Gobierno, equivale al alcalde, equivale al juez; mi sobrino no es mi sobrino: es la nación oficial. Remedios; es esa segunda nación, compuesta de los perdidos que gobiernan en Madrid; y que se ha hecho dueña de la fuerza material; de esa nación aparente, porque la real es la que calla, paga y sufre; de esa nación ficticia que firma al pie de los decretos y pronuncia discursos y hace una farsa de gobierno y una farsa de autoridad y una farsa de todo. Eso es hoy mi sobrino; es preciso que te acostumbres a ver lo interno de las cosas. Mi sobrino es el Gobierno, el brigadier, el alcalde nuevo, el juez nuevo, porque todos le favorecen a causa de la unanimidad de sus ideas; porque son uña y carne, lobos de la misma manada... Entiéndelo bien; hay que defenderse de todos ellos, porque todos son uno, y uno es todos; hay que atacarles en conjunto, y no con palizas al volver de una esquina, sino como atacaban nuestros abuelos a los moros, a los moros, Remedios... Hija mía, comprende bien esto; abre tu entendimiento y deja entrar en él una idea que no sea vulgar... remóntate, piensa en alto, Remedios.

La sobrina de don Inocencio estaba atónita ante tanta grandeza. Abrió la boca para decir algo en consonancia con tan maravilloso pensamiento, pero sólo exhaló un suspiro.

—Como a los moros —repitió doña Perfecta—. Es cuestión de moros y cristianos. ¡Y creías tú que con asustar a mi sobrino se concluía todo!... ¡Qué necia eres! ¿No ves que le apoyan sus amigos? ¿No ves que estamos a merced de esa canalla? ¿No ves que cualquier tenientejo es capaz de pegar fuego a mi casa si se le antoja?... ¿Pero tú no alcanzas esto? ¿No comprendes que es necesario ir al fondo? ¿No comprendes la inmensa grandeza, la terrible extensión de mi enemigo, que no es un hombre, sino una secta?... ¿No comprendes que mi sobrino, tal como está hoy enfrente de mí, no es una calamidad, sino una plaga?... Contra ella, querida Remedios, tendremos aquí un batallón de Dios que aniquile la infernal milicia de Madrid. Te digo que esto va a ser grande y glorioso...

—¡Sí, al fin, fuera...!

—¿Pero tú lo dudas? Hoy hemos de ver aquí cosas terribles... —dijo con gran impaciencia la señora—. Hoy, hoy. ¿Qué hora es? Las siete. ¡Tan tarde y no ocurre nada!...

—Quizás sepa algo mi tío, que está aquí ya. Le siento subir la escalera.

—Gracias a Dios... —añadió doña Perfecta levantándose para salir al encuentro del penitenciario—. El nos dirá algo bueno.

Don Inocencio entró apresurado. Su demudado rostro indicaba que aquella alma, consagrada a la piedad y a los estudios latinos, no estaba tan tranquila como de ordinario.

—Malas noticias —dijo poniendo sobre una silla el sombrero y desatando los cordones del manteo.

Doña Perfecta palideció.

—Están prendiendo gente —añadió don Inocencio, bajando la voz cual si debajo de cada silla estuviera un soldado—. Sospechan, sin duda, que los de aquí no les aguantarían sus pesadas bromas, y han ido de casa en casa echando mano a todos los que tenían fama de valientes...

La señora se arrojó en un sillón y apretó fuertemente los dedos contra la madera de los brazos del mueble.

—Falta que se hayan dejado prender —indicó Remedios.

—Muchos de ellos... pero muchos —dijo don Inocencio con ademanes encomiásticos, dirigiéndose a la señora—, han tenido tiempo de huir, y se han ido con armas y caballos a Villahorrenda.

—¿Y Ramos?

—En la catedral dijéronme que es el que buscan con más empeño... ¡Oh, Dios mío! prender así a unos infelices que nada han hecho todavía... Vamos, no sé cómo los buenos españoles tienen paciencia. Señora mía doña Perfecta, refiriendo esto de las prisiones, me he olvidado decir a usted que debe marcharse a su casa al momento.

—Sí, al momento... ¿Registrarán mi casa esos bandidos?

—Quizá. Señora, estamos en un día nefasto —dijo don Inocencio con solemne y conmovido acento—. ¡Dios se apiade de nosotros!

—En mi casa tengo media docena de hombres muy bien armados —repuso la dama, vivamente alterada—. ¡Qué iniquidad! ¿Serán capaces de querer llevárselos también?...

—De seguro el señor Pinzón no se habrá descuidado en denunciarlos. Señora, repito que estamos en un día nefasto. Pero Dios amparará la inocencia.

—Me voy. No deje usted de pasar por allá.

—Señora, en cuanto despache la clase... y me figuro que con la alarma que hay en el pueblo, todos los chicos harán novillos hoy; pero haya o no clase, iré después por allá... No quiero que salga usted sola, señora. Andan por las calles esos zánganos de soldados con unos humos... ¡Jacinto, Jacinto!

—No es preciso. Me marcharé sola.

—Que vaya Jacinto —dijo la madre de éste—. Ya debe estar levantado.

Sintiéronse los precipitados pasos del doctorcillo, que bajaba a toda prisa la escalera del piso alto. Venía con el rostro encendido, fatigado el aliento.

—¿Qué hay? —le preguntó su tío.

—En casa de las Troyas —dijo el jovenzuelo—, en casa de esas..., pues...

—Acaba de una vez.

—Está *Caballuco*.

—¿Allá arriba?... ¿En casa de las Troyas?

—Sí, señor... Me habló desde el terrado; me ha dicho que está temiendo que le vayan a coger allí.

—¡Oh, qué bestia!... Ese majadero va a dejarse prender —exclamó doña Perfecta, hiriendo el suelo con el inquieto pie.

—Quiere bajar aquí y que le escondamos en casa.

—¿Aquí?

Canónigo y sobrina se miraron.

—¡Que baje! —dijo doña Perfecta con vehemente frase.

—¿Aquí? —repitió don Inocencio poniendo cara de mal humor.

—Aquí —contestó la señora—. No conozco casa donde pueda estar más seguro.

—Puede saltar fácilmente por la ventana de mi cuarto —dijo Jacinto.

—Pues si es indispensable...

—María Remedios —dijo la señora—, si nos cogen a este hombre, todo se ha perdido.

—Tonta y simple soy —repuso la sobrina del canónigo poniéndose la mano en el pecho, y ahogando el suspiro que sin duda iba a salir al público—; pero no le cogerán.

Salió la señora rápidamente, y poco después el centauro se arrellanaba en la butaca donde el señor don Inocencio solía sentarse a escribir sus sermones.

No sabemos cómo llegó a oídos del brigadier Batalla; pero es indudable que este diligente militar tenía noticia de que los orbajosenses habían variado de intenciones, y en la mañana de aquel día dispuso la prisión de los que en nuestro rico lenguaje insurreccional solemos llamar *caracterizados*. Salvóse por milagro el gran *Caballuco*, refugiándose en casa de las Troyas; pero no creyéndose allí seguro, bajó, como se ha dicho, a la santa y no sospechosa mansión del buen canónigo.

Ocupando diversos puntos del pueblo, la tropa ejercía de noche la mayor vigilancia con los que entraban y salían; pero Ramos logró evadirse, burlando, o quizá sin burlar, las precauciones militares. Esto acabó de encender los ánimos, y multitud de gente se conjuraba en los caseríos cercanos a Villahorrenda, juntándose de noche para dispersarse de día y preparar así el arduo negocio de su levantamiento. Ramos recorrió las cercanías allegando gente y armas, y como las columnas volantes andaban tras los Aceros en tierra de Villajuán de Nahara, nuestro héroe caballeresco adelantó mucho en poco tiempo.

Por las noches arriesgábase con audacia suma a entrar en Orbajosa, valiéndose de medios de astucia o tal vez de sobornos. Su popularidad y la protección que recibía dentro del pueblo, servíanle hasta cierto punto de salvaguardia, y no será aventurado decir que la tropa no desplegaba ante aquel osado campeón el mismo rigor que ante los hombres insignificantes de la localidad. En España, y principalmente en tiempo de guerras, que son siempre aquí desmoralizadoras, suelen verse esas condescendencias infames con los grandes, mientras se persigue sin piedad a los pequeños. Valido, pues, de su audacia, del soborno, o no sabemos de qué, *Caballuco* entraba en Orbajosa, reclutaba más gente, reunía armas y acopiaba dinero. Para mayor seguridad de su persona, o para cubrir el expediente, no ponía los pies en su casa; apenas entraba en la de doña Perfecta para tratar de asuntos importantes, y solía cenar en casa de éste o del otro amigo, prefiriendo siempre la respetada vivienda de algún sacerdote, y principalmente la de don Inocencio, donde recibiera asilo en la mañana funesta de las prisiones.

En tanto, Batalla había telegrafiado al Gobierno diciéndole que, descubierta una conspiración facciosa, estaban presos sus autores, y los pocos que lograron escapar andaban dispersos y fugitivos, *activamente perseguidos por nuestras columnas*.

XXVI

MARÍA REMEDIOS

Nada más entretenido que buscar el origen de los sucesos interesantes que nos asombran o perturban, ni nada más grato que encontrarlos. Cuando vemos arrebatadas pasiones en lucha encubierta o manifiesta, y llevados del natural impulso inductivo que acompaña siempre a la observación humana, logramos descubrir la oculta fuente de donde aquel revuelto río ha traído sus aguas, sentimos un gozo muy parecido al de los geógrafos y buscadores de tierras.

Este gozo nos lo ha concedido Dios ahora, porque explorando los escondrijos de los corazones que laten en esta historia, hemos descubierto un hecho que seguramente es el engendrador de los hechos más importantes que aquí se narran: una pasión, que es la primera gota de agua de esta alborotada corriente cuya marcha estamos observando.

Continuemos, pues, la narración. Para ello dejemos a la señora de Polentinos, sin cuidarnos de lo que pudo ocurrirle en la mañana de su diálogo con María Remedios. Penetra llena de zozobra en su vivienda, donde se ve obligada a soportar las excusas y cortesanías del señor Pinzón, quien asegura que mientras él existiera, la casa de la señora no sería registrada. Le responde doña Perfecta de un modo altanero, sin dignarse fijar en él los ojos, por cuya razón él pide urbanamente explicaciones de tal desvío, a lo cual ella contesta rogando al señor Pinzón abandone su casa, sin perjuicio de dar oportunamente cuenta de su alevosa conducta dentro de ella. Llega don Cayetano y se cruzan palabras de caballero a caballero; pero como ahora nos interesa más otro asunto, dejemos a los Polentinos y al teniente coronel que se las compongan como puedan, y pasemos a examinar los manantiales históricos arriba mencionados.

Fijemos la atención en María Remedios, mujer estimable, a la cual es urgente consagrar algunas líneas. Era una señora, una verdadera señora, pues a pesar de su origen humildísimo, las virtudes de su tío carnal el señor don Inocencio, también de bajo origen, mas sublimado por el Sacramento, así como por su saber y respetabilidad, habían derramado extraordinario esplendor sobre toda la familia.

El amor de Remedios a Jacinto era una de las más vehementes pasiones que en el corazón maternal pueden caber. Le amaba con delirio; ponía el bienestar de su hijo sobre todas las cosas humanas; creíale el más perfecto tipo de la belleza y del talento creados por Dios, y diera por verle feliz y poderoso todos los días de su vida y aun parte de la eterna gloria. El sentimiento materno es el único que, por lo muy santo y noble, admite la exageración; el único que no se bastardea con el delirio. Sin embargo, ocurre un fenómeno singular que no deja de ser común en la vida, y es que si esta exaltación del afecto maternal no coincide con la absoluta pureza del corazón y con la honradez perfecta, suele extraviarse y convertirse en frenesí lamentable, que puede contribuir, como otra cualquiera pasión desbordada, a grandes faltas y catástrofes.

En Orbajosa, María Remedios pasaba por un modelo de virtud y de sobrinas; quizá lo era en efecto. Servía cariñosamente a cuantos la necesitaban; jamás dio motivo a hablillas y murmuraciones de mal género; jamás se mezcló en intrigas. Era piadosa, no sin dejarse llevar a extremos de mojigatería chocantes; practicaba la caridad; gobernaba la casa de su tío con habilidad suprema; era bien recibida, admirada y obsequiada en todas partes, a pesar del sofoco que producía su continuo afán de suspirar y expresarse siempre en tono quejumbroso.

Pero en casa de doña Perfecta, aquella excelente señora sufría una especie de *capitis diminutio*. En tiempos remotos y muy aciagos para la familia del buen penitenciario, María Remedios (si es verdad, ¿por qué no se ha de decir?) había sido lavandera en la casa de Polentinos. Y no se crea por esto que doña Perfecta la miraba con altanería; nada de eso: tratábala sin orgullo; hacia ella sentía cariño fraternal; comían juntas; rezaban juntas; referíanse sus cuitas; ayudábanse mutuamente en sus caridades y en sus devociones, así como en los negocios de la casa... pero ¡fuerza es decirlo! siempre había algo, siempre había una raya invisible, pero infranqueable, entre la señora improvisada y la señora antigua. Doña Perfecta tuteaba a María, y ésta jamás pudo prescindir de ciertas fórmulas. Sentíase tan pequeña la sobrina de don Inocencio en presencia de la amiga de éste, que su humildad nativa tomaba un tinte extraño de tristeza. Veía que el buen canónigo era en la casa una especie de consejero áulico inamovible; veía a su idolatrado Jacintillo en familiaridad casi amorosa con la señorita, y sin embargo, la pobre madre y sobrina frecuentaban la casa lo menos posible. Conviene indicar que María Remedios se deseñoraba bastante (pase la palabra) junto a doña Perfecta, y esto le era desagradable, porque también en aquel espíritu suspirón había, como en todo lo que vive, un poco de orgullo... ¡Ver a su hijo casado con Rosarito; verle rico y poderoso; verle emparentado con doña Perfecta, con la señora!... ¡Ay! esto era para María Remedios la tierra y el cielo, esta vida y la otra, el presente y el más allá, la totalidad suprema de la existencia. Años hacía que su pensamiento y su corazón se llenaban de aquella dulce luz de esperanza. Por esto era buena y mala; por esto era religiosa y humilde, o terrible y osada; por esto era todo cuanto hay que ser, porque sin tal idea, María, verdadera encarnación de su proyecto, no existiría.

En su físico, María Remedios no podía ser más insignificante. Distinguíase por una lozanía sorprendente que aminoraba en apariencia el valor numérico de sus años, y vestía siempre de luto, a pesar de que su viudez era ya cuenta muy larga.

Habían pasado cinco días desde la entrada de *Caballuco* en casa del señor penitenciario. Principiaba la noche. Remedios entró con la lámpara encendida en el cuarto de su tío, y después de dejarla sobre la mesa se sentó frente al anciano, que desde media tarde permanecía inmóvil y meditabundo en su sillón, cual si le hubieran clavado en él. Sus dedos sostenían la barba, arrugando la morena piel, no rapada en tres días.

—¿Vendrá *Caballuco* a cenar aquí esta noche? —preguntó a su sobrina.

—Sí, señor, vendrá. En estas casas respetables es donde el pobrecito está más seguro.

—Pues yo no las tengo todas conmigo, a pesar de la respetabilidad de mi domicilio —repuso el penitenciario—. ¡Cómo se expone el valiente Ramos!... Y me han dicho que en Villahorrenda y su campiña hay mucha gente..., qué sé yo cuánta gente... ¿Qué has oído tú?

—Que la tropa está haciendo barbaridades...

—¡Es milagro que esos caribes no hayan registrado mi casa! Te juro que si veo entrar uno de los de pantalón encarnado, me caigo sin habla.

—¡Buenos, buenos estamos! —dijo Remedios, echando en un suspiro la mitad de su alma—. No puedo apartar de mi mente la tribulación en que se encuentra la señora doña Perfecta... ¡Ay, tío! Debe usted ir allá.

—¿Allá esta noche?... Andan las tropas por las calles. Figúrate que a un soldado se le antoja... La señora está bien defendida. El otro día registraron la casa y se llevaron los seis hombres armados que allí tenía; pero después se los han devuelto. Nosotros no tenemos quien nos defienda en caso de un atropello.

—Yo he mandado a Jacinto allá para que acompañe un ratito a la señora. Si *Caballuco* viene, le diremos que vaya también... Nadie me quita de la cabeza que alguna gran fechoría preparan esos pillos contra nuestra amiga. ¡Pobre señora, pobre Rosarito!... Cuando uno piensa que esto podía haberse evitado con lo que propuse a doña Perfecta hace dos días...

—Querida sobrina —dijo flemáticamente el penitenciario—, hemos hecho todo cuanto en lo humano cabía para realizar nuestro santo propósito... Ya no se puede más. Hemos fracasado, Remedios. Convéncete de ello, y no seas terca: Rosarito no puede ser la mujer de nuestro idolatrado Jacintillo. Tu sueño dorado, tu ideal dichoso, que un tiempo nos pareció realizable, y al cual consagré yo las fuerzas todas de mi entendimiento, como buen tío, se ha trocado ya en una quimera, se ha disipado como el humo. Entorpecimientos graves, la maldad de un hombre, la pasión indudable de la niña y otras cosas que callo, han vuelto las cosas del revés. Ibamos venciendo, y de pronto somos vencidos. ¡Ay, sobrina mía! Convéncete de una cosa. Hoy por hoy, Jacinto merece mucho más que esa niña loca.

—Caprichos y terquedades —repuso María con displicencia bastante irrespetuosa—. ¡Vaya con lo que sale usted ahora, tío! Pues las grandes cabezas están luciendo... Doña Perfecta con sus sublimidades, y usted con sus cavilaciones, sirven para cualquier cosa. Es lástima que Dios me haya hecho a mí tan tonta, y dádome este entendimiento de ladrillo y argamasa, como dice la señora, porque si así no fuera, yo resolvería la cuestión.

—¿Tú?

—Si ella y usted me hubieran dejado, resuelta estaría ya.

—¿Con los palos?

—No asustarse ni abrir tantos los ojos, porque no se trata de matar a nadie... ¡vaya!

—Eso de los palos —dijo el canónigo sonriendo—, es como el rascar..., ya sabes.

—¡Bah!..., diga usted también que soy cruel y sanguinaria... Me falta valor para matar un gusanito, bien lo sabe usted... Ya se comprende que no había yo de querer la muerte de un hombre.

—En resumen, hija mía, por más vueltas que le des, el señor don Pepe Rey se lleva a la niña. Ya no es posible evitarlo. El está dispuesto a emplear todos los medios, incluso la deshonra. Si la Rosarito... ¡cómo nos engañaba con aquella carita circunspecta y aquellos ojos celestiales! ¿eh?... si la Rosarito, digo, no le quisiera... vamos... todo podría arreglarse; pero ¡ay! le ama como ama el pecador al demonio, está abrasada en criminal fuego; cayó, sobrina mía, cayó en la infernal trampa libidinosa. Seamos honrados y justos; apartemos la vista de la innoble pareja, y no pensemos más en el uno ni en la otra.

—Usted no entiende de mujeres, tío —dijo Remedios con lisonjera hipocresía—; usted es un santo varón; usted no comprende que lo de Rosarito no es más que un caprichillo de esos que pasan, de esos que se curan con un par de refregones en los morros o media docena de azotes.

—Sobrina —dijo don Inocencio grave y sentenciosamente—, cuando han pasado cosas mayores, los caprichillos no se llaman caprichillos, sino de otra manera.

—Tío, usted no sabe lo que dice —repuso la sobrina, cuyo rostro se inflamó súbitamente—. Pues qué, ¿será usted capaz de suponer que Rosarito...? ¡Qué atrocidad! Yo la defiendo, sí, la defiendo... Es pura como un ángel... Vamos, tío, con esas cosas se me suben los colores a la cara y me pone usted soberbia.

Al decir esto, el semblante del buen clérigo se cubría de una sombra de tristeza, que en apariencia le envejecía diez años.

—Querida Remedios —añadió—, hemos hecho todo lo humanamente posible y todo lo que en conciencia podía y debía hacerse. Nada más natural que nuestro deseo de ver a Jacintillo emparentado con esa gran familia, la primera de Orbajosa; nada más natural que nuestro deseo de verle dueño de las siete casas del pueblo, de la dehesa de Mundogrande, de las tres huertas del cortijo de Arriba, de la Encomienda y demás predios urbanos y rústicos que posee esa niña. Tu hijo vale mucho, bien lo saben todos. Rosarito gustaba de él y él de Rosarito. Parecía cosa hecha: la misma señora, sin entusiasmarse mucho, a causa sin duda de nuestro origen, parecía bien dispuesta a ello, a causa de lo mucho que me estima y venera, como confesor y amigo... Pero de repente se presenta ese malhadado joven. La señora me dice que tiene un compromiso con su hermano y que no se atreve a rechazar la proposición por éste hecha. ¡Conflicto grave! Pero ¿qué hago yo en vista de esto? ¡Ay! no lo sabes tú bien. Yo te soy franco: si hubiera visto en el señor Rey un hombre de buenos principios, capaz de hacer feliz a Rosarito, no habría intervenido en el asunto; pero el tal joven me pareció una calamidad, y como director espiritual de la casa debía tomar cartas en el asunto, y las tomé. Ya sabes que le puse la proa, como vulgarmente se dice. Desenmascaré sus vicios; descubrí su ateísmo; puse a la vista de todo el mundo la podredumbre de aquel corazón materializado, y la señora se convenció de que entregaba a su hija al vicio... ¡Ay! qué afanes pasé. La señora vacilaba; yo fortalecía su ánimo indeciso; aconsejábale los medios lícitos que debía emplear contra el sobrinejo para alejarle sin escándalo; sugeríale ideas ingeniosas; y como ella me mostraba a menudo su pura conciencia llena de alarmas, yo la tranquilizaba demarcando hasta qué punto eran lícitas las batallas que librábamos contra aquel fiero enemi-

go. Jamás aconsejé medios violentos ni sanguinarios, ni atrocidades de mal género, sino sutiles trazas que no contenían pecado. Estoy tranquilo, querida sobrina. Pero bien sabes tú que he luchado, que he trabajado como un negro. ¡Ay! cuando volvía a casa por las noches y decía: "Mariquilla, vamos bien, vamos muy bien" tú te volvías loca de conento y me besabas las manos cien veces, y decías que yo era el hombre mejor del mundo. ¿Por qué te enfureces ahora, desfigurando tu noble carácter y pacífica condición? ¿Por qué me riñes? ¿Por qué dices que estás soberbia, y me llamas en buenas palabras *Juan Lanas?*

—Porque usted —dijo la mujer sin cejar en su irritación— se ha acobardado de repente.

—Es que todo se nos vuelve en contra, mujer. El maldito ingeniero, favorecido por la tropa, está resuelto a todo. La chiquilla le ama; la chiquilla... no quiero decir más. No puede ser, te digo que no puede ser.

—¡La tropa! Pero usted cree, como doña Perfecta, que va a haber una guerra, y que para echar de aquí a don Pepe se necesita que media nación se levante contra la otra media... La señora se ha vuelto loca, y usted allá se le va.

—Creo lo mismo que ella. Dada la intimidad de Rey con los militares, la cuestión personal se agranda... Pero ¡ay! sobrina mía, si hace dos días tuve esperanzas de que nuestros valientes echaran de aquí a puntapiés a la tropa, desde que he visto el giro que han tomado las cosas; desde que he visto que la mayor parte son sorprendidos antes de pelear, y que *Caballuco* se esconde y que esto se lo lleva la trampa, desconfío de todo. Los buenos principios no tienen aún bastante fuerza material para hacer pedazos a los ministros y emisarios del error... ¡Ay!, sobrina mía, resignación, resignación.

Apropiándose entonces don Inocencio del medio de expresión que caracterizaba a su sobrina, suspiró dos o tres veces ruidosamente. María, contra todo lo que podía esperarse, guardó profundo silencio. No había en ella, al menos aparentemente, ni cólera, ni tampoco el sentimentalismo superficial de su ordinaria vida; no había sino una aflicción profunda y modesta. Poco después de que el buen tío concluyera su perorata, dos lágrimas rodaron por las sonrosadas mejillas de la sobrina; no tardaron en oírse algunos sollozos mal comprimidos, y poco a poco, así como van creciendo en ruido y forma la hinchazón y tumulto de un mar que empieza a alborotarse, así fue encrespándose aquel oleaje del dolor de María Remedios, hasta que rompió en deshecho llanto.

XXVII

EL TORMENTO DE UN CANÓNIGO

—¡Resignación, resignación! —volvió a decir don Inocencio.

—¡Resignación, resignación! —repitió ella, enjugando sus lágrimas—. Puesto que mi querido hijo ha de ser siempre un pelagatos, séalo en buena hora. Los pleitos escasean; bien pronto llegará el día en que lo mismo será la abogacía que nada. ¿De qué vale el talento? ¿De qué valen tanto estudio y romperse la cabeza? ¡Ay! somos pobres. Llegará un día, señor don Inocencio, en que mi pobre hijo no tendrá una almohada sobre que reclinar la cabeza.

—¡Mujer!

—¡Hombre...! Y si no, dígame: ¿qué herencia piensa usted dejarle cuando cierre el ojo? Cuatro cuartos, seis librucos, miseria y nada más... Van a venir unos tiempos... ¡qué tiempos, señor tío...! Mi pobre hijo, que se está poniendo muy delicado de salud, no podrá trabajar... Ya se le marea la cabeza desde que lee un libro, ya le dan bascas y jaqueca siempre que estudia de noche... Tendrá que mendigar un destinejo; tendré yo que ponerme a la costura, y quién sabe, quién sabe..., como no tengamos que pedir limosna.

—¡Mujer!

—Bien sé lo que digo... Buenos tiempos van a venir —añadió la excelente mujer, forzando más el sonsonete llorón con que hablaba—. ¡Dios mío! ¿Qué va a ser de nosotros? ¡Ah! Sólo el corazón de una madre siente estas cosas... Sólo las madres son capaces de sufrir tantas penas por el bienestar de un hijo. Usted ¿cómo ha de comprender? No: una cosa es tener hijos y pasar amarguras por ellos, y otra cosa es cantar el *gori gori* en la catedral y enseñar latín en el Instituto... Vea usted de qué le vale a mi hijo el ser sobrino de usted y el haber sacado tantas notas de sobresaliente, y ser el primor y la gala de Orbajosa... Se morirá de hambre, porque ya sabemos lo que da la abogacía; o tendrá que pedir a los diputados un destino en La Habana, donde le matará la fiebre amarilla...

—¡Pero, mujer...!

—No, si no me apuro; si ya callo, si no le molesto a usted más. Soy muy impertinente, muy llorona, muy suspirosa, y no se me puede aguantar, porque soy madre cariñosa y miro por el bien de mi amado hijo. Yo me moriré, sí, señor; me moriré en silencio y ahogaré mi dolor; me beberé mis lágrimas para no mortificar al señor canónigo... Pero mi idolatrado hijo me comprenderá, y no se tapará los oídos, como usted hace en este momento... ¡ay de mí! El pobre Jacinto sabe que me dejaría matar por él, y que le proporcionaría la felicidad a costa de mi vida. ¡Pobrecito niño de mis entrañas! Tener tanto mérito, y vivir condenado a un pasar mediano, a una condición humilde; porque no, señor tío, no se ensoberbezca usted... Por más que echemos humos, siempre será usted el hijo del tío Tinieblas, el sacristán de San Bernardo... y yo no seré nunca más que la hija de Ildefonso Tinieblas, su hermano de usted, el que vendía pucheros, y mi hijo será el nieto de los Tinieblas... que tenemos un tenebrario en nuestra casta, y nunca saldremos de la oscuridad, ni poseeremos un pedazo de terruño donde decir "esto es mío", ni trasquilaremos una oveja propia, ni ordeñaremos jamás una cabra nuestra, ni meteré mis manos hasta el codo en un saco de trigo trillado y aventado en nuestras eras... todo esto a causa de su poco ánimo de usted, de su bobería y corazón amerengado...

—¡Pero... pero, mujer!

Subía más de tono el canónigo cada vez que repetía esta frase, y puestas las manos en los oídos, sacudía a un lado y otro la cabeza con doloroso ademán de desesperación. La chillona cantilena de María Remedios era cada vez más aguda, y penetraba en el cerebro del infeliz y ya aturdido clérigo como una saeta. Pero de repente transformóse el rostro de aquella mujer; mudáronse los plañideros sollozos en una voz bronca y dura; palideció su rostro; temblaron sus labios; cerráronse sus puños; cayéronle sobre la frente algunas guedejas del desordenado cabello; secáronse por completo sus ojos al calor de la ira que bramaba en su pecho; levantóse del asiento, y no como una mujer, sino como una arpía, gritó de este modo:

—¡Yo me voy de aquí, yo me voy con mi hijo!... Nos iremos a Madrid; no quiero que mi hijo se pudra en este poblachón. Estoy cansada de ver que mi Jacinto, al amparo de la sotana, no es ni será nunca nada. ¿Lo oye usted, señor tío? ¡Mi hijo y yo nos vamos! Usted no nos verá nunca más; pero nunca más.

Don Inocencio había cruzado las manos y recibía los furibundos rayos de su sobrina con la consternación de un reo a quien la presencia del verdugo quita ya toda esperanza.

—Por Dios, Remedios —murmuró con voz dolorida—; por la Virgen Santísima...

Aquellas crisis y horribles erupcio-

nes del manso carácter de la sobrina eran tan fuertes como raras, y se pasaban a veces cinco o seis años sin que don Inocencio viera a Remedios convertirse en una furia.

—¡Soy madre!... ¡Soy madre!... y puesto que nadie mira por mi hijo, miraré yo, yo misma —rugió la improvisada leona.

—Por María Santísima, no te arrebates... Mira que estás pecando... Recemos un Padrenuestro y un Ave María, y verás cómo se te pasa eso.

Diciendo esto, el penitenciario temblaba y sudaba. ¡Pobre pollo en las garras del buitre! La mujer transformada acabó de estrujarle con estas palabras:

—Usted no sirve para nada; usted es un mandria... Mi hijo y yo nos marcharemos de aquí para siempre, para siempre. Yo le conseguiré una posición a mi hijo, yo le buscaré una buena conveniencia, ¿entiende usted? Así como estoy dispuesta a barrer las calles con la lengua, si de este modo fuera preciso ganarle la comida, así también revolveré la tierra para buscar una posición a mi hijo, para que suba, y sea rico, y personaje y caballero, y propietario, y señor, y grande, y todo cuanto hay que ser, todo, todo.

—¡Dios me favorezca! —exclamó don Inocencio dejándose caer en el sillón e inclinando la cabeza sobre el pecho.

Hubo una pausa, durante la cual se oía el agitado resuello de la mujer furiosa.

—Mujer —dijo al fin don Inocencio—, me has quitado diez años de vida, me has abrasado la sangre, me has vuelto loco... ¡Dios me dé la serenidad que para aguantarte necesito! Señor, paciencia, paciencia es lo que quiero; y tú, sobrina, hazme el favor de llorar y lagrimear y estar suspirando a moco y baba diez años, pues tu maldita maña de los pucheros, que tanto me enfada, es preferible a esas locas iras. ¡Si no supiera que en el fondo eres buena...! Vaya, que para haber confesado y recibido a Dios esta mañana, te estás portando.

—Sí, pero es por usted, por usted.

—¿Porque en el asunto de Rosario y de Jacinto te digo "resignación"?

—Porque cuando todo marcha bien, usted se vuelve atrás y permite que el señor Rey se apodere de Rosarito.

—¿Y cómo lo voy a evitar? Bien dice la señora que tienes entendimiento de ladrillo. ¿Quieres que salga por ahí con una espada, y en un quítame allá estas pajas haga picadillo a toda la tropa, y después me encare con Rey y le diga: "O usted me deja en paz a la niña o le corto el pescuezo"?

—No; pero cuando aconsejé a la señora que diera un susto a su sobrino, usted se ha opuesto, en vez de aconsejarle lo mismo que yo.

—Tú estás loca con eso del susto.

—Porque "muerto el perro, se acabó la rabia".

—Yo no puedo aconsejar eso que llamas susto y que puede ser una cosa tremenda.

—Sí, porque soy una matona, ¿no es verdad, tío?

—Ya sabes que los juegos de manos son juegos de villanos. Además, ¿crees que ese hombre se dejará asustar? ¿Y sus amigos?

—De noche sale solo.

—¿Tú qué sabes?

—Lo sé todo, y no da un paso sin que yo me entere, ¿estamos? La viuda de Cuzco me tiene muy al corriente.

—Vamos, no me vuelvas loco. ¿Y quién le va a dar ese susto...? Sepámoslo.

—Caballuco.

—¿De modo que él está dispuesto...?

—No, pero lo estará si usted se lo manda.

—Vamos, mujer, déjame en paz. Yo no puedo mandar tal atrocidad. ¡Un susto! ¿Y qué es eso? ¿Tú le has hablado ya?

—Sí, señor; pero no me ha hecho caso, mejor dicho, se niega a ello. En Orbajosa no hay más que dos personas que puedan decidirlo con una simple orden: usted o doña Perfecta.

—Pues que se lo mande la señora, si quiere. Jamás aconsejaré que se empleen medios violentos y brutales. ¿Querrás creer que cuando Caballuco y algunos de los suyos estaban tratando de levantarse en armas, no pudieron sacarme una sola palabra incitándoles a derramar sangre? No, eso no... si doña Perfecta quiere hacerlo...

—Tampoco quiere. Esta tarde he estado hablando con ella dos horas, y dice que predicará la guerra favoreciéndola por todos los medios; pero que no mandará a un hombre que hiera por la espalda a otro. Tendría razón en oponerse si se tratara de cosa mayor... pero yo no quiero que haya heridas; yo no quiero más que un susto.

—Pues si doña Perfecta no se atreve a ordenar que se den sustos al ingeniero, yo tampoco, ¿entiendes? Antes que nada es mi conciencia.

—Bueno —repuso la sobrina—. Dígale usted a Caballuco que me acompañe esta noche... no le diga usted más que eso.

—¿Vas a salir tarde?

—Voy a salir, sí, señor. Pues qué, ¿no salí también anoche?

—¿Anoche? No lo supe; si lo hubiera sabido, me habría enfadado, sí, señora.

—No le diga usted a Caballuco sino lo siguiente: "Querido Ramos le estimaré mucho que acompañe a mi sobrina a cierta diligencia que tiene que hacer esta noche, y que la defienda si acaso se ve en algún peligro."

—Eso sí lo puedo hacer. Que te acompañe..., que te defienda. ¡Ah, picarona! tú quieres engañarme, haciéndome cómplice de alguna majadería.

—Ya..., ¿qué cree usted? —dijo irónicamente María Remedios—. Entre Ramos y yo vamos a degollar mucha gente esta noche.

—No bromees. Te repito que no le aconsejaré a Ramos nada que tenga visos de maldad. Me parece que está ahí...

Oyóse ruido en la puerta de la calle. Luego sonó la voz de *Caballuco,* que hablaba con el criado, y poco después el héroe de Orbajosa penetró en la estancia.

—Noticias, vengan noticias, señor Ramos —dijo el clérigo—. Vaya, que si nos da usted alguna esperanza en cambio de la cena y de la hospitalidad... ¿Qué hay en Villahorrenda?

—Alguna cosa —repuso el valentón sentándose con muestras de cansancio—. Pronto se verá si servimos para algo.

Como todas las personas que tienen importancia o quieren dársela, *Caballuco* mostraba gran reserva.

—Esta noche, amigo mío, se llevará usted, si quiere, el dinero que me han dado para...

—Buena falta hace... Como lo huelan los de la tropa no me dejarán pasar —dijo Ramos riendo brutalmente.

—Calle usted, hombre... Ya sabemos que usted pasa siempre que se le antoja. Pues no faltaba más. Los militares son gente de manga ancha... y si se pusieran pesados, con un par de duros, ¿eh? Vamos, veo que no viene usted mal armado... No le falta más que un cañón de a ocho. Pistolitas, ¿eh...? También navaja.

—Por lo que pueda suceder —dijo *Caballuco,* sacando el arma del cinto y mostrando su horrible hoja.

—¡Por Dios y la Virgen! —exclamó María Remedios, cerrando los ojos y apartando con miedo el rostro—. Guarde usted ese chisme. Me horrorizo sólo de verlo.

—Si ustedes no lo llevan a mal —dijo Ramos cerrando el arma—, cenaremos.

María Remedios dispuso todo con precipitación, para que el héroe no se impacientase.

—Oiga usted una cosa, señor Ramos —dijo don Inocencio a su huésped cuando se pusieron a cenar—. ¿Tiene usted muchas ocupaciones esta noche?

—Algo hay que hacer —repuso el bravo—. Esta es la última noche que vengo a Orbajosa, la última. Tengo que recoger algunos muchachos que quedan por aquí, y vamos a ver cómo sacamos el salitre y el azufre que está en casa de Cirujeda.

—Lo decía —añadió bondadosamente el cura, llenando el plato de su amigo—, porque mi sobrina quiere que la acompañe usted un momento. Tiene que hacer no sé qué diligencia, y es algo tarde para ir sola.

—¿A casa de doña Perfecta? —preguntó Ramos—. Allí estuve hace un momento: no quise detenerme.

—¿Cómo está la señora?

—Miedosilla. Esta noche he sacado los seis mozos que tenía en la casa.

—Hombre, ¿crees que no hacen falta allí? —dijo Remedios con zozobra.

—Más falta hacen en Villahorrenda. Entre cuatro paredes se pudre la gente valerosa, ¿no es verdad, señor canónigo?

—Señor Ramos, aquella vivienda no debe estar nunca sola —dijo el penitenciario.

—Con los criados basta y sobra. ¿Pero usted cree, señor don Inocencio, que el brigadier se ocupa de asaltar casas ajenas?

—Sí; pero bien sabe usted que ese ingeniero de tres mil docenas de demonios...

—Para eso... en la casa no faltan escobas —manifestó Cristóbal jovialmente—. ¡Si al fin y al cabo no tendrán más remedio que casarlos...! Después de lo que ha pasado...

—Cristóbal —añadió Remedios súbitamente enojada—, se me figura que no entiendes gran cosa en esto de casar a la gente.

—Dígolo porque esta noche, hace un momento, vi que la señora y la niña estaban haciendo al modo de una reconciliación. Doña Perfecta besuqueaba a Rosarito, y todo era echarse palabrillas tiernas y mimos.

—¡Reconciliación...! Con eso de los armamentos has perdido la chaveta... Pero, en fin, ¿me acompañas o no?

—No es a la casa de la señora donde quiere ir —dijo el clérigo—, sino a la posada de la viuda de Cuzco. Estaba diciendo que no se atreve a ir sola, porque teme ser insultada...

—¿Por quién?

—Bien se comprende. Por ese ingeniero de tres mil o cuatro mil docenas de demonios. Anoche mi sobrina le vio allí y le dijo cuatro frescas, por cuya razón no las tiene todas consigo esta noche. El mocito es vengativo y procaz.

—No sé si podré ir... —indicó Caballuco—: Como ando ahora escondido, no puedo desafiar a don José Poquita Cosa. Si yo no estuviera como estoy, con media cara tapada y la otra media descubierta, ya le habría roto treinta veces el espinazo. ¿Pero qué sucede si caigo sobre él? Que me descubro, caen sobre mí los soldados, y adiós Caballuco. En cuanto a darle un golpe a traición, es cosa que no sé hacer, ni está en mi natural, ni la señora lo consiente tampoco. Para solfas con alevosía no sirve Cristóbal Ramos.

—Pero, hombre, ¿estamos locos...? ¿Qué está usted hablando? —dijo el penitenciario con innegables muestras de asombro—. Ni por pienso le aconsejo yo a usted que maltrate a ese caballero. Antes me dejara cortar la lengua que aconsejar una bellaquería. Los malos caerán, es verdad; pero Dios es quien debe fijar el momento, no yo. No se trata tampoco de dar palos. Antes recibiré yo diez docenas de ellos, que recomendar a un cristiano la administración de tales medicinas. Sólo digo a usted una cosa —añadió mirando al bravo por encima de los espejuelos—, y es que como mi sobrina va allá, como es probable, muy probable, ¿no es eso, Remedios...? que tenga que decir algunas palabritas a ese hombre, recomiendo a usted que no la desampare en caso de que se vea insultada...

—Esta noche tengo que hacer —repuso lacónica y secamente Caballuco.

—Ya lo oyes, Remedios. Deja tu diligencia para mañana.

—Eso sí que no puede ser. Iré sola.

—No, no irás, sobrina mía. Tengamos la fiesta en paz. El señor Ramos no puede acompañarte. Figúrate que eres injuriada por ese hombre grosero...

—¡Insultada... insultada una señora por ese...! —exclamó Caballuco—. Vamos, no puede ser.

—Si usted no tuviera ocupaciones..., ¡bah, bah! ya estaría yo tranquilo.

—Ocupaciones tengo —dijo el centauro levantándose de la mesa—; pero si es empeño de usted...

Hubo una pausa. El penitenciario había cerrado los ojos y meditaba.

—Empeño mío es, señor Ramos —dijo al fin.

—Pues no hay más que hablar. Iremos, señora doña María.

—Ahora, querida sobrina —dijo don Inocencio entre serio y jovial—, puesto que hemos concluido de cenar, tráeme la jofaina.

Dirigió a su sobrina una mirada penetrante; y acompañándolas de la acción correspondiente, profirió estas palabras:

—Yo me lavo las manos.

XXVIII

DE PEPE REY A DON JUAN REY

Orbajosa, 12 de abril.

"Querido padre: Perdóneme usted si por primera vez le desobedezco no saliendo de aquí ni renunciando a mi propósito. El consejo y ruego de usted son propios de un padre bondadoso y honrado: mi terquedad es propia de un hijo insensato; pero en mí pasa una cosa singular: terquedad y honor se han juntado y confundido de tal modo, que la idea de disuadirme y ceder me causa vergüenza. He cambiado mucho. Yo no conocía estos furores que me abrasan. Antes me reía de toda obra violenta, de las exageraciones de los hombres impetuosos, como de las brutalidades de los malvados. Ya nada de esto me asombra, porque en mí mismo encuentro a todas horas cierta capacidad terrible para la perversidad. A usted puedo hablarle como se habla a solas con Dios y con la conciencia; a usted puedo decirle que soy un miserable, porque es un miserable quien carece de aquella poderosa fuerza moral contra sí mismo, que castiga las pasiones y somete la vida al duro régimen de la conciencia. He carecido de la entereza cristiana que contiene el espíritu del hombre ofendido en un hermoso estado de elevación sobre las ofensas que recibe de los enemigos que se las hacen; he tenido la debilidad de abandonarme a una ira loca, poniéndome al bajo nivel de mis detractores, devolviéndoles golpes iguales a los suyos, y tratando de confundirlos por medios aprendidos en su propia indigna escuela. ¡Cuánto siento que no estuviera usted a mi lado para apartarme de este camino! Ya es tarde. Las pasiones no tienen espera. Son impacientes, y piden su presa a gritos y con la convulsión de una espantosa sed moral. He sucumbido. No puedo olvidar lo que tantas veces me ha dicho usted, y es que la ira puede llamarse la peor de las pasiones, porque transformando de improviso nuestro carácter, engendra todas las demás maldades y a todas les presta su infernal llamarada.

"Pero no ha sido sola la ira, sino un fuerte sentimiento expansivo, lo que me ha traído a tal estado: el amor profundo y entrañable que profeso a mi prima, única circunstancia

que me absuelve. Y si el amor no, la compasión me habría impulsado a desafiar el furor y las intrigas de su terrible hermana de usted, porque la pobre Rosario, colocada entre un afecto irresistible y su madre, es hoy uno de los seres más desgraciados que existen sobre la tierra. El amor que me tiene y que corresponde al mío, ¿no me da derecho a abrir como pueda las puertas de su casa, y sacarla de allí, empleando la ley hasta donde la ley alcance, y usando la fuerza desde el punto en que la ley me desampare? Creo que los rigurosos escrúpulos morales de usted no darán una respuesta afirmativa a esta proposición; pero yo he dejado de ser aquel carácter metódico y puro, formado en su conciencia con la exactitud de un tratado científico. Ya no soy aquel a quien una educación casi perfecta dio pasmosa regularidad en sus sentimientos: ahora soy un hombre como otra cualquiera; de un solo paso he entrado en el terreno común de lo injusto y de lo malo. Prepárese usted a oír cualquier barbaridad, que será obra mía. Yo cuidaré de notificar a usted las que vaya cometiendo.

"Pero ni la confesión de mis culpas me quitará la responsabilidad de los sucesos graves que han ocurrido y ocurrirán, ni ésta, por mucho que argumente, recaerá toda entera sobre su hermana de usted. La responsabilidad de doña Perfecta es inmensa, seguramente. ¿Cuál será la extensión de la mía? ¡Ah, querido padre! No crea usted nada de lo que oiga respecto a mí, y aténgase tan sólo a lo que yo le revelo. Si le dicen que he cometido una villanía deliberada, responda que es mentira. Difícil, muy difícil me es juzgarme a mí mismo en el estado de turbación en que me hallo; pero me atrevo a asegurar que no he producido el escándalo deliberadamente. Bien sabe usted adonde puede llegar la pasión, favorecida en su horrible crecimiento invasor por las circunstancias.

"Lo que más amarga mi vida es

haber empleado la ficción, el engaño y bajos disimulos. ¡Yo que era la verdad misma! He perdido mi propia hechura... Pero ¿es esto la perversidad mayor en que puede incurrir el alma? ¿Empiezo ahora o acabo? Nada sé. Si Rosario, con su mano celeste, no me saca de este infierno de mi conciencia, deseo que venga usted a sacarme. Mi prima es un ángel, y padeciendo por mí, me ha enseñado muchas cosas que antes no sabía.

"No extrañe usted la incoherencia de lo que escribo. Diversos sentimientos me inflaman. Me asaltan a ratos ideas dignas verdaderamente de mi alma inmortal; pero a ratos caigo también en desfallecimiento lamentable, y pienso en los hombres débiles y menguados, cuya bajeza me ha pintado usted con vivos colores para que les aborrezca. Tal como hoy me hallo, estoy dispuesto al mal y al bien. Dios tenga piedad de mí. Ya sé lo que es la oración: una súplica grave y reflexiva, tan personal, que no se aviene con fórmulas aprendidas de memoria; una expansión del alma, que se atreve a extenderse hasta buscar su origen; lo contrario del remordimiento, que es una contracción de la misma alma, envolviéndose y ocultándose, con el ridículo empeño de que nadie la vea. Usted me ha enseñado muy buenas cosas; pero ahora estoy en prácticas, como decimos los ingenieros; hago estudios sobre el terreno, y con esto mis conocimientos se ensanchan y fijan... Se me está figurando ahora que no soy tan malo como yo mismo creo. ¿Será así?

"Concluyo esta carta a toda prisa. Tengo que enviarla con unos soldados que van hacia la estación de Villahorrenda, porque no hay que fiarse del correo de esta gente."

*

14 de abril.

"Le divertiría a usted, querido padre, si pudiera hacerle comprender cómo piensa la gente de este poblachón. Ya sabrá usted que casi todo este país se ha levantado en armas. Era cosa prevista, y los políticos se equivocan si creen que todo concluirá en un par de días. La hostilidad contra nosotros y contra el Gobierno la tienen los orbajosenses en su espíritu, formando parte de él como la fe religiosa. Concretándome a la cuestión particular con mi tía, diré a usted una cosa singular: la pobre señora, que tiene el feudalismo en la medula de los huesos, ha imaginado que voy a atacar su casa para robarle a su hija, como los señores de la Edad Media embestían un castillo enemigo para consumar cualquier desafuero. No se ría usted, que es verdad: tales son las ideas de esta gente. Excuso decir a usted que me tiene por un monstruo, por una especie de rey moro herejote, y los militares con quienes hice amistad aquí no le merecen mejor concepto. En la sociedad de doña Perfecta es cosa corriente que la tropa y yo formamos una coalición diabólica y antirreligiosa para quitarle a Orbajosa sus tesoros, su fe y sus muchachas. Me consta que su hermana de usted cree a pie juntillas que yo voy a tomar por asalto su vivienda, y no es dudoso que detrás de la puerta habrá alguna barricada.

"Pero no puede ser de otra manera. Aquí privan las ideas más anticuadas acerca de la sociedad, de la religión, del Estado, de la propiedad. La exaltación religiosa, que les impulsa a emplear la fuerza contra el Gobierno por defender una fe que ataca y que ellos no tienen tampoco, despierta en su ánimo resabios feudales; y como resolverían sus cuestiones por la fuerza bruta y a fuego y sangre, degollando a todo el que como ellos no piense, creen que no hay en el mundo quien emplee otros medios.

"Lejos de intentar yo quijotadas en la casa de esa señora, he procurado evitarle algunas molestias, de que no se libraron los demás vecinos. Por mi amistad con el brigadier no le han obligado a presentar, como se mandó, una lista de tolos los hombres de su servidumbre que se han marchado con la facción; y si se le registró la casa, me consta que fue por fórmula; y si le desarmaron los seis hombres que allí tenía, después ha puesto otros tantos y nada se le ha hecho. Vea usted a lo que está reducida mi hostilidad a la señora.

"Verdad es que yo tengo el apoyo de los jefes militares; pero lo utilizo tan sólo para no ser insultado o maltratado por esta gente implacable. Mis probabilidades de éxito consisten en que las autoridades recientemente puestas por el jefe militar son todas amigas. Tomo de ellas mi fuerza moral, e intimido a los contrarios. No sé si me veré en el caso de cometer alguna acción violenta; pero no se asuste usted, que el asalto y toma de la casa es una ridícula preocupación feudal de su hermana de usted. La casualidad me ha puesto en situación ventajosa. La ira, la pasión que arde en mí, me impulsarán a aprovecharla. No sé hasta dónde iré."

*

17 de abril.

"La carta de usted me ha dado un gran consuelo. Sí: puedo conseguir mi objeto, usando tan sólo los recursos de la ley, de indudable eficacia. He consultado a las autoridades de aquí, y todas me confirman en lo que usted me indica. Estoy contento. Ya que he inculcado en el ánimo de mi prima la idea de la desobediencia, que sea al menos al amparo de las leyes sociales. Haré lo que usted me manda, es decir, renunciaré a la colaboración un tanto incorrecta del amigo Pinzón; destruiré la solidaridad aterradora que establecí con los militares; dejaré de envanecerme con el poder de ellos; pondré fin a las aventuras, y en el momento oportuno procederé con calma, prudencia y toda la benignidad posible. Mejor es así. Mi coalición, mitad seria, mitad burlesca, con el ejército, ha tenido por objeto ponerme al amparo de las brutalidades de los orbajosenses y de los criados y deudos de mi tía. Por lo demás, siempre he rechazado la idea de lo que llamamos <i>intervención armada</i>.

"El amigo que me favorecía ha tenido que salir de la casa; pero no estoy en completa incomunicación con mi prima. La pobrecita demuestra un valor heroico en medio de sus penas, y me obedecerá ciegamente.

"Viva usted sin cuidado respecto a mi seguridad personal. Por mi parte, nada temo y estoy muy tranquilo.

*

20 de abril.

"Hoy no puedo escribir más que dos líneas. Tengo mucho que hacer. Todo concluirá dentro de unos días. No me escriba usted más a este lugarón. Pronto tendrá el gusto de abrazarle su hijo

PEPE."

XXIX

DE PEPE REY A ROSARIO POLENTINOS

"Dale a Estebanillo la llave de la huerta, y encárgale que cuide del perro. El muchacho está vendido a mí en cuerpo y alma. No temas nada. Sentiré mucho que no puedas bajar, como la otra noche. Haz todo lo posible por conseguirlo. Yo estaré allí después de media noche. Te diré lo que he resuelto y lo que debes hacer. Tranquilízate, niña mía, porque he abandonado todo recurso imprudente y brutal. Ya te contaré. Esto es largo y debe ser hablado. Me parece que veo tu susto y congoja al considerarme tan cerca de ti. Pero hace ocho días que no nos hemos visto. He jurado que esta ausencia de ti concluirá pronto, y concluirá. El corazón me dice que te veré. Maldito sea yo si no te veo."

XXX

EL OJEO

Una mujer y un hombre penetraron después de las diez en la posada de la viuda de Cuzco, y salieron de ella dadas las once y media.

—Ahora, señora doña María —dijo el hombre—, la llevaré a usted a su casa, porque tengo que hacer.

—Aguárdate, Ramos, por amor de Dios —repuso ella—: ¿Por qué no nos llegamos al Casino a ver si sale? Ya has oído... Esta tarde estuvo hablando con él Estebanillo, el chico de la huerta.

—¿Pero usted busca a don José? —preguntó el centauro de muy mal humor—. ¿Qué nos importa? El noviazgo con doña Rosario paró donde debía parar, y ahora no tiene la señora más remedio que casarlos. Esa es mi opinión.

—Eres un animal —dijo Remedios con enfado.

—Señora, yo me voy.

—Pues qué, hombre grosero, ¿me vas a dejar sola en medio de la calle?

—Si usted no se va pronto a su casa, sí, señora.

—Eso es... me dejas sola, expuesta a ser insultada... Oye, Ramos. Don José saldrá ahora del Casino, como de costumbre. Quiero saber si entra en su casa o sigue adelante. Es un capricho, nada más que un capricho.

—Yo lo que sé es que tengo que hacer, y van a dar las doce.

—Silencio —dijo Remedios—: ocultémonos detrás de la esquina... Un hombre viene por la calle de la Tripería Alta. Es él.

—Don José... Le conozco en el modo de andar.

Se ocultaron, y el hombre pasó.

—Sigámosle —dijo María Remedios con zozobra—, sigámosle a corta distancia, Ramos.

—Señora...

—Nada más sino hasta ver si entra en su casa.

—Un minutillo nada más, doña Remedios. Después me marcharé.

Anduvieron como treinta pasos a regular distancia del hombre que observaban. La sobrina del penitenciario se detuvo al fin, y pronunció estas palabras:

—No entra en su casa.

—Irá a casa del brigadier.

—El brigadier vive hacia arriba, y don Pepe va hacia abajo, hacia la casa de la señora.

—¡De la señora! —exclamó *Caballuco* andando a prisa.

Pero se engañaban: el espiado pasó por delante de la casa de Polentinos, y siguió adelante.

—¿Ve usted cómo no?

—Cristóbal, sigámosle —dijo Remedios oprimiendo convulsamente la mano del centauro—. Tengo una corazonada.

—Pronto hemos de saberlo, porque el pueblo se acaba.

—No vayamos tan de prisa... Puede vernos... Lo que yo pensé, señor Ramos: va a entrar por la puerta condenada de la huerta.

—¡Señora, usted se ha vuelto loca!

—Adelante, y lo veremos.

La noche era oscura, y no pudieron los observadores precisar dónde había entrado el señor de Rey; pero cierto ruido de bisagras mohosas que oyeron, y la circunstancia de no encontrar al joven en todo lo largo de la tapia, les convencieron de que se había metido dentro de la huerta. *Caballuco* miró a su interlocutora con estupor. Parecía lelo.

—¿En qué piensas?... ¿Todavía dudas?

—¿Qué debo hacer? —preguntó el bravo lleno de confusión—. ¿Le daremos un susto...? No sé lo que pensará la señora. Dígolo, porque esta noche estuve a verla, y me pareció que la madre y la hija se reconciliaban.

—No seas bruto... ¿Por qué no entras?

—Ahora me acuerdo de que los mozos armados ya no están ahí, porque yo les mandé salir esta noche.

—Y aún duda este marmolejo lo que ha de hacer. Ramos, no seas cobarde y entra en la huerta.

—¿Por dónde si han cerrado la puertecilla?

—Salta por encima de la tapia... ¡Qué pelmazo! Si yo fuera hombre...

—Pues arriba... Aquí hay unos ladrillos gastados por donde suben los chicos a robar fruta.

—Arriba pronto. Yo voy a llamar a la puerta principal para que despierte la señora, si es que duerme.

El centauro subió, no sin dificultad. Montó a caballo breve instante sobre el muro, y a poco desapareció entre la negra espesura de los árboles. María Remedios corrió desalada hacia la calle del Condestable, y cogiendo el aldabón de la puerta principal, llamó... llamó tres veces con toda el alma y la vida.

XXXI

DOÑA PERFECTA

Ved con cuánta tranquilidad se consagra a la escritura doña Perfecta. Penetrad en su cuarto, sin reparar en lo avanzado de la hora, y la sorprenderéis en grave tarea, compartido su espíritu entre la meditación y unas largas y concienzudas cartas que traza a ratos con segura pluma y correctos perfiles. Dale de lleno en el rostro, busto y manos, la luz del quinqué, cuya pantalla deja en dulce penumbra el rostro de la persona y la pieza casi toda. Parece una figura luminosa evocada por la imaginación en medio de las vagas sombras del miedo.

Es extraño que hasta ahora no hayamos hecho una afirmación muy importante. Allá va; doña Perfecta era hermosa, mejor dicho, era todavía hermosa, conservando en su semblante rasgos de acabada belleza. La vida del campo, la falta absoluta de presunción, el no vestirse, el no acicalarse, el odio a las modas, el desprecio de las vanidades cortesa-

nas, eran causa de que su nativa hermosura no brillase o brillase muy poco. También la desmejoraba la intensa amarillez de su rostro, indicando una fuerte constitución biliosa.

Negros y rasgados los ojos, fina y delicada la nariz, ancha y despejada la frente, todo obervador la consideraba como acabado tipo de la humana figura; pero había en aquellas facciones cierta expresión de dureza y soberbia que era causa de antipatía. Así como otras personas, aun siendo feas, llaman, doña Perfecta despedía. Su mirar, aun acompañado de bondadosas palabras, ponía entre ella y las personas extrañas la infranqueable distancia de un respeto receloso; mas para las de casa, es decir, para sus deudos, parciales y allegados, tenía una singular atracción. Era maestra en dominar, y nadie la igualó en el arte de hablar el lenguaje que mejor cuadraba a cada oreja.

Su hechura biliosa, y el comercio excesivo con personas y cosas devotas, que exaltaban sin fruto ni objeto su imaginación, habíanla envejecido prematuramente, y siendo joven no lo parecía. Podría decirse de ella que con sus hábitos y su sistema de vida se había labrado una corteza, un forro pétreo, insensible, encerrándose dentro, como el caracol en su casa portátil. Doña Perfecta salía pocas veces de su concha.

Sus costumbres intachables, y la bondad pública que hemos observado en ella desde el momento de su aparición en nuestro relato, eran causa de su gran prestigio en Orbajosa. Sostenía además relaciones con excelentes damas de Madrid, y por este medio consiguió la destitución de su sobrino. Ahora, como se ha dicho, hallámosla sentada junto al pupitre, que es el confidente único de sus planes y el depositario de sus cuentas numéricas con los aldeanos, y de sus cuentas morales con Dios y la sociedad. Allí escribió las cartas que trimestralmente recibía su hermano; allí redactaba las esquelitas para incitar al juez y al escribano a que embrollaran los pleitos de Pepe Rey; allí armó el lazo en que éste perdiera la confianza del Gobierno; allí conferenciaba largamente con don Inocencio. Para conocer el escenario de otras acciones cuyos efectos hemos visto, sería preciso seguirla al palacio episcopal y a varias casas de familias amigas.

No sabemos cómo hubiera sido doña Perfecta amando. Aborreciendo, tenía la inflamada vehemencia de un ángel tutelar de la discordia entre los hombres. Tal es el resultado producido en un carácter duro y sin bondad nativa por la exaltación religiosa, cuando ésta, en vez de nutrirse de la conciencia y de la verdad revelada en principios tan sencillos como hermosos, busca su savia en fórmulas estrechas que sólo obedecen a intereses eclesiásticos. Para que la mojigatería sea inofensiva, es preciso que exista en corazones muy puros. Es verdad que aun en este caso es infecunda para el bien. Pero los corazones que han nacido sin la seráfica limpieza que establece en la tierra un Limbo prematuro, cuiden bien de no inflamarse mucho con lo que ven en los retablos, en los coros, en los locutorios y en las sacristías, si antes no han elevado en su propia conciencia un altar, un púlpito y un confesonario.

La señora, dejando a ratos la escritura, pasaba a la pieza inmediata donde estaba su hija. A Rosarito se le había mandado que durmiera; pero ella, precipitada ya por el despeñadero de la desobediencia, velaba.

—¿Por qué no duermes? —le preguntó su madre—. Yo no pienso acostarme en toda la noche. Ya sabes que *Caballuco* se ha llevado los hombres que teníamos aquí. Puede suceder cualquier cosa, y yo vigilo... Si yo no vigilara, ¿qué sería de ti y de mí?...

—¿Qué hora es? —preguntó la niña.

—Pronto será media noche... Tú no tendrás miedo... yo lo tengo.

Rosarito temblaba; todo indicaba en ella la más negra congoja. Sus ojos se dirigían al cielo como cuando se quiere orar; miraban luego a su madre, expresando un vivo terror.

—¿Pero qué tienes?

—¿Ha dicho usted que era media noche?

—Sí.

—Pues... ¿Pero es ya media noche?

Quería Rosarito hablar; sacudía la cabeza, encima de la cual se le había puesto un mundo.

—Tú tienes algo... A ti te pasa algo —dijo la madre clavando en ella los sagaces ojos.

—Sí... quería decirle a usted —balbució la señorita—, quería decir... Nada, nada: me dormiré.

—Rosario, Rosario. Tu madre lee en tu corazón como en un libro —dijo doña Perfecta con severidad—. Tú estás agitada. Ya te he dicho que estoy dispuesta a perdonarte si te arrepientes, si eres niña buena y formal...

—Pues qué, ¿no soy buena yo? ¡Ay, mamá, mamá mía, yo me muero!

Rosario prorrumpió en llanto congojoso y dolorido.

—¿A qué vienen esos lloros? —dijo su madre abrazándola—. Si son lágrimas de arrepentimiento, benditas sean.

—Yo no me arrepiento, yo no puedo arrepentirme —gritó la joven con arrebato de desesperación que la puso sublime.

Irguió la cabeza, y en su semblante se pintó súbita, inspirada energía. Los cabellos le caían sobre la espalda. No se ha visto imagen más hermosa de un ángel dispuesto a rebelarse.

—¿Pero te vuelves loca, o qué es esto? —dijo doña Perfecta, poniéndole ambas manos sobre los hombros.

—¡Me voy, me voy! —exclamó la joven con la exaltación del delirio.

Y se lanzó fuera del lecho.

—Rosario, Rosario... Hija mía.

¡Por Dios! ¿Qué es esto?

—¡Ay mamá! Señora —prosiguió la joven, abrazándose a su madre—. Áteme usted.

—En verdad, lo merecías... ¿Qué locura es ésta?

—Áteme usted... yo me marcho, me marcho con él.

Doña Perfecta sintió borbotones de fuego que subían de su corazón a sus labios. Se contuvo, y sólo con sus ojos negros, más negros que la noche, contestó a su hija.

—¡Mamá, mamá mía, yo aborrezco todo lo que no sea él! —exclamó Rosario—. Óigame usted en confesión, porque quiero confesarlo a todos, y a usted la primera.

—Me vas a matar, me estás matando.

—Yo quiero confesarlo para que usted me perdone... Este peso, este peso que tengo encima no me deja vivir...

—¡El peso de un pecado!... Añádele encima la maldición de Dios, y prueba a andar con ese fardo, desgraciada... Sólo yo puedo quitártelo.

—No, usted no, usted no —gritó Rosario con desesperación—. Pero óigame usted: quiero confesarlo todo, todo... Después arrójeme usted de esta casa, donde he nacido.

—¡Arrojarte yo!...

—Pues me marcharé.

—Menos. Yo te enseñaré los deberes de hija, que has olvidado.

—Pues huiré; él me llevará consigo.

—¿Te lo ha dicho, te lo ha aconsejado, te lo ha mandado? —preguntó la madre, lanzando estas palabras como rayos sobre su hija.

—Me lo aconseja... Hemos concertado casarnos. Es preciso, mamá, mamá mía querida. Yo amaré a usted... Conozco que debo amarla... Me condenaré si no la amo.

Se retorcía los brazos, y cayendo de rodillas, besó los pies de su madre.

—¡Rosario, Rosario! —exclamó doña Perfecta con terrible acento—. Levántate.

Hubo una pequeña pausa.

—¿Ese hombre te ha escrito?

—Sí.

—¿Has vuelto a verle después de aquella noche?

—Sí.

—¡Y tú...!

—Yo también le escribí. ¡Oh! señora. ¿Por qué me mira usted así? Usted no es mi madre.

—Ojalá no. Gózate en el daño que me haces. Me matas, me matas sin remedio —gritó la señora con indecible agitación—. Dices que ese hombre...

—Es mi esposo... Yo seré suya, protegida por la ley... Usted no es mujer... ¿Por qué me mira usted de ese modo que me hace temblar? Madre, madre mía, no me condene usted.

—Ya tú te has condenado; basta. Obedéceme y te perdonaré... Responde: ¿cuándo recibiste cartas de ese hombre?

—Hoy.

—¡Qué traición! ¡Qué infamia! —exclamó la madre, antes bien rugiendo que hablando—. ¿Esperabais veros?

—Sí.

—¿Cuándo?

—Esta noche.

—¿Dónde?

—Aquí, aquí. Todo lo confieso, todo. Sé que es un delito... Soy una infame; pero usted, que es mi madre, me sacará de este infierno. Consienta usted... Dígame usted una palabra, una sola.

—¡Ese hombre aquí, en mi casa! —gritó doña Perfecta, dando algunos pasos que parecían saltos hacia el centro de la habitación.

Rosario la siguió de rodillas. En el mismo instante oyéronse tres golpes, tres estampidos, tres cañonazos. Era el corazón de María Remedios que tocaba a la puerta, agitando la aldaba. La casa se estremeció con temblor pavoroso. Hija y madre quedaron como estatuas.

Bajó a abrir un criado, y poco después, en la habitación de doña Perfecta, entró María Remedios, que no era mujer, sino un basilisco envuelto en un mantón. Su rostro, encendido por la ansiedad, despedía fuego.

—¡Ahí está, ahí está! —dijo al entrar—. Se ha metido en la huerta por la puertecilla condenada...

Tomaba aliento a cada sílaba.

—Ya entiendo —repitió doña Perfecta con una especie de bramido.

Rosario cayó exánime al suelo y perdió el conocimiento.

—Bajemos —dijo doña Perfecta, sin hacer caso del desmayo de su hija.

Las dos mujeres se deslizaron por la escalera como dos culebras. Las criadas y el criado estaban en la galería sin saber qué hacer. Doña Perfecta pasó por el comedor a la huerta, seguida de María Remedios.

—Afortunadamente tenemos ahí a Ca... Ca... Caballuco —dijo la sobrina del canónigo.

—¿Dónde?

—En la huerta también... Sal... sal... saltó la tapia.

Exploró doña Perfecta la oscuridad con sus ojos llenos de ira. El rencor les daba la singular videncia de la raza felina.

—Allí veo un bulto —dijo—. Va hacia las adelfas.

—Es él —gritó Remedios—. Pero allá aparece Ramos... ¡Ramos!

Distinguieron perfectamente la colosal figura del centauro.

—¡Hacia las adelfas! ¡Ramos, hacia las adelfas!...

Doña Perfecta adelantó algunos pasos. Su voz ronca, que vibraba con acento terrible, disparó estas palabras:

—Cristóbal, Cristóbal..., ¡mátale!

Oyóse un tiro. Después otro.

XXXII

FINAL

De don Cayetano Polentinos a un su amigo de Madrid.

Orbajosa, 21 de abril.

"Querido amigo: Envíeme usted sin tardanza la edición de 1562 que dice ha encontrado entre los libros de la testamentaría de Corchuelo. Pago ese ejemplar a cualquier precio. Hace tiempo que lo busco inútilmente, y me tendré por mortal dichosísimo poseyéndolo. Ha de hallar usted en el colofón un casco con emblema sobre la palabra *Tractado*, y la X de la fecha MDLXII ha de tener el rabillo torcido. Si, en efecto, concuerdan estas señas con el ejemplar, póngame usted un parte telegráfico, porque estoy muy inquieto... aunque ahora me acuerdo de que el telégrafo, con motivo de estas importunas y fastidiosas guerras, no funciona. A correo vuelto espero la contestación.

"Pronto, amigo mío, pasaré a Madrid con objeto de imprimir este tan esperado trabajo de los *Linajes de Orbajosa*. Agradezco a usted su benevolencia; pero no puedo admitirla en lo que tiene de lisonja. No merece mi trabajo, en verdad, los pomposos calificativos con que usted lo encarece; es obra de paciencia y estudio, monumento tosco, pero sólido y grande, que elevo a las grandezas de mi amada patria. Pobre y feo en su hechura, tiene de noble la idea que lo ha engendrado, la cual no es otra que convertir los ojos de esta generación descreída y soberbia hacia los maravillosos hechos y acrisoladas virtudes de nuestros antepasados. ¡Ojalá que la juventud estudiosa de nuestro país diera este paso a que con todas mis fuerzas la incito! ¡Ojalá fueran puestos en perpetuo olvido los abominables estudios y hábitos intelectuales introducidos por

el desenfreno filosófico y las erradas
doctrinas! ¡Ojalá se emplearan exclu-
sivamente nuestros sabios en la contemplación de aquellas gloriosas edades, para que, penetrados de la sustancia y benéfica savia de ellos los
modernos tiempos, desapareciera este
loco afán de mudanzas y esta ridícula
manía de apropiarnos ideas extrañas,
que pugnan con nuestro primoroso
organismo nacional! Temo mucho
que mis deseos no se vean cumplidos, y que la contemplación de las
perfecciones pasadas quede circuns-
crita al estrecho círculo en que hoy
se halla, entre el torbellino de la
demente juventud que corre detrás
de vanas utopías y bárbaras novedades. ¡Cómo ha de ser, amigo mío!
Creo que dentro de algún tiempo
ha de estar nuestra pobre España tan
desfigurada, que no se conocerá ella
misma ni aun mirándose en el clarí-
simo espejo de su limpia historia.

"No quiero levantar mano de esta
carta sin participar a usted un suceso desagradable: la desastrosa muerte
de un estimable joven, muy conocido en Madrid, el ingeniero de caminos don José de Rey, sobrino de
mi cuñada. Acaeció este triste suceso
anoche en la huerta de nuestra casa,
y aun no he formado juicio exacto
sobre las causas que pudieran arrastrar al desgraciado Rey a esta horrible y criminal determinación. Según me ha referido Perfecta esta
mañana cuando volví de Mundogrande, Pepe Rey, a eso de las doce de
la noche, penetró en la huerta de
esta casa y se pegó un tiro en la
sien derecha, quedando muerto en
el acto. Figúrese usted la consternación y alarma que se producirían en
esta pacífica y honrada mansión. La
pobre Perfecta se impresionó tan vivamente, que nos dio un susto; pero
ya está mejor, y esta tarde hemos logrado que tome un sopicaldo. Em-
pleamos todos los medios de consolarla, y como es buena cristiana, sabe
soportar con edificante resignación
las mayores desgracias.

"Acá para entre los dos, amigo
mío, diré a usted que en el terrible
atentado del joven Rey contra su
propia existencia, debió de influir
grandemente una pasión contrariada, tal vez los remordimientos por
su conducta y el estado de hipocondría amarguísima en que se encontraba su espíritu. Yo le apreciaba
mucho; creo que no carecía de excelentes cualidades; pero aquí estaba
tan mal estimado, que ni una sola
vez oí hablar bien de él. Según dicen,
hacía alarde de ideas y opiniones ex-
travagantísimas: burlábase de la religión; entraba en la iglesia fumando
y con el sombrero puesto; no respe-
taba nada, y para él no había en el
mundo pudor, ni virtudes, ni alma,
ni ideal, ni fe, sino tan sólo teodoli-
tos, escuadras, reglas, máquinas, ni-
veles, picos y azadas. ¿Qué tal? En
honor de la verdad debo decir que,
en sus conversaciones conmigo siempre disimuló tales ideas, sin duda por
miedo a ser destrozado por la metra-
lla de mis argumentos; pero de público se refieren de él mil cuentos
de herejías y estupendos desafueros.

"No puedo seguir, querido, porque
en este momento siento tiros de fusi-
lería. Como no me entusiasman los
combates ni soy guerrero, el pulso
me flaquea un tantico. Ya le impon-
drá a usted de ciertos pormenores
de esta guerra su afectísimo, etc.,
etcétera."

*

22 de abil.

"Mi inolvidable amigo: Hoy hemos tenido una sangrienta refriega
en las inmediaciones de Orbajosa. La
gran partida levantada en Villahorrenda ha sido atacada por las tropas con gran coraje. Ha habido
muchas bajas por una y otra parte.
Después se dispersaron los bravos
guerrilleros; pero van muy envalen-
tonados, y quizá oiga usted maravi-

llas. Mándalos, a pesar de estar herido en un brazo, no se sabe cómo ni cuándo, Cristóbal *Caballuco*, hijo de aquel egregio *Caballuco* que usted conoció en la pasada guerra. Es el caudillo actual hombre de grandes condiciones para el mando, y además honrado y sencillo. Como al fin hemos de presenciar un arreglito amistoso, presumo que *Caballuco* será general del ejército español, con lo cual uno y otro ganarán mucho.

"Yo deploro esta guerra, que va tomando proporciones alarmantes: pero reconozco que nuestros bravos campesinos no son responsables de ella, pues han sido provocados al cruento batallar por la audacia del Gobierno, por la desmoralización de sus sacrílegos delegados, por la saña con que los representantes del Estado atacan lo más venerado que existe en la conciencia de los pueblos, la fe religiosa y el acrisolado españolismo, que por fortuna se conservan en lugares no infestados aún de la asoladora pestilencia. Cuando a un pueblo se le quiere quitar su alma para infundirle otra; cuando se le quiere descastar, digámoslo así, mudando sus sentimientos, sus costumbres, sus ideas, es natural que ese pueblo se defienda, como el que en mitad de solitario camino se ve asaltado de infames ladrones. Lleven a las esferas del Gobierno el espíritu y la salutífera sustancia de mi obra de los *Linajes* (perdóneme usted la inmodestia), y entonces no habrá guerras.

"Hoy hemos tenido aquí una cuestión muy desagradable. El clero, amigo mío, se ha negado a enterrar en sepultura sagrada al infeliz Rey. Yo he intervenido en este asunto, impetrando del señor Obispo que levantara anatema de tanto peso; pero nada se ha podido conseguir. Por fin hemos empaquetado el cuerpo del joven en un hoyo que se hizo en el campo de Mundogrande, donde mis pacienzudas exploraciones han descubierto la riqueza arqueológica que usted conoce. He pasado un rato muy triste, y aún me dura la penosísima impresión que recibí. Don Juan Tafetán y yo fuimos los únicos que acompañamos el fúnebre cortejo. Poco después fueron allá (cosa rara) esas que llaman aquí las Troyas, y rezaron largo rato sobre la rústica tumba del matemático. Aunque esto parecía una oficiocidad ridícula, me conmovió.

"Respecto de la muerte de Rey, corre por el pueblo el rumor de que fue asesinado. No se sabe por quién. Aseguran que él lo declaró así, pues vivió como hora y media. Guardó secreto, según dice, respecto a quién fue su matador. Repito esta versión sin desmentirla ni apoyarla. Perfecta no quiere que se hable de este asunto, y se aflige mucho siempre que lo tomo en boca.

"La pobrecita, apenas ocurrida una desgracia, experimenta otra que a todos nos contrista mucho. Amigo mío, ya tenemos una nueva víctima de la funestísima y rancia enfermedad connaturalizada en nuestra familia. La pobre Rosario, que iba saliendo adelante gracias a nuestros cuidados, está ya perdida de la cabeza. Sus palabras incoherentes, su atroz delirio, su palidez mortal, recuérdanme a mi madre y hermana. Este caso es el más grave que he presenciado en mi familia, pues no se trata de manías, sino de verdadera locura. Es triste, tristísimo, que entre tantos yo sea el único que ha logrado escapar conservando mi juicio sano y entero, y totalmente libre de ese funesto mal.

"No he podido dar sus expresiones de usted a don Inocencio, porque el pobrecito se nos ha puesto malo de repente, y no recibe a nadie, ni permite que le vean sus más íntimos amigos. Pero estoy seguro de que le devuelve a usted sus recuerdos, y no dude que pondrá mano al instante en la traducción de varios epigramas latinos que usted le recomienda... Suenan tiros otra vez. Dicen que tendremos gresca esta tarde. La tropa acaba de salir."

*

Barcelona, 1º de junio.

"Acabo de llegar aquí, después de dejar a mi sobrina Rosario en San Baudilio de Llobregat. El director del establecimiento me ha asegurado que es un caso incurable. Tendrá, sí, una asistencia esmeradísima en aquel alegre y grandioso manicomio. Mi querido amigo, si alguna vez caigo yo también, lléveme a San Baudilio. Espero encontrar a mi vuelta pruebas de los *Linajes.* Pienso añadir seis pliegos, porque sería gran falta no publicar las razones que tengo para sostener que Mateo Díez Coronel, autor del *Métrico Encomio,* desciende de por la línea materna de los Guevaras y no de los Burguillos, como ha sostenido erradamente el autor de la *Floresta amena.*

"Escribo esta carta principalmente para hacer a usted una advertencia. He oído aquí a varias personas hablar de la muerte de Pepe Rey, refiriéndola tal como sucedió efectivamente. Yo revelé a usted este secreto cuando nos vimos en Madrid, contándole lo que supe algún tiempo después del suceso. Extraño mucho que no habiéndolo dicho yo a nadie más que a usted, lo cuenten aquí con todos sus pelos y señales, explicando cómo entró en la huerta, cómo descargó su revólver sobre *Caballuco* cuando vio que éste le acometía con la navaja, cómo Ramos le disparó después con tanto acierto que le dejó en el sitio... En fin, mi querido amigo, por si inadvertidamente ha hablado de esto con alguien, le recuerdo que es un secreto de familia, y con esto basta para una persona tan prudente y discreta como usted.

"Albricias, albricias. En un periodiquillo he leído que *Caballuco* ha derrotado al brigadier Batalla."

*

Orbajosa, 12 de diciembre.

"Una sensible noticia tengo que dar a usted. Ya no tenemos penitenciario, no precisamente porque haya pasado a mejor vida, sino porque el pobrecito está desde el mes de abril tan acongojado, tan melancólico, tan taciturno, que no se le conoce. Ya no hay en él ni siquiera dejos de aquel humor ático, de aquella jovialidad correcta y clásica que le hacía tan amable. Huye de la gente, se encierra en su casa, no recibe a nadie, apenas toma alimento, y ha roto toda clase de relaciones con el mundo. Si le viera usted no le conocería, porque se ha quedado en los puros huesos. Lo más particular es que ha reñido con su sobrina y vive solo, enteramente solo en una casucha del arrabal de Baldejos. Ahora dice que renuncia a su silla en el coro de la catedral y se marcha a Roma. ¡Ay! Orbajosa pierde mucho, perdiendo a su gran latino. Me parece que pasarán años tras años y no tendremos otro. Nuestra gloriosa España se acaba, se aniquila, se muere."

*

Orbajosa, 23 de diciembre.

"El joven que recomendé a usted en carta llevada por él mismo, es sobrino de nuestro querido penitenciario, abogado con puntas de escritor. Esmeradamente educado por su tío, tiene ideas juiciosas. ¡Cuán sensible sería que se corrompiera en ese lodazal de filosofismo e incredulidad! Es honrado, trabajador y buen católico, por lo cual creo que hará carrera en un bufete como el de usted... Quizá le llevará su ambioncilla (pues también la tiene) a las lides políticas, y creo que no sería mala ganancia para la causa del orden y la tradición, hoy que la juventud está pervertida por los *de la cáscara amarga.* Acompáñale su madre, una mujer ordinaria y sin barniz social, pero de corazón excelente y acendrada piedad. El amor materno toma en ella la forma algo extravagante de la ambición mundana; y dice que su hijo ha de ser Ministro. Bien puede serlo.

"Perfecta me da expresiones para usted. No sé a punto fijo qué tiene; pero ello es que nos inspira cuidado. Ha perdido el apetito de una manera alarmante, y o yo no entiendo de males, o allí hay un principio de ictericia. Esta casa está muy triste desde que falta Rosario, que la alegraba con su sonrisa y su bondad angelical. Ahora parece que hay una nube negra encima de nosotros. La pobre Perfecta habla frecuentemente de esta nube, que cada vez se pone más negra, mientras ella se vuelve cada día más amarilla. La pobre madre halla consuelo a su dolor en la religión y en los ejercicios del culto, que practica cada vez con más ejemplaridad y edificación. Pasa casi todo el día en la iglesia, y gasta su gran fortuna en espléndidas fun-

ciones, en novenas y manifiestos brillantísimos. Gracias a ella, el culto ha recobrado en Orbajosa el esplendor de otros días. Esto no deja de ser un alivio en medio de la decadencia y acabamiento de nuestra nacionalidad...

"Mañana irán las pruebas... Añadiré otros dos pliegos, porque he descubierto un nuevo orbajosense ilustre, Bernardo Amador de Soto, que fue espolique del Duque de Osuna, le sirvió durante la época del virreinato de Nápoles, y aún hay indicios de que no hizo nada, absolutamente nada, en el complot contra Venecia."

XXXIII

Esto se acabó. Es cuanto por ahora podemos decir de las personas que parecen buenas y no lo son.

Madrid, abril de 1876.

FIN DE DOÑA PERFECTA

MISERICORDIA

PREFACIO

Escribí *Misericordia* en la primavera de 1897, cuando terminó el litigio arbitral en que los Tribunales me reconocieron la propiedad íntegra de todas mis obras. Anteriores a *Misericordia* son mis *Novelas contemporáneas,* desde *Doña Perfecta* hasta *Nazarín,* y las dos primeras series de *Episodios Nacionales;* posteriores, las novelas *El Abuelo, Casandra* y *El Caballero Encantado,* más la tercera, cuarta y quinta serie de *Episodios,* ésta no terminada todavía.

En *Misericordia* me propuse descender a las capas ínfimas de la sociedad matritense, describiendo y presentando los tipos más humildes, la suma pobreza, la mendicidad profesional, la vagancia viciosa, la miseria, dolorosa casi siempre, en algunos casos picaresca o criminal y merecedora de corrección. Para esto hube de emplear largos meses en observaciones y estudios directos del natural, visitando las guaridas de gente mísera o maleante que se alberga en los populosos barrios del Sur de Madrid. Acompañado de policías escudriñé las *Casas de dormir* de las calles de Mediodía Grande y del Bastero, y para penetrar en las repugnantes viviendas donde celebran sus ritos nauseabundos los más rebajados prosélitos de Baco y Venus, tuve que disfrazarme de médico de la Higiene Municipal. No me bastaba esto para observar los espectáculos más tristes de la degradación humana, y solicitando la amistad de algunos administradores de las casas que aquí llamamos *de corredor,* donde hacinadas viven las familias del proletariado ínfimo, pude ver de cerca la pobreza honrada y los más desolados episodios del dolor y la abnegación en las capitales populosas. Años antes de este estudio había yo visitado en Londres los barrios de *Whitechapel, Minories,* y otros del remoto *Este,* próximos al Támesis. Entre aquella miseria y la del bajo Madrid, no se cuál me parece peor. La de aquí es indudablemente más alegre por el espléndido sol que la ilumina.

El moro *Almudena, Mordejai,* que parte tan principal tiene en la acción de *Misericordia,* fue arrancado del natural por una feliz coincidencia. Un amigo, que como yo acostumbraba a *flanear* de calle en calle observando escenas y tipos, díjome que en Oratorio del Caballero de Gracia pedía limosna un ciego andrajoso, que por su facha y lenguaje parecía de estirpe agarena. Acudí a verle y quedé maravillado de la salvaje rudeza de aquel infeliz, que en español aljamiado interrumpido a cada instante por juramentos terroríficos, me prometió contarme su romántica historia a cambio de un modesto socorro. Le llevé conmigo por las calles céntricas de Madrid, con escala en varias tabernas donde le invité a confortar su desmayado cuerpo con libaciones contrarias a las leyes de su raza. De este modo adquirí ese tipo interesantísimo, que los lectores de *Misericordia* han encontrado tan real. Toda la verdad del pintoresco *Mordejai* es obra de él mismo, pues poca parte tuve yo en la descripción de esta figura. El afán de estudiarla intensamente me llevó al barrio de las Injurias, polvoriento y desolado. En sus miserables casuchas, cercanas a la Fábrica del Gas, se alberga la pobretería más lastimosa. Desde allí, me lancé a *las Cambroneras,* lugar de relativa amenidad a orillas del río Manzanares, donde tiene su asiento la población gitanesca, compuesta de personas y borricos en divertida sociedad, no exenta de peligros para el visitante. *Las Cambroneras,* la *Estación de las Pulgas,* la Puente segoviana, la opuesta orilla del Manzanares hasta la casa llamada de Goya, donde el famoso pintor tuvo su taller, completaron mi estudio del bajo Madrid, inmenso filón de elementos pintorescos y de riqueza de lenguaje.

El tipo de *señá Benina,* la criada filantrópica, del más puro carácter evangélico, procede de la documentación laboriosa que reuní para componer los cuatro tomos de *Fortunata y Jacinta.* De la misma procedencia son *Doña Paca* y su hija, tipos de la burguesía tronada, y el elegante menesteroso *Frasquito Ponte,* que acaba sus días comiendo una triste ración de caracoles en el figón de *Boto* —calle del Ave María—. Diferentes figuras vinieron a este tomo de los anteriores, *El amigo Manso, Miau,* los *Torquemadas,* etc., y del mismo modo, del contingente de *Misericordia* pasaron otras a los tomos que escribí después: es el sistema que he seguido siempre de formar un mundo complejo, heterogéneo y variadísimo, para dar idea de la muchedumbre social en un período determinado de la Historia.

Algo debo decir de la traducción francesa de *Misericordia.* Un caballero parisién de alta posición en los negocios y en la banca, Maurice Vixio, Consejero del Comité Central de los Ferrocarriles del Norte de España, que había residido en Madrid años anteriores y conocía muy bien nuestro idioma, me hizo el honor de verter al francés las páginas de esta obra. Afligido de una irreparable desgracia de familia, Vixio abandonó los negocios, trasladándose a una casa de campo que poseía en Versalles, y en aquella soledad apacible, sin otra sociedad que la de Ernesto Renán, que en una casita próxima moraba, entretenía sus ocios leyendo libros españoles. Entre ellos cayó en sus manos la novela *Misericordia;* la leyó, fue muy de su agrado, y no halló mejor esparcimiento para su soledad que traducirla. Por cierto que en el curso de su trabajo, muy a menudo me escribía consultándome las dificultades del léxico que a cada paso encontraba, porque en esta obra, como verá el que leyere, prodigo sin tasa el lenguaje popular salpicado de idiotismos, elipsis y solecismos, tan donosos como pintorescos. Contestábale yo satisfaciendo sus dudas en lo posible, no en todos los casos, pues yo mismo ignoro el sentir de algunos decires que de continuo inventan y ponen en circulación las bocas madrileñas.

La traducción de *Misericordia* fue acogida por el gran periódico parisién *Le Temps,* que la publicó en su folletín, dándole la difusión propia de un periódico de circulación mundial.

De *Le Temps* pasó *Misericordia* a la casa Hachette, que la editó con un prólogo de Morel Fatio, el más famoso y grande de los hispanófilos de Francia. Con esto termino el historial de la novela que hoy incluye la Casa Nelson en su colección de obras españolas.

B. Pérez Galdós.

Madrid, febrero 1913.

I

Dos caras, como algunas personas, tiene la parroquia de San Sebastián... mejor será decir la iglesia... dos caras que seguramente son más graciosas que bonitas: con la una mira a los barrios bajos enfilándolos por la calle de Cañizares; con la otra al señorío mercantil de la Plaza del Angel. Habréis notado en ambos rostros una fealdad risueña, del más puro Madrid, en quien el carácter arquitectónico y el moral se aunan maravillosamente. En la cara del Sur campea, sobre una puerta chabacana, la imagen barroca del santo mártir, retorcida, en actitud más bien danzante que religiosa; en la del Norte, desnuda de ornatos, pobre y vulgar, se alza la torre, de la cual podría creerse que se pone en jarras, soltándole cuatro frescas a la Plaza del Angel. Por una y otra banda, las caras o fachadas tienen anchuras, quiere decirse, patios cercados de verjas mohosas, y en ellos tiestos con lindos arbustos, y un mercadillo de flores que recrea la vista. En ninguna parte como aquí advertiréis el encanto, la simpatía, el *ángel,* dicho sea en andaluz, que despiden de sí, como tenue fragancia, las cosas vulgares, o algunas de las infinitas cosas vulgares que hay en el mundo. Feo y pedestre como un pliego de aleluyas o como los romances de ciego, el edificio bifronte, con su torre *barbiana,* el cupulín de la capilla de la Novena, los irregulares techos y cortados muros, con su afeite barato de ocre, sus patios floridos, sus hierros mohosos en la calle y en el alto campanario, ofrece un conjunto gracioso, picante, *majo,* por decirlo de una vez. Es un rinconcito de Madrid que debemos conservar ca-

riñosamente, como anticuarios coleccionistas, porque la caricatura monumental también es un arte. Admiremos en este San Sebastián, heredado de los tiempos viejos, la estampa ridícula y tosca, y guardémoslo como un lindo mamarracho.

Con tener honores de puerta principal, la del Sur es la menos favorecida de fieles en días ordinarios, mañana y tarde. Casi todo el señorío entra por la del Norte, que más parece puerta excusada o familiar. Y no necesitamos hacer estadística de los feligreses que acuden al sagrado culto por una parte y otra, porque tenemos un *contador* infalible: los pobres. Mucho más numerosa y formidable que por el Sur es por el Norte la cuadrilla de miseria, que acecha el paso de la caridad, al modo de guardia de alcabaleros que cobra humanamente el portazgo en la frontera de lo divino, o la contribución impuesta a las conciencias impuras que van a donde lavan.

Los que hacen la guardia por el Norte ocupan distintos puestos en el patinillo y en las dos entradas de éste por las calles de las Huertas y San Sebastián, y es tan estratégica su colocación, que no puede escaparse ningún feligrés como no entre en la iglesia por el tejado. En rigurosos días de invierno, la lluvia o el frío glacial no permiten a los intrépidos soldados de la miseria destacarse al aire libre (aunque los hay constituidos milagrosamente para aguantar a pie firme las inclemencias de la atmósfera), y se repliegan con buen orden al túnel o pasadizo que sirve de ingreso al templo parroquial, formando en dos alas a derecha e izquierda. Bien se com-

119

prende que con esta formidable ocupación del terreno y táctica exquisita, no se escapa un cristiano, y forzar el túnel no es menos difícil y glorioso que el memorable Paso de las Termópilas. Entre ala derecha y ala izquierda, no baja de docena y media el aguerrido contingente, que componen ancianos audaces, indómitas viejas, ciegos machacones, reforzados por niños de una acometividad irresistible (entiéndase que se aplican estos términos al arte de postulación), y allí se están desde que Dios amanece hasta la hora de comer, pues también aquel ejército se raciona metódicamente, para volver con nuevos bríos a la campaña de la tarde. Al caer de la noche, si no hay novena con sermón, Santo Rosario con meditación y plática, o Adoración nocturna, se retira el ejército, marchándose cada combatiente a su olivo con tardo paso. Ya le seguiremos en su interesante regreso al escondrijo donde mal vive. Por de pronto, observémosle en su rudo luchar por la pícara existencia, y en el temible campo de batalla, en el cual no hemos de encontrar charcos de sangre ni militares despojos, sino pulgas y otras feroces alimañas.

Una mañana de marzo, ventosa y glacial, en que se helaban las palabras en la boca, y azotaba el rostro de los transeúntes un polvo que por lo frío parecía nieve molida, se replegó el ejército al interior del pasadizo, quedando sólo en la puerta de hierro de la calle de San Sebastián un ciego entrado en años, de nombre Pulido, que debía de tener cuerpo de bronce, y por sangre alcohol o mercurio, según resistía las temperaturas extremas, siempre fuerte, sano y con unos colores que daban envidia a las flores del cercano puesto. La florista se replegó también en el interior de su garita, y metiendo consigo los tiestos y manojos de siemprevivas, se puso a tejer coronas para niños muertos. En el patio, que fue *Zementerio de S. Sebastián*, como declara el azulejo empotrado en la pared sobre la puerta, no se veían más seres vivientes que las poquísimas señoras que a la carrera lo atravesaban para entrar en la iglesia o salir de ella, tapándose la boca con la misma mano en que llevaban el libro de oraciones, o algún clérigo que se encaminaba a la sacristía, con el manteo arrebatado del viento, como pájaro negro que ahueca las plumas y estira las alas, asegurando con su mano crispada la teja, que también quería ser pájaro y darse una vuelta por encima de la torre.

Ninguno de los entrantes o salientes hacía caso del pobre Pulido, porque ya tenía costumbre de verle impávido en su guardia, tan insensible a la nieve como al calor sofocante, con su mano extendida, mal envuelta en raída capita de paño pardo, modulando sin cesar palabras tristes, que salían congeladas de sus labios. Aquel día, el viento jugaba con los pelos blancos de su barba, metiéndoselos por la nariz y pegándoselos al rostro, húmedo por el lagrimeo que el intenso frío producía en sus muertos ojos. Eran las nueve, y aún no se había estrenado el hombre. Día más *perro* que aquél no se había visto en todo el año, que desde Reyes venía siendo un año fulastre, pues el día del santo patrono (20 de enero) sólo *se habían hecho doce chicas*, la mitad aproximadamente que el año anterior, y la Candelaria y la novena del bendito San Blas, que otros años fueron tan de provecho, vinieron en aquél con diarios de siete *chicas*, de cinco *chicas*: ¡valiente puñado! "Y me *paice* a mí" —decía para sus andrajos el buen Pulido, bebiéndose las lágrimas y escupiendo los pelos de su barba—, que el amigo San José también nos vendrá con mala pata... ¡Quién se acuerda del San José del primer año de Amadeo!... Pero ya ni los santos del cielo son como es debido. Todo se acaba, Señor, hasta *el fruto de la festividá*, o como quien dice, la *pobreza honrada*. Todo es por tanto pillo como hay en la política *pulpi-*

tante, y el aquél de las suscripciones para las *vítimas.* Yo que Dios, mandaría a los ángeles que reventaran a todos esos que en los papeles andan siempre inventando *vítimas,* al cuento de jorobarnos a los pobres de *tanda.* Limosna hay, buenas almas hay; pero liberales por un lado, el *Congrieso* dichoso, y por otro las *congriogaciones,* los *metingos* y *discursiones* y tantas cosas de imprenta, quitan la voluntad a los más cristianos... lo que digo: quieren que no *haiga* pobres, y se saldrán con la suya. Pero *pa* entonces, yo quiero saber quién es el guapo que saca las ánimas del Purgatorio... Ya, ya se pudrirán allá las señoras almas, sin que la cristiandad se acuerde de ellas, porque..., a mí que no me digan: el rezo de los ricos, con la barriga bien llena y las carnes bien abrigadas, no vale..., por Dios vivo que no vale".

Al llegar aquí en su meditación, acercósele un sujeto de baja estatura, con luenga capa que casi le arrastraba, rechoncho, como de setenta años, de dulce mirar, la barba cana y recortada, vestido con desaliño; y poniéndole en la mano una perra grande, que sacó de un cartucho que sin duda destinaba a las limosnas del día, le dijo: "No te las esperabas hoy: di la verdad. ¡En este día!...

—Sí que la esperaba, mi señor D. Carlos —replicó el ciego besando la moneda—, porque hoy es el *universario,* y usted no había de faltar, aunque se helara el cero de los *terremotos* (sin duda quería decir *termómetros*).

—Es verdad. Yo no falto. Gracias a Dios, me voy defendiendo, que no es flojo milagro con estas heladas y este pícaro viento Norte, capaz de encajarle una pulmonía al caballo de la Plaza Mayor. Y tú, Pulido, ten cuidado. ¿Por qué no te vas dentro?

—Yo soy de bronce, señor don Carlos, y a mí ni la muerte me quiere. Mejor se está aquí con la ventisca, que en los interiores, alternando con esas viejas charlatanas, que no tienen educación... Lo que yo digo: la educación es lo primero, y sin educación, ¿cómo quieren que *haiga* caridad?... Don Carlos, que el Señor se lo aumente, y se lo dé de gloria...

Antes que concluyera la frase, el don Carlos voló, y lo digo así, porque el terrible huracán hizo presa en su desmedida capa, y allá veríais al hombre, con todo el paño arremolinado en la cabeza, dando tumbos y giros, como un rollo de tela o un pedazo de alfombra arrebatados por el viento, hasta que fue a dar de golpe contra la puerta, y entró ruidosa y atropelladamente, desembarazando su cabeza del trapo que la envolvía. "¡Qué día... vaya con el día de porra!" —exclamaba el buen señor, rodeado del enjambre de pobres, que con chillidos plañideros le saludaron; y las flacas manos de las viejas le ayudaban a componer y estirar sobre sus hombros la capa. Acto continuo repartió las perras, que iba sacando del cartucho una a una sobándolas un poquito antes de entregarlas, para que no se le escurriesen dos pegadas; y despidiéndose al fin de la pobrería con un sermoncillo gangoso, exhortándolos a la paciencia y humildad, guardó el cartucho, que aún tenía monedas para los de la puerta del frontis de Atocha, y se metió en la iglesia.

II

Tomada el agua bendita, don Carlos Moreno Trujillo se dirigió a la capilla de Nuestra Señora de la Blanca. Era hombre tan extremadamente metódico, que su vida entera encajaba dentro de un programa irreducible, determinante de sus actos todos, así morales como físicos, de las graves resoluciones, así como de los pasatiempos insignificantes, y hasta del moverse y del respirar. Con un solo ejemplo se demuestra el poder de la rutinaria costumbre de aquel santo varón, y es que, viviendo en aquellos días su ancianidad en la calle de Atocha, entraba siempre por la verja de la calle de San Sebastián y puerta del Norte, sin que hubiera para ello otra razón que la de haber usado dicha entrada en los treinta y siete años que vivió en su renombrada casa de comercio de la Plazuela del Angel. Salía invariablemente por la calle de Atocha, aunque a la salida tuviera que visitar a su hija, habitante en la calle de la Cruz.

Humillado ante el altar de los Dolores, y después ante la imagen de San Lesmes, permanecía buen rato en abstracción mística; despacito recorría todas las capillas y retablos, guardando un orden que en ninguna ocasión se alteraba; oía luego dos misitas, siempre dos, ni una más ni una menos; hacía otro recorrido de altares, terminando infaliblemente en la capilla del Cristo de la Fe, pasaba un ratito a la sacristía, donde con el coadjutor o el sacristán se permitía una breve charla, tratando del tiempo, o de *lo malo que está todo,* o bien de comentar el cómo y el por qué de que viniera turbia el agua de Lozaya, y se marchaba por la puerta que da a la calle de Atocha donde repartía las últimas monedas del cartucho. Tal era su previsión, que rara vez dejaba de llevar la cantidad necesaria para los pobres de uno y otro costado: como aconteciera el caso inaudito de faltarle una pieza, ya sabía el mendigo que la tenía segura al día siguiente; y si sobraba, se corría el buen señor al oratorio de la calle del Olivar en busca de una mano desdichada en que ponerla.

Pues señor, entró don Carlos en la iglesia, como he dicho, por la puerta que llamaremos del Cementerio de San Sebastián, y las ancianas y ciegos de ambos sexos que acababan de recibir de él la limosna, se pusieron a picotear, pues mientras no entrara o saliera alguien a quien acometer, ¿qué habían de hacer aquellos infelices más que engañar su inanición y sus tristes horas, regalándose con la comidilla que nada les cuesta, y que, picante o desabrida, siempre tienen a manos para con ella saciarse? En esto son iguales a los ricos; quizá les llevan ventaja, porque cuando tocan a charlar, no se ven cohibidos por las conveniencias usuales de la conversación, que poniendo entre el pensamiento y la palabra gruesa costra etiquetera y gramatical, embotan el gusto inefable del dime y direte.

—¿No *vus* dije que don Carlos no faltaba hoy? Ya lo habéis visto. Decid ahora si yo me equivoco y no estoy al tanto.

—Yo también lo dije... toma... como que es el *aniversario del mes,* día 24; que quiere decir que cumple mes la defunción de su esposa, y don Carlos bendito no falta este día, aunque lluevan ruedas de molino, porque otro más cristiano, sin agraviar, no lo hay en Madrid.

—Pues yo me temía que no viniera, motivado al frío que hace, y pensé que, por ser día de perra gorda, el buen señor suprimía la *festividá.*

—Hubiéralo dado mañana, bien lo sabes, Crescencia, que don Carlos sabe cumplir y paga lo que debe.

—Hubiéranos dado mañana la gorda de hoy, eso sí, pero quitándonos la chica de mañana. Pues ¿qué crees tú, que aquí no sabemos de cuentas? Sin agraviar, yo sé ajustarlas como la misma luz, y sé que el don Carlos, cuando se le hace mucho lo que nos da, se pone malo por ahorrarse algunos días, lo cual que ha de saberle mal a la difunta.

—Cállate, mala lengua.

—Mala lengua tú, y... ¿quieres que te lo diga?... ¡Adulona!

—¡Lenguaza!

Eran tres las que así chismorreaban, sentaditas a la derecha, según se entra formando un grupo separado de los demás pobres, una de ellas ciega, o por lo menos cegata; las otras dos con buena vista, todas vestidas de andrajos, y abrigadas con pañolones negros o grises. La *señá* Casiana, alta y huesuda, hablaba con cierta arrogancia, como quien tiene o cree tener autoridad; y no es inverosímil que la tuviese, pues en donde quiera que para cualquier fin se reúnen media docena de seres humanos, siempre hay uno que pretende imponer su voluntad a los demás, y, en efecto, la impone. Crescencia se llamaba la ciega o cegata, siempre hecha un ovillo, mostrando su rostro diminuto y sacando del envoltorio con que su arrollado cuerpo formaba, la flaca y rugosa mano de largas uñas. La que en el anterior coloquio pronunciara frases altaneras y descorteses tenía por nombre Flora y por apodo la *Burlada,* cuyo origen y sentido se ignora, y era una viejecilla pequeña y vivaracha, irascible, parlanchina, que revolvía y alborotaba el miserable cotarro, indisponiendo a unos con otros, pues siempre tenía que decir algo picante y malévolo cuando los demás *repartijaban,* y nunca distinguía de pobres y ricos en sus críticas acerbas. Sus ojuelos sagaces, lacrimosos, gatunos, radiaban la desconfianza y la malicia. Su nariz estaba reducida a una bolita roja, que bajaba y subía al mover los labios y lengua en su charla vertiginosa. Los dos dientes que en sus encías quedaban, parecían correr de un lado a otro de la boca, asomándose tan pronto por aquí, tan pronto por allá, y cuando terminaba su perorata con un gesto de desdén supremo o de terrible sarcasmo, cerrábase de golpe la boca, los labios se metían uno dentro de otro, y la barbilla roja, mientras callaba la lengua, seguía expresando las ideas con un temblor insultante.

Tipo contrario al de la *Burlada* era el de *señá* Casiana: alta, huesuda, flaca, si bien no se apreciaba fácilmente su delgadez por llevar, según dicho de la gente maliciosa, mucha y buena ropa debajo de los pingajos. Su cara larguísima, como si por máquina se la estiraran todos los días, oprimiéndole los carrillos, era de lo más desapacible y

feo que pueda imaginarse, con los ojos reventones, espantados, sin brillo ni expresión, ojos que parecían ciegos sin serlo; la nariz de gancho, desairada; a gran distancia de la nariz, la boca, de labios delgadísimos, y, por fin, el maxilar largo y huesudo. Si vale comparar rostros de personas con rostros de animales, y si para conocer a la *Burlada* podríamos imaginarla como un gato que hubiera perdido el pelo en una riña, seguida de un chapuzón, digamos que era la Casiana como un caballo viejo, y perfecta su semejanza con los de la plaza de toros, cuando se tapaba con venda oblicua uno de los ojos, quedándose con el otro libre para el fisgoneo y vigilancia de sus cofrades. Como en toda región del mundo hay clases, sin que se exceptúen de esta división capital las más ínfimas jerarquías, allí no eran todos los pobres lo mismo. Las viejas, principalmente, no permitían que se alterase el principio de distinción capital. Las *antiguas,* o sean las que llevaban ya veinte o más años de pedir en aquella iglesia, disfrutaban de preeminencias que por todos eran respetadas, y las *nuevas* no tenían más remedio que conformarse. Las *antiguas* disfrutaban de los mejores puestos, y a ellas solas se concedía el derecho de pedir dentro, junto a la pila de agua bendita. Como el sacristán o el coadjutor alterasen esta jurisprudencia en beneficio de alguna *nueva,* ya les había caído qué hacer. Armábase tal tumulto, que en muchas ocasiones era forzoso acudir a la ronda o a la pareja de vigilancia. En las limosnas colectivas y en los repartos de bonos, llevaban preferencia las *antiguas;* y cuando algún parroquiano daba una cantidad cualquiera para que fuese distribuida entre todos, la antigüedad reclamaba el derecho a la repartición, apropiándose la cifra mayor, si la cantidad no era fácilmente divisible en partes iguales. Fuera de esto, existían la preponderancia moral, la autoridad tácita adquirida por el largo dominio, la fuerza invisible de la anterioridad. Siempre es fuerte el antiguo, como el novato siempre es débil, con las excepciones que pueden determinar en algunos casos los caracteres. La Casiana, carácter duro, dominante, de un egoísmo elemental, era la más antigua de las antiguas; *la Burlada*, levantisca, revoltosilla, picotera y maleante, era la más nueva de las nuevas; y con esto queda dicho que cualquier suceso trivial o palabra baladí eran el fulminante que hacía brotar entre ellas la chispa de la discordia.

La disputilla referida anteriormente fue cortada por la entrada o salida de fieles. Pero la *Burlada* no podía refrenar su reconcomio, y en la primera ocasión, viendo que la Casiana y el ciego Almudena (de quien se hablará después) recibían aquel día más limosnas que los demás, se deslenguó nuevamente con la *antigua*, diciéndole: "Adulona, más que adulona, ¿crees que no sé que estás rica, y que en Cuatro Caminos tienes casa con muchas gallinas, y muchas palomas, y conejos muchos? Todo se sabe.

—Cállate la boca, si no quieres que dé parte a don Senén para que te enseñe la educación.

—¡A ver!...

—No vociferes, que ya oyes la campanilla de alzar la Majestad.

—Pero, señoras, por Dios —dijo un lisiado que en pie ocupaba el sitio más próximo a la iglesia—. *Arreparen* que están alzando el Santísimo Sacramento.

—Es esta habladora, escorpionaza.

—Es esta dominanta... ¡A ver!... Pues, hija, ya que eres *caporala*, no tires tanto de la cuerda y deja que las *nuevas* alcancemos algo de la limosna, que todas *semos* hijas de Dios... ¡A ver!

—¡Silencio, digo!

—¡Ay, hija... ni que *fuas* Cánovas!

III

Más adentro, como a la mitad del pasadizo, a la izquierda, había otro grupo, compuesto de un ciego, sentado; una mujer, también sentada, con dos niñas pequeñuelas, y junto a ella, en pie, silenciosa y rígida, una vieja con traje y manto negros. Algunos pasos más allá, a corta distancia de la iglesia, se apoyaba en la pared, cargando el cuerpo sobre las muletas, el cojo y manco Eliseo Martínez, que gozaba el privilegio de vender en aquel sitio la *Semana Católica*. Era, después de Casiana, la persona de más autoridad y mangoneo en la cuadrilla y como su lugarteniente o mayor general.

Total: siete reverendos mendigos, que espero han de quedar bien registrados aquí, con las convenientes distinciones de figura, palabra y carácter. Vamos con ellos.

La mujer de negro vestida, más que vieja, envejecida prematuramente, era, además de *nueva*, temporera, porque acudía a la mendicidad por lapsos de tiempo más o menos largos, y a lo mejor desaparecía, sin duda por encontrar un buen acomodo o almas caritativas que la socorrieran. Respondía al nombre de la *señá Benina* (de lo cual se infiere que Benigna se llamaba), y era la más callada y humilde de la comunidad, si así puede decirse; bien criada, modosa y con todas las trazas de perfecta sumisión a la divina voluntad. Jamás importunaba a los *parroquianos* que entraban o salían; en los *repartos*, aun siendo leoninos, nunca formuló protesta, ni se la vio siguiendo de cerca ni de lejos la bandera turbulenta y demagógica de la *Burlada*. Con todas y con todos hablaba el mismo lenguaje afable y comedido; trataba con miramiento a la Casiana, con respeto al cojo, y únicamente se permitía trato confianzudo, aunque sin salirse de los términos de la decencia, con el ciego llamado Almudena, del cual, por lo pronto, no diré más sino que es árabe, del Sus, tres días de jornada más allá de Marrakesh. Fijarse bien.

Tenía la Benina voz dulce, modos hasta cierto punto finos y de buena educación, y su rostro moreno no carecía de cierta gracia interesante, que manoseada ya por la vejez, era una gracia borrosa y apenas perceptible. Más de la mitad de la dentadura conservaba. Sus ojos, grandes y oscuros, apenas tenían el ribete rojo que imponen la edad y los fríos matinales. Su nariz destilaba menos que las de sus compañeras de oficio, y sus dedos, rugosos y de abultadas coyunturas, no terminaban en uñas de cernícalo. Eran sus manos como de lavandera, y aún conservaban hábitos de aseo. Usaba una venda negra bien ceñida en la frente; sobre ella pañuelo negro, y negros el manto y vestido, algo mejor apañaditos que los de las otras ancianas. Con este pergenio y la expresión sentimental y dulce de su rostro, todavía bien compuesto de líneas, parecía una Santa Rita de Casia que andaba por el mundo en penitencia. Faltábanle sólo el crucifijo y la llaga en la frente, si bien podía creerse que hacía las veces de ésta el lobanillo del tamaño de un garbanzo, redondo, cárdeno, situado como a media pulgada más arriba del entrecejo.

A eso de las diez, la Casiana salió al patio para ir a la sacristía (donde tenía gran metimiento como *antigua*), para tratar con don Senén de alguna incumbencia desconocida para los compañeros y por lo mismo muy comentada. Lo mismo fue salir la *caporala*, que correrse la *Burlada* hacia el otro grupo, como un envoltorio que se echara a rodar por el pasadizo, y sentándose entre la mujer que pedía con dos niñas, llamada Demetria, y el ciego marroquí, dio suelta a la lengua, más cortante y afilada que las diez uñas lagartijeras de sus dedos negros y rapantes.

—Pero qué, ¿no creéis lo que *vos* dije? La *caporala* es rica, mismamente rica, tal como lo estáis oyendo, y todo lo que coge aquí nos lo quita a los que *semos* de verdadera *solenidá*, porque no tenemos más que el día y la noche.

—Vive por allá arriba —indicó la Crescencia—, *orilla en ca los Paúles.*

—¡Quiá, no señora! Eso era antes. Yo lo sé todo —prosiguió *la Burlada*, haciendo presa en el aire con sus uñas—. A mí no me la da ésta, y he tomado lenguas. Vive en Cuatro Caminos, donde tiene corral, y en él cría, con perdón, un cerdo; sin agraviar a nadie, el mejor cerdo de Cuatro Caminos.

—¿Ha visto usted la jorobada que viene por ella?

—¿Que si la he visto? Esa cree que *semos* bobas. La corcovada es su hija, y por más señas costurera, ¿sabes?, y con achaque de la jorobada, pide también. Pero es modista, y gana dinero para casa... total, que allí son ricos, el Señor me perdone; ricos sinvergonzonazos, que engañan a nosotras y a la Santa Iglesia católica, apostólica. Y como no gasta nada en comer, porque tiene dos o tres casas donde le traen todos los días los cazolones de cocido, que es la gloria de Dios..., ¡a ver!

—Ayer —dijo Demetria quitándole la teta a la niña—, bien lo *vide*, le trajeron...

—¿Qué?

—Pues un arroz con almejas, que lo menos había para siete personas.

—¡A ver!... ¿Estás segura de que era con almejas? ¿Y qué, *golía* bien?

—¡Vaya si *golía*!... los cazolones los tiene en ca el sacristán. Allí vienen y se los llenan y hala con todo para Cuatro Caminos.

—El marido... —añadió *la Burlada* echando lumbre por los ojos—, es uno que vende teas y perejil... ha sido *melitar*, y tiene siete cruces sencillas y una con cinco *riales*... Ya ves qué familia. Y aquí me tienes que hoy no he comido más que un corrusco de pan; y si esta noche no me da cobijo la Ricarda en el cajón de Chamberí, tendré que quedarme al santo raso. ¿Tú qué dices, Almudena?

El ciego murmuraba. Preguntado segunda vez dijo con áspera y dificultosa lengua:

—¿Hablar vos del *Piche?* Conocierle mí. No ser marido la Casiana con casamiento, por la luz bendita no ser quirido, por la bendita luz, quirido.

—¿Conócesle tú?

—Conocierle mí, comprarmi dos rosarios él... de mi tierra dos rosarios, y una pieldra imán. Diniero él, mucho diniero... ser capatazo de la sopa en el Sagriado Corazón de allá... y en toda la pobrieza de allá mandando él, con garrota él..., barrio Salamanca..., capatazo... malo, mu malo, y no dejar comer... Ser un criado del Goberno, del Goberno malo de Ispania, y de los del Banco, aonde estar tuda el dinero en cajas soterranas... guardar él, matarnos de hambre él...

—Es lo que faltaba —dijo la *Burlada* con aspavientos de oficiosa ira—; que también tuvieran dinero en las arcas del Banco esos hormigonazos.

—¡Tanto como eso!... Vaya usted a saber —indicó la Demetria, volviendo a dar la tela a la criatura, que había empezado a chillar—. ¡Calla, tragona!

—¡A ver!... Con tanto *chupío*, no sé cómo vives, hija... y usted, *señá* Benina, ¿qué cree?

—¿Yo?... ¿De qué?

—De si *tien* o no *tien* dinero en el Banco.

—¿Y a mí qué? Con su pan se lo coman.

—Con el nuestro, ¡ja, ja!... y encima codillo de jamón.

—¡A callar se ha dicho! —gritó el cojo, vendedor de *La Semana*—. Aquí se viene a lo que se viene, y a guardar la *circunspición*.

—Ya callamos, hombre, ya callamos. ¡A ver!... ¡Ni que *fuas* Vítor Manuel, el que puso preso al Papa!

—Callar, digo, y tengan más religión.

—Religión tengo, aunque no como con la Iglesia como tú, pues yo vivo en compañía del hambre, y mi negocio es miraros tragar y ver los *papelaos* de cosas ricas que *vos* traen de las casas. Pero no tenemos envidia, ¿sabes, Eliseo?, y nos alegramos de ser pobres y de morirnos de flato, para irnos en globo al cielo mientras que tú...

—Yo ¿qué?

—¡A ver!... pues que estás rico, Eliseo; no niegues que estás rico... con la *Semana*, y lo que te da don Senén y el señor cura... Ya sabemos: el que parte y reparte... No es por murmurar: Dios me libre. Bendita sea nuestra santa miseria... El Señor te lo aumente. Dígolo porque te estoy agradecida, Eliseo. Cuando me cogió el coche en la calle de la Luna... fue el día que llevaron a ese Señor de Zorrilla... pues, como digo, mes y medio estuve en el *espital,* y cuando salí, tú, viéndome sola y desamparada, me dijiste: "Señá Flora, ¿por qué no se pone a pedir en un templo, quitándose de la *santimperie,* y arrimándose al cisco de la religión? Véngase conmigo y verá cómo puede sacar un diario, sin rodar por las calles, y tratando con pobres decentes". Eso me dijiste, Eliseo, y yo me eché a llorar, y me vine acá contigo. De lo cual vino el estar yo aquí, y muy agradecida a tu *conduta* fina y de caballero. Sabes que rezo un Padrenuestro por ti todos los días, y le pido al Señor que te haga más rico de lo que eres; que vendas *sin finidá* de *Semanas,* y que te traigan buen bodrio del café y de la casa de los señores condes, para que te hartes tú y la *carreterona* de tu mujer. ¿Qué importa que Crescencia y yo y este pobre Almudena, nos desayunemos a las doce del mediodía con un mendrugo, que serviría para empedrar las santas calles? Yo le pido al Señor que no te falte para el aguardentazo. Tú lo necesitas para vivir; yo me moriría si lo catara... ¡Y ojalá que tus dos hijos lleguen a duques! Al uno le tienes de aprendiz de tornero, y te mete en casa seis reales cada semana; al otro le tienes en una taberna de las Maldonadas, y saca buenas propinillas de las golfas, con perdón... El Señor te los conserve, y te los aumente cada año; y véate yo vestido de terciopelo y con una pata nueva de palo santo, y a tu tarasca véala yo con sombrero de plumas. Soy agradecida: se me ha olvidado el comer, de las hambres que paso; pero no tengo malos quereres, Eliseo de mi alma, y lo que a mí me falta tenlo tú, y come y bebe, y emborráchate; y ten casa de balcón con mesas de *de noche,* y camas de hierro con sus colchas rameadas, tan limpias como las del Rey; y ten hijos que lleven boina nueva y alpargata de suela, y niña que gaste toquilla rosa y zapatito de charol los domingos, y ten un buen anafre, y buenos felpudos para adelante de las camas, y cocina de *co,* con papeles nuevos, y una batería que da gloria con *tantismas* cazoletas; y buenas láminas del Cristo de la Caña y Santa Bárbara bendita, y una cómoda llena de ropa blanca; y pantallas con flores, y hasta máquina de coser que no sirve, pero encima de ella pones la pila de *Semanas;* ten también muchos amigos y vecinos buenos, y las grandes casas de acá, con señores que por verte inválido te dan barreduras del almacén de azúcar, y *papelaos* del café de la *moca* y de arroz de tres pasadas; ten también metimiento con las señoras de la Conferencia, para que te paguen la casa o la cédula, y den plancha de fino a tu mujer... ten eso y más, y más, Eliseo...

Cortó los despotriques vertiginosos de la *Burlada* produciendo un silencio terrorífico en el pasadizo, la repentina aparición de la *señá* Casiana por la puerta de la iglesia.

—Ya salen de misa mayor —dijo; y encarándose después con la habladora, echó sobre ella toda su autoridad con estas despóticas palabras:

—Burlada, pronto a tu puesto, y cerrar el pico, que estamos en la casa de Dios.

Empezaba a salir la gente, y caían algunas limosnas, pocas. Los casos de ronda total, dando igual cantidad a todos, eran muy raros, y aquel día

las escasas moneditas de cinco y dos céntimos iban a parar a las manos diligentes de Eliseo o de la *caporala,* y algo le tocó también a la Demetria, y a *señá Benina.* Los demás poco o nada lograron, y la ciega Crescencia se lamentó de no haberse estrenado. Mientras Casiana hablaba en voz baja con Demetria, la *Burlada* pegó la hebra con Crescencia en el rincón, próximo a la puerta del patio.

—¡Qué le estará diciendo a la Demetria!

—A saber... cosas de ellas.

—Me ha *golido* a bonos por el funeral de *presencia* que tenemos mañana. A Demetria le dan más, por ser *arrecomendada* de ese que celebra la primera misa, el don Rodriguito de las medias moradas, que dicen que es secretario del Papa.

—Le darán toda la carne, y a nosotros los huesos.

—¡A ver!... siempre lo mismo. No hay como andar con dos o tres criaturas para sacar tajada. Y no miran la decencia, porque estas holgazanotas, como Demetria, sobre ser unas grandísimas pendonazas, hacen luego del vicio su comercio. Ya ves: cada año se trae una lechigada, y criando a uno, ya tiene en el buche los huesos del año que viene.

—¿Y es casada?

—Como tú y como yo. De mí nada dirán, pues en San Andrés bendito me casé con mi Roque, que está en gloria, de la consecuencia de una caída del andamio. Esta dice que tiene el marido en *Celipinas,* y será que desde allá le hace los chiquillos... por carta... ¡Ay qué mundo! Te digo que sin criaturas no se saca nada: los señores no miran a la *dinidá* de una, sino a si da el pecho o no da el pecho. Les da lástima de las criaturas, sin reparar en que más *honrás* somos las que no las tenemos, las que estamos en la *senetú,* hartas de trabajos y sin poder valernos. Pero vete tú ahora a *golver* del revés el mundo, y a gobernar la compasión de los señores. Por eso se dice que todo anda trastornado y al revés, hasta los cielos benditos, y lleva razón Pulido cuando habla de la *rigolución mu* gorda, *mu* gorda, que ha de venir para meter en cintura a ricos miserables y a pobres *ensalzaos.*

Concluía la charlatana vieja su perorata, cuando ocurrió un suceso tan extraño, fenomenal e inaudito, que no podría ser comparado sino a la súbita caída de un rayo en medio de la comunidad mendicante, o a la explosión de una bomba: tales fueron el estupor y azoramiento que en toda la caterva mísera produjo. Los más antiguos no recordaban nada semejante; los nuevos no sabían lo que les pasaba. Quedáronse todos mudos, perplejos, espantados. ¿Y qué fue, en suma? Pues nada: que don Carlos Moreno Trujillo, que toda la vida, desde que el *mundo era mundo,* salía infaliblemente por la puerta de la calle de Atocha..., no alteró aquel día su inveterada costumbre; pero a los pocos pasos volvió adentro, para salir por la calle de las Huertas, hecho singularísimo, absurdo, equivalente a un retroceso del sol en su carrera.

Pero no fue principal causa de la sorpresa y confusión la desusada salida por aquella parte, sino que don Carlos se paró en medio de los pobres (que se agruparon en torno de él, creyendo que les iba a repartir otra perra por barba), les miró como pasándoles revista, y dijo: "Eh, señoras ancianas, ¿quién de vosotras es la que llaman la *señá Benina?*"

—Yo, señor, yo soy —dijo la que así se llamaba, adelantándose temerosa de que alguna de sus compañeras le quitase el nombre y el estado civil.

—Esa es —añadió la Casiana con sequedad oficiosa, como si creyese que hacía falta su *exequatur* de caporala para conocimiento o certificación de la personalidad de sus inferiores.

—Pues, *señá Benina* —agregó don Carlos embozándose hasta los ojos para afrontar el frío de la calle—, mañana, a las ocho y media, se pasa usted por casa; tenemos que hablar. ¿Sabe usted dónde vivo?

—Yo la acompañaré —dijo Eliseo echándoselas de servicial y diligente en obsequio del señor y de la mendiga.

—Bueno. La espero a usté, *señá Benina.*

—Descuide el señor.

—A las ocho y media en punto. Fíjese bien —añadió don Carlos a gritos, que resultaron apagados porque le tapaban la boca las felpas húmedas del embozo raído—. Si va usted antes, tendrá que esperarse, y si va después, no me encuentra... ea, con Dios. Mañana es veinticinco: me toca en Monserrat, y después al cementerio. Con que...

IV

¡María Santísima, San José bendito, qué comentarios, qué febril curiosidad, qué ansia de investigar y sorprender los propósitos del buen don Carlos! En los primeros momentos, la misma intensidad de la sorpresa privó a todos de la palabra. Por los rincones del cerebro de cada cual andaba la procesión..., dudas, temores, envidia, curiosidad ardiente. La *señá Benina,* queriendo sin duda librarse de un fastidioso hurgoneo, se despidió afectuosamente, como siempre lo hacía; y se fue. Siguióla, con minutos de diferencia, el ciego Almudena. Entre los restantes empezaron a saltar, como chispas, las frasecillas primeras de su sorpresa y confusión: "Ya lo sabremos mañana... será por desempeñarla... tiene más de cuarenta papeletas".

—Aquí todas nacen de pie —dijo la *Burlada* a Crescencia—, menos nosotras que hemos caído en el mundo como talegos.

Y la Casiana, afilando más su cara caballuna, hasta darle proporciones monstruosas, dijo con acento de compasión lúgubre: "¡Pobre don Carlos! Está más loco que una cabra."

A la mañana siguiente, aprovechando la comunidad el hecho feliz de no haber ido a la parroquia ni la *señá Benina* ni el ciego Almudena, menudearon los comentarios del extraño suceso. La Demetria expuso tímidamente la opinión de que don Carlos quería llevar a la *Benina* a su servicio, pues gozaba ésta de fama de gran cocinera, a lo que agregó Eliseo que, en efecto, la tal había sido maestra de cocina, pero ya no la querían en ninguna parte por vieja.

—Y por sisona —afirmó la Casiana, recalcando con saña el término—. Habéis de saber que ha sido una sisona tremenda, y por ese vicio se ve ahora como se ve, teniendo que pedir para una rosca. De todas las casas en que estuvo la echaron por ser tan larga de uñas, y si ella *hubiá* tenido *conduta,* no le faltarían casas buenas en que acabar tranquila...

—Pues yo —declaró la *Burlada* con negro escepticismo—, *vos* digo que si ha venido a pedir es porque fue honrada; que las muy sisonas juntan dinero para su vejez y se hacen ricas..., que las hay, vaya si las hay. Hasta con coche las he conocido yo.

—Aquí no se habla mal de *naide.*

—No es hablar mal. ¡A ver!... la que habla pestes es *bueycencia,* señora presidenta de ministros.

—¿Yo?

—Sí... Vuestra Eminencia Ilustrísima es la que ha dicho que la *Benina* sisaba, lo cual no es verdad, porque si sisara tuviera, y si tuviera no vendría a pedir. Tómate esa.

—Por *bocona* te has de condenar tú.

No se condena una por bocona, sino por rica, mayormente cuando quita la limosna a los pobres de buena ley, a los que tienen hambre y duermen al raso.

—Ea, que estamos en la casa de Dios, *señoras* —dijo Eliseo dando golpes en el suelo con su pata de palo—. Guarden respeto y decencia unas para otras, como manda la santísima *dotrina.*

Con esto se produjo el recogimiento y tranquilidad que la vehemencia de algunos alteraba tan a menudo,

y entre pedir gimiendo y rezar bostezando se les pasaban las tristes horas.

Ahora conviene decir que la ausencia de la *señá Benina* y del ciego Almudena no era casual aquel día, por lo cual allá van las explicaciones de un suceso que merece mención en esta verídica historia. Salieron ambos, como se ha dicho, uno tras otro, con diferencia de algunos minutos; pero como la anciana se detuvo un ratito en la verja, hablando con Pulido, el ciego marroquí se le juntó y ambos emprendieron juntos el camino por las calles de San Sebastián y Atocha.

—Me detuve a charlar con Pulido por esperarte, amigo Almudena. Tengo que hablar contigo.

Y agarrándole por el brazo con solicitud cariñosa, le pasó de una acera a otra. Pronto ganaron la calle de las Urosas, y parados en la esquina, a resguardo de coches y transeúntes, volvió a decirle: —Tengo que hablar contigo, porque tú solo puedes sacarme de un gran compromiso; tú solo, porque los demás *conocimientos* de la parroquia para nada me sirven. ¿Te enteras tú? ¡Son unos egoístas, corazones de pedernal!... El que tiene, porque tiene; el que no tiene, porque no tiene. Total, que la dejarán a una morirse de vergüenza, y si viene a mano, se gozarán en ver a una pobre mendicante por los suelos.

Almudena volvió hacia ella su rostro, y hasta podría decirse que la miró, si mirar es dirigir los ojos hacia un objeto, poniendo en ellos, ya que no la vista, la intención, y en cierto modo la atención, tan sostenida como ineficaz. Apretándole la mano, le dijo: *"Amri,* saber tú que servirte Almudena él, Almudena mí, como *pierro. Amri, dicermi* cosas tú..., de cosas *tigo".*

—Sigamos para abajo, y hablaremos por el camino, ¿vas a tu casa?

—Voy a do *quierer* tú.

—Paréceme que te cansas. Vamos muy a prisa. ¿Te parece bien

que nos sentemos un rato en la Plazuela del Progreso para poder hablar con tranquilidad?

Sin duda respondió el ciego afirmativamente, porque cinco minutos después se les veía sentados, uno junto a otro, en el zócalo de la verja que rodea la estatua de Mendizábal. El rostro de Almudena, de una fealdad expresiva, moreno cetrino, con barba rala, negra como el ala del cuervo, se caracterizaba principalmente por el desmedido grandor de la boca, que, cuando sonreía, afectaba una curva cuyos extremos, replegando la floja piel de los carrillos, se ponían muy cerca de las orejas. Los ojos eran como llagas ya secas e insensibles, rodeados de manchas sanguinosas; la talla mediana; torcidas las piernas. Su cuerpo había perdido la conformación airosa por la costumbre de andar a ciegas y de pasar largas horas sentado con las piernas dobladas a la morisca. Vestía con relativa decencia, pues su ropa, aunque vieja y llena de mugre, no tenía desgarrón ni avería que no estuvieran enmendados por un zurcido inteligente, o aplicaciones de parches y retazos. Calzaba zapatones negros, muy rozados, pero perfectamente defendidos, con costurones y remiendos habilísimos. El sombrero hongo revelaba servicios dilatados en diferentes cabezas, hasta venir a prestarlos en aquélla: que quizás no sería la última, pues las abolladuras del fieltro no eran tales que impidieran la defensa material del cráneo que cubría. El palo era duro y lustroso; la mano con que lo empuñaba, nerviosa, por fuera de color morenísimo, tirando a etiópico, la palma blanquecina, con tono y blanduras que la asemejaban a una rueda de merluza cruda; las uñas bien cortadas; el cuello de la camisa lo menos sucio que es posible imaginar en la mísera condición y vida vagabunda del desgraciado hijo del Sus.

—Pues a lo que íbamos, Almudena —dijo la *señá Benina*, quitándose el pañuelo para volver a ponérselo, como persona desasosegada y nerviosa que quiere ventilarse la cabeza—. Tengo un grave compromiso, y tú, nada más que tú, puede sacarme de él.

—*Dicermi* ella, tú...

—¿Qué pensabas hacer esta tarde?

—En casa mí, *mocha* que jacer mí: lavar ropa mí, coser *mocha*, remendar *mocha*.

—Eres el hombre más apañado que hay en el mundo. No he visto otro como tú. Ciego y pobre, te arreglas tú mismo tu ropita; enhebras una aguja con la lengua más pronto que yo con mis dedos; coses a la perfección; eres tu sastre, tu zapatero, tu lavandera... Y después de pedir en la parroquia por la mañana, y por las tardes en la calle, te sobra tiempo para ir un ratito al café... eres de lo que no hay; y si en el mundo hubiera justicia y las cosas estuvieran dispuestas con razón, debieran darte un premio... bueno, hijo: pues lo que es esta tarde no te dejo trabajar, porque tienes que hacerme un servicio... para las ocasiones son los amigos?

—¿Qué *sucieder* ti?

—Una cosa tremenda. Estoy que no vivo. Soy tan desgraciada, que si tú no me amparas me tiro por el viaducto... como lo oyes.

—*Amri*... tirar no.

—Es que hay compromisos tan grandes, tan grandes, que parece imposible que se pueda salir de ellos. Te lo diré de una vez para que te hagas cargo: necesito un duro...

—¡Un *durro*! —exclamó Almudena expresando con la súbita gravedad del rostro y la energía del acento el espanto que le causaba la magnitud de la cantidad.

—Sí, hijo, sí..., un duro, y no puedo ir a casa si antes no lo consigo. Es preciso que yo tenga ese duro: discurre tú, pues hay que sacarlo de debajo de las piedras, buscarlo como quiera que sea.

—Es *mocha*... *mocha*... —murmuraba el ciego volviendo su rostro hacia el suelo.

—No es tanto —observó la otra, queriendo engañar su pena con ideas optimistas—. ¿Quién no tiene un duro? Un duro, amigo Almudena, lo tiene cualquiera... conque ¿puedes buscármelo tú, sí o no?

Algo dijo el ciego en su extraña lengua que *Benina* tradujo por la palabra "imposible", y lanzando un suspiro profundo, al cual contestó Almudena con otro no menos hondo y lastimero, quedóse un rato en meditación dolorosa, mirando al suelo y después al cielo y a la estatua de Mendizábal, aquel verdinegro señor de bronce que ella no sabía quién era ni por qué le habían puesto allí. Con ese mirar vago y distraído que es, en los momentos de intensa amargura, como un giro angustioso del alma sobre sí misma, veía pasar por una y otra banda del jardín gentes presurosas o indolentes. Unos llevaban un duro, otros iban a buscarlo. Pasaban cobradores del Banco con el taleguillo al hombro: carricoches con botellas de cerveza y gaseosa; carros fúnebres, en el cual era conducido al cementerio alguno a quien nada importaban ya los duros. En las tiendas entraban compradores que salían con paquetes. Mendigos haraposos importunaban a los señores. Con rápida visión, *Benina* pasó revista a los cajones de tanta tienda, a los distintos cuartos de todas las casas, a los bolsillos de todos los transeúntes bien vestidos, adquiriendo la certidumbre de que en ninguno de aquellos repliegues de la vida faltaba un duro. Después pensó que sería un paso muy salado que se presentase ella en la cercana casa de Céspedes diciendo que hicieran el favor de darle un duro, siquiera se lo diesen a préstamo. Seguramente, se reirían de tan absurda pretensión, y la pondrían bonitamente en la calle. Y no obstante, natural y justo parecía que en cualquier parte donde un duro no representaba más que un valor insignificante, se lo diesen a ella, para quien la tal suma era..., como un *átomo inmenso*.

Y si la ansiada moneda pasara de las manos que con otras muchas la poseían, a las suyas, no se notaría ninguna alteración sensible en la distribución de la riqueza, y todo seguiría lo mismo: los ricos, ricos; pobre ella, y pobres los demás de su condición. Pues siendo esto así, ¿por qué no venía a sus manos el duro? ¿Qué razón había para que veinte personas de las que pasaban no se privasen de un real, y para que estos veinte reales no pasaran por natural trasiego a sus manos? ¡Vaya con las cosas de este desarreglado mundo! La pobre *Benina* se contentaba con una gota de agua, y delante del estanque del Retiro no podía tenerla. Vamos a cuentas, cielo y tierra: ¿perdería algo el estanque del Retiro porque se sacara de él una gota de agua?

V

Esto pensaba, cuando Almudena, volviendo de una meditación calculista, que debía de ser muy triste por la cara que ponía, le dijo:

—¿No *tenier* tú cosa que *peinar?*

—No, hijo: todo empeñado ya, hasta las papeletas.

—¿No haber persona que *priestar ti?*

—No hay nadie que me fíe ya. No doy un paso sin encontrar una mala cara.

—Señor Carlos llamar ti mañana.

—Mañana está muy lejos, y yo necesito el duro hoy, y pronto, Almudena, pronto. Cada minuto que pasa es una mano que me aprieta más el dogal que tengo en la garganta.

—No llorar, *amri*. Tú ser buena *migo*; yo arremediando ti... veslo ahora.

—¿Qué se te ocurre? Dímelo pronto.

—Yo *peinar* ropa.

—¿El traje que compraste en el Rastro? ¿Y cuánto crees que te darán?

—*Dos piesetas* y media.

—Yo haré por sacar tres. ¿Y lo demás?

—Vamos a casa *migo* —dijo Almudena levantándose con resolución.

—Prontito, hijo, que no hay tiempo que perder. Es muy tarde. ¡Pues no hay poquito que andar de aquí a la posada de Santa Casilda!

Emprendieron su camino presurosos por la calle de Mesón de Paredes, hablando poco. *Benina*, más sofocada por la ansiedad que por la viveza del paso, echaba lumbre por su rostro, y cada vez que oía campanadas de relojes hacía una mueca de desesperación. El viento frío del norte los empujaba por la calle abajo, hinchando sus ropas como velas de un barco. Las manos de uno y otra eran de hielo; sus narices rojas destilaban. Enronquecían sus voces; las palabras sonaban con oquedad fría y triste.

No lejos del punto en que Mesón de Paredes desemboca en la Ronda de Toledo, hallaron el parador de Santa Casilda, vasta colmena de viviendas baratas alineadas en corredores sobrepuestos. Entrase a ella por un patio o corralón largo y estrecho, lleno de montones de basura, residuos, despojos y desperdicios de todo lo humano. El cuarto que habitaba Almudena era el último del piso bajo, al ras del suelo, y no había que franquear un solo escalón para penetrar en él. Componíase la vivienda de dos piezas separadas por una estera pendiente del techo: a un lado la cocina, a otra la sala, que también era alcoba o gabinete, con piso de tierra bien apisonado, paredes blancas no tan sucias como otras del mismo caserón o humana madriguera. Una silla era el único mueble, pues la cama consistía en un jergón y mantas pardas, arrimado todo a un ángulo. La cocinilla no estaba desprovista de pucheros, cacerolas, botellas, ni tampoco de víveres. En el centro de la habitación, vio *Benina* un bulto negro, algo como un lío de ropa, o un costal abandonado. A la escasa luz que entraba después de cerrada la puerta, pudo observar que aquel bulto tenía vida. Por el tacto, más que por la vista, comprendió que era una persona.

—Ya estar aquí la *Pedra* borracha.

—¡Ah! ¡qué cosas! Es esa que te ayuda a pagar el cuarto... borrachona sinvergüenzonaza... pero no perdamos tiempo, hijo; dame el traje, que yo lo llevaré... y con la ayuda de Dios sacaré siquiera dos ochenta. Ve pensando en buscarme lo que falta. La Virgen Santísima te lo dará, y yo he de rezarle para que te lo dé doblado, que a mí seguro es que no quiere darme cosa ninguna.

Haciéndose cargo de la impaciencia de su amiga, el ciego descolgó de un clavo el traje que él llamaba nuevo, por un convencionalismo muy corriente en las combinaciones mercantiles, y lo entregó a su amiga, que en cuatro zancajos se puso en el patio y en la Ronda, tirando luego hacia el llamado Campillo de Manuela. El mendigo, en tanto, pronunciando palabras coléricas, que no es fácil al narrador reproducir, por ser en lengua arábiga, palpaba el bulto de la mujer embriagada, que como cuerpo muerto en mitad del cuartucho yacía. A las expresiones airadas del ciego, sólo contestó con ásperos gruñidos, y dio media vuelta, despatarrándose y estirando los brazos para caer de nuevo en sopor más hondo y en más brutal inercia.

Almudena metía mano por entre las ropas negras, cuyos pliegues, revueltos con los del montón, formaban un lío inextricable, y acompañando su registro de exclamaciones furibundas, exploró también el fláccido busto, como si amasara pellejos con trapos. Tan nervioso estaba el hombre, que descubría lo que debe estar cubierto, y tapaba lo que gusta de ver la luz del día. Allí sacó rosarios, escapularios, un fajo de papeletas de empeño envuelto en un pedazo de periódico, trozos de herradura recogidos en las calles, muelas de animales o de personas, y otras baratijas. Terminado el registro, entró la *Benina,* de vuelta ya de su diligencia, la cual había despachado con tanta presteza, como si la hubieran llevado y traído en volandas los angelitos del cielo. Venía la pobre mujer sofocadísima del veloz correr por las calles; apenas podía respirar, y su rostro sudoroso despedía fuego, sus ojos alegría.

—Me han dado tres —dijo mostrando las monedas—, una en cuartos. No he tenido poca suerte en que estuviera allí Valeriano; que a llegar a estar el ama, la Reimunda, trabajo me costara sacarle dos y pico.

Respondiendo al contento de la anciana, Almudena, con cara de regocijo y triunfo, le mostró entre los dedos una peseta.

—Encontrarla aquí, en el *piecho* de ésta... cogerla *tigo.*

—¡Oh, qué suerte! ¿Y no tendrá más? Busca bien, hijo.

—No *tenier* más. Mi regolver cosas *piecho.*

Benina sacudía las ropas de la borracha esperando ver saltar una moneda. Pero no saltaron más que dos horquillas, y algunos pedacitos de carbón.

—No tenier más.

Siguió parloteando el ciego, y por las explicaciones que le dio del carácter y costumbres de la mujerona, pudo comprender que si se hubieran encontrado a ésta en estado de normal despejo, les habría dado la peseta con sólo perdirla. Con una breve frase sintetizó Almudena a su compañera de hospedaje: "Ser güena, ser mala... coger ella *tudo,* dar ella *tudo".*

Acto continuo levantó el colchón, y escarbando en la tierra, sacó una petaca vieja y sucia, que cuidadosamente escondía entre trapos y cartones, y metiendo los dedos en ella, como quien saca un cigarro, extrajo un papelejo, que desenvuelto mostró una monedita de dos reales nueva y relucinete. La cogió *Benina,* mientras Almudena sacaba de su bolsillo,

donde tenía multitud de herramientas, tijeras, canuto de agujas, navajas, etc., otro envoltorio con dos perras gordas. Añadió a ellas la que había recibido de don Carlos, y lo dio todo a la pobre anciana, diciéndole: *"Amri, arriglar* así *tigo."*

—Sí, sí... pongo lo mío de hoy y ya falta tan poco, que no quiero molestarte más. ¡Gracias a Dios! Me parece mentira. ¡Ay hijo, qué bueno eres! Mereces que te caiga la lotería, y si no te cae, es porque no hay justicia en la tierra ni en el cielo... Dios te lo pague... estoy en ascuas. Adiós, hijo, no puedo detenerme ni un momento más... Dios te lo pague... estoy en ascuas. Me voy volando a casa... Quédate en la tuya... y a esta pobre desgraciada, cuando despierte, no la pegues, hijo, ¡pobrecita! Cada uno, por el aquel de no sufrir, se emborracha con lo que puede; ésta con el aguardentazo, otros con otra cosa. Yo también las cojo; pero no así: las mías son de cosas de más adentro... ya te contaré, ya te contaré.

Y salió disparada, las monedas metidas en el seno, temerosa de que alguien se las quitara por el camino, o de que se le escaparan volando, arrastradas de sus tumultuosos pensamientos. Al quedarse solo, Almudena fue a la cocina, donde, entre otros cachivaches, tenía una palanganita de estaño y un cántaro de agua. Se lavó las manos y los ojos; después cogió un cazuelo en que había cenizas y carbones apagados, y pasando a una de las casas vecinas, volvió al poco rato con lumbre, sobre la cual derramó un puñadito de cierta sustancia que en un envoltorio de papel tenía junto a la cama. Levantóse del fuego humareda muy densa y un olor penetrante. Era el sahumerio de benjuí, única remembranza material de la tierra nativa que Almudena se permitía en su destierro vagabundo. El aroma especial, característica de casa mora, era su consuelo, su placer más vivo, práctica juntamente casera y religiosa, pues envuelto en aquel humo se puso a rezar cosas que ningún cristiano podía entender.

Con el humazo, la borracha gruñía más, y carraspeaba y tosía, como queriendo dar acuerdo de sí. El ciego no le hacía más caso que a un perro, atento sólo a sus rezos en lengua que no sabemos si era arábiga o hebrea, tapándose un ojo con cada mano, y bajándolas después sobre la boca para besárselas. Mediano rato empleó en sus meditaciones, y al terminarlas vio sentada ante sí a la mujerzuela que con ojos esquivos y lloricones, a causa del picor producido por el espeso sahumerio, le miraba. Presentándole gravemente las palmas de las mano, Almudena le soltó estas palabras:

—Gran púa, no haber más que un Dios... b'rracha, b'rrachona, no haber más que un Dios... un Dios, un Dios solo, solo.

Soltó la otra sonora carcajada, y llevándose la mano al pecho, quería arreglar el desorden que la mano inquieta de su compañero de vivienda había causado en aquella parte interesantísima de su persona. Tan torpe salía del sueño alcohólico, que no acertaba a poner cada cosa en su sitio, ni a cubrir las que la honestidad requiere y ha querido siempre se que cubran.

—Jai, tú me has arregistrao.

—Sí..., no haber más que un Dios, un Dios solo.

—¿Y a mí, qué? Por mí que haigan do o cuarenta, todos los que ellos mesmos quieran haberse... Pero di, gorrón, me has quitado la peseta. No importa. Pa ti era.

—¡Un Dios solo!

Y viéndole coger el palo, se puso la mujer en guardia, diciéndole: "Ea, no pegues, Jai. Basta ya de sahumerio, y ponte a hacer la cena. ¿Cuánto dinero tienes? ¿Qué quieres que te traiga?..."

—¡B'rrachona!, no haber dinero... llevarlo los embaixos tú dormida.

—¿Qué te traigo? —murmuró la mujer negra tambaleándose y cerrando los ojos—. Aguárdate un poquitín. Tengo sueño, Jai.

Cayó nuevamente en profundo sopor, y Almudena, que había requerido el palo con intenciones de usarlo como infalible remedio de la embriaguez, tuvo lástima y suspiró fuerte, mascullando estas o parecidas palabras: "Pegar ti otro día".

VI

Casi no es hipérbole decir que la señá Benina, al salir de Santa Casilda, poseyendo el incompleto duro que calmaba sus mortales angustias, iba por rondas, travesías y calles como un flecha. Con sesenta años a la espalda, conservaba su agilidad y viveza, unidas a una perseverancia inagotable. Se había pasado lo mejor de su vida en un ajetreo afanoso, que exigía tanta actividad como travesura, esfuerzos locos de la mente y de los músculos, y en tal enseñanza se había fortificado de cuerpo y espíritu, formándose en ella el temple extraordinario de mujer que irán conociendo los que lean esta puntual historia de su vida. Con increíble presteza entró en una botica de la calle de Toledo; recogió medicinas que había encargado muy de mañana; después hizo parada en la carnicería y en la tienda de ultramarinos, llevando su compra en distintos envoltorios de papel, y, por fin, entró en un casa de la calle Imperial, próxima a la rinconada en que está el Almotacén y Fiel Contraste. Deslizóse a lo largo del portal angosto, obstruido y casi intransitable por los colgajos de un comercio de cordelería que en él existe; subió la escalera, con rápidos andares hasta el principal, con moderado paso hasta el segundo; llegó jadeante al tercero, que era el último, con honores de sotabanco. Dio vuelta a un patio grande, por galería de emplomados cristales, de suelo desigual, a causa de los hundimientos y desniveles de la vieja fábrica, y al fin llegó a una puerta de cuarterones, despintada; llamó... Era su casa, la casa de su señora, la cual, en persona, tentando las paredes, salió al ruido de la campanilla, o más bien afónico cencerroreo, y abrió, no sin precaución de preguntar por la mirilla, cuadrada, defendida por una cruz de hierro.

—Gracias a Dios, mujer... —le dijo en la misma puerta—. ¡Vaya unas horas! Creí que te había cogido un coche, o que te había dado un accidente,

Sin chistar siguió *Benina* a su señora hasta un gabinetillo próximo, y ambas se sentaron. Excusó la criada las explicaciones de su tardanza por el miedo que sentía de darlas, y se puso a la defensiva, esperando, a ver por donde salía Doña Paca y qué posiciones tomaba en su irascible genio. Algo la tranquilizó el tono de las primeras palabras con que fue recibida; esperaba ella una fuerte reprimenda, vocablos displicentes. Pero la señora parecía estar de buenas, domado, sin duda, el áspero carácter por la intensidad del sufrimiento. *Benina* se proponía, como siempre, acomodarse al son que le tocara la otra, y a poco de estar junto a ella, cambiadas las primeras frases, se tranquilizó. "¡Ay, señora, qué día! Yo estaba deshecha; pero no me dejaban, no me dejaban salir de aquella bendita casa."

—No me lo expliques —dijo la señora, cuyo acentillo andaluz persistía, aunque muy atenuado, después de cuarenta años de residencia en Madrid. Ya estoy al tanto. Al oír las doce, la una, las dos, me decía yo: "Pero, señor ¿por qué tarda tanto la Nina?", hasta que me acordé...

—Justo.

—Me acordé... como tengo en mi cabeza todo el almanaque... de que hoy es San Romualdo, confesor y obispo de Farsalia...

—Cabal.

—Y son los días del señor sacerdote en cuya casa estás de asistenta.

—Si yo pensara que usted lo había de adivinar, habría estado más tranquila —afirmó la criada, que en su extraordinaria capacidad para forjar y exponer mentiras, supo aprovechar el sólido cable que su ama le arrojaba—. ¡Y que no ha sido floja la tarea!

—Habrás tenido que dar un gran almuerzo. Ya me lo figuro. ¡Y que no serán cortos de tragaderas los curanganos de San Sebastián, compañeros y amigos de tu don Romualdo!

—Todo lo que le diga es poco.

—Cuéntame: ¿qué les has puesto? —preguntó ansiosa la señora, que gustaba de saber lo que se comía en las casas ajenas—. Ya estoy al tanto. Les harías una mayonesa.

—Lo primero un arroz, que me quedó muy a punto. ¡Ay, Señor, cuánto lo alabaron! Que si era yo la primera cocinera de toda la Europa... que si por vergüenza no se chupaban los dedos...

—¿Y después?

—Una pepitoria que ya la quisieran para sí los ángeles del cielo. Luego, calamares en su tinta... Luego...

—Pues aunque te tengo dicho que no me traigas sobras de ninguna casa, pues prefiero la miseria que me ha enviado Dios, a chupar huesos de otras mesas... como te conozco, no dudo que me habrás traído algo. ¿Dónde tienes la cesta?

Viéndose cogida, *Benina* vaciló un instante; mas no era mujer que se arredraba ante ningún peligro, y su maestría para el embuste le sugirió pronto el hábil quite: "Pues, señora, dejé la cesta, con lo que traje, en casa de la señorita Obdulia, que lo necesita más que nosotras".

—Has hecho bien. Te alabo la idea, Nina. Cuéntame más. ¿Y un buen solomillo, no pusiste?

—¡Anda, anda! Dos kilos y medio, señora. Sotero Rico me lo dio de lo superior.

—¿Y postres, bebidas?

—Hasta *Champaña de la Viuda.* Son el diantre los curas, y de nada se privan... Pero vámonos adentro, que es muy tarde, y estará la señora desfallecida.

—Lo estaba; pero... no sé: parece que me he comido todo eso de que has hablado... En fin, dame de almorzar.

—¿Qué ha tomado? ¿El poquito de cocido que le aparté anoche?

—Hija, no puedo pasarlo. Aquí me tienes con media onza de chocolate crudo.

—Vamos, vamos allá. Lo peor es que hay que encender lumbre. Pero pronto despacho... ¡Ah!, también le traigo las medicinas. Eso lo primero.

—¿Hiciste todo lo que te mandé? —preguntó la señora, en marcha las dos hacia la cocina—. ¿Empeñaste mis dos enaguas?

—¿Cómo no? Con las dos pesetas que saqué, y otras dos que me dio don Romualdo por ser su santo, he podido atender a todo.

—¿Pagaste el aceite de ayer?

—¡Pues no!

—¿Y la tila y la sanguinaria?

—Todo, todo... Y aún me ha sobrado, después de la compra, para mañana.

—¿Querrá Dios traernos mañana un buen día? —dijo con honda tristeza la señora, sentándose en la cocina, mientras la criada, con nerviosa prontitud, reunía astillas y carbones.

—¡Ay!, sí, señora; téngalo por cierto.

—¿Por qué me lo aseguras, Nina?

—Porque lo sé. Me lo dice el corazón. Mañana tendremos un buen día, estoy por decir que un gran día.

—Cuando lo veamos te diré si aciertas... No me fío de tus corazonadas. Siempre estás con que mañana, que mañana...

—Dios es bueno.

—Conmigo no lo parece. No se cansa de darme golpes: me apalea, no me deja respirar. Tras un día malo, viene otro peor. Pasan años aguardando el remedio, y no hay ilusión que no se me convierta en desengaño. Me canso de sufrir, me canso también de esperar. Mi esperanza es traidora, y como me engaña siempre, ya no quiero esperar cosas buenas, y las espero malas para que vengan... siquiera regulares.

—Pues yo que la señora —dijo *Benina* dándole al fuelle—, tendría confianza en Dios, y estaría contenta... Ya ve que yo lo estoy... ¿no me ve? Yo siempre creo que cuando menos lo pensemos nos vendrá el golpe de suerte, y estaremos tan ricamente, acordándonos de estos días de apuros, y desquitándonos de ellos con la gran vida que nos vamos a dar.

—Ya no aspiro a la buena vida, Nina —declaró casi llorando la señora—: sólo aspiro al descanso.

—¿Quién piensa en la muerte? Eso no; yo me encuentro muy a gusto en este mundo fandanguero, y hasta le tengo ley a los trabajillos que paso. Morirse no.

—¿Te conformas con esta vida?

—Me conformo, porque no está en mi mano el darme otra. Venga todo antes que la muerte, y padezcamos con tal que no falte un pedazo de pan, y pueda uno comérselo con dos salsas muy buenas: el hambre y la esperanza.

—¿Y soportas, además de la miseria la vergüenza, tanta humillación, deber a todo el mundo, no pagar a nadie, vivir de mil enredos, trampas y embustes, no encontrar quien te fíe valor de dos reales, vernos perseguidas de tenderos y vendedores?

—¡Vaya si lo soporto!... Cada cual, en esta vida, se defiende como puede. ¡Estaría bueno que nos dejáramos morir de hambre estando las tiendas tan llenas de cosas de sustancia! Eso no: Dios no quiere que a nadie se le enfríe el cielo de la boca por no comer, y cuando no nos da dinero, un suponer, nos da la sutileza del caletre para inventar modos de allegar lo que hace falta, sin robarlos..., eso no. Porque yo prometo pagar, y pagaré cuando lo tengamos. Ya saben que somos pobres... que hay formalidad en casa, ya que no *haigan* otras cosas. ¡Estaría bueno que nos afligiéramos porque los tenderos no cobran estas miserias, sabiendo, como sabemos, que están ricos!...

—Es que tú no tienes vergüenza, Nina; quiero decir, decoro; quiero decir, dignidad.

—Yo no sé si tengo eso; pero tengo boca y estómago natural, y sé también que Dios me ha puesto en el mundo para que viva, y no para que me deje morir de hambre. Los gorriones, un suponer, ¿tienen vergüenza? ¡Quiá!... lo que tienen es pico... Y mirando las cosas como deben mirarse, yo digo que Dios, no tan sólo ha criado la tierra y el mar, sino que son obra suya mismamente las tiendas de ultramarinos, el Banco de España, las casas donde vivimos y, pongo por caso, los puestos de verdura... Todo es de Dios.

—Y la moneda, la indecente moneda, ¿de quién es? —preguntó con lastimero acento la señora—. Contéstame.

—También es de Dios, porque Dios hizo el oro y la plata... los billetes, no sé... pero también, también.

—Lo que yo digo, Nina, es que las cosas son del que las tiene..., y las tiene todo el mundo menos nosotras... ¡Ea! date prisa, que siento debilidad. ¿En dónde me pusiste las medicinas?... Ya: están sobre la cómoda. Tomaré una papeleta de salicilato antes de comer... ¡Ay, qué trabajo me dan estas piernas! En vez de llevarme ellas a mí, tengo yo que tirar de ellas (*Levantándose con gran esfuerzo*). Mejor andaría yo con muletas. ¿Pero has visto lo que hace Dios conmigo? ¡Si

esto parece burla! Me ha enfermado de la vista, de las piernas, de la cabeza, de los riñones, de todo menos del estómago. Privándome de recursos, dispone que yo digiera como un buitre.

—Lo mismo hace conmigo. Pero yo no lo llevo a mal, señora, ¡Bendito sea el Señor, que nos da el bien más grande de nuestros cuerpos: el hambre santísima.

VII

Ya pasaba de los sesenta la por tantos títulos infeliz Doña Francisca Juárez de Zapata, conocida en los años .de aquella su decadencia lastimosa por *doña Paca,* a secas, con lacónica y plebeya familiaridad. Ved aquí en qué paran las glorias y altezas de este mundo, y qué pendiente hubo de recorrer la tal señora, rodando hacia la profunda miseria, desde que ataba los perros con longaniza, por los años 59 y 60, hasta que la encontramos viviendo inconscientemente de limosna, entre agonías, dolores y vergüenzas mil. Ejemplos sin número de estas caídas ofrecen las poblaciones grandes, más que ninguna ésta de Madrid, en que apenas existen hábitos de orden; pero a todos los ejemplos supera el de Doña Francisca Juárez, tristísimo juguete del destino. Bien miradas estas cosas y el subir y bajar de las personas en la vida social, resulta gran tontería echar al destino la culpa de lo que es obra exclusiva de los propios caracteres y temperamentos, y buena muestra de ello es doña Paca, que en su propio ser desde el nacimiento llevaba el desbarajuste de todas las cosas materiales. Nacida en Ronda, su vista se acostumbró desde la niñez a las vertiginosas depresiones del terreno; y cuando tenía pesadillas, soñaba que se caía a la profundísima hondura de aquella grieta que llaman *Tajo*. Los nacidos en Ronda deben de tener la cabeza muy firme y no padecer de vértigos ni cosa tal, hechos a contemplar abismos espantosos. Pero doña Paca no sabía mantenerse firme en las alturas: instintivamente se despeñaba; su cabeza no era buena para esto ni para el gobierno de la vida, que es la seguridad de vista en el orden moral.

El vértigo de Paquita Juárez fue un estado crónico desde que la casaron, muy joven, con don Antonio María Zapata, que le doblaba la edad, intendente de ejército, excelente persona, de holgada posición por su casa, como la novia, que también poseía bienes raíces de mucha cuenta. Sirvió Zapata en el ejército de Africa, división de Echagüe, y después de Was-Ras pasó a la Dirección del ramo. Establecido el matrimonio en Madrid, le faltó tiempo a la señora para poner su casa en un pie de vida frívola y aparatosa que, si empezó ajustando las vanidades al marco de las rentas y sueldos, pronto se salió de todo límite de prudencia, y no tardaron en aparecer los atrasos, las irregularidades, las deudas; hombre ordenadísimo era Zapata; pero de tal modo le dominaba su esposa, que hasta le hizo perder sus cualidades eminentes; y el que tan bien supo administrar los caudales del ejército, veía perderse los suyos, olvidado del arte para conservarlos. Paquita no se ponía tasa en el vestir elegante, ni en el lujo de mesa, ni en el continuo zarandeo de bailes y reuniones, ni en los dispendiosos caprichos. Tan notorio fue ya el desorden que Zapata, aterrado, viendo venir el trueno gordo, hubo de vencer la modorra en que su cara mitad le tenía, y se puso a hacer números y a querer establecer método y razón en el gobierno de su hacienda; pero ¡oh triste sino de la familia!, cuando más engolfado estaba el hombre en su aritmética, de la que esperaba su salvación, cogió una pulmonía y pasó a mejor vida el Viernes Santo por la tarde, dejando dos hijos de corta edad: Antoñito y Obdulia.

Administradora y dueña del caudal activo y pasivo, Francisca no tardó en demostrar su ineptitud para el manejo de aquellas enredosas materias, y a su lado surgieron, como los gusanos en cuerpo corrupto, infinitas personas que se la comían por dentro y por fuera, devorándola sin compasión. En esta época desastrosa, entró a su servicio Benigna, que si desde el primer día se acreditó de cocinera excelente, a las pocas semanas hubo de revelarse como la más intrépida sisona de Madrid. Qué tal sería la moza en este terreno, que la misma doña Francisca, de una miopía radical para la inspección de sus intereses, pudo apreciar la rapacidad minuciosa de la sirvienta, y aun se determinó a corregirla. En justicia, debo decir que Benigna (entre los suyos llamada *Benina*, y *Nina* simplemente por la señora) tenía cualidades muy buenas que, en cierto modo, compensaban, en los desequilibrios de su carácter, aquel defecto grave de la sisa. Era muy limpia, de una actividad pasmosa, que producía el milagro de agrandar los horas y los días. Además de esto, doña Francisca estimaba en ella el amor intenso a los niños de la casa; amor sincero, y, si se quiere, positivo, que se revelaba en la vigilancia constante, en los exquisitos cuidados con que sanos o enfermos los atendía. Pero las cualidades no fueron bastante eficaces para impedir que el defecto promoviera cuestiones agrias entre ama y sirvienta, y en una de éstas, *Benina* fue despedida. Los niños la echaron muy de menos, y lloraban por su Nina graciosa y soboncita.

A los tres meses se presentó de visita en la casa. No podía olvidar a la señora ni a los nenes. Estos eran su amor, y la casa, todo lo material de ella, la encariñaba y atraía. Paquita Juárez también tenía especial gusto en charlar con ella, pues algo (no sabía qué) existía entre las dos que secretamente las enlazaba, algo de común en la extraordinaria diversidad de sus caracteres.

Menudearon las visitas. ¡Ay!, la *Benina* no se encontraba a gusto en la casa donde a la sazón servía. En fin, que ya la tenemos otra vez en la domesticidad de doña Francisca; y tan contenta ella, y satisfecha la señora, y los pequeñuelos locos de alegría. Sobrevino en aquel tiempo un aumento de las dificultades y ahogos de la familia en el orden administrativo: las deudas roían con diente voraz el patrimonio de la casa; se perdían fincas valiosas, pasando sin saber cómo, por artes de usura infame, a las manos de los prestamistas. Como carga preciosa que se arroja de la embarcación al mar en los apuros del naufragio, salían de la casa los mejores muebles, cuadros, alfombras riquísimas: las alhajas habían salido ya..., pero por más que se aligeraba el buque, la familia continuaba en peligro de zozobra y de sumergirse en los negros abismos sociales.

Para mayor desdicha, en aquel funesto período del 70 al 80, los dos niños padecieron gravísimas enfermedades: tifoidea el uno; eclampsia y epilepsia la otra. *Benina* les asistió con tal esmero y solicitud tan amorosa, que se pudo creer que los arrancaba de las uñas de la muerte. Ellos le pagaban, en verdad, estos cuidados con un afecto ardiente. Por amor a *Benina* más que por el de su madre, se prestaban a tomar las medicinas, a callar y estarse quietecitos, a sudar sin ganas, y a no comer antes de tiempo: todo lo cual no impidió que entre ama y criada surgiesen cuestiones y desavenencias, que trajeron una segunda despedida. En un arrebato de ira o de amor propio, *Benina* salió disparada, jurando y perjurando que no volvería a poner los pies en aquella casa, y que al partir sacudía sus zapatos para no llevarse pegado en ellos el polvo de las esteras... Pues lo que es alfombras, ya no las había.

En efecto: antes del año, aparecióse *Benina* en la casa. Entró, anegado en lágrimas el rostro, diciendo:

"Yo no sé qué tiene la señora; yo no sé qué tiene esta casa, y estos niños, y estas paredes, y todas las cosas que aquí hay: yo no sé más sino que no me hallo en ninguna parte: en casa rica estoy, con buenos amos que no reparan en dos reales más o menos; seis duros de salario... pues no me hallo, señora, y paso la noche y el día acordándome de esta familia, y pensando si estarán bien o no estarán bien. Me ven suspirar, y creen que tengo hijos. Yo no tengo a nadie en el mundo más que a la señora, y sus hijos son mis hijos, pues como a tales los quiero..."

Otra vez *Benina* al servicio de doña Francisca Juárez, como criada única y para todo, pues la familia había dado un bajón tremendo en aquel año, siendo tan notorias las señales de ruina, que la criada no podía verlas sin sentir aflicción profunda. Llegó la ocasión ineludible de cambiar el cuarto en que vivían por otro más modesto y barato. Doña Francisca, apegada a las rutinas y sin determinación para nada, vacilaba. La criada, quitándole en momentos tan críticos las riendas del gobierno, decidió la mudanza, y desde la calle de Claudio Coello saltaron a la del Olmo. Por cierto que hubo no pocas dificultades para evitar un desahucio vergonzoso: todo se arregló con la generosa ayuda de *Benina*, que sacó del Monte sus economías, importantes tres mil y pico de reales, y las entregó a la señora, estableciéndose desde entonces comunidad de intereses en la adversa como en la próspera fortuna. Pero ni aun en aquel rasgo de caridad hermosa desmintió la pobre mujer sus hábitos de sisa, y descontó un pico para guardarlo cuidadosamente en su baúl, como base de un nuevo montepío, que era para ella necesidad de su temperamento y placer de su alma.

Como se ve, tenía el vicio del descuento, que, en cierto modo, por otro lado, era la virtud del ahorro. Difícil expresar dónde se empalmaban y confundían la virtud y el vicio. La costumbre de escatimar una parte grande o chica de lo que se le daba para la compra, el gusto de guardar su caudal de perras, se sobreponían en su espíritu a todas las demás costumbres, hábitos y placeres. Había llegado a ser el sisar y el reunir como cosa instintiva, y los actos de este linaje se diferenciaban poco de las rapiñas y escondrijos de la urraca. En aquella tercera época, del 80 al 85, sisaba como antes, aunque guardando medida proporcional con los mezquinos haberes de doña Francisca. Sucediéronse en aquellos días grandes desventuras y calamidades. La pensión de la señora, como viuda de intendente, había sido retenida en dos tercios por los prestamistas, los empeños sucedían a los empeños, y por librarse de un ahogo, caía pronto en mayores apreturas. Su vida llegó a ser un continuo afán: las angustias de una semana engendraban las de la semana siguiente; raros eran los días de relativo descanso. Para atenuar las horas tristes, sacaban fuerzas de flaqueza, alegrando con afectadas fantasmagorías los ratos de la noche, cuando se veían libres de acreedores molestos y de reclamaciones enfadosas. Fue preciso hacer nuevas mudanzas, buscando la baratura, y del *Olmo* pasaron al *Saúco,* y del *Saúco* al *Almendro.* Por esta fatalidad de los nombres de árboles en las calles donde vivieron parecían pájaros que volaban de rama en rama, dispersados por las escopetas de los cazadores o las pedradas de los chicos.

En una de las tremendas crisis de aquel tiempo, tuvo *Benina* que acudir nuevamente al fondo de su cofre, donde escondía el *gato* o montepío, producto de sus descuentos y sisas. Ascendía el montón a diez y siete duros. No pudiendo decir a su señora la verdad, salió con el cuento de que una prima suya, la Rosaura, que comerciaba en miel alcarreña, le había dado unos duros para que se los guardara. "Dame, dame todo lo que tengas, *Benina,* así Dios te con-

ceda la gloria eterna, que yo te lo devolveré doblado cuando los primos de Ronda me paguen lo del pejugar... ya sabes..., es cosa de días..., ya viste la carta".

Y revolviendo en el fondo del baúl, entre mil baratijas y líos de trapos, sacó la sisona doce duros y medio y los dio a su ama diciéndole: "Es todo lo que tengo. No hay más; puede creerlo: es tan verdad como que nos hemos de morir".

No podía remediarlo. Descontaba su propia caridad y sisaba en su limosna.

VIII

Tantas desdichas, parecerá mentira, no era más que el preámbulo del infortunio grande, aterrador, en que el infeliz linaje de los Juárez y Zapatas había de caer, en la boca del abismo en que sumergido le hallamos al referir su historia. Desde que vivían en la calle del O'mo, doña Francisca fue abandonada de la sociedad que la ayudó a dar al viento su fortuna, y en las calles del Saúco y Almendro desaparecieron las pocas amistades que le restaban. Por entonces la gente de la vecindad, los tenderos chasqueados y las personas que de ella tenían lástima empezaron a llamarla *doña Paca,* y ya no hubo forma de designarla con otro nombre. Gentezuelas desconsideradas y groseras solían añadir al nombre familiar algún otro mote infamante: Doña Paca *la tramposa, la Marquesa del infundio.*

Está visto que Dios quería probar a la dama rondeña, porque a las calamidades del orden económico añadió la grande amargura de que sus hijos, en vez de consolarla, despuntando por buenos y sumisos, agobiaran su espíritu con mayores mortificaciones, y clavaran en su corazón espinas muy punzantes. Antoñito, defraudando las esperanzas de su mamá, y esterilizando los sacrificios que se habían hecho para encarrilarle en los estudios, salió de la piel del diablo. En vano su madre y *Benina*, sus dos madres más bien, se desvivían por quitarle de la cabeza las malas ideas: ni el rigor ni las blanduras daban resultado. Se repetía el caso de que, cuando ellas creían tenerle conquistado con carantoñas y mimos, él las engañaba con fingida sumisión, y escamoteándoles la voluntad, se alzaba con el santo y la limosna. Era muy listo para el mal, y hallábase dotado de seducciones raras para hacerse perdonar sus travesuras. Sabía esconder su astuta malicia bajo apariencias agradables; a los dieciséis años engañaba a sus madres como si fueran niñas; traía falsos certificados de exámenes; estudiaba por apuntes de los compañeros, porque vendía los libros que se le habían comprado. A los diecinueve años, las malas compañías dieron ya carácter grave a sus diabluras; desaparecía de la casa por dos o tres días, se embriagaba, se quedó en los huesos. Uno de los principales cuidados de las dos madres era esconder en las entrañas de la tierra la poca moneda que tenían, porque con él no había dinero seguro. La sacaba con arte exquisito del seno de doña Paca, o del bolso mugriento de *Benina*. Arramblaba por todo, fuera poco, fuera mucho. Las dos mujeres no sabían qué escondrijos inventar ni en qué profundidades de la cocina o de la despensa esconder sus mezquinos tesoros.

Y a pesar de esto, su madre le quería entrañablemente, y *Benina* le adoraba, porque no había otro con más arte y más refinado histrionismo para fingir el arrepentimiento. A sus delirios seguían comúnmente días de recogimiento solitario en la casa, derroche de lágrimas y suspiros, protestas de enmienda, acompañadas de un febril besuqueo de las caras de las dos madres burladas... El blando corazón de éstas, engañado por tan bonitas demostraciones, se dejaba adormecer en la confianza cómoda y fácil, hasta que, de improviso, del fondo de aquellas zalamerías, verdaderas o falsas, saltaba el ladronzuelo, como diablillo de trampa en el centro de una caja de dulces, y..., otra vez el muchacho a sus correrías infames y las pobres mujeres a su desesperación.

Por desgracia o por fortuna (y vaya usted a saber si era fortuna o desgracia), ya no había en la casa cubiertos de plata, ni objeto alguno de metal valioso. El demonio del chico hacía presa en cuanto encontraba, sin despreciar las cosas de valor ínfimo; y después de arramblar por los paraguas y sombrillas, la emprendió con la ropa interior, y un día, al levantarse de la mesa, aprovechando un momento de descuido de sus madres y hermana, escamoteó el mantel y dos servilletas. De su propia ropa no se diga: en pleno invierno andaba por las calles sin abrigo ni capa, respetado de las pulmonías, protegido sin duda contra ellas por el fuego interior de su perversidad. Ya no sabían doña Paca y *Benina* dónde esconder las cosas, pues temían que les arrebatara hasta la camisa que llevaban puesta. Baste decir que desaparecieron en una noche las vinagreras, y un estuchito de costura de Obdulia; otra noche dos planchas y unas tenacillas, y sucesivamente elásticas usadas, retazos de tela, y multitud de cosas útiles aunque de valor insignificante. Libros no había ya en la casa, y doña Paca no se atrevía ni a pedirlos prestados, temerosa de no poder devolverlos. Hasta los de misa habían volado, y tras ellos, o antes que ellos, gemelos de teatro, guantes en buen uso, y una jaula sin pájaro.

Por otro estilo, y con organismo totalmente distinto del de su hermano, la niña daba también mucha guerra. Desde los doce años se desarrolló en ella el neurosismo en un grado tal, que las dos madres no sabían cómo templar aquella gaita. Si la trataban con rigor, malo; si con mimos, peor. Ya mujer, pasaba sin transición de las inquietudes epilépticas a una languidez mortecina. Sus melancolías intensas aburrían a las pobres mujeres tanto como sus excitaciones, determinantes de una gran actividad muscular y mental. La alimentación de Obdulia llegó a ser el problema capital de la casa, y entre las desganas y los caprichos famélicos de la niña, las madres perdían su tiempo, y la paciencia que Dios les había concedido al por mayor. Un día le daban, a costa de grandes sacrificios, manjares ricos y substanciosos, la niña los tiraba por la ventana; otro, se hartaba de bazofias que le producían horroroso flato. Por temporadas se pasaba días y noches llorando, sin que pudiera averiguarse la causa de su duelo; otras veces se salía con un geniecillo displicente y quisquilloso que era el mayor suplicio de las dos mujeres. Según opinión de un médico que por lástima las visitaba, y de otros que tenían consulta gratuita, todo el desorden nervioso y psicológico de la niña era cuestión de anemia, y contra esto no había más terapéutica que el tratamiento ferruginoso, los buenos filetes y los baños fríos.

Era Obdulia bonita, de facciones delicadas, tez opalina, cabello castaño, talle sutil y esbelto, ojos dulces, habla modosita y dengosa cuando no estaba de morros. No puede imaginarse ambiente menos adecuado a semejante criatura, mañosa y enfermiza, que la miseria en que había crecido y vivía. Por intervalos se notaban en ella síntomas de presunción, anhelos de agradar, preferencias por estas o las otras personas, algo que indicaba las inquietudes o anuncios del cambio de vida, de lo cual se alegraba doña Paca, porque tenía sus proyectos referentes a la niña. La buena señora se habría desvivido por realizarlos, si Obdulia se equilibrara, si atendiera al complemento de su educación, bastante descuidada, pues escribía muy mal, e ignoraba los rudimentos del saber que poseen casi todas las niñas de la clase media. La ilusión de doña Paca era casarla con uno de los hijos de su primo Matías, propietario rondeño, chicos guapines y bien criados, que seguían carrera en Sevilla, y alguna vez venían a Madrid por San Isidro. Uno de ellos, Currito Zapata, gustaba de Obdulia: casi se entablaron relaciones amorosas que por el carácter de la niña y sus extravagancias melindrosas no llegaron a formalizarse. Pero la madre no abandonaba la idea, o al menos, acariciándola en su mente, con ella se consolaba de tantas desdichas.

De la noche a la mañana, viviendo la familia en la calle del Olmo, se iniciaron, sin saber cómo, no sé qué relaciones telegráficas entre Obdulia y un chico de enfrente, cuyo padre administraba una empresa de servicios fúnebres. El bigardón aquél no carecía de atractivos, estudiaba en la Universidad y sabía mil cosas bonitas que Obdulia ignoraba, y fueron para ella como una revelación. Literatura y poesía, versitos, mil baratijas del humano saber pasaron de él a ella en cartitas, entrevistas y honestos encuentros.

No miraba esto con buenos ojos doña Paca, atenta a su plan de casarla con el rondeño; pero la niña, que tomado había en aquellos tratos no pocas lecciones de romanticismo elemental, se puso como loca viéndose contrariada en su espiritual querencia. Le daban por mañana y tarde furiosos ataques epilépticos, en los que se golpeaba la cara y se arañaba las manos; y, por fin, un día *Benina* la sorprendió preparando una ración de cabezas de fósforos con aguardiente para ponérsela entre pecho y espalda. La marimorena que se armó en la casa no es para ser referida. Doña Paca era un mar de lágrimas; la niña bailaba el zapateado, tocando el techo con las manos, y *Benina* pensaba dar parte al administrador de *entierros* para que, mediante una buena paliza u otra medicina eficaz, le quitase a su hijo aquella pasión de *cosas de muertos*, *cipreses* y *cementerios* de que había contagiado a la pobre señorita.

Pasado algún tiempo sin conseguir apartar a la descarriada Obdulia del trato amoroso con *el chico de la funebridad,* consintiéndoselo a veces por vía de transacción con la epilepsia, y por evitar mayores males, Dios quiso que el conflicto se resolviera de un modo repentino y fácil, y la verdad, con tal solución se ahorraban unas y otras muchos quebraderos de cabeza, porque también la *familia fúnebre* andaba a mojicones con el chico para apartarle del abismo en que arrojarse quería. Pues sucedió que una mañanita la niña supo burlar la vigilancia de sus dos madres y se escapó de la casa; el mancebo hizo lo propio. Juntáronse en la calle, con propósito firme de ir a algún poético lugar donde pudieran quitarse la miserable vida, bien abrazaditos, expirando al mismo tiempo, sin que el uno pudiera sobrevivir al otro. Así lo determinaron en los primeros momentos, y echaron a correr pensando simultáneamente en cuál sería la mejor manera de matarse, de golpe y porrazo, sin sufrimiento alguno, y pasando en un tris a la región pura de las almas libres. Lejos de la calle del Almendro, se modificaron repentinamente sus ideas, y con perfecta concordancia pensaron cosas muy distintas de la muerte. Por fortuna, el chico tenía dinero, pues había cobrado la tarde anterior una factura de *féretro doble de zinc* y otra de un *servicio completo de cama imperial y conducción con seis caballos, etc.* La posesión del dinero realizó el prodigio de cambiar las ideas de suicidio en ideas de prolongación de la existencia; y variando de rumbo se fueron a almorzar a un café, y después a una casa cercana, de la cual, ya tarde, pasaron a otra donde escribieron a sus respectivas familias, notificándoles *que ya estaban casados.*

Como casados, propiamente hablando, no lo estaban aún; pero el trámite que faltaba tenía que venir necesariamente. El padre del chico se personó en casa de doña Paca, y allí se convino, llorando ella y pa-

teando él, que no había más remedio que reconocer y acatar los hechos consumados. Y puesto que doña Francisca no podía dar a su niña dinero o efectos, ni aun en mínima cantidad para ayuda de un catre, él daría a Luquitas alojamiento en lo alto del depósito de ataúdes, y un sueldecillo en la sección de *Propaganda.* Con eso, y el corretaje que pudiera corresponderle por *trabajar el género* en las *casas mortuorias,* colocación de *artículos de lujo,* o por agencia de embalsamamientos, podría vivir el flamante matrimonio con honrada modestia.

IX

No se había consolado aún la desventurada señora de la pena que el desatino de su hija le causara, y se pasaba las horas lamentándose de su suerte, cuando entró en quintas Antoñito. La pobre señora no sabía si sentirlo o alegrarse. Triste cosa era verle soldado, con el chopo a cuestas: al fin era señorito, y se le despegaba la vida de los cuarteles. Pero también pensaba que la disciplina militar le vendría muy bien para corregir sus malas mañas. Por fortuna o por desgracia del joven, sacó un número muy alto, y quedó de reserva. Pasado algún tiempo, y después de una ausencia de cuatro días, presentóse a su madre y le dijo que se casaba, que quería casarse, y que si no le daba su consentimiento él se lo tomaría.

—Hijo mío, sí, sí —dijo la madre prorrumpiendo en llanto—. Vete con Dios, y solitas *Benina* y yo, viviremos con alguna tranquilidad. Puesto que has encontrado quien cargue contigo, y tienes ya quien te cuide y aguante, allá te las hayas. Yo no puedo más.

A la pregunta de cajón sobre el nombre, linaje y condiciones de la novia, replicó el silbante que la conceptuaba muy rica y tan buena que no había más que pedir. Pronto se supo que era hija de una sastra, que pespuntaba con primor, y que no tenía más dote que su dedal.

—Bien, niño, bien —le dijo una tarde doña Paca—. Me he lucido con mis hijos. Al menos Obdulia, viviendo entre ataúdes, tiene sobre qué caerse muerta... pero tú, ¿de qué vas a vivir? ¿Del dedal y las puntadas de ese prodigio? Verdad que como eres tan trabajador y tan económico, aumentarás las ganancias de ella con tu arreglo. ¡Dios mío, qué maldición ha caído sobre mí y sobre los míos! Que me muera pronto para no ver los horrores que han de sobrevenir.

Debe notarse, la verdad, ante todo, que desde que empezó el noviazgo de Antoñito con la hija de la sastra, se fue corrigiendo de sus mañas rapaces, hasta que se le vio completamente curado de ellas. Su carácter sufrió un cambio radical: mostrándose afectuoso con su madre y con *Benina*, resignábase a no tener más dinero que el poquísimo que le daban, y hasta en su lenguaje se conocía el trato de personas más honradas y decentes que las de antaño. Esto fue parte a que doña Paca le concediera el consentimiento; sin conocer a la novia ni mostrar ganas de conocerla. Charlando con su señora de estas cosas, *Benina* aventuró la idea de que tal vez por aquel torcido sendero de la boda del mequetrefe, vendría la suerte a la casa, pues la suerte, ya se sabe, no viene nunca por donde lógicamente se la espera, sino por curvas y vericuetos increíbles. No se daba por convencida doña Paca, que sintiéndose minada de una melancolía corrosiva, no veía ya en la existencia ningún horizonte que no fuera ceñudo y tempestuoso. Con hallarse ya las dos mujeres, por la colocación de los hijos, en mejores condiciones de reposo y de vida, no se avenían con su soledad, y echaban de menos a *la familia menuda;* cosa en verdad muy natural, porque es ley que los mayores conserven el afecto a la descendencia, aunque és-

ta los martirice, los maltrate y los deshonre.

A poco de celebrarse las dos bodas, trasladóse doña Paca de la calle del Almendro a la Imperial, buscando siempre baraturas, que al fin y al cabo no le resolvían el problema de vivir sin recursos. Estos se habían reducido a cero, porque el resto disponible de la pensión apenas bastaba para tapar la boca a los acreedores menudos. Casi todos los días del mes se pasaban en angustiosos arbitrios para reunir cuartos, cosa en extremo difícil ya, porque no había en la casa objetos de valor. El crédito en tiendas o en cajones de la plazuela, habíase agotado. De los hijos nada podía esperarse, y bastante hacían los pobres con asegurar malamente su propia subsistencia. La situación era, pues, desesperada, de naufragio irremediable, flotando los cuerpos entre las bravas olas, sin tabla o madero a qué poder agarrarse. Por aquellos días, hizo la *Benina* prodigiosas combinaciones para vencer las dificultades, y dar de comer a su ama gastando inverosímiles cantidades metálicas. Como tenía conocimiento en las plazuelas, por haber sido en tiempos mejores excelente parroquiana, no le era difícil adquirir comestibles a precio ínfimo, y gratuitamente huesos para el caldo, trozos de lombardas o repollos averiados, y otras menudencias. En los comercios para pobres, que ocupan casi toda la calle de la Ruda, también tenía buenas amistades y relaciones, y con poquísimo dinero, o sin ninguno a veces, tomando al fiado, adquiría huevos chicos, rotos y viejos, puñados de garbanzo o lentejas, azúcar morena de restos de almacén, y diversas porquerías que presentaba a la señora como artículos de mediana clase.

Por ironía de su destino, doña Paca, afligida de diversas enfermedades, conservaba su buen apetito y el gusto de los manjares selectos; gusto y apetito que en cierto modo venía a ser también enfermedad, en aquel caso de las más rebeldes, porque en las farmacias, llamadas tiendas de comestibles, no despachaban sin dinero. Con esfuerzos sobrehumanos, empleando la actividad corpórea, la atención intensa y la inteligente travesura, *Benina* le daba de comer lo mejor posible, a veces muy bien, con delicadezas refinadas. Un profundo sentimiento de caridad la movía, y además el ardiente cariño que a la triste señora profesaba, como para compensarla, a su manera, de tantas desdichas y amarguras. Conformábase ella con chupar algunos huesos y catar desperdicios, siempre y cuando doña Paca quedase satisfecha. Pero no por caritativa y cariñosa perdía sus mañas instintivas; siempre ocultaba a su señora una parte del dinero, trabajosamente reunido, y la guardaba para formar nuevo fondo y capital nuevo.

Al año del casorio, los hijos, que habían entrado en la vida matrimonial con regular desahogo, empezaron a recibir golpes de la suerte, como si heredaran la maldición recaída sobre la pobre madre. Obdulia, que no pudo habituarse a vivir entre cajas de muerto, enfermó de hipocondría; malparió; sus nervios se desataron; la pobreza y las negligencias de su marido, que de ella no se cuidaba, agravaron sus males constitutivos. Mezquinamente socorrida por sus suegros, vivía en un sotabanco de la calle de la Cabeza, mal abrigada y peor comida, indiferente a su esposo, consumiéndose en letal ociosidad, que fomentaban los desvaríos de su imaginación.

En cambio, Antoñito se había hecho hombre formal después de casado, tal vez por obra y gracia de la virtud, buen juicio y laboriosidad de su mujer, que salió verdadera alhaja. Pero todos esos méritos, que habían producido el milagro de la redención moral de Antonio Zapata, no bastaban a defenderle de la pobreza. Vivía el matrimonio en un cuartito de la calle de San Carlos, que parecía el interior de una bombonera, y apenas

se entraba en él se veía en todo una mano hacendosa. Para mayor dicha, el que en otro tiempo perteneció a la clase de los llamados *golfos*, adquiría el hábito y el gusto del trabajo productivo, y no habiendo cosa mejor en qué ocuparse, se había hecho corredor de anuncios. Todo el santo día le teníais como un azacán, de comercio en comercio, de periódico en periódico, y aunque de sus comisiones había que descontar el considerable gasto del calzado, siempre le quedaba para ayuda del cocido, y para aliviar a la Juliana de su enorme tarea en la *Singer*. Y que la moza no se andaba en chiquitas: su fecundidad no era inferior a su disposición casera, porque en el primer parto trajo dos gemelos. No hubo más remedio que poner ama, y una boca más en la casa obligó a duplicar los movimientos de la *Singer* y las correrías de Antoñito por las calles de Madrid. Antes de la venida de los gemelos, el ex-golfo solía sorprender a su madre con esplendideces y rasgos de amor filial, que eran las únicas alegrías saboreadas por la infeliz señora en mucho tiempo; le llevaba una peseta, dos pesetas, a veces medio duro, y doña Paca lo agradecía más que si sus parientes de Ronda le regalaran un cortijo. Pero desde que se posesionaron de la casa los mellizos, ávidos de vida y de leche, que había que formar con buenos alimentos, el dichoso y asendereado padre no pudo obsequiar a la abuelita con los sobrantes de su ganancia, porque no los tenía. Más que para dar estaba para que le dieran.

Al contrario de este matrimonio, el de los *funerarios*, Luquitas y Obdulia, iba mal, porque el esposo se distraía de sus obligaciones domésticas y de su trabajo; frecuentaba demasiado el café, y quizás lugares menos honestos, por lo cual se le privó de la cobranza de facturas de servicios mortuorios. Obdulia no tenía ni asomos de arreglo; pronto se vio agobiada de deudas; cada lunes y cada martes enviaba recaditos a su madre con la portera, pidiéndole cuartos, que doña Paca no podía darle. Todo esto era ocasión de nuevos afanes y cavilaciones para *Benina*, que amaba entrañablemente a la señorita de la casa, y no podía verla con hambre y necesidad, sin tratar al instante de socorrerla según sus medios. No sólo tenía que atender a su casa, sino a la de Obdulia, cuidando de que lo más preciso no faltase en ella. ¡Qué vida, qué fatigas horrorosas, qué pugilato con el destino, en las sombras tétricas de la miseria vergonzante, que tiene que guardar el crédito, mirar por el decoro! La situación llegó a ser un día tan extremadamente angustiosa, que la heroica anciana, cansada de mirar a cielo y tierra por si inopinadamente caía algún socorro, perdido el crédito en las tiendas, cerrados todos los caminos, no vio más arbitrio para continuar la lucha que poner su cara en vergüenza saliendo a pedir limosna. Hízolo una mañana, creyendo que lo haría por única vez, y siguió luego todos los días, pues la fiera necesidad le impuso el triste oficio mendicante, privándola en absoluto de todo otro medio de atender a los suyos. Llegó por sus pasos contados, y no podía menos de llegar y permanecer allí hasta la muerte, por ley social, económica, si es que así se dice. Mas no queriendo que su señora se enterase de tanta desventura, armó el enredo de que le había salido una buena *proporción* de asistenta, en casa de un señor eclesiástico, alcarreño, tan piadoso como adinerado. Con su presteza imaginativa bautizó al fingido personaje, dándole para engañar mejor a la señora, el nombre de don Romualdo. Todo se lo creyó doña Paca, que rezaba algunos Padrenuestros para que Dios aumentase la piedad y las rentas del buen sacerdote, por quien *Benina* tenía algo que traer a casa. Deseaba conocerle, y por las noches, engañando las dos su tristeza con charlas y cuentos, le pedía noticias de él y de sus sobrinas y hermanas, de cómo estaba puesta la casa, y del gasto que hacían; a lo que contestaba *Benina* con detalladas referencias y pormenores, simulacro perfecto de la verdad.

X

Pues señor, atando ahora el cabo de esta narración, sigo diciendo que aquel día comió la señora con buen apetito, y mientras tomaba los alimentos adquiridos con el duro del ciego Almudena, digería fácilmente los piadosos engaños que su criada y compañera le iba metiendo en el cuerpo. Había llegado a tener doña Paca tal confianza en la disposición de *Benina*, que apenas se inquietaba ya por las dificultades del mañana, segura de que la otra las había de vencer con su diligencia y conocimiento del mundo, valiéndole de mucho la protección del bendito don Romualdo. Ama y criada comieron juntas y de sobremesa doña Paca le decía: "No debes escatimar el tiempo a esos señores; y aunque tu obligación es servirles no más que hasta las doce, si algún día quieren que te estés allí por la tarde, estáte mujer, que ya me entenderé yo aquí como pueda".

—Eso no —respondió *Benina*—, que tiempo hay para todo, y yo no puedo faltar de aquí. Ellos son gente buena, y se hacen cargo...

—Bien se les conoce. Yo le pido al Señor que les premie el trato que te dan, y mi mayor alegría hoy sería saber que a don Romualdo me le hacían obispo.

—Pues ya suena el run run de que van a proponerle; sí señora, obispo de no sé qué punto, allá en las islas de Filipinas.

—¿Tan lejos? No, eso no. Por acá tienen que dejarle para que haga mucho bien.

—Lo mismo piensa la Patros, ¿sabe? la mayor de las sobrinas.

—¿Esa que me has dicho tiene el pelo entrecano y bizca un poco?

—No; ésa es la otra.

—Ya, ya... Patros es la que tartamudea, y padece de temblores.

—Esa. Pues dice que a dónde van ellas por esos mares de tan lejos... no, no; más vale simple cura por aquí, que arzobispo allá, donde, según dicen, son las doce del día cuando aquí tenemos las doce de la noche.

—En los antípodas.

—Pero la hermana, doña Josefa, dice que venga la mitra, y sea donde Dios quisiere, que ella no teme ir al fin del mundo, con tal de ver al reverendísimo en el puesto que le corresponde.

—Puede que tenga razón. ¿Y qué hemos de hacer nosotras más que conformarnos con la voluntad del Señor, si nos llevan tan lejos al que, amparándote a ti, a mí también me ampara? Ya sabe Dios lo que hace y hasta podría suceder que lo que creemos un mal fuera un bien, y que el buen don Romualdo, al marcharse, nos dejara bien recomendadas a un obispo de acá, o al propio Nuncio...

—Yo creo que sí. En fin, allá veremos.

No pasó de aquí la conversación referente al imaginario sacerdote, a quien doña Paca conocía ya como si le hubiera visto y tratado, forjándose en su mente un tipo real con los elementos descriptivos y pintorescos que *Benina* un día y otro le daba. Pero lo demás que picotearon se queda en el tintero para dar lugar a cosas de mayor importancia.

—Cuéntame, mujer. Y Obdulia ¿qué dice?

—Pues nada. ¿Qué ha de decir la pobre? El pillo de Luquitas no parece por allí hace dos días. Asegura la niña que tiene dinero, que cobró de un *embalsamado* y se lo gasta con unas pendangas de la calle del Bonetillo.

—¡Jesús me valga! Y su padre, ¿qué hace?

—Reprenderle, castigarle si le coge a mano. Lo que es a ése no le

enderezan ya. A la niña le mandan comida de casa de los padres; pero tan tasada, que no le llega al colmillo. Se moriría de hambre si no le llevara yo lo que le llevo. ¡Pobre ángel! Pues verá usted: estos días me la he encontrado contenta. Ya sabe usted que la niña es así. Cuando hay más motivos para que esté alegre, se pone a llorar; cuando debiera estar triste, se pone como unas castañuelas. Sólo Dios entiende aquella zampoña y la manera de templarla. Pues la he visto contenta, sí, señora, y es porque da en figurarse cosas buenas. Más vale así. Es de las que se creen todo lo que fabrican ellas mismas en su cabeza. De este modo, son felices cuando debieran ser desgraciadas.

—Pues si le da por lo contrario, ayúdame tú a sentir... ¿Y estaba sola, enteramente sola con la chica?

—No, señora: allí estaba ese caballero tan fino que la acompaña algunas mañanas; ése que es de la familia de los Delgados, paisano de usted.

—Ya... Frasquito Ponte. Figúrate si lo conoceré. Es de mi tierra, o de Algeciras, que viene a ser lo mismo. Ha sido elegantón y se empeña en serlo todavía... porque te advierto que es más viejo que un palmar... Buena persona, caballero de principios, y que sabe tratar con damas, de éstos que no se estilan ya, pues ahora todo es grosería y mala educación. Viene a ser Ponte cuñado de unas primas de mi esposo, porque su hermana se casó con..., en fin, ya no me acuerdo del parentesco. Me alegro de que trate a mi hija, pues a ésta le convienen relaciones de sujetos dignos, decentes y de buena posición.

—Pues la posición del tal don Frasquito me parece a mí que es como la del que está montado al aire, lo mismo que los brillantes.

—En mis tiempos era un solterón que se daba buena vida. Tenía un buen empleo, comía en casas grandes y se pasaba las noches en el Casino.

—Pues debe de estar ahora más pobre que una rata, porque las noches se las pasa...

—¿Dónde?

—En los palacios encantados de la *señá* Bernarda, calle de Mediodía Grande..., la casa de dormir, ¿sabe?

—¿Qué me cuentas?

—Ese Ponte duerme allí cuando tiene las tres reales que cuesta la cama, en el dormitorio de primera.

—Tú estás trastornada, *Benina*.

—Le he visto, señora. La Bernarda es amiga mía. Fue la que nos prestó los ocho duros aquéllos, ¿sabe?, cuando la señora tuvo que sacar cédula con recargo, y pagar un poder para mandarlo a Ronda.

—Ya..., la que venía todos los días a reclamar la deuda y nos freía la sangre.

—La misma. Pues con todo, es buena mujer. No nos hubiera reclamado *por justicia*, aunque nos amenazaba. Otras son peores. Sepa usted que está rica, y con las seis casas de dormir que tiene, no le baja de cuarenta mil duros lo que ha ganado, sí, señora, y todo ello lo ha puesto en el Banco, y vive del interés.

—¡Qué cosas se ven! Bueno está el mundo... Pues volviendo al *caballero Ponte,* que así le llamaban en Andalucía, si es tan pobre como dices, dará lástima verle... Y más vale así, porque la reputación de la niña podría sufrir algo, si en vez de ser el tal una ruina, un pobre mendigo de levita, fuera un galán de posibles, aunque viejo.

—Yo creo —dijo *Benina* riendo, pues su condición jovial se mostraba en cuantito que los afanes de la vida le daban un respiro—, que va allá... para que le embalsamen... Buena falta le hace. Y que se den prisa, antes que esté *corruto*.

Doña Paca se rió un poco con aquellas ocurrencias, y después pidió informes de la otra familia.

—Al niño no le he visto ni hoy ni ayer —respondió *Benina*—; pero me ha dicho la Juliana que anda corriendo ahora como las mismas exhalaciones, porque, con esto del trancazo, le han salido muchos anunciantes de medicina. Piensa ganar mucho dinero y *echar* él un periódico, todo de cosas de tienda, poniendo, un suponer, dónde venden este artículo o el otro artículo. Los dos mellizos parecen rollos de manteca; pero buenos cocidos y buenos guisados les cuestan, que el ama sabe cuándo empieza a comer, pero no cuándo acaba. La Juliana me dijo que probaremos algo de la *matanza* que le ha de mandar su tío el día del santo, y además dos cortes de botinas, de las echadas a perder en la zapatería para donde ella pespunta.

—Es buena esa chica —dijo con gravedad doña Paca—, aunque tan ordinaria, que no empareja ni emparejará nunca conmigo. Sus regalos me ofenden, pero se los agradezco por la buena voluntad... En fin, es hora de que nos acostemos. Pues ya me parece que va medio hecha la digestión; prepárame la medicina para dentro de media hora. Esta noche me siento más cargada de las piernas, y con la vista muy perdida. ¡Santo Dios, si me quedaré ciega! Yo no sé qué es esto. Como bien, gracias a Dios, y la vista se me va de día en día, sin que me duelan los ojos. Ya no paso las noches en vela, gracias a ti, que todo lo discurres por mí, y al despertar, veo las cosas borradas y las piernas se me hacen de algodón. Yo digo: ¿qué tiene que ver el reuma con la visual? Me mandan que pasee. ¿Pero a dónde voy yo con esta facha, sin ropa decente, temiendo tropezarme a cada paso con personas que me conocieron en otra posición, o con esos tipos ordinarios y soeces a quienes se debe alguna cantidad?

Acercóse al oír esto *Benina* de lo más importante que tenía que decir a su señora aquella noche, y no queriendo dejarlo para última hora, por temor a que se desvelara, antes de que salieran de la cocina, y mientras una y otra recogían las escasas piezas de loza para fregarlas, no desdeñándose doña Francisca de este bajo servicio, le dijo en el tono más natural que usar sabía:

—¡Ah!, ya no me acordaba... ¡qué cabeza tengo! Hoy me encontré al señor don Carlos Moreno Trujillo.

Quedóse doña Paca suspensa, y poco faltó para que se le cayera de las manos el plato que estaba lavando.

—Don Carlos... pero ¿has dicho don Carlos?... Y qué... ¿te habló, te preguntó por mí?

—Naturalmente, y con un interés que...

—¿Es deveras? A buenas horas se acuerda de mí ese avaro, que me ha visto caer en la miseria, a mí, a la cuñada de su mujer... Pues Purita y mi Antonio eran hermanos, ya sabes..., y no ha sido para tenderme una mano...

—El año pasado, tal día como hoy cuando se quedó viudo, mandó a la señora un socorrito.

—¡Seis duros! ¡Qué vergüenza! —exclamó doña Paca dando vueltas a su indignación y a la inquina y despecho acumulados en su alma durante tantos años de oprobio y escasez—. La cara se me pone como fuego al decirlo. ¡Seis duros!, y unos pingajos de Purita, guantes sucios, faldas rotas, y un traje de sociedad, antiquísimo, de cuando se casó la Reina... ¿Para qué me sirvieron aquellas porquerías?... En fin, sigue contando: le encontraste, ¿a qué hora, en qué sitio?

—Serían las doce y media. El salía de San Sebastián...

—Ya sé que se pasa toda la mañana de iglesia en iglesia, royendo peanas. ¿Dices que a las doce y media? ¡Pues si a esa hora estabas tú sirviendo el almuerzo a don Romualdo!

No era Benina mujer que se acobardara por esta cogida. Su mente, fecunda para el embuste, y su memoria felicísima para ordenar las mentiras que antes había dicho y hacerlas

valer en apoyo de la mentira nueva, la sacaron del apuro.

—¿Pero no dije a usted que cuando ya habían puesto la mesa, faltaba una ensaladera, y tuve que ir a comprarla de prisa y corriendo a la Plaza del Angel, esquina a Espoz y Mina?

—Si me lo dijiste, no me acuerdo. ¿Pero cómo dejabas la cocina momentos antes de servir el almuerzo?

—Porque la zagala que tenemos no sabe las calles, y además, no entiende de compras. Hubiera tardado un siglo, y de fijo me trae una jofaina en vez de una ensaladera... Yo fui volando, mientras la Patros se quedaba en la cocina..., que lo entiende, crea usted que lo entiende tanto como yo, o más... En fin, que me encontré al vejestorio de don Carlos.

—Pero si para ir de la calle de la Greda a Espoz y Mina no tenías que pasar por San Sebastián, mujer.

—Digo que él salía de San Sebastián. Le vi venir de allá, mirando al reloj de Canseco. Yo estaba en la tienda. El tendero salió a saludarle. Don Carlos me vio; hablamos...

—¿Y qué te dijo? Cuéntame qué te dijo.

—¡Ah!... Me dijo, me dijo... preguntóme por la señora y por los niños.

—¡Que le importarán a ese corazón de piedra la madre ni los hijos! ¡Un hombre que tiene en Madrid treinta y cuatro casas, según dicen, tantas como la edad de Cristo y una más; un hombre que ha ganado dinerales haciendo contrabando con géneros, untando a los de la Aduana y engañando a medio mundo, venirse ahora con cariñitos! A buenas horas, mangas verdes... le dirías que le desprecio, que estoy por demás orgullosa con mi miseria, si mi miseria es una barrera entre él y yo... porque ése no se acerca a los pobres sino con su cuenta y razón. Cree que repartiendo limosnas de ochavo, y proporcionándose por poco precio las oraciones de los humildes, podrá engañar al de arriba y estafar la gloria eterna, o colarse en el cielo de contrabando, haciéndose pasar por lo que no es, como introducía el hilo de Escocia declarándolo percal de a real y medio la vara, con marchamos falsos, facturas falsas, certificados de origen falso también... ¿Le has dicho eso? Di, ¿se lo has dicho?

XI

—No le he dicho eso, señora, ni había para qué —replicó *Benina*, viendo que doña Francisca se excitaba demasiado, y que toda la sangre al rostro se le subía.

—Pero tú no recordarás lo que hicieron conmigo él y su mujer, que también era *Alejandro en puño*. Pues cuando empezaron mis desastres, se aprovecharon de mis apuros para hacer su negocio. En vez de ayudarme, tiraban de la cuerda para estrangularme más pronto. Me veían devorada por la usura y no eran para ofrecerme un préstamo en buenas condiciones. Ellos pudieron salvarme y me dejaron perecer. Y cuando me veía yo obligada a vender mis muebles, ellos me compraban, por un pedazo de pan, la sillería dorada de la sala y los cortinones de seda... Estaban al acecho de las gangas, y al verme perdida, amenazada de un embargo, claro..., se presentaban como salvadores... ¿Qué me dieron por el San Nicolás de Tolentino, de escuela sevillana, que era la joya de la casa de mi esposo, un cuadro que él estimaba más que su propia vida? ¿Qué me dieron? ¡Veinticuatro duros, *Benina* de mi alma, veinticuatro duros! Como que me cogieron en una hora tonta, y yo, muerta de ansiedad y de susto, no sabía lo que me hacía. Pues un señor del Museo me dijo después que el cuadro no valía menos de diez mil reales... ¡Ya ves qué gente! No sólo desconocieron siempre la verdadera caridad, sino que ni por el forro conocían la delicadeza. De todo lo que recibíamos

de Ronda, peras, piñonate y alfajores, le mandábamos a Pura una buena parte. Pues ellos cumplían con una bandejita de dulces el día de San Antonio, y alguna cursilería de bazar en mi cumpleaños. Don Carlos era tan gorrón, que casi todos los días se dejaba caer en casa a la hora a que tomábamos el café... ¡y cómo se relamía! Ya sabes que el de su casa no era más que agua de fregar. Y si íbamos al teatro juntos, convidados a mi palco, siempre se arreglaban de modo que comprase Antonio las entradas... De la grosería con que utilizaban a todas horas nuestro coche, nada te digo. Ya recordarás que el mismo día en que ajustamos la venta de la sillería, se estuvieron paseando en él todita la tarde, dándose un pisto estrepitoso en la Castellana y Retiro.

No quiso *Benina* quitarle la cuerda con interrupciones y negativas, porque sabía que cuando se disparaba en aquel tema era mejor dejar que le diese todas las vueltas. Hasta que no puso la señora el punto, sofocada y casi sin aliento, no se aventuró a decirle:

—Pues don Carlos me mandó que fuera a su casa mañana.

—¿Para qué?

—Para hablar conmigo...

—Como si lo viera. Querrá mandarme una limosna... Justamente: hoy es el aniversario de la muerte de Pura... Se saldrá con alguna porquería.

—¡Quién sabe, señora! Puede que se arranque...

—¿Ese? Ya estoy viendo que te pone en la mano un par de pesetas o un par de duros, creyendo que por este rasgo han de bajar los ángeles, tocando violines y guitarras, a ensalzar su caridad. Yo que tú, rechazaría la limosna. Mientras tengamos a nuestro don Romualdo, podemos permitirnos un poquito de dignidad, Nina.

—No nos conviene. Podría incomodarse y decir, un suponer, que es usted orgullosa y qué sé yo qué.

—Que lo diga. ¿Y a quién se lo va a decir?

—Al propio don Romualdo, de quien es amigote. Todos los días oye la misa, y después echan un parrafito en la sacristía.

—Pues haz lo que quieras. Y por lo que pueda sobrevenir, cuéntale a don Romualdo quién es don Carlos, y hazle ver que sus devociones de última hora no son de recibo. En fin, yo sé que no. has de dejarme mal, y ya me contarás mañana lo que saques de la visita, y que será lo que el negro del sermón.

Algo más hablaron. *Benina* procuraba extinguir y enfriar la conversación, evitando las réplicas y dando a éstas tono conciliador. Pero la señora tardó en dormirse, y la criada también, pasándose parte de la noche en la preparación mental de sus planes estratégicos para el día siguiente, que sería, sin duda, muy dificultoso, si no tenía la suerte de que don Carlos le pusiera en la mano una buena porrada de duros... que bien podría ser.

A la hora fijada por el señor de Moreno Trujillo, ni minuto más ni minuto menos, llamaba *Benina* a la puerta del principal de la calle de Atocha, y una criada la introdujo en el despacho, que era muy elegante; todos los muebles igualitos en color y hechura. Mesa de ministro ocupaba el centro, y en ella había muchos libros y fajos de papeles. Los libros no *eran de leer,* sino de cuentas, todo muy limpio y ordenadito. La pared del centro ostentaba el retrato de doña Pura, cubierto con una gasa negra, en marco que parecía de oro puro. Otros retratos de fotografía, que debían ser de las hijas, yernos y nietecillos de don Carlos, veíanse en diversas partes de la estancia. Junto al cuadro grande, y pegadas a él, como las ofrendas o ex-votos en el altar, pendían multitud de coronas de trapo con figuradas rosas, violetas y narcisos, y luengas cintas negras con letras de oro. Eran las coronas que habían llevado a la se-

ñora en su entierro, y que don Carlos quiso conservar en casa, porque no se estropeasen en la intemperie del camposanto. Sobre la chimenea, nunca encendida, había un reloj de bronce con figuras, que no andaba, y no lejos de allí un almanaque americano, en la fecha del día anterior.

Al medio minuto de espera, entró don Carlos, arrastrando los pies, con gorro de terciopelo calado hasta las orejas y la capa de *andar por casa*, bastante más vieja que la que usaba para salir. El uso continuo de esta prenda, aun más allá del 40 de mayo, se explica por su aborrecimiento de estufas y braseros que, según él, son la causa de tanta mortandad. Como no estaba embozado, pudo *Benina* observar que traía cuello y puños limpios, y gruesa cadena de reloj, galas que sin duda respondían a la etiqueta del aniversario. Con un inconmensurable pañuelo de cuadros se limpiaba la continua destilación de ojos y narices; después se sonó con estrépito dos o tres veces, y viendo a *Benina* en pie, la mandó sentar con un gesto, y él ocupó gravemente su sitio en el sillón, compañero de la mesa, el cual era de respaldo alto y tallado, al modo de sitial de coro. *Benina* descansó en el filo de una silla, como todo lo demás, de roble con blando asiento de terciopelo verde.

—Pues la he llamado a usted para decirle...

Pausa. La cabeza de don Carlos hallábase afectada de un crónico temblor nervioso, movimiento lateral como el que usamos para la denegación. Este *tic* se acentuaba o era casi imperceptible, según los grados de excitación del individuo.

—Para decirle...

Otra pausa, motivada por un golpe de destilación. Don Carlos se limpió los ojos ribeteados de rojo, y se frotó la recortada barba, la cual no tenía más razón de ser que la pereza de afeitarse. Desde la muerte de su esposa, el buen señor, que sólo por ella y para ella se rapaba la cara, quiso añadir a tantas demostraciones de duelo el luto de su rostro dejándolo cubrir, como de una gasa, de pelos blancos, negros y amarillos.

—Pues para decirle a usted que lo que le pasa a la Francisca, y el encontrarse ahora en condición tan baja, es por no haber querido llevar cuentas. Sin buen arreglo, no hay riqueza que no venga a parar en la mendicidad. Con orden, los pobres se hacen ricos. Sin orden, los ricos...

—Paran en pobres, sí, señor —dijo humildemente *Benina*, que, aunque ya sabía todo aquello, quiso recibir la máxima como si fuera descubrimiento reciente de don Carlos.

—Francisca ha sido siempre una mala cabeza. Bien se lo decíamos mi señora y yo: "Francisca, que te pierdes, que te vas a ver en la miseria", y ella... tan tranquila. Nunca pudimos conseguir que apuntara sus gastos y sus ingresos. ¿Hacer ella un número? Antes la mataran. Y el que no hace números, está perdido. ¡Con decirle a usted que no supo jamás lo que debía, ni en qué fecha vencían los pagarés!

—Verdad, señor, mucha verdad —dijo *Benina* suspirando, en expectativa de lo que don Carlos le daría después de aquel sermón.

—Porque usted calcule..., si yo tengo en mi vejez un buen pasar para mí y para mis hijos; si no me falta una misa en sufragio del alma de mi querida esposa, es porque llevé siempre con método y claridad los negocios de mi casa. Hoy mismo, retirado del comercio, llevo al día la contabilidad de mis gastos particulares y no me acuesto sin pasar todos los apuntes a la agenda, y luego, en los ratitos libres, lo paso al Mayor. Vea usted, véalo para que se convenza —añadió marcando más el temblor negativo—. Lo que yo quisiera es que Francisca pudiera aprovechar esta lección. Aún no es tarde... entérese usted.

Y cogió un libro, y después otro, y los fue mostrando a *Benina*, que

se acercó para ver tanta maravilla numérica.

—Fíjese usted. Aquí apunto el gasto de la casa, sin que se me pase nada, ni aun los cinco céntimos de una caja de fósforos; los cuartos del cartero, todo, todo... En este otro chiquitín, las limosnas que hago y lo que empleo en sufragios. Limosnas diarias, tanto. Limosnas mensuales, cuanto. Después lo paso todo al Mayor, donde se puede saber, día por día, lo que gasto, y hacer el balance... Usted calcule: si Francisca hubiera hecho balance, no estaría como está.

—Cierto, señor, muy cierto. Y yo le digo a la señora que haga balance, que lleve todo por apuntación, lo que entra como lo que sale. Mas ella, como ya no es niña, no puede apencar por la buena costumbre. Pero es un ángel, señor, y no hay que reparar en si apunta o no apunta para socorrerla.

—Nunca es tarde para entrar por el aro, como quien dice. Yo le aseguro a usted que si hubiera visto en Francisca siquiera intenciones o deseos de llevar sus cuentas en regla, le hubiera prestado..., prestar no, le hubiera facilitado medios de llegar a la nivelación. Pero es una cabeza destornillada. Convenga usted conmigo en que es una cabeza destornillada.

—Sí, señor, convengo en ello.

—Y se me ha ocurrido..., para eso la he llamado a usted, se me ha ocurrido que el mejor donativo que puedo hacer a esa desgraciada es éste.

Diciéndolo, don Carlos cogió un libro largo y estrecho, nuevecito, y lo puso delante de sí para que *Benina* lo cogiera. Era una agenda.

—Vea usted —dijo el buen señor hojeando el libro—: aquí están todos los días de la semana. Fíjese bien: a un lado, la columna del *Debe*; a otro, la del *Haber*. Vea cómo en los gastos se marcan los artículos: carbón, aceite, leña, etcétera... pues ¿qué trabajo cuesta ir poniendo aquí lo que se gasta, y en esta otra parte lo que ingresa?

—Pero si a la señora no le ingresa nada.

—¡Caramelos! —exclamó Trujillo dando una palmada sobre el libro—. Algo habrá, porque su poco de consumo que hacen ustedes, y para ese consumo alguna cantidad, corta o larga, chica o grande, han de tener. Y lo que usted saca de las limosnas, ¿por qué no ha de anotarse? Vamos a ver, ¿por qué no ha de anotarse?

Benina le miró entre colérica y compadecida. Pero más pudo la ira que la lástima, y hubo un momento, un segundo no más, en que le faltó poco para coger el libro y estampárselo en la cabeza al señor don Carlos. Conteniendo su furor, y para que el monomaníaco de la contabilidad no se lo conociera, le dijo con forzada sonrisa:

—De modo que el señor apunta las perras que nos da a los pobres de San Sebastián.

—Día por día —replicó el anciano con orgullo, moviendo más la cabeza—. Y puedo decirle a usted si quiere saberlo, lo que he dado en tres meses, en seis, en un año.

—No, no se moleste, señor —indicó *Benina*, sintiendo otra vez ganas de darle un papirotazo—. Llevaré el libro, si usted quiere. La señora se lo agradece mucho, y yo también. Pero no tenemos pluma ni lápiz para un remedio.

—Todo sea por Dios. ¿En qué casa, por pobre que esté, no hay recado de escribir? Se ofrece echar una firma, tomar una cuenta, apuntar un nombre o señas de casa para que no se olviden... Tome usted este lápiz que ya está afilado, y lléveselo también, y cuando se le gaste la punta, se la saca usted con el cuchillo de la cocina.

Y a todas éstas, don Carlos no hablaba de darle ningún socorro positivo, concretando su caridad a la ofrenda del libro, que debía ser fundamento del orden administrativo en la desquiciada hacienda de doña Francisca Juárez. Al verle mover los labios para seguir hablando, y echar mano a la llave puesta en el cajón de la izquierda, *Benina* sintió gran alegría.

—No hay ni puede haber prosperidad sin administración —afirmó don Carlos, abriendo la gaveta y mirando dentro de ella—. Yo quiero que Francisca administre, y cuando administre...

"Cuando administre, ¿qué? —dijo *Benina* con el pensameinto—. ¿Qué nos va a dar, viejo loco, más loco que los que están en Leganés? Así se te pudra todo el dinero que guardas, y se te convierta en pus dentro del cuerpo para que revientes, zurrón de avaricia."

—Coja usted el libro y el lápiz, y lléveselo con mucho cuidado... no se le pierda por el camino. Bueno; ¿se ha hecho usted cargo? ¿Me responde de que apuntarán todo?

—Sí, señor..., no se escapará ni un verbo.

—Bueno. Pues ahora, para que Francisca se acuerde de mi pobre Pura y rece por ella... ¿Me lo promete usted que rezarán por ella y por mí?

—Sí, señor..., rezaremos a voces, hasta que se nos caiga la campanilla.

—Pues aquí tengo doce duros, que destino al socorro de los necesitados que no se determinan a pedir limosna porque les da vergüenza... ¡pobrecitos! son los más dignos de conmiseración.

Al oír *doce duros*, *Benina* abrió cada ojo como la puerta de una casa. ¡Cristo, lo que ella haría con doce duros! Ya estaba viendo el descanso de muchos días, atender a tantas necesidades, tapar algunas bocas, vivir, respirar, dando de mano al petitorio humillante, y al suplicio de la busca por medios tan fatigosos. La pobre mujer vio el cielo abierto, y por el hueco la docena de pesos, compendio hermosísimo de su felicidad en aquellos días.

—Doce duros —repitió don Carlos pasando las monedas de una mano a otra—; pero no se los doy en junto, porque sería fomentar el despilfarro: se los asigno...

A *Benina* se le cayeron las alas del corazón.

—Si se los diera, mañana a estas horas no tendría ya ni un céntimo. Le señalo dos duros al mes, y todos los días veinticuatro puede usted venir a recogerlos, hasta que se cumplan los seis meses, y pasado setiembre yo veré si debo aumentar o no la asignación. Eso depende, fíjese usted bien, de que yo me entere, tocante a si se administra o no se administra, si hay orden o sigue el... el caos. Mucho cuidado con el caos.

—Bien, señor —manifestó *Benina* con humildad, pensando que más cuenta le tenía conformarse, y coger lo que se le daba, sin meterse en cuestiones con el estrafalario y ruin vejete—. Yo le respondo de que se llevarán los apuntes con *ministración*, y no se nos escapará ni una hilacha... ¿Conque pasaré los días veinticuatro? Nos viene bien para ayuda de la casa. El Señor se lo aumente, y a la señora difunta téngala en su santo descanso..., por jamás amén.

Don Carlos, después de anotar gozando mucho en ello, la cantidad desembolsada, despidió a *Benina* con un gesto, y mudándose de capa y encasquetándose el sombrero nuevo, prenda que no salía de la caja sino en días solemnes, se dispuso a salir y emprender con voluntad segura y firme pie las devociones de aquel día, que empezaban en Monserrat y terminaban en la Sacramental de San Justo.

XII

"El demontre del viejo —se decía la *señá* Benina, metiéndose a buen andar por las calles de las Urosas—, no puede hacer más de lo que le manda su natural. Válgate Dios: si cosas muy raras cría Nuestro Señor en el aquel de plantas y animales, más raras las hace en el aquel de personas. No acaba una de ver verdades que parecen mentiras... En fin, otros son peores que este don Carlos, que al cabo da algo, aunque sea por cuenta y apuntación... peores los hay, y tan peores... que ni apuntan ni dan... El cuento es que con estos dos duros se me arregla el día, porque quiero devolverle a Almudena el suyo, que bueno es tener con él la palabra. Vendrán días malos, y él me servirá... me quedan veinte reales, de los cuales habré de dar parte a *la niña*, que está pereciendo, y lo demás para comer hoy y... tendré que decirle a la señora que su pariente no me ha dado más que el libro de cuentas con el cual y el lápiz pondremos un puchero que será muy rico..., caldo de números y sustancia de imprenta... ¡qué risa!... En fin, para las mentiras que he de decirle a doña Paca, Dios me iluminará como siempre, y vamos tirando. A ver si encuentro a Almudena por el camino, que ésta es la hora de subir él a la iglesia. Y si no nos tropezamos en la calle, de fijo está en el café de la Cruz del Rastro."

Dirigióse allá, y en la calle de la Encomienda se encontraron.

—Hijo, en tu busca iba —le dijo la *Benina* cogiéndole por el brazo—. Aquí tienes tu duro. Ya ves que sé cumplir.

—*Amri*, no tener priesa.

—No te debo nada... Y hasta otra, Almudenilla, que días vendrán en que yo carezca y tú me sirvas, como te serviré yo viceversa... ¿Vienes del café?

—Sí, y *golvier* si querer tú migo. Convidar *tigo*.

Asintió *Benina* al convite, y un rato después hallábanse los dos sentaditos en el café *económico*, tomándose sendos vasos de a diez céntimos. El local era una taberna retocada, con ridículas elegancias entre pueblo y señorío; dorados chillones; las paredes pintorreadas de marinas y paisajes; ambiente fétido, y parroquia mixta de pobretería y vendedores del Rastro, locuaces, indolentes, algunos agarrados a los periódicos, y otros oyendo la lectura, todos muy a gusto en aquel vagar bullicioso, entre salivazos, humo de mal tabaco y olores de aguardiente. Solos en una mesa *Benina* y el marroquí, charlaron de sus cosas: el ciego le contó las barrabasadas de su compañera de vivienda, y ella su entrevista con don Carlos, y el ridículo obsequio del libro de cuentas y los dos duros mensuales. De las riquezas que, según voz pública, atesoraba Trujillo (treinta y cuatro casas, la mar de dinero en papelorios del Gobierno, *muchísimos* miles de miles en el Banco), charlaron extensamente, corriéndose luego a considerar, *verbigracia,* el sinnúmero de pobres que podrían ser felices con toda aquella *guita,* que a don Carlos le venía tan ancha, pues descontando una parte para sus hijos, que de *natural* debían poseerlo, con lo demás se apañarían tantos y tantos que andan por estas calles de Dios ladrando de hambre. Pero como ellos no habían de arreglarlo a su gusto, más cuenta les tenía no pensar en tal cosa, y buscarse cada cual su mendrugo de pan como pudiera, hasta que viniese la muerte y después Dios a dar a cada uno su merecido. Por fin, con extraordinaria gravedad y tono de convicción profunda, Almudena dijo a su amiga que todos los dinerales de don Carlos podían ser de ella, si quisiera.

—¿Míos? ¿Has dicho que todo lo de don Carlos puede ser mío? Tú está loco, Almudenilla.

—*Tudo* tuya... por la bendita luz. Si no creer mí *priebar* tú y ver.

—Vuélvemelo a decir: que todo el dinero de don Carlos puede ser mío, ¿cuándo?

—Cuando *querrer* ti.

Lo creeré, si me explicas cómo ha de ser ese milagro.

—Mi *sabier* cómo... *dicir* ti secreto.

—Y si tú puedes hacer que todo el caudal de ese viejo loco, un suponer, pase a ser de otra persona, ¿por qué te conformas con la miseria, por qué no lo coges para tí?

Replicó a esto Almudena que la persona que hiciera el milagro, cuyo secreto él poseía, había de tener vista. Y el milagro era seguro, por la bendita luz; y si ella dudaba, no tenía más que probar, haciendo puntualmente todo cuanto él le dijera.

Siempre fue *Benina* algo supersticiosa, y solía dar crédito a cuantas historias sobrenaturales oía contar; además, la miseria despertaba en ella el respeto de las cosas inverosímiles y maravillosas, y aunque no había visto ningún milagro, esperaba verlo el mejor día. Un poco de superstición, un mucho de ansia de fenómenos estupendos y nunca vistos, y otro tanto de curiosidad, la impulsaron a pedir al marroquí explicaciones concretas de su ciencia o arte de magia, pues esto había de ser seguramente. Díjole el ciego que todo consistía en saber el arte y modo de pedir lo que se quisiera a un ser llamado *Samdai.*

—¿Y quién es ese caballero?

—El Rey de *baixo terra.*

—¿Cómo? ¿Un Rey que está debajo de la tierra? Pues el diablo será.

—Diablo no: Rey *bunito.*

—¿Eso es cosa de tu religión? ¿Tú qué religión tienes?

—Ser *eibrio.*

—Vaya por Dios —dijo *Benina,* que no había entendido el término—. ¿Y a ese Rey le llamas tú, y viene?

—Y dar *ti tuda* que pedir él.

—¿Me da todo lo que le pida?

—*Siguro.*

La convicción profunda que Almudena mostraba hizo efecto en la infeliz mujer, quien después de una pausa en que interrogaba a los ojos muertos de su amigo y su frente amarilla lustrosa, rodeada de negros cabellos, saltó diciendo:

—¿Y qué se hace para llamarlo?

—Yo diciendo *ti.*

—¿Y no me pasa nada por hacerlo?

—*Naida.*

—¿No me condeno, ni me pongo mala, ni me cogen los demonios?

—No.

—Pues ve diciendo; pero no engañes, no engañes, te digo.

—*N'gañar* no ti...

—¿Podemos hacerlo ahora?

—No: *hicirlo* a las doce del noche.

—¿Tiene que ser a esa hora?

—*Siguro, siguro*...

—¿Y cómo salgo yo de casa a media noche?... *Amos*, déjame a mí de pamplinas. Verdad que podría decir, un suponer, que se me ha puesto malo don Romualdo y tengo que velarlo... bueno: ¿qué hay que hacer?

—*N'cesitas cosas mochas*. Comprar tú cosas. Lo *primiero* candil de barro. Pero comprarlo has tú sin hablar *paliabra*.

—Me vuelvo muda.

—Muda tú... comprar cosa..., y si hablar no valer.

—Válgate Dios... pues bueno, compro mi candil de barro sin chistar, y luego...

Almudena ordenó después que había de buscar una olla de barro con siete agujeros, con siete nada más, todo sin hablar, porque si hablaba no valía. ¿Pero dónde demontres estaban esas ollas con siete agujeros? A esto replicó el ciego que en su tierra las había, y que aquí podía suplirse con los tostaderos que usan las castañeras, buscando el que tuviese siete *bujeros*, ni uno más ni uno menos.

—¿Y ello ha de comprarse también sin hablar?

—Sin hablar *naida*.

Luego era forzoso procurarse un palo de *carrash*, madera del Africa, que aquí llaman laurel. Un vendedor de garrotes, en el primer tinglado *cabe* las Américas, lo tenía. Había que comprárselo sin pronunciar palabra. Bueno: pues reunidas estas cosas, se pondría el palo al fuego hasta que se prendiera bien... esto había de ser el viernes a las cinco en punto. Si no, no valía. Y el palo estaría ardiendo hasta el sábado, y el sábado a las cinco en punto se le metía en el agua siete veces, ni una más ni una menos.

—¿Todo callandito?

—Hablar *naida, naida*.

Luego se vestía el palo con ropas de mujer, como una muñeca, y bien vestidito se le arrimaba a la pared, poniéndole derecho, *amos*, en pie. Delante se colocaba el candil de barro, encendido con aceite, y se le tapaba con la olla, de modo que no se viese más luz que la que saldría por los siete *bujeros* y a corta distancia se ponía la cazuela con lumbre para echar los sahumerios, y se empezaba a decir la oración una y otra vez con el pensamiento, porque hablada no valía. Y así se estaba la persona, sin distraerse, sin descuidarse, viendo subir el humo del benjuí, y mirando la luz de los siete agujeros, hasta que a las doce...

—¡A las doce! —repitió *Benina* sobresaltada—. ¡Y al dar las doce campanadas viene..., sale, se me aparece!...

—El Rey de *baixo terra:* pedir tú lo que *quierier*, y darlo ti él.

—Almudena, ¿tú crees eso? ¿Cómo es posible que *ese señor*, sin más que las *cirimonias* que has contado, me dé a mí lo que ahora es de don Carlos Trujillo?

—Verlo tú, si queriendo.

—Pero con tanto *requesito*, si una se descuida un poco, o se equivoca en una sola palabra del rezo mental...

—Tener tú cuidado *mocha*.

—¿Y la oración?

—Mi enseñarla ti; *dicir* tú: *Semá Israel Adonai Elohino Adonai Ishat*...

—Calla, calla: en la vida digo yo eso sin equivocarme. Como no sea castellano neto yo no atino... y también te aseguro que tengo mieditis de esas suertes de brujería... quita, quita... Pero ¡ah! ¡si fuera verdad, qué gusto cogerle a ese zorrocloco de don Carlos todo su dinero... *amos*, la mitad que fuera, para repartirlo entre tantos pobrecicos que perecen de hambre!... Si se pudiera hacer la prueba, comprando los cacharros y el palitroque

sin hablar, y luego... pero no, no...
cualquier día iba a venir acá ese
Rey Mago... También te digo que
suceden a veces cosas muy *fenóme-
nas*, y que andan por el aire los que
llaman espíritus o, verbigracia, las
ánimas, mirando lo que hacemos, y
oyéndonos lo que hablamos. Y
otra: lo que una sueña, ¿qué es? Pues
cosas verdaderas de otro mundo, que
se vienen a éste... todo puede ser,
todo puede ser... pero yo, qué quieres que te diga, dudo mucho que le
den a una tanto dinero, sin más ni
más. Que para socorrer a los pobres,
un suponer, se quite a los ricos medio millón, o la mitad de medio millón, pase; pero tantas, tantísimas ta-
legas para nosotros..., no, ésa no
cuela.

—*Tuda, tuda* la que haber en el
Banco, *millonas mochas, lotería, tuda pa ti, hiciendo* lo que decir ti.

—Pues si eso es tan fácil, ¿por qué
no lo hacen otros? ¿O es que tú solo
tienes el secreto? ¡El secreto tú solo!
Amos, cuéntaselo al Nuncio, que aquí
no nos tragamos esas papas... yo
no te digo que no sea posible..., y
si supiera yo hacer la prueba, la
haría, con mil pares... vuélveme a
decir la receta de lo que ha de comprar una sin hablar...

Repitió Almudena las fórmulas y
reglas del conjuro, añadiendo descripción tan viva y pintoresca del Rey
Samadai, de su rostro hermosísimo,
apostura noble, traje espléndido, de
su séquito, que formaban *arregimientos* de príncipes y magnates, monta-
dos en camellos blancos como la
leche, que la pobre *Benina* se embe-
lesaba oyéndole, y si a pie juntillas
no le creía, se dejaba ganar y seducir
de la ingenua poesía del relato, pensando que si aquello no era verdad,
debía serlo. ¡Qué consuelo para los
miserables poder creer tan lindos
cuentos! Y si es verdad que hubo
Reyes Magos que traían regalos a
los niños, ¿por qué no ha de haber
otros Reyes de *ilusión,* que vengan
al socorro de los ancianos, de las personas honradas que no tienen más

que una muda de camisa, y de las
almas decentes que no se atreven a
salir a la calle porque deben tanto
más cuanto a tenderos y prestamistas? Lo que contaba Almudena era
de lo que *no se sabe.* ¿Y no puede
suceder que alguno sepa lo que no
sabemos los demás?... ¿Pues cuántas cosas se tuvieron por mentira
y luego salieron verdades? Antes
que inventaran el telégrafo, ¿quién
hubiera creído que se hablaría con
las Américas del Nuevo Mundo, como hablamos de balcón a balcón con
el vecino de enfrente? Y antes de
que inventaran la fotografía, ¿quién
hubiera pensado que se puede una re-
tratar sólo con *ponerse?* Pues lo mismo que esto es aquéllo. ¡Hay misterios, secretos que no se entienden,
hasta que viene uno y dice tal por
cual, y lo descubre!... ¡Pues qué más
Señor!... Allá estaban las Américas
desde que Dios hizo el mundo, y
nadie lo sabía..., hasta que sale ese
Colón, y con no más que poner un
huevo en pie, lo descubre todo y dice a los países: "—Ahí tenéis la
América y los americanos, y la caña
de azúcar, y el tabaco bendito...
ahí tenéis Estados Unidos, y hombres negros, y onzas de diecisiete
duros." ¡A ver!

XIII

No había acabado el marroquí su
oriental leyenda cuando *Benina* vio
entrar en el café a una mujer vestida
de negro.

—Ahí tienes a esa fandangona, tu
compañera de casa.

—¿Pedra? Maldita ella. Sacudir
ella yo esta mañana. Venir, *siguro,*
con la Diega...

—Sí, con una viejecita, muy chica y muy flaca, que debe ser más
borracha que los mosquitos. Las dos
se van al mostrador, y piden dos
tintas.

—*Señá* Diega enseñar vicio ella.

—¿Y por qué tienes contigo a esa
gansirula, que no sirve para nada?

Contóle el ciego que Pedra era huérfana; su padre fue empleado en el Matadero de cerdos, con perdón, y su madre *cambiaba* en la calle de la Ruda. Murieron los dos, con diferencia de días por haber comido gato. Buen plato es el micho; pero cuando está rabioso, le salen pintas en la cara al que lo come, y a los tres días, muerte natural por calenturas *perdiciosas*. En fin, que espicharon los padres y la chica se quedó en la puerta de la calle, sentadita. Era hermosa: por tal la celebraban; su voz sonaba como las músicas bonitas. Primero se puso a cambiar, y luego a vender churros, pues tenía tino de comercianta; pero nada le valió su buena voluntad, porque hubo de cogerla de su cuenta la Diega, que en pocos días la enseñó a embriagarse, y otras cosas peores. A los tres meses, Pedra no era conocida. La enflaquecieron, dejándola en los puros pellejos, y su aliento apestaba. Hablaba como una carreterona, y tenía un toser perruno y una carraspera que tiraban para atrás. A veces pedía por el camino de Carabanchel, y de noche se quedaba a dormir en cualquier parador. De cuando en cuando se lavaba un poco la cara, compraba *agua de olor*, y rociándole las flaquezas, pedía prestada una camisa, una falda, un pañuelo, y se ponía de *puerta* en la casa del *Comadreja*, calle de Mediodía Chica. Pero no tenía constancia para nada, y ningún acomodo le duró más de dos días. Sólo duraba en ella el gusto del aguardiente y cuando se *apimplaba*, que era un día sí y otro también, hacía figuras en medio del arroyo, y la toreaban los chicos. Dormía sus monas en la calle o donde le cogía, y más bofetadas tenía en su cara que pelos en la cabeza. Cuerpo más asistido de cardenales no se conoció jamás, ni persona que en su corta edad, pues no tenía más que veintidós años, aunque representaba treinta, hubiera visitado tan a menudo las prevenciones de la Inclusa y Latina. Almudena la trataba, con

buen fin, desde que se quedó huérfana, y al verla tan arrastrada, dábale de tres cosas un poco: consejos, limosna y algún palo. Encontróla un día curándose sus lamparones con zumo de higuera chumbo; y aliñándose las greñas al sol. Propúsole que se fuera con él, poniendo cada cual la mitad del alquiler de la casa, y comprometiéndose ella a cortar de raíz el vicio de la bebida. Discutieron, parlamentaron; diose solemnidad al convenio, jurando los dos su fiel observancia ante un emplasto viscoso y sobre un peine de rotas púas, y aquella noche durmió Pedra en el cuarto de Santa Casilda. Los primeros días fue concordia, sobriedad en el beber; pero la cabra no tardó en tirar al monte, y otra vez la endiablada hembra divirtiendo a los chicos y dando que hacer a los del Orden.

—No poder mí con ella. *B'rracha* siempre. Es un dolor..., un dolor. Yo estar ella, *migo* por lástima...

Al ver que las dos mujeres, después de atizarse una par de *tintas*, miraban burlonas al ciego y a *Benina*, ésta tuvo miedo y quiso retirarse.

—*Dir* tú no, *Amri*. Quedar *migo*.
—le dijo el ciego cogiéndola de un brazo.

—Temo que armen bronca estas indinas... acá vienen ya.

Aproximáronse las tales, y pudo la *Benina* ver y examinar a su gusto el rostro de Pedra, de una hermosura desapacible y que despedía. Morena, de facciones tan regulares como pronunciadas, magníficos ojos negros, cejas que al juntarse culebreaban, boca sucia y bien rasgueada, que no parecía hecha para sonreír, cuerpo derecho y esbeltísimo en su flaqueza y desaliño, la compañera de Almudena era una figura trágica, y como tal impresionó a *Benina*, aunque ésta no expresaba su juicio sino pensando que le daría miedo encontrarse con tal persona, de noche, en lugar solitario.

De la Diega no podía determinarse si era joven o entrevieja. Por la estatura parecía una niña; por la cara escuálida y el cuello rugoso, todo pliegues, una anciana decrépita; por los ojos, un animalejo vivaracho. Su flaqueza era tan extremada, que *Benina* no pudo menos de comentarla mentalmente con una frase andaluza que usar solía su señora: "Esta es de las que sacan espinas con los codos."

Pedra se sentó, dando los buenos días, y la otra quedóse en pie, sin alzar del suelo más que la cabeza de Almudena, en cuyos hombros dio fuertes palmetazos.

—*Tati* quieta, —le dijo éste enarbolando el palo.

—Cuidado con él, que es malo y traicionero... —indicó la otra.

—*Jai*... ¿verdad que eres malo y pegar *tú mi?*

—Yo *ero beno;* tú mala *b'rracha.*

—No lo digas, que se escandalizará la señora anciana.

—Anciana no ser ella.

—¿Tú qué sabes, si no la ves?

—Decente ella.

—Sí que lo será, sin agraviar. Pero a ti te gustan las viejas.

—Ea, yo me voy; señora, que lo pasen bien, —dijo *Benina,* azoradísima, levantándose.

—Quédese, quédese... ¡si es *groma!*

La Diega la instó también a quedarse, añadiendo que habían comprado un décimo de la Lotería, y ofreciéndole participación.

—Yo no juego —replicó *Benina*—; no tengo cuartos.

—Yo sí —dijo el marroquí—: dar vos una *pieseta.*

—Y la señora, ¿por qué no juega?

—Mañana sale. Seremos ricas, ricachonas en *efetivo* —dijo la Diega—. Yo, si me la saco, San Antonio me oiga, volveré a establecerme en la calle de la Sierpe. Allí te conocí, Almudena. ¿Te acuerdas?

—No mi *cuerda,* no...

—Vos conocisteis en Mediodía Chica, por la casa de atrás.

—A éste le llaman Muley Abbas.

—Y a ti *Cuarto e kilo,* por lo chica que eres.

—Poner motes es cosa fea. ¿Verdad, Almudenita? Las personas decentes se llaman por el santo bautismo, con sus nombres de cristiano. Y esta señora, ¿qué gracia tiene?

—Yo me llamo *Benina.*

—¿Es usted de Toledo, por casualidad?

—No, señora: soy dos leguas de Guadalajara.

—Yo de Cebolla, en tierra de Talavera..., y dime una cosa: ¿por qué esta gorrinaza de Pedrilla te llama a ti *Jai?* ¿Cuál es tu nombre en tu religión y en tu tierra cochina, con perdón?

—Llamarle *mi Jai* porque ser morito él, —dijo la trágica remedando su habla.

—Nombre mío *Mordejai* —declaró el ciego—, y ser yo nacido en un *puebro mu bunito* que llaman *allá Ullah de Bergel, terra de Sus...* ¡oh! *terra divina, bunita... mochas arbolas, aceite mocha, miela, flores, támaras, mocha güena.*

El recuerdo del país natal le infundió un candoroso entusiasmo, y allí fue el pintarlo y describirlo con hipérboles graciosas, y un colorido poético que con gran entretenimiento y gozo saborearon las tres mujeres. Incitado por ellas, contó algunos pasajes de su vida, toda llena de estupendos casos, peligrosas empresas y fantásticas aventuras. Refirió primero cómo se había fugado del hogar paterno, de edad de quince años, lanzándose a correr mundo, sin que en todo el tiempo transcurrido desde aquel suceso, tuviese noticia alguna de su patria y familia. Mandóle su padre a casa de un mercader amigo suyo con este recado:

—Dile a Rubén Toledano que te dé doscientos duros que necesito hoy.

El tal debía de ser al modo de banquero, y entre ambos señores reinaba sin duda patriarcal confianza; porque el encargo se hizo efectivo sin ninguna dificultad, cogiendo Mordejai los doscientos pesos en cuatro pesados cartuchos de moneda española. Pero en vez de ir con ellos a la casa paterna, tomó el caminito de Fez, ávido de ver mundo, de trabajar por su cuenta, y de ganar mucho dinero para el autor de sus días, no los doscientos duros, sino dos mil o cientos de miles. Comprando dos borricos, se puso a portear mercaderías y pasajeros entre Fez y Mequínez con buenas ganancias. Pero un día de mucho calor, ¡castigo de Dios! pasó junto a un río y le entraron ganas de darse un baño. En el agua flotaban dos caballos muertos, cosa mala. Al salir del baño le dolían los ojos: a los tres días era ciego.

Como aún tenía dinero, pudo algún tiempo vivir sin implorar la caridad pública, con la tristeza inherente al no ver, y la no menos honda producida por el brusco paso de la vida activa a la sedentaria. El muchacho ágil y fuerte se hizo de la noche a la mañana hombre enclenque y achacoso, y sus ambiciones de comerciante y sus entusiasmos de viajero quedaron reducidos a un continuo meditar sobre lo inseguro de los bienes terrenos, y la infalible justicia con que Dios Nuestro Padre y Juez sienta la mano al pecador. No se atrevía el pobre ciego a pedirle que le devolviese la vista, pues esto no se lo había de conceder. Era castigo, y el Señor no se vuelve atrás cuando pega de firme. Pedíale que le diera dinero abundante para poder vivir con desahogo, y una *muquier* que le amara; mas nada de esto le fue concedido al pobre Mordejai, que cada día tenía menos dinero, pues éstos iban saliendo, sin que entraran otros por ninguna parte; y de *muquieres* nada. Las que se acercaban a él fingiéndole cariño, no iban a su covacha más que a robarle. Un día estaba el hombre muy molesto por no poder cazar una pulga que atrozmente le picaba, burlándose de él con audacia insolente, cuando... no es broma..., se le aparecieron dos ángeles.

XIV

—Pero tú ves algo Almudena? le preguntó *Cuarto e kilo.*
—*Ver mí burtos ellos.*
Explicó que distinguía las masas de oscuridad en medio de la luz: esto por lo tocante a las cosas del mundo de acá. Pero en lo de los mundos misteriosos que se extienden encima y debajo, delante y detrás, fuera y dentro del nuestro, sus ojos veían claro, cuando veían, *mismo como vosotras ver migo.* Bueno: pues se le aparecieron dos ángeles, y como no era cosa de aparecérsele para no decir nada, dijéronle que venían de parte del Rey de *baixo terra* con una embajada para él. El señor *Samdai* tenía que hablarle, para lo cual era preciso que se fuese mi hombre al Matadero por la noche, que estuviese allí quemando *ilcienso,* y rezando en medio de los despojos de reses y charcos de sangre, hasta las doce en punto, hora invariable de la entrevista. No hay que añadir que los ángeles se marcharon con viento fresco en cuanto dieron conocimiento de su mensaje a Mordejai, y éste cogió sus trebejos de sahumar, la pipa, la ración de *cáñamo* en un papel, y se fue caminito del Matadero: el largo plantón que le esperaba, se le haría menos aburrido fumando.

Allí se estuvo, sentado en cuclillas, aspirando los vahos olorosos del sahumerio, y fumando pipa tras pipa, hasta que llegó la hora, y lo primerito que vio fue un par de perros, más grandes que *el cameio, brancos,* con ojos de fuego. El, Mordejai, *mocha medo,* un *medo* que le quitaba el respirar. Vino despues un *arregimento* de jinetes con mucho cantorio, galas *mochas;* luego empezó a caer lluvia espesísima de arena y piedras, tanto, tanto, que se vio enterrado hasta el pescuezo..., y no respiraba. Cada vez más *medo*... Por encima de toda aquella escoria pasó velocísimo otro escuadrón de jinetes, dando al viento los blancos alquiceles, y sin cesar disparando tiros. Siguió un diluvio de culebras y *alcranes,* que caían silbando y enroscándose. El pobre ciego se moría de *medo,* sintiéndose envuelto en la horrorosa nube de inmundos animales... Pero luego vinieron hombres y mujeres a pie, en pausada procesión, todos con blancas vestiduras, llevando en la mano canastillas y bateas de oro, y pisando sobre flores, pues en rosas y azucenas se habían convertido mágicamente las serpientes y alacranes, y en olorosas ramas de menta y laurel todo aquel material llovido de arena cálida y puntiagudos guijarros.

Para no cansar, apareció por fin el Rey, hermoso, con humana y divina hermosura, barba larga y negra, aretes en las orejas, corona de oro que parecía tener por pedrería el sol, la luna y las estrellas. Verde era su traje, que por lo fino debía de ser obra de unas arañas, muy pulidas, que en los profundos senos de la tierra tejen con hebras de fuego. El séquito de *Samdai* era tan vistoso y brillante que deslumbraba. Como le preguntara la Pedra si no venía también Su Majestad la Reina, quedóse un momento parado el narrador, recordando, y al fin dio cuenta de que *vido* también a la señora del Rey, pero con la cara muy tapada, como la luna entre nubes, y por esta razón Mordejai no pudo distinguirla bien. La Soberana vestía de amarillo, de un color así como nuestros pensamientos cuando estamos entre alegres y tristes. Expresaba esto el ciego con dificultad, supliendo las torpezas de su lenguaje con el juego fisonómico de la convicción, y los mohines y gestos elocuentes.

Total: que a una orden del Rey le fueron poniendo delante todas aquellas bateas y canastos de oro que traían las mujeres de blancos vestidos. ¿Qué era? *Pieldras* de diversas clases, *mochas, mochas,* que pronto formaron montones que no cabrían en ninguna casa: *rubiles* como garbanzos, perlas del tamaño de huevos de paloma, *tudas, tudas, grandes diamanta fina* en tal cantidad, que había para llenar de ellos sacos *mochas,* y con los sacos un carro de mudanzas; esmeraldas como nueces, y *trompacios* como *poño mío...*

Oían esto las tres mujeres embobadas, mudas, fijos los ojos en la cara del ciego, entreabiertas las bocas. Al comienzo de la relación, no se hallaban dispuestas a creer, y acabaron creyendo, por estímulo de sus almas, ávidas de cosas gratas y placenteras, como compensación de la miseria bochornosa en que vivían. Almudena ponía toda su alma en su voz, y con la lengua hablaban todos los pliegues movibles de su cara, y hasta los pelos de su barba negra. Todo era signos, jeroglífico descifrable, oriental escritura que los oyentes entendían sin saber por qué. El fin de la espléndida visión fue que el Rey le dijo al bueno de Mordejai que de las cosas que deseaba, riquezas y mujer, no podía darle más que una; que optase entre las pedrerías de gran valor que delante miraba, y con las cuales gozaría de una fortuna superior a la de todos los soberanos de la tierra, y una mujer buena, bella y laboriosa, joya sin duda tan rara que no se podía encontrar sino revolviendo toda la tierra. Mordejai no vaciló un momento en la elección, y dijo a Su Majestad de *baixo terra,* que para nada quería tanta pedrería *por fanegas,* si no le daban *muquier...*

—Querer mí ella... gustar mi *muquier,* y sin *muquier migo,* no querer *pieldras* finas, ni *dineiro* ni *naida.*

Señalóle entonces el Rey una hembra que bien envuelta en un manto que la tapaba toda, el rostro inclusive, iba por el camino, y le dijo que aquélla era *la suya,* y que la siguiese hasta cogerla o más bien cazarla, pues a paso muy ligero iba la condenada. Y dicho esto por el Rey, se dignó su Majestad desaparecerse, y con él se fueron todos los de su comitiva y los *arregimientos* y las señoras de blanco, y *tudo, tudo,* no quedando más que un olor penetrante del *ilcienso,* y los ladridos de los dos perrazos que se iban perdiendo en las lontananzas de la noche fría, cual si despavoridos huyeran hacia los montes. Tres meses estuvo enfermo Mordejai después de este singular suceso, y no comía más que agua y harina de cebada sin sal. Quedóse tan flaco que se contaban al tacto todos los huesos, sin que se le escapara uno en la cuenta. Por fin, arrastrándose como pudo, emprendió su camino por toda la grandeza del mundo en busca de la mujer que, según dicho del divino *Samdai,* era suya.

—Y no la encontraste hasta *tantismos* años de correr, y se llamaba Nicolasa —dijo la Pedra, queriendo ayudar al biógrafo de sí mismo.

—¿Tú qué saber? No ser Nicolasa.

—Entonces será la *señora* —apuntó lo Diega, señalando no sin cierta impertinencia a la pobre *Benina,* que no chistaba.

—¿Yo?... ¡Jesús me valga! Yo no soy ninguna tarascona que anda por los caminos.

Contó Almudena que desde Fez había ido a la Argelia; que vivió de limosna en Tlemcén primero, después en Constantina y Orán; que en este punto se embarcó para Marsella, y recorrió toda Francia, Lyon, Dijón, París, que es *mu* grande, con tantos olivares y buenos pisos de calle, todo como la palma de la mano. Después de subirse hasta un pueblo que le llaman *Lila,* volvióse a Marsella y a Cette, donde se embarcó para Valencia.

—Y en Valencia encontraste a la Nicolasa, con quien veniste por *badajes,* que vos daban los *aiuntamientos,* con dos *riales de tapa* —dijo la Pedra—, y de Madrid vos fuisteis a los *Portugales,* y tres años te duró el contento camastrón, hasta que la *golfa* se te fue con otro.

—Tú no saber.

—Que cuente la historia de la Nicolasa y cómo a él le cogieron en Madrid para llevarle a San Bernardino, y ella fue al *espital:* y estando él

una noche durmiendo, se le aparecieron dos mujeres del otro mundo, verbigracia, *ánimas,* para decirle que la Nicolasa *hablaba* en el *espital* con uno que le iban a dar de alta...

—No ser eso, no ser eso: cállate tú.

—Otro día nos lo contará —indicó *Benina,* que, aunque gustaba de oír aquellos entretenidos relatos, no quería detenerse más, recordando sus apremiantes quehaceres.

—Espérese, señora ¿qué prisa tiene? —le dijo la Diega—. ¿A dónde irá usted que más valga?

—Otro día contar más —indicó el ciego sonriendo—. Mi ver mundo *mocha.*

—Estás cansadito, *Jai.* Convídanos a un medio para que se te remoje la lengua, que la tienes más seca que suela de zapato.

—Yo no convidar mí ellas, *b'rrachonas.* No tener *diniero migo.*

—Por eso no quede —dijo la Diega, rumbosa.

—Yo no bebo —declaró la *Benina*—, y además tengo prisa, y con permiso de la compañía me voy.

—Quedar *ti* rato más. Dar once *reloja.*

—Dejarla —manifestó con benevolencia la Pedra— por si tiene que ir a ganarlo; que nosotras ya lo hemos ganado.

Interrogadas por Almudena, refirieron que habiendo cogido la Diega unos dineros que le debían dos mozas de la calle de la Chopa, se habían lanzado al comercio, pues una y otra tenían suma disposición y travesura para el compra y vende. La Pedra no se sentía mujer honrada y cabal sino cuando se dedicaba al tráfico, aunque fuese en cosas menudas, como palillos, mondarajas de tea, y *torrae.* La otra era un águila para pañuelos y puntillas. Con el dinero aquél, venido a sus manos por milagro, compraron género en una casa de saldos, y en la mañana de aquel día pusieron sus bazares junto a la Fuentecilla de la Arganzuela, teniendo la suerte de colocar muchas carreras de botones, varas muchas de puntilla y dos chalecos de bayona. Otro día *sacarían loza, imágenes* y caballos de cartón de los que daban a *partir ganancias,* en la fábrica de la calle del Carnero. Largamente hablaron ambas de su negocio, y se alababan recíprocamente, porque si *Cuarto e kilo* era de lo que no hay para la. adquisición de género *por gruesas,* a la otra nadie aventajaba en salero y malicia para la venta al menudeo. Otra señal de que había venido al mundo para ser o *comercianta* o nada, era que los cuartos ganados en la compra-venta se le pegaban al bolsillo, despertando en ella vagos anhelos de ahorro, mientras que los que por otros medios iban a sus flacas manos, se le escapaban por entre los dedos antes de que cerrar pudiera el puño para guardarlos.

Oyó *Benina* muy atenta estas explicaciones, que tuvieron la virtud de infundirle cierta simpatía hacia la borracha, porque también ella, *Benina,* se sentía *negocianta;* también acarició su alma alguna vez la ilusión de compra-venta. ¡Ah! si en vez de dedicarse al servicio, trabajando como una negra, hubiera tomado *una puerta de calle,* otro gallo le cantara. Pero ya su vejez y la indisoluble sociedad moral con doña Paca la imposibilitaban para el comercio.

Insistió la buena mujer en abandonar la grata tertulia y cuando se levantó para despedirse cayósele el lápiz que le había dado don Carlos, y al intentar recogerlo del suelo, cayósele también la agenda.

—Pues no lleva usted ahí pocas cosas —dijo la Pedra, cogiendo el libro y hojeándolo rápidamente, con mohínes de lectora, aunque más bien deletreaba que leía—. ¿Esto qué es? Un libro para llevar cuentas. ¡Cómo me gusta! *Marzo,* dice aquí, y luego *Pe... setas,* y luego *céntimos.* Es *mu* bonito apuntar aquí todo lo que sale y entra. Lo escribo tal cual; pero en los números me atasco, porque los ochos se me enredan en los de-

dos, y cuando sumo no me acuerdo nunca de lo que se *lleva.*

—Este libro —dijo *Benina,* que al punto vislumbró un negocio—, me lo dio un pariente de mi señora, para que lleváramos por apuntación el gasto; pero no sabemos. Ya no está la Magdalena para estos tafetanes, como dijo el otro... Y ahora pienso, señoras, que a ustedes, que comercian, les conviene este libro. Ea, lo vendo, si me lo pagan bien.

—¿Cuánto?

—Por ser para ustedes, dos reales.

—Es mucho —dijo *Cuarto e kilo* mirando las hojas del libro, que continuaba en manos de su compañera—. Y ¿para qué lo queremos nosotras, si nos estorba lo negro?

—Toma —indicó Pedra, acometida de una risa infantil al repasar, con el dedo mojado en saliva, las hojas—. Se marca con rayitas; tantas cantidades, tantas rayas, y así es más claro... Se da un real, ea.

—¿Pero no ven que está nueva? Su valor, aquí lo dice: "dos pesetas".

Regatearon. Almudena conciliaba los intereses de una y otra parte, y por fin quedó cerrado el trato en cuarenta céntimos, con lápiz y todo. Salió del café la *Benina,* gozosa, pensando que no había perdido el tiempo, pues si resultaban fantásticas las *piedras* preciosas que en montones Mordejai pusiera ante su vista, positivas y de buena ley eran las cuatro perras, como cuatro soles, que había ganado vendiendo el inútil regalo del monomaníaco Trujillo.

XV

El largo descanso en el café le permitió recorrer *como una exhalación* la distancia entre el Rastro y la calle de la Cabeza, donde vivía la señorita Obdulia, a quien deseaba visitar y socorrer antes de irse a casa, pues era indudable que a la niña correspondía la mitad, perra más o menos, de uno de los duros de don Carlos. A las doce menos cuarto entraba en el portal, que por lo siniestro y húmedo parecía la puerta de una cárcel. En lo bajo había un establecimiento de *burras de leche,* con borriquitas pintadas en la muestra, y dentro vivían, sin aire ni luz, las pacíficas nodrizas de tísicos, encanijados y catarrosos. En la portería daban asilo a un conocido de *Benina,* el ciego Pulido, que era también punto fijo en San Sebastián. Con él y con el burrero charló un rato antes de subir, y ambos le dieron dos noticias muy malas: que iba a subir el pan y que había bajado mucho la Bolsa, señal lo primero de que no llovía, y lo segundo de que estaba al caer una revolución gorda, todo porque los *artistas* pedían *las ocho horas y los amos* no querían darlas. Anunció el burrero con profética gravedad que pronto se quitaría todo el dinero metálico y no quedaría más que papel, hasta para las pesetas, y que echarían nuevas contribuciones, *inclusive,* por rascarse y por darse de quién a quién los buenos días. Con estas malas impresiones subió *Benina* la escalera, tan descansada como lóbrega, con los peldaños en panza, las paredes desconchadas, sin que faltaran los letreros de carbón o lápiz garabateados junto a las puertas de cuarterones, por cuyo quicio inferior asomaba el pedazo de estera, ni los faroles sucios que de día asemejaban urnas de santos. En el primer piso, bajando del cielo, con vecindad de gatos y vistas magníficas a las tejas y buhardillones, vivía la señorita Obdulia; su casa, por la anchura de las habitaciones destartaladas y frías, hubiera parecido convento, a no ser por la poca elevación de los techos, que casi se cogían con la mano. Esteras y alfombras allí eran tan desconocidas, como en el Congo las levitas y chisteras; sólo en lo que llamaban gabinete había un pedazo de fieltro raído, rameado de azul y rojo, como de dos varas en cuadro. Los muebles de baratillo declaraban con sus chapas rotas, sus patas inválidas, sus posturas clau-

dicantes, el desastre de sus infinitas peregrinaciones en los carros de mudanza.

La misma Obdulia abrió la puerta a *Benina,* diciéndole que la había sentido subir, y al punto se vio la buena mujer como asaltada de una pareja de gatos muy bonitos, que maullando la miraban, el rabo tieso, frotando su lomo contra ella. "Los pobres animalitos —dijo la *niña* con más lástima de ellos que de sí misma—, no se han desayunado todavía".

Vestía la hija de doña Paca una bata de franela color rosa, de corte elegante, ya descompuesta por el mucho uso, las delanteras manchadas de chocolate y grasa, algún siete en las mangas, la falda arrastrada, revelándose en todo, como prenda adquirida de lance, que a su dueña le venía un poco ancha, por *aquello de que la difunta era mayor.* De todos modos, tal vestimenta se avenía mal con la pobreza de la esposa de Luquitas.

—¿No ha venido anoche tu marido? —le dijo *Benina,* sofocada de la penosa ascensión.

—No, hija, ni falta que me hace. Déjale en su café, y en sus casas de perdición, con las *socias* que le han sorbido el seso.

—¿No te han traído nada de casa de tus suegros?

—Hoy no toca. Ya sabes que lo dejaron en un día sí y otro no. No ha venido más que Juana Rosa a peinarme, y con ella se fue mi Andrea. Van a comer juntas en casa de su tía.

—De modo que estás como los camaleones. No te apures, que Dios aprieta, pero no ahoga, y aquí estoy yo para que no ayunes más de la cuenta, que el cielo bien ganado te lo tienes ya... siento una tosecilla... ¿Ha venido ese caballero?

—Sí: ahí está desde las diez. Con las cosas bonitas que cuenta me entretiene, y casi no me acuerdo de que no hay en casa más que dos onzas de chocolate, media docena de

dátiles, y algunos mendrugos de
pan... si has de traerme algo, sea
lo primero para estos pobres gatos
aburridos, que desde el amanecer no
me dejan vivir. Parece que me hablan, y dicen: "Pero ¿qué es de
nuestra buena Nina, que no viene
con nuestra cordillita?"

—En seguida traeré para remediaros a todos —dijo la anciana—.
Pero antes quiero saludar a ese caballero rancio, que es tan fino y
atento con las señoras.

Entró en el llamado gabinete, y
el señor de Ponte y Delgado se deshizo con ella en afectuosos cumplidos de buena sociedad. "Siempre
echándola a usted de menos, *Benina...*, y muy desconsolado cuando
brilla usted por su ausencia."

—¡Que brillo por mi ausencia!...
¿Pero qué disparates está usted diciendo, señor de Ponte? O es que
no entendemos nosotras, las mujeres
de pueblo, esos términos tan *fisnos...* ea, quédense con Dios. Yo
vuelvo pronto, que tengo que dar de
almorzar a la niña y a los señores
gatos. Y aunque el señor don Frasquito no quiera, ha de hacer aquí
penitencia. Le convido yo... no, le
convida la señorita.

—¡Oh, cuánto honor!... lo agradezco infinito. Yo pensaba retirarme.

—Sí, ya sabemos que siempre está
usted convidado en casa de la grandeza. Pero como es tan bueno, se *dizna*
sentarse a la mesa de los pobres.

—Consideración que tanto le agradecemos —dijo Obdulia—. Ya sé que
para el señor de Ponte es un sacrificios aceptar estas pobrezas...

—¡Por Dios, Obdulia!...

—Pero su mucha bondad le *inspira* éstos y otros mayores sacrificios.
¿Verdad, Ponte?

—Ya le he reñido a usted, amiga
mía, por ser tan paradójica. Llama
sacrificio al mayor placer que puede
existir en la vida.

—¿Tienes carbón?... —preguntó
Benina bruscamente como quien
arroja una piedra en un macizo de
flores.

—Creo que hay algo —replicó
Obdulia—; y si no, lo traes también.

Fue Nina para adentro, y habiendo encontrado combustible, aunque
escaso, se puso a encender lumbre y
a preparar sus pucheros. Durante la
prosaica operación conversaba con
las astillas y los carbones, y sirviéndose del fuelle como de un conducto fonético, les decía: "Voy a tener
otra vez el gusto de dar de comer a
ese pobre hambriento, que no confiesa su hambre por la vergüenza
que le da... ¡cuánta miseria en este
mundo, Señor! Bien dicen que quien
más ha visto, más ve. Y cuando se
cree una que es el acabóse de la pobreza, resulta que hay otros más miserables, porque una se echa a la calle, y pide, y le dan, y come, y con
medio panecillo se alimenta... pero
éstos que juntan la vergüenza con
la gana de comer, y son delicados y
medrosicos para pedir; éstos que tuvieron posibles y educación, y no
quieren rebajarse... ¡Dios mío, qué
desgraciados son! Lo que discurrirán
para matar el gusanillo... si me sobra dinero después de darle de almorzar, he de ver cómo me las compongo para que tome la peseta que
necesita para pagar el catre de esta
noche. Pero ¡ay! no..., que necesitará ocho reales. Me da el corazón
que anoche no pagó..., y como esa
condenada Bernarda no fía más que
una vez..., será preciso pagarle toda la cuenta..., y a saber si le ha
fiado dos o tres noches... No, aunque yo tuviera el dinero, no me atrevería a dárselo; y aunque se lo ofreciese, primero dormía al raso que
cogerlo de estas manos pobres...
¡Señor, qué cosas, qué cosas se van
viendo cada día en este mundo tan
grande de la miseria!"

En tanto el lánguido Frasquito y
la esmirriada Obdulia platicaban gozosos de cosas gratas, harto distantes
de la triste realidad. Desde que vio
entrar a la Providencia, en figura de
Benina, sintióse la niña calmada de su
ansiedad y sobresalto, y el caballero
también respiró por el propio motivo

feliz, y se le alegraron las pajarillas viendo conjurado, por aquel día, un grave conflicto de subsistencias. Uno y otro, marchita dama y galán manido, poseían, en medio de su radical penuria, una riqueza inagotable, eficacísima, casi acuñable, extraída de la mina de su propio espíritu; y aunque usaban de los productos de este venero con prodigalidad, mientras más gastaban, más superabundancia tenían sus caudales. Consistía pues, esta riqueza, en la facultad preciosa de desprenderse de la realidad, cuando querían, trasladándose a un mundo imaginario, todo bienandanzas, placeres y dichas. Gracias a esta divina facultad, se daba el caso de que ni siquiera advirtiesen, en muchas ocasiones, sus enormes desdichas, pues cuando se veían privados absolutamente de los bienes positivos, sacaban de la imaginación el cuerno de Amaltea, y lo agitaban para ver salir de él los bienes ideales. Lo extraño era que el señor de Ponte Delgado, con tener tres veces lo menos la edad de Obdulia, casi la superaba en poder imaginativo, pues en la declinación de la vida, se renovaban en él los aleteos de la infancia.

Don Frasquito era lo que vulgarmente se llama *un alma de Dios*. Su edad no se sabía, ni en parte alguna constaba, pues se había quemado el archivo de la iglesia de Algeciras donde le bautizaron. Poseía el raro privilegio físico de una conservación que pudiera competir con la de las momias de Egipto, y que no alteraban contratiempos ni privaciones. Su cabello se conservaba negro y abundante; la barba, no; pero con un poco de betún casi armonizaban una con otro. Gastaba melenas, no de las románticas, desgreñadas y foscas, sino de las que se usaron hacia el 50, lustrosas, con raya lateral, los mechones bien ahuecaditos sobre las orejas. El movimiento de la mano para ahuecar los dos mechones y modelarlos en su sitio, era uno de esos resabios fisiológicos, de *segunda naturaleza,* que llegan a ser parte integrante de la primera. Pues con su melenita de cocas y su barba pringosa y retinta, el rostro de Frasquito Ponte era de los que llaman *añiñados,* por no sé qué expresión de ingenuidad y confianza que veríais en su nariz chica, y en sus ojos que fueron vivaces y ya eran mortecinos. Miraban siempre con ternura, lanzando sus rayos de ocaso melancólico en medio de un celaje de lagrimales pitañosos, de pestañas ralas, de párpados rugosos, de extensas patas de gallo. Dos presunciones descollaban entre las muchas que constituían el orgullo de Ponte Delgado, a saber: la melena y el pie pequeño. Para las mayores desdichas, para las abstinencias más crueles y mortificantes, tenía resignación; para llevar zapatos muy viejos o que desvirtuaran la estructura perfecta y las lindas proporciones de sus piececitos, no la tenía, no.

XVI

Del arte exquisito para conservar la ropa no hablemos. Nadie como él sabía encontrar en excéntricos portales sastres económicos, que por poquísimo dinero *volvían* una pieza; nadie como él sabía tratar con mimo las prendas de uso perenne para que desafiaran los años, conservándose en los puros hilos; nadie como él sabía emplear la bencina para la limpieza de mugres, planchar arrugas con la mano, estirar lo encogido y enmendar rodilleras. Lo que le duraba un sombrero de copa no es para dicho. Para averiguarlo no valdría compulsar todas las cronologías de la moda, pues a fuerza de ser antigua la del chisterómetro que usaba, casi era moderna, y a esta ilusión contribuía el engaño de aquella felpa, tan bien alisada con amorosos cuidados maternales. Las demás prendas de ropa, si al sombrero igualaban en longevidad, no podían emular con él en el disimulo de años de servicio, porque con tantas vueltas y transformaciones, y tantos recorridos de agujas y pases de plancha, ya no eran sino sombra de lo que fueron. Un gabancillo de verano, clarucho, usaba don Frasquito en todo tiempo: era su prenda menos inveterada, y le servía para ocultar, cerrado hasta el cuello, todo lo demás que llevaba, menos la mitad de los pantalones. Lo que se escondía debajo de la tal prenda, sólo Dios y Ponte lo sabían.

Persona más inofensiva no creo que haya existido nunca; más inútil, tampoco. Que Ponte no había servido nunca para nada, lo atestiguaba su miseria, imposible de disimular en aquel triste occidente de su vida. Había heredado una regular fortunilla, desempeñó algunos destinos buenos, y no tuvo atenciones ni cargas de familia, pues se petrificó en el celibato, primero por adoración de sí mismo, después por haber perdido el tiempo buscando con demasiado escrúpulo y criterio muy rígido un matrimonio de conveniencia, que no encontró, ni encontrar podía, con las gollerías y perendengues que deseaba. En la época en que aún no existía la palabra cursi, Ponte Delgado consagró su vida a la sociedad, vistiendo con afectada elegancia, frecuentando, no diré los salones, porque entonces poco se usaba esta denominación, sino algunos estrados de casas buenas y distinguidas. Los verdaderos salones eran pocos, y Frasquito, por más que en su vejez hacía gala de haber entrado en ellos, la verdad era que ni por el forro los conocía. En las tertulias que frecuentaba y bailes a que asistía, así como en los casinos y centros de reunión masculina, no digamos que desentonaba; pero tampoco se distinguía por su ingenio, ni por esa hidalga mezcla de corrección y desgaire que constituye la elegancia verdadera. Muy estiradito siempre, eso sí; muy atento a sus guantes, a su corbata, a su pie pequeño, resultaba grato a las damas, sin interesar a ninguna; tolerable para los hombres,

algunos de los cuales verdaderamente le estimaban.

Sólo en nuestra sociedad heterogénea, libre de escrúpulos y distinciones, se da el caso de que un hidalguete, poseedor de cuatro terruños, o un empleadillo de mediano sueldo, se confunda con marqueses y condes de sangre azul, o con los próceres del dinero, en los centros de falsa elegancia; que se junten y alternen los que explotan la vida suntuaria por sus negocios, o sus vanidades, o bien por audaces amoríos, y los que van a bailar y a comer y a departir con las señoras, sin más objeto que procurarse recomendaciones para un ascenso, o el favor de un jefe para faltar impunemente a las horas de oficinas. No digo esto por Frasquito Ponte, el cual era algo más que un pelagatos fino en los tiempos de su apogeo social. Su decadencia no empezó a manifestarse de un modo notorio hasta el 59; se defendió heroicamente hasta el 68, y al llegar este año, marcado en la tabla de su destino con trazo muy negro, desplomóse el desdichado galán en los abismos de la miseria, para no levantarse más. Años antes se había comido los últimos restos de su fortuna. El destino que con grandes fatigas pudo conseguir de González Bravo, se lo quitó despiadadamente la revolución; no gozaba cesantía, ni había sabido ahorrar. Quedóse el cuitado sin más rentas que el día y la noche, y la compasión de algunos buenos amigos que le sentaban a su mesa. Pero los buenos amigos se murieron o se cansaron, y los parientes no se mostraban comprensivos. Pasó hambres, desnudeces, privaciones de todo lo que había sido su mayor gusto, y en tan tremenda crisis su delicadeza innata y su amor propio fueron como piedra atada al cuello para que más pronto se hundiera y se ahogara: no era hombre capaz de importunar a los amigos con solicitudes de dinero, vulgo sablazos, y sólo en contadísimas ocasiones, verdaderos casos críticos o de peligro de muerte, en la lucha con la miseria, se aventuró a extender la mano en demanda de auxilio, revistiéndola, eso sí, para guardar las formas, de un guante, que aunque descosido y roto, guante era al fin. Antes se muriera de hambre Frasquito, que hacer cosa alguna sin dignidad. Se dio el caso de entrar disfrazado en el figón de Boto, a comer dos reales de cocido, antes que presentarse en una buena casa, donde si le admitían con agasajo, también lastimaban con crueles bromas su decoro, refregándole en el rostro su gorronería y parasitismo.

Con angustioso afán buscaba el infeliz medios de existencia, aunque fuera de los menos lucrativos; pero la cortedad de sus talentos dificultaba más lo que en todos los casos es difícil. Tanto revolvió, que al fin pudo encontrar algunos empleíllos, indignos ciertamente de su anterior posición, pero que le permitieron vivir algún tiempo sin *rebajarse*. Su miseria, al cabo, podía decorarse con un barniz de dignidad. Recibir un corto auxilio pecuniario como pasante de un colegio, o como escribiente de unos boteros de la calle de Segovia, para llevarles las cuentas y *ponerles* las cartas, era limosna, ciertamente, pero tan bien disimulada, que no había desdoro en recibirla. Arrastró vida mísera durante algunos años, solitario habitante de los barrios del Sur, sin atreverse a pasar a los del Centro y Norte, por miedo de encontrarse *conocimientos* que le vieran mal calzado y peor vestido; y habiendo perdido aquellos acomodos, buscó otros, aceptando al fin, no sin escrúpulos y crispaduras de nervios, el cargo de comisionista o viajante de una fábrica de jabón, para ir de tienda en tienda y de casa en casa ofreciendo el género, y colocando las partidas que pudiera. Mas tan poca labia y malicia el pobrecillo desplegaba en este oficio chalanesco, que pronto hubo de quedarse en la calle. Ultimamente le deparó el cielo unas señoras viejas de la Costanilla de San Andrés, para que les llevara las

cuentas de un resto de comercio de cerería, que liquidaban, cediendo en pequeñas partidas las existencias a las parroquias y congregaciones. Escaso era el trabajo; mas por él le daban tan sólo dos pesetas diarias; con las cuales realizaba el milagro de vivir, agenciándose comida y lecho, y no se dice casa, porque en realidad no la tenía.

Ya desde el 80, que fue el año terrible para el sin ventura Frasquito, se determinó a no tener domicilio, y después de unos días de horrorosa crisis en que pudo compararse al caracol, por el aquél de llevar su casa consigo, entendióse con la *señá* Bernarda, la dueña de los dormitorios de la calle del Mediodía Grande, mujer muy dispuesta y que sabía distinguir. Por tres reales le daba cama de a peseta, y en obsequio a la excepcional decencia del parroquiano, por sólo un real de añadidura le dejaba tener su baúl en un cuartucho interior, donde, además, le permitía estar una hora todas las mañanas arreglándose la ropa, y acicalándose con sus lavatorios, cosméticos y manos de tinte. Entraba como un cadáver, y salía desconocido, limpio, oloroso y reluciente de hermosura.

La restante peseta la empleaba en comer y en vestirse... ¡problema inmenso, álgebra imposible! Con todos sus apuros, aquella temporada le dio relativo descanso, porque no sufría la humillación de pedir socorro, y malo o bueno, tuerto o derecho, tenía el hombre un medio de vivir, y vivía y respiraba, y aún le sobraba tiempo para dar algunas volteretas por los espacios imaginarios. Su honesto trato con Obdulia, que vino del conocimiento con doña Paca y de las relaciones comerciales de las viejas cereras con el *funerario*, suegro de la niña, si llevó al espíritu de Ponte el consuelo de la concordancia de ideas, gustos y aficiones, le puso en el grave compromiso de desatender las necesidades de boca para comprarse unas botas nuevas, pues las que por entonces prestaban servicio exclusivo hallábanse horrorosamente desfiguradas, y por todo pasaba el menesteroso, menos por entrar con feo pie en las regiones de lo ideal.

XVII

Con el espantoso desequilibrio que trajeron al menguado presupuesto las botas nuevas, y otros artículos de verdadera superfluidad, como pomada, tarjetas, etc., en los cuales fue preciso invertir sumas de relativa consideración, se quedó Frasquito enteramente vacío de barriga y sin saber dónde ni cómo había de llenarla. Pero la Providencia, que no abandona a los buenos, le deparó su remedio en la casa misma de Obdulia, que le mataba el hambre algunos días, rogándole que la acompañase a almorzar; y por cierto que tenía que gastar no poca saliva para reducirle, y vencer su delicadeza y cortedad. *Benina*, que le leía en el rostro la inanición, gastaba menos etiquetas con su señorita, y le servía con brusquedad, riéndose de los melindres y repulgos con que daba delicada forma a la aceptación.

Aquel día, que tan siniestro se presentaba, y que la aparición de *Benina* tocó en uno de los más dichosos, Obdulia y Frasquito, en cuanto comprendieron que estaba resuelto el problema de la reparación orgánica, se lanzaron a cien mil leguas de la realidad para espaciar sus almas en el rosado ambiente de los bienes fingidos. Las ideas de Ponte eran muy limitadas: las que pudo adquirir en los veinte años de su apogeo social se petrificaron, y ni en ellas hubo modificación, ni las adquirió nuevas. La miseria le apartó de sus antiguas amistades y relaciones, y así como su cuerpo se momificaba, su pensamiento se iba quedando fósil. En su manera de pensar, no había rebasado las líneas del 68 y 70. Ignoraba cosas que sabe todo el mundo; parecía hombre caído de un nido o de las nubes; juzgaba de sucesos y personas con candorosa inocencia. La vergüenza de su aflictivo estado y el retraimiento consiguiente, no tenían poca parte en su atraso mental y en la pobreza de sus pensamientos.

Por miedo a que le viesen hecho una facha, se pasaba semanas y aun meses sin salir de sus barrios; y como no tuviera necesidad imperiosa que al centro le llamase, no pasaba de la Plaza Mayor. Le azaraba continuamente la monomanía centrífuga; prefería para sus divagaciones las calles oscuras y extraviadas, donde rara vez se ve un sombrero de copa. En tales sitios, y disfrutando de sosiego, tiempo sin tasa y soledad, su poder imaginativo hacía revivir los tiempos felices, o creaba en los presentes seres y cosas al gusto y medida del mísero soñador.

En sus coloquios con Obdulia, Frasquito no cesaba de referirle su vida social y elegante de otros tiempos, con interesantes pormenores: cómo fue presentado en las tertulias de los señores de Tal, o de la Marquesa de Cuál; qué personas distinguidas conoció, y cuáles eran sus caracteres, costumbres y modos de vestir. Enumeraba las casas suntuosas donde había pasado horas felices, conociendo lo mejorcito de Madrid en ambos sexos, y recreándose con amenos coloquios y pasatiempos muy bonitos. Cuando la conversación recaía en cosas de arte, Ponte, que deliraba por la música y por *el Real*, tarareaba trozos de *Norma* y de *María di Rohan*, que Obdulia escuchaba con éxtasis. Otras veces, lanzándose a la poesía, recitábale versos de don Gregorio Romero Larrañaga y de otros vates de aquellos tiempos bobos. La radical ignorancia de la joven era el terreno propio para estos ensayos de literaria educación, pues en todo hallaba novedad, todo le causaba el embeleso que sentiría una criatura al ver juguetes por primera vez.

No se saciaba nunca la *niña* (a

quien es forzoso llamar así, a pesar de ser casada, con su aborto correspondiente) de adquirir informes y noticias de la vida de sociedad, pues aunque algunos conocimientos de ello tuviera, por recuerdos vagos de su infancia, y por lo que su madre le había contado, hallaba en las descripciones y pinturas de Ponte mayor encanto y poesía. Sin duda, la sociedad del tiempo de Frasquito era más bella que la coetánea, más finos los hombres, las señoras más graciosas y espirituales. A ruego de ella, el elegante fósil describía los convites, los bailes con todas sus magnificencias; el *buffet* o *ambigú*, con sus variados manjares y refrigerios; contaba las aventuras amorosas que en su tiempo dieron que hablar; enumeraba las reglas de buena educación que entonces, hasta en los ínfimos detalles de la vida suntuaria, estaban en uso, y hacía el panegírico de las bellezas que en su tiempo brillaron, y ya se habían muerto o eran arrinconados vejestorios. No se dejó en el tintero sus propias aventurillas, o más bien pinitos amorosos, ni los disgustos que por tales excesos tuvo con maridos escamones y hermanos susceptibles. De las resultas, había tenido también su duelo correspondiente: ¡vaya!, con padrinos, condiciones, elección de armas, dimes y diretes, y, por fin, choque de sables terminando todo en fraternal almuerzo. Un día tras otro, fue contando las varias peripecias de su vida social, la cual contenía todas las variedades del libertinaje candoroso, de la elegancia pobre y de la tontería honrada. Era también Frasquito un excelente aficionado al arte escénico, y representó en distintos teatros caseros papeles principales en *Flor de un día* y *La trenza de sus cabellos*. Aun recordaba parlamentos y *bocadillos* de ambas obras, que repetía con énfasis declamatorio, y que Obdulia oía con arrobamiento, *arrasados los ojos en lágrimas,* dicho sea con frase de la época. Refirió también, y para ello tuvo que emplear dos sesiones y

media, el baile de trajes que dio, allá por los años de Maricastaña, una señora Marquesa o Baronesa de No sé cuántos. No olvidaría Frasquito, si mil años viviese, aquella grandiosa fiesta, a la que asistió de *bandido calabrés*. Y se acordaba de todos, absolutamente de todos los trajes, y los describía y especificaba, sin olvidar cintajo ni galón. Por cierto que los preparativos de su vestimenta, y los pasos que tuvo que dar para procurarse las prendas características, le robaron tanto tiempo día y noche, que faltó semanas enteras a la oficina, y de aquí le vino la primera cesantía, y con la cesantía sus primeros atrasos.

Aunque en muy pequeña escala, también podía Frasquito satisfacer otra curiosidad de Obdulia: la curiosidad, o más bien ilusión, de los viajes. No había dado la vuelta al mundo; pero ¡había estado en París! y para un elegante, esto quizá bastaba. ¡París! ¿Y cómo era París? Obdulia devoraba con los ojos al narrador, cuando éste refería con hiperbólicos arranques las maravillas de la gran ciudad, nada menos que en los esplendorosos tiempos del segundo Imperio. ¡Ah! ¡La Emperatriz Eugenia, los Campos Elíseos, los bulevares, Notre Dame, Palais Royal!..., y para que en la descripción entrara todo, ¡Mabille, las loretas!... Ponte no estuvo más que mes y medio, viviendo con grandes economías, y aprovechando muy bien el tiempo, día y noche, para que no se le quedara nada por ver. En aquellos cuarenta y cinco días de libertad parisiense, gozó lo indecible, y se trajo a Madrid recuerdos e impresiones que contar para tres años seguidos. Todo lo vio, lo grande y lo chico, lo bello y lo raro; en todo metió su nariz chiquita, y no hay que decir que se permitió un poco de libertinaje, deseando conocer los encantos secretos y seductoras gracias que esclavizan a todos los pueblos, haciéndolos tributarios de la voluptuosa Lutecia.

Precisamente aquel día, mientras *Benina* con diligencia suma trasteaba en la cocina y comedor, Frasquito contaba a Obdulia cosas de París, y tan pronto, en su pintoresco relato, descendía a las alcantarillas, como se encaramaba en la torre del pozo artesiano de Grenelle.

—Muy cara ha de ser la vida en París —le dijo su amiga—. ¡Ah! señor de Ponte, eso no es para pobres.

—No, no lo crea usted. Sabiendo manejarse, se puede vivir como se quiera. Yo gastaba de cuatro a cinco napoleones diarios, y nada se me quedó por ver. Pronto aprendí las *correspondencias* de los ómnibus, y a los sitios más distantes iba por unos cuantos *sus*. Hay *restauranes* económicos, donde le sirven a usted por poco dinero buenos platos. Verdad es que en propinas, que allí llaman *pourboire*, se gasta más de la cuenta; pero créame usted, las da uno con gusto por verse tratado con tanta amabilidad. No oye usted más que *pardon, pardon* a todas horas.

—Pero entre las mil cosas que usted vio, Ponte, se olvida de lo mejor. ¿No vio usted a los grandes hombres?

—Le diré a usted. Como era verano los grandes hombres se habían ido a tomar baños. Víctor Hugo, como usted sabe, estaba en la emigración.

—Y a Lamartine, ¿no le vio usted?

—En aquella época, ya el autor de *Graziella* había fallecido. Una tarde, los amigos que me acompañaban en mis paseos me enseñaron la casa de Thiers, el gran historiador, y también me llevaron al café donde, por invierno, solía ir a tomarse su copa de cerveza Paul de Kock.

—¿El de las novelas para reír? Tiene gracia; pero sus indecencias y porquerías me fastidian.

—También vi la zapatería donde le hacían las botas a Octavio Feuillet. Por cierto que allí me encargué unas, que me costaron seis napoleones... ¡pero qué hechura, qué gé-

nero! Me duraron hasta el año de la muerte de Prim...

—Ese Octavio ¿de qué es autor?

—De *Sibila* y otras obras lindísimas.

—No le conozco... creo confundirle con Eugenio Sué, que escribió, si no recuerdo mal, los *Pecados capitales,* y *Nuestra Señora de París*...

—*Los Misterios de París*, quiere usted decir.

—Eso... ¡Ay, me puse mala cuando leí esa obra, de la gran impresión que me produjo!

—Se identificaba usted con los personajes y vivía la vida de ellos.

—Exactamente. Lo mismo me ha pasado con *María o la hija de un jornalero*...

En esto les avisó *Benina* que ya tenía preparada la pitanza, y les faltó tiempo para caer sobre ella y hacer los debidos honores a la tortilla de escabeche y a las chuletas con patatas fritas. Dueño de su voluntad en todo acto que requiriese finura y buenas formas, Ponte se las compuso admirablemente con sus nervios para no dar a conocer la ferocidad de su hambre atrasada. Con bondadosa confianza, *Benina* le decía: "Coma, coma, señor de Ponte, que aunque ésta no es comida fina, como las que a usted le dan en otras casas, no le viene mal ahora... los tiempos están malos. Hay que apencar con todo..."

—Señora Nina —replicó el *protocursi*—, yo aseguro, bajo mi palabra de honor, que es usted un ángel; yo *me inclino a creer* que en el cuerpo de usted se ha encarnado un ser benéfico y misterioso, un ser que es *mera* personificación de la Providencia, según la entendían y la entienden los pueblos antiguos y modernos.

—¡Válgate Dios lo que sabe, y qué tonterías tan saladas dice!

XVIII

Con la reparadora sustancia del almuerzo, los cuerpos parecía que resucitaban, y los espíritus fortalecidos levantaron el vuelo a las más altas regiones. Instalados otra vez en el gabinete, Ponte Delgado contó las delicias de los veranos en Madrid en su tiempo. En el Prado se reunía toda la nata y flor. Los pudientes iban de estación a la Granja. El había visitado más de una vez el Real Sitio, y había visto correr las fuentes.

—¡Y yo que no he visto nada, nada! —exclamaba Obdulia con tristeza, poniendo en sus bellos ojos un desconsuelo infantil—. Crea usted amigo Ponte, que ya me habría vuelto tonta de remate, si Dios no me hubiera dado la facultad de figurarme las cosas que no he visto nunca. No puede usted imaginar cuánto me gustan las flores: me muero por ellas. En su tiempo, mamá me dejaba tener tiestos en el balcón: después me los quitaron, porque un día regué tanto, que subió el policía y nos echaron multa. Siempre que paso por un jardín, me quedo embobada mirándolo. ¡Cuánto me gustaría ver los de Valencia, los de la Granja, los de Andalucía!... Aquí apenas hay flores, y las que vemos vienen por ferrocarril, y llegan mustias. Mi deseo es admirarlas en la planta. Dicen que hay tantísimas clases de rosas: yo quiero verlas, Ponte; yo quiero *aspirar su aroma*. Se dan grandes y chicas, encarnadas y blancas, de muchas variedades. Quisiera ver una planta de jazmín grande, grande; que me diera sombra. ¡Y cómo quedaría yo embelesada, viendo las mil florecillas caer sobre mis hombros, y prendérseme en el pelo... yo sueño con tener un magnífico jardín y una estufa... ¡Ay!, esas estufas con plantas tropicales y flores rarísimas, quisiera verlas yo. Me las figuro; las estoy viendo..., me muero de pena por no poder poseerlas.

—Yo he visto —dijo Ponte—, la de don José Salamanca en sus buenos tiempos. Figúresela usted más grande que esta casa y la de al lado juntas. Figúrese usted palmeras y helechos de gran altura, y piñas de América con fruto. Me parece que la estoy viendo.

—Y yo también. Todo lo que usted me pinta, lo veo. A veces, soñando, soñando, y viendo cosas que no existen, es decir, que existen en otra parte, me pregunto yo: "¿Pero no podría suceder que algún día tuviera yo una casa magnífica, elegante, con salones, estufa..., y que a mi mesa se sentaran *los grandes hombres*... y yo hablara con ellos y con ellos me instruyera?"

—¿Por qué no ha de poder ser? Usted es muy joven, Obdulia, y tiene aún mucha vida por delante. Todo eso que usted ve en sueño, véalo como una realidad posible, probable. Dará usted comidas de veinte cubiertos, una vez por semana, los miércoles, los lunes... le aconsejo a usted, como perro viejo en sociedad, que no ponga más de veinte cubiertos, y que invite para esos días gente muy escogida.

—¡Ah!... Bien..., lo mejor, la *crema*...

—Los demás días, seis cubiertos, los convidados íntimos, y nada más; personas de alcurnia, ¿sabe?, personas allegadas a usted y que le tengan cariño y respeto. Como es usted tan hermosa, tendrá adoradores..., eso no lo podrá evitar... No dejará de verse en algún peligro, Obdulia. Yo le aconsejo que sea usted muy amable con todos, muy fina, muy cortés; pero en cuanto se propase alguno revístase de dignidad, y vuélvase más fría que el mármol, y desdeñosa como una reina.

—Eso mismo he pensado yo, y lo pienso a todas horas. Estaré tan ocupada en divertirme, que no se me ocurrirá ninguna cosa mala. ¡Qué gusto ir a todos los teatros, no perder ópera, ni concierto, ni función de drama o comedia, ni estreno, ni nada, Señor, nada! Todo lo he de ver y gozar... Pero crea usted una cosa y se la digo con el corazón. En medio de todo ese barullo, yo gozaría extremadamente en repartir muchas limosnas; iría yo en busca de los pobres más desamparados, para socorrerles y... en fin, que yo no quiero que haya pobres... ¿verdad, Frasquito, que no debe haberlos?

—Ciertamente, señora. Usted es un ángel, y con la *varilla mágica de su bondad* hará desaparecer todas las miserias.

—Ya se me figuraba que es verdad cuanto usted me dice. Yo soy así. Vea usted lo que me pasa; hace un rato hablábamos de flores; pues ya se me ha pegado a la nariz un olor riquísimo. Paréceme que estoy dentro de mi estufa, viendo tantos primores, y oliendo fragancias deliciosas. Y ahora, cuando hablábamos de socorrer la miseria, se me ocurrió decirle: "Frasquito, tráigame una lista de los pobres que usted conozca, para empezar a distribuir limosnas."

—La lista pronto se hace, señora mía —dijo Ponte contagiado del delirio imaginativo, y pensando que debía encabezar la propuesta con el nombre del primer menesteroso del mundo: *Francisco Ponte Delgado*.

—Pero habrá que esperar —añadió Obdulia, dándose de hocicos contra la realidad, para volver a saltar otra vez, cual pelota de goma, y remontarse a las alturas—. Y diga usted: en ese correr por Madrid buscando miserias que aliviar, me cansaré mucho ¿verdad?

—¿Pero para qué quiere usted sus coches?... Digo, yo *parto de la base* de que usted tiene una gran posición.

—Me acompañará usted.

—Seguramente.

—¿Y le veré a usted paseando a caballo por la Castellana?

—No digo que no. Yo he sido un regular jinete. No gobierno mal... Ya que hemos hablado de carruajes, le aconsejo a usted que no tenga cocheras... que se entienda con un alquilador. Los hay que sirven muy bien. Se quitará usted muchos quebraderos de cabeza.

—¿Y qué le parece a usted? —dijo Obdulia ya desbocada y sin freno—. Puesto que he de viajar, ¿a dónde debo ir primero, a Alemania o a Suiza?

—Lo primero a París...

—Es que yo me figuro que ya he visto a París... eso es de clavo pasado... ya estuve: quiero decir, ya estoy en que estuve, y que volveré, de paso para otro país.

—Los lagos de Suiza son linda cosa. No olvide usted las ascensiones a los Alpes para ver... los perros del Monte San Bernardo, los grandes témpanos de hielo, y otras maravillas de la Naturaleza.

—Allí me hartaré de una cosa que me gusta atrozmente: manteca de vaca bien fresca... Dígame, Ponte, con franqueza: ¿qué color cree usted que me sienta mejor, el rosa o el azul?

—Yo afirmo que a usted le sientan bien todos los colores *del iris;* mejor dicho: no es que éste o el otro color hagan valer más o menos su belleza, es que su belleza tiene bastante poder para dar realce a cualquier color que se le aplique.

—Gracias... ¡Qué bien dicho!

—Yo, si usted me lo permite —manifestó el galán marchito, sintiendo el vértigo de las alturas—, haré la comparación de su figura de usted con la figura y rostro..., ¿de quién creerá...?, pues de la Emperatriz Eugenia, ese prototipo de elegancia, de hermosura, de distinción...

—¡Por Dios, Frasquito!

—No digo más que lo que siento. Esa mujer *ideal* no se me ha olvidado, desde que la vi en París, paseando en el *Bois* con el emperador. La he visto mil veces después, cuando *flaneo* solito por esas calles soñando despierto, o cuando me entra el insomnio, encerrado las horas muertas *en mis habitaciones*. Paréceme que la estoy viendo ahora, que la veo siempre... Es una idea, es un..., no sé qué. Yo soy un hombre que adora los ideales, que no vive sólo de la *vil materia.* Yo desprecio *la vil materia,* yo sé desprenderme del *frágil barro...*

—Entiendo, entiendo... siga usted.

—Digo que en mi espíritu vive la imagen de aquella mujer..., y la veo como un ser real, como un ente... no puedo explicarlo..., como un ente, no figurado, sino tangible y...

—¡Oh!, sí..., lo comprendo. Lo mismo me pasa a mí.

—¿Con ella?

—No..., con..., no sé con quién. Por un momento, creyó Frasquito que el *ser ideal* de Obdulia era el Emperador. Incitado a completar su pensamiento, prosiguió así:

—Pues, amiga mía, yo que *conozco,* que *conozco,* digo, a Eugenia de Guzmán, sostengo que usted es como ella, o que ella y usted son una misma persona.

—Yo no creo que pueda existir tal semejanza, Frasquito —replicó la niña, turbada, echando lumbre por los ojos.

—La fisonomía, las facciones, así de perfil como de frente, la expresión, el aire del cuerpo, la mirada, el gesto, los andares, todo, todo, es lo mismo. Créame usted, yo no miento nunca.

—Puede ser que haya cierto parecido... —indicó Obdulia, ruborizándose hasta la raíz del cabello—. Pero no seremos iguales; eso no.

—Como dos gotas de agua. Y si se *parecen ustedes* en lo físico... —dijo Frasquito, echándose -para atrás en el sillón y adoptando un tonillo de franca naturalidad—, no es menor el parecido en lo moral, en el aire de persona que ha nacido y vive en la más alta posición, en algo que revela la conciencia de una superioridad a la que todos rinden acatamiento. En suma, yo sé lo que digo. Nunca veo tan clara la semejanza como cuando usted manda algo a la *Benina:* se me figura que

veo a Su Majestad Imperial dando órdenes a sus chambelanes.

—¡Qué cosas!... Eso no puede ser, Ponte..., no puede ser.

Entróle a la niña un reír nervioso, cuya estridencia y duración parecía anunciar un ataque epiléptico. Rióse también Frasquito, y desbocándose luego por los espacios imaginativos, dio un bote formidable, que traducido a lenguaje vulgar, es como sigue:

—Hace poco indicó usted que me vería paseando a caballo por la Castellana. ¡Ya lo creo que podría usted verme! Yo he sido un buen jinete. En mi juventud, tuve una jaca torda, que era una pintura. Yo la montaba y la gobernaba admirablemente. Ella y yo *llamamos la atención* en la Línea primero, después en Ronda, donde la vendí, para comprarme un caballo jerezano, que después fue adquirido..., pásmese usted..., por la Duquesa de Alba, hermana de la Emperatriz, mujer elegantísima también..., y que también se le parece a usted, sin que las dos hermanas se parezcan.

—Ya, ya sé... —dijo Obdulia, haciendo gala de entender de linajes—. Eran hijas de *la Montijo.*

—Cabal, que vivía en la plazuela del Angel, en aquel gran palacio que hace esquina a la plaza donde hay tantos pajaritos..., mansión de hadas..., yo estuve una noche..., me presentaron Paco Ustáriz y Manolo Prieto, compañeros míos de oficina... Pues sí, yo era un buen jinete, y créame, algo queda.

—Hará usted una figura arrogantísima...

—¡Oh!, no tanto.

—¿Por qué es usted tan modesto? Yo lo veo así, y suelo ver las cosas bien claras. Todo lo que yo veo es verdad.

—Sí; pero...

—No me contradiga usted, Ponte, no me contradiga en esto ni en nada.

—Acato humildemente sus aseveraciones —dijo Frasquito humillándose—. Siempre hice lo mismo con todas las damas a quienes he tratado, que han sido muchas, Obdulia, pero muchas...

—Eso bien se ve. No conozco otra persona que se le iguale en la finura del trato. Francamente, es usted el prototipo de la elegancia..., de la...

—¡Por Dios!...

Al llegar a esta frase, el punto o vértice del delirio hízoles caer de bruces sobre la realidad la brusca entrada de *Benina,* que, concluidas sus faenas de fregado y arreglo de la cocina y comedor, se despedía. Cayó Ponte en la cuenta de que era la hora de ir a cumplir sus obligaciones en la casa donde trabajaba, y pidió licencia a la imperial dama para retirarse. Esta se la dio con sentimiento, mostrándose pesarosa de la soledad en que hasta el próximo día quedaba en sus palacios, habitados por sombras de chambelanes y otros guapísimos palaciegos. Que éstos, ante los ojos de los demás mortales, tomaran forma de gatos maulladores, a ella no le importaba. En su soledad, se recrearía discurriendo muy a sus anchas por la estufa, admirando las galanas flores tropicales y aspirando sus embriagadoras fragancias.

Fuese Ponte Delgado, despidiéndose con afectuosas salutaciones y sonrisas tristes, y trás él *Benina,* que apresuró el paso para alcanzarle en el portal o en la calle, deseosa de echar con él un parrafito.

XIX

—Sí, don Frasco —le dijo codeándose con él en la calle de San Pedro Mártir—. Usted no tiene confianza conmigo, y debe tenerla. Yo soy pobre, más pobre que las ratas; y Dios sabe las amarguras que paso para mantener a mi señora y a la niña, y mantenerme a mí... pero hay quien me gana en pobreza, y ese pobre de más *solenidá* que nadie es usted... no diga que no.

—*Señá Benina,* repito que es usted un ángel.

—Sí..., de cornisa... Yo no quiero que usted esté tan desamparado. ¿Por qué le ha hecho Dios tan vergonzoso? Buena es la vergüenza; pero no tanta, Señor... ya sabemos que el señor de Ponte es persona decente; pero ha venido a menos, tan a menos, que no se lo lleva el viento porque no tiene por donde agarrarlo. Pues bueno: yo soy *Juan Claridades;* después de atender a todo lo del día, me ha sobrado una peseta. Téngala...

—Por Dios, *señá Beina* —dijo Frasquito palideciendo primero, y poniéndose después rojo.

—No haga melindres, que le vendrá muy bien para que pueda pagarle a la Bernarda la cama de anoche.

—¡Qué ángel, santo Dios, qué ángel!

—¡Déjese de *angelorios,* y coja la moneda! ¿No quiere? Pues usted se lo pierde. Ya verá cómo las gasta la *dormilera,* que no fía más que una noche, y apurando mucho, dos. Y no salga diciendo que a mí me hace falta. ¡Como que no tengo otra cosa! Pero yo me gobernaré como pueda para sacar el diario de mañana de debajo de las piedras... Que la tome, digo.

—*Señá Benina,* he llegado a tal extremidad de miseria y humillación, que aceptaría la peseta, sí, señora, la aceptaría, olvidándome de quién soy y mi dignidad, etc...; pero ¿cómo quiere usted que yo *reciba* ese *anticipo,* sabiendo, como sé, que usted pide limosna para atender a su señora? No puedo, no... mi conciencia se subleva...

—Déjese de sublevaciones, que no somos aquí *tropa.* O usted se lleva la pesetilla, o me enfado, como Dios es mi padre. Don Frasquito, no haga papeles, que es usted más mendigo que el inventor del hambre. ¿O es que necesita más dinero, porque le debe más a la Bernarda? En este caso, no puedo dárselo, porque no lo tengo... pero no sea usted lila, don Frasquito, ni se haga de mieles, que esa lagartona de la Bernarda se lo comerá vivo, si no le acusa las cuarenta. A un parroquiano como usted, *de la aristocracia,* no se le niega el hospedaje porque deba, un suponer, tres noches, cuatro noches... Plántese el buen Frasquito, con ciel mil pares, y verá cómo la Bernarda agacha las orejas... le da usted sus cuatro reales a cuenta, y... échese a domir tranquilo en el camastro.

O no se convencía Ponte, o convencido de lo bueno que sería para él la posesión de la peseta, le repugnaba el acto material de extender la mano y recibir la limosna. *Benina* reforzó su argumentación diciéndole:

—Y puesto que es el niño tan vergonzoso, y no se atreve con su patrona, ni aun dándole a cuenta la *cantidá,* yo le hablaré a la Bernarda, yo le diré que no le riña ni le apure... Vamos, tome lo que le doy, y no me fría más la sangre, señor don Frasquito.

Y sin darle tiempo a formular nuevas protestas y negativas, le cogió la mano, le puso en ella la moneda, cerróle el puño a la fuerza, y se alejó corriendo. Ponte no hizo ademán de devolverle el dinero ni de arrojarlo. Quedóse parado y mudo; contempló a la *Benina* como a visión que se desvanece en un rayo de luz, y conservando en su mano izquierda la peseta, con la derecha sacó el pañuelo y se limpió los ojos, que le lloraban horrorosamente. Lloraba de irritación oftálmica senil, y también de alegría, de admiración, de gratitud.

Aún tardó *Benina* más de una hora en llegar a la calle Imperial, porque antes pasó por la de la Ruda a hacer sus compras. Estas hubieron de ser al fiado, pues se le había concluido el dinero. Recaló en su casa después de las dos, hora no intempestiva ciertamente: otros días había entrado más tarde, sin que la señora por ello se enfadara. Dependía el ser bien o mal recibida de la racha de humor con que a doña Paca cogía en el momento de entrar. Aquella tarde, por desgracia, la pobre señora ron-

deña se hallaba en una de sus más violentas crisis de irritabilidad nerviosa. Su genio tenía erupciones repentinas, a veces determinadas por cualquier contrariedad insignificante, a veces por misterios del organismo difíciles de apreciar. Ello es que, antes que *Benina* traspasara la puerta, doña Francisca le echó esta rociada:

—¿Te parece que son éstas horas de venir? Tengo yo que hablar con don Romualdo, para que me diga la hora a que sales de su casa... Apuesto a que te descuelgas ahora con la mentira de que fuiste a ver a la niña, y que has tenido que darle de comer... ¿piensas que soy idiota y que doy crédito a tus embustes? Cállate la boca... no te pido explicaciones, ni las necesito, ni las creo; ya sabes que no creo nada de lo que me dices, embustera, enredadora.

Conocedora del carácter de la señora, *Benina* sabía que el peor sistema contra sus arrebatos de furor era contradecirla, darle explicaciones, sincerarse y defenderse. Doña Paca no admitía razonamientos, por juiciosos que fuesen. Cuanto más lógicas y justas eran las aclaraciones del contrario, más se enfurruñaba ella. No pocas veces *Benina,* inocente, tuvo que declararse culpable de las faltas que la señora le imputaba, porque, haciéndolo así, se calmaba más pronto.

—¿Ves cómo tengo razón? —proseguía la señora, que cuando se ponía en tal estado, era de lo más insoportable que imaginarse puede—. Te callas..., quien calla, otorga. Luego es cierto lo que yo digo; yo siempre estoy al tanto... Resulta lo que pensé: que no has subido a casa de Obdulia, ni ése es el camino. Sabe Dios dónde habrás estado de pingo. Pero no te dé cuidado, que yo lo averiguaré... ¡tenerme aquí sola, muerta de hambre!... Vaya una mañana que me has hecho pasar! He perdido la cuenta de los que han venido a cobrar piquillos de las tiendas, cantidades que no se han pagado ya por tu desarreglo... porque la verdad, yo no sé dónde echas tú el dinero... responde, mujer..., defiéndete siquiera, que si a todo das la callada por respuesta, me parecerá que aún te digo poco.

Benina repitió con humildad lo dicho anteriormente: que había concluido tarde en casa de don Romualdo; que don Carlos Trujillo la entretuvo la mar de tiempo; que había ido después a la calle de la Cabeza...

—Sabe Dios, sabe Dios lo que habrás hecho tú, correntona, y en qué sitios habrás estado... a ver, a ver si hueles a vino.

Oliéndole el aliento, rompió en exclamaciones de asco y horror:

—Quita, quítate allá, borracha. Apestas a aguardiente.

—No lo he catado, señora; me lo puede creer.

Insistía doña Paca, que en aquellas crisis convertía en realidades sus sospechas, y con su terquedad forjaba su convicción.

—Me lo puede creer —repitió *Benina*—, no he tomado más que un vasito de vino con que me obsequió el señor de Ponte.

—Ya me está dando a mí mala espina ese señor de Ponte, que es un viejo verde muy zorro y muy tuno. Tal para cual, pues también tú las matas callando... no pienses que me engañas, hipócrita... al cabo de la vejez, te da por la disolución, y andas de picos pardos. ¡Qué cosas se ven, Señor, y a qué desarreglos arrastra el maldito vicio!... Te callas: luego es cierto. No; si aunque lo negaras no me convencerías, porque cuando yo digo una cosa, es porque la sé... Tengo yo un ojo...

Sin dar tiempo a que la delincuente se explicara, salió por este otro registro:

—¿Y qué me cuentas, mujer? ¿Qué recibimiento te hizo mi pariente don Carlos? ¿Qué tal? ¿Está bueno? ¿No revienta todavía? No necesitas decirme nada, porque, como si hubiera estado yo escondidita detrás de una

cortina, sé todo lo que hablasteis... ¿a que no me equivoco? Pues te dijo que lo que a mí me pasa es por mi maldita costumbre de no llevar cuentas. No hay quien le apee de esa necedad. Cada loco con su tema: la locura de mi pariente es arreglarlo todo con números... con ellos se ha enriquecido, robando a la Hacienda y a los parroquianos; con ellos quiere al fin de la vida salvar su alma, y a los pobres nos recomienda la medicina de los números, que a él no le salva ni a nosotros nos sirve para nada. ¿Conque acierto? ¿Fue esto lo que te dijo?

—Sí, señora. Parece que lo estaba usted oyendo.

—Y después de machacar con esa monserga del Debe y Haber, te habrá dado una limosna para mí... Ignora que mi dignidad se subleva al recibirla. Le estoy viendo abrir las gavetas como quien quiere y no quiere, coger el taleguito en que tiene los billetes, ocultándolo para que no lo vieras tú; le veo sobar el saquito, guardarlo cuidadosamente; le veo echar llave... y el muy cochino se descuelga con una porquería. No puedo precisar la cantidad que te habrá dado para mí, porque es tan difícil anticiparse a los cálculos de la avaricia; pero desde luego te aseguro, sin temor de equivocarme, que no ha llegado a los cuarenta duros.

La cara que puso *Benina* al oír esto no puede describirse. La señora, que atentamente la observaba, palideció, y dijo después de breve pausa:

—Es verdad: me he corrido mucho. Cuarenta, no; pero, aun con lo cicatero y mezquino que es el hombre, no habrá bajado de los veinticinco duros. Menos que eso no lo admito, Nina: no puedo admitirlo.

—Señora, usted está delirando —replicó la otra, plantándose con firmeza en la realidad—. El señor don Carlos no me ha dado nada, lo que se llama nada. Para el mes que viene empezará a darle a usted una *paga* de dos duros mensuales.

—Embustera, trapalona... ¿crees

que me embaucas a mí con tus enredos? Vaya, vaya, no quiero incomodarme... me tiene peor cuenta, y no estoy yo para coger berrinches..., comprendido, Nina, comprendido. Allá te entenderás con tu conciencia. Yo me lavo las manos, y dejo a Dios que te dé tu merecido.

—¿Qué, señora?

—Hazte ahora la simple y la gatita Marirramos. ¿Pero no ves que yo te calo al instante y adivino tus *infundios*? Vamos, mujer, confiésalo; no trates de añadir a la infamia el engaño.

—¿Qué, señora?

—Pues que has tenido una mala tentación... confiésamelo, y te perdono... ¿No quieres declararlo? Pues peor para ti y para tu conciencia, porque te sacaré los colores a la cara. ¿Quieres verlo? Pues los veinticinco duros que te dio para mí don Carlos, se los has dado a ese Frasquito Ponte para que pague sus deudas, y vaya a comer de fonda, y se compre corbatas, pomada y un bastoncito nuevo... Ya ves, ya ves, bribonaza, cómo todo te lo adivino, y conmigo no te valen ocultaciones. Si sé yo más que tú. Ahora te ha dado por proteger a ese Tenorio fiambre, y le quieres más que a mí, y a él atiendes y a mí no, y de él te da lástima, y a mí, que tanto te quiero, que me parta un rayo.

Rompió a llorar la señora, y *Benina*, que ya sentía ganas de contestar a tanta impertinencia dándole azotes como a un niño mañoso, al ver las lágrimas se compadeció. Ya sabía que el llanto era la terminación de la crisis de cólera, la sedación del acceso, mejor dicho, y cuando tal sucedía, lo mejor era soltar la risa, llevando la disputa al terreno de las burlas sabrosas.

—Pues sí, señora doña Francisca —le dijo abrazándola—. ¿Creía usted que habiéndome salido ese novio tan hechicero y tan saleroso, le había de dejar yo en necesidad, sin darle para el pelo?

—No creas que me engatusas con tus bromitas, trapalona, zalamera... —decía la señora, ya desarmada y vencida—. Yo te aseguro que no me importa nada lo que has hecho, porque el dinero de Trujillete yo no lo había de tomar... preferiría morirme de hambre, a manchar mis manos con él... Dáselo, dáselo a quien quieras, ingratona, y déjame a mí en paz; déjame que me muera olvidada de ti y de todo el mundo.

—Ni usted ni yo nos moriremos tan pronto, porque aún hemos de dar mucha guerra —le dijo la criada, disponiéndose con gran diligencia a darle de comer.

—Veremos qué porquerías me traes hoy... Enséñame la cesta... Pero, hija: ¿No te da vergüenza de traerle a tu ama estas piltrafas asquerosas?... ¿Y qué más?, coliflor... Ya me tienes apestada con tus coliflores, que me dan flato, y las estoy repitiendo tres días... en fin, ¿a qué estamos en el mundo más que a padecer? Dame pronto estos comistrajos... ¿y huevos no has traído? Ya sabes que no los paso, como no sean bien frescos.

—Comerá usted lo que le den, sin refunfuño, que el poner tantos peros a la comida que Dios da, es ofenderle y agraviarle.

—Bueno, hija, lo que tú quieras. Comeremos lo que haya, y daremos gracias a Dios. Pero come tú también, que me da pena verte tan ajetreada, desviviéndote por los demás, y olvidada de ti misma y del alivio de tu cuerpo. Siéntate conmigo, y cuéntame lo que has hecho hoy.

A media tarde, comían las dos, sentaditas a la mesa de la cocina. Doña Paca, suspirando con toda su alma, entre un bocado y otro, expresó en esta forma las ideas que bullían en su mente.

—Dime, Nina, entre tantas cosas raras, incomprensibles, que hay en el mundo ¿no habría un medio, una forma... no sé cómo decirlo, un sortilegio por el cual nosotras pudiéramos pasar de la escasez a la abundancia; por el cual todo eso que en el mundo está de más en tantas manos avarientas, viniese a las nuestras que nada poseen?

—¿Qué dice la señora? ¿Que si podría suceder que en un abrir y cerrar de ojos pasáramos de pobres a ricas, y viéramos, un suponer, nuestra casa llena de dinero y de cuanto Dios crió?

—Eso quiero decir. Si son verdad los milagros ¿por qué no *sucede* uno para nosotras, que bien merecido nos lo tenemos?

—¿Y quién dice que no *suceda,* que no tengamos esa *ocurrencia?* —respondió *Benina,* en cuya mente surgió de improviso, con poderoso relieve y extraordinaria plasticidad, el conjuro que Almudena le había enseñado, para pedir y obtener todos los bienes de la tierra.

XX

De tal modo se posesionaron de su espíritu la idea y las imágenes expresadas por el ciego africano, que a punto estuvo de contarle a su ama el maravilloso método de conjurar y hacer venir al *Rey de baixo terra.* Pero recelando que aquel secreto sería menos eficaz cuanto más se divulgara, contúvose en su locuacidad, y tan sólo dijo que bien podría suceder que de la noche a la mañana se les metiera por las puertas la fortuna. Al acostarse junto a doña Paca, pues dormían en la misma alcoba, pensó que todo aquello de Almudena era una *papa,* y tomarlo en serio la mayor de las necedades. Quiso dormirse, mas no pudo; vovió su espíritu a dar agasajo a la idea, creyéndola de posible realización, y si esfuerzos hacía por desecharla, con mayor tenacidad la pícara idea se le metía en el cerebro.

"¿Qué se pierde por probarlo? —se decía, arropándose en la cama—. Podrá no ser verdad... pero ¿y si lo fuese? ¡Cuántas mentiras hubo que luego se volvieron verdades como puños!... Pues lo que es

yo, no me quedo sin probarlo, y mañana mismo, con el primer dinero que saque, compro el candil de barro, sin hablar. El cuento es que no sé cómo pueda tratarse un *artículo* sin hablar... en fin me haré la sordomuda... luego buscaré el palitroque, también sin hablar... falta que el moro me enseñe la oración, y que yo la aprenda sin que se me escape un verbo..."

Después de un breve sueño, despertó creyendo firmemente que en la salita próxima había unas esportonas o seretas muy grandes, muy grandes, llenas de diamantes, *rubíes,* perlas y zafiros... en la oscuridad de las habitaciones nada podía ver; pero de que aquellas riquezas estaban allí no tenía la menor duda. Cogió la caja de fósforos, dispuesta a encender, para recrear su vista en el tesoro; mas por no despertar a doña Paca, cuyo sueño era muy ligero, dejó para la mañana el examen de tantas maravillas... pasado un rato, no tardó en reírse de su ilusión, diciéndose: ¡Pues no soy poco lila!... Es todavía pronto para que traigan eso..."

Al amanecer, despertóse al ladrido de dos perrazos blancos que salían de debajo de las camas; sintió la campanilla de la puerta; echóse al suelo, y en camisa corrió a abrir, segura de que llamaba algún *ayudante* o gentil-hombre del Rey de luenga barba y vestido verde... pero no era nadie; no había ser viviente en la puerta.

Arreglóse para salir, disponiendo el desayuno de la señora, y dando el primer barrido a la casa, y a las siete salía ya con su cesta al brazo por la calle Imperial. Como no tenía un céntimo ni de dónde le viniera, encaminóse a San Sebastián, pensando por el camino en don Romualdo y su familia, pues de tanto hablar de aquellos señores, y de tanto comentarlos y describirlos, había llegado a creer en su existencia.

"¡Vaya que soy *gilí!* —se decía—. Invento yo al tal don Romualdo, y ahora se me antoja que es persona *efetiva* y que puede socorrerme. No hay más don Romualdo que el pordioseo bendito, y a esto voy, y veremos si cae algo, con permiso de la *Caporala*.

El día era bueno; al entrar, díjole Pulido que había funeral de primera, y boda en la sacristía. La novia era sobrina de un ministro *plenipotenciano*, y el novio... *cosa de periódicos*. Ocupó *Benina* su puesto, y se estrenó con dos céntimos que le dio una señora. Sus compañeras trataron de *hacerla cantar* el para qué la había llamado don Carlos; pero sólo contestó con evasivas y medias palabras. Suponiendo la Casiana que el señor de Trujillo había tratado con *señá Benina* el darle los restos de comida de su casa, la trató con miramiento, sin duda por llamarse a la parte.

Al fin los del funeral no repartieron cosa mayor; y si los del bodorrio se corrieron algo más, acudió tanta pobretería de otros cuadrantes, y se armó tal barullo y confusión, que unos cogieron por cinco y otros se quedaron *in albis*. Al ver salir a la novia, tan emperifollada, y a las señoras y caballeros de su compañía, cayeron sobre ellos como nube de langosta, y al padrino le estrujaron el gabán, y hasta le chafaron el sombrero. Trabajo le costó al buen señor sacudirse la terrible plaga, y no tuvo más remedio que arrojar un puñado de calderilla en medio del patio. Los más ágiles hicieron su agosto; los más torpes gatearon inútilmente. La *Caporala* y Eliseo trataban de poner orden, y cuando los novios y todo el acompañamiento se metieron en los coches, quedó en las inmediaciones de la iglesia la turbamulta mísera, gruñendo y pataleando. Se dispersaba, y otra vez se reunía con remolinos zumbadores. Era como un motín, vencido por su propio cansancio. Los últimos disparos eran:

"*Tú cogiste más... me han quitado lo mío... aquí no hay decencia... cuánto pillo...*"

La *Burlada* que era de las que más habían apandado, echaba sapos y culebras de su boca, concitando los ánimos de toda la cuadrilla contra la *Caporala* y Eliseo. Por fin, intervino la policía, amenazándoles con *recogerles* si no callaban, y esto fue como la palabra de Dios. Los intrusos se largaron; los de casa se metieron en el pasadizo. *Benina* sacó de toda la campaña del día, comprendiendo funeral y boda, 22 céntimos, y Almudena, 17. De Casiana y Eliseo se dijo que habían sacado peseta y media cada uno.

Al retirarse juntos el ciego marroquí y *Benina*, lamentándose de su mala sombra, fueron a parar, como la otra vez, a la plaza del Progreso, y se sentaron al pie de la estatua para deliberar acerca de las dificultades y ahogos de aquel día. No sabía ya *Benina* a qué santo encomendarse: con la limosna de la jornada no tenía ni para empezar, porque érale forzoso pagar algunas deudillas en los establecimientos de la calle de la Ruda, a fin de sostener el crédito y poder trampear unos días más. Díjole Almudena que él se hallaba en absoluta imposibilidad de favorecerla, lo más que podía hacer era entregarle las perras de la mañana, y por la noche lo que sacar pudiera en el resto del día, pidiendo en su puesto de costumbre, calle del Duque de Alba, junto al cuartel de la Guardia Civil. Rechazó la anciana esta generosidad, porque también él necesitaba vivir y alimentarse, a lo que repuso el marroquí que con un café con pan *migao*, en la Cruz del Rastro, tenía bastante para tirar hasta la noche. Resistiéndose a admitir la oferta, planteó *Benina* la cuestión de conjurar al *Rey de baixo terra*, mostrando una confianza y fe que fácilmente se explican por la grande necesidad en que estaba. Lo desconocido y misterioso busca sus prosélitos en el reino de la desesperación, habitado por las almas que en ninguna parte hallan consuelo.

—Ahora mismo —dijo la pobre

mujer—, quiero comprar las cosas. Hoy es viernes, y mañana sábado hacemos la prueba.

—*Compriar* ti cosas, sin hablar...

—Claro, sin decir una palabra. ¿Qué se pierde por hacer la prueba? Y dime otra cosa: ¿ha de ser precisamente a medianoche?

Contestó el ciego que sí repitiendo las reglas y condiciones imprescindibles para la eficacia del conjuro, y *Benina* trató de fijarlo todo en su memoria.

—Ya sé —le dijo al fin—, que estarás todo el día en la fuentecilla del Duque de Alba. Si se me olvida algo, iré a preguntártelo, y a que me enseñes la oración. Eso sí que ha de costar trabajo aprenderlo, sobre todo si no me lo pones en lengua cristiana, que lo que es en la tuya, hijo de mi alma, no sé cómo voy a componerme para no equivocarme.

—Si *quivoquiar* ti, Rey no *vinier*.

Desalentada con estas dificultades, separóse *Benina* de su amigo, por la prisa que tenía de reunir algunas perras con que completar lo que para las obligaciones de aquel día necesitaba, y no pudiendo esperar ya cosa alguna del crédito, se puso a pedir en la esquina de la calle de San Millán, junto a la puerta del café de los Naranjeros, importunando a los transeúntes con el relato de sus desdichas: que acababa de salir del hospital, que su marido se había caído de un andamio, que no había comido en tres semanas, y otras cosas que partían los corazones. Algo iba pescando la infeliz, y hubiera cogido algo más, si no se apareciese por allí un maldito guindilla que la conminó con llevarla a los sótanos de la prevención de la Latina, si no se largaba con viento fresco. Ocupóse luego de comprar los adminículos para el conjuro, empresa harto engorrosa, porque todo había de hacerse por señas, y se fue a su casa pensando que sería gran dificultad efectuar allí la endiablada hechicería sin que se enterase la señora. Contra esto no había más recurso que *figurar* que don Romual-

do se había puesto muy malito, y salir de noche a velarle yéndose a casa de Almudena... pero la presencia de la Pedra podría ser obstáculo: al peligro de que un testigo incrédulo imposibilitara la *cosa,* se añadía el inconveniente grave de que, en caso de éxito feliz, la borrachona quisiera apropiarse todos o una parte de los tesoros donados por el Rey... Por cierto que mejor que en piedras preciosas, sería que lo trajesen todo en monedas corrientes, o en fajos de billetes de banco, bien sujetos con una goma, como ella los había visto en las casas de cambio. Porque... no era floja pejiguera tener que ir a las platerías a proponer la venta de tantas perlas, zafiros y diamantes... en fin, que lo trajeran como les diese la gana: no era cosa de poner reparos, ni exigir muchos perendengues.

Halló a doña Paca de mal temple, porque se había aparecido en casa, muy de mañana, un dependiente de la tienda, y habíala insultado con expresiones brutales y soeces. La pobre señora lloraba y se tiraba de los pelos, suplicando a su fiel amiga que arase la tierra en busca de los pocos duros que hacían falta, para tirárselos al rostro al bestia del tendero, y *Benina* se devanaba los sesos por encontrar la solución del terrible conflicto.

—Mujer, por piedad discurre, inventa algo —le decía la señora, hecha un mar de lágrimas—. Para las ocasiones son los amigos. En circunstancias muy críticas, no hay más remedio que perder la vergüenza... ¿no se te ocurre, como a mí, que tu don Romualdo podrá sacarnos del compromiso?

La criada no contestó. Preparando la comida de su ama, daba vueltas en su mente a las combinaciones más sutiles. Repetida la proposición por doña Paca, pareció que *Benina* la encontraba razonable.

—Don Romualdo..., sí, sí. Iré a ver... pero no respondo, señora, no respondo. Quizás desconfíen... una cosa es hacer caridad, y otra prestar dinero..., y no salimos del paso con menos de diez duros...

—¿Qué dijo ese bruto de Gabino? ¿Qué volvería mañana a darnos otro escándalo?... ¡Canalla, ladrón, qu todo lo vende *adúltero!*... Pues, sí es cosa de diez duros, y no sé si don Romualdo... por él no quedaría; pero su hermana es *puño en rostro*... ¡diez duros!... voy a ver pero no extrañe la señora que tarde un poco. Estas cosas..., no sabe una cómo tratarlas... depende de la cara que pongan; a lo mejor salen con aquello de "vuelva usted". Me voy, me voy; ya me entra la desazón... tardaré..., pero no tarda quien a casa llega...

—Sobre todo si no trae las manos vacías. Vete, hija, vete, y el Señor te acompañe y te afine las entendederas. Si yo tuviera tu talento, pronto saldría de estas trapisonadas. Aquí me quedo rezando a todos los santos del cielo para que te inspiren, y a las dos nos saquen de este Purgatorio. Adiós, hija.

Habiéndose trazado un plan, el único que, en su certero juicio, le ofrecía remotas probabilidades de éxito, dirigióse *Benina* a la calle de Mediodía Grande, y a la casa de dormir propiedad de su amiga doña Bernarda.

XXI

La dueña del establecimiento brillaba por su ausencia. Fue recibida *Benina* por la encargada y por un hombre llamado Prieto, que disfrutaba de toda la confianza de aquélla, y llevaba la contabilidad del alquiler diario de camas. No tuvo la anciana más remedio que esperar, pues aquel par de *congrios,* carecían de facultades para resolverle el problema que tan atrozmente la inquietaba. Hablando, hablando, del negocio de dormir (el año iba muy malo, y cada noche dormía menos gente, y los *micos* menudeaban), ocurriósele a *Be-*

nina preguntar por Frasquito Ponte, a lo que respondió Prieto que la noche anterior se habían visto en el caso de no admitirle porque era deudor ya de *siete camas,* y no había dado nada a cuenta.

—¡Pobre señor! —dijo *Benina*—; habrá dormido al raso... es un dolor..., a sus años..., mejorando lo presente, es más viejo que la Cuesta de la Vega.

Refirió la encargada que no sabiendo don Frasquito donde meterse, había conseguido ser albergado en la casa del *Comadreja,* calle de Mediodía chica, dos pasos de allí. Por más señas, había corrido la noticia de que estaba enfermo. Al oír esto, olvidósele repentinamente a *Benina* el objeto principal que a tal sitio la llevara, y no pensó más que en averiguar qué había sido del desamparado Frasquito. Tiempo tenía de dar un salto a la casa del *Comadreja,* y volver a punto de que regresase a su domicilio la doña Bernarda. Dicho y hecho. Un momento después, entraba la diligente anciana en la fementida tabernucha que *da la cara* al público en el *establecimiento* citado, y lo primero que allí vio fue la abominable estampa de Luquitas, el esposo de Obdulia, que con otros perdidos y dos o tres mujeres zarrapastrosas, jugaba a las cartas en una sucia mesilla circular, entre copas de Cariñena y Pardillo. En el momento de entrar *Benina,* acababan un juego, y antes de echar otra mano, el hijo de doña Paca tiró sobre la mesa los asquerosos naipes, que en mugre competían con las manos de los jugadores; se levantó tambaleándose, y con media lengua y finura desconcertada, de la que suelen emplear los borrachos, ofreció a la criada de su suegra un vaso de vino.

—Quite allá, señorito, yo ya he bebido... se agradece... —dijo la anciana, rechazando el vaso.

Pero tan pesado se puso el señorito, y con tal insistencia le coreaban los demás pidiendo que bebiese la *señora,* que ésta tuvo miedo, y tomó la mitad del contenido del vaso pegajoso. No quería ponerse a mal con aquella gentuza, por lo que pudiera tronar, y sin perder tiempo ni meterse en dimes y diretes con el vicioso Luquitas, por el abandono en que a su mujer tenía, se fue derecha a su objeto:

—¿Y no está por aquí la *Pitusa?*

—Aquí está para servirla —dijo una mujer escuálida, saliendo por estrecha puertecilla, bien disimulada entre los estantes llenos de botellas y garrafas que había detrás del mostrador. Como grieta que da paso al escondrijo de una anguila, así era la puerta, y la mujer el ejemplo más flaco, desmedrado y escurridizo que pudiera encontrarse en la fauna a que tales hembras pertenecen. Tan flaco era su rostro, que al verlo de perfil podría tenérsele por construido de chapa, como las figuras de las veletas. En su cuello no cabían más costurones, y en una de sus orejas el agujero del pendiente era tan grande, que por él se podría meter con toda holgura un dedo. Los dientes mellados y negros, las cejas calvas, las pestañas pitañosas, los ojos tiernos, de mirada de lince, completaban su fisonomía. Del cuerpo no he de decir sino que difícilmente se encontrarían formas más exactamente comparables a las de un palo de escoba vestido, o si se quiere, cubierto de trapos de fregar suelos; de los brazos y manos, que al gesticular parecía que azotaban, como los tirajos de un zorro que quisiera limpiar el polvo a la cara del interlocutor; de su habla y acento, que sonaban como si estuviera haciendo gárgaras, y aunque parezca extraño, diré también, para dar completa idea de la persona, que de todas estas exterioridades desapacibles se desprendía un cierto airecillo de afabilidad, un moral atractivo, por lo que termino asegurando que la *Pitusa* no era antipática ni mucho menos.

—¿Qué trae por acá a la *señá Benina?* —le dijo sacudiéndole de firme en los dos hombros—. Oí contar que estaba usted en grande, en casa rica... ya, ya sacará buenas rebañaduras... ¡Y que no tendrá usted mal *gato!*...

—Hija, no... de eso hace un siglo. Ahora estamos en baja.

—¿Qué? ¿Le va mal?

—Tirando, tirando. Si sopas, comerlas, y si no, nada... y el *Comadreja,* ¿está?

—¿Para qué le quiere, *señá Benina?*

—Hija, te pregunto por saber de él, si está con salud.

—Se defiende. La herida se le abre cuando menos lo piensa.

—Vaya por Dios... dime otra cosa...

—Mándeme.

—Quiero saber si has recogido en tu casa a un caballero que le llaman Frasquito Ponte, y si le tienes aquí todavía, porque me dijeron que anoche se puso muy malo.

Por toda respuesta, la *Pitusa* mandó a *Benina* que la siguiera, y ambas, agachándose, se escurrieron por el agujero que hacía las veces de puerta entre los estantillos del mostrador. De la otra parte arrancaba una escalera estrechísima, por la cual subieron una tras otra.

—Es una persona decente, como quien dice, personaje —añadió *Benina,* segura ya de encontrar allí al infortunado caballero.

—De la grandeza. *Vele* aquí a dónde vienen a parar los *tíulos.*

Por un pasillo mal oliente y sucio llegaron a una cocina, donde no se guisaba. Fogón y vasares servían de depósito de botellas vacías, cajas deshechas, sillas rotas y montones de trapos. En el suelo, sobre un jergón mísero, yacía cuan largo era don Francisco Ponte, en mangas de camisa, inmóvil, la fisonomía descompuesta. Dos mujeronas, de rodillas a un lado y otro, la una con un vaso de agua y vino, la otra atizándole friegas, le hablaban a gritos:

—Vuelva en sí... ¿qué demonios le pasa?... Eso no es más que maulería. ¿No quiere beber más?

Benina, de hinojos, se puso también a gritarle, sacudiéndole:

—Don Frasquito de mi alma, ¿qué es eso? Abra los ojos y véame: soy la Nina.

No tardaron las dos tarascas que, entre paréntesis, si apostaran a repugnantes y feas, no habría quién les ganara; no tardaron, digo, en dar a la anciana las explicaciones que del suceso pedía. No admitido Ponte en las alcobas de la Bernarda, arrimóse al quicio de la puerta de la capilla de Irlandeses para pasar la noche. Allí le encontraron ellas, y se pusieron a darle bromas, a decirle cosas... *amos*... cosas que se dicen y que no eran para ofenderse. Total: que el pobre vejete mal pintado se hubo de incomodar, y al correr tras ellas con el palo levantado para pegarles, pataplúm, cayó redondo al suelo. Soltaron ellas la risa, creyendo que había tropezado; pero al ver que no se movía, acudieron; llegóse también el sereno, le echó a la cara la linterna, y entonces vieron que tenía un ataque. Húrgale por aquí, húrgale por allá, y el buen señor como cuerpo difunto. Llamado el *Comadreja*, lo *desanimó*, y dijo que todo era un *sincopiés*; y como es *caritativo él*, *buen cristiano él*, y además había estudiado un año de Veterinaria, mandó que le llevaran a su casa para asistirle y devolverle el resuello con friegas y sinapismos.

Así se hizo, cargándole entre las dos y otra compañera, pues el enfermo pesaba como un manojo de cañas, y en casa, a fuerza de pellizcos y restregones, volvió en sí y les dio las gracias tan amable. La *Pitusa* le hizo unas sopas, que tomó con apetito, dando a cada momento *las más expresivas gracias*... tan fino, y así estuvo hasta la mañana, bien apañadito en su jergón. No podían ponerle en un cuarto, porque en toda la noche apenas los hubo desocupados, y allí, en la cocina vieja, estaba muy bien, por ser pieza de ventilación.

Lo peor fue que a la mañana,

cuando se levantaba para marcharse, le repitió el ataque, y todo el santo día le daban de hora en hora unos *sincopieses* tan tremendos que se quedaba como cadáver, y costaba Dios y ayuda volverle en sí. Le habían dejado en mangas de camisa, porque se quejaba de calor; pero allí estaba la ropa sin que nadie la tocase, ni le afanaran cosa alguna de las que tenía en los bolsillos. Había dicho el *Comadreja* que si no se recobraba en la noche, daría parte a la Delegación para que le llevaran al Hospital.

Manifestó *Benina* a la *Pitusa* que era un dolor mandar al Hospital a tan ilustre señorón, y que ella se determinaría a llevarle a su casa, sí... hirió la mente de la anciana una atrevida idea, y con la resolución que era cualidad primaria de su carácter, se apresuró a ponerla en práctica con toda prontitud.

—¿Quieres oírme una palabrita? —dijo a la *Pitusa*, cogiéndola por el brazo para sacarla de la cocina. Y al extremo del pasillo, entraron en la única habitación *vividera* de la casa; una alcoba con cama camera de hierro, colcha de punto de gancho, espejos torcidos, láminas de odalisca, cómoda derrengada, y un San Antonio en su peana con flores de trapo y lamparilla de aceite. El diálogo fue rápido y nervioso:

—¿Qué se le ofrece?

—Pues poca cosa. Que me prestes diez duros.

—*Señá Benina*, ¿está usted en sus cabales?

En ellos estoy, Teresa Conejo, como lo estaba cuando te presté los mil reales, y te salvé de ir a la cárcel... ¿no te acuerdas? Fue el año y el día del ciclón; que arrancó los árboles del Botánico... tú habitabas en la calle del Gobernador, yo en la de San Agustín, donde servía...

—Sí que me acuerdo... yo la conocí a usted de que comprábamos juntas...

—Te viste en un fuerte compromiso.

—Empezaba yo a rodar por el mundo...

—Y rodando, rodando, caíste en una tentación...

—Y como servía usted en casa grande, yo calculé y dije: pues ésta, si quiere, podrá sacarme.

—Te llegaste a mí con mucho miedo..., lo que pasa... no querías levantarte el faldón, y que yo te dejara destapada.

—Pero usted me tapó... ¡cuánto se lo agradecí, Benina!

—Y sin réditos... luego tú, en cuanto hiciste las paces con el del almacén de vinos, me pagaste...

—Duro sobre duro.

—Pues bien: ahora soy yo la que se ha caído: necesito doscientos reales, y tú me los vas a dar.

—¿Cuándo?

—Ahora mismo.

—¡Mecachis... San Dios! ¡Como no se me vuelva dinero la chimenea de los garbanzos!

—¿No los tienes? ¿Ni tú Comadreja tampoco?

—Estamos como el gallo de Morón... ¿y para qué quiere los diez duros?

—Para lo que a ti no te importa. Di si me los das o no me los das. Yo te los pagaré pronto; y si quieres real por duro, no hay incomeniente.

—No es eso: es que no tengo ni un cuarto partido por medio. Este ganado indecente no trae más que miseria.

—¡Válgate Dios! ¿Y...?

—No, no tengo alhajas. Si las tuviera...

—Busca bien, maestra.

—Pues bueno. Hay dos sortijas. No son mías: son del Rey de Bastos, un amigo de Romualdo, que se las dio a guardar, y Romualdo me las dio a mí.

—Pues...

—Si usted me da su palabra de desempeñarlas dentro de ocho días y traérmelas, pero palabra formal, ¡San Dios!, lléveselas... darán los diez por largo, pues una de ellas tiene un brillante que da la catarata.

Poco más se habló. Cerraron bien la puerta, para que nadie pudiera fisgonear desde el pasillo. Si alguien lo hiciera, no habría oído más que un abrir y cerrar los cajones de la cómoda, un cuchicheo de Benina, y roncas gárgaras de la otra.

XXII

A poco de volver las dos mujeres al lado del desmayado Frasquito, entró el Comadreja, que era un mocetón achulado, de buen porte, con tez y facciones algo gitanescas, sombrero ancho, bien ceñido el talle; y lo primero que dijo fue que pronto sería conducido el interfezto al Hospital. Protestó Benina, sosteniendo que la enfermedad de Ponte era de las que exigen trato casero y de familia; en el Hospital se moriría sin remedio, y así, valía más que ella se le llevara a la casa de su señora doña Francisca Juárez, la cual, aunque había venido muy a menos, todavía se hallaba en posición de hacer una obra de caridad, albergando a su paisano el señor de Ponte, con quien tenía, si mal no recordaba, lejano parentesco. En esto volvió de su desvanecimiento el galán pobre, y reconociendo a su bienhechora, le besó las manos, llamándola ángel y qué sé yo qué, muy gozoso de verla a su lado. Con gesto imperioso, al que siguió una patada, la Pitusa ordenó a las dos arrapiezas que se fueran a su obligación en la puerta de la calle; el Comadreja bajó a despachar, y quedándose sola la Benina y su amiga con el pobre Ponte, le vistieron de levitín y gabán para llevársele.

—Aquí en confianza, don Frasquito —le dijo la Benina—, cuéntenos por qué no hizo lo que le mandé.

—¿Qué, señora?

—Dar a Bernarda la peseta, a cuenta de noches debidas... ¿o es que se gastó la peseta en algo que le hacía falta, un suponer, en pintura para la fisonomía del bigote? En este caso, no digo nada.

—Cosmético, no..., yo se lo juro —respondió Frasquito con lánguido acento, sacando de su boca las palabras como con un gancho—. Lo gasté..., pero no es eso..., tenía que pro..., pro... si lo diré al fin..., que proporcionarme una foto... grafía.

Rebuscó en el bolsillo de su gabán, y de entre sobadas cartas y papeles, sacó uno que desdobló, mostrando un retrato fotográfico, tamaño de tarjeta ordinaria.

—¿Quién es esta madama? —dijo la *Pitusa,* que con presteza lo cogió para examinarlo—. Como guapa, lo es.

—Quería yo —prosiguió Frasquito tomando aliento a cada sílaba—, demostrarle a Obdulia su perfecta semejanza con...

—Pues este retrato no es de la niña —dijo *Benina* contemplándolo—. Algo se le parece en el corte de cara; pero no es mismamente.

—Digan ustedes si se parece o no. Para mí son idénticas... la una como la otra, ésta como aquélla.

—¿Pero quién es?

—La Emperatriz Eugenia... ¿pero no la ven? No lo había más que en casa de Laurent, y no lo daban por menos de una peseta... forzoso adquirirlo, demostrar a Obdulia la similitud...

—Don Frasquito, por la Virgen, mire que vamos a creer que está ido... ¡gastar la peseta en un retrato!...

No se dio por convencido el caballero pobre, y guardando cuidadosamente la cartulina, se abrochó su gabán y trató de ponerse en pie; operación complicadísima que no pudo realizar, por la extraordinaria flojedad de sus piernas, no más gruesas que palillos de tambor. Con la prontitud que usar solía en casos como aquél, *Benina* salió a tomar un coche, para lo cual antes tenía que evacuar otra diligencia de suma importancia. Mas como era tan ejecutiva,

pronto despachó: con sus diez duros en el bolsillo, volvió a Mediodía Grande en coche simón tomado por horas, y en la puerta de la casa se tropezó en Pedra la borracha y su compañera *Cuarto e kilo,* que de la taberna vociferando salían.

—Ya, ya sabemos que se le lleva consigo... —dijéronle con retintín—. Así se portan las mujeres de rumbo que estiman a un hombre... vaya, vaya, que eso es correrse. Bien se ve que se puede.

—¡A ver!... pero como a ustedes no les importa, yo digo... ¿Y qué?

—Pues ná... en fin, aliviarse.

—¡Contento que tiene usted al ciego Almudena!

—¿Qué le pasa?

—Que ha esperado a la señora toda la tarde. ¡Cómo había de ir, si andaba buscando al caballero canijo!...

—Un recadito nos dio para usted por si le veíamos.

—¿Qué dice?

—A ver si me acuerdo... ¡ah! sí: que no compre la olla...

—La olla de los siete *bujeros...* que él tiene una que trajo de su tierra.

—Bueno.

—¿Y qué? ¿Van a poner fábrica de coladores? Si no, ¿para qué son tantos *ujeros?*

—Cállense las muy boconas. Ea, con Dios.

—Y estamos de coche. ¡Vaya un lujo! ¡Cómo se conoce que corre la guita!

—Que os calléis... más valdría que me ayudarais a bajarle y meterle en el coche.

—Vaya que sí. Con alma y vida.

De divertimiento sirvió a todas las de casa y a las de fuera. Fue una ruidosa función el acto de bajar a Frasquito, cantándole coplas en son funerario, y diciéndole mil cuchufletas aplicadas a él y a la *Benina,* que insensible a los desahogos de la vil canalla, se metió en su coche, llevando al caballero andaluz como si fuera un lío de ropa, y mandó al cochero picar hacia la calle Imperial, cuidando de despabilar bien al caballo.

No fue, como es fácil suponer, floja sorpresa la de doña Francisca al ver que le metían en la casa un cuerpo al parecer moribundo, transportado entre *Benina* y un mozo de cuerda. La pobre señora había pasado la tarde y parte de la noche en mortal ansiedad, y al ver cosa tan extraña, creía soñar o tener trastornado el sentido. Pero la traviesa criada se apresuró a tranquilizarla, diciéndole que aquél no era cadáver, como de su aspecto lastimoso podía colegirse, sino enfermo gravísimo, el propio don Frasquito Ponte Delgado, natural de Algeciras, a quien había encontrado en la calle; y sin meterse en más explicaciones del inaudito suceso, acudió a confrontar el atribulado espíritu de doña Paca con la fausta noticia de que llevaba en su bolso nueve duros y pico, suma bastante para atender al compromiso más urgente y poder respirar durante algunos días.

—¡Ah, qué peso me quitas de encima de mi alma! —exclamó la señora elevando las manos—. El Señor te bendiga. Ya estamos en situación de hacer una obra de caridad, recogiendo a este desgraciado... ¿ves? Dios en un solo punto y ocasión nos ampara y nos dice que amparemos. El favor y la obligación vienen aparejados.

—Hay que tomar las cosas como las dispone... *el que menea los truenos*.

—¿Y dónde ponemos a este pobre mamarracho? —dijo doña Paca palpando a Frasquito, que, aunque no estaba sin conocimiento, apenas hablaba ni se movía, yacente en el santo suelo, arrimadito a la pared.

Como después del casamiento de Obdulia y Antoñito habían sido vendidas las camas de éstos, surgió un conflicto de instalación doméstica, que Nina resolvió proponiendo armar su cama en el cuartito del comedor, para colocar en ella al pobre enfermo. Ella dormiría en un jergón sobre la estera, y ya verían, ya verían si era posible arrancar al cuitado viejo de las uñas de la muerte.

—Pero, Nina de mi alma, ¿has pensado bien en la carga que nos hemos echado encima?... Tú que no puedes, llévame a cuestas, como dijo el otro. ¿Te parece que estamos nosotras para meternos a protectoras de nadie... pero acaba de contarme: ¿fue don Romualdo bendito quien...?

—Sí, señora, Romualdo..., —respondió la anciana, que en su aturdimiento no se había preparado para el embuste.

—¡Bendito, mil veces bendito señor!

—Ella... Teresa Conejo.

—¿Qué dices, mujer?

—Digo que..., ¿pero usted no se entera de lo que hablo?

—Has dicho que... ¿por ventura es cazador don Romualdo?

—¿Cazador?

—Como has dicho no sé qué de un conejo.

—El no caza; pero le regalan..., qué sé yo..., tantas cosas..., la perdiz, el conejo de campo... Pues esta tarde...

—Ya; te dijo: *Benina*, a ver cómo me pones mañana este conejo que me han traído...

—Sobre si había de ser en salmorejo o con arroz, estuvieron disputando; y como yo nada decía y se me saltaban las lágrimas.

—*Benina*, ¿qué tienes? *Benina*, ¿qué te pasa?...

—En fin, que del conejo tomé pie para contarle el apuro en que me veía...

Convencida doña Paca, ya no pensó más que en instalar a Frasquito, el cual parecía no darse cuenta de lo que le pasaba. Al fin, cuando ya le habían acostado, reconoció a la viuda de Juárez, y mostrándole su gratitud con apretones de manos y un suspirar afectuoso, le dijo:

—Tal hija, tal madre... Es usted el vivo retrato de la Montijo.

—¿Qué dice este hombre?

—Le da porque todas nos parecemos a..., no sé quién..., a los emperadores de Francia... en fin, dejarlo.

—¿Estoy en el palacio de la plaza del Ángel? —dijo Ponte examinando la mísera alcoba con extraviados ojos.

—Sí, señor... arrópese ahora; estése quietecito para que coja el sueño. Luego le daremos un buen caldo... y a vivir.

Dejáronle solo, y *Benina* se echó nuevamente a la calle ávida de tapar la boca a los acreedores groseros, que con apremio impertinente y desvergonzado abrumaban a las dos mujeres. Diose el gustazo de ponerles ante los morros los duros que se les debían, hizo más provisiones, fue a la calle de la Ruda, y con su cesta repleta de víveres y el corazón de esperanzas, pensando verse libre de la vergüenza de pedir limosna, al menos por un par de días, volvió a su casa. Con presteza metódica se puso a trabajar en la cocina, en compañía de su ama, que también estaba risueña y gozosa.

—¿Sabes lo que me ha pasado —dijo a *Benina*— en el rato que has estado fuera? Pues me quedé dormidita en el sillón, y soñé que entraban en casa dos señores graves, vestidos de negro. Eran don Francisco Morquecho y don José María Porcell, paisanos míos, que venían a participarme el fallecimiento de don Pedro José García de los Antrines, tío carnal de mi esposo.

—¡Pobre señor; se ha muerto! —exclamó Nina con toda el alma.

—Y el tal don Pedro José, que es uno de los primeros ricachones de la Serranía...

—Pero dígame: ¿es soñado lo que me cuenta o es verdad?

—Espérate, mujer. Venían esos dos señores, don Francisco y don José María, médico el uno, y el otro secretario del Ayuntamiento..., pues venían a decirme que el García de los Antrines, tío carnal de mi Antonio,

los había nombrado testamentarios...

—Ya...

—Y que..., la cosa es clara..., como no tenía el tal sucesión directa nombraba herederos...

—¿A quién?

—Ten calma, mujer... pues dejaba la mitad de sus bienes a mis hijos Obdulia y Antoñito, y la otra mitad a Frasquito Ponte. ¿Qué te parece?

—Que a ese bendito señor debían de hacerle santo.

—Dijéronme don Francisco y don José María que hace días andaban buscándome para darme conocimiento de la herencia, y que preguntando aquí y acullá, al fin averiguaron las señas de esta casa... ¿por quién dirás?, por el sacerdote don Romualdo, propuesto ya para obispo, el cual les dijo también que yo había recogido al señor Ponte... De modo —me dijeron echándose a reír—, que al venir a ofrecer a usted nuestros respetos, señora mía, matamos dos pájaros de un tiro.

—Pero vamos a cuentas: todo eso es, como quien dice, soñado.

—Claro: ¿no has oído que me quedé dormida en el sillón?... Como que esos dos señores que estuvieron a visitarme, se murieron hace treinta años, cuando yo era novia de Antonio..., figúrate..., y García de los Antrines era muy viejo entonces. No he vuelto a saber de él... Pues sí, todo ha sido obra de un sueño; pero tan a lo vivo, que aún me parece que les estoy mirando..., te lo cuento para que te rías..., no, no es cosa de risa, que los sueños...

—Los sueños, los sueños, digan lo que quieran —manifestó Nina—, son también de Dios; ¿y quién va a saber lo que es verdad y lo que es mentira?

—Cabal... ¿quién te dice a ti que detrás, o debajo, o encima de este mundo que vemos, no hay otro mundo donde viven los que se han muerto?... ¿Y quién te dice que el morirse no es otra manera y forma de vivir?...

—Debajo, debajo está todo eso —afirmó la otra meditabunda—. Yo hago caso de los sueños, porque bien podría suceder, una comparanza, que los que andan por allá vinieran aquí y nos trajeran el remedio de nuestros males. Debajo de tierra hay otro mundo, y el toque está en saber cómo y cuándo podemos hablar con los vivientes *soterranos*. Ellos han de saber lo mal que estamos por acá, y nosotros soñando vemos lo bien que por allá lo pasan... No sé si me explico..., digo que no hay justicia, y para que la *haiga* soñaremos todo lo que nos dé la gana, y soñando, un suponer, traeremos acá la justicia.

Contestó doña Paca con una sarta de suspiros sacados de lo más hondo de su pecho, y *Benina* se lanzó con fiebre y tenacidad de idea fija, a pensar nuevamente en el maravilloso conjuro. Trasteando sin sosiego en la cocina, con los ojos del alma no veía más que el cazuelo de los siete *bujeros,* el palo de laurel, vestido, y la oración... ¡demontres de oración! ¡Esto sí que era difícil!

XXIII

Todo iba bien a la mañana siguiente: Don Frasquito mejorando de hora en hora, y con las entendederas en estado de mediana claridad; doña Paca contenta; la casa bien provista de vituallas; aquel día y el próximo asegurados, por lo cual la pobre *Benina* podría descansar de su penosa postulación en San Sebastián. Mas siéndole preciso sostener la comedia de su asistencia en la casa del eclesiástico, salió como todos los días, la cesta al brazo, dispuesta a no perder la mañana y hacer algo útil. Al salir le dijo su ama:

—Me parece que tendremos que hacer un obsequio a nuestro don Romualdo... conviene demostrar que somos agradecidas y bien educadas. Llévale de mi parte dos botellas de champaña de buena marca, para que acompañe con ellas el guisado, que le harás hoy, del conejo.

—¿Pero está loca, señora? ¿Sabe lo que cuestan dos botellas de champaña? Nos empeñaríamos para tres meses. Siempre ha de ser usted lo mismo. Por gustar tanto del quedar bien, se ve ahora tan pobre. Ya le obsequiaremos cuando nos caiga la lotería, pues de hoy no pasa que busque yo quien me ceda una peseta en un décimo de los de a tres.

—Bueno, bueno: anda con Dios.

Y se fue la señora a platicar con Frasquito, que animado y locuaz estaba. Una y otro evocaron recuerdos de la tierra andaluza en que habían nacido, resucitando familias, personas y sucesos; y charla que te charla, doña Francisca salió por el registro de su sueño, aunque se guardó bien de contárselo al paisano. "Dígame, Ponte: ¿qué ha sido de don Pedro José García de los Antrines?" Después de un penoso espurgo en los oscuros cartapacios de su memoria, respondió Frasquito que el don Pedro se había muerto el año de la Revolución.

—Anda, anda; y yo creí que aún vivía. ¿Sabe usted quién heredó sus bienes?

—Pues su hijo Rafael, que no ha querido casarse.

—Ya va para viejo. Bien podría suceder que se acordara de nosotros, de sus hijos, de usted y de mí, pues no tiene parentela más próxima.

—¡Ay!, no lo dude usted: se acordará... —manifestó doña Paca con gran animación en los ojos y en la palabra—. Si no se acordara, sería un puerco... lo que me decían don Francisco Morquecho y don José María Porcell...

—¿Cuándo?

—Hace... no sé cuánto tiempo. Verdad que ya pasaron a mejor vida. Pero me parece que los estoy viendo... fueron testamentarios de García de los Antrines, ¿no es cierto?

—Sí, señora. También yo les traté mucho. Eran amigos de mi casa, y los tengo muy presentes en mi memoria... Me parece que les estoy viendo con sus levitas negras de corte antiguo...

—Así, así.

—Sus corbatines de seda, y aquellos sombreros de copa que parecían la torre de Santa María...

Prosiguió el coloquio con esta vaga fluctuación entre lo real y lo imaginativo; y en tanto, *Benina*, calle arriba, calle abajo, ya con la mente despejada, tranquilo el espíritu por la posesión de un caudal no inferior a tres duros y medio, pensaba que toda la tracamundana del conjuro de Almudena era simplemente un engañabobos. Más probable veía el éxito en la lotería, que no es, por más que digan, obra de la ciega casualidad, pues ¿quién nos dice que no anda por los aires un ángel o demonio invisible que se encarga de sacar la bola del gordo, sabiendo de antemano quién posee el número? Por esto se ven cosas tan raras: verbigracia, que se reparte el premio entre multitud de infelices que se juntaron para tal fin, poniendo éste un real, el otro una peseta. Con tales ideas se dio a pensar quién le proporcionaría una participación módica, pues adquirir ella sola un décimo parecíale mucho aventurar. Con la Pedra y su compañera *Cuarto e kilo*, que probaban fortuna en casi todas las extracciones, no quería cuentas; mejor se entendería para este negocio con Pulido, su compañero de mendicidad en la parroquia, del cual se contaba que hacía combinaciones de jugadas lotéricas con el burrero vecino de Obdulia y para cogerle en su morada antes de que saliese a pedir, apresuró el paso hacia la calle de la Cabeza, y dio fondo en el establecimiento de burras de leche. En los establos de aquellas pacíficas bestias daban albergue a Pulido los honrados lecheros, gente buena y humilde. Una hermana de la burrera vendía décimos por las calles, y un tío del burrero, que tuvo el mismo negocio en la misma calle y casa, años atrás, se había sacado el gordo, retirándose a

su pueblo, donde compró tierras. La afición se perpetuó, pues, en el establecimiento, formando un hábito vicioso; y a la fecha de esta historia, con lo que los burreros llevaban gastado en quince años de jugadas, habrían podido triplicar el ganado asnal que poseían.

Tuvo *Benina* la suerte de encontrar a toda la familia reunida, ya de regreso las pollinas de su excursión matinal. Mientras éstas devoraban el pienso de salvado, los racionales se entretenían en hacer cálculos de probabilidades, y en aquilatar las razones en que se podía fundar la certidumbre de que saliese premiado al día siguiente el 5,005, del cual poseían un décimo. Pulido, examinando el caso con su poderosa vista interior, que por la ceguera de los ojos corporales prodigiosamente se le aumentaba, remachó el convencimiento de los burreros, y en tono profético les dijo que tan cierto era que saldría premiado el 5,005, como que hay Dios en el cielo y diablo en los infiernos. Inútil es decir que la pretensión de *Benina* cayó en aquella obcecada familia como una bomba y que el primer impulso de todos fue negarle en absoluto la participación que solicitaba, pues ello equivalía a regalarle montones de dinero.

Picóse la mendiga, diciéndoles que no le faltaban tres pesetas para tirarlas en un decimio, *todo para ella,* y este golpe de audacia produjo su efecto. Por último, se convino en que, si ella compraba el décimo, ellos le tomarían la mitad, dándole una participación de dos reales en el mágico 5,005, número seguro, tan seguro como *estarlo viendo*. Así se hizo: salió *Benina*, y llevó al poco rato un décimo del 4,844, el cual, visto por los otros, y *oído cantar* por el ciego, produjo en la cuadrilla lotérica la mayor confusión y desconcierto, como si por arte misterioso la suerte se hubiera pasado del uno al otro número. Por fin, hiciéronse los tratos y combinaciones a gusto de todos, y el burrero extendió las papeletas de participación, quedándose la anciana con seis reales en el suyo y dos en el otro. Salió Pulido refunfuñando, y se fue a su parroquia de muy mal talante, diciéndose que aquella *eclesiástica pocritona* había ido a quitarles la suerte; los burreros se despotricaron contra Obdulia, afirmando que no pagaba el pan y compraba tiestos de flores, y que el casero la iba a plantar en la calle; y *Benina* subió a ver a la *niña,* a quien encontró en manos de la peinadora, que trataba de arreglarle una bonita cabeza. Aquel día sus suegros le habían mandado albóndigas y sardinas en escabeche; Luquitas había entrado en casa a las seis de la mañana, y aún dormía como un cachorro. Pensaba la *niña* irse de paseo, ansiosa de ver jardines, arboledas, carruajes, gente elegante, y su peinadora le dijo que se fuera al Retiro, donde vería estas cosas, y todas las fieras del mundo, y además cisnes, que son, una comparanza, gansos de pescuezo largo. Al saber que Frasquito, enfermo, se hallaba en casa de doña Paca, mostró la niña sincera aflicción, y quiso ir a verlo; pero *Benina* se lo quitó de la cabeza. Más valía que le dejara descansar un par de días, evitándole conversaciones *deliriosas,* que le trastornaban el seso. Asintiendo a estas discretas razones, Obdulia se despidió de su criada, persistiendo en irse de paseo, y la otra tomó el olivo presurosa hacia la calle de la Ruda, donde quería pagar deudillas de poco dinero. Por el camino pensó que le convendría ceder parte de la excesiva cantidad empleada en lotería, y a este fin hizo propósito de buscar al ciego moro para que jugase una peseta. Más seguro era esto que no la operación de llamar a los espíritus *soterranos...*

Esto pensaba cuando se encontró de manos a boca con Pedra y Diega, que de vender venían, trayendo entre las dos, mano por mano, una cesta con baratijas de mercería ordinaria. Paráronse con ganas de contarle algo estupendo y que sin duda la interesaba:

—¿No sabe, *maestra?* Almudena la anda buscando.

—¿A mí? Pues yo quisiera hablar con él, por ver si quiere tomarme...

—Le tomará a usted medidas. Eso dice...

—¿Qué?

—Que está furioso... loco perdido. A mí por poco me mata esta mañana de la tirria que me tiene. En fin, el disloque.

—Se muda de Santa Casilda... se va a las Cambroneras.

—Le ha dado la tarantaina, y baila sobre un pie solo.

Prorrumpieron en desentonadas risas las dos mujerzuelas, y *Benina* no sabía qué decirles, indicó que pensaba ir a San Sebastián en su busca, a lo que replicaron las otras que no había salido a pedir, y que si quería la *maestra* encontrarle, buscárale hacia la Arganzuela o hacia la calle del Peñón, pues en tal rumbo le habían visto ellas poco antes. Fue *Benina* hacia donde se le indicaba, despachados brevemente sus asuntos en la calle de la Ruda; y después de dar vueltas por la fuentecilla, y subir y bajar repetidas veces la calle del Peñón, vio al marroquí, que salía de casa de un herrero. Llegóse a él, le cogió por el brazo y...

—Soltar mí, soltar mí tú... —dijo el ciego estremeciéndose de la cabeza a los pies, cual si recibiese una descarga eléctrica—. Mala tú, *gañadora* tú... matar yo ti.

Alarmóse la pobre mujer, advirtiendo en el rostro de su amigo grandísima turbación: contraía y dilataba los labios con vibraciones convulsivas, desfigurando su habitual expresión fisonómica; manos y piernas temblaban; su voz había enronquecido.

—¿Qué tienes tú, Almudenilla? ¿Qué mosca te ha picado?

—Picar tú mí mosca mala... *Viner migo...* Querer yo hablar *tigo. Muquier* mala ser ti...

—Vamos adonde quieras, hombre. ¡Si parece que estás loᴖo!

Bajaron a la Ronda, y el marroquí,

conocedor de aquel terreno, guió hacia la fábrica del gas, dejándose llevar por su amiga cogido del brazo. Por angostas veredas pasaron al paseo de las Acacias, sin que la buena mujer pudiera obtener explicaciones claras de los motivos de aquella extraña desazón.

—Sentémonos aquí —dijo Benina al llegar junto a la fábrica de alquitrán—; estoy cansadita.

—Aquí no... más abaixo...

Y se precipitaron por un sendero empinadísimo, abierto en el terraplén. Hubieran rodado los dos por la pendiente si Benina no le sostuviera moderando el paso, y asegurándose bien de donde ponía la planta. Llegaron, por fin, a un sitio más bajo que el paseo, suelo quebrado, lleno de escoria que parecen lavas de un volcán; detrás dejaron casas, cimentadas a mayor altura que las cabezas de ellos; delante tenían techos de viviendas pobres, a nivel más bajo que sus pies. En las revueltas de aquella hondonada se distinguían chozas míseras, y a lo lejos, oprimida entre las moles del Asilo de Santa Cristina y el taller de Sierra Mecánica, la barriada de las Injurias, donde hormiguean familias indigentes.

Sentáronse los dos. Almudena, dando resoplidos, se limpió el copioso sudor de su frente. Benina no le quitaba los ojos, atenta a sus movimientos, pues no las tenía todas consigo, viéndose sola con el enojado marroquí en lugar tan solitario. "A ver... amos... a ver por qué soy tan mala y tan engañadora. ¿Por qué?"

—Poique ti n'gañar mí. Yo quiriendo ti, tú quirier otro... Sí, sí... Señor bunito cabaiero galán..., ti quiriendo él... enfermo él casa Comadreja... tú llevar casa tuya él... quirido tuyo... quirido... rico él, señorito él...

—¿Quién te ha contado esas papas, Almudena? —dijo la buena mujer echándose a reír con toda su alma.

—No negar tú cosa... Tú n'fadar mí; riyendo tú mí...

Al expresarse de este modo, poseído de súbito furor, se puso en pie, y antes que Benina pudiera darse cuenta del peligro que la amenazaba, descargó sobre ella el palo con toda su fuerza. Gracias que pudo la infeliz salvar la cabeza apartándola vivamente; pero la paletilla, no. Quiso ella arrebatarle el palo; pero antes de que lo intentara recibió otro estacazo en el hombro, y un tercero en la cadera... La mejor defensa era la fuga. En un abrir y cerrar de ojos, se puso la anciana a diez pasos del ciego. Este trató de seguirla; ella le buscaba las vueltas; se ponía en lugar seguro, y él descargaba sus furibundos garrotazos en el aire y en el suelo. En una de éstas cayó boca abajo, y allí se quedó cual si fuera la víctima, mordiendo la tierra, mientras la señora de sus pensamientos le decía: "Almudena, Almudenilla, si te cojo, verás... ¡tontaina, borricote!...

XXIV

Después de revolcarse en el suelo con epiléptica contracción de brazos y piernas, y de golpearse la cara y tirarse de los pelos, lanzando exclamaciones guturales en lengua arábiga, que Benina no entendía, rompió a llorar como un niño, sentado ya a estilo moro, y continuando en la tarea de aporrearse la frente y clavar los dedos convulsos en su rostro. Lloraba con amargo desconsuelo, y las lágrimas calmaron, sin duda, su loca furia. Acercóse Benina un poquito, y vio su rostro inundado de llanto que le humedecía la barba. Sus ojos eran fuentes por donde su alma se descargaba del raudal de una pena infinita.

Pausa larga. Almudena, con voz quejumbrosa de chiquillo castigado, llamó cariñosamente a su amiga.

—Nina... Amri... ¿Estar aquí ti?

—Sí, hijo mío, aquí estoy viéndote llorar como San Pedro después que hizo la canallada de negar a Cristo. ¿Te arrepientes de lo que has hecho?

—Sí, sí... *Amri*... ¡Haber pegado ti!... ¿Doler ti *mocha?*

—¡Ya lo creo que me escuece!

—Yo malo... *Yorando* mí días *mochas, poique* pegar ti... *Amri,* perdonar tú mí...

—Sí... perdonado... pero no me fío.

—Tomar tú palo —le dijo alargándoselo—. Venir *qui... cabe* mí. Coger palo y dar mí fuerte, hasta que matar tú mí.

—No me fío, no.

—Tomar tú este *cochilo* —añadió el africano sacando del bolso interior del chaquetón una herramienta cortante—. Mercarlo yo *pa pegar* ti... matar tú mí con él, quitar vida mí. Mordejai no *quierer* vida... muerte sí, muerte...

Como quien no hace nada, *Benina* se apoderó de las dos armas, palo y cuchillo, y arrimándose ya sin temor alguno al desdichado ciego, le puso la mano en el hombro.

—Me has partido algún hueso, porque me duele *mocha* —le dijo—. A ver dónde me curo yo ahora... No, hueso roto no hay; pero me has levantado unos morcillones como mi cabeza, y el árnica que gaste yo esta tarde tú me la tienes que abonar.

—Dar yo ti... vida... *Perdoñar* mí... *Yorar* yo meses *mochas,* si tú no *perdoñando* mí... Estar loco... yo *quierer* ti... Si tú no *quierer* mí, Almudena matar sí él *sigo.*

—Bueno, va. Pero tú has tomado algún maleficio. ¡Vaya, que salir ahora con ese cuento de enamorarte de mí! ¿Pero tú no sabes que soy una vieja, y que si me vieras te caerías para atrás del miedo que te daba?

—No ser vieja tú... Yo *quiriendo* ti.

—Tú quieres a Pedra.

—No... *B'rracha*... fea, mala...

Tú ser *muquier* una sola... No haber otra mí.

Sin dar tregua a su intensa aflicción, cortando las palabras con los hondos suspiros y el continuo sollozar, torpe de lengua hasta lo sumo, declaró Almudena lo que sentía, y en verdad que si pudo entender *Benina* lenguaje tan extraño, no fue por el valor y sentido de los conceptos, sino por la fuerza de la verdad que el marroquí ponía en sus extrañísimas modulaciones, aullidos, desesperados gritos, y sofocados murmullos. Díjole que desde que el Rey *Samdai* le señaló la mujer *única,* para que le siguiera y de ella se apoderara, anduvo corriendo por toda la tierra. Más él caminaba, más adelante iba la mujer, sin poder alcanzarla nunca. Andando el tiempo, creyó que la fugitiva era Nicolasa, que con él vivió tres años en vida errante. Pero no era; pronto vio que no era. La suya delante, siempre delante, entapujadita y sin dejarse ver la cara... Claro que él veía la figura con los ojos del alma.

Pues bueno: cuando conoció a *Benina,* una mañana que por primera vez se presentó ella en San Sebastián, llevada por Eliseo, el corazón, queriendo saltársele del pecho, le dijo: "Esta es, ésta sola y no hay otra". Más hablaba con ella, más se convencía de que era *la suya;* pero quería dejar pasar tiempo, y *priebarlo* mejor. Por fin llegó la certidumbre y él esperando, esperando una ocasión de decírselo a ella...

Así cuando le contaron que *Benina* quería al *galán bunito,* y que se lo había llevado a su casa nada menos que en coche, le entró tal desconsuelo, seguido de tan espantosa furia, que el hombre no sabía si matarse o matarla... Lo mejor sería consumar a un tiempo las dos muertes, después de haber despachado para el otro mundo a media humanidad, repartiendo golpes a diestro y siniestro.

Oyó *Benina* con interés y piedad este relato, que aquí se da, para no cansar, reducido a mínimas proporciones; y como era mujer de buen sentido, no incurrió en la ligereza de engreírse con aquella pasión africana, ni tampoco hizo chacota de ella, como natural parecía, considerando su edad y las condiciones físicas del desdichado ciego. Manteniéndose en un justo medio de discreción, miraba sólo el fin inmediato de que su amigo se tranquilizara, apartando de su mente las ideas de muerte y exterminio. Explicóle lo del *galán bunito,* procurando convencerle de que sólo un sentimiento de caridad habíale movido a llevarle a la casa de la señora, sin que mediase en ello el amor ni cosa tocante a las relaciones de hombre y mujer. No se daba por convencido Mordejai, que planteó por fin la cuestión en términos que justificaban la veracidad y firmeza de su afecto, a saber: para que él creyese lo que *Benina* acababa de decirle, convenía que se lo demostrara con hechos, no con palabras, que el viento se lleva. ¿Y cómo se lo demostraría con hechos de modo que él quedase plenamente satisfecho y convencido? Pues de un modo muy sencillo: dejando todo, su señora, *casa suya, galán bunito;* yéndose a vivir con Almudena, y quedando unidos ya los dos para toda la vida.

No respondió la anciana con negación rotunda, por no excitarle más, y se limitó a presentarle los inconvenientes del abandono brusco de su señora, que se moriría si de ella se separase. Pero a todas estas razones oponía el marroquí otras fortalecidas en el fuero y leyes de amor, que a todo se sobreponen. "Si tú *quierer* mí *Amri,* mí casar *tigo".*

Al hacer oferta de su blanca mano, acompañándola de un suspirar tierno y de remilgos de vergüenza, con sus enormes labios que se dilataban hasta las orejas o se contraían formando un hocico monstruoso, *Benina* no pudo evitar una risilla de burla. Pero conteniéndose al instante,

acudió a la respuesta con este discretísimo argumento:

—Hijo, así te llamo porque pudieras serlo... agradezco tu fineza, pero repara que he cumplido los sesenta años.

—Cumplir no cumplir *sisenta, milienta* yo *querier* ti.

—Soy una vieja, que no sirve para nada.

—*Sirvi, Amri;* yo *quirier ti...* tú *máis* que la luz *bunita;* moza tú.

—¡Qué desatino!

—Casar *migo tigo,* y *dirnos migo* con tú a *terra* mía, *terra* de Sus. Mi padre Saúl, rico él; mis *germanos,* ricos ellos; mi madre Rimna, rica *bunita* ella... *quierer* ti, *dicir* hija ti... Verás *terra* mía; *aceita mocha, laranjas mochas... carnieras mochas* padre mío... *mochas arbolas* cabe el río; casa grande... noria d'agua fresca... *bunito;* ni frío ni *calora.*

Aunque la pintura de tanta felicidad influía levemente en su ánimo, no se dejaba seducir *Benina,* y como persona práctica vio los inconvenientes de una traslación repentina a países tan distantes, donde se encontraría entre gentes desconocidas, que hablaban una lengua de todos los demonios, y que seguramente se diferenciarían de ella por las costumbres, por la religión y hasta por el vestido, pues allá, de fijo, andaban con taparrabo... ¡Bonita estaría ella con taparrabo! ¡Vaya que se le ocurrían unas cosas al buen Mordejai! Mostrándose afectuosa y agradecida, le argumentó con los inconvenientes de la precipitación en cosa tan grave como es el casarse de buenas a primeras, y correrse de un brinco nada menos que al África, que es, como quien dice: *donde empiezan los Pirineos.* No, no: había que pensarlo despacio, y tomarse tiempo para no salir con una patochada. Mucho más práctico, según ella, era dejar todo ese lío del casamiento y del viaje de novios para más adelante, ocupándose por el pronto en realizar, con todos los requisitos que aseguraran el éxito, el conjuro del Rey *Samdai*. Si la cosa resultaba, como Almudena le aseguró, y venían a poder de ella las banastas de piedras preciosas, que tan fácilmente se convertirían en billetes de Banco, ya tenían todas las cuestiones resueltas, y lo demás prontamente se allanaría. El dinero es el arreglador infalible de cuantas dificultades hay en el mundo. Total: que ella se comprometía a cuanto él quisiera, y desde luego empeñaba su palabra de casorio y de seguirle hasta el fin del mundo, siempre y cuando el Rey *Samdai* concediese lo que con todas las reglas, ceremonias y rezos benditos se le había de pedir.

Quedóse meditabundo el africano al oír esto, y después se dio golpetazos en la frente, como hombre que experimenta gran confusión y desconsuelo. *"Perdoñar* mí tú... Olvidar mi *dicer* ti cosa.

—¿Qué? ¿Vas a salir ahora con inconvenientes? ¿Es que la operación no vale porque faltará algún requisito?

—Olvidar mí *requesito*... no valer, *poique* ser tú *muquier*.

—¡Condenado! —exclamó *Benina* sin poder contener su enojo—, ¿por qué no empezaste por ahí? Pues si el primer *requesito* es ser hombre... ¡a ver!

—*Perdoñar* mí... olvidar cosa *migo*.

—Tú no tienes la cabeza buena. ¡Vaya una plancha! Pero ¡ay! la culpa es mía, por haberme creído las paparruchas que inventan en tu tierra maldecida, y en esa tu religión de los demonios coronados. No, no lo creí... era que la pobreza me cegaba... y no lo creo, no. Perdóneme Dios el mal pensamiento de llamar al diablo con todos esos arrumacos, perdóneme también la Virgen Santísima.

—Si no valer eso *poique* ser tú *muquier*... —replicó Almudena vergonzoso—, saber mí otra cosa... que si *jacer* tú, coger has tú *tuda la diniera* que tú *querier*.

—No, no me engañas otra vez.

¡Buen pájaro estás tú!... Ya no creo nada de lo que me digas.

—Por la bendita luz, verdad ser... rayo del cielo matar mí, si *n'gañar* ti... ¡coger *diniero, mocha diniero!*

—¿Cuándo?

—Cuando *quiriendo* tú.

—A ver... aunque no he de creerlo, dímelo pronto.

—Yo da ti *p'peleto*...

—¿Un papelito?

—Sí... poner tú punta *llengua*...

—En la punta de la lengua?

—Sí: entrar con ello Banco, *p'peleto en llengua*, y *naide* ver ti. Poder coger *diniero tuda*... no ver u *naide*.

—Pero eso es robar, Almudena.

—*Naide* ver, *naide* a ti *decir naida*.

—Quita, quita... yo no tengo esas mañas. Robar, no. ¿Que no me ven? Pero Dios me verá.

XXV

No desistía el apasionado marroquí de ganar la voluntad de la dama (que así debemos llamarla en este caso, toda vez que como tal él la veía con los ojos de su alma); y conociendo que los medios positivos eran los más eficaces, y que antes que las razones con que él pudiera expugnarla la rendiría su propia codicia y el anhelo de enriquecerse, se arrancó con otro sortilegio, producto natural de su sangre semítica y de su rica imaginación. Díjole que entre todos los secretos de que por favor de Dios era depositario, había uno que no pensaba confiar más que a la persona que fuese dueña de todo su cariño; y como esta persona era ella, la mujer soñada, la mujer prometida por el soberano *Samdai*, a ella sola revelaba el infalible procedimiento para descubrir los tesoros *soterrados*. Aunque afectaba *Benina* no dar crédito a tales historias, ello es que no perdió sílaba del relato que Almudena le hizo. La cosa era muy sencilla, por él pintada, aunque las dificultades prácticas para llegar a producir el mágico efecto saltaban a la vista. La persona que quisiera saber, *siguro, siguro,* dónde había dinero escondido, no tenía más que abrir un hoyo en la tierra, y estarse dentro de él cuarenta días, en paños menores, sin otro alimento que harina de cebada sin sal, ni más ocupación que leer un libro santo, de luengas hojas, y meditar, meditar sobre las profundas verdades que aquellas escrituras contenían...

—¿Y eso tengo que hacerlo yo? —dijo *Benina* impaciente—. ¡Apañado estás! ¿Y ese librito está escrito en tu lengua? Tonto, ¿cómo voy a leer yo esos garrapatos, si en mi propio castellano natural me estorba lo negro?

—*Leyerlo* mí... *leyer* tú.

—Pero en ese agujero bajo tierra, que será la casa de los topos, ¿podemos estar los dos?

—*Siguro.*

—Bueno. Y para poder ver bien la letra de ese libro —dijo con sorna la *dama*—, llevarás antiparras de ciego.

—Mí saberlo de *memueria* —replicó impávido el africano.

La *operación*, pasados los cuarenta días de penitencia, terminaba por escribir en un papelito, como los de cigarro, ciertas palabras mágicas que él sabía, él solo; luego se soltaba el papelito en el aire, y mientras el viento lo llevaba de aquí para allá, ella y él rezarían devotamente oraciones *mochas*, sin quitar los ojos del papel volante. Allí donde cayese, se encontraría, cavando, cavando, el tesoro soterrado, probablemente una gran olla repleta de monedas de oro.

Manifestó *Benina* su incredulidad soltando la risa; pero alguna huella dejaba en su espíritu la nueva quisicosa para encontrar tesoros, porque con toda formalidad se dejó decir:

—No creo yo que haya dinero enterrado en los campos. Puede que en tu tierra se den esos casos; pero lo que es aquí..., donde lo tienes es en los patios, en las corraladas,

debajo del suelo de las leñeras, almacenes y bodegas, y, si a mano viene, empotrado en las paredes...

—Mismo poder yo *descubrirlo* él... yo *dicer* ti, si tú *quiriendo* mí, si tu casar *migo.*

—Ya trataremos de eso más despacio —dijo *Benina* quitándose el pañuelo y volviéndoselo a poner, señal de impaciencia y ganas de marcharse.

—No *dirti* tú, *Amri,* no —murmuró el ciego quejumbroso, agarrándola por la falda.

—Es tarde, hijo, y hago falta en casa.

—Tú *migo* siempre.

—No puede ser por ahora. Ten paciencia, hijo.

Poseído nuevamente de furor, al sentir que se levantaba, se arrojó sobre ella, clavándole la zarpa en los brazos, y manifestando con rugidos, más que con voces, su ardiente anhelo de tenerla en su compañía.

—Mi *queriendo* ti... matar mí, *ajogar mismo* yo en río, si tú no *venier* mí...

—Déjame por Dios, Almudena —dijo con acento de aflicción la *dama,* creyendo vencerle mejor con súplicas afectuosas—. Yo te quiero; pero me llaman mis obligaciones.

—Matar yo *galán bunito* —gritó el ciego apretando los puños, y dando algunos pasos hacia la anciana, que medrosa se había apartado de él.

—Ten juicio; si no, no te quiero... vámonos. Si me prometes ser bueno y no pegarme, iremos juntos.

—*Piegar* ti no, no... *quiriendo* ti más que la bendita luz.

—Pues si no pegas, vamos —dijo *Benina,* aproximándose cariñosa, y cogiéndole por el brazo.

Apaciguado el buen Mordejai, emprendieron otra vez la marcha hacia arriba, y por el camino dijo el ciego a la *dama* que se había despedido de Santa Casilda, por romper con la Pedra; y como los tiempos venían malos y no se ganaban perras, pensaba trasladarse aquella misma tarde a las Cambroneras, *cabe* el Puente de Toledo, pues en aquel barrio había estancias para dormir por sólo diez céntimos cada noche. No aprobó *Benina* el cambio de domicilio, porque allí, según había oído, vivían en grande estrechez e incomodidad los pobres, amontonados y revueltos en cuartuchos indecentes; pero él insistió, dolorido y melancólico, asegurando que *quería estar mal*, hacer penitencia, pasarse los días *yorando, yorando*, hasta conseguir que *Adonai* ablandase el corazón de la mujer amada. Suspiraron ambos, y silenciosos subieron toda la calle de Toledo.

Como *Benina* le ofreciese un duro para la mudanza, Almudena expresó un desinterés sublime:

—No *querier* mí *diniero*... *diniero* cosa puerca..., asco *diniero*... mí *quierer* Amri... *muquier* mía *migo*.

—Bueno, bueno; ten paciencia —le dijo *Benina*, temerosa de que se descompusiera al final de la jornada—. Yo te prometo que mañana hablaremos de eso.

—¿*Viner* tú Cambroneras?

—Sí, te lo prometo.

—Mí no *golver pirroquia*... carga mí *gente suberbiosa*: Casiana, Eliseo..., asco mí *genta*. Mí pedir *Puente Tolaido*.

—Espérame mañana..., y prométeme tener juicio.

—*Yorando, yorando* mí.

—¿Pero a qué vienen esos lloriqueos?... Almudenilla, si yo te quiero... *amos*, no me des disgustos.

—*Ora* ti, casa tuya, ver *galán bunito*, jacer tú cariños él.

—¿Yo? ¡Estás fresco! ¡Sí, sí, para él estaba! ¿Pero tú qué te has creído? ¡Valiente caso hago yo de esa estantigua! Tiene más años que la Cuesta de la Vega: es pariente de mi señora, y por encargo de ésta se le recogió para llevarle a casa.

—¡*Mam'rracho* él!

—¡Y tan mamarracho! Ni hay comparanza entre él y tú... en fin, chico: tengo mucha prisa. Adiós. Hasta mañana.

Aprovechando un momento en que el marroquí se quedaba como lelo, apretó a correr, dejándole arrimadito a la pared, junto a la tienda llamada del *Botijo*. Era la única forma posible de separación, dada la tenaz adherencia del pobre ciego. Pasado un rato, se dejó caer en el suelo, y allí le vieron toda la tarde los transeúntes, sentado, mudo, la negra mano extendida.

No encontró la Nina en su casa grandes novedades, como por tal no se tuviera el contento de doña Paca, que no cesaba de alabar la finura de su huésped y la gracia con que a la conversación traía los recuerdos de Algeciras y Ronda. Sentíase la buena señora transportada a sus verdes años; casi olvidaba su pobreza, y movida del generoso instinto que en aquella edad primera había sido fundamento de su carácter imprevisor y de sus desgracias, propuso a Nina que se trajeran para Frasquito dos botellas de Jerez, pavo en galantina, huevo hilado, y cabeza de jabalí.

—Sí, señora —replicó la criada—: todo eso traeremos, y luego nos vamos a la cárcel, para ahorrar a los tenderos el trabajo de llevarnos. ¿Pero usted se ha vuelto loca? Para esta noche haré unas sopas de ajo con huevos, y *san sacabó*. Crea usted que a ese caballero le sabrán a gloria, acostumbrado como está a comistrajos indecentes.

—Bueno, mujer. Se hará lo que tú quieras.

—En vez de cabeza de jabalí, pondremos cabeza de ajo.

—Creo, con tu permiso, que en todas las circunstancias, aunque sea sacrificándose, debe una portarse como quien es. En fin, ¿cuánto dinero tenemos?

—Eso a usted no le importa. Déjeme a mí, que ya sabré arreglarme. Cuando se acabe, no es usted quien ha de ir a buscarlo.

—Ya, ya sé que irás tú y lo buscarás. Yo no sirvo para nada.

—Sí sirve usted; y ahora, ayúde-
me a pelar estas patatitas.

—Lo que quieras. ¡Ah!..., se me
olvidaba. Frasquito toma té..., y
como está tan delicadillo, hay que
traerlo bueno.

—Del mejor. Iré por él a la China.

—No te burles. Vas a la tienda, y
pides del que llaman *mandarín*. Y
de paso te traes un quesito bueno
para postre.

—Sí, sí... eche usted y no se de-
rrame.

—Ya ves que está acostumbrado a
comer en casas grandes.

—Justamente: como la taberna de
Boto, en la calle del Ave María...,
ración de guisado, a real; con pan
y vino, treinta y cinco céntimos.

—Estás hoy..., que no se te puede aguantar. Pero a todo me aven-
go, Nina. Tú mandas.

—¡Ay; si yo no mandara, bonitas
andaríamos! Ya nos habrían llevado
a San Bernardino o al mismísimo
Pardo.

Bromeando así llegó la noche, y
cenaron frugalmente, alegres los tres
y resignados con la pobreza, mal tolerable y llevadera cuando no falta
un pedazo de pan con que matar
el hambre. Y el historiador debe hacer constar asimismo que el buen
temple en que estaba doña Paca se
torció un poco al recogerse las dos
en la alcoba, la señora en su cama,
Benina en el suelo, por haber cedido
su lecho a Frasquito. Como la viuda
de Zapata era tan voluble de genio,
en un instante, sin que se supiera
el motivo, pasaba de la bondad apacible a la ira insana, de la credulidad
infantil a la desconfianza marrullera,
de las palabras razonables a los disparates más absurdos. Conocía muy
bien la criada este fácil girar de los
pensamientos y la voluntad de la
señora, a quien comparaba con una
veleta; y sin tomar a pechos sus dis-
plicencias y raptos de ira, esperaba
que cambiase el viento. En efecto,
éste variaba de improviso, rolando
al cuadrante bueno, y si en un momento la malva se había convertido

en cardo, en otro momento tornaba
a su primera condición.

El mal humor de doña Paca en
la noche a que me refiero, debe atri-
buirse, según datos fehacientes, a
que Frasquito, en sus conversaciones
de la tarde, y en los ratos de la cena
y sobremesa de ésta, mostró por *Benina* unas preferencias que lastima-
ron profundamente el amor propio
de la viuda infeliz. A *Benina* manifestaba el buen señor casi exclusiva-
mente su gratitud, reservando para
la señora una cortés deferencia; para
Benina eran todas sus sonrisas, sus
frases más ingeniosas, la ternura de
sus ojos lánguidos, como de carnero
a medio morir; y a tantas indiscre-
ciones unió Ponte la de llamarla *ángel* como unas doscientas veces en
el curso de la frugal cena.

Y dicho esto, oigamos a doña Paca, entre sábanas metida mientras la
otra se acostaba en el suelo:

—Pues hija, nadie me quita de la
cabeza que le has dado un bebedizo
a este pobre señor. ¡Vaya como te
quiere! Si no fueras una vieja feísi-
ma y sin ninguna gracia, creería que
le habías hecho tilín... cierto que
eres buena, caritativa, que sabes ganar la simpatía por lo bien que
atiendes a todo, y por tu dulzura y
ese modito suave..., que bien podría
engañar a los que no te conocen...
pero con todas esas prendas, imposible que un hombre tan corrido se
prende de ti... si te lo crees, y por
ello estás inflada de orgullo, mi parecer es que no te compongas, pobre
Nina. Siempre serás lo que fuiste...,
y no temas que yo le quite a don
Frasquito la ilusión, contándole tus
malas mañas, lo sisona que eras, y
otras cosillas, otras cosillas que tú
sabes, y yo también...

Callaba *Benina*, tapándose la boca con la sábana, y esta humildad y
moderación encendieron más el ren-
corcillo de la viuda de Zapata, que
prosiguió molestando a su compañera:

—Nadie reconoce como yo tus
buenas cualidades, porque las tienes;

pero hay que ponerte siempre a distancia, no dejarte salir de tu baja condición, para que no te desmandes, para que no te subas a las barbas de los superiores. Acuérdate de las dos veces que tuve que echarte de mi casa por sisona... ¡a tal extremo llegó tu descaro! ¿Qué digo descaro? ¡Tu cinismo en aquel vicio feo, que..., vamos, yo, que jamás he hecho una cuenta ni me gusta, veía mi dinero pasando de mi bolsillo al tuyo..., en chorro continuo!... Pero ¿qué? ¿no dices nada?... ¿no contestas? ¿te has vuelto muda?

—Sí, señora, me he vuelto muda —fue la única respuesta de la buena mujer—. Puede que cuando la señora se canse y cierre el pico, lo abra yo para decirle... en fin, no digo nada.

XXVI

—Ja, ja... di lo que quieras... —prosiguió doña Paca—. ¿Te atreverías a decir algo ofensivo de mí? ¡Que no he sabido llevar el Cargo y Data! ¿Y qué? ¿Quién te ha dicho a ti que las señoras son tenedoras de libros? El no llevar cuentas ni apuntar nada no era más que la forma natural de mi generosidad sin límites. Yo dejaba que todo el mundo me robase; veía la mano del ladrón metiéndose en mi bolsillo, y me hacía la tonta... yo he sido siempre así. ¿Es esto pecado? El señor me lo perdonará. Lo que Dios no perdona, Benina, es la hipocresía, los procederes solapados, y el estudio con que algunas personas componen sus actos para parecer mejores de lo que son. Yo siempre he llevado el alma en mi rostro, y me he presentado a los ojos de todo el mundo como soy, como era, con mis defectos y cualidades, tal como Dios me hizo... pero ¿tú no tienes nada que contestarme?..., ¿o es que no se te ocurre nada para defenderte?

—Señora, callo, porque estoy dormida.

—No, tú no duermes, es mentira: la conciencia no te deja dormir. Reconoces que tengo razón, y que eres de las que se componen para disimular y esconder sus maldades... no diré que sean precisamente *maldades,* tanto no. Soy generosa en esto como en todo, y diré *flaquezas...* pero ¡qué flaquezas! Somos frágiles: verdaderamente tú puedes decir: "No me llamo *Benina* sino Fragilidad...". Pero no te apures, pues ya sabes que no he de ir con cuentos al señor de Ponte para desprestigiarte, y deshojar la flor de sus ilusiones... ¡qué risa!... no viendo en ti, como no puede verlo, una figura elegante, ni un rostro fresco y sonrosado, ni modales finos, ni educación de señora, ni nada de eso, que es por lo que se enamoran los hombres, habrá visto... ¿qué? Por Dios que no acierto. Si tú fueras franca, que no lo eres ni lo serás nunca... ¿oyes lo que digo?

—Sí, señora, oigo.

—Si tú fueras franca me dirías que el señor de Ponte te llama *ángel* por lo bien que haces las sopas de ajo, acartonaditas... Y ¿te parece a ti que esto es suficiente motivo para que a una mujer la llamen *ángel* con todas sus letras?

—¿Pero a usted qué le importa?... Deje al señor de Ponte Delgado que me ponga los motes que quiera.

—Tienes razón, sí, sí... puede que te lo diga irónicamente, que estos señorones, muy curtidos en sociedad, emplean a menudo la ironía, y cuando parece que nos alaban, lo que hacen es tomarnos el pelo, como suele decirse... por si el hombre va por derecho, y se ha prendado de ti con buen fin..., que todo podría ser, *Benina...* se ven cosas muy raras..., tú debes proceder con lealtad, y confesarle tus máculas, no vaya a creer Frasquito que la pureza de los ángeles del cielo es cualquier cosa comparada con tu pureza. Si así no lo haces, eres una mala mujer. La verdad, Nina; en estos casos, la verdad. El hombre se ha creído que eres un prodigio de conservación, ja, ja..., que has hecho un milagro, pues milagro sería, en plena vida de Madrid y en la clase de servicio doméstico, una virginidad de sesenta años... puedes plantarte en los cincuenta y cinco, si así te conviene... pero si le engañas en la edad, que ésta es superchería muy corriente en nuestro sexo, no andes con bromas en lo que es de ley moral, Nina, eso no. Mira, hija, yo te quiero mucho y como señora tuya y amiga te aconsejo que le hables clarito, que le cuentes tus faltas y caídas. Así el buen señor no se llamará a engaño, si andando el tiempo descubre lo que tú ahora le ocultarás. No, Nina, no; hija mía, dile todo, aunque se te ponga la cara muy colorada, y se te congestione la verruga que llevas en la frente. Confiesa tu grave falta de aquellos tiempos cuando contabas treinta y cinco años..., y ten valor para decirle: "Señor don Frasquito yo quise a un guardia civil que se llamaba Romero, el cual me tuvo trastornada más de dos años, y al fin se negó a casarse conmigo..." Vamos, mujer, no es para que te pongas como la grana. Después de todo, ¿qué ha sido ello? Querer a un hombre. Pues para eso han venido las mujeres al mundo: para querer a los hombres. Tuviste la desgracia de tropezar con uno, que te salió malo. Cuestión de suerte, hija. Ello es que estuviste loca por él... bien me acuerdo. No se te podía aguantar; no hacías nada al derecho. Sisabas de lo lindo, y mientras tú no tenías un traje decente, a él no le faltaban buenos puros... a mí, que veía tus padecimientos y tu ceguera, pues atormentada y sin un día de tranquilidad, en vez de huir del suplicio, ibas a él; a mí, que vi todo esto, nadie tiene que contármelo, Nina. Conozco la historia, aunque no la sé toda entera, porque algo me has ocultado siempre..., y a mí me refirieron cosas que no sé si son

ciertas o no... dijéronme que de tus amores tuviste...

—Eso no es verdad.

—Y que lo echaste a la inclusa...

—Esto no es verdad —repitió *Benina* con acento firme y sonora voz, incorporándose en el lecho. Al oírla, calló súbitamente doña Paca, como el ratoncillo nocturno que cesa de roer al sentir los pasos o la voz del hombre. Oyóse tan sólo, durante largo rato, alguno que otro suspiro hondísimo de la señora, que después empezó a quejarse y a gruñir por lo bajo. La otra no chistaba. Había hecho rápida crisis el genio de la infeliz señora, determinándose un brusco giro de la veleta. La ira y displicencia trocáronse al punto en blandura y mimo. No tardó en presentarse el síntoma más claro de la sedación que era un vivo arrepentimiento de todo lo que había dicho y la vergüenza de recordarlo, pues no significaban otra cosa los gruñidos, y el quejarse de imaginarios dolores. Como *Benina* no respondiera a estas demostraciones, doña Paca, ya cerca de media noche, se arrancó a llamarla:

—Nina, Nina, ¡si vieras qué mala estoy! ¡Vaya una nochecita que estoy pasando! Parece que me aplican un hierro caliente al costado, y que me arrancan a tirones los huesos de las piernas. Tengo la cabeza como si me hubieran sacado los sesos, poniéndome en su lugar miga de pan y perejil muy picadito... por no molestarte, no te he dicho que me hagas una tacita de tila, no te mortifigues la espalda, y que me des una papeleta de salicilato, de bromuro, o de sulfonal... esto es horrible. Estás dormida como un cesto. Bien, mujer, descansa, engorda un poquito... no quiero molestarte.

Sin despegar los labios, abandonaba Nina el jergón, y echándose una falda, hacía la taza de tila, en la cocinilla económica, y antes o después daba la medicina a la enferma, y luego las friegas, y por fin acostábase con ella para arrullarla como a un niño hasta que conseguía dormirla. Anhelando olvidar la señora su anterior desvarío, creía que el mejor medio era borrar con expresiones cariñosas las malévolas ideas de antes, y así, mientras su compañera la arrullaba, decíale:

—Si yo no te tuviera, no sé qué sería de mí. Y luego me quejo de Dios, y le digo cosas, y hasta le insulto, como si fuera un cualquiera. Verdad que me priva de muchos bienes, pero me ha dado tu compañía y amistad, que vale más que el oro y la plata y los brillantes... y ahora que me acuerdo, ¿qué me aconsejas tú que debo hacer para el caso de que vuelvan don Frasquito Morquecho y don José María Porcell, con aquella embajada de la herencia?...

—Pero, señora, si eso lo ha soñado usted... y los tales caballeros hace mil años que están muy achantaditos debajo de la tierra.

—Dices bien: yo lo soñé... pero si no aquéllos, otros puede que vengan con la misma música el mejor día.

—¿Quién dice que no? ¿Ha soñado usted con cajas vacías? Porque eso es señal de herencia segura.

—¿Y tú, qué has soñado?

—¿Yo? Anoche, que nos encontrábamos con un toro negro.

—Pues eso quiere decir que descubriremos un tesoro escondido... mira tú, ¿quién nos dice que en esta casa antigua, que habitaron en otro tiempo comerciantes ricos, no hay dentro de tal pared o tabique alguna olla bien repleta de peluconas?

—Yo he oído contar que en el siglo pasado vinieron aquí unos almacenistas de paños, poderosos, y cuando se murieron..., no se encontró dinero ninguno. Bien pudiera ser que lo emparedaran. Se han dado casos, muchos casos.

—Yo tengo por cierto que dinero hay en esta finca... pero a saber dónde demontres lo escondieron esos indinos. ¿No habría manera de averiguarlo?

—¡No sé... no sé! —murmuró Benina, dejando volar su mente vigorosa hacia los orientales conjuros propuestos por Almudena.

—Y si en las paredes no, debajo de los baldosines de la cocina o de la despensa puede estar lo que aquellos señores escondieron, creyendo que lo iban a disfrutar en el otro mundo.

—Podrá ser... pero es más probable que sea en las paredes, o, un suponer, en los techos, entre las vigas...

—Me parece que tienes razón. Lo mismo puede ser arriba que abajo. Yo te aseguro que cuando piso fuerte en los pasillos y en el comedor, y se estremece todo el caserón como si quisiera derrumbarse, me parece que siento un ruidillo..., así como de metales que suenan y hacen tilín... ¿no lo has sentido tú?

—Sí, señora.

—Y si no, haz la prueba ahora mismo. Date unos paseos por la alcoba, pisando fuerte, y oiremos..

Hízolo Benina como su señora mandaba, con no menos convicción y fe que ella, y en efecto..., oyeron un rintintín metálico, que no podía provenir más que de las enormes cantidades de plata y oro (más oro que plata seguramente) empotradas en la vetusta fábrica. Con esta ilusión se durmieron ambas, y en sueños seguían oyendo el tin, tin...

La casa era como un inmenso cuerpo, y sudaba, y por cada uno de sus infinitos poros soltaba una onza, y centén, o monedita de veintiuno y cuartillo.

XXVII

A la mañanita del siguiente día iba Benina camino de las Cambroneras con su cesta al brazo, pensando, no sin inquietud, en las exaltaciones del buen Almudena, que le llevarían pronto a la locura, si ella, con su buena maña, no lograba contenerle en la razón. Más abajo de la Puerta de Toledo encontró a la Burlada y a otra pobre que pedía con un niño cabezudo. Díjole su compañera *de parroquia* que había trasladado su domicilio al Puente, por no poderse arreglar en el *riñón de Madrid* con la carestía de los alquileres y la mezquindad del fruto de la limosna. En una casucha junto al río le daban hospedaje por poco más de nada, y a esta ventaja unía la de ventilarse bien en los paseos que se daba mañana y tarde, del río al *punto* y del *punto* al río. Interrogada por *Benina* acerca del ciego moro y de su vivienda, respondió que le había visto junto a la fuentecilla, pasado el Puente, pidiendo; pero que no sabía donde moraba.

—Vaya, con Dios, señora —dijo la Burlada despidiéndose—. ¿No va usted hoy al *punto?* Yo sí... porque aunque poco se gana, allí tiene una su arreglo. Ahora me dan todas las tardes un buen *platao* de comida en *ca* el señor banquero, que vive mismamente de cara a la entrada por la calle de las Huertas, y vivo como una canóniga gozando de ver cómo se le afila la jeta a la *Caporala* cuando la muchacha del señor banquero me lleva mi gran cazolón de comestible... En fin: con esto y algo que cae, vivimos, doña *Benina,* y puede una *chincharse* en las *ricas.* Adiós, que lo pase bien, y me encuentre a su moro con salú... Vaya, conservarse.

Siguió cada cual su rumbo, y a la entrada del Puente, dirigióse *Benina* por la calzada en declive que a mano derecha conduce al arrabal llamado de las Cambroneras, a la margen izquierda del Manzanares, en terreno bajo. Encontróse en una como plazoleta, limitada en el lado del Poniente por un vulgar edificio, al Sur por el pretil del contrafuerte del Puente, y a los otros dos lados por desiguales taludes y terraplenes arenosos, donde nacen silvestres espinos, cardos y raquíticas yerbas. El sitio es pintoresco, ventilado, y casi puede decirse alegre, porque desde él se dominan las verdes márgenes del río, los lavaderos y sus tenderijos de trapos de mil colores. Hacia Poniente se distingue la sierra, y a la margen opuesta del río los cementerios de San Isidro y San Justo, que ofrecen una vista grandiosa con tanto copete de panteones y tanto verdor oscuro de cipreses... la melancolía inherente a los camposantos no les priva, en aquel panorama, de su carácter decorativo, como un buen telón agregado por el hombre a los de la Naturaleza.

Al descender pausadamente hacia la explanada, vio la mendiga dos burros... ¿qué digo dos?, ocho, diez, o más burros, con sus collarines de encarnado rabioso, y junto a ellos grupos de gitanos tomando el sol, que ya inundaba el barrio con su luz esplendorosa, dando risueño brillo a los colorines con que se decoraban brutos y personas. En los animados corrillos todo era risas, chacota, corre de aquí para allá. Las muchachas saltaban; los mozos corrían en su persecución; los chiquillos, vestidos de harapos, daban volteretas, y sólo los asnos se mantenían graves y reflexivos en medio de tanta inquietud y algarabía. Las gitanas viejas, algunas de tez curtida y negra, comadreaban en corrillo aparte, arrimaditas al edificio grandón, que es una casa de corredor de regular aspecto. Dos o tres niñas lavaban trapos en el charco que hacia la mitad de la explanada se forma con las escurriduras y desperdicios de la fuente vecina. Algunas de estas niñas eran de tez muy oscura, casi negra, que hacía resaltar las filigranas colgadas de sus orejas; otras de color de barro, todas ágiles, graciosas, esbeltísimas de talle y sueltas de lengua. Buscó la anciana entre aquella gente caras conocidas; y mira por aquí y por allá, creyó reconocer a un gitano que en cierta ocasión había visto en el Hospital, yendo a recoger a una amiga suya. No quiso acercarse al grupo en que el tal con otros disputaba *sobre* un burro, cuyas mataduras eran objeto de vivas discusiones, y aguardó ocasión favorable. Esta no tardó en venir, porque se enredaron a trompada limpia dos churumbeles, el uno con las perneras abiertas de arriba abajo, mostrando las negras canillas; el otro con una especie de turbante en la cabeza, y por todo vestido un chaleco de hombre: acudió el gitano a separarlos; ayudóle *Benina*, y a renglón seguido le embocó en esta forma:

—Dígame, buen amigo: ¿ha visto por aquí ayer y hoy a un ciego moro que le llaman Almudena?

—Sí, señora: *halo* visto..., *jablao* con él —replicó el gitano, mostrando dos carreras de dientes ideales por su blancura, igualdad y perfecta conservación, que se destacaban dentro del estuche de dos labios enormes y carnosos, de un violado retinto—. Le *vide* en la puente..., díjome que moraba *dende anoche* en las casas de Ulpiano..., y que..., no sé qué más... Desapártese, buena mujer, que esta bestia es *mu desconsiderá*, y cocea...

Huyó *Benina* de un brinco, viendo cerca de sí las patas traseras de un grandísimo burro, que dos gandules apaleaban, como para conocerle las mañas y proveer a su educación asnal y gitanesca, y se fue hacia las casas que le indicó con un gesto el de la perfecta dentadura.

Arranca de la explanada un camino o calle tortuosa en dirección a la puente segoviana. A la izquierda, conforme se entra en él, está la casa de corredor, vasta colmena de cuartos pobres que valen seis pesetas al mes, y siguen las tapias y dependencias de una quinta o granja que llaman de Valdemoro. A la derecha, varias casas antiquísimas, destartaladas, con corrales interiores, rejas mohosas y paredes sucias, ofrecen el conjunto más irregular, vetusto y mísero que en arquitectura urbana o campesina puede verse. Algunas puertas ostentan lindos azulejos con la figura de San Isidro y la fecha de la construcción, y en los ruinosos tejados, llenos de jorobas, se ven torcidas veletas de chapa de hierro, graciosamente labrado. Al aproxi-

marse, notando *Benina* que alguien se asomaba a una reja del piso bajo, hizo propósito de preguntar: era un burro blanco, de orejas desmedidas, las cuales enfiló hacia afuera cuando ella se puso al habla. Entró la anciana en el primer corral empedrado, todo baches, con habitaciones de puertas desiguales y cobertizos o cajones vivideros, cubiertos de chapa de latón enmohecido: en la única pared blanca o menos sucia que las demás, vio un barco pintado con almazarrón, fragata de tres palos, de estilo infantil, con chimenea de la cual salían curvas de humo. En aquella parte, una mujer desmirriada lavaba pingajos en una artesa: no era gitana, sino *paya*. Por las explicaciones que ésta le dio, en la parte de la izquierda vivían los gitanos con sus pollinos, en pacífica comunidad de habitaciones; por lecho de unos y otros el santo suelo, los dornajos sirviendo de almohadas a los racionales. A la derecha, y en cuadras también borriqueñas, no menos inmundas que las otras, acudían a dormir de noche muchos pobres de los que andan por Madrid: por diez céntimos se les daba una parte del suelo, y a vivir. Detalladas las señas de Almudena por *Benina*, afirmó la mujer que, en efecto, había dormido allí; pero con los demás pobres se había largado tempranito, pues no brindaban aquellos dormitorios a la pereza. Si la *señora* quería algún recado para el ciego moro, ella se lo daría, siempre y cuando viniese la segunda noche a dormir.

Dando las gracias a la desmirriada, salió *Benina* y se fue por toda la calle adelante, atisbando a un lado y otro. Esperaba distinguir en alguno de aquellos claros oteros la figura del marroquí tomando el sol o entregado a sus melancolías. Pasadas las casas del Ulpiano, no se ven a la derecha más que taludes áridos y pedregosos, vertederos de escombros, escorias y arena. Como a cien metros de la explanada hay una curva o más bien zig-zag, que conduce a la estación de las Pulgas, la cual se reconoce desde abajo por la mancha de carbón en el suelo, las empalizadas cerramiento de vía, y algo que humea y bulle por encima de todo esto. Junto a la estación, al lado de Oriente, un arroyo de aguas de alcantarilla, negras como tinta, baja por un cauce abierto en los taludes, y salvando el camino por una atarjea, corre a fecundar las huertas antes de verterse en el río. Detúvose allí la mendiga, examinando con su vista de lince el zanjón, por donde el agua se despeña con turbios espumarajos, y las huertas, que a mano izquierda se extienden hasta el río, plantadas de acelgas y lechugas. Aún siguió más adelante, pues sabía que al africano le gustaba el campo y la ruda intemperie. El día era apacible: luz vivísima acentuaba el verde chillón de las acelgas y el morado de las lombardas, derramando por todo el paisaje notas de alegría. Anduvo y se paró varias veces la anciana mirando las huertas que recreaban sus ojos y su espíritu, y los cerros áridos, y nada vio que se pareciese a la estampa de un moro ciego tomando el sol. De vuelta a la explanada, bajó a la margen del río, y recorrió los lavaderos y las casuchas que se apoyan en el contrafuerte, sin encontrar ni rastros de Mordejai. Desalentada, se volvió a los Madriles de arriba, con propósito de repetir al día siguiente sus indagaciones.

En su casa no encontró novedad; digo sí: encontró una, que bien pudiera llamarse maravilloso suceso, obra del subterráneo genio Samdai. A poco de entrar, díjole doña Paca con alborozo:

—Pero, mujer, ¿no sabes?... Deseaba yo que vinieras para contártelo...

—¿Qué, señora?

—Que ha estado aquí don Romualdo.

—¡Don Romualdo!... Me parece que usted sueña.

—No sé por qué... ¿es cosa del otro mundo que ese señor venga a mi casa?

—No; pero...

—Por cierto que me ha dado qué pensar... ¿qué sucede?

—No sucede nada.

—Yo creí que había ocurrido algo en casa del señor sacerdote, alguna cuestión desagradable contigo, y que venía a darme las quejas.

—No hay nada de eso.

—¿No le viste tú salir de casa? ¿No te dijo que acá venía?

—¡Qué cosas tiene! Ahora me va a decir a mí el señor a dónde va, cuándo sale.

—Pues es muy raro...

—Pero, en fin, si vino, a usted le diría...

—¿A mí qué había de decirme, si no le he visto?... Déjame que te explique. A las diez bajó a hacerme compañía, como acostumbra, una de las chiquillas de la cordonera, la mayor, Celedonia, que es más lista que la pólvora. Bueno: a eso de las doce menos cuarto tilín, llaman a la puerta. Y yo dije a la chiquilla: "Abre, hija mía, y a quien quiera que sea le dices que no estoy". Desde el escándalo que me armó aquel tunante de la tienda, no me gusta recibir a nadie cuando no estás tú... Abrió Celedonia... yo sentía desde aquí una voz grave, de persona principal, pero no pude entender nada... luego me contó la niña que era un señor sacerdote...

—¿Qué señas?

—Alto, guapo... ni viejo, ni joven.

—Así es —afirmó Benina, asombrada de la coincidencia—. ¿Pero no dejó tarjeta?

—No, porque se le había olvidado la cartera.

—¿Y preguntó por mí?

—No. Sólo dijo que deseaba verme para un asunto de sumo interés.

—En ese caso, volverá.

—No muy pronto. Dijo que esta tarde tenía que irse a Guadalajara. Tú habrás oído hablar de ese viaje.

—Me parece que sí... algo dijeron de bajar a la estación, y de la maleta, y no sé qué.

—Pues ya ves..., puedes llamar a Celedonia para que te lo explique mejor. Dijo que sentía tanto no encontrarme..., que a la vuelta de Guadalajara vendría... Pero es raro que no te haya hablado de ese asunto de interés que tiene que tratar conmigo. ¿O es que lo sabes y quieres reservarme la sorpresa?

—No, no; yo no sé nada del asunto ese ...¿y está segura la Celedonia del nombre?

—Pregúntaselo... dos o tres veces repitió: "Dile a tu señora que ha estado aquí don Romualdo".

Interrogada la chiquilla, confirmó todo lo expresado por doña Paca. Era muy lista, y no se le escapaba una sola palabra de las que oyera al señor eclesiástico, y describía con fiel memoria su cara, su traje, su acento... Benina, confusa un instante por la rareza del caso, lo dio pronto al olvido por tener cosas de más importancia en que ocupar su entendimiento. Halló a Frasquito tan mejorado, que acordaron levantarle del lecho; mas al dar los primeros pasos por la habitación y pasillo, encontróse el galán con la novedad de que la pierna derecha se le había quedado un poco inválida... esperaba, no obstante, que con la buena alimentación y el ejercicio recobraría dicho miembro su actividad y firmeza. Pronto le darían de alta. Su reconocimiento a las dos señoras y principalmente a Benina, le duraría tanto como la vida... Sentía nuevo aliento y esperanzas nuevas, presagios risueños de obtener pronto una buena colocación que le permitiera vivir desahogadamente, tener hogar propio, aunque humilde, y... en fin, que estaba el hombre animado, y con la inagotable farmacia de su optimismo se restablecía más pronto.

Como a todo atendía Nina, y ninguna necesidad de las personas sometidas a su cuidado se le olvidaba, creyó conveniente avisar a las señoras de la Costanilla de San Andrés, que de seguro habrían extrañado la ausencia de su dependiente.

—Sí, hágame el favor de llevarles un recadito de mi parte —dijo el galán, admirando aquel nuevo rasgo de previsión—. Dígales usted lo que le parezca, y de seguro me dejará en buen lugar.

Así lo hizo Benina a prima noche, y a la mañana siguiente, con la fresca, emprendió de nuevo su caminata hacia el Puente de Toledo.

XXVIII

Encontróse a un anciano harapiento que solía pedir, con una niña en brazos, en el Oratorio del Olivar, el cual le contó llorando sus desdichas, que serían bastantes a quebrantar las peñas. La hija del tal, madre de la criatura, y de otra que enferma quedara en casa de una vecina, se había muerto dos días antes "de miseria, señora, de cansancio, de tanto padecer echando los *gofes* en busca de un medio panecillo". ¿Y qué hacía él ahora con las dos crías, no teniendo para mantenerlas, si para él solo no sacaba? El Señor le había dejado de su mano. Ningún santo del cielo le hacía ya maldito caso. No deseaba más que morirse, y que le enterraran pronto, pronto, para no ver más el mundo. Su única aspiración mundana era dejar colocaditas a las dos niñas en algún *arrecogimiento* de los muchos que hay para *párvulos de ambos sexos*. ¡Y para que se viera su mala sombra!... Había encontrado un alma caritativa, un señor eclesiástico, que le ofreció meter a las nenas en un Asilo; pero cuando creía tener arreglado el negocio, venía el demonio a descomponerlo...

—Verá usted, señora: ¿conoce por casualidad a un señor sacerdote muy apersonado que se llama don Romualdo?

—Me parece que sí —repuso la mendiga, sintiendo de nuevo una gran confusión o vértigo en su cabeza.

—Alto, bien plantado, hábitos de paño fino, ni viejo ni joven...

—¿Y dice que se llama don Romualdo?

—Don Romualdo, sí, señora.

—¿Será..., por casualidad, uno que tiene una sobrinita nombrada doña Patos?

—No sé cómo la llaman; pero sobrina tiene... y guapa. Pues verá usted mi perra suerte. Quedó en darme, ayer por la tarde, la razón. Voy a su casa, y me dicen que se había marchado a Guadalajara.

—Justamente... dijo *Benina*, más confusa, sintiendo que lo real y lo imaginario se revolvían y entrelazaban en su cerebro—. Pero pronto vendrá.

—A saber si vuelve.

Díjole después el pobre viejo que se moría de hambre; que no había entrado en su boca, en tres días, más que un pedazo de bacalao crudo que le dieron en una tienda, y algunos corruscos de pan, que mojaba en la fuente para reblandecerlo, porque ya no tenía huesos en la boca. Desde el día de San José que quitaron la sopa en el Sagrado Corazón, no había ya remedio para él; en parte alguna encontraba amparo; el cielo no le quería, ni la tierra tampoco. Con ochenta y dos años cumplidos el 3 de febrero, San Blas bendito, un día después de la Candelaria, ¿para qué quería vivir más ni qué se le había perdido por acá? Un hombre que sirvió al Rey doce años; que durante cuarenta y cinco había picado miles de miles de toneladas de piedra en *esas carreteras de Dios*, y que siempre fue bien mirado y *puntuoso*, nada tenía qué hacer ya, más que encomendarse al sepulturero para que le pusiera mucha tierra, mucha tierra encima y le apisonara bien. En cuantito que colocara a las dos criaturas, se *acostaría* para no levantarse hasta el día del Juicio por la tarde... ¡y se levantaría el último! Traspasada de pena *Benina* al oír la referencia de tanto infortunio, cuya sinceridad no podía poner en duda, dijo al anciano que la llevara a donde estaba la niña enferma, y pronto fue conducida a un cuarto lóbrego, en la planta baja de la casa grande de corredor, donde juntos vivían, por el pago de tres pesetas al mes, media docena de pordioseros con sus respectivas proles. La mayor parte de éstos hallábanse a la sazón en Madrid, buscando la santa *perra*. Sólo vio *Benina* una vieja, petiseca y dormilona, que parecía alcoholizada, y una mujer panzuda, tumefacta, de piel vinosa y tirante, como la de un corambre repleto, con la cara erisipelada, mal envuelta en trapos de distintos colores. En el suelo, sobre un colchón flaco, cubierto de pedazos de bayeta amarilla y de jirones de mantas morellanas, yacía la niña enferma, como de seis años, el rostro lívido, los puños cerrados en la boca.

—Lo que tiene esta criatura es hambre —dijo *Benina*, que habiéndola tocado en la frente y manos, la encontró fría como el mármol.

—Puede que así sea, porque cosa caliente no ha entrado en nuestros cuerpos desde ayer.

No necesitó más la bondadosa anciana, para que se le desbordase la piedad, que caudalosa inundaba su alma; y llevando a la realidad sus intenciones con la presteza que era en ella característica, fue al instante a la tienda de comestibles, que en el ángulo de aquel edificio existe, y compró lo necesario para poner un puchero inmediatamente, tomando además huevos, carbón, bacalao... pues ella no hacía nunca las cosas a medias. A la hora, ya estaban remediados aquellos infelices, y otros que se agregaron, inducidos del olor que por toda la parte baja de la colmena prontamente se difundió. Y el Señor hubo de recompensar su caridad, deparándole, entre los mendigos que al festín acudieron, un lisiado sin piernas, que andaba con los brazos, el cual le dio por fin noticias verídicas del extraviado Almudena.

Dormía el moro en las casas de Ulpiano, y el día se lo pasaba rezando de firme, y tocando un guitarrillo de dos cuerdas que de Madrid había traído, todo ello sin moverse de un apartado muladar, que cae debajo de la estación de las Pulgas, por la parte que mira hacia la puente segoviana. Allá se fue *Benina* despacito, porque el sujeto que la guiaba era de lenta andadura, como quien anda con las nalgas, encuadernadas en suela, apoyándose en las manos, y éstas en dos zoquetes de palo. Por el camino, el hombre *de medio cuerpo arriba* aventuró algunas indicaciones críticas acerca del moro, y de su conducta un tanto estrafalaria. Creía él que Almudena era en su tierra clérigo, quiere decirse, presbítero del *zancarrón*, y en aquellos días hacía las penitencias de la Cuaresma *majometana*, que consiste en dar zapatetas en el aire, comer sólo pan y agua, y mojarse las manos con saliva.

—Lo que canta con la cítara ronca debe de ser cosa de funerales de allá, porque suena triste, y dan ganas de llorar oyéndolo. En fin, señora, allí le tiene usted tumbado sobre la alfombra de picos, y tan quieto que parece que lo han vuelto de piedra.

Distinguió, en efecto, *Benina* la inmóvil figura del ciego, en un vertedero de escorias, cascote y basuras, que hay entre la vía y el camino de las Cambroneras, en medio de una aridez absoluta, pues ni árbol ni mata, ni ninguna especie vegetal crecen allí. Siguió adelante el desnarigado, y *Benina* con su cesta al brazo, subió gateando por la escombrera, no sin trabajo, pues aquel material suelto de que formado estaba el talud, se escurría fácilmente. Antes de que ganar pudiera la altura en que el africano se encontraba, anunció a gritos su llegada, diciéndole:

—¡Pero, hijo, vaya un sitio que has ido a escoger para ponerte al sol! ¿Es que quieres secarte, y volverte cuero para tambores?... ¡Eh!... ¡Almudena, que soy yo, que soy yo la que sube por estas escaleras alfombradas!... Chico, ¿pero qué?... ¿Estás tonto, estás dormido?

El marroquí no se movía, la cara vuelta hacia el sol, como un pedazo de carne que se quisiera tostar. Tiróle la anciana una, dos, tres piedrecillas, hasta que consiguió acertarle. Almudena se movió con estremecimiento; y poniéndose de rodillas, exclamó:

—*B'nina*, tú *B'nina*.

—Sí, hijo mío: aquí tienes a esta pobre vieja, que viene a verte al yermo donde moras. ¡Pues no te ha dado mala ventolera! ¡Y que no me ha costado poco trabajo encontrarte!

—¡*B'nina*! —repitió el ciego con emoción infantil, que se revelaba en un raudal de lágrimas, y en el temblor de manos y pies—. Tú *vinir* cielo.

—No, hijo, no —replicó la buena mujer, llegando por fin junto a él, y dándole palmetazos en el hombro—. No vengo del cielo, sino que subo de la tierra por estos maldecidos peñascales. ¡Vaya una idea que te ha dado, pobre morito! Dime: ¿y es tu tierra así?

No contestó Mordejai a esta pregunta; callaron ambos. El ciego la palpaba con su mano trémula, como queriendo verla por el tacto.

—He venido —dijo al fin la mendiga—, porque me pensé, un suponer, que estarías muerto de hambre.

—Mi no *comier*...

—¿Haces penitencia? Podías haberte puesto en mejor sitio...

—Este *micor*... monte *munito*.

—¡Vaya un monte! ¿Y cómo llamas a esto?

—Monte *Sinaí*... Mi estar *Sinaí*...

—Dónde tú estás es en Babia.

—Tú *vinir* con ángeles, *B'nina*... tú *vinir* con fuego.

—No, hijo: no traigo fuego ni hace falta, que bastante achicharradito estás aquí. Te estás quedando más seco que un bacalao.

—*Micor*... mí *quierer* seco... y arder como *paixa*...

—En paja te convertirías si yo te dejara. Pero no te dejo, y ahora vas a comer y beber de lo que traigo en mi cesta.

—Mí no *comier*... mí ser *squie-leto*.

Sin esperar a más razones, Almudena extendió las manos, palpando en el suelo. Buscaba su guitarro, que *Benina* vio y cogió, rasgueando sus dos cuerdas destempladas.

—¡*Dami!*, ¡*dami!* —le dijo el ciego impaciente, tocado de inspiración.

Y agarrando el instrumento, pulsó las cuerdas y de ellas sacó sonidos tristes, broncos, sin armónica concordancia entre sí. Y luego rompió a cantar en lengua arábiga una extraña melopea, acompañándose con sonidos secos y acompasados que de las dos cuerdas sacaba. Oyó *Benina* este canticio con cierto recogimiento, pues aunque nada sacó en limpio de la letra gutural y por extremo áspera, ni en la cadencia del son encontró semejanza con los estilos de acá, ello es que la tal música resultaba de una melancolía intensa. Movía el ciego sin cesar su cabeza, cual si quisiera dirigir las palabras de su canto a diferentes partes del cielo, y ponía en algunas endechas una vehemencia y un ardor que denotaban el entusiasmo de que estaba poseído.

—Bueno, hijo, bueno —le dijo la anciana cuando terminó de cantar—. Me gusta mucho tu música... pero ¿el estómago no te dice que a él no le catequizas con esas coplas, y que le gustan más las buenas magras?

—*Comier* tú... mí cantar... *Comier* yo con alegría de ser tú *migo*.

—¿Te alimentas con tenerme aquí? ¡Bonita sustancia!

—Mí *quierer* ti...

—Sí, hijo, quiéreme: pero haz cuenta de que soy tu madre, y vengo a cuidar de ti.

—Tú ser *bunita*.

—¡Miá que yo bonita... con más años que San Isidro, y esa miseria y esta facha!

No menos inspirado hablando que cantando, Almudena le dijo:

—Tú ser *com la zucena, branca*... *Com* palmera del *D'sierto* cintura tuya... rosas y *casmines* boca tuya... ia estrella de la tarde *ojitas tuyas*.

—¡María Santísima! Todavía no me había yo enterado de lo bonita que soy.

—*Donzellas tudas, invidia* de ti *tiener* ellas... *Hiciéronte* manos Dios con *regocijación*. Loan ti ángeles con cítara.

—¡San Antonio bendito!... Si quieres que te crea todas esas cosas, me has de hacer un favor: comer lo que te traigo. Después que tengas llena la barriga hablaremos, pues ahora no estás en tus cabales.

Diciéndolo, iba sacando de la cesta pan, tortilla, carne, fiambre y una botella de vino. Enumeraba las provisiones, creyendo que así le despertaría el apetito, y como argumento final le dijo:

—Si te empeñas en no comer, me enfado, y no vuelvo más a verte. Despídete de mi boca de rosas, y de mis ojitos como las estrellas del cielo... Y luego has de hacer todo lo que yo te mande: volverte a Madrid, y vivir en tu casita como antes vivías.

—Si tu casar *migo*, sí... si no casar no.

—¿Comes o no comes? Porque yo no he venido aquí a perder el tiempo echándote sermones —declaró *Benina* desplegando toda la energía de su acento—. Si te empeñas en ayunar, me voy ahora mismo.

—*Comier* tú...

—Los dos. He venido a verte, y a que almorcemos juntos.

—¿Casar tú *migo*?

—¡Ay qué pesado el hombre! Parece un chiquillo. Me veré obligada a darte un par de mojicones... Ea, morito, come y aliméntate, que ya se tratará lo del casorio. ¿Piensas que voy yo a tomar un marido seco al sol, y que se va quedando como un pergamino?

Con estas y otras razones logró convencerle, y al fin el desdichado dejó de hacer ascos a la comida. Empezando con repulgos, acabó por devorar con voracidad. Pero no abandonaba su tema, y entre bocado y bocado, decía:

—*Casar yo tigo...*, *dirnos terra mía...* Yo casar por *arreligión tuya, si quierer* tú..., tú casar por *arreligión* mía si *quierer ella...* Mi ser *d'Israel... Bautisma jacieron* mí señoritas *confirencia...* Poner mí nombre *Joseph Marien Almudena...*

—José María de la Almudena. Si eres cristiano, no me hables a mí de otras *arreligiones* malas.

—No haber más que un Dios, uno solo, sólo El —exclamó el ciego, poseído de exaltación mística—. El *melecina* a los quebrantos de corazón... El contar número estrellas, y a *tudas* ellas por nombre llama. Adoran *Adonai* el animal y *tuda cuatropea,* y el pájaro de ala... *¡Halleluyah!...*

—Hombre, sí, cantemos ahora las aleluyas para que no nos haga daño la comida.

—Voz de *Adonai* sobre las aguas, sobre aguas *mochas.* La voz de *Adonai* con *forza,* la voz de *Adonai* con *jermosura.* La voz de *Adonai* quiebra los *alarces* del Lebanón y Tsión como fijos de unicornios... La voz de *Adonai* corta llamas fuego, *face* temblar *D'sierto; fará* temblar *Adonai D'sierto* de Kader... La voz de *Adonai face adoloriar* ciervas... En palacio suyo *tudas* decir *grolia. Adonai* por el diluvio se asentó... *Adonai* bendecir su *puelbro* con paz...

Aún prosiguió recitando oraciones hebraicas en castellano del siglo xv, que en la memoria desde la infancia conservaba, y *Benina* le oía con respeto, aguardando que terminase para traerle a la realidad y sujetarle a la vida común. Discutieron un rato sobre la conveniencia de tornar a la posada de Santa Casilda; mas no parecía él dispuesto a complacerla en extremo tan importante, mientras no le diese ella palabra formal de aceptar su negra mano. Trató de explicar la atracción que, en el estado de su espíritu, sobre él ejercían los áridos peñascales y escombreras en que a la sazón se encontraba. Realmente, ni él sabía explicárselo, ni *Benina* entenderlo; pero el observador atento bien puede entrever en aquella singular querencia un caso de atavismo o de retroacción instintiva hacia la antigüedad, buscando la semejanza geográfica con las soledades pedregosas en que se inició la vida de la raza... ¿es esto un desatino? Quizás no.

XXIX

Con todo su ingenio y travesura no pudo la anciana convencer al marroquí de la oportunidad de volverse al Madrid alto.

—Y no sé —le dijo echando mano de todos los argumentos—, no sé cómo vas a arreglarte para vivir en este monte de tus penitencias. Porque tú no pides; aquí nadie ha de traerte garbanzo, como no sea yo; y yo, si ahora tengo algún dinero, pronto me quedaré sin una mota, y tendré que volver a pedirlo con vergüenza. ¿Esperas tú que aquí te caiga el maná?

—*Cader si manjá* —replicó Almudena con profunda convicción.

—Fíate de eso... pero dime otra cosa, hijito: ¿habrá por aquí dinero enterrado?

—Haber *mocha, mocha.*

—Pues, hijo, a ver si lo sacas, que en este caso no perderías el tiempo. Pero ¡quiá! no creo yo las papas que tú cuentas, ni las hechicerías que te has traído de tu tierra de infieles... no, no: aquí no hay salvación para el pobre; y eso de sacar tesoros, o de que le traigan a uno las carretadas de piedras preciosas, me parece a mí que es conversación.

—Si tú casar *migo,* mí *encuentrar* tesoro *mocha.*

—Bueno, bueno... pues ponte a trabajar para la averiguación de dónde está la tinaja llena de dinero. Yo vendré a sacarla, y como sea verdad, a casarnos tocan.

Diciéndolo, recogía en su cesta los restos de comida para marcharse. Almudena se opuso a que se fuese tan pronto; pero ella insistía en retirarse, con la firmeza que gastaba en toda ocasión:

—¡Pues estaría bueno que me quedara yo aquí, puesta al sol y al aire como un pellejo en secadero de curtidores! Y dime, Almudenita: ¿me vas tú a mantener aquí? Y a mi señora, ¿quién le mantiene el pico?

Esta referencia a la casa de la señora despertó en Mordejai el recuerdo del *galán bunito;* y como se excitara más de la cuenta con tal motivo, apresuróse *Benina* a calmarle con la noticia de que Ponte se había marchado ya a sus palacios aristocráticos, y de que ni ella ni su ama doña Francisca querían trato ni roce con aquel viejo camastrón, que les había dado un mal pago, despidiéndose a la francesa, y *quedándoles a deber* el pupilaje. Tragóse el africano esta bola con infantil candor: y haciendo prometer y jurar a su amiga que a verle volvería diariamente mientras él continuase en aquella obligación de sus acerbas penitencias, la dejó marchar. Fuese *Benina* para arriba, prefiriendo subir hacia la estación, como salida más cómoda y practicable.

De vuelta a casa, lo primero que su señora le preguntó fue si sabía cuándo regresaba de Guadalajara don Romualdo, a lo que respondió ella que no se tenían aún noticias seguras del regreso del señor. Nada ocurrió aquel día digno de notarse, sino que Ponte mejoraba rápido, poniéndose muy gozoso con la visita de Obdulia, que estuvo cuatro horas platicando con él y con su mamá de cosas elegantes, y de sucesos rondeños anteriores en cuarenta años a la época presente. Debe hacerse notar también que a *Benina* se le iba mermando el dinero, pues comió allí la *niña*, y fue preciso añadir merluza al ordinario condumio, y además dátiles y pastas para postres. Con el gasto de aquellos días, con las prodigalidades caritativas en las Cambroneras, los duros que restaron del préstamo de la *Pitusa*, después de saldados débitos apremiantes, se iban reduciendo

por horas, hasta quedar en uno solo, o poco más, el día de la tercera escapatoria al arrabal del Puente de Toledo.

Es cosa averiguada que en aquella tercera excursión salió al encuentro el anciano del día anterior, que dijo llamarse Silverio, y con él iban, formados como en línea de batalla, otros míseros habitantes de aquellos humildes caseríos, llevando de intérprete al hombre despernado, que se expresaba con soltura, como si con esta facultad le compensara la Naturaleza por la horrible mutilación de su cuerpo. Y fue y dijo, en nombre del gremio de pordioseros allí presente, que la señora debía distribuir sus beneficios entre todos sin distinción, pues todos eran igualmente acreedores a los frutos de su inmensa caridad. Respondióles *Benina* con ingenua sencillez que ella no tenía frutos ni cosa alguna que repartir, y que era tan pobre como ellos. Acogidas estas expresiones con absoluta incredulidad, y no sabiendo el lisiado qué oponer a ellas, pues toda su oratoria se le había consumido en el primer discurso, tomó la palabra el viejo Silverio, y dijo que ellos no se habían caído de ningún nido, y que bien a la vista estaba que la señora no era lo que parecía, sino una *dama disfrazada* que con trazas y pingajos de *mendiga de punto,* se iba por aquellos sitios para *desaminar* la verdadera pobreza y remediarla. Tocante a esto del disfraz no había duda, porque ellos la conocían de años atrás. ¡Ah!, y cuando vino, *la otra vez la señora disfrazada* a todos los había socorrido igualmente. Bien se acordaban él y otros de la cara y modos de la tal, y podían atestiguar que era la misma, la misma que en aquel momento estaban viendo con sus ojos y palpando con sus manos.

Confirmaron todos a una voz lo dicho por el octogenario Silverio, el cual hubo de añadir que por santa fue tenida la señora de antes, y por santísima tendrían a la presente, res petando su disfraz, y poniéndose todos de rodillas ante ella para adorarla. Contestó *Benina* con gracejo que tan santa era ella como su abuela, y que miraran lo que decían y volvieran de su grave error. En efecto: había existido años atrás una señora muy linajuda, llamada doña Guillermina Pacheco, corazón hermoso, espíritu grande, la cual andaba por el mundo repartiendo los dones de la caridad y vestía humilde traje, sin faltar a la decencia, revelando en su modestia soberana la clase a que pertenecía. Aquella dignísima señora ya no vivía. Por ser demasiado buena para el mundo, Dios se la llevó al cielo cuando más falta nos hacía por acá. Y aunque viviera, *amos*, ¿cómo podía ser confundida con ella, con la infeliz *Benina*? A cien leguas se conocía en ésta a una mujer de pueblo, criada de servir. Si por su traje pobrísimo, lleno de remiendos y zurcidos, por sus alpargatas rotas, no comprendían ellos la diferencia entre una cocinera jubilada y una señora nacida de marqueses, pues bien pudiera ésta vestirse de máscara, en otras cosas no cabía engaño ni equivocación: por ejemplo, en el habla, los que oyeron la palabra de doña Guillermina, que se expresaba al igual de los mismos ángeles, ¿cómo podían confundirla con quien decía las cosas en lenguaje ordinario? Había nacido ella en un pueblo de Guadalajara, de padres labradores, viniendo a servir a Madrid cuando sólo contaba veinte años. Leía con dificultad, y de escritura estaba tan mal, que apenas ponía su nombre: *Benina de Casia*. Por este apellido algunos guasones de su pueblo se burlaban de ella diciendo que *venía* de Santa Rita. Total: que ella no era santa, sino muy pecadora, y no tenía nada que ver con la doña Guillermina de marras, que ya gozaba de Dios. Era una pobre como ellos, que vivía de limosna, y se las gobernaba como podía para mantener a los suyos. Habíale hecho Dios generosa, eso sí; y si algo poseía, y encontra-

ba personas más necesitadas que ella, le faltaba tiempo para desprenderse de todo... y tan contenta.

No se dieron por convencidos los miserables, dejados de la mano de Dios, y alargando las suyas escuálidas, con afligidas voces pedían a *Benina* de Casia que les socorriese. Andrajosos y escuálidos niños se unieron al coro, y agarrándose a la falda de la infeliz alcarreña, le pedían pan, pan. Compadecida de tantas desdichas, fue la anciana a la tienda, compró una docena de panes altos, y dividiéndolos en dos, los repartió entre la miserable cuadrilla. La operación se dificultó en extremo, porque todos se abalanzaban a ella con furia, cada uno quería recibir su parte antes que los demás, y alguien intentó apandar dos raciones. Diríase que se duplicaban las manos en el momento de mayor barullo, o que salían otras de debajo de la tierra. Sofocada, la buena mujer tuvo que comprar más libretas, porque dos o tres viejas a quienes no tocó nada, ponían el grito en el cielo, y alborotaban el barrio con sus discordes y lastimeros chillidos.

Ya se creía libre de tales moscones, cuando la llamó con roncas voces una mujer que llevaba en brazos a un niño cabezudo, monstruoso. Al punto en ella reconoció a la que había visto con la *Burlada* días antes, camino de la Puerta de Toledo. Pretendía la tal que *Benina* subiese con ella a un cuarto alto de la casa de corredor, donde le mostraría el más lastimoso cuadro que podría imaginarse. Prestóse *Benina* a subir, porque más podía en ella siempre la piedad que la conveniencia, y por la escalera le explicaba la otra la situación de su desdichada familia. No era casada; pero *por lo civil* había tenido dos niños que se le habían muerto de garrotillo uno tras otro, con diferencia de seis días. Aquel que llevaba, de cabeza deforme, no era suyo, sino de una compañera que andaba con un ciego *de violín*, borracha ella, y si a mano venía *toma-*

dora. La que contaba estas tristezas llamábase Basilisa; tenía a su padre baldadito, de andar en el río cogiendo anguilas, con el agua hasta los corvejones; a su hermana Cesárea bizmada, de los golpes que le dio su querido, un silbante, un golfo, un *rata*, "a quien tiene usted toda la noche jugando al mus en *cas* del *Comadreja*, Mediodía Chica. ¿Conoce la señora ese *establecimiento*?

—De nombre —dijo *Benina* medianamente interesada en la historia.

—Pues ese sinvergüenza, tras apalear a mi hermana, nos empeñó los mantones y las enaguas. Debe usted de conocerle, porque otro más granuja no le hay en Madrid. Le llaman por mal nombre *Si Toséis Toméis*... y por abreviar le decimos *Toméis*.

—No le conozco... yo no me trato con gente de ésa. Subieron, y en uno de los cuartos más estrechos del corredor alto, vio *Benina* el tremendo infortunio de aquella familia. El viejo reumático parecía loco; en la desesperación que le causaban sus dolores, vociferaba, blasfemando, y Cesárea, de la inanición que la consumía, estaba como idiota, y no hacía más que dar azotes en las nalgas a un chico mocoso, lloricón, y que ponía los ojos en blanco de la fuerza de sus berridos y contorsiones. En medio de este desbarajuste, las dos mujeres expresaron a *Benina* que su mayor apuro, a más del hambre, era pagar al casero, que no las dejaba vivir, reclamando a todas horas las tres semanas que se debían. Contestó la anciana que, con gran sentimiento, no se hallaba en disposición de sacarlas del compromiso, por carecer de dinero, y lo único que podía ofrecerles era una peseta, para que se remediaran aquel día y el siguiente. Traspasado el corazón de lástima, se despidió de la infeliz patulea, y aunque se mostraron las dos mujeres agradecidas, bien se conocía que algún reconcomio se les quedaba dentro del cuerpo por no haber recibido el socorro que esperaban.

En la escalera detuvieron a *Be-nina* dos vejanconas, una de las cuales le dijo con mal modo:

—¡Vaya, que confundirla a usted con doña Guillermina!... ¡zopencos, más que burros! Si aquélla era un ángel vestido de persona, y ésta..., bien se ve que es una *tía ordinaria*, que viene acá dándose el pisto de repartir limosnas... ¡señora!... ¡vaya una señora!..., apestando a cebolla cruda..., y con esas manos de fregar... ahora se dan santas de *pan pringao*, y..., a cuarto las imágenes; *caras de Dios* a cuarto.

No hizo caso la buena mujer, y siguió su camino; pero en la calle, o como quiera que se llame aquel espacio entre casas, se vio importunada por un sinnúmero de ciegos, mancos y paralíticos, que le pedían con tenaz insistencia pan, o perras con que comprarlo. Trató de sacudirse el molesto enjambre; pero la seguían, la acosaban, no la dejaban andar. No tuvo más remedio que gastarse en pan otra peseta y repartirlo presurosa. Por fin, apretando el paso, logró ponerse a distancia de la enfadosa pobretería, y se encaminó al vertedero donde esperaba encontrar al buen Mordejai. En el propio sitio del día anterior estaba mi hombre aguardándola ansioso; y no bien se juntaron, sacó ella de la cesta los víveres que llevaba, y se pusieron a comer. Mas no quería Dios que aquella mañana le saliesen las cosas a *Benina* conforme a su buen corazón y caritativas intenciones, porque no hacía diez minutos que estaban comiendo, cuando observó que en el camino, debajito del vertedero, se reunían gitanillas maleantes, alguno que otro lisiado de mala estampa, y dos o tres viejas desarrapadas y furibundas. Mirando al grupo idílico que en la Escombrera formaban la anciana y el ciego, toda aquella gentuza empezó a vociferar. ¿Qué decían? No era fácil entenderlo desde arriba. Palabras sueltas llegaban..., que si era una santa de pega; que si era una ladrona que se fingía beata para robar mejor..., que si era una lamecirios y chupalámparas. En fin, aquello se iba poniendo malo, y no tardó en demostrarlo una piedra, ¡pim! lanzada por mano vigorosa, y que *Benina* recibió en la paletilla..., al poco rato, ¡pim pam! otra y otras. Levantáronse ambos despavoridos, y recogiendo en la cesta la comida, pensaron en ponerse a saivo. *La dama* cogió por el brazo a su caballero y le dijo: "vámonos que nos matan".

XXX

Trepando difícilmente por el declive pedregoso, cayendo y levantándose a cada instante, cogidos del brazo, las cabezas gachas, huían del formidable tiroteo. Este llegó a ser tan intenso, que no había respiro entre golpe y golpe. A *Benina* le tocaron los proyectiles en partes vestidas, donde no podían hacer gran daño: pero Almudena tuvo la desgracia de que un guijarro le cogiese la cabeza en el momento de volverse para increpar al enemigo, y la descalabradura fue tremenda. Cuando llegaron, jadeantes y doloridos, a un sitio resguardado de la terrible lluvia de piedras, la herida del marroquí chorreaba sangre, tiñendo de rojo su faz amarilla. Lo extraño era que el descalabrado callaba, y la que había salido ilesa ponía el grito en el cielo, pidiendo rayos y centellas que confundieran a la infame cuadrilla. La suerte les deparó un guardaagujas, que vivía en una caseta próxima al lugar del siniestro, hombre reposado y pío que, demostrando tener en poco a las víctimas del atentado, las acogió como buen cristiano en su vivienda humilde, compadecido de su desgracia. A poco llegó la guardesa, que también era compasiva, y lo primero que hicieron fue dar agua a *Benina* para que le lavase la herida a su compañero, y de añadidura sacaron vinagre, y trapos para hacer vendas. El moro no decía más que:

—*Amri, ¿pieldra* tí no?

—No, hijo: no me ha tocado más que una chica en el cogote que no me ha hecho sangre.

—¿*Dolier* ti?

—Poco, no es nada.

—Son los *embaixos...*, *espiritos* malos de *soterrá*.

—¡Indecentes, granujas! ¡Lástima de pareja de la Guardia civil, o siquiera del Orden!

Con los procedimientos más elementales le hicieron la cura al pobre ciego, restañándole la sangre, y poniéndole vendas que le tapaban uno de los ojos; después le acostaron en el suelo, porque se le iba la cabeza y no podía tenerse en pie. Volvió la mendiga a sacar de su cesta el pan y la carne a medio cocer, ofreciendo partir con sus generosos protectores; pero éstos, en vez de aceptar, les brindaron con sardinas y unos churros que les habían sobrado de su almuerzo. Hubo por una y otra parte ofrecimientos, finuras y delicadezas, y cada cual, al fin, se quedó con lo suyo. Pero *Benina* aprovechó las buenas disposiciones de aquella gente honrada para proponerles que albergasen al ciego en la caseta hasta que ella pudiese prepararle alojamiento en Madrid. No había que pensar en que volviese a las Cambroneras, donde sin duda le tenían mala voluntad. A Madrid y a su casa de ella no podía conducirlo, porque ella servía en una casa, y él... en fin... no era fácil explicarlo..., y si los señores guardaagujas pensaban mal de las relaciones entre *Benina* y el moro, que pensaran.

—Miren ustedes —dijo la anciana viéndoles perplejos y desconfiados—, no poseo más dinero que esta peseta y estas perras. Tómenlas, y tengan aquí al pobre ciego hasta mañana. El no les molestará, porque es bueno y honrado. Dormirá en este rincón con sólo que le den una manta vieja, y tocante a comer, de lo que ustedes tengan.

Después de corta vacilación aceptaron el trato, y permitiéndose dar un consejo a la para ellos extraña pareja, dijo el guarda:

214 B. PÉREZ GALDÓS

—Lo que deben hacer ustedes es dejarse de andar de vagancia por calles y caminos, donde todo es ajetreo y malos pasos, y ver de meterse o que los metan en un asilo. La señora en las *ancianitas,* el señor en otro recogimiento que hay para ciegos, y así tendrían asegurado el comer y el abrigo por todo el tiempo que vivieran.

Nada contestó Almudena, que amaba la libertad, y la prefería trabajosa y miserable a la cómoda sujeción al asilo. *Benina,* por su parte, no queriendo entrar en largas explicaciones, ni desvanecer el error de aquella buena gente, que sin duda les creía asociados para la vagancia y el merodeo, se limitó a decir que no se recogían en un *establecimiento* por causa de la mucha *existencia* de pobres, y que sin recomendaciones y tarjetas de personajes no había manera de conseguir plaza. A esto respondió la guardesa que podrían lograr su deseo de *recogerse,* si se entendían con un señor muy piadoso que anda en esas cosas de asilos; un sacerdote..., que le llaman don Romualdo.

—¡Don Romualdo!... ¡Ah! sí, ya sé; digo, no le conozco más que de nombre. ¿Es un señor cura, alto y guapetón, que tiene una sobrina llamada doña Patros que bizca un poco?

Al decir esto, sintió la *Benina* que se renovaba en su mente la extraña confusión y mezcolanza de lo real y lo imaginado.

—Yo no sé si bizca o no bizca la sobrina... —prosiguió la guardesa—; pero sé que el don Romualdo es de tierra de Guadalajara.

—Es verdad... y ahora se ha ido a su pueblo... por cierto que le proponen para Obispo, y habrá ido a traer los papeles.

Convinieron todos en que el don Romualdo misterioso no vendría del pueblo sin traerse los papeles, y en seguida se cerró trato para el hospedaje y custodia de Almudena en la caseta por veinticuatro horas, dando

Benina la peseta y perras, que tenía (menos tres piezas chicas que guardó aparte), y comprometiéndose los otros a cuidar del ciego como si fuera su hijo. Aún tuvo la pobre Nina que bregar un poquito con el marroquí, empeñado en que le llevara *sigo;* pero al fin pudo convencerle, encareciéndole el peligro de que la herida de la cabeza le trajera algún trastorno grave si no se estaba quietecito.

—*Amri, golver ti* mañana —decía el infeliz al despedirla—. Si dejar mi solo, *murierme yo migo.*

Prometió la anciana solemnemente volver a su compañía, y se fue melancólica revolviendo en su magín las tristezas de aquel día, a las cuales se unían presagios negros, barruntos de mayores afanes, porque se había quedado sin un cuarto, por dejarse llevar del ímpetu caritativo de su corazón dando tanta limosna. Seguramente vendrían para ella grandes apreturas, pues tenía que devolver pronto a la *Pitusa* sus joyas, allegar recursos para mantener a la señora y a su huésped, socorrer a Almudena, etcétera... tantas obligaciones se había echado encima, que ya no sabía cómo atender a ellas.

Llegó a su casa, después de hacer sus compras a crédito, y encontrando a Frasquito muy bien, propuso a doña Paca darle de alta y que se fuera a desempeñar sus obligaciones y a ganarse la vida. Asintió a ello la señora y la tristeza de ambas se aumentó con la noticia, traída por la criada de Obdulia, de que ésta se había puesto muy malita, con alta fiebre, delirio, y un traqueteo de nervios que daba compasión. Allá se fue *Benina,* y después de avisar a los suegros de la señorita para que la atendieran, volvió a tranquilizar a la mamá. Mala tarde y peor noche pasaron, pensando en las dificultades y aprietos que de nuevo se les ofrecían, y a la siguiente mañana la infeliz mujer ocupaba su puesto en San Sebastián, pues no había otra manera de defenderse de tantas y tan complejas adversidades. Cada día mermaba su crédito, y las obligaciones contraídas en la calle de la Ruda, o en las tiendas de la calle Imperial, la abrumaban. Viose en la necesidad de salir también al pordioseo de la tarde, y un ratito por la noche, pretextanto tener que llevar un recado a la *niña*. En la breve campaña nocturna, sacaba escondido un velo negro, viejísimo, de doña Paca, para entapujarse la cara; y con esto y unos espejuelos verdes que para el caso guardaba, hacía divinamente el tipo de señora ciega vergonzante, arrimadita a la esquina de la calle de Barrionuevo, atacando con quejumbroso reclamo a media voz a todo cristiano que pasaba. Con tal sistema, y *trabajando* tres veces por día, lograba reunir algunos cuartos; mas no todo lo necesario para sus atenciones, que no eran pocas, porque Almudena se había puesto mal, y seguía en la caseta de las Pulgas. Nada cobraba el guardaagujas por hospedaje del infeliz moro; pero había que llevar a éste la comida. Obdulia no entraba en caja: era forzoso asistirla de medicamentos y caldos, pues los suegros se llamaban andana, y no era cosa de mandarla al Hospital. Tenía, pues, sobre sí la heroica mujer carga demasiado fuerte; pero la soportaba, y seguía con tantas cruces a cuestas por la empinada senda, ansiosa de llegar, si no a la cumbre, a donde pudiera. Si se quedaba en mitad del camino, tendría la satisfacción de haber cumplido con lo que su conciencia le dictaba.

Por la tarde, pretextando compras, pedía en la puerta de San Justo, o junto al Palacio arzobispal, pero no podía entretenerse mucho, porque su tardanza no inquietara demasiado a la señora. Al volver una tarde de su petitorio, sin más *ganancia* que una perra chica, se encontró con la novedad de que doña Paca, acompañada de Frasquito, había ido a visitar a Obdulia. Díjole además la portera que momentos antes había subido a la casa un señor sacerdote,

alto, de buena presencia, el cual cansado de llamar, se fue, dejando un recadito en la portería.

—¡Ya!... es don Romualdo...

—Así dijo, sí, señora. Ya ha venidos dos veces, y...

—¿Pero se marcha otra vez a Guadalajara?

—De allá vino ayer tarde. Tiene que hablar con doña Paca, y volverá cuando pueda.

Ya tenía *Benina* un espantoso lío en la cabeza con aquel dichoso clérigo, tan semejante, por las señas y el nombre, al suyo, al de su invención; y pensaba si, por milagro de Dios, habría tomado cuerpo y alma de persona verídica el ser creado en su fantasía por un mentir inocente, obra de las aflictivas circunstancias.

—En fin, veremos lo que resulta de todo esto —se dijo subiendo pausadamente la escalera—. Bien venido sea ese señor cura si viene a traernos algo.

Y de tal modo arraigaba en su mente la idea de que se convertía en real el mentido y figurado sacerdote alcarreño, que una noche, cuando pedía con antiparras y velo, creyó reconocer en una señora, que le dio dos céntimos, a la mismísima doña Patros, la sobrina que bizcaba una miaja.

Pues, señor, doña Paca y Frasquito trajeron la buena noticia de que Obdulia se restablecía lentamente.

—Mira, Nina, —le dijo la viuda—: como quiera que sea, has de llevarle a Obdulia una botella de amontillado. A ver si te fían en la tienda; y si no, busca el dinero como puedas, que lo que tiene la *niña* es debilidad.

La otra se mostró conforme con esta esplendidez, por no chocar, y se puso a hacer la cena. Taciturna estuvo hasta la hora de acostarse, y doña Francisca se incomodó con ella porque no la entretenía, como otras veces, con festivas conversaciones. Sacó fuerza de flaqueza la heroica anciana, y con su espíritu muy turbado, su mente llena de presagios sombríos, empezó a despotricar como

216 B. PÉREZ GALDÓS

una taravilla, para que se embelesa-
ra la señora con unas cuantas chan-
zonetas y mil tonterías imaginadas,
y pudiera coger el sueño.

XXXI

Repuesto de su herida el ciego moro, volvió a pedir, a instancia de su
amiga, pues no estaban los tiempos
para pasarse la vida al sol tocando
la vihuela. Las necesidades aumentaban, imponíase la dura realidad,
y era forzoso sacar las perras del fondo de la masa humana, como de un
mar rico en tesoros de todas clases.
No pudo Almudena resistir a la enérgica sugestión de la *dama*, y poco a
poco se fue curando de aquellas mu-
rrias, y del delirio místico y peniten-
cial que le desconcertó días antes.
Convinieron, tras empeñada discu-
sión, en trasladar su *punto* de San
Sebastián a San Andrés, porque Almudena conocía en esta parroquia a
un señor clérigo muy bondadoso, que
en otras ocasiones le había protegido.
Allí se fueron, pues; y aunque también en San Andrés había *Caporalas*
y Eliseos, con distintos nombres, por
ser estos caracteres como fruto natural de la vida en todo grupo o familia de la sociedad humana, no parecían tan despóticos y altaneros como en la otra parroquia. El clérigo
que al marroquí protegía era un joven muy listo, algo arabista y he-
braizante, que solía echar algún pá-
rrafo con él, no tanto por caridad
como por estudio. Una mañana observó *Benina* que el curita joven salía
de la Rectoral acompañado de otro
sacerdote, alto, bien parecido, y hablaron los dos mirando al ciego moro. Sin duda decían algo referente
a él, a su origen, a su habla y religión endemoniadas. Después uno y
otro clérigos en ella se fijaron, ¡qué
vergüenza! ¿Qué pensarían, qué di-
rían de ella? Suponíanla quizá compañera del africano, su mujer quizás,
su...
En fin, que el presbítero alto y

guapetón se fue hacia la Cava Baja,
y el otro, el sabio, se dignó parlotear
un rato con Almudena en lengua arábiga. Después se fue hacia *Benina*,
y con todo miramiento le dijo:
—Usted, *doña Benina*, bien podría
dejarse de esta vida, que a su edad
es tan penosa. No está bien que ande
tras el moro como la soga tras el
caldero. ¿Por qué no entra en la
Misericordia? Ya se lo he dicho a
don Romualdo, y ha prometido in-
teresarse...
Quedóse atónita la buena mujer,
y no supo qué contestar. Por decir
algo, expresó su agradecimiento al
señor de Mayoral, que así nombra-
ban al clérigo erudito, y añadió que
ya había reconocido en el otro señor
sacerdote al benéfico don Romualdo.
—Ya le he dicho también —agregó Mayoral—, que es usted criada
de una señora que vive en la calle
Imperial, y prometió informarse de
su comportamiento antes de reco-
mendarla...
Poco más dijo, y *Benina* llegó al
mayor grado de confusión y vértigo
de su mente, pues el sacerdote alto
y guapetón que poco antes viera,
concordaba con el que ella, a fuerza
de mencionarlo y describirlo en un
mentir sistemático, tenía fijo en su
caletre. Ganas sintió de correr por
la Cava Baja, a ver si le encontraba,
para decirle: "señor don Romualdo,
perdóneme si *le he inventado*. Yo
creí que no había mal en esto. Lo hice porque la señora no me descubrie-
ra que salgo todos los días a pedir
limosna para mantenerla. Y si esto
de *aparecerse* usted ahora con cuerpo y vida de persona es castigo mío,
perdóneme Dios, que no lo volveré
a hacer. ¿O es usted otro don Romualdo? Para que yo salga de esta
duda que me atormenta, hágame el
favor de decirme si tiene una sobrina
bizca, y una hermana que se llama
doña Josefa, y si le han propuesto
para Obispo, como se merece, y ojalá
fuera verdad. Dígame si es usted el
mío, mi don Romualdo u otro, que yo
no sé de dónde puede haber salido,

y dígame también qué demontres tiene que hablar con la señora, y si va a darle las quejas porque yo he tenido el atrevimiento de *inventarle*".

Esto le habría dicho, si encontrádole hubiera; pero no hubo tal encuentro, ni tales palabras fueron pronunciadas. Volvióse a casa muy triste, y ya no se apartó de su mente la idea de que el benéfico sacerdote alcarreño no era invención suya, de que todo lo que soñamos tiene su existencia propia, y de que las mentiras entrañan verdades. Pasaron dos días en esta situación, sin más novedad que un crecimiento horroroso de las dificultades económicas. Con tanto pordiosear mañana y tarde, nunca le salía la cuenta, no había ya ningún nacido que le fiara valor de un real; la *Pitusa* amenazóla con *dar parte* si no le devolvía en breve término sus alhajas. Faltábale ya la energía, y sus grandes ánimos flaqueaban; perdía la fe en la Providencia, y formaba opinión poco lisonjera de la caridad humana; todas sus diligencias y correrías para procurarse dinero, no le dieron más resultado que un duro que le prestó por pocos días Juliana, la mujer de Antoñito. La limosna no bastaba ni con mucho; en vano se privaba ella hasta de su ordinario alimento, para disimular en casa la escasez; en vano iba con las alpargatas rotas, magullándose los pies. La economía, la sordidez misma, eran ineficaces: no había más remedio que sucumbir y caer diciendo: "Llegué hasta donde pude: lo demás hágalo Dios, si quiere".

Un sábado por la tarde se colmaron sus desdichas con un inesperado y triste incidente. Salió a pedir en San Justo. Almudena hacía lo mismo en la calle del Sacramento. Estrenóse ella con diez céntimos, inaudito golpe de suerte, que consideró de buen augurio. ¡Pero cuán grande era su error, al fiarse de estas golosinas que nos arroja el destino adverso para atraernos y herirnos más cómodamente! Al poco rato del feliz estreno,

se apareció un individuo de la ronda secreta que, empujándola con mal modo, le dijo:

—Ea, buena mujer, eche usted a andar para adelante... y vivo, vivo...

—¿Qué dice?...

—Que se calle y ande...

—¿Pero a dónde me lleva?

—Cállese usted, que le tiene más cuenta... ¡hala! a San Bernardino.

—¿Pero qué mal hago yo... señor?

—¡Está usted pidiendo!... ¿No le dije a usted ayer que el señor Gobernador no quiere que se pida en esta calle?

—Pues manténgame el señor Gobernador, que yo de hambre no he de morirme, por Cristo... ¡vaya con el hombre!...

—¡Calle usted, *so borracha*!... ¡Andando digo!

—¡Que no me empuje! Yo no soy *criminala*... Yo tengo familia, conozco quien me abone... Ea, que no voy a donde usted quiere llevarme...

Se arrimó a la pared; pero el fiero polizonte la despegó del arrimo con un empujón violentísimo. Acercáronse dos de Orden público a los cuales el de la ronda mandó que la llevaran a San Bernardino, juntamente con toda la demás pobretería de ambos sexos que en la tal calle y callejones adyacentes encontraron. Aún trató *Benina* de ganar la voluntad de los guardias, mostrándose sumisa en su viva aflicción. Suplicó, lloró amargamente: mas lágrimas y ruegos fueron inútiles. Adelante, siempre adelante, llevando a retaguardia al ciego africano, que en cuanto se enteró de que la *recogían*, se fue hacia los del Orden, pidiéndoles que a él también le echasen la red, y al mismo infierno le llevaran, con tal que no le separasen de ella. Presión grande hubo de hacer sobre su espíritu la desgraciada mujer para resignarse a tan atroz desventura... ¡Ser llevada a un recogimiento de mendigos callejeros como son conducidos a la cárcel los rateros y malhechores!

¡Verse imposibilitada de acudir a su casa a la hora de costumbre,· y de atender al cuidado de su ama y amiga! Cuando consideraba que doña Paca y Frasquito no tendrían qué comer aquella noche, su dolor llegaba al frenesí: hubiera embestido a los corchetes para deshacerse de ellos, si fuerza tuviera contra dos hombres. Apartar no podía del pensamiento la consternación de su señora infeliz, cuando viera que pasaban horas, horas... y la Nina sin aparecer. ¡Jesús, Virgen Santísima! ¿Qué iba a pasar en aquella casa? Cuando no se hunde el mundo por sucesos tales, seguro es que no se hundirá jamás... Más allá de las Caballerizas trató nuevamente de enternecer con razones y lamentos el corazón de sus guardianes. Pero ellos cumplían una orden del jefe, y si no la cumplían, mediano réspice les echarían. Almudena callaba, andando agarradito a la falda de *Benina*, y no parecía disgustado de la recogida y conducción al depósito de mendicidad.

Si lloraba la pobre postulante, no lloraba menos el cielo, concordando con ella en sombría tristeza, pues la llovizna que a caer empezó en el momento de la recogida, fue creciendo hasta ser copiosa lluvia, que la puso perdida de pies a cabeza. Las ropas de uno y otro mendigo chorreaban, el sombrero hongo de Almudena parecía la pieza superior de la fuente de los Tritones: poco le faltaba ya para tener verdín. El calzado ligero de *Benina*, destrozado por el mucho andar de aquellos días, se iba quedando a pedazos en los charcos y barrizales en que se metía. Cuando llegaron a San Bernardino, pensaba la anciana que mejor estaría descalza.

—*Amri* —le dijo Almudena cuando traspasaban la triste puerta del Asilo municipal—, no *yorar* ti... Aquí bien *tigo migo*... No *yorar* ti... *contentado* mí... Dar sopa, dar pan nosotros...

En su desolación no quiso *Benina* contestarle. De buena gana le habría dado un palo... ¿Cómo había de hacerse cargo aquel vagabundo de la razón con que la infeliz mujer se quejaba de su suerte? ¿Quién, sino ella, comprendería el desamparo de su señora, de su amiga, de su hermana, y la noche de ansiedad que pasaría, ignorante de lo que pasaba? Y si le hacían el favor de soltarla al día siguiente, ¿con qué razones, con qué mentiras explicaría su larga ausencia, su desaparición súbita? ¿Qué podía decir, ni qué invento sacar de su fecunda imaginación? Nada, nada: lo mejor sería desechar todo embuste revelando el secreto de su mendicidad, nada vergonzosa por cierto. Pero bien podía suceder que doña Francisca no lo creyese, y que se quebrantara el lazo de amistad que desde tan antiguo las unía; y si la señora se enojaba deveras, arrojándola de su lado, Nina se moriría de pena, porque no podía vivir sin doña Paca, a quien amaba por sus buenas cualidades y casi casi por sus defectos. En fin, después de pensar todo esto, y cuando la metieron en una gran sala, ahogada y fétida, donde había ya como un medio centenar de ancianos de ambos sexos, concluyó por echarse en los brazos amorosos de la resignación, diciéndose: "Sea lo que Dios quiera. Cuando vuelva a casa diré la verdad; y si la señora está viva para cuando yo llegue y no quiere creerme, que no me crea; y si se enfada, que se enfade; y si me despide, que me despida; y si me muero, que me muera."

XXXII

Aunque Nina no lo pensara y dijera, bien se comprenderá que el desasosiego y consternación de doña Paca en aquella triste noche superaron a cuanto pudiera manifestar el narrador. A medida que avanzaba el tiempo, sin que la criada volviese al hogar, crecía la angustia del ama, quien, si al principio echó de menos a su compañera por la falta que en el orden material hacía, pronto se inquietó más, pensando en la desgracia que habría podido ocurrirle: cogida de coche, verbigracia, o muerte repentina en la calle. Procuraba el bueno de Frasquito tranquilizarla, pero inútilmente. Y el desteñido viejo tenía que callarse cuando su paisana le decía: "¡Pero si nunca ha pasado esto; nunca, querido Ponte! Ni una sola vez ha faltado de casa en tantísimos años".

Surgieron dificultades graves para cenar formalmente, y nada se adelantaba con que las chiquillas de la cordonera se brindasen oficiosas a sustituir a la criada ausente. Verdad que doña Paca perdió en absoluto el apetito, y lo mismo, o poco menos, le pasaba a su huésped. Pero como no había más remedio que tomar algo para sostener las fuerzas, ambos se propinaron un huevo batido en vino y unos pedacitos de pan. De dormir, no se hable. La señora contaba las horas, medias y cuartos de la noche por los relojes de la vecindad, y no hacía más que medir el pasillo de punta a punta, atenta a los ruidos de la escalera. Ponte no quiso ser menos: la galantería le obligaba a no acostarse mientras su amiga y protectora estuviese en vela, y para conciliar las obligaciones de caballero con su fatiga de convaleciente, descabezó un par de sueñecitos en una silla. Para esto hubo que adoptar postura violenta, haciendo almohada de sus brazos, cruzados sobre el respaldo, y al dormirse se le quedó colgando la cabeza, de lo que le sobrevino un tremendo tortícolis a la mañana siguiente.

Al amanecer de Dios, vencida del cansancio, doña Paca se quedó dormidita en un sillón. Hablaba en sueños, su cuerpo se sacudía de rato en rato con estremecimientos nerviosos. Despertó sobresaltada, creyendo que había ladrones en la casa, y el día claro, con el vacío de la ausencia de Nina, le resultó más triste y solitario que la noche. Según Frasquito, que en esto pensaba cuerdamente, ningún rastro parecía más seguro que informarse de los señores en cuya casa servía *Benina* de asistenta. Ya lo había pensado también su paisana la tarde anterior; pero como ignoraba el número de la casa de don Romualdo en la calle de la Greda, no se determinaron a emprender las averiguaciones. Por la mañana, habiéndose brindado el portero a inquirir el paradero de la extraviada sirvienta, se le mandó con el encargo, y a la hora volvió diciendo que en ninguna portería de tal calle daban razón.

Y a todas éstas, no había en la casa más que algún resto de cocido del día anterior, casi avinagrado ya, y mendrugos de pan duro. Gracias que los vecinos, enterados de conflicto tan grave, ofrecieron a la ilustre viuda algunos víveres; éste, sopas de ajo; aquél, bacalao frito; el otro, un huevo y media botella de peleón. No había más remedio que alimentarse, haciendo de tripas corazón, porque la naturaleza no espera: es forzoso vivir, aunque el alma se oponga, encariñada con su amiga la muerte. Pasaban lentas las horas del día, y tanto Ponte como su paisana no podían apartar su atención de todo ruido de pasos que sonaba en la escalera. Pero tantos desengaños sufrieron, que al fin, rendidos y sin esperanza, se sentaron uno frente a otro, silenciosos, con reposo y gravedad de esfinges, y mirándose confirieron tácitamente la solución del enigma a la Divina Voluntad. Ya se sabría el paradero de Nina, o los motivos de su ausencia, cuando Dios se dignara darlos a conocer por los medios y caminos a que nunca alcanza nuestra previsión.

Las doce serían ya, cuando sonó un fuerte campanillazo. La dama rondeña y el galán de Algeciras saltaron, cual muñecos de goma, en sus respectivos asientos.

—No, no es ella —dijo doña Paca con gran desaliento—. Nina no llama así.

Y como quisiese Frasquito salir a la puerta, le detuvo ella con una observación muy en su punto: "No salga usted, Ponte, que podría ser uno de esos gansos de la tienda que vienen a darme un mal rato. Que abra la niña. Celedonia, corre a abrir, y entérate bien: si es alguno que nos trae noticias de Nina, que pase. Si es alguien de la tienda, le dices que no estoy".

Corrió la chiquilla, y volvió desalada al instante diciendo: "Señora, don Romualdo".

Efecto de gran intensidad emocional, que casi era terrorífica. Ponte dio varias vueltas de peonza sobre un pie, y doña Paca se levantó y volvió a caer en el sillón como unas diez veces, diciendo: "Que pase... Ahora sabremos... ¡Dios mío, don Romualdo en casa!... a la salita, Celedonia, a la salita... me echaré la falda negra... Y no me he peinado... ¡Con qué facha le recibo!... Que pase, niña... Mi falda negra".

Entre el algecireño y la chiquilla la vistieron de mala manera, y con la prisa le ponían la ropa del revés. La señora se impacientaba, llamándoles torpes y dando pataditas. Por fin se arregló de cualquier modo, pasóse un peine por el pelo, y dando tumbos se fue a la salita donde aguardaba el sacerdote, en pie, mirando las fotografías de personas de la familia, única decoración de la mezquina y pobre estancia.

—Dispénseme usted, señor don Romualdo —dijo la viuda de Zapata, que de la emoción no podía tenerse en pie, y hubo de arrojarse en una silla, después de besar la mano al sacerdote—. Gracias a Dios que puedo manifestar a usted mi gratitud por su inagotable bondad.

—Es mi obligación, señora... —repuso el clérigo un tanto sorprendido—, y nada tiene usted que agradecerme.

—Y dígame ahora, por Dios —agregó la señora, con tanto miedo de oír una mala noticia, que apenas hablar podía—; dígamelo pronto. ¿Qué ha sido de mi pobre Nina?

Sonó este nombre en el oído del buen sacerdote como el de una perrita que a la señora se le había perdido.

—¿No parece?... —le dijo por decir algo.

—¿Pero usted no sabe?... ¡Ay, ay! Es que ha ocurrido una desgracia, y quiere ocultármelo, por caridad.

Prorrumpió en acerbo llanto la infeliz dama, y el clérigo permanecía perplejo y mudo. —Señora, por piedad, no se aflija usted... será, o no será lo que usted supone.

—¡Nina, Nina de mi alma!

—¿Es persona de su familia, de su intimidad? Explíqueme...

—Si el señor don Romualdo no quiere decirme la verdad por no aumentar mi tribulación, yo se lo agradezco infinito... pero vale más saber... ¿o es que quiere darme la noticia poquito a poco, para que me impresione menos?...

—Señora mía —dijo el sacerdote con impaciente franqueza, ávido de aclarar las cosas—. Yo no le traigo a usted noticias buenas ni malas de la persona por quien llora, ni sé qué persona es ésa, ni en qué se funda usted para creer que yo...

—Dispénseme, señor don Romualdo. Pensé que Benina, mi criada, mi amiga y compañera más bien, había sufrido algún grave accidente en su casa de usted, o al salir de ella, o en la calle, y...

—¿Qué más?... Sin duda, señora doña Francisca Juárez, hay en esto un error que yo debo desvanecer, diciendo a usted mi nombre: Romualdo Cedrón. He desempeñado durante veinte años el arciprestazgo de Santa María de Ronda, y vengo a manifestar a usted, por encargo expreso de los demás testamentarios, la última voluntad del que fue mi amigo del alma, Rafael García de los Antrines, que Dios tenga en su santa gloria.

Si doña Paca viera que se abría la tierra y salían de ella escuadrones de diablos, y que por arriba el cielo se descuajaraba, echando de sí legiones de ángeles, y unos y otros se juntaban formando una inmensa falange gloriosa y bufonesca, no se quedara más atónita y confusa. ¡Testamento, herencia! ¿Lo que decía el clérigo era verdad, o una ridícula y despiadada burla? ¿Y el tal sujeto era persona real, o imagen fingida en la mente enferma de la dama infeliz? La lengua se le pegó al paladar, y miraba a don Romualdo con aterrados ojos.

—No es para que usted se asuste, señora. Al contrario: yo tengo la satisfacción de comunicar a doña Francisca Juárez el término de sus sufrimientos. El Señor, que ha probado sin duda ya con creces su conformidad y resignación, quiere premiar ahora estas virtudes, sacándola a usted de la tristísima situación en que ha vivido tantos años.

A doña Paca le caía un hilo de lágrimas de cada ojo, y no acertaba a proferir palabra. ¡Cuál sería su emoción, cuáles su sorpresa y júbilo, que se borró de su mente la imagen de *Benina*, como si la ausencia y pérdida de ésta fuese suceso ocurrido muchos años antes!

—Comprendo —prosiguió el buen sacerdote enderezando su cuerpo y aproximando el sillón para tocar con su mano el brazo de doña Francisca—, comprendo su trastorno... No se pasa bruscamente del infortunio al bienestar, sin sentir una fuerte sacudida. Lo contrario sería peor... Y puesto que se trata de cosa importante, que debe ocupar con preferencia su atención, hablemos de ello, señora mía, dejando para después ese otro asunto que la inquieta... No debe usted afanarse tanto por su criada o amiga... ¡Ya parecerá!

Esta frase llevó de nuevo al espíritu de doña Paca la idea de Nina y el sentimiento de su misteriosa desaparición. Notando en el *ya parecerá* de don Romualdo una intención benévola y optimista, dio en creer que el buen señor, después que despachase el asunto principal, le hablaría del caso de la anciana, que sin duda no era de suma gravedad. Pronto la mente de la señora con rápido giro de veleta tornó a la idea de la herencia, y a ella se agarró, dejando lo demás en el olvido, y observando el presbítero su ansiedad de informes se apresuró a satisfacerla.

—Pues ya sabrá usted que el pobre Rafael pasó a mejor vida el 11 de febrero...

—No lo sabía, no, señor. Dios le haya dado su descanso... ¡ay!

—Era un santo. Su único error fue abominar del matrimonio, despreciando los excelentes partidos que sus amigos le proponíamos. Los últimos años vivió en un cortijo llamado las Higueras de Juárez...

—Lo conozco. Esa finca fue de mi abuelo.

—Justamente: de don Alejandro Juárez... Bueno: pues Rafael contrajo en las *Higueras* la afección del hígado que le llevó al sepulcro a los cincuenta y cinco años de edad. ¡Lástima de mocetón, casi tan alto como yo, señora, con una musculatura no menos vigorosa que la mía, y un pecho como el de un toro, y aquel rostro rebosando vida!...

—¡Ay!...

—En nuestras cacerías del jabalí y del venado nunca conseguía cansarle. Su amor propio era más fuerte que su complexión fortísima. Desafiaba los chubascos, el hambre y la sed... pues vea usted aquel roble quebrarse como una caña. A los pocos meses de caer enfermo se le podían contar los huesos al través de la piel..., se fue consumiendo, consumiendo...

—¡Ay!...

—¡Y con qué resignación llevaba su mal, y qué bien se preparó para la muerte, mirándola como una sentencia de Dios, contra la cual no debe haber protesta, sino más bien una conformidad alegre! ¡Pobre Rafael, qué pedazo de ángel...

—¡Ay!...

—Yo no vivía ya en Ronda, porque tenía intereses en mi pueblo que me obligaron a fijar mi residencia en Madrid. Pero cuando supe la gravedad del amigo queridísimo, me planté allá... Un mes le acompañé y asistí... ¡Qué pena!... Murió en mis brazos.

—¡Ay!...

Estos ayes eran suspiros que a doña Paca se le salían del alma, como pajaritos que escapan de una jaula abierta por los cuatro costados. Con noble sinceridad, sin dejar de acariciar en su pensamiento la probable herencia, se asociaba al duelo de don Romualdo por el generoso solterón rondeño.

—En fin, señora mía: murió como católico ferviente, después de otorgar testamento...

—¡Ay!...

—En el cual deja el tercio de sus bienes a su sobrina en segundo grado, Clemencia Sopelana, ¿sabe usted?, la esposa de don Rodrigo del Quintanar, hermano del Marqués de Guadalerce. Los otros dos tercios los destina, parte a una fundación piadosa, parte a mejorar la situación de algunos de sus parientes que, por desgracia de familia, malos negocios u otras adversidades y contratiempos, han venido a menos. Hallándose usted y sus hijos en este caso, claro está que son de los más favorecidos, y...

—¡Ay!... Al fin Dios ha querido que yo no me muera sin ver el término de esta miseria ignominiosa. ¡Bendito sea una y mil veces el que da y quita los males, el Justiciero, el Misericordioso, el Santo de los Santos!..

Con tal efusión rompió en llanto la desdichada señora doña Francisca, cruzando las manos y poniéndose de hinojos, que el buen sacerdote, temeroso de que tanta sensibilidad acabase en una pataleta, salió a la puerta, dando palmadas, para que viniese alguien a quien pedir un vaso de agua.

XXXIII

Acudió el propio Frasquito con el socorro del agua, y don Romualdo, en cuanto la señora bebió y se repuso de su emoción, dijo al desmedrado caballero:

—Si no me equivoco, tengo el honor de hablar con don Francisco Ponte Delgado..., natural de Algeciras... Por muchos años. ¿Es usted primo en tercer grado de Rafael Antrines, de cuyo fallecimiento tendrá noticia?

—¿Falleció?—... ¡Ay, no lo sabía! —replicó Ponte muy cortado— ¡Pobre Rafaelito! Cuando yo estuve en Ronda el año 56, poco antes de la caída de Espartero, él era un niño, tamaño así. Después nos vimos en Madrid dos o tres veces... El solía venir a pasar aquí temporadas de otoño; iba mucho al Real, y era amigo de los Ustádiz; trabajaba por Ríos Rosas en las elecciones y por los Ríos Acuña... ¡Oh, pobre Rafael! ¡Excelente amigo, hombre sencillo y afectuoso, gran cazador!... Congeniábamos en todo, menos en una cosa: él era muy campesino, muy amante de la vida rústica, y yo detesto el campo y los arbolitos. Siempre fui hombre de poblaciones, de grandes poblaciones...

—Siéntese usted aquí —le dijo don Romualdo, dando tan fuerte palmetazo en un viejo sillón de muelles, que de él se levantó espesa nube de polvo.

Un momento después, habíase enterado el galán fiambre de su participación en la herencia del primo Rafael, quedándose en tal manera turulato, que hubo de beberse, para evitar un soponcio, toda el agua que dejara doña Francisca. No estará de más señalar ahora la perfecta concordancia entre la persona del sacerdote y su apellido Cedrón, pues por la estatura, robustez y hasta por el color podía ser comparado a un corpulento cedro; que entre árboles y hombres, mirando a los caracteres de unos y otros, también hay concomitancias y parentescos. Talludo es el cedro, y además, bello, noble, de madera un tanto quebradiza, pero grata y olorosa. Pues del mismo modo era don Romualdo: grandón, fornido, atezado, y al propio tiempo excelente persona, de intachable conducta en lo eclesiástico, cazador, hombre de mundo en el grado que puede serlo un cura, de apacible genio, de palabra persuasiva, tolerante con las flaquezas humanas, caritativo, misericordioso, en suma, con los procedimientos metódicos y el buen arreglo que tan bien se avenían con su desahogada posición. Vestía con pulcritud, sin alardes de elegancia; fumaba sin tasa buenos puros, y comía y bebía todo lo que le demandaba el sostenimiento de tan fuerte osamenta y de musculatura tan recia. Enormes pies y manos correspondían a su corpulencia. Sus facciones bastas y abultadas no carecían de hermosura, por la proporción y buen dibujo: hermosura de mascarón escultórico, miguel-angelesco, para decorar una imposta, ménsula o el centro de una cartela, echando de la boca guirnaldas y festones.

Entrando en pormenores, que los herederos de Rafael anhelaban conocer, Cedrón les dio noticias prolijas del testamento, que tanto doña Paca como Ponte oyeron con la religiosa atención que fácilmente se supone. Eran testamentarios, además del señor Cedrón, don Sandalio Maturana y el Marqués de Guadalerce. En la parte que a las dos personas allí presentes interesaba, disponía Rafael lo siguiente: a Obdulia y a Antoñito, hijos de su primo Antonio Zapata, les dejaba el cortijo de Almoraima, pero sólo en usufructo. Los testamentarios les entregarían el producto de aquella finca, que dividida en dos mitades pasaría a los herederos del Antoñito y de la Obdulia, al fallecimiento de éstos. A doña Francisca y a Ponte, les asignaba pensión vitalicia, como a otros muchos parientes, con la renta de títulos de la Deuda, que constituían una de las principales riquezas del testador.

Oyendo estas cosas, Frasquito se atusaba sobre la oreja los ahuecados mechones de su melena, sin darse un segundo de reposo. Doña Francisca, en verdad, no sabía lo que le pasaba: creía soñar. En un acceso de febril júbilo, salió al pasillo gritando:

—¡Nina, Nina, ven y entérate!... ¡Ya somos ricas!... ¡digo, ya no somos pobres!...

Pronto acudió a su mente el recuerdo de la desaparición de su criada, y volviendo al lado de Cedrón, le dijo entre sollozos:

—Perdóneme; ya no me acordaba de que he perdido a la compañera de mi vida...

—Ya parecerá —repitió el clérigo, y también Frasquito, como un eco:

—Ya parecerá.

—Si se hubiera muerto —indicó doña Francisca—, creo que la intensidad de mi alegría la haría resucitar.

—Ya hablaremos de esa senora —dijo Cedrón—. Antes acabe de enterarse de lo que tanto le interesa. Los testamentarios, atentos a que usted, lo mismo que el señor, se hallan en situación muy precaria, por causas que no quiero examinar ahora, ni hay para qué, han decidido..., para eso y para mucho más les autoriza el testador, dándoles facultades omnímodas... han decidido, mientras se pone en regla todo lo concerniente al testamento, liquidación para el pago de derechos reales, etcétera, etcétera..., han decidido digo...

Doña Paca y Frasquito, de tanto contener el aliento, hallábanse ya próximos a la asfixia.

—Han decidido, mejor dicho, decidieron o decidimos..., de esto hace dos meses..., señalar a ustedes la cantidad mensual de cincuenta duros como asignación provisional, o si se quiere, anticipo, hasta que determinemos la cifra exacta de la pensión. ¿Está comprendido?

—Sí, señor; sí, señor..., comprendido, perfectamente comprendido —clamaron los dos al unísono.

—Antes hubieran uno y otro recibido este jicarazo —dijo el clérigo—; pero me ha costado un trabajo enorme averiguar dónde residían. Creo que he preguntado a medio Madrid..., y por fin... no ha sido poca suerte encontrar juntas en esta casa a las dos *piezas*, perdonen el término de caza, que vengo persiguiendo como un azacán desde hace tantos días.

Doña Paca le besó la mano derecha, y Frasquito Ponte la izquierda. Ambos lagrimeaban.

—Dos meses de pensión han devengado ustedes ya, y ahora nos pondremos de acuerdo para las formalidades que han de llenarse, a fin de que uno y otro perciban desde luego...

Llegó a creer Ponte que hacía una rápida ascensión en globo, y se agarró con fuerza a los brazos del sillón, como el aeronauta a los bordes de la barquilla.

—Estamos a sus órdenes —manifestó doña Francisca en alta voz; y para sí—: esto no puede ser; esto es un sueño.

La idea de que no pudiera Nina enterarse de tanta felicidad, enturbió la que en aquel momento inundaba su alma. A este pensamiento hubo de responder, por misteriosa concatenación, el de Ponte Delgado, que dijo:

—¡Lástima que Nina, ese ángel, no esté presente!..., pero no debemos suponer que le haya pasado ningún accidente grave. ¿Verdad, señor don Romualdo? Ello habrá sido...

—Me dice el corazón que está buena y sana, que volverá hoy..., —declaró doña Paca con ardiente optimismo, viendo todas las cosas envueltas en rosado celaje—. Por cierto que... perdone usted, señor mío: hay tal confusión en mi pobre cabeza... decía que... al anunciarse el señor don Romualdo en mi

casa, yo creí, fijándome sólo en el nombre, que era usted el dignísimo sacerdote en cuya casa es asistenta mi *Benina*. ¿Me equivoco?

—Creo que sí.

—Es propio de las grandes almas caritativas esconderse, negar su propia personalidad, para de este modo huir del agradecimiento y de la publicidad de sus vurtudes... vamos a cuentas, señor don Romualdo, y hágame el favor de no hacer misterio de sus grandes virtudes. ¿Es cierto que por la fama de éstas le proponen para Obispo?

—¡A mí!... No ha llegado a mi noticia.

—¿Es usted de Guadalajara o su provincia?

—Sí, señora.

—¿Tiene usted una sobrina llamada doña Patros?

—No, señora.

—¿Dice usted la misa en San Sebastián?

—No, señora: la digo en San Andrés.

—¿Y tampoco es cierto que hace días le regalaron a usted un conejo de campo?...

—Podría ser..., ja... ja..., pero no recuerdo...

—Sea como fuere, señor don Romualdo, usted me asegura que no conoce a mi *Benina*.

—Creo..., vamos, no puedo asegurar que me es desconocida, señora mía. Antójaseme que la he visto.

—¡Oh! bien decía yo que... señor de Cedrón, ¡qué alegría me da!

—Tenga usted calma. Veamos: ¿esa *Benina* es una mujer vestida de negro, así como de sesenta años, con una verruga en la frente?...

—La misma, la misma, señor don Romualdo: muy modosita, algo vivaracha, a pesar de su edad.

—Más señas: pide limosna, y anda por ahí con un ciego africano llamado Almudena.

—¡Jesús! —exclamó con estupefacción y susto doña Paca—. Eso no, ¡válgame Dios! eso no... veo que no la conoce usted.

Y con una mirada puso por testigo a Frasquito de la veracidad de su denegación. Miró también Ponte al clérigo, después a la señora, atormentado por ciertas dudas que inquietaron su conciencia.

—*Benina* es un ángel —se permitió decir tímidamente. Pida o no pida limosna, y esto yo no lo sé, es un ángel, palabra de honor.

—¡Quite usted allá...! ¡Pedir mi *Benina*..., y andar por esas calles con un ciego!...

—Moro, por más señas —indicó don Romualdo.

—Yo debo manifestar —dijo Ponte con honrada sinceridad—, que no hace muchos días, pasando yo por la plaza del Progreso, la vi sentada al pie de la estatua, en compañía de un mendigo ciego, que por el tipo me pareció..., oriundo del Riff.

El aturdimiento, el vértigo mental de doña Paca fueron tan grandes, que su alegría se trocó súbitamente en tristeza, y dio en creer que cuanto decían allí era ilusión de sus oídos; ficticios los seres con quienes hablaba, y mentira todo, empezando por la herencia. Temía un despertar lúgubre. Cerrando los ojos, se dijo: "¡Dios mío, sácame de tan terrible duda; arráncame esta idea!... ¿es esto mentira, es esto verdad? ¡Yo heredera de Rafaelito Antrines; yo con medios de vivir!... ¡Nina pidiendo limosna; Nina con un riffeño!..."

—Bueno —exclamó al fin con súbito arranque—. Pues viva Nina, y viva con su moro, y con toda la morería de Argel, y véala yo, y vuelva a casa, aunque se traiga al africano metido en la cesta.

Echóse a reír don Romualdo, y explicando el cuándo y cómo de conocer a *Benina*, dijo que por un amigo suyo, coadjutor de San Andrés, clérigo de mucha ilustración y humanista muy aprovechado, que picaba en las lenguas orientales, había conocido al árabe Almudena. Con él vio a una mujer que lo acompañaba, de la cual le dijeron

que a una señora viuda servía, andaluza por más señas, habitante en la calle Imperial.

—No pude menos de relacionar estas referencias con la señora doña Francisca Juárez, a quien yo no había tenido el gusto de ver todavía, y hoy, al oír a usted lamentarse de la desaparición de su criada, pensé y dije para mí: "si la mujer que se ha perdido es la que yo creo, busquemos el caldero y encontraremos la soga; busquemos al moro y encontraremos a la odalisca; digo, a esa que llaman ustedes...

—Benigna de Casia..., de Casia, sí, señor, de donde viene la broma de que es parienta de Santa Rita.

Añadió el señor Cedrón que, no por sus merecimientos, sino por la confianza con que le distinguían los fundadores del asilo de ancianos y ancianas de la *Misericordia*, era patrono y mayordomo mayor del mismo; y como a él se dirigían las solicitudes de ingreso, no daba un paso por la calle sin que le acometieran mendigos importunos, y se veía continuamente asediado de recomendaciones y tarjetazos pidiendo la admisión.

—Podríamos creer —añadió—, que es nuestro país inmensa gusanera de pobres, y que debemos hacer de la nación un Asilo sin fin, donde quepamos todos, desde el primero al último. Al paso que vamos, pronto seremos el más grande Hospicio de Europa... he recordado esto, porque mi amigo Mayoral, el cleriguito aficionado a letras orientales, me habló de recoger en nuestro Asilo a la compañera de Almudena.

—Yo le suplico a usted, mi señor don Romualdo —dijo doña Francisca enteramente trastornada ya—, que no crea nada de eso; que no haga ningún caso de las *Beninas* figuradas que puedan salir por ahí, y se atenga a la propia y legítima Nina; a la que va de asistenta a su casa de usted todas las mañanas, recibiendo allí tantos beneficios, como los he recibido yo por conducto de ella. Esta es la verdadera; ésta la que hemos de buscar y encontraremos con la ayuda del señor de Cedrón y de su digna hermana doña Josefa, y de su sobrina doña Patros... usted me negará que la conoce por hacer un misterio de su virtud y santidad; pero esto no le vale, no, señor. A mí me consta que es usted santo y que no quiere que le descubran sus secretos de caridad sublime, y como me consta, lo digo. Busquemos, pues, a Nina, y cuando a mi compañía vuelva, gritaremos las dos: ¡Santo, santo, santo, santo!

Sacó en limpio de esta perorata el señor de Cedrón que doña Francisca Juárez no tenía la cabeza buena; y creyendo que las explicaciones y el contender sobre lo mismo no atenuarían su trastorno, puso punto final en aquel asunto y se despidió, quedando en volver al día siguiente para el examen de papeles, y la entrega, mediante recibo en regla, de las cantidades devengadas ya por los herederos.

Duró largo rato la despedida, porque tanto doña Paca como Frasquito repitieron, en el tránsito desde la salita a la escalera, sus expresiones de gratitud como unas cuarenta veces, con igual número de besos, más bien más que menos, en las manos del sacerdote. Y cuando desapareció por las escaleras abajo el gran Cedrón, y se vieron solos de puerta adentro la dama rondeña y el galán de Algeciras, dijo ella:

—Frasquito de mi alma, ¿es verdad todo esto?

—Eso mismo iba yo a preguntar a usted... ¿Estamos soñando? ¿Usted qué cree?

—¿Yo?..., no sé..., no puedo pensar... me falta la inteligencia, me falta la memoria, me falta el juicio, me falta Nina.

—A mí también me falta algo... no sé discurrir.

—¿Nos habremos vuelto tontos o locos?...

—Lo que yo digo: ¿por qué nos niega don Romualdo que su sobrina se llama Patros, que le proponen para Obispo, y que le regalaron un conejo?

—Lo del conejo no lo negó..., dispense usted. Dijo que no se acordaba.

—Es verdad..., ¿y si ahora, el don Romualdo que acabamos de ver nos resultase un ser figurado, una creación de la hechicería o de las artes infernales..., vamos, que se nos evaporara y convirtiera en humo, resultando todo una ilusión, una sombra, un desvarío?

—¡Señora, por la Virgen Santísima!

—¿Y si no volviese más?

—¡Si no volviese!..., ¡que no vuelve, que no nos entregará la..., los!...

Al decir esto, la cara fláccida y desmayada del buen Frasquito expresaba un terror trágico. Se pasó la mano por los ojos, y lanzando un graznido, cayó en el sillón con un accidente cerebral, semejante al de la noche lúgubre, entre las calles de Irlandeses y Mediodía Grande.

XXXIV

Gracias a los cuidados de doña Paca, asistida de las chicas de la cordonera, pronto se repuso Ponte de aquella nueva manifestación de su mal, y al anochecer, conversando con la dama rondeña, convinieron ambos en que don Romualdo Cedrón era un ser efectivo, y la herencia una verdad incuestionable. No obstante, entre la vida y la muerte estuvieron hasta el siguiente día, en que se les apareció por segunda vez la imagen del benéfico sacerdote acompañado de un notario, que resultó antiguo conocimiento de doña Francisca Juárez de Zapata. Arreglado el asunto, previo examen de papeles, en lo que no hubo dificultad, recibieron los herederos de Rafaelito Antrines, a cuenta de su pensión cantidad de billetes de Banco que a entrambos pareció fabulosa, por causa, sin duda, de la absoluta limpieza de sus respectivas arcas. La posesión del dinero, acontecimiento inaudito en aquellos tristes años de su vida, produjo en doña Paca un efecto psicológico muy extraño: se le anubló la inteligencia; perdió hasta la noción del tiempo; no encontraba palabras con qué expresar las ideas, y éstas zumbaban en su cabeza como las moscas cuando se estrellan contra un cristal, queriendo atravesarlo para pasar de la oscuridad a la luz. Quiso hablar de su Nina, y dijo mil disparates. Como se oye un rumor de lejanas disputas, de las cuales sólo se perciben sílabas y voces sueltas, oía que Frasquito y los otros dos señores hablaban del asunto; creyó entender que la fugitiva aparecería, qua ya se había encontrado el rastro, pero nada más... Los tres hombres estaban en pie, el notario junto a Cedrón. Chiquitín y con perfil de cotorra, parecía un perico que se dispone a encaramarse por el tronco de un árbol.

Despidiéronse al fin los amables señores con ofrecimientos y cortesanías afectuosas, y solos la rondeña y el de Algeciras, se entretuvieron, durante mediano rato, en dar vueltas de una parte a otra de la casa, entrando sin objeto ni fin alguno, ya en la cocina, ya en el comedor, para salir al instante, cambiando alguna frase nerviosa cuando uno con otro se tropezaban. Doña Paca, la verdad sea dicha, sentía que se le aguaba la felicidad por no poder hacer partícipe de ella a su compañera y sostén en tantos años de penuria. ¡Ah! Si Nina entrara en aquel momento, ¡qué gusto tendría su ama en darle la gran sorpresa, mostrándose primero muy afligida por la falta de cuartos, y enseñándole después el puñado de billetes! ¡Qué cara pondría! ¡Cómo se le alargarían los dientes! ¡Y qué cosas haría con aquel montón de metálico! Vamos, que Dios, digan lo que dijeran, no hace nunca las cosas completas. Así en lo malo como en lo bueno, siempre se deja un rabillo, para que lo desuelle el destino. En las mayores calamidades, permite siempre un respiro; en las dichas que su misericordia concede, *se le olvida* siempre algún detalle, cuya falta *lo echa todo a perder.*

En uno de aquellos encuentros, de la sala a la cocina y de la cocina a la alcoba, propuso Ponte a su paisana celebrar el suceso yéndose los dos a comer de fonda. Él la convidaría gustoso, correspondiendo con tan corto obsequio a su generosa hospitalidad. Respondió doña Francisca que ella no se presentaría en sitios públicos mientras no pudiera hacerlo con la decencia de ropa que le correspondía, y como su amigo le dijera que comiendo fuera de casa se ahorraba la molestia de cocinar en la propia sin más ayuda que las chiquillas de la cordonera, manifestó la dama que, mientras no volviese Nina, no encendería lumbre, y que todo cuanto necesitase lo mandaría traer de casa de Botín. Por cierto que se le iba despertando el apetito de manjares buenos y bien condimentados... ¡Ya era tiempo, Señor! Tantos años de forzados ayunos, bien merecía se cantara el *¡aleluya!* de la resurrección.

—Ea, Celedonia, ponte tu falda nueva, que vas a casa de Botín. Te apuntaré en un papelito lo que quiero, para que no te equivoques.

Dicho y hecho. ¿Y qué menos había de pedir la señora, para hacer boca en aquel día fausto, que dos gallinas asadas, cuatro pescadillas fritas y un buen trozo de solomillo, con la ayuda de jamón en dulce, huevo hilado, y acompañamiento de una docena de bartolillos?... ¡Hala!

No logró la dama, con este anuncio de un reparador banquete, sujetar la imaginación y la voluntad de Frasquito, que desde que tomó el dinero se sentía devorado por un ansia loca de salir a la calle, de correr, de volar, pues alas creyó que le nacían.

—Yo, señora, tengo que hacer esta tarde... me es imprescindible salir. Además, necesito que me dé un poco de aire... siento así como un poco de mareo. Me conviene el ejercicio, crea usted que me conviene... también me urge mucho avistarme con mi sastre, aunque no sea más que para ponerme al tanto de las modas que ahora corren, y ver de preparar alguna prenda... soy muy dificultoso, y tardo mucho en decidirme por ésta o la otra tela.

—Sí, sí, vaya a sus diligencias; pero no corra mucho, y vea en este suceso feliz, como lo veo yo, una lección que nos da la Providencia. Por mi parte, me declaro convencida de lo buenos que son el orden y el arreglo y hago propósito firme de apuntar todo, todito lo que gasto.

—Y el ingreso también... lo mismo haré yo, es decir, lo he hecho; pero no me ha valido; crea usted, amiga de mi alma, que no me ha valido.

—Teniendo renta segura, el toque está en acomodar las entradas a las salidas, y no extralimitarse... por Dios, querido Ponte, no hagamos otra vez la barbaridad de reírnos del balance y de la... ahora reconozco que Trujillo tiene razón.

—Más balances he hecho yo, señora, que pelos tengo en la cabeza, y también le digo a usted que no me han valido más que para calentarme la idem.

—Ya que Dios nos ha favorecido, seamos ordenados: yo me atrevería a rogar a usted que, si no le sirve de molestia y va de compras, me traiga un libro de contabilidad, agenda, o como se llame.

¡Pues no faltaba más! No un libro, sino media docena le traería Frasquito con mil amores; y prometiéndolo así, se lanzó a la calle, ávido de aire, de luz, de ver gente, de recrearse en cosas y personas. Del tirón andando maquinalmente, se fue hasta el Paseo de Atocha, sin darse cuenta de ello. Luego volvió hacia arriba, porque más le gustaba verse entre casas que entre árboles. Francamente, los árboles le eran antipá-

ticos, sin duda porque, pasando junto a ellos en horas de desesperación, creía que le ofrecían sus ramas para que se ahorcara. Internándose en las calles sin dirección fija, contemplaba los escaparates de sastre, con exhibición de hermosas telas; los de corbatas y de camisería elegante. No dejaba de echar también un vistazo a los restaurants, y en general a todas las tiendas, que en su larga vida de penuria bochornosa había mirado con desconsuelo.

Pasó en esta vagancia dichosa algunas horas, sin cansancio. Sentíase fuerte, saludable, y hasta robusto. Miraba cariñoso, o con cierto airecillo de protección, a cuantas mujeres hermosas o aceptables a su lado pasaban. Un escaparate de perfumería de buen tono le sugirió una idea feliz: había echado sus canas al aire de una manera indecorosa, sin aliñarlas y componerlas con el negro disimulo del tinte, y aquella hermosa tienda le ofrecía ocasión de remediar tan grave falta, inaugurando allí la campaña de restauración de su existencia, que debía comenzar por la restauración de su averiado rostro. Allí cambió, pues, el primer billete de la resma que le diera don Romualdo Cedrón; después de hacerse presentar diferentes artículos, hizo provisión abundante de los que creía más necesarios, y pagando sin regateo, ordenó que le llevasen a la casa de doña Francisca el voluminoso paquete de sus compras de droguería olorosa y colorante.

Al salir de allí, pensaba en la conveniencia de procurarse pronto una casa de huéspedes decente y no muy cara, apropiada a la pensión que disfrutaba, pues de ningún modo se excedería en sus gastos. A los dormitorios de Bernarda no volvería más, como no fuera a pagarle las siete noches debidas, y a decirle cuatro verdades. Y divagando y haciendo risueños cálculos, llegó la hora en que el estómago empezó a indicarle que no se vive sólo de ilusiones. Problema: ¿dónde comería?

La idea de meterse en un *restaurant* de los buenos fue prontamente desechada. Imposible presentarse hecho un tipo. ¿Iría, siguiendo la rutina de sus tiempos miserables, al figón de Boto? ¡Oh, no!..., siempre le habían visto allí teñido. Extrañarían verle en repentina vejez, lleno de canas... por fin, acordándose de que debía al honrado Boto un piquillo de anteriores comistrajos, creyó que debía ir allí, y corresponder con un pago puntual a la confianza del dueño del establecimiento, dándole la excusa de su grave enfermedad, que bien claramente en su despintado rostro se pintaba. Encaminó sus pasos a la calle del Ave María, y entró un poquillo avergonzado en la taberna, haciendo como que se sonaba, al atravesar la pieza exterior, para taparse la cara con el pañuelo. Estrecho y ahogado es aquel recinto para la mucha parroquia que a él concurre, atraída por la baratura y buen condimento de los guisotes que allí se despachan. A la taberna, propiamente dicha, no muy grande, sigue un pasillito angosto, donde también hay mesa, con su banco pegado a la pared, y luego una estancia reducida y baja de techo a la cual se sube por dos escalones, con dos mesas largas a un lado y otro, sin más espacio entre ambas que el preciso para que entre y salga el chiquillo que sirve. En esta parte del establecimiento se ponía siempre Ponte, creyéndose allí más apartado de la curiosidad y el fisgoneo de los consumidores, y ocupaba el hueco de mesa que veía libre, si en efecto lo había, pues se daban casos de estar todo completo, y los parroquianos como sardinas en banasta.

Aquella tarde, noche ya, se coló Frasquito en el departamento interior con buena suerte, pues no había dentro más que tres personas, y una de las mesas estaba vacía. Sentóse en el rincón, junto a la puerta, sitio muy recogido, en el cual no era fácil que le vieran desde *el público*, es decir, desde la taberna, y... otro problema: ¿qué pediría? Ordinariamente, el aflictivo estado de su peculio le obligaba a limitarse a un real de guisado, que con pan y vino representaba un gasto total de cuarenta céntimos, o a igual ración de bacalao en salsa. Uno u otro condumio, con el pan alto, que aprovechaba hasta la última miga, comiéndoselo con el caldo y la racioncita de vino, le ofrecían una alimentación suficiente y sabrosa. En ciertos días solía cambiar el guiso por el estofado, y en ocasiones muy contadas, por la pepitoria. Callos, caracoles, albóndigas y otras porquerías, jamás las probó.

Bueno: pues aquella noche pidió al chico relación completa de lo que había, y mostrándose indeciso, como persona desganada que no encuentra manjar bastante incitante para despertar su apetito, se resolvió por la pepitoria.

— ¿Le duelen a usted las muelas. señor de Ponte? —preguntóle el chico, viendo que no se quitaba el pañuelo de la cara.

—Sí, hijo..., un dolor horrible. No me traigas pan alto, sino francés.

Frente a Frasquito se sentaban dos que comían guisado, en un solo plato grande, ración de dos reales, y más allá, en el ángulo opuesto, un individuo que despachaba pausada y metódicamente una ración de caracoles. Era verdaderamente el tal una máquina para comerlos, porque para cada pieza empleaba de un modo invariable los mismos movimientos de la boca, de las manos y hasta de los ojos. Cogía el molusco, lo sacaba con un palito, se lo metía en la boca, chupaba después el agüilla contenida en la cáscara, y al hacer esto dirigía una mirada rencorosa a Frasquito Ponte; luego dejaba la cáscara vacía y cogía otra llena, para repetir la misma función, siempre a compás, con igualdad de gestos y mohínes al sacar el bicho, y al comerlo, con igualdad de miradas, una de simpatías hacia el caracol en el momento de cogerlo; otra de rencor hacia Frasquito en el momento de chupar.

Pasó tiempo, y el hombre aquel, de rostro jimioso y figura mezquina, continuaba acumulando cáscaras vacías en un montoncillo, que crecía conforme mermaba el de las llenas; y Ponte, que le tenía delante, principiaba a inquietarse de las miradas furibundas que como figurilla mecánica de caja de música le echaba, a cada vuelta de manubrio, el comedor de caracoles.

XXXV

Sentía Ponte Delgado vivas ganas de pedir explicaciones al tipo aquel por su mirar impertinente. La causa de éste no podía ser otra que la novedad que Frasquito ofrecía al público con el despintado de su rostro, y el buen caballero se decía: "¿Pero qué le importa a nadie que yo me *arregle* o deje de *arreglarme*? Yo hago de mi fisonomía lo que me da la gana, y no estoy obligado a dar gusto a los señores, presentándoles siempre la misma cara. Con la vieja, lo mismo que con la joven, sé yo hacerme respetar y dejar bien puesto mi decoro". Ya se proponía contraponer al mirar cargantísimo de aquel punto una ojeada de desprecio, cuando el de los caracoles, vaciado, comido y chupado el último, y puesta la cáscara en su sitio, pagó el gasto; se colocó en los hombros la capa, que se le había caído; encasquetóse la gorrilla, y levantándose se fue derecho al desteñido caballero, y con muy buen modo le dijo:

—Señor de Ponte, perdóneme que le haga una pregunta.

Por el tono cordial del individuo, comprendió Frasquito que era un infeliz, de éstos que expresan con el modo de mirar todo lo contrario de lo que son.

—Usted dirá...

—Perdóneme, señor de Ponte...

quería saber, siempre que usted no lo lleve a mal, si es verdad que Antonio Zapata y su hermana han tenido una herencia de *tantísimos* millones.

—Hombre, tanto como millones, no creo, diré a usted: mi parte en la herencia, como la que también disfruta doña Francisca Juárez, no pasa de una pensión, cuya cuantía no sabemos aún a punto fijo. Pero podré darle a usted dentro de poco noticias exactas. ¿Por casualidad es usted periodista?

—No, señor: soy pintor heráldico.

—¡Ah! Yo creí que era usted de éstos que averiguan cosas para ponerlas en los periódicos.

—Lo que yo pongo es anuncios. Porque como el arte heráldico está tan por los suelos, me dedico al corretaje de reclamos y avisos... Antonio y yo trabajamos en competencia, y nos hacemos una guerra espantosa. Por eso, al saber que Zapata es rico, quiero que usted influya con él para que me traspase sus negocios. Soy viudo y tengo seis hijos.

Al decir esto, poniendo en su tono tanta sinceridad como hombría de bien, clavaba en el rostro de su interlocutor una mirada semejante a la del asesino en el momento de dar el golpe a su víctima. Antes de que Ponte le contestara, prosiguió diciendo:

—Yo sé que usted es amigo de la familia, y que habla con doña Obdulia... y a propósito: doña Obdulia o su señora madre, que son ricas, querrán *sacar título*. Yo que ellas lo sacaría, siendo como son de la Grandeza de España. Pues que no se olvide usted de mí, señor de Ponte... Aquí tiene mi tarjeta. Yo les compongo el escudo y el árbol genealógico, y la ejecutoria en letra antigua, con iniciales en purpurina, a menor precio que se lo haría el pintor más pintado. Puede usted juzgar de mi trabajo por los modelos que tengo en casa.

—Yo no puedo asegurarle a usted —dijo Frasquito dándose mucha importancia, con un palillo entre los dientes—, que saquen título ni que no saquen título. Nobleza les sobra para ello por los cuatro costados, pues así los Juárez, como los Zapatas, y los Delgados y Pontes, son de los más alcurniados de Andalucía.

—Los Pontes tienen una puente sínople sobre gules, y cuarteles de azur y oro...

—Verdad... por mi parte no pienso sacar título, ni mi herencia es para tanto... Esas señoras, no sé... Obdulia merece ser Duquesa, y lo es por la figura y el tono, aunque no se decida a ponerse la corona. De emperatriz le corresponde, como hay Dios. En fin, yo no me meto... Y dejando a un lado la heráldica, vamos a otra cosa.

En esto, el de los caracoles se había sentado junto a Frasquito, y con su mirar siniestro era el terror de los parroquianos que los rodeaban.

—Puesto que usted se dedica al corretaje de anuncios, ¿podría indicarme una buena casa de huéspedes?...

—Precisamente hoy *he hecho* dos, aquí las tengo en mi cartera para *Imparcial* y *Liberal*. Entérese usted..., son de lo bueno: "habitaciones hermosas, comida a la francesa, cinco platos..., treinta reales".

—Me convendría más barata..., de catorce o dieciséis reales.

—También las *hago*... Mañana podré darle una lista de seis lo menos, todas de confianza.

Les cortó el diálogo la aparición repentina de Antonio Zapata, que entró sofocado, metiendo ruido, bromeando a gritos con el dueño del establecimiento y con varios parroquianos. Subió al cuarto interior, y tirando sobre la mesa la voluminosa cartera que llevaba, y echándose atrás el sombrero, se sentó junto a Frasquito y el de los caracoles.

—¡Vaya una tarde, caballero, vaya una tarde! —exclamó fatigado; y al chiquillo que servía le dijo—: No tomo nada. He comido ya...

mi señora madre nos ha metido en el cuerpo una gallina a mi mujer y a mí..., y encima tira de champaña..., y tira de bartolillos.

—¡Chico, quién te tose ahora!... —le dijo el de los caracoles, la palabra dulce, el mirar terrorífico—. Y es preciso que me des pronto una razón: ¿me cedes o no me cedes tu negocio?

—¡Buena se puso mi mujer cuando le propuse no trabajar más! Creí que me mordía y que me sacaba los ojos. Nada: que seguiremos lo mismo, ella en su máquina, yo en mis anuncios, porque eso de la herencia no sabemos qué pateta será... Amigo Ponte, ¿conoce usted esa finca de la Almoraima? ¿Cuánto nos dará de renta?

—No puedo precisarlo —replicó Frasquito—. Sé que es una magnífica posesión, con monte, potrero, tierras de sembradura, *ainda mais*, el mejor puesto de Andalucía para codornices cuando van a pasar el Estrecho.

—Allá nos iremos una temporada... pero mi mujer, ni *pa Dios* quiere que deje yo este oficio de pateta. Aguántate por ahora, Polidura, que con mi Juliana no se juega: le tengo más miedo que a una leona con hambre... Y cuéntame, ¿qué has hecho hoy?... ¡Ah!, ya no me acordaba: mi madre quiere comprar una araña...

—¡Una araña!

—Sí, hombre, o lámpara colgante para el comedor. Me ha dicho si sabemos de alguna buena y vistosa de lance...

—Sí, sí —replicó Polidura—. En la almoneda de la calle Campomanes la tenemos.

—Otra... también quiere saber si se proporcionarán alfombras de moqueta y terciopelo en buen uso.

—Eso, en la almoneda de la Plaza de Celenque. Aquí lo tengo: "Todo el mobiliario de una casa. Horas: de una a tres. No se admiten prenderos".

—Mi hermana, que entre parén-

tesis, se zampó esta tarde media gallina, lo que quiere es un landó de
cinco luces...

—¡Atiza!

—Yo he aconsejado a Obdulia
—indicó Frasquito con gravedad—,
que no tenga cocheras, que se entienda con un alquilador.

—Claro... pero no dará *pa* tanto el cortijo de pateta. ¡Landó de
cinco luces! Y que tiren de él las
burras de leche del *señó* Jacinto.

Soltó la risa Polidura; mas notando que al algecireño le sabían mal
aquellas bromas quiso variar la conversación al instante. El desvergonzado Antonio Zapata se permitió decir a Ponte:

—Con franqueza, Don Frasco:
creo que está usted mejor así.

—¿Cómo?

—Sin betún. Bonita figura de caballero anciano y respetable. Con-
vénzase de que con el tinte no con-
sigue usted parecer más joven; lo
que parece es..., un féretro.

—Querido Antonio —replicó Ponte, haciendo repulgos con boca y
nariz para disimular su ira, y figurar que seguía la broma—, nos gusta a los viejos espantar a los muchachos para que..., para que nos de-
jen en paz. Los chicos del día, por
querer saberlo todo, no saben nada...

El pobre señor, azorado, no sabía
qué decir. Sus tonterías envalento-
naron a Zapata, que prosiguió mor-
tificándole:

—Y ahora que estamos en fondos,
amigo Ponte, lo primero que tiene
usted que hacer es jubilar el *sarcófago.*

—¿Qué?

—El sombrero de copa que tiene
usted para los días de fiesta, y que
es la moda que se gastaba cuando
ahorcaron a Riego.

—¿Qué entiende usted de modas?
Estas se renuevan, y las formas de
ayer, vuelven a *llevarse* mañana.

—Así será en la ropa; pero en las
personas, el que pasó, pasado se
queda. No le quedan a usted más

que los *pinreles.* Los juanetes que
debía tener en ellos, se le han subido a la cabeza..., sí, sí..., yo digo
que usted piensa con los callos.

Ya le faltaba poco a Frasquito
para estallar en ira, y de fijo le
hubiera tirado a la cabeza el plato,
el vaso de vino y hasta la mesa, si
Polidura no tratara de atenuar la
maleante burla con estas palabras
conciliadoras:

—Cállate, tonto, que el señor de
Ponte no ha entrado en *Villavieja,*
y lleva sus añitos mejor que nosotros.

—No es viejo, no... es de *cuando
Fernando VII gastaba paletot...* pero, en fin, si se ofende, me callo.
Señor de Ponte, sabe que se le quiere, y que si gasto estas bromas es
por pasar el rato. No haga usted
caso, *maestro,* y hablemos de otra
cosa.

—Sus chanzas son un poco impertinentes —dijo Frasquito con dignidad—, y si se quiere, irrespetuo-
sas... pero es usted un **chiquillo,**
y...

—¡Pata!... Ea, se acabó. Voy a
preguntarle una cosa, respetable señor de Ponte: ¿en qué empleará
usted los primeros cuartos de la
pensión?

—En una obra de justicia y de
caridad. Le compraré unas botas a
Benina cuando aparezca, si aparece,
y un traje nuevo.

—Pues yo le compraré un vestido
de odalisca. Es lo que le cuadra,
desde que se ha dedicado a la vida
mora.

—¿Qué dice usted? ¿Se sabe dónde está ese ángel?

—Ese ángel está en el Pardo, que
es el Paraíso a donde son llevados
los angelitos que piden limosna sin
licencia.

—¡Bromas de usted.

—¡Humoradas de la vida, señor
de Ponte! Yo sabía que la Nina se
arrimaba a la puerta de San Sebastián, por pescar algún ochavo...
La necesidad es terrible consejera.
¡Cuando la pobre Nina lo hacía!...
Pero yo no supe hasta hoy que an-

da emparejada con un moro ciego, y que de ahí le viene su perdición.

—¿Está usted seguro de lo que dice?

—Lo he visto. A mamá no he querido decirle nada, porque no se disguste; pero..., ya estoy al tanto. En una redada que echaron los policías, cogieron a Nina y al otro, y les zamparon en San Bernardino. De allí me les empaquetaron para el Pardo, de donde me manda Nina un papelito, diciéndome que *haga un empeño* para que la suelten... Veréis lo que hice esta mañana: alquilé una bicicleta y me fui al Pardo... Antes que se me olvide: si sabe mi mujer que me paseado en bicicleta, tendremos bronca en casa. Tú, Polidura, ten cuidado de no venderme: ya sabes cómo las gasta Juliana... Pues sigo: me planté allá, y la vi: la pobre está descalza y con los trapitos en jirones. Da pena verla. El moro es tan celoso; ¡Dios!, que cuando me oyó hablar con ella se puso frenético, y me quiso pegar... *"Galán bunito —decía—, mí matar galán bunito"*. Por no escandalizar, no le di un par de morradas...

—Yo no creo que *Benina*, a sus años... —indicó Frasquito tímidamente.

—¿Qué ha de hacer usted más que encontrar muy naturales los pinitos de los ancianos?

—En fin —dijo Polidura arrojando todo el furor de su mirada sobre Antonio—, haz por sacarla. Habrá que buscar un empeño en el Gobierno civil.

—Sí, sí... gestionemos inmediatamente —propuso Ponte—. ¿Será todavía Gobernador *Pepe Alcañices*?

—¡Hombre, por Dios! ¿Qué dice? ¿El Duque de Sexto? Usted se empeña en no pasar del año de *la Nanita.*

—Si eso es el tiempo de la guerra de Africa, señor de Ponte, o poco después —afirmó el de los caracoles—. Yo me acuerdo..., cuando la unión liberal... era Ministro de la Gobernación don José Posada He-

rrera. Yo estaba en *La Iberia* con Calvo Ascensio, Carlos Rubio y don Práxedes... pues apenas ha llovido desde entonces...

—Sea lo que quiera, señores —añadió Frasquito poniéndose en la realidad—, hay que sacar a Nina...

—Hay que sacarla.

—Con su morito a rastras. Mañana mismo iré a ver a un amigo que tengo en la Delegación... pero no se olviden: tú, Polidura, ten cuidado y no *metas la pata*... si sabe Juliana que alquilé la bicicleta, ya tengo *máquina* para un semestre.

—¿Va usted a volver al Pardo?...

—Puede. ¿Y usted, maneja el pedal?

—No lo he probado. En todo caso, yo iría a caballo.

—Anda, anda, y qué calladito se lo tenía. ¿Monta usted a la inglesa o a la española?

—Yo no sé... sólo sé que monto bien. ¿Quiere usted verlo?

—Hombre sí... vaya una apuestita: si no se rompe usted la cabeza, pago el alquiler del caballo.

—Y si usted no se desnuca en la máquina, la pago yo.

—Convenido. ¿Y tú Polidura?

—¿Yo?..., en el coche de San Francisco.

—Pues allá los tres. *Sus* convido a caracoles.

—Yo convido a lo que quieran —dijo Frasquito levantándose—; y si conseguimos traernos a Nina y al rifeño, convite general.

—El *disloque*...

XXXVI

No se consolaba doña Paca de la ausencia de Nina. Ni aun viéndose rodeada de sus hijos, que fueron a participar de su ventura, y a darle parte principal de la que ellos saboreaban con la herencia. Con aquel cambio de impresiones placenteras, fácilmente se transportaba el espíritu de la buena señora al séptimo cielo, donde se le aparecían risueños horizontes; pero no tardaba en caer en la realidad, sintiendo el vacío por la falta de su compañera de trabajos. En vano la volandera imaginación de Obdulia quería llevársela, cogida por los cabellos, a dar volteretas en la región de lo ideal. Dejábase conducir doña Francisca, por su natural afición a estas correrías; pero pronto se volvía para acá, dejando a la otra, desmelenada y jadeante, de nube en nube, y de cielo en cielo. Había propuesto la *niña* a su mamá vivir juntas, con el decoro que su posición les permitía. *De hecho* se separaba de Luquitas, señalándole una pensión para que viviera; tomarían un hotel con jardín; se abonarían a dos o tres teatros; buscarían relaciones y amistades de gente distinguida... "Hija, no te corras tanto, que aún no sabes lo que te rentará tu mitad de la Almoraima; y aunque yo, por lo que recuerdo de esa hermosa finca, calculo que no será un grano de anís; bueno es que sepas qué tamaño ha de tener la sábana antes de estirar la pierna".

Al decir esto, hablaba la viuda de Zapata con las ideas de la práctica Nina, que se renovaba en su mente y en ella lucían como las estrellas en el Cielo. Por de pronto, Obdulia dejó su casa de la calle de la Cabeza, instalándose con su madre, movida del propósito de buscar pronto vivienda mejor, nuevecita y en sitio alegre, hasta que llegara el día de sentar sus reales en el hotel que ambicionaba. Aunque más moderada que su hija en el prurito de grandezas, sin duda por el vapuleo con que la domara la implacable experiencia, doña Paca se iba también del seguro, y creyéndose razonable, dejábase vencer de la tentación de adquirir superfluidades dispendiosas. Se le había metido entre ceja y ceja la compra de una buena lámpara para el comedor, y hasta que viese satisfecho su capricho, no podría tener sosiego la pobre señora. El maldito Polidura le proporcionó el *negocio* encajándole un disforme mamotreto, que apenas cabía en la casa, y que, colgado en su sitio, tocaba en la mesa con sus colgajos de cristal. Como pronto habían de tener casa de techos altos, esto no era inconveniente. También le hizo adquirir el de los caracoles unos muebles chapeados de palosanto, y algunas alfombras buenas, que tuvieron el acierto de no colocar, extendiendo sólo retazos allí donde cabían para darse gusto de pisar en blando.

Obdulia no cesaba de dar pellizcos al tesoro de su mamá para adquirir tiestos de bonitas plantas, en los próximos puestos de la Plazuela de Santa Cruz, y en dos días puso la casa que daba gloria verla, los sucios pasillos se trocaron en vergeles, y la sala en risueño pensil. En previsión de la vida de hotel, adquirió también plantas decorativas de gran tamaño, letanías, palmitos, *ficus* y helechos arborescentes. Veía doña Francisca con gozo la irrupción del reino vegetal en su triste morada, y ante tanta belleza, sentía emociones propiamente infantiles, como si al cabo de la vejez volviera a jugar con los nacimientos. "¡Benditas sean las flores —decía, paseándose por sus encantados jardines—, que dan alegría a las casas, y bendito sea Dios, que si no nos permite disfrutar del campo, nos consiente, *por poco dinero*, que traigamos el campo a casa!"

Todo el día se lo pasaba Obdulia cuidando sus macetas, y tanto las regaba, que en algún momento faltó poco para que se hiciera preciso atravesar a nado el trayecto desde la salita al comedor. Ponte la incitaba con sus ponderaciones y aspavientos a seguir comprando flores, y a convertir su casa en Jardín Botánico, o poco menos. Por cierto que el primero y segundo día de aquella vida nueva, tuvo que reñir doña Paca al buen Frasquito, porque siempre que salía se le olvidaba llevarle el libro de cuentas que le había encargado. El galán manido se disculpaba con la muchedumbre de sus ocupaciones hasta que una tarde entró con diversos paquetes de compras, y la dama rondeña vio entre éstos el libro, del cual se apoderó al instante con ganas de inaugurar en él cuenta y razón de su porvenir dichoso. "Pasaré en seguida todo lo que tengo apuntado en este papelito —dijo—: lo que se trae de casa de Botín, la araña, las alfombras, varias cosillas... medicamentos... en fin, todito. Y ahora, hija mía, a ver cómo me das nota clara de tanta y tanta flor, para apuntarlas *ce* por *be*, sin que se escape ni una hoja... Pon mucho cuidado para que salga el balance... ¿verdad, Frasquito, que tiene que salir el balance?"

Curiosa, como hembra, no pudo menos de guluzmear en los paquetes que llevó Ponte.

—¿A ver ¿qué trae usted ahí? Mire que no he de permitirle tirar el dinero. Veamos: un hongo claro... bien, me parece muy bien. A buen gusto nadie le gana. Botas altas... ¡Hombre, qué elegantes! Vaya un pie: ya querrían muchas mujeres... Corbatas: dos, tres... mira, Obdulia, qué bonita esta verde con motas amarillas. Un cinturón que parece un corsé-faja. Bueno debe de ser esto para evitar que crezca el vientre... Y esto ¿qué es?... ¡Ah! espuelas. Pero Frasquito, por Dios, ¿para qué quiere usted espuelas?"

—Ya..., es que va a salir a caballo —dijo Obdulia gozosa—. ¿Pasará por aquí? ¡Ay, qué pena no verle!... ¿Pero a quién se le ocurre vivir en este cuartucho interior, sin un solo agujero a la calle?

—Cállate, mujer, pediremos a la vecina, doña Justa, la profesora en partos, que nos permita pasar y asomarnos cuando el caballero nos ronde la calle... ¡Ah, pobre Nina, cuánto se alegraría también de verle!

Explicó Ponte Delgado su inopinado renacer a la vida hípica, por el compromiso en que se veía de ir al Pardo en excursión de recreo con varios amigos *de la mejor sociedad*. El solo iba a caballo; los demás, a pie o en bicicleta. De las distintas clases de *sports* o *deportes* hablaron un rato con grande animación, hasta que les interrumpió la entrada de Juliana, la mujer de Antonio, que desde la noticia de la herencia frecuentaba el trato de su suegra y cuñada. Era mujer garbosa, simpática, viva de genio, de tez blanca y magnífico pelo negro, peinado con arte. Cubría su cuerpo con un mantón alfombrado, y la cabeza con pañuelo de seda de cuarteles chillones; calzaba preciosas botinas, y sus bajos denotaban limpieza y un buen avío de ropa.

—¿Pero esto es el Retiro, o la Alameda de Osuna? —dijo al ver el enorme follaje de arbustos y flores—. ¿A qué viene tanta *vegetación?*

—Caprichos de Obdulia —replicó doña Paca, que se sentía dominada por el carácter ya enérgico, ya bromista, de su graciosa nuera—. Esta monomanía de hacer de mi casa un bosque, me está costando un dineral.

—Doña Paca —le dijo su nuera cogiéndola sola en el comedor—, no sea usted tan débil de natural, y déjese guiar por mí, que no he de engañarla. Si hace caso de las bobadas de Obdulia, pronto se verá usted tan perdida como antes, porque no hay pensión que baste cuando falta el arreglo. Yo suprimiría el bosque y las fieras... dígolo por ese orangután mal *pintao* que han traído ustedes a casa, y que deben poner en la calle más pronto que la vista.

—El pobre Ponte se va mañana a su casa de huéspedes.

—Déjese llevar por mí, que entiendo del gobierno de una casa..., y no me salga con la matraca del librito de llevar cuentas. La persona que tiene el arreglo en su cabeza, no necesita apuntar nada. Yo no sé hacer un número, y ya ve cómo me las compongo. Siga mi consejo: múdese a un cuarto baratito, y viva como una pensionista de circunstancias, sin echar humos ni ponerse a farolear. Haga lo que yo, que me estoy donde estaba, y no dejaré mi trabajo hasta que no vea claro eso de la herencia, y me entere de lo que da de sí el cortijo. Quítele a su hija de la cabeza lo del hotel si no quieren verse por puertas, y tome una criada que les guise, y ataje el chorro de dinero que se va todos los días a la tienda de Botín.

Conforme con estas ideas se mostraba doña Francisca, asintiendo a todo sin atreverse a contradecirla ni a oponer una sola objeción a tan juiciosos consejos. Sentíase oprimida bajo la autoridad que las ideas de Juliana revelaban con sólo expresarse, y ni la ribeteadora se daba cuenta de su influjo gobernante, ni la suegra de la pasividad con que se sometía. Era el eterno predominio de la voluntad sobre el capricho, y de la razón sobre la insensatez.

—Esperando que vuelva Nina —indicó tímidamente la señora—, he pedido a Botín...

—No piense usted más en la Nina, doña Paca, ni cuente con ella aunque la encontremos, que ya lo voy dudando. Es muy buena, pero ya está caduca, mayormente, y no le sirve a usted para nada. Además, ¿quién nos dice que quiere volver, si sabemos que por su voluntad se ha ido? Le gusta andar de pingo, y no hará usted carrera de ello como la prive de estarse la mitad del día tomando medida a las calles.

Para no perder ripio, insistió Juliana en la recomendación que ya había hecho a su suegra de una buena criada para todo. Era su prima Hilaria, joven, fuerte, limpia y hacendosa..., y de fiel no se dijera... Ya vería pronto la *diferiencia* entre la honradez de Hilaria y las rapiñas de otras.

—¡Ay!... Pero es muy buena la Nina —exclamó doña Paca, rebulléndose bajo las garras de la ribeteadora, para defender a su amiga.

—Muy buena, sí, y debemos soco-rrerla..., no faltaba más..., darle de comer... Pero créame, doña Paca, no hará usted nada de provecho sin mi prima. Y para que no dude más, y se quite quebraderos de cabeza, esta misma tarde, anochecido, se la mando.

—Bueno, hija, que venga y se encargará de la casa... Y a propósito; aquí hay una gallina asada que se va a perder. Ya me indigesta tanta gallina. ¿Quieres llevártela?

—¿Cómo no? Venga.

—También quedaron cuatro chuletas. Ponte ha comido fuera.

—Vengan.

—¿Te lo mando con Hilaria?

—No, que me lo llevo yo misma. Vamos a ver como me arreglo. Lo pongo todo en un plato, el plato en una servilleta..., así; agarro mis cuatro puntas...

—¿Y este pedazo de pastel?... Es riquísimo.

—Lo envuelvo en un periódico, y ¡hala, que es tarde! Y toda esta fruta, ¿para qué la quiere? Pues apenas ha traído manzanas y naranjas... déme acá..., las pongo en mi pañuelo...

—Vas a ir cargada como un burro.

—No importa... ¡A lo que estamos, tuerta! Mañana vendré por aquí, a ver cómo anda esto, y a decirle a usted lo que tiene que hacer... pero, cuidadito, que no salgamos con echarse en el surco y volver a las andadas. Porque si mi señora suegra se tuerce en cuanto yo vuelvo la espalda, y empieza a derrochar y hacer disparates...

—No, no, hija... ¡qué cosas tienes!

—Claro, que si se me dice tanto así yo no me meto en nada. Con su pan se lo coma, y cada palo aguante su vela. Pero yo quiero que usted tenga *conduta* y no pase malos ratos, ni se vea, como hasta ahora, entre las uñas de los usureros.

—¡Ay, si cuanto dices es la pura razón! Tú sí que sabes, tú sí que vales, Juliana. Cierto que tienes el geniecillo un poco fuerte, pero ¿quién no ha de alabártelo, si con ese *ten con ten* has domado a mi Antonio? De un perdido has hecho un hombre de bien.

—Porque no me achico; porque desde el primer día le administré el bautismo de los cinco mandamientos; porque le chillo en cuanto le veo cerdear un poco; porque le hago andar derecho como un huso, y me tiene más miedo que los ladrones a la Guardia Civil.

—¡Y cómo te quiere!

—Es natural. Se hace una querer del marido, enjaretándose los calzones como me los enjareto yo... así se gobiernan las casas chicas y las grandes, señora, y el mundo.

—¡Qué salero tienes!

—Alguna sal me ha puesto Dios, sobre todo en la mollera. Ya lo irá usted conociendo. Ea, que me marcho. Tengo que hacer en casa.

Mientras esto hablaban suegra y nuera, en la salita Obdulia y Ponte departían acerca de aquélla, diciendo la *niña* que jamás perdonaría a su hermano haber traído a la familia una persona tan ordinaria como Juliana, que decía *diferiencia, petril* y otras barbaridades. No harían nunca buenas migas. Al despedirse, Juliana dio besos a Obdulia y a Frasquito un apretón de manos, ofreciéndose a plancharle las camisolas, el precio corriente, y a *volverle* la ropa por lo mismo o menos de lo que llevaría el sastre más barato. Además, también sabía ella cortar *para hombre;* y si quería probarlo, encargárale un traje, que de fijo no saldría menos elegante que el que le hicieron los cortadores de portal que a él le vestían. Toda la ropa de su Antonio se la hacía ella, y que dijeran si andaba mal el chico... ¡a ver! Pues a su tío Bonifacio le había hecho una americana que estrenó para ir al pueblo (Cadalso de los Vidrios) el día del Santo, y tanto gustó allí la prenda, que se la pidió prestada el alcalde para cortar otra por ella. Dio las gracias Ponte,

mostrándose escéptico, con galantería, en lo concerniente a las aptitudes de las señoras para la confección de ropa masculina, y la despidieron todos en la puerta, ayudándola a cargarse los diversos bultos, atadijos y paquetes que gozosa llevaba.

XXXVII

No queriendo ser Obdulia inferior a su cuñada, ni aparecer en la casa con menos autoridad y mangoneo que la intrusa chulita, dijo a su madre que no podían arreglarse decorosamente con una criada *para todo,* y pues Juliana impuso la cocinera, ella imponía la doncella... ¡Así discutieron un rato, y tales razones dio la niña en apoyo de la nueva funcionaria, que no tuvo más remedio doña Francisca que reconocer su necesidad. Sí, sí: ¿cómo se había de pasar sin doncella? Para desempeñar cargo tan importante, había elegido ya Obdulia a una muchacha finísima, educada en el servicio de casas grandes, y que se hallaba libre a la sazón, viviendo con la familia del dorador y adornista de la empresa fúnebre. Llamábase Daniela, era una preciosidad por la figura, y un portento de actividad hacendosa. En fin, que doña Paca, con tal pintura, deseaba que fuese pronto la doncella fina para recrearse en el servicio que le había de prestar.

Por la noche llegó Hilaria, que se inauguró dando a doña Francisca un recado de Juliana, el cual parecía más bien una orden. Decía su prima que no pensara la señora en hacer más compras, y que cuando notase la falta de alguna cosa necesaria, le avisase a ella, que sabía como nadie tratar el género, y *sacarlo* bueno y arreglado. Item: que reservase la señora la mitad lo menos del dinero de la pensión, para ir desempeñando las infinitas prendas de ropa y objetos diversos que estaban en *Peñíscola,* dando la preferencia a las papeletas cuyo vencimiento estuviese al caer, y así en pocos meses podría recobrar sin fin de cosas de mucha utilidad. Celebró doña Paca la feliz advertencia de Juliana, que era la previsión misma, y ofreció seguirla puntualmente, o más bien obedecerla. Como tenía la cabeza tan mareada, efecto de los inauditos acontecimientos de aquellos días, de la ausencia de *Benina*, y ¿por qué no decirlo?, del olor de las flores que embalsamaban la casa, no le había pasado por las mientes el revisar las resmas de papeletas que en varios cartapacios guardaba como oro en paño. Pero ya lo haría, sí señora, ya lo haría..., y si Juliana quería encargarse de comisión tan fastidiosa como el desempeñar, mejor que mejor. Contestó la nueva cocinera que lo mismo servía ella para el caso que su prima, y acto continuo empezó a disponer la cena, que fue muy del gusto de doña Paca y de Obdulia.

Al día siguiente se agregó a la familia la doncella; y tan necesarios creían hija y madre sus servicios, que ambas se maravillaban de haber vivido tanto tiempo sin echarlos de menos. El éxito de Daniela el primer día fue, pues, tan franco y notorio como el de Hilaria. Todo lo hacía bien, con arte y presteza, adivinando los gustos y deseos de las señoras para satisfacerlos al instante. ¡Y qué buenos modos, qué dulce agrado, qué humildad y ganas de complacer! Diríase que una y otra joven trabajaban desafiadas y en competencia, apostando a cuál conquistaría más pronto la voluntad de sus amas. Doña Francisca estaba en sus glorias, y lo único que la afligía era la estrechez de la habitación, en la cual las cuatro mujeres apenas podían revolverse.

Juliana, la verdad sea dicha, no vio con buenos ojos la entrada de la doncella, que maldita la falta que hacía; pero por no chocar tan pronto, no dijo nada, reservándose el propósito de plantarla en la calle cuando se consolidase un poco más

el dominio que había empezado a ejercer. En otras materias aconsejó y llevó a la práctica disposiciones tan atinadas, que la misma Obdulia hubo de reconocerla como maestra en arte de gobierno. Ocupábase además en buscarles casa; pero con tales condiciones de comodidad, ventilación y baratura la quería, que no era fácil decidirse hasta no revolver bien todo Madrid. Claro es que Frasquito ya se había ido con viento fresco a su casa de pupilos (Concepción Jerónima, 37), y tan contento el hombre. No tenía doña Paca habitación para él, y aun acomodarle en el pasillo habría sido difícil, por estar lleno de plantas tropicales y alpestres; además, no era pertinente ni decoroso que un señor reputado por elegante y algo calavera, viviese en compañía de cuatro mujeres solas, tres de las cuales eran jóvenes y bonitas. Fiel a la estimación que a doña Francisca debía, la visitaba Ponte diariamente mañana y tarde, y un sábado anunció para el siguiente domingo la excursión al Pardo, en que se proponía reverdecer sus aficiones y habilidades caballerescas.

¡Con qué placer y curiosidad salieron las cuatro al balcón prestado del vecino para ver al jinete! Pasó muy gallardo y tieso en un caballote grandísimo, y saludó y dio varias vueltas parando el caballo y haciendo mil monerías. Agitaba Obdulia su pañuelo, y doña Paca, en la efusión de su amistoso cariño, no pudo menos de gritarle desde arriba:

—Por Dios, Frasquito, tenga mucho cuidado con esa bestia, no vaya a tirarle al suelo y a darnos un disgusto.

Picó espuelas el diestro jinete, trotando hacia la calle de Toledo para tomar la de Segovia y seguir por la Ronda hasta incorporarse con sus amigos en la Puerta de San Vicente. Cuatro jóvenes de buen humor formaban con Antonio Zapata la partida de ciclistas en aquella excursión alegre, y en cuanto divisaron a Ponte y su gigantesca cabalgadura, saludáronle con vítores y cuchufletas. Antes de partir en dirección a la Puerta de Hierro, hablaron Frasquito y Zapata del asunto que principalmente les reunía, diciendo éste que al fin, con no pocas dificultades, había conseguido la orden para que fuesen puestos en libertad *Benina* y su moro. Partieron gozosos, y a lo largo de la carretera empezó el *match* entre el jinete del caballo de carne y los del de hierro, animándose y provocándose recíprocamente con alegres voces e imprecaciones familiares. Uno de los ciclistas, que era campeón laureado, iba y venía, adelantándose a los otros, y todos corrían más veloces que el jamelgo de Frasquito, quien tenía buen cuidado de no hacer locuras, manteniéndose en un paso y trote moderados.

Nada les ocurrió en el viaje de ida. Reunidos allá con Polidura y otros amigos pedestres, que habían salido con la fresca, almorzaron gozosos, pagando por mitad, según convenio, Frasquito y Antonio; visitaron rápidamente el recogimiento de pobres, sacaron a los cautivos, y a la tarde se volvieron a Madrid, echando por delante a *Benina* y Almudena. No quiso Dios que la vuelta fuese tan feliz como la ida, porque uno de los ciclistas, llamado, y no por mal nombre, *Pedro Minio*, de la piel del diablo, había empinado el codo más de la cuenta en el almuerzo, y dio en hacer gracias con la máquina, metiéndose y sacándose por angosturas peligrosas, hasta que en uno de aquellos pasos fue a estrellarse contra un árbol, y se estropeó una mano y un pie, quedándose inutilizado para continuar pedaleando. No pararon aquí las desdichas, y más acá de la Puerta de Hierro, ya cerca de los Viveros, el corcel de Frasquito, que sin duda estaba ya cargado del vertiginoso girar con que las bicicletas pasaban y repasaban delante de sus ojos, sintiéndose además mal gobernado, quiso emanciparse de un jinete ridículo y fasti-

dioso. Pasaron unas carretas de bueyes con carga de retama y carrasca para los hornos de Madrid, y ya fuera que se espantase el jaco, ya que fingiera el espanto, ello es que empezó a dar botes y más botes, hasta que logró despedir hacia las nubes a su elegante caballero. Cayó el pobre Ponte como un saco medio vacío, y en el suelo se quedó inmóvil hasta que acudieron sus amigos a levantarle. Herida no tenía, y por fortuna tampoco sufrió golpe de cuidado en la cabeza, porque conservaba su conocimiento, y en cuanto le pusieron en pie empezó a dar voces, rojo como un pavo, apostrofando al carretero que, según él, había tenido la culpa del *siniestro*. Aprovechando la confusión, el caballo, ansioso de libertad, escapó desbocado hacia Madrid, sin dejarse coger de los transeúntes que lo intentaron, y en pocos minutos Zapata y sus amigos lo perdieron de vista.

Ya habían traspuesto *Benina* y Almudena, en su tarda andadura, la línea de los Viveros, cuando la anciana vio pasar, veloz como el viento, el jamelgo de Ponte, y comprendió lo que había pasado. Ya se lo temía ella, porque no estaba Frasquito para tales bromas, ni su edad le consentía tan ridículos alardes de presunción. Mas no quiso detenerse a saber lo cierto del lance, porque anhelaba llegar pronto a Madrid para que descansase Almudena, que sufría de calenturas y se hallaba extenuado. Paso a paso avanzaron en su camino, y en la Puerta de San Vicente, ya cerca de anochecido, sentáronse a descansar, esperando ver pasar a los expedicionarios con la víctima en una parihuela. Pero no viéndoles en más de media hora que allí estuvieron, continuaron su camino por la Virgen del Puerto, con ánimo de subir a la calle Imperial por la de Segovia. En lastimoso estado iban los dos: *Benina* descalza, desgarrada y sucia la negra ropa; el moro envejecido, la cara verde y macilenta, uno y otro revelando en sus demacrados rostros el hambre que habían padecido, la opresión y tristeza del forzado encierro en lo que más parece mazmorra que hospicio.

No podía apartar la Nina de su pensamiento la imagen de doña Paca, ni cesaba de figurarse, ya de un modo, ya de otro, el acogimiento que en su casa tendría. A ratos esperaba ser recibida con júbilo; a ratos temía encontrar a doña Francisca furiosa por el aquel de haber ella pedido limosna, y, sobre todo, por andar con un moro. Pero nada ponía tanta confusión y barullo en su mente como la idea de las novedades que había de encontrar en la familia, según Antonio con vagas referencias le dijera al salir del Pardo. ¡Doña Paca, y él, y Obdulia eran ricos! ¿Cómo? Ello fue cosa súbita, traída de la noche a la mañana por don Romualdo... ¡vaya con don Romualdo! Le había inventado ella, y de los senos oscuros de la invención salía persona de verdad, haciendo milagros, trayendo riquezas, y convirtiendo en realidades los soñados dones del Rey *Samdai*. ¡Quiá! Esto no podía ser. Nina desconfiaba, creyendo que todo era broma del guasón de Antoñito, y que en vez de encontrar a doña Francisca nadando en la abundancia, la encontraría ahogándose, como siempre, en un mar de trampas y miserias.

XXXVIII

Temblorosa llegó a la calle Imperial, y habiendo mandado al moro que se arrimase a la pared y la esperase allí, mientras ella subía y se enteraba de si podía o no alojarle en la que fue su casa, le dijo Almudena:

—No *bandonar* tú mí, *amri*.

—¿Pero estás loco? ¿Abandonarte yo ahora que estás malito, y los dos andamos tan de capa caída? No pienses tal desatino, y aguárdame. Te pondré ahí enfrente, a la entrada de la calle de la Lechuga.

—¿No *n'gañar* tú mí? ¿*Golver* ti pronto?

—En seguidita, en seguidita que vea lo que ocurre por arriba, y si está de buen temple mi doña Paca.

Subió Nina sin aliento, y con gran ansiedad tiró de la campanilla. Primera sorpresa: le abrió la puerta una mujer desconocida, jovenzuela, de tipito elegante, con su delantal muy pulcro. *Benina* creía soñar. Sin duda los demonios habían levantado en peso la casa para cargar con ella, dejando en su lugar otra que parecía la misma y era muy diferente. Entró la prófuga sin preguntar, con no poco asombro de Daniela, que al pronto no la conoció. ¿Pero qué significaban, qué eran, de dónde habían salido aquellos jardines, que formaban como alameda de preciosos arbustos desde la puerta, en todo lo largo del pasillo? *Benina* se restregaba los ojos, creyendo hallarse aún bajo la acción de las estúpidas somnolencias del Pardo, en las fétidas y asfixiantes cuadras. No, no; no era aquella su casa, no podía ser, y lo confirmaba la aparición de otra figura desconocida, como de cocinera fina, bien puesta, de semblante altanero... y mirando al comedor, cuya puerta al extremo del pasillo se abría, vio... ¡santo Dios, qué maravilla, qué cosa...! ¿era sueño? No, no, que bien segura estaba de verlo con los ojos corporales. Encima de la mesa, pero sin tocar a ella, como suspendido en el aire, había *un montón* de piedras preciosas, con diferentes brillos, luces y matices, encarnadas unas, azules o verdes otras. ¡Jesús, qué preciosidad! ¿Acaso doña Paca, más hábil que ella, había efectuado el conjuro del Rey *Samdai*, pidiéndole y obteniendo de él las carretadas de diamantes y zafiros? Antes de que pudiera comprender que todo aquel centellear de vidrios procedía de los colgajos de la lámpara del comedor, iluminados por una vela que acababa de encender doña Paca para revisar los cuchillos que de la casa de préstamos acababa de traerle la Juliana, apareció ésta en la puerta del comedor, y cortando el paso a la pobre vieja, le dijo entre risueña y desabrida:

—Hola, Nina, ¿tú por aquí? ¿Has parecido ya? Creíamos que te habías ido al Congo... no pases, no entres; quédate ahí, que nos vas a poner perdidos los suelos, lavados de esta tarde... ¡bonita vienes!... quita allá esas patas, mujer, que manchas los baldosines...

—¿En dónde está la señora? —dijo Nina, volviendo a mirar los diamantes y esmeraldas, y dudando ya que fueran efectivos.

—La señora está aquí... pero te dice que no pases, porque vendrás llena de miseria...

En aquel momento apareció por otro lado la señorita Obdulia, chillando:

—Nina, bien venida seas, pero antes de que entres en casa, hay que fumigarte y ponerte en la colada... no, no te arrimes a mí. ¡Tantos días entre pobres inmundos!... ¿Ves qué bonito está todo?

Avanzó Juliana hacia ella sonriendo, pero al través de la sonrisa, hubo de vislumbrar Nina la autoridad que la ribeteadora había sabido conquistar allí, y se dijo: ésta es la que ahora manda. Bien se le conoce el despotismo. A las arrogancias revestidas de benevolencia con que la acogió la tirana, respondió Nina que no se iría sin ver a su señora.

—Mujer, entra, entra —murmuró desde el fondo del comedor, con voz ahogada por los sollozos, la señora doña Francisca Juárez.

Manteniéndose en la puerta, le contestó *Benina* con voz entera:

—Aquí estoy, señora, y como dicen que mancho los baldosines, no quiero pasar; digo que no paso... me han sucedido cosas que no le quiero contar por no afligirla... lleváronme presa, he pasado hambres... he padecido vergüenzas, malos tratos... yo no hacía más que pensar en la señora, y en si tendría

también hambre y si estaría desamparada.

—No, no, Nina: desde que te fuiste, ¡mira qué casualidad! entró la suerte en mi casa... parece un milagro, ¿verdad? ¿Te acuerdas de lo que hablábamos, aburriditas en esta soledad, ¡ay! en aquellas noches de miseria y sufrimientos? Pues el milagro es una verdad, hija, y ya puedes comprender que nos lo ha hecho tu don Romualdo, ese bendito, ese arcángel, que en su modestia no quiere confesar los beneficios que tú y yo le debemos..., niega sus méritos y virtudes..., y dice que no tiene por sobrina a doña Patros... y que no le han propuesto para Obispo..., pero es él, porque no puede haber otro, no, no puede haberlo, y que realice estas maravillas.

Nina no contestó sílaba, y arrimándose a la puerta, sollozaba.

—Yo de buena gana te recibiría otra vez aquí —afirmó doña Francisca, a cuyo lado, en la sombra, se puso Juliana, sugiriéndole por lo bajo lo que debía de decir—; pero no cabemos en casa, y estamos aquí muy incómodas... ya sabes que te quiero, que tu compañía me agrada más que ninguna..., pero..., ya ves..., mañana estaremos de mudanza, y se te hará un hueco en la nueva casa... ¿qué dices? ¿Tienes algo que decirme? Hija, no te quejarás; ten presente que te fuiste de mala manera, dejándome sin una miga de pan en casa, sola, abandonada... ¡vaya con la Nina! Francamente, tu conducta merece que yo sea un poquito severa contigo... y para que todo hable en contra tuya, olvidaste los sanos principios que siempre te enseñé, largándote por esos mundos en compañía de un morazo... sabe Dios qué casta de pájaro será ése, y con qué sortilegio habrá conseguido hacerte olvidar las buenas costumbres. Dime, confiésamelo todo: ¿le has dejado ya?

—No, señora.

—¿Le has traído contigo?

242	B. PÉREZ GALDÓS

—Sí, señora. Abajo está esperándome.

—Como eres así, capaz te creo de todo... ¡hasta de traérmelo a casa!

—A casa le traía, porque está enfermo, y no le voy a dejar en medio de la calle —replicó *Benina* con firme acento.

—Yo sé que eres buena, y que a veces tu bondad te ciega y no miras por el decoro.

—Nada tiene que ver el decoro con esto, ni yo falto porque vaya con Almudena, que es un pobrecito. El me quiere a mí..., y yo le miro como un hijo.

La ingenuidad con que expresaba Nina su pensamiento no llegó a penetrar en el alma de doña Paca, que sin moverse de su asiento, y con los cuchillos en su falda, prosiguió diciéndole:

—No hay otra como tú para componer las cosas, y retocar tus faltas hasta conseguir que parezcan perfecciones; pero yo te quiero, Nina; reconozco tus buenas cualidades, y no te abandonaré nunca.

—Gracias, señora, muchas gracias.

—No te faltará qué comer, ni cama en que dormir. Me has servido, me has acompañado, me has sostenido en mi adversidad. Eres buena, buenísima; pero no abuses, hija; no me digas que venías a casa con el moro *de los dátiles*, porque creeré que te has vuelto loca.

—A casa le traía, sí, señora, como traje a Frasquito Ponte, por caridad... si hubo misericordia con el otro, ¿por qué no ha de haberla con éste? ¿O es que la caridad es una para el caballero de levita, y otra para el pobre desnudo? Yo no lo entiendo así, yo no distingo... por eso le traía; y si a él no le admite, será lo mismo que si a mí no me admitiera.

—A ti siempre... digo, siempre no... quiero decir..., es que no tenemos hueco en casa, somos cuatro mujeres, ya ves... ¿volverás mañana? Coloca a ese desdichado en

una buena fonda..., no, ¡qué disparate! en el Hospital... no tienes más que dirigirte a don Romualdo... dile de mi parte que yo le recomiendo..., que lo mire como cosa mía... ¡ay, no sé lo que digo!... Como cosa tuya, y tan tuya... En fin hija, ¡tú verás!... puede que os alberguen en la casa del señor de Cedrón, que debe de ser muy grande..., tú me has dicho que es un caserón enorme que parece un convento... yo, bien lo sabes, como criatura imperfecta, no tengo la virtud en el grado heroico que se necesita para alternar con la pobrería sucia y apestosa... no, hija, no: es cuestión de estómago y nervios... de asco me moriría, bien lo sabes. ¡Pues digo, con la miseria que traerás sobre ti!... yo te quiero, Nina, pero ya conoces mi estómago... veo una mota en la comida, y ya me revuelvo toda, y estoy mala tres días... llévate tu ropa, si quieres mudarte... Juliana te dará lo que necesites... ¿oyes lo que te digo? ¿Por qué callas? Ya, ya te entiendo. Te haces la humilde para disimular mejor tu soberbia... todo te lo perdono; ya sabes que te quiero, que soy buena para ti... en fin, tú me conoces... ¿qué dices?

—Nada, señora, no he dicho nada, ni tengo nada que decir —murmuró Nina entre dos suspiros hondos—. Quédese con Dios.

—Pero no te irás enojada conmigo —añadió con trémula voz doña Paca, siguiéndola a distancia en su lenta marcha por el pasillo.

—No, señora..., ya sabe que yo no me enfado..., —replicó la anciana mirándola más compasiva que enojada. Adiós, adiós.

Obdulia condujo a su madre al comedor diciéndole:

—¡Pobre Nina!..., se va. Pues mira, a mí me habría gustado ver a ese moro Muza y hablar con él... ¡esta Juliana, que en todo quiere meterse!...

Atontada por crueles dudas que desconcertaban su espíritu, doña

Francisca no pudo expresar ninguna idea, y siguió revisando los cubiertos desempeñados. En tanto, Juliana, conduciendo a la Nina hasta la puerta con suave opresión de su mano en la espalda de la mendiga, la despidió con estas afectuosas palabras:

—No se apure, *señá Benina*, que nada ha de faltarle... le perdono el duro que le presté la semana pasada, ¿no se acuerda?

—Señora Juliana, sí que me acuerdo. Gracias.

Pues bien: tome además este otro duro para que se acomode esta noche... váyase mañana por casa, que allí encontrará su ropa...

—Señora Juliana, Dios se lo pague.

—En ninguna parte estará usted mejor que en la *Misericordia*, y si quiere, yo misma le hablaré a don Romualdo, si a usted le da vergüenza. Doña Paca y yo la recomendaremos... porque mi señora madre política ha puesto en mí toda su confianza, y me ha dado su dinero para que se lo guarde..., y le gobierne la casa, y le *suministre* cuanto pueda necesitar. Mucho tiene que agradecer a Dios por haber caído en estas manos...

—Buenas manos son, señora Juliana.

—Vaya por casa, y le diré lo que tiene que hacer.

—Puede que yo lo sepa sin necesidad de que usted me lo diga.

—Eso usted verá... si no quiere ir por casa...

—Iré.

Pues, *señá Benina*, hasta mañana.

—Señora Juliana, servidora de usted.

Bajó de prisa los gastados escalones, ansiosa de verse pronto en la calle. Cuando llegó junto al ciego, que en lugar próximo la esperaba, la pena inmensa que oprimía el corazón de la pobre anciana reventó en un llorar ardiente, angustioso, y golpeándose la frente con el puño cerrado exclamó:

—¡Ingrata, ingrata, ingrata!

—No *yorar* ti, *amri* —le dijo el ciego cariñoso, con hablar sollozante—. Señora tuya mala ser, tú *ángela*.

—¡Qué ingratitud, Señor..., ¡oh mundo... oh miseria!... Afrenta de Dios es hacer bien...

—*Dir* nosotros *luejos... dirnos, amri... despreciar* ti *mondo* malo.

—Dios ve los corazones de todos; el mío también lo ve... Véalo, Señor de los cielos y la tierra, véalo pronto.

XXXIX

Dicho lo que antecede, se limpió las lágrimas con mano temblorosa, y pensó en tomar las resoluciones de orden práctico que las circunstancias exigían.

—*Dirnos, dirnos* —repitió Almudena cogiéndola del brazo.

—¿A dónde? —dijo Nina con aturdimiento—. ¡Ah! lo primero a casa de don Romualdo.

Y al pronunciar este nombre se quedó un instante lela, enteramente idiota.

—*R'maldo* mentira —declaró el ciego.

—Sí, sí, invención mía fue. El que ha llevado tantas riquezas a la señora será otro, algún don Romualdo de pega..., hechura del demonio... no, no, el de pega es el mío... no sé, no sé. Vámonos Almudena. Pensemos en que tú estás malo, que necesitas pasar la noche bien abrigadito. La *señá Juliana*, que es la que ahora corta el queso en la casa de mi señora, y todo lo suministra..., en buena hora sea..., me ha dado este duro. Te llevaré a los palacios de Bernarda, y mañana veremos.

—Mañana, *dir* nosotros *Hierusalaim*.

—¿A dónde has dicho? ¿A Jerusalén? ¿Y dónde está eso? ¡Vaya, que querer llevarme a ese punto, como si fuera, un suponer, Jetafe o Carabanchel de Abajo!

—Luejos, luejos..., tú casar *migo* y ser *tigo migo*, uno. *Dirnos* Marsella por caminos pidiendo... en Marsella *vapora... pim, pam...* *Jaffa... ¡Hierusalaim!* Casarnos por *arreligión* tuya, por *arreligión* mía, *quierer tú... veder tú sepolcro;* entrar mi *S'nagoga* rezar *Adonai...*

—Espérate, hijo, ten un poco de calma, y no me marees con las invenciones de tu cabeza *deliriosa*. Lo primero es que te pongas bueno.

—*Mí estar bueno..., mí no c'lentura ya... mí contentada.* Tú *viener migo* siempre, por *mondo* grande, *caminas mochas, libertanza, mar terra, legría mocha...*

—Muy bonito; pero ahora caigo en la cuenta de que tú y yo tenemos hambre, y entraremos a cenar en cualquier taberna. Si te parece, aquí en la Cava Baja...

—*Onde quierer* tú, yo *quierer.*

Cenaron con relativo contento, y Almudena no cesaba de ponderar las delicias de irse juntitos a Jerusalén, pidiendo limosna por tierra y por mar, sin prisa, sin cuidados. Tardarían meses, medio año quizás; pero al fin darían con sus cuerpos en la Palestina, aunque la emprendiesen por la vía terrestre hasta Constantinopla. ¡Pues no había pocos países bonitos que recorrer! Objetaba Nina que ella tenía ya los huesos duros para correría tan larga, y el africano, no sabiendo ya como convencerla, le decía.

—*Ispania terra n'gratituda... Correr luejos, juyando de n'gratos* ellos.

En cuanto cenaron se recogieron en casa de Bernarda, dormitorios de abajo, a dos reales cama. Muy intranquilo estuvo Almudena toda la noche, sin poder coger el sueño, delirando con el viajecito a Jerusalén; y *Benina*, por ver de calmarle, mostrábase dispuesta a emprender tan larga peregrinación. Inquieto y dolorido, cual si la cama fuera de zarzas punzadoras, Mordejai no hacía más que volverse de un lado para otro, quejándose de ardores en la piel y de picazones molestísimas, las cuales no eran motivadas, dicha sea la verdad, por cosa alguna tocante a la miseria que se combate con polvos insecticidas. Ella provenía quizás de un extraño giro que la fiebre tomaba, y que se manifestó a la mañana siguiente en un rojo sarpullo en brazos y piernas. El infeliz se rascaba con desesperación, y *Benina* le llevó a la calle, con la esperanza de que el aire libre y el ejercicio le servirían de alivio. Después de vagar pidiendo, por no perder la costumbre, fueron a la calle de San Carlos, y subió *Benina* a ver a Juliana, que allí le tenía su ropa, y se la dio en un lío, diciéndole que mientras gestionaba para que fuese recogida en la *Misericordia*, se albergara en cualquier casa barata, con o sin *el hombre*, aunque mejor le estaba, para su decoro, dejarse de compañía y tratos tan indecentes. Añadió que en cuanto se limpiara bien de toda la inmundicia que había traído del Pardo, podía ir a visitar a doña Paca, que gozosa la recibiría; pero que no pensase en volver a su lado, porque los hijos se oponían a ello, atentos a que su mamá estuviese bien servida, y *suministrada* con regularidad. Con todo se mostró conforme la buena mujer, que en ello veía una voluntad superior incontrastable.

No era mala persona Juliana; dominante, eso sí, ávida de mostrar las grandes dotes de gobierno que le había dado Dios, mujer que no soltaba a dos tirones la presa caída en sus manos. Pero no carecía de amor al prójimo, se compadecía de *Benina*, y habiéndole dicho ésta que el moro la esperaba en la calle, quiso verle y juzgarle por sus propios ojos. Que la traza del pobre africano le pareció lastimosa, se conoció en el gesto que hizo, en la cara que puso, y en el acento con que dijo:

—Ya le conocía yo a éste, de verle pedir en la calle del Duque de Alba. Es buen punto, y muy enamorado. ¿Verdad, señor Almudena, que le gustan a usted las chicas?

—Gustar mi *B'nina, amri...*

—Ajajá... pobre *Benina*, ¡no se le ha sentado mala mosca! Si lo hace por caridad, de veras digo que es usted una santa.

—El pobrecito está enfermo, y no puede valerse.

Y como el morito acometido de violentísimas picazones en brazos y pechos, hiciera garras de sus dedos para rascarse con gana, la ribeteadora se acercó para mirarle los brazos, que había desnudado de la manga.

—Lo que tiene este hombre —dijo con espanto—, es lepra... ¡Jesús, qué lepra, *señá Benina!* He visto otro caso: un pobre, del Moro también, de Orán él, mendigo él, que pedía en Puerta Cerrada, junto al taller de mi padrastro y se puso tan perdido, que no había cristiano que se le acercara, y ni en los santos hospitales le querían recibir...

—Picar, picar *mocha* —era lo único que Almudena decía, pasando las uñas desde el hombro a la mano, como se pasaría un peine por la madeja.

Disimulando su asco, por no lastimar a la infeliz pareja, Juliana dijo a Nina:

—¡Pues no le ha caído a usted mala incumbencia con este tipo! Mire que esa sarna se pega. Buena se va usted a poner, sí señora; buena, bonita y barata... O es usted más boba que el que asó la manteca, o no sé lo que es usted.

Con miradas no más expresó Nina su lástima del pobre ciego, su decisión de no abandonarle, y su conformidad con todas las calamidades que quisiera enviarle Dios. Y en esto, Antonio Zapata, que a su casa volvía, vio a su mujer en el grupo; llegóse a ella presuroso, y enterado de lo que hablaban, aconsejó a *Benina* que llevara al moro a la consulta de enfermedades dermatológicas en San Juan de Dios.

—Más cuenta le tiene —afirmó Juliana—, mandarle para su tierra.

—*Luejos, luejos* —dijo Almudena—. *Dir nos Hierusalaim.*

—No está mal. "De Madrid a Jerusalén, o la familia del tío Maroma..." Bueno, a otra cosa, mujercita mía, no pegues y escucha. No he podido hacer tus encargos, porque..., te digo que no pegues.

—Porque te has ido al billar, granuja... sube, sube, y ajustaremos cuentas.

—No subo porque tengo que volver a los carros de pateta.

—¿Qué dices, granuja?

—Que no va el carro grande por menos de cuarenta reales, y como me mandaste que no pasase de treinta...

—Tendré yo que verlo. Estos hombres no sirven más que de estorbo, ¿verdad, Nina?

—Verdad. ¿Y qué es? ¿Se muda la señora?

—Sí, mujer; pero ya no podrá ser hasta mañana, porque este marido tonto que me ha dado Dios, salió antes de las ocho a tomar la casa y avisar el carro, y ya ve usted a qué hora se descuelga por aquí con todo ese cuajo, sin haber hecho nada.

—Bastante he corrido, chica. A las nueve entraba yo en casa de mamá con el contrato para que lo firmara. Ya ves si ganábamos tiempo. ¿Pero tú sabes el que he perdido con Frasquito Ponte, que nos ha dado una tabarra tremenda? Como que tuvimos que llevarle a su casa Polidura y yo con grandísimo trabajo. ¡Dios, cómo está el hombre, y qué barullo tiene en la cabeza desde el batacazo de ayer!

Igualmente interesadas *Benina* y Juliana en la buena o mala suerte del hijo de Algeciras, oyeron atentas lo que Antonio les refirió de las consecuencias funestísimas de la caída del jinete en el camino del Pardo. Cuando le vieron en tierra, despedido por el jaco, pensaron todos que en aquel crítico instante había terminado la existencia mortal del pobre caballero. Pero al levantarle, recobró Frasquito, como quien resucita, el movimiento y la palabra, y asegurando no haber recibido golpe en la cabeza, que era lo más delicado, y palpándose en distintas partes del cráneo, les dijo: "Nada, nada, señores; tóquenme y no hallarán el más ligero chichón". De brazos y piernas, si al principio pareció haber salido con suerte, pues hueso roto seguramente no tenía, a poco de echar a andar cojeaba horrorosamente de la pierna izquierda, efecto, sin duda, del violento choque contra el suelo. Pero lo más extraño fue que, al ser puesto en pie, rompió en una charla incoherente, impetuosa, roja la cara como un tomate, vibrante y entrecortada la lengua. Lleváronle a su casa en coche, creyendo que un reposo absoluto le restablecería; frotáronle todo el cuerpo con árnica, le acostaron, se fueron... pero el maldito, según les dijo después la patrona, no bien se quedó solo, vistióse precipitadamente, y echándose a la calle se fue a casa de Boto, y allí estuvo hasta muy tarde, *metiéndose con todo el mundo,* y provocando con destempladas insolencias a los pacíficos parroquianos. Tan contrario era esto al natural plácido de Frasquito, y a su timidez y buena educación, que seguramente había perturbación cerebral grave, por causa del batacazo. No se sabe dónde pasó el resto de la noche: se cree que estuvo alborotando en las calles del Mediodía Grande y Chica. Ello es que a poco de llegar Antonio y Polidura a la casa de doña Francisca, entró Frasquito muy alborotado, el rostro encendido, brillantes los ojos, y con gran sorpresa y consternación de las señoras, empezó a soltar de su boca un poco torcida, atroces disparates. Combinando la maña con la fuerza, pudieron sacarle de allí y volverle a su casa, donde le dejaron, encargado a la patrona que le sujetara si podía, y que hiciera por darle de comer. Entre otras tenacidades monomaníacas, tenía la de que su honor le demandaba pedir explicaciones al moro por el inaudito agravio de suponer, de afirmar en público que él, Frasquito, hacía la corte a *Benina.* Más de veinte veces

se arrancó hacia la calle de Mediodía Grande, procurando ver al señor de Almudena, decidido a entregarle su tarjeta; pero el africano escurría el bulto y no se dejaba ver por ninguna parte. Claro: se había ido a su tierra, huyendo de la furia de Ponte... pero él estaba decidido a no parar hasta descubrirle, y obligarle a cumplir como caballero, aunque se escondiese en el último rincón del Atlas.

—Si *vinier* mí *galán bunito* —dijo el moro riendo tan estrepitosamente, que los extremos de su boca se le enganchaban en las orejas—, dar mí él *patás mochas.*

—¡Pobre don Frasquito... cuitado, alma de Dios! —exclamó Nina cruzando las manos—. Yo me temía que parara en esto...

—¡Valiente estantigua! —dijo la Juliana—. ¿Y a nosotros qué nos importa que ese viejo pintado se chifle o no se chifle? ¿Sabéis lo que os digo? Pues que todo eso proviene de las drogas que se pone en la cara, son venenosas y atacan al sentido. Ea, no perdamos el tiempo, Antonio, vuélvete a la calle Imperial, diles que preparen todo, y yo iré *al carro* a ver si lo arreglo para esta tarde. Nina, vete con Dios, y cuidado no se te pegue... ¿sabes? ¡Ay, hija, se te pegará, por mucho aseo que tengas! ¿Ves? ya empiezas a sufrir las consecuencias del mal paso..., por no hacer caso de mí. Doña Paca me dijo que te permitiera ir allá. Quiere verte: ¡pobre señora! Yo le di mi conformidad, y hoy pensaba llevarte conmigo..., pero ya no me atrevo, hija, ya no me atrevo. Habiendo de por medio esta pestilencia, no puedes rozarte... Yo había determinado que fueras todos los días a recoger la comida sobrante en casa de la que fue tu ama...

—¿Y ya no?...

—Sí, sí: la comida es tuya..., pero... verás lo que debes hacer... te llegas al portal a la hora que yo te fije, y mi prima Hilaria te la bajará y te la dará..., acercándose a ti lo menos que pueda... Ya comprendes... cada una tiene su escrúpulo... No todos los estómagos son como el tuyo, Nina, a prueba de bomba..., con que...

—Comprendo..., señora Juliana. Quédese con Dios...

XL

Las adversidades se estrellaban ya en el corazón de *Benina*, como las vagas olas en el robusto cantil. Rompíanse con estruendo, se quebraban, se deshacían en blancas espumas, y nada más. Rechazada por la familia que había sustentado en días tristísimos de miseria y dolores sin cuento, no tardó en rehacerse de la profunda turbación que ingratitud tan notoria le produjo; su conciencia le dio inefables consuelos: miró la vida desde la altura en que su desprecio de la humana vanidad la ponía; vio en ridícula pequeñez a los seres que la rodeaban, y su espíritu se hizo fuerte y grande. Había alcanzado glorioso triunfo; sentíase victoriosa, después de haber perdido la batalla en el terreno material. Mas las satisfacciones íntimas de la victoria no le privaron de su don de gobierno, y atenta a las cosas materiales, acudió, al poco rato de apartarse de Juliana, a resolver lo más urgente en lo que a la vida corporal de ambos se refería. Era indispensable buscar albergue; después trataría de curar a Mordejai de su sarna o lo que fuese, pues abandonarle en tan lastimoso estado no lo haría por nada de este mundo, aunque ella se viera contagiada del asqueroso mal. Dirigióse con él a Santa Casilda, y hallando desocupado el cuartito que antes ocupó el moro con la Pedra, lo tomó. Felizmente la borracha se había ido con Diega a vivir en la Cava de San Miguel, detrás de la Escalerilla. Instalados en aquel escondrijo, que no carecía de comodidades, lo primero que hizo la anciana alcarreña fue traer agua,

toda el agua que pudo, y lavarse bien y jabonarse el cuerpo; costumbre antigua en ella, que siempre que podía practicaba en casa de doña Francisca. Luego se vistió de limpio. El bienestar que el aseo y la frescura daban a su cuerpo, se confundían en cierto modo con el descanso de su conciencia, en la cual también sentía algo como absoluta limpieza y frescor confortante.

Dedicóse luego al arreglo de la casa, y con el poquito dinero que tenía hizo su compra y le preparó a Mordejai una buena comida. Pensaba llevarlo a la consulta al día siguiente, y así se lo dijo mostrándose el ciego conforme en todo lo que la voluntad de ella quisiese determinar. Mientras comía, le entretuvo y alentó con esperanzas y palabras dulces, ofreciéndole ir, como él deseaba, a Jerusalén o un poquito más allá, en cuanto recobrara la salud.

Mientras no se le quitara el sarpullo, no había que pensar en viajes. Se estarían quietos, él en casa, ella saliendo a pedir sola todos los días para ver de sacar con qué vivir, que seguramente Dios no les dejaría morir de hambre. Tan contento se puso el ciego con el plan concebido y propuesto por su inteligente amiga, y con sus afectuosas expresiones, que rompió a cantar la melopea arábiga que ya le oyó *Benina* en el vertedero; pero como al huir de la pedrea había perdido el guitarrillo, no pudo acompañarse del son de aquel tosco instrumento. Después propuso a su compañera que echase el sahumerio, y ella lo hizo de buena gana, pues el humazo saneaba y aromatizaba la pobre habitación.

Salieron al día siguiente para la consulta; pero como les designaron para ésta una hora de la tarde, entretuvieron la primera mitad del día pordioseando en varias calles, siempre con mucho cuidado de los guindillas, por no caer nuevamente en poder de los que echan el lazo a los mendigos, cual si fueran perros, para llevarlos al depósito, donde como a perros les tratan. Debe decirse que el ingrato proceder de doña Paca no despertaba en Nina odio ni mala voluntad, y que la conformidad de ésta con la ingratitud no le quitaba las ganas de ver a la infeliz señora, a quien entrañablemente quería, como compañera de amarguras en tantos años. Ansiaba verla, aunque fuese de lejos, y llevada de esta querencia, se llegó a la calle de la Lechuga para atisbar a distancia discreta si la familia estaba en vías de mudanza, o se había mudado ya. ¡Qué a tiempo llegó! Hallábase en la puerta el carro, y los mozos metían trastos en él con la bárbara presteza que emplean en esta operación. Desde su atalaya reconoció *Benina* los muebles decrépitos, derrengados, y no pudo reprimir su emoción al verlos. Eran casi suyos, parte de su existencia, y en ellos veía, como en un espejo, la imagen de sus penas y alegrías; pensaba que si se acercase, los pobres trastos habían de decirle algo, o que llorarían con ella. Pero lo que la impresionó vivamente fue ver salir por el portal a doña Paca y a Obdulia, con Polidura y Juliana, como si fueran a la casa nueva, mientras las criadas elegantes se quedaban en la antigua, disponiendo la recogida y transporte de las menudencias, y de toda la morralla casera.

Turbada y confusa, Nina se escondió en un portal, para ver sin ser vista. ¡Qué desmejorada encontró a doña Francisca! Llevaba un vestido nuevo; pero de tan nefanda hechura, como cortado y cosido de prisa, que parecía la pobre señora vestida de limosna. Cubría su cabeza con un manto, y Obdulia ostentaba un sombrerote con disformes ringorrangos y plumas. Andaba doña Paca lentamente, la vista fija en el suelo, abrumada, melancólica, como si la llevaran entre guardias civiles. La *niña*, reía charlando con Polidura. Detrás iba Juliana *arreándolos* a todos, y mandándoles que fueran de prisa por el camino que les marcaba. No le faltaba más que el palo para parecerse a los que en vísperas de Navidad conducen por las calles las manadas de pavos. ¡Cómo se clareaba el despotismo hasta en sus menores movimientos! Doña Paca era la res humilde que va a donde la llevan, aunque sea al matadero; Juliana el pastor que guía y conduce. Desaparecieron en la Plaza Mayor, por la calle de Botoneras... *Benina* dio algunos pasos para ver el triste ganado, y cuando lo perdió de vista, se limpió las lágrimas que inundaban su rostro.

—¡Pobre señora mía! —dijo al ciego en cuanto se reunió con él—. La quiero como hermana, porque juntas hemos pasado muchas penas. Yo era todo para ella y ella todo para mí. Me perdonaba mis faltas, y yo le perdonaba las suyas... ¡Qué triste va, quizás pensando en lo mal que se ha portado con la Nina! Parece que está peor del reuma, o que cojea, y su cara es de no haber comido en cuatro días. Yo la traía en palmitas, yo la engañaba con buena sombra, ocultándole nuestra miseria, y poniendo mi cara en vergüenza por darle de comer conforme a lo que era su gusto y costumbre... En fin, lo pasado, como dijo el otro, pasó. Vámonos, Almudena, vámonos de aquí, y quiera Dios que te pongas bueno pronto para tomar el camino de Jerusalén, que no me asusta ya por lejos. Andando, andando, hijo, se llega de una parte del mundo a otra, y si por un lado sacamos el provecho de tomar el aire y de ver cosas nuevas, por otro sacamos la certeza de que todo es lo mismo, y que las partes del mundo son, un suponer, como el mundo en junto; quiere decirse, que en donde quiera que vivan los hombres, o verbigracia, mujeres habrá ingratitud, egoísmo, y unos que manden a los otros y les cojan la voluntad. Pero lo que debemos hacer es lo que nos manda la conciencia, y dejar que se peleen aquéllos por un hueso, como los perros; los otros por un juguete, como los niños, o éstos por mangonear, como los mayores, y no reñir con nadie, y tomar lo que Dios nos ponga delante, como los pájaros... Vamos hacia el Hospital, y no te pongas triste.

—Mí no triste —dijo Almudena—; estar *tigo contentado*..., tú saber como Dios cosas *tudas*, y yo *quierer* ti como *ángela bunita*... Y si no *quierer* tú casar *migo*, ser tú madre mía, y yo niño tuyo *bunito*.

—Bueno hombre; me parece muy bien.

—Y tú *com* palmera D'sierto *granda, bunita;* tú *com zucena branca...*, *llirio tu...* Mí *dicier ti amri;* alma mía.

Mientras iba la infeliz pareja camino del Hospital, doña Paca y su séquito, en dirección distinta se aproximaban a su nueva casa, calle de Orellana; un tercero limpio, con los papeles y estucos nuevecitos, buenas luces, ventilación, cocina excelente, y precio acomodado a las circunstancias. Parecióle muy bien a doña Francisca cuando arriba llegó, sofocada de la interminable escalera; y si le parecía mal cuidada de no manifestarlo, abdicando en todo su voluntad y sus opiniones. El flexible, más que flexible, blanducho carácter de la viuda, se adaptaba al sentir y al pensar de Juliana; y viendo ésta que se le metía entre los dedos aquella miga de pan, hacía bolitas con ella. No respiraba doña Paca sin permiso de la tirana, quien para los más insignificantes actos de la vida, tenía no pocas órdenes que dictar a la infeliz señora. Esta llegó a tenerle un miedo infantil; se sentía miga blanda dentro de la mano de bronce de la ribeteadora, y en verdad que no era sólo miedo, pues con él se mezclaba algo de respeto o admiración.

Descansaba la dama del ajetreo de aquel día, ya metidos todos los muebles, trastos y macetas en la nueva casa, y atacada de una intensísima tristeza que le devoraba el alma, llamó a su tirana para decirle:

—No me has explicado bien por el camino lo que hablasteis. ¿Qué historia cuenta Nina de su moro? ¿Es éste bien parecido?

Dio Juliana las explicaciones que su súbdita le pedía, sin herir a Nina ni ponerla en mal lugar, demostrando en esto finísimo tacto.

—Y quedasteis..., en que no puede venir a verme, por temor a que nos contagie de esa peste asquerosa. Has hecho bien. Si no es por ti, me vería expuesta, sabe Dios, a que se nos pegara la pestilencia... Quedasteis también en que recogería las sobras de la comida. Pero esto no basta, y yo tendría mucho gusto en señalarle una cantidad, por ejemplo, una peseta diaria. ¿Qué dices?

—Digo que si empezamos con esas bromas, señora doña Paca, pronto volveremos a *Peñaranda.* No, no: una peseta es una peseta... bastante tiene la Nina con dos reales. Así lo he pensado, y si usted dispone otra cosa, yo me lavo las manos.

—Dos reales, dos..., tú lo has dicho..., basta, sí. ¿Sabes tú los milagros que hace Nina con media peseta?

En esto llegó Daniela muy alarmada, diciendo que llamaba a la puerta Frasquito; y Obdulia, que por la mirilla le había visto, opinó que no se abriera, a fin de evitar otro escándalo como el de la calle Imperial. Pero ¿quién le había dicho las señas del nuevo domicilio? Sin duda fue Polidura el soplón, y Juliana hizo juramento de arrancarle una oreja. Ocurrió el contratiempo grave de que mientras Ponte llamaba con nerviosa furia, decidido a romper la campanilla, subió Hilaria de la calle y abrió con el llavín, y ya no fue posible cortar el paso al intruso, que se precipitó dentro, presentándose ante las asustadas señoras con el sombrero metido hasta las orejas, blandiendo el bastón, la ropa en gran detrimento y manchada de tierra y lodo. Se le había torcido la boca, y arrastraba penosamente la pierna derecha.

—Por Dios Frasquito —le dijo

doña Paca suplicante—, no nos alborote. Está usted malo, y debe meterse en cama.

Y salió también Obdulia declamando enfáticamente:

—Frasquito: ¡una persona como usted, tan fina, de buena sociedad, decirnos esas cosas!... Tenga juicio, vuelva en sí.

—Señora y *madama* —dijo Ponte desencasquetándose el sombrero con gran dificultad—. Caballero soy y me precio de saber tratar con damas elegantes; pero como de aquí ha salido la absurda especie, yo vengo a pedir explicaciones. Mi honor lo exige...

—¿Y qué tenemos que ver nosotros con el honor de usted, so espantajo? —gritó Juliana—. ¡Ea, no es persona decente quien falta a las señoras! El otro día eran para usted emperatrices, y ahora...

—Y ahora —dijo Ponte temblando ante el enérgico acento de Juliana, como caña batida del viento—. Y ahora..., yo no falto al respeto a las señoras. Obdulia es una dama; doña Francisca otra dama. Pero estas señoras damas..., me han calumniado, me han herido en mis sentimientos más puros, sosteniendo que yo hice la corte a *Benina*..., y que la requerí de amores deshonestos, para que por mí y conmigo faltase a la fidelidad que debe al caballero de la Arabia...

—¡Si nosotras no hemos dicho semejante desatino!

—Todo Madrid lo repite... De aquí, de estos salones salió la indigna especie. Me acusan de un infame delito: de haber puesto mis ojos en un ángel, de blancas alas célicas, de pureza inmaculada. Sepa que yo respeto a los ángeles: si Nina fuese criatura mortal, no la habría respetado, porque soy hombre..., yo he catado rubias y morenas, casadas, viudas y doncellas, españolas y parisienses, y ninguna me ha resistido, porque me lo merezco..., belleza permanente que soy... Pero yo no he seducido ángeles, ni los seduci-

ré..., sépalo usted Francisca, sépalo Obdulia... la Nina no es de este mundo..., la Nina pertenece al cielo... Vestida de pobre ha pedido limosna para manteneros a ustedes y a mí..., y a la mujer que eso hace, yo no la seduzco, yo no puedo seducirla, yo no puedo enamorarla... Mi hermosura es humana, y la de ella divina; mi rostro espléndido es de carne mortal, y el de ella de celeste luz... No, no, no la he seducido, no ha sido mía, es de Dios... Y a usted se lo digo, Curra Juárez de Ronda; a usted, que ahora no puede moverse, de lo que le pesa en el cuerpo la ingratitud... Yo, porque soy agradecido, soy de pluma y vuelo..., ya lo ven... Usted, por ser ingrata, es de plomo, y se aplasta contra el suelo... ya lo ve...

Consternadas hija y madre, gritaban pidiendo socorro a los vecinos. Pero Juliana, más valerosa y expeditiva, no pudiendo sufrir con calma los impertinentes desvaríos del desdichado Ponte, se fue hacia él furiosa, le cogió por las solapas, y comiéndoselo con la mirada y la voz, le dijo:

—Si no se marcha usted pronto de esta casa, so mamarracho, le tiro a usted por el balcón.

Y seguramente lo habría hecho, si la Hilaria y la Daniela no cogieran al pobre hijo de Algeciras, poniéndole en dos tirones fuera de la puerta. Presentáronse los porteros y algunos vecinos, traídos del alboroto, y al ver reunida tanta gente, salieron las cuatro mujeres al rellano de la escalera para explicar que aquel sujeto había perdido el juicio, trocándose de la más atenta y comedida persona del mundo, en la más importuna y desvergonzada. Bajó Frasquito rengueando hasta la meseta próxima: allí se paró, mirando para arriba, y dijo:

—Ingrata, ingrr...

Quiso concluir la palabra, y una violenta contorsión denunció la inutilidad de sus esfuerzos. De su boca no salió más que un bramido ronco, como si mano invisible le estrangulara. Vieron todos que se le descomponían horrorosamente las facciones, los ojos se le salían del casco, la boca se aproximaba a una de las orejas... Alzó los brazos, exhaló un ¡ay! angustioso, y se desplomó de golpe. A la caída de su cuerpo se estremeció de arriba abajo toda la endeble escalera.

Subiéronle entre cuatro a la casa para prestarle socorro, que ya no necesitaba el infeliz. Reconocióle Juliana, y secamente dijo;

—Está más muerto que mi abuelo.

XLI

FINAL

Ejemplo de los admirables efectos de la voluntad humana en el gobierno de las grandes como de las pequeñas agrupaciones de seres, era Juliana, mujer sin principios, que apenas sabía leer y escribir; pero que había recibido de la Naturaleza el don rarísimo de organizar la vida y regir las acciones de los demás. Si conforme le cayó entre las manos la familia de Zapata le hubiera tocado gobernar familia de más fuste, o una ínsula, o un Estado, habría salido muy airosa. En la ínsula de doña Francisca estableció con mano firme la normalidad al mes de haber empuñado las riendas, y todos allí andaban derechos, y nadie se rebullía ni osaba poner en tela de juicio sus irrevocables mandatos. Verdad que para obtener este resultado precioso empleaba el absolutismo puro, el régimen de terror; su genio no admitía ni aun observaciones tímidas: su ley era su santísima voluntad; su lógica, el palo.

A los caracteres anémicos de la madre y los hijos no les venía mal este sistema, ensayado ya con feliz éxito en Antonio. Tal dominio llegó a ejercer sobre doña Francisca, que la pobre viuda no se atrevía ni a rezar un Padrenuestro sin pedir su venia a la dictadora, y hasta se advertía que antes de suspirar, como tan a menudo lo hacía, la miraba como para decirle: "No llevarás a mal que yo suspire un poquito". En todo era obedecida ciegamente Juliana por su mamá política, menos en una cosa. Mandábale que no estuviese siempre triste, y aunque la esclava respondía con frases de acatamiento, bien se echaba de ver que la orden no se cumplía. Entraba, pues, la viuda de Zapata en la normalidad próspera de su existencia con la cabeza gacha, los ojos caídos, el mirar vago, perdido en los dibujos de la estera, el cuerpo apoltronado, encariñándose cada día más con la indolencia, el apetito decadente, el humor taciturno, desabrido, y las ideas negras.

A los quince días de instalarse doña Francisca en la calle de Orellana, juzgó la mandona que más eficaz sería su poder y mejor gobernada estaría la familia viviendo todos juntos: general y subalternos. Trasladóse, pues, y allá fue metiendo su ajuar humilde, y sus chiquillos, y el ama, para lo cual antes hizo hueco echando fuera la mar de tiestos y tibores de plantas, y poniendo en la calle a Daniela, que en rigor no servía más que de estorbo. A sus funciones de gran canciller agregó pronto las de doncella y peinadora de su suegra y cuñada. Así todo se quedaba en casa.

Pero como no hay felicidad completa en este pícaro mundo, al mes, poco más o menos, de la mudanza, señalada en las efemérides zapatescas por la desastrosa muerte de Frasquito Ponte Delgado, empezó a resentirse Juliana de alteraciones muy extrañas en su salud. La que por su lozana robustez había hecho gala de compararse a las mulas, daba en la tontería de padecer lo más contrario a su natural perfectamente equilibrado. ¿Qué era ello? Embelecos nerviosos y ráfagas de histerismo, afecciones de que Juliana se había reído más de una vez, atribuyéndolas a remilgos de mujeres mimosas y a trastornos imaginarios, que según ella, curaban los maridos con *jarabe de fresno*.

Comenzó el mal de Juliana por insomnios rebeldes: se levantaba todas las mañanas sin haber pegado los ojos; a los pocos días del insomnio empezó a perder el apetito, y, por fin, al no dormir se agregaron sobresaltos y angustiosos temores por las noches, y de día una melancolía negra, pesada, fúnebre. Lo peor para la familia fue que con estos alifafes enojosos no se atenuaba el absolutismo gobernante de la tirana sino que se agravaba. Antonio le proponía sacarla a paseo y ella a paseo le mandaba con cien mil pares de demonios. Hízose displicente, y también mal hablada, grosera, insoportable.

Por fin, sus monomanías histéricas se condensaron en una sola, en la idea de que los mellizos no gozaban de buena salud. De nada valía la evidencia de la extraordinaria robustez de los niños. Con las precauciones de que los rodeaba, y los cuidados prolijos y minuciosos que en su conservación ponía, los molestaba, les hacía llorar. De noche arrojábase del lecho asegurando que las criaturas nadaban en sangre, degolladas por un asesino invisible. Si tosían, era que se ahogaban; si comían mal, era que les habían envenenado.

Una mañana salió precipitadamente con mantón y pañuelo a la cabeza, y se fue a los barrios del Sur buscando a *Benina*, con quien tenía que hablar. Y por Dios que no gastó pocas horas en encontrarla, porque ya no vivía en Santa Casilda, sino en los quintos infiernos, o sea en la carretera de Toledo, a mano izquierda del Puente. Allí la encontró después de enfadosas pesquisas, dando vueltas y rodeos por aquellos extraviados caseríos. Vivía la anciana con el moro en una casita, que más bien parecía choza, situada en los terrenos que dominan la carretera por el Sur. Almudena iba mejorando

de la asquerosa enfermedad de la piel; pero aún se veía su rostro enmascarado de costras repugnantes; no salía de casa, y la anciana iba todas las mañanitas a ganarse la vida pidiendo en San Andrés. No sorprendió poco a Juliana el verla en buenas apariencias de salud, y además alegre, sereno el espíritu, y bien asentado en el cimiento de la conformidad con su suerte.

—Vengo a reñir con usted, *señá Benina* —le dijo sentándose en una piedra, frente a la casucha, junto a la artesa en que la pobre mujer lavaba, a respetable distancia del ciego, echadito a la sombra—. Sí, señora, porque usted quedó en ir a recoger la comida sobrante en nuestra casa, y no ha parecido por allí ni hemos vuelto a verle el pelo.

—Pues le diré, señora Juliana —replicó Nina—. Puede creerme que no ha sido desprecio; no señora, no ha sido desprecio. Es que no lo he necesitado. Tengo la comida de otra casa, con la cual y lo que saco nos basta; y así, bien puede usted dárselo a otro pobre, y para su conciencia es lo mismo... ¿Qué quiere usted saber? ¿Que quién me da la comida? Veo que le pica la curiosidad. Pues debo esa bendita limosna a don Romualdo Cedrón..., le he conocido en San Andrés, donde dice la misa... Sí, señora, don Romualdo, que es un santo, para que lo sepa... Y ya estoy segura, después de mucho cavilar, que no es el don Romualdo que yo inventé, sino otro que se parece a él como se parecen dos gotas de agua. Inventa una cosas que luego salen verdad, o las verdades, antes de ser verdades, un suponer, han sido mentiras muy gordas... Con que ya lo sabe.

Declaró la ribeteadora que se alegraba mucho de lo que oía referir; y que puesto que don Romualdo la favorecía, doña Paca y ella darían sus sobrantes de comida a otros menesterosos. Pero algo más tenía que decirle:

—Yo estoy en deuda con usted, *Benina* pues *dispuse* que mi madre política, a quien gobierno con una hebra de seda, le señalaría a usted dos reales diarios... Como no nos hemos visto por ninguna parte, no he podido cumplir con usted; pero me pesan, me pesan en la conciencia los dos reales diarios y aquí se los traigo en quince pesetas, que hacen el mes completo, *señá Benina*.

—Pues lo tomo, sí señora —dijo Nina gozosa—; que esto no es de despreciar... Vienen a mí estas pesetillas como caídas del cielo, porque tengo una deuda con la *Pitusa*, calle de Mediodía Grande, y lo arreglamos dándole yo lo que fuera reuniendo, y peseta por duro de rédito. Con esto llego a la mitad y un poquito más. Pedradas de éstas me vengan todos los días, señora Juliana. Sabe que se le agradece, y quiera Dios dárselo en salud para sí, y para su marido y los nenes.

Con palabras nerviosas, afluentes y un tanto hiperbólicas, aseguró la chulita que no tenía salud; que padecía de unos males extraños, incomprensibles. Pero los llevaba con paciencia, sin cuidarse para nada de su propia persona. Lo que la inquietaba, lo que hacía de su existencia un atroz suplicio, era la idea de que enfermaran sus niños. No era idea, no era temor: era seguridad de que Paquito y Antoñito caían malos..., se morían sin remedio.

Trató *Benina* de quitarle de la cabeza tales ideas; pero la otra no se dio a partido, y despidiéndose presurosa, tomó la vuelta de Madrid. Grande fue la sorpresa de la anciana y del moro al verla aparecer a la mañana siguiente muy temprano, agitada, trémula, echando lumbre por los ojos. El diálogo fue breve, y de mucha sustancia o miga psicológica.

—¿Qué te pasa, Juliana? —le preguntó Nina tuteándola por primera vez.

—¿Qué me ha de pasar? ¡Que los niños se me mueren!

—¡Ay, Dios mío qué pena! ¿Están malitos?

—Sí..., digo, no; están buenos. Pero a mí me atormenta la idea de que se mueren... ¡Ay, Nina de mi alma, no puedo echar esta idea de mí! No hago más que llorar y llorar... ya lo ve usted...

—Ya lo veo, sí. Pero si es una idea, haz por quitártela de la cabeza, mujer.

—A eso vengo, *señá Benina*, porque desde anoche se me ha metido en la cabeza otra idea; que usted, usted sola, me puede curar.

—¿Cómo?

—Diciéndome que no debo creer que se mueren los niños..., mandándome que no lo crea.

—¿Yo?

—Si usted me lo afirma, lo creeré, y me curaré de esta maldita idea... porque... lo digo claro: yo he pecado, yo soy mala...

—Pues, hija, bien fácil es curarte. Yo te digo que tus niños no se mueren, que tus hijos están sanos y robustos.

—¿Ve usted?... La alegría que me da es señal de que usted sabe lo que dice... Nina, Nina, es usted una santa.

—Yo no soy santa. Pero tus niños están buenos y no padecen ningún mal... No llores..., y ahora vete a tu casa, y no vuelvas a pecar.

Madrid, marzo-abril de 1897.

INDICE

DOÑA PERFECTA

MISERICORDIA

Se acabó de imprimir esta obra
el día 22 de mayo de 1991, en los talleres de

OFFSET UNIVERSAL, S. A.
Av. Año de Juárez, 177, Granjas San Antonio
09070, México, D. F.
México 13, D. F.

La edición consta de 20,000 ejemplares
más sobrantes para reposición

COLECCIÓN "SEPAN CUANTOS..." *

---

* Los números que aparecen a la izquierda corresponden a la numeración de la Colección.

ANACREONTE. (Véase PINDARO.)

83. ANDERSEN, Hans Christian: *Cuentos.* Prólogo de María Edmée Alvarez. *Rústica* .... 5,000.

ANDREIEV. (Véase *Cuentos Rusos.*)

428. ANONIMO: *Aventuras del Pícaro Till Eulenspiegel.* WICKRAM, Jorge: *El librito del carro.* Versión y prólogo de Marianne Oeste de Bopp. *Rústica* .... 6,000.

432. ANONIMO: *Robin Hood.* Introducción de Arturo Souto A. *Rústica* .... 6,000.

APULEYO. (Véase *Longo.*)

301. AQUINO, Tomás de: *Tratado de la Ley. Tratado de la Justicia. Opúsculo sobre el gobierno de los Príncipes.* Traducción y estudio introductivo por Carlos Ignacio González, S. J. *Rústica* .... 12,000.

317. AQUINO, Tomás de: *Suma Contra los Gentiles.* Traducción y estudio introductivo por Carlos Ignacio González, S. J. *Rústica* .... 15,000.

406. ARCINIEGAS, Guzmán: *Biografía del Caribe. Rústica* .... 6,000.

76. ARCIPRESTE DE HITA: *Libro de Buen Amor.* Versión antigua, con prólogo y versión moderna de Amancio Bolaño e Isla. *Rústica* .... 7,500.

67. ARISTOFANES: *Las once comedias.* Versión directa del griego con introducción de Angel María Garibay K. *Rústica* .... 6,000.

70. ARISTOTELES: *Etica Nicomaquea. Política.* Versión española e introducción de Antonio Gómez Robledo. *Rústica* .... 6,000.

120. ARISTOTELES: *Metafísica.* Estudio introductivo, análisis de los libros y revisión del texto por Francisco Larroyo. *Rústica* .... 5,000.

124. ARISTOTELES: *Tratados de Lógica (El Organón).* Estudio introductivo, preámbulos a los tratados y notas al texto por Francisco Larroyo. *Rústica* .... 10,000.
ARTSIBASCHEV. (Véase *Cuentos Rusos.*)

82. ARRANGOIZ, Francisco de Paula de: *México desde 1808 hasta 1867.* Prólogo de Martín Quirarte. *Rústica* .... 20,000.

103. ARREOLA, Juan José: *Lectura en voz alta. Rústica* .... 6,000.

195. ARROYO, Anita: *Razón y pasión de Sor Juana. Rústica* .... 8,000.

431. AUSTEN, Jane: *Orgullo y Prejuicio.* Prólogo de Sergio Pitol. *Rústica* .... 6,000.

527. AUTOS SACRAMENTALES. (El auto sacramental antes de Calderón.) LOAS: Dice el Sacramento. A un pueblo. Loa del Auto de acusación contra el género humano. LOPEZ DE YANGUAS: Farsa sacramental. ANONIMOS: Farsa sacramental de 1521. Los amores del alma con el Príncipe de la luz. Farsa sacramental de la residencia del Hombre. Auto de los Hierros de Adán. Farsa del sacramento del entendimiento niño. SANCHEZ DE BADAJOZ: Farsa de la iglesia. TIMONEDA: Auto de la oveja perdida. Auto de la fuente de los siete sacramentos. Farsa del sacramento llamada premática del Pan. Auto de la Fe. LOPE DE VEGA: La adúltera perdonada. La ciega. El pastor lobo y cabaña celestial. VALDIVIELSO: El hospital de los locos. La amistad en el peligro. El peregrino. La Serrana de Plasencia. TIRSO DE MOLINA: El colmenero divino. Los hermanos parecidos. MIRA DE AMESCUA: Pedro Telonario. Selección, introducción y notas de Ricardo Arias. *Rústica* .... 10,000.

293. BACON, Francisco: *Instauratio Magna. Novum Organum. Nueva Atlántida.* Estudio introductivo y análisis de las obras por Francisco Larroyo. *Rústica* ... 6,000.

200. BALBUENA, Bernardo de: *La grandeza mexicana y Compendio apologético en alabanza de la poesía.* Prólogo de Luis Adolfo Domínguez. *Rústica* .... 6,000.

53. BALMES, Jaime L.: *El Criterio.* Estudio preliminar de Guillermo Díaz-Plaja. *Rústica* .... 6,000.

241. BALMES, Jaime L.: *Filosofía Elemental.* Estudio preliminar por Raúl Cardiel. *Rústica* .... 6,000.

112. BALZAC, Honorato de: *Eugenia Grandet. La Piel de Zapa.* Prólogo de Carmen Galindo. *Rústica* .... 4,500.

314. BALZAC, Honorato de: *Papá Goriot.* Prólogo de Rafael Solana. Versión y notas de F. Benach. *Rústica* .... 5,000.

442. BALZAC, Honorato de: *El Lirio en el Valle.* Prólogo de Jaime Torres Bodet. *Rústica* .... 6,000.

BAQUILIDES. (Véase PINDARO.)

580. BAROJA, Pío: *Desde la última vuelta del camino.* (Memorias). *El escritor según él y según los críticos — Familia, infancia y juventud.* Introducción de Néstor Luján. *Rústica* .... 18,000.

341. **CONAN DOYLE, Arthur:** *Aventuras de Sherlock Holmes: Un crimen extraño.* El intérprete griego. Triunfos de Sherlock Holmes. Los tres estudiantes. El mendigo de la cicatriz. K.K.K. La muerte del coronel. Un protector original. El novio de Miss Sutherland. Las aventuras de una ciclista. El misterio de Boscombe. Policía fina. El casado sin mujer. La diadema de Berilos. El carbunclo azul. "Silver Blaze". Un empleo extraño. El ritual de los Musgrave. El Gloria Scott. El documento robado. Prólogo de María Elvira Bermúdez. *Rústica* 6,000.00

343. CONAN DOYLE, Arthur: *Aventuras de Sherlock Holmes: El perro de Baskerville.* La marca de los cuatro. El pulgar del ingeniero. La banda moteada. *Nuevos triunfos de Sherlock Holmes.* El enemigo de Napoleón. El campeón de Foot-Ball. El cordón de la campanilla. Los Cunningham's. Las dos manchas de sangre. *Rústica* 6,000.00

345. **CONAN DOYLE, Arthur:** *Aventuras de Sherlock Holmes: La resurrección de Sherlock Holmes.* Nuevas y últimas aventuras de Sherlock Holmes. La caja de laca. El embudo de cuero, etc. *Rústica* 8,000.00

7. **CORTÉS, Hernán:** *Cartas de relación.* Nota preliminar de Manuel Alcalá. Ilustraciones. Un mapa plegado. *Rústica* 6,000.00

313. **CORTINA, Martín:** *Un Rosillo Inmortal* (leyenda de los llanos). *Un Tlacuache Vagabundo. Maravillas de Altepepan* (leyendas mexicanas). Introducción de Andrés Henestrosa. *Rústica* 6,000.00

181. **COULANGES, Fustel de:** *La ciudad antigua* (estudio sobre el culto, el derecho y las instituciones de Grecia y Roma). Estudio preliminar de Daniel Moreno. *Rústica* 8,000.00

100. **CRUZ, Sor Juana Inés de la:** *Obras completas.* Prólogo de Francisco Monterde. *Rústica* 18,000.00

342. **CUENTOS RUSOS:** *Gógol - Turgueñev - Dostoievsky - Tolstoi - Garín - Chéjov - Gorki - Andréiev - Kuprin - Artsibachev - Dimov - Tasin - Surguchov - Korolenko - Goncharov - Sholojov.* Introducción de Rosa Ma. Phillips. *Rústica* 6,000.00

256. **CUYÁS ARMENGOL, Arturo:** *Hace falta un muchacho.* Libro de orientación en la vida para los adolescentes. Ilustrada por Juez. *Rústica* 5,000.00

382. **CHATEAUBRIAND:** *El genio del cristianismo.* Introducción de Arturo Souto. *Rústica* 12,000.00

524. **CHATEAUBRIAND, René:** *Atala - René - El último abencerraje.* Páginas autobiográficas. Prólogo de Armando Rangel. *Rústica* 6,000.00

148. **CHÁVEZ, Ezequiel A.:** *Sor Juana Inés de la Cruz.* Ensayo de psicología y de estimación del sentido de su vida para la historia de la cultura y de la formación de México. *Rústica* 12,000.00

411. **CHÉJOV, Antón:** *Cuentos escogidos.* Prólogo de Sommerset Maugham. *Rústica* 9,000.00

454. **CHÉJOV, Antón:** *Teatro: La gaviota. Tío Vania. Las Tres Hermanas. El Jardín de los cerezos.* Prólogo de Máximo Gorki. *Rústica* 6,000.00

CHÉJOV, Antón. (Véase *Cuentos Rusos.*)

478. **CHESTERTON, Gilbert K.:** *Ensayos.* Prólogo de Hilaire Belloc. *Rústica* 6,000.00

490. **CHESTERTON, Gilbert K.:** *Ortodoxia. El hombre Eterno.* Prólogo de Augusto Assia. *Rústica* 6,000.00

42. **DARÍO, Rubén:** *Azul... El Salmo de la pluma. Cantos de vida y esperanza. Otros poemas.* Edición de Antonio Oliver. *Rústica* 6,000.00

385. **DARWIN, Carlos:** *El origen de las especies.* Introducción de Richard E. Leakey 10,000.00

377. **DAUDET, Alfonso:** *Tartarín de Tarascón. Tartarín en los Alpes. Port-Tarascón.* Prólogo de Juan Antonio Guerrero. *Rústica* 6,000.00

140. **DEFOE, Daniel:** *Aventuras de Robinson Crusoe.* Prólogo de Salvador Reyes Nevares. *Rústica* 4,500.00

154. **DELGADO, Rafael:** *La Calandria.* Prólogo de Salvador Cruz. *Rústica* 5,000.00

280. **DEMÓSTENES:** *Discursos.* Estudio preliminar de Francisco Montes de Oca. *Rústica* 6,000.00

177. **DESCARTES:** *Discurso del método. Meditaciones metafísicas. Reglas para la dirección del espíritu. Principios de la filosofía.* Estudio introductivo, análisis de las obras y notas al texto por Francisco Larroyo. *Rústica* 6,000.00

5. **DÍAZ DEL CASTILLO, Bernal:** *Historia verdadera de la conquista de la Nueva España.* Introducción y notas de Joaquín Ramírez Cabañas. Con un mapa. *Rústica* 12,000.00

127. **DICKENS, Carlos:** *David Copperfield.* Introducción de Sergio Pitol. *Rústica.* 10,000.00

545. KOROLENKO, Vladimir G.: *El sueño de Makar. Malas compañías. El cla-
mor del bosque. El músico ciego.* Y otros relatos. Introducción por A.
Jrabrovitski. *Rústica* 7,000.00

KOROLENKO. (Véase *Cuentos Rusos.*)

KUPRIN. (Véase *Cuentos Rusos.*)

427. LAERCIO, Diógenes: *Vidas de los Filósofos más ilustres.* FILOSTRATO:
Vidas de los Sofistas. Traducciones y prólogos de José Ortiz y Sanz y José
M. Riaño. *Rústica* 8,000.00

LAERCIO, Diógenes. (Véase LUCRECIO CARO, Tito.)

LAFONTAINE. (Véase FABULAS.)

520. LAFRAGUA, José María: *Orozco y Berra, Manuel. La ciudad de México.*
Prólogo de Ernesto de la Torre Villar con la colaboración de Ramiro Navarro
de Anda. *Rústica* 15.000.00

155. LAGERLOFF, Selma: *El maravilloso viaje de Nils Holgersson.* Introducción
de Palma Guillén de Nicolau. *Rústica* 6,000.00

549. LAGERLOFF, Selma: *El carretero de la muerte. El esclavo de su finca.*
Y otras narraciones. Prólogo de Agustín Loera y Chávez. *Rústica* 6,000.00

272. LAMARTINE, Alfonso de: *Graziella. Rafael.* Estudio preliminar de Daniel
Moreno. *Rústica* 6,000.00

93. LARRA, Mariano José de, "Fígaro": *Artículos.* Prólogo de Juana de Onta-
ñón. *Rústica* 15,000.00

459. LARRA, Mariano de: *El Doncel de don Enrique, el Doliente. Macías.* Prólogo de Arturo Souto A. *Rústica* 6,000.00

333. LARROYO, Francisco: *La Filosofía Iberoamericana.* Historia, Formas, Temas,
Polémica, Realizaciones. *Rústica* 15,000.00

34. LAZARILLO DE TORMES (EL) (Autor desconocido): *Vida del Buscón Don
Pablos.* De Francisco de Quevedo. Estudio preliminar de ambas obras por
Guillermo Díaz-Plaja. *Rústica* 5,000.00

38. LAZO, Raimundo: *Historia de la literatura hispanoamericana. El período co-
lonial (1492-1780).* *Rústica* 9,000.00

65. LAZO, Raimundo: *Historia de la literatura hispanoamericana. El siglo XIX
(1780-1914).* *Rústica* 9,000.00

179. LAZO, Raimundo: *La novela Andina.* (Pasado y futuro. *Alcides Argüedas,
César Vallejo, Ciro Alegría, Jorge Icaza, José María Argüedas, Previsible
misión de Vargas Llosa y los futuros narradores.*) *Rústica* 6,000.00

184. LAZO, Raimundo: *El romanticismo.* (*Lo romántico en la lírica hispano-ameri-
cana, del siglo XVI a 1970.*) *Rústica* 6,000.00

226. LAZO, Raimundo: *Gertrudis Gómez de Avellaneda. La mujer y la poesía
lírica.* *Rústica* 6,000.00

LECTURA EN VOZ ALTA. (Véase ARREOLA, Juan José.)

321. LEIBNIZ, Godofredo G.: *Discurso de Metafísica. Sistema de la Naturaleza.
Nuevo Tratado sobre el Entendimiento Humano. Monadología. Principios sobre
la naturaleza y la gracia.* Estudio introductivo y análisis de las obras por
Francisco Larroyo. *Rústica* 10,000.00

145. LEÓN, Fray Luis de: *La Perfecta Casada. Cantar de los Cantares. Poesías
originales.* Introducción y notas de Joaquín Antonio Peñalosa. *Rústica* 6,000.00

247. LE SAGE: *Gil Blas de Santillana.* Traducción y prólogo de Francisco José
de Isla. Y un estudio de Saint-Beuve. *Rústica* 18,000.00

48. LIBRO DE LOS SALMOS. Versión directa del hebreo y comentarios de José
González Brown. *Rústica* 8,000.00

304. LIVIO, Tito: *Historia Romana. Primera Década.* Estudio preliminar de Francisco Montes de Oca. *Rústica* 10,000.00

276. LONDON, Jack: *El lobo de mar. El Mexicano.* Introducción de Arturo Souto
Alabarce. *Rústica* 6,000.00

277. LONDON, Jack: *El llamado de la selva. Colmillo blanco.* *Rústica* 6,000.00

284. LONGO: *Dafnis y Cloe.* APULEYO: *El Asno de Oro.* Estudio preliminar
de Francisco Montes de Oca. *Rústica* 6,000.00

12. LOPE DE VEGA Y CARPIO, Félix: *Fuenteovejuna. Peribáñez y el Comen-
dador de Ocaña. El mejor alcalde, el Rey. El Caballero de Olmedo.* Biografía y presentación de las obras por J. M. Lope Blanch. *Rústica* 5,000.00

LOPE DE VEGA. (Véase *Autos Sacramentales.*)

LÓPEZ DE YANGUAS. (Véase *Autos Sacramentales.*)

566. **LÓPEZ DE GOMARA,** Francisco: *Historia de la Conquista de México.* Estudio preliminar de Juan Miralles de Ostos 15,000.00

574. **LÓPEZ SOLER,** Ramón: *Los bandos de Castilla. El caballero del cisne.* Prólogo de Ramón López Soler 10,000.00

218. **LÓPEZ Y FUENTES,** Gregorio: *El indio. Novela mexicana.* Prólogo de Antonio Magaña Esquivel. *Rústica* 6,000.00

298. **LÓPEZ-PORTILLO Y ROJAS,** José: *Fuertes y Débiles.* Prólogo de Ramiro Villaseñor y Villaseñor. *Rústica* 6,000.00

LÓPEZ RUBIO. (Véase *Teatro Español Contemporáneo.*)

297. **LOTI,** Pierre: *Las Desencantadas.* Introducción de Rafael Solana. *Rústica.* 8,000.00

LUCA DE TENA. (Véase *Teatro Español Contemporáneo.*)

485. **LUCRECIO CARO,** Tito: *De la Naturaleza.* LAERCIO, Diógenes: *Epicuro.* Prólogo de Cocetto Marchesi. *Rústica* 6,000.00

353. **LUMMIS,** Carlos F.: *Los Exploradores Españoles del Siglo XVI.* Prólogo de Rafael Altamira. *Rústica* 6,000.00

395. **LLULL,** Ramón: *Blanquerna.* El doctor iluminado por Ramón Xirau. *Rústica* . . . .

324. **MAETERLINCK,** Maurice: *El Pájaro Azul.* Introducción de Teresa del Conde. *Rústica* 6,000.00

178. **MANZONI,** Alejandro: *Los novios (Historia milanesa del siglo XVIII).* Con un estudio de Federico Baráibar. *Rústica* 10,000.00

152. **MAQUIAVELO,** Nicolás: *El príncipe.* Precedido de *Nicolás Maquiavelo en su quinto centenario.* Antonio Gómez Robledo. *Rústica* 3,500.00

MARCO AURELIO. (Véase *Epicteto.*)

192. **MARMOL,** José: *Amalia.* Prólogo de Juan Carlos Ghiano. *Rústica* 6,000.00

367. **MARQUEZ STERLING,** Carlos: *José Martí. Síntesis de una vida extraordinaria. Rústica* 8,000.00

MARQUINA. (Véase *Teatro Español Contemporáneo.*)

141. **MARTI,** José: *Hombre apostólico y escritor. Sus Mejores Páginas.* Estudio, notas y selección de textos. Raimundo Lazo. *Rústica* 5,000.00

236. **MARTI,** José: *Ismaelito. La edad de oro. Versos sencillos.* Prólogo de Raimundo Lazo. *Rústica* 6,000.00

338. **MARTÍNEZ DE TOLEDO,** Alfonso: *Arcipreste de Talavera o Corbacho.* Introducción de Arturo Souto Alabarce. Con un estudio del vocabulario del Corbacho y colección de refranes y alocuciones contenidos en el mismo por A. Steiger. *Rústica* 6.000.00

214. **MARTÍNEZ SIERRA,** Gregorio: *Tú eres la paz. Canción de cuna.* Prólogo de María Edmée Alvarez. *Rústica* 6,000.00

193. **MATEOS,** Juan A.: *El Cerro de las Campanas. (Memorias de un guerrillero.)* Prólogo de Clementina Díaz y de Ovando. *Rústica* 8,000.00

197. **MATEOS,** Juan A.: *El sol de mayo. (Memorias de la Intervención.)* Nota preliminar de Clementina Díaz y de Ovando. *Rústica* 6,000.00

514. **MATEOS,** Juan A.: *Sacerdote y Caudillo.* (Memorias de la insurrección.). 12,000.00

573. **MATEOS,** Juan A.: *Los insurgentes.* Prólogo y epílogo de Vicente Riva Palacio 9,000.00

344. **MATOS MOCTEZUMA,** Eduardo: *El negrito poeta mexicano y el dominicano. ¿Realidad o fantasía?* Exordio de Antonio Pompa y Pompa. *Rústica* 6,000.00

565. **MAUGHAM W.,** Somerset: *Cosmopolitas. La miscelánea de siempre.* Estudio sobre el cuento corto de W. Somerset Maugham. *Rústica* 9,000.00

410. **MAUPASSANT,** Guy de: *Bola de sebo. Mademoiselle Fifí. Las hermanas Rondoli. Rústica* 9,000.00

423. **MAUPASSANT,** Guy de: *La becada. Claror de Luna. Miss Harriet.* Introducción de Dana Lee Thomas. *Rústica* 6,000.00

506. **MELVILLE,** Herman: *Moby Dick o la Ballena Blanca.* Prólogo de W. Somerset Maugham 7,000.00

336. **MENÉNDEZ,** Miguel Ángel: *Nayar* (Novela). Ilustró Cadena M. *Rústica* 6.000.00

570. **MENÉNDEZ PELAYO,** Marcelino: *Historia de los heterodoxos españoles. Erasmitas y protestantes. Sectas místicas. Judaizantes y moriscos. Artes mágicas.* Prólogo de Arturo Farinelli. *Rústica* 12,000.00

Borders Books and Music

588 Francisco Blvd. W. (415) 454-1400

25   0068/0003/03 000023   SALE

EM   TX RETAIL DISC SPEC   EXTND

ASST NR BKS STICKER
IR 0123015 1 3.95   3.95
ASST NR BKS STICKER
IR 0123015 1 3.95   3.95
ASST NR BKS STICKER
R 0123015 1 3.95   3.95
ASST NR BKS STICKER
R 0123015 1 3.95   3.95
2.99 ASSORTED SIMON PAPER 5/98
R 5306056 1 2.99   2.99
1091600:Bargain 5 Discount   2.99 -
BEANIE BABY TRADING CARDS
U 5187443 1 1.50   1.50
PERIODICALS
R 0000022 1 5.99   5.99
                  SUBTOTAL   23.29
   7.250%   TAX1   1.69
Items   AMOUNT DUE   24.98
                MASTERCARD   24.98
5291071444880866 0699 108866 7129
                CHANGE DUE   .00
    07/05/98   08:44 PM

RIODICALS, SPECIAL ORDERS AND OPENED
S AND TAPES ARE NOT RETURNABLE UNLESS
EFECTIVE. ALL RETURNS MUST BE MADE
     WITHIN 30 DAYS OF PURCHASE.
   WE APPRECIATE YOUR BUSINESS AND
 FORWARD TO YOUR NEXT VISIT. THANKS!

- Merchandise must be in salable condition.
- Opened videos, discs, and cassettes may be exchanged for replacement copies of the original item only
- Periodicals and newspapers may not be returned

BORDERS

- Returns must be accompanied by receipt
- Returns must be completed within 30 days
- Merchandise must be in salable condition
- Opened videos, discs, and cassettes may be exchanged for replacement copies of the original item only
- Periodicals and newspapers may not be returned

BORDERS

- Returns must be accompanied by receipt
- Returns must be completed within 30 days
- Merchandise must be in salable condition
- Opened videos, discs, and cassettes may be exchanged for replacement copies of the original item only
- Periodicals and newspapers may not be returned

BORDERS

- Returns must be accompanied by receipt
- Returns must be completed within 30 days
- Merchandise must be in salable condition
- Opened videos, discs, and cassettes may be exchanged for replacement copies of the original item only

NEVILLE. (Véase *Teatro Español Contemporáneo.*)

395. NIETZSCHE, Federico: *Así hablaba Zaratustra.* Prólogo de E. W. F. Tomlin. *Rústica* 8,000.00

430. NIETZSCHE, Federico: *Más allá del Bien y del Mal. Genealogía de la Moral.* Prólogo de Johann Fischl. *Rústica* 8,000.00

576. NÚÑEZ CABEZA DE VACA, Alvar: *Naufragios y comentarios.* Apuntes sobre la vida del adelantado por Enrique Vedia 5,000.00

356. NÚÑEZ DE ARCE, Gaspar: *Poesías completas.* Prólogo de Arturo Souto Alabarce. *Rústica* 6,000.00

8. OCHO SIGLOS DE POESIA EN LENGUA ESPAÑOLA. Introducción y compilación de Francisco Montes de Oca. *Rústica* 12,000.00

45. O'GORMAN, Edmundo: *Historia de las divisiones territoriales de México.* *Rústica* 6,000.00

OLMO. (Véase *Teatro Español Contemporáneo.*)

ONTAÑON, Juana de. (Véase *Santa Teresa de Jesús.*)

462. ORTEGA Y GASSET, José: *En Torno a Galileo. El Hombre y la Gente.* Prólogo de Ramón Xirau. *Rústica* 6,000.00

488. ORTEGA Y GASSET, José: *El Tema de Nuestro Tiempo. La Rebelión de las Masas.* Prólogo de Fernando Salmerón. *Rústica* 6,000.00

497. ORTEGA Y GASSET, José: *La Deshumanización del Arte e Ideas sobre la Novela. Velázquez. Goya. Rústica* 6,000.00

499. ORTEGA Y GASSET, José: *¿Qué es Filosofía? Unas Lecciones de Metafísica.* Prólogo de Antonio Rodríguez Húescar. *Rústica* 6,000.00

436. OSTROVSKI, Nicolai: *Así se templó el acero.* Prefacio de Ana Karaváeva. *Rústicc* 6,000.00

316. OVIDIO: *Las metamorfosis.* Estudio preliminar de Francisco Montes de Oca. *Rústica* 6,000.00

213. PALACIO VALDÉS, Armando: *La hermana San Sulpicio.* Introducción de Joaquín Antonio Peñalosa. *Rústica* 6,000.00

125. PALMA, Ricardo: *Tradiciones peruanas.* Estudio y selección por Raimundo Lazo. *Rústica* 6,000.00

PALOU, Fr. Francisco. (Véase CLAVIJERO, Francisco Xavier.)

421. PAPINI, Giovanni: *Gog. El libro negro.* Prólogo de Ettore Allodoli. *Rústica.* 10.000.00

424. PAPINI, Giovanni: *Historia de Cristo.* Prólogo de Victoriano Capánaga. *Rústica* 6.000.00

266. PARDO BAZAN, Emilia: *Los pazos de Ulloa.* Introducción de Arturo Souto A. *Rústica* 6,000.00

358. PARDO BAZAN, Emilia: *San Francisco de Asís (Siglo XIII.)* Prólogo de Marcelino Menéndez Pelayo. *Rústica* 6,000.00

496. PARDO BAZAN, Emilia: *La madre naturaleza.* Introducción de Arturo Souto Alabarce 6,000.00

577. PASCAL, Blas: *Pensamientos y otros escritos.* Aproximaciones a Pascal de R. Guardini, F. Mauriac, J. Mesner y H. Kung 15,000.00

PASO. (Véase *Teatro Español Contemporáneo.*)

5. PAYNO, Manuel: *Los bandidos de Río Frío.* Edición y prólogo de Antonio Castro Leal. *Rústica* 15,000.00

80. PAYNO, Manuel: *El fistol del diablo. Novela de costumbres mexicanas.* Texto establecido y estudio preliminar de Antonio Castro Leal. *Rústica* 15,000.00

PEMAN. (Véase *Teatro Español Contemporáneo.*)

PENSADOR MEXICANO. (Véase FABULAS.)

64. PEREDA, José María de: *Peñas arriba. Sotileza.* Introducción de Soledad Anaya Solórzano. *Rústica* 10.000.00

165. PEREYRA, Carlos: *Hernán Cortés.* Prólogo de Martín Quirarte. *Rústica* 6,000.00

493. PEREYRA, Carlos: *Las Huellas de los Conquistadores. Rústica* 6,000.00

498. PEREYRA, Carlos: *La Conquista de las Rutas Oceánicas. La Obra de España en América.* Prólogo de Silvio Zavala. *Rústica* 6,000.00

188. PÉREZ ESCRICH, Enrique: *El mártir del Gólgota.* Prólogo de Joaquín Antonio Peñalosa. *Rústica* 6,000.00

63. PÉREZ GALDÓS, Benito: *Miau. Marianela*. Prólogo de Teresa Silva Tena. *Rústica* 8,000.00

107. PÉREZ GALDÓS, Benito: *Doña Perfecta. Misericordia*. Nota preliminar de Teresa Silva Tena. *Rústica* 8,000.00

117. PÉREZ GALDÓS, Benito: *Episodios nacionales: Trafalgar. La Corte de Carlos IV*. Prólogo de María Eugenia Gaona. *Rústica* 6,000.00

130. PÉREZ GALDÓS, Benito: *Episodios nacionales: 19 de Marzo y el 2 de Mayo. Bailén*. Nota preliminar de Teresa Silva Tena. *Rústica* 6,000.00

158. PÉREZ GALDÓS, Benito: *Episodios nacionales: Napoleón en Chamartín Zaragoza*. Prólogo de Teresa Silva Tena. *Rústica* 6,000.00

166. PÉREZ GALDÓS, Benito: *Episodios nacionales: Gerona. Cádiz*. Nota preliminar de Teresa Silva Tena. *Rústica* 6,000.00

185. PÉREZ GALDÓS, Benito: *Fortunata y Jacinta. (Dos historias de casadas.)* Introducción de Agustín Yáñez 15,000.00

289. PÉREZ GALDÓS, Benito: *Episodios nacionales: Juan Martín el Empecinado. La Batalla de los Arapiles*. *Rústica* 6,000.00

378. PÉREZ GALDÓS, Benito: *La desheredada*. Prólogo de José Salavarría. *Rústica* 6,000.00

383. PÉREZ GALDÓS, Benito: *El amigo manso*. Prólogo de Joaquín Casalduero. 1982. *Rústica* 6,000.00

392. PÉREZ GALDÓS, Benito: *La fontana de oro*. Introducción de Marcelino Menéndez Pelayo 6,000.00

446. PÉREZ GALDÓS, Benito: *Tristana-Nazarín*. Prólogo de Ramón Gómez de la Serna. *Rústica* 8,000.00

473. PÉREZ GALDÓS, Benito: *Angel Guerra*. Prólogo de Emilia Pardo Bazán. *Rústica* 6,000.00

489. PÉREZ GALDÓS, Benito: *Torquemada en la Hoguera. Torquemada en la Cruz. Torquemada en el Purgatorio. Torquemada y San Pedro*. Prólogo de Joaquín Casalduero. *Rústica* 6,000.00

231. PÉREZ LUGÍN, Alejandro: *La casa de la Troya. Estudiantina*. *Rústica* 4,000.00

235. PÉREZ LUGÍN, Alejandro: *Currito de la Cruz*. *Rústica* 6,000.00

263. PERRAULT, Cuentos de: *Griselda. Piel de asno. Los deseos ridículos. La bella durmiente del bosque. Caperucita Roja. Barba Azul. El gato con botas. Las hadas. Cenicienta. Riquete el del copete. Pulgarcito*. Prólogo de María Edmée Álvarez. *Rústica* 3,500.00

308. PESTALOZZI, Juan Enrique: *Cómo Gertrudis enseña a sus hijos. Cartas sobre la educación de los niños. Libros de educación elemental*. Prólogos. Estudio introductivo y preámbulos de las obras por Edmundo Escobar. *Rústica* 6,000.00

369. PESTALOZZI, Juan Enrique: *Canto del cisne*. Estudio preliminar de José Manuel Villalpando. *Rústica* 6,000.00

492. PETRARCA: *Cancionero - Triunfos*. Prólogo de Ernst Hatch Wilkins 8,000.00

221. PEZA, Juan de Dios: *Hogar y patria. El arpa del amor*. Noticia preliminar de Porfirio Martínez Peñalosa. *Rústica* 10,000.00

224. PEZA, Juan de Dios: *Recuerdos y esperanzas. Flores del alma y versos festivos*. *Rústica* 8,000.00

557. PEZA, Juan de Dios: *Leyendas históricas tradicionales y fantásticas de las calles de la ciudad de México*. Prólogo de Isabel Quiñones. *Rústica* 9,000.00

594. PEZA, Juan de Dios: *Memorias, reliquias y retratos*. Prólogo de Isabel Quiñones. *Rústica* ....

248. PÍNDARO: *Odas. Olímpicas. Píticas. Nemeas. Ístmicas y fragmentos de otras obras de Píndaro. Otros líricos griegos. Arquíloco. Tirteo. Alceo. Safo. Simónides de Ceos. Anacreonte. Baquílides*. Estudio preliminar de Francisco Montes de Oca. *Rústica* 6,000.00

13. PLATÓN: *Diálogos*. Estudio preliminar de Francisco Larroyo. Edición corregida y aumentada. *Rústica* 14,000.00

139. PLATÓN: *Las leyes. Epinomis. El político*. Estudio introductivo y preámbulos a los diálogos por Francisco Larroyo. *Rústica* 6,000.00

258. PLAUTO: *Comedias: Los mellizos. El militar fanfarrón. La olla. El gorgojo. Anfitrión. Los cautivos*. Estudio preliminar de Francisco Montes de Oca. *Rústica*. 6,000.00

26. PLUTARCO: *Vidas paralelas*. Introducción de Francisco Montes de Oca. *Rústica* 8,000.00

564. POBREZA Y RIQUEZA. En obras selectas del cristianismo primitivo. Selección de textos, traducción y estudio introductivo por Carlos Ignacio González, S. J. *Rústica* 10,000.00

ROSAS MORENO. (Véase FABULAS.)

528. ROSTAND, Edmundo: *Cyrano de Bergerac*. Prólogo, estudio y notas de Ángeles Mendieta Alatorre. *Rústica* 4,000.00

446. ROTTERDAM, Erasmo de: *Elogio de la Locura. Coloquios. Erasmo de Rotterdam* por Johan HUIZINGA. *Rústica* 9,000.00

113. ROUSSEAU, Juan Jacobo: *El Contrato Social o Principios de Derecho Político. Discurso sobre las Ciencias y las Artes. Discurso sobre el Origen de la Desigualdad*. Estudio preliminar de Daniel Moreno. *Rústica* 5,000.00

159. ROUSSEAU, Juan Jacobo: *Emilio o de la Educación*. Estudio preliminar de Daniel Moreno. *Rústica* 6,000.00

470. ROUSSEAU, Juan Jacobo: *Confesiones*. Prólogo de Jeanne Renée Becker. *Rústica* 6,000.00

265. RUEDA, Lope de: *Teatro completo. Eufemia. Armelina. De los engañados. Medora. Colloquio de Camelia. Colloquio de Tymbria. Diálogo sobre la intervención de las Calças. El deleitoso. Registro de representantes. Colloquio llamado prendas de amor. Colloquio en verso. Comedia llamada discordia y questión de amor. Auto de Naval y Abigail. Auto de los desposorios de Moisén. Farsa del sordo*. Introducción de Arturo Souto Alabarce. *Rústica* 6,000.00

10. RUIZ DE ALARCÓN, Juan: *Cuatro comedias: Las paredes oyen. Los pechos privilegiados. La verdad sospechosa. Ganar amigos*. Estudio, texto y comentarios de Antonio Castro Leal. *Rústica* 6,500.00

451. RUIZ DE ALARCÓN, Juan: *El examen de maridos. La prueba de las promesas. Mudarse por Mejorarse. El Tejedor de Segovia*. Prólogo de Alfonso Reyes. *Rústica* 8,000.00

RUIZ IRIARTE. (Véase *Teatro Español Contemporáneo*.)

51. SABIDURIA DE ISRAEL: *Tres obras de la cultura judía*. Traducciones directas de Ángel María Garibay K. *Rústica* 6 000.00

SABIDURIA DE JESUS BEN SIRAK. (Véase *Proverbios de Salomón*.)

300. SAHAGÚN, Fr. Bernardino de: *Historia General de las cosas de Nueva España*. La dispuso para la prensa en esta nueva edición, con numeración, anotaciones y apéndices. Ángel María Garibay K. *Rústica* 20,000.00

299. SAINT-EXUPERY, Antoine de: *El principito*. Nota preliminar y traducción de María de los Ángeles Porrúa. *Rústica* 4,000.00

322. SAINT-PIERRE. Bernardino de: *Pablo y Virginia*. Introducción de Arturo Souto Alabarce. *Rústica* 6,000.00

456. SALADO ALVAREZ, Victoriano: *Episodios Nacionales. Santa Anna - La Reforma - La Intervención - El Imperio: Su Alteza Serenísima. Memorias de un Polizonte*. Prólogo biográfico de Ana Salado Alvarez. *Rústica* 6,000.00

460. SALADO ALVAREZ, Victoriano: *Episodios Nacionales. Santa Anna - La Reforma - La Intervención - El Imperio: El Golpe de Estado. Los Mártires de Tacubaya. Rústica* 8,000.00

464. SALADO ALVAREZ, Victoriano: *Episodios Nacionales. Santa Anna - La Reforma - La Intervención - El Imperio: La Reforma. El Plan de Pacificación. Rústica* 8,000.00

466. SALADO ALVAREZ, Victoriano: *Episodios Nacionales. Santa Anna - La Reforma - La intervención - El Imperio: Las Ranas Pidiendo Rey. Puebla. Rústica* 8,000.00

468. SALADO ALVAREZ, Victoriano: *Episodios Nacionales. Santa Anna - La Reforma - La Intervención - El Imperio: La Corte de Maximiliano. Orizaba. Rústica* 8,000.00

469. SALADO ALVAREZ, Victoriano: *Episodios Nacionales. Santa Anna - La Reforma - La Intervención - El Imperio. Porfirio Díaz. Ramón Corona. Rústica.* 8,000.00

471. SALADO ALVAREZ, Victoriano: *Episodios Nacionales. Santa Anna - La Reforma - La Intervención - El Imperio. La Emigración. Querétaro. Rústica.* 8,000.00

477. SALADO ALVAREZ, Victoriano: *Memorias: Tiempo Viejo - Tiempo Nuevo*. Nota preliminar de José Emilio Pacheco. Prólogo de Carlos González Peña. *Rústica* 8,000.00

220. SALGARI, Emilio: *Sandokan. La mujer del pirata*. Prólogo de María Elvira Bermúdez. *Rústica* 6,000.00

239. SALGARI, Emilio: *Los piratas de la Malasia. Los estranguladores*. Nota preliminar de María Elvira Bermúdez. *Rústica* 8,000.00

242. SALGARI, Emilio: *Los dos rivales. Los tigres de la Malasia*. Nota preliminar de María Elvira Bermúdez. *Rústica* 6,000.00

257. SALGARI, Emilio: *El rey del mar. La reconquista de Mompracem.* Nota preliminar de María Elvira Bermúdez. *Rústica* 6,000.00

264. SALGARI, Emilio: *El falso Bracmán. La caída de un imperio.* Nota preliminar de María Elvira Bermúdez. *Rústica* 6,000.00

267. SALGARI, Emilio: *En los junglares de la India. El desquite de Yáñez.* Nota preliminar de María Elvira Bermúdez. *Rústica* 6,000.00

292. SALGARI, Emilio: *El capitán Tormenta. El León de Damasco.* Nota preliminar de María Elvira Bermúdez. *Rústica* 6.000.00

296. SALGARI, Emilio: *El hijo del León de Damasco. La galera del Bajá.* Nota preliminar de María Elvira Bermúdez. *Rústica* 6,000.00

302. SALGARI, Emilio: *El Corsario Negro. La venganza.* Nota preliminar de María Elvira Bermúdez. *Rústica* 6,000.00

306. SALGARI, Emilio: *La reina de los caribes. Honorata de Wan Guld. Rústica.* 6,000.00

312. SALGARI, Emilio: *Yolanda. Morgan. Rústica* 6,000.00

363. SALGARI, Emilio: *Aventuras entre los pieles rojas. El rey de la pradera.* Prólogo de María Elvira Bermúdez. *Rústica* 6,000.00

376. SALGARI, Emilio: *En las fronteras del Far-West. La cazadora de cabelleras.* Prólogo de María Elvira Bermúdez. *Rústica* 6,000.00

379. SALGARI, Emilio: *La soberana del campo de oro. El rey de los cangrejos.* Prólogo de María Elvira Bermúdez. *Rústica* 6,000.00

465. SALGARI, Emilio: *Las "Panteras" de Argel. El Filtro de los Califas.* Prólogo de María Elvira Bermúdez. *Rústica* 6,000.00

517. SALGARI, Emilio: *Los Náufragos del Liguria. Devastaciones de los Piratas. Rústica* 6,000.00

533. SALGARI, Emilio: *Los mineros de Alaska. Los pescadores de ballenas. Rústica.* 7,000.00

535. SALGARI, Emilio: *La campana de plata. Los hijos del aire. Rústica* 7,000.00

536. SALGARI, Emilio: *El desierto de fuego. Los bandidos del Sahara. Rústica* 6,000.00

537. SALGARI, Emilio: *Los últimos filibusteros. Rústica* 6,000.00

538. SALGARI, Emilio: *Los misterios de la selva. La costa de marfil. Rústica* 6,000.00

540. SALGARI, Emilio: *La favorita del Mahdí. El profeta del Sudán. Rústica* ... 6,000.00

542. SALGARI, Emilio: *El capitán de la "D'Jumna". La montaña de luz. Rústica* .. 6,000.00

544. SALGARI, Emilio: *El hijo del Corsario Rojo. Rústica* 6,000.00

547. SALGARI, Emilio: *La perla roja. Los pescadores de perlas. Rústica* 6.000.00

553. SALGARI, Emilio: *En el mar de las perlas. La perla del Río Rojo. Rústica.* 7.000.00

554. SALGARI, Emilio: *Los misterios de la India. Rústica* 7,000.00

559. SALGARI, Emilio: *Los horrores de Filipinas. Rústica* 6,000.00

560. SALGARI, Emilio: *Flor de las Perlas. Los cazadores de cabezas. Rústica* 6,000.00

561. SALGARI, Emilio: *Las hijas de los faraones. El sacerdote de Phtah. Rústica* ... 7,000.00

562. SALGARI, Emilio: *Los piratas de las Bermudas. Dos abordajes. Rústica* 8,000.00

563. SALGARI, Emilio: *Nuevas aventuras de Cabeza de Piedra. El castillo de Monteclaro* 6,000.00

567. SALGARI, Emilio: *La capitana del Yucatán. La heroína de Puerto Arturo.* Nota preliminar de María Elvira Bermúdez 7,000.00

579. SALGARI, Emilio: *Un drama en el Océano Pacífico. Los solitarios del Océano* 9,000.00

583. SALGARI, Emilio: *Al Polo Norte — A bordo del "Taimyr". Rústica* 6,000.00

585. SALGARI, Emilio: *El continente misterioso — El esclavo de Madagascar. Rústica* 9,000.00

288. SALUSTIO: *La conjuración de Catilina. La guerra de Jugurta.* Estudio preliminar de Francisco Montes de Oca. *Rústica* 6,000.00

SAMANIEGO. (Véase **FÁBULAS.**)

393. SAMOSATA, Luciano de: *Diálogos. Historia verdadera.* Introducción de Salvador Marichalar. *Rústica* 8,000.00

59. SAN AGUSTIN: *La ciudad de Dios.* Introducción de Francisco Montes de Oca. *Rústica* 15,000.00

142. SAN AGUSTIN: *Confesiones.* Versión, introducción y notas de Francisco Montes de Oca. *Rústica* 5,000.00

ENCUADERNADOS EN TELA: $ 2,000.00 MÁS POR TOMO

PRECIOS SUJETOS A VARIACIÓN SIN PREVIO AVISO.